外国文学名著丛书

〔法〕雨果 / 著

悲惨世界 上

李丹 方于 / 译

"外国文学名著丛书"编委会

Victor Hugo
LES MISÉRABLES
据 Editions Albin Michel, Paris 版本译出。

图书在版编目(CIP)数据

悲惨世界:上中下/(法)雨果著;李丹,方于译.— 北京:人民文学出版社,2021(2025.8重印)
(外国文学名著丛书)
ISBN 978-7-02-016621-3

Ⅰ.①悲… Ⅱ.①雨…②李… ③方… Ⅲ.①长篇小说—法国—近代 Ⅳ.①I565.44

中国版本图书馆 CIP 数据核字(2020)第 170029 号

责任编辑	黄凌霞
装帧设计	刘　静
责任印制	王重艺

出版发行	人民文学出版社
社　　址	北京市朝内大街 166 号
邮政编码	100705

| 印　　刷 | 北京盛通印刷股份有限公司 |
| 经　　销 | 全国新华书店等 |

字　　数	1240 千字
开　　本	850 毫米×1168 毫米　1/32
印　　张	57.875　插页 5
印　　数	16001—18000
版　　次	1992 年 6 月北京第 1 版
印　　次	2025 年 8 月第 6 次印刷

| 书　　号 | 978-7-02-016621-3 |
| 定　　价 | 178.00 元(全三册) |

如有印装质量问题,请与本社图书销售中心调换。电话:010-59905336

雨　果

出版说明

人民文学出版社自一九五一年成立起,就承担起向中国读者介绍优秀外国文学作品的重任。一九五八年,中宣部指示中国科学院文学研究所筹组编委会,组织朱光潜、冯至、戈宝权、叶水夫等三十余位外国文学权威专家,编选三套丛书——"马克思主义文艺理论丛书""外国古典文艺理论丛书""外国古典文学名著丛书"。

人民文学出版社与中国科学院文学研究所,根据"一流的原著、一流的译本、一流的译者"的原则进行翻译和出版工作。一九六四年,中国社会科学院外国文学研究所成立,是中国外国文学的最高研究机构。一九七八年,"外国古典文学名著丛书"更名为"外国文学名著丛书",至二〇〇〇年完成。这是新中国第一套系统介绍外国文学作品的大型丛书,是外国文学名著翻译的奠基性工程,其作品之多、质量之精、跨度之大,至今仍是中国外国文学出版史上之最,体现了中国外国文学研究界、翻译界和出版界的最高水平。

历经半个多世纪,"外国文学名著丛书"在中国读者中依然以系统性、权威性与普及性著称,但由于时代久远,许多图书在市场上已难见踪影,甚至成为收藏对象,稀缺品种更是一书难求。在中国读者阅读力持续增强的二十一世纪,在世界文明交流互鉴空前频繁的新时代,为满足人民日益增长的美好生活的需要,人民文学出版社决定再度与中国社会科学院外国文学研究所合作,以"网罗经典,格高意远,本色传承"为出发点,优中选优,推陈出新,出版新版"外国文学名著丛书"。

值此新版"外国文学名著丛书"面世之际,人民文学出版社与中国社会科学院外国文学研究所谨向为本丛书做出卓越贡献的翻译家们和热爱外国文学名著的广大读者致以崇高敬意!

"外国文学名著丛书"编委会

二〇一九年三月

编委会名单

（以姓氏笔画为序）

1958—1966

卞之琳	戈宝权	叶水夫	包文棣	冯　至	田德望
朱光潜	孙家晋	孙绳武	陈占元	杨季康	杨周翰
杨宪益	李健吾	罗大冈	金克木	郑效洵	季羡林
闻家驷	钱学熙	钱锺书	楼适夷	蒯斯曛	蔡　仪

1978—2001

卞之琳	巴　金	戈宝权	叶水夫	包文棣	卢永福
冯　至	田德望	叶麟鎏	朱光潜	朱　虹	孙家晋
孙绳武	陈占元	张　羽	陈冰夷	杨季康	杨周翰
杨宪益	李健吾	陈　燊	罗大冈	金克木	郑效洵
季羡林	姚　见	骆兆添	闻家驷	赵家璧	秦顺新
钱锺书	绿　原	蒋　路	董衡巽	楼适夷	蒯斯曛
蔡　仪					

2019—

王焕生	刘文飞	任吉生	刘　建	许金龙	李永平
陈众议	肖丽媛	吴良柱	吴岳添	陆建德	赵白生
高　兴	秦顺新	聂震宁	臧永清		

目 次

译本序 ·· *1*

作者序 ·· *1*

第一部　芳　汀

第一卷　一个正直的人 ································ 3
　一　米里哀先生 ·································· 3
　二　米里哀先生改称卞福汝主教 ············· 6
　三　好主教碰到苦教区 ························· 13
　四　言行合一 ······································ 15
　五　卞福汝主教的道袍穿得太久了 ·········· 23
　六　他托谁看守他的房子 ······················ 26
　七　克拉华特 ······································ 32
　八　酒后的哲学 ··································· 36
　九　阿妹谈阿哥 ··································· 41
　十　主教走访不为人知的哲人 ················ 45
　十一　心中的委屈 ······························· 61
　十二　卞福汝主教门庭冷落 ··················· 66

十三	他所信的	70
十四	他所想的	75

第二卷 沉沦 ······ 79

一	步行终日近黄昏	79
二	对智慧提出的谨慎	93
三	绝对服从的英勇气概	97
四	蓬塔利埃乳酪厂的详情	103
五	恬静	107
六	冉阿让	108
七	失望的内容	114
八	波涛和亡魂	122
九	新的损失	125
十	那人醒了	126
十一	他干的事	129
十二	主教工作	133
十三	小瑞尔威	137

第三卷 在一八一七年内 ······ 147

一	一八一七年	147
二	双四重奏	155
三	四对四	161
四	多罗米埃乐到唱起西班牙歌来	165
五	蓬巴达酒家	168
六	相爱篇	172
七	多罗米埃的高见	173
八	一匹马的死	181
九	一场欢乐的欢乐结局	185

第四卷 寄托有时便是断送 …… 189
一　一个母亲遇见另一个母亲 …… 189
二　两副贼脸的初描 …… 199
三　百灵鸟 …… 202

第五卷 下坡路 …… 205
一　烧料细工厂发展的历史 …… 205
二　马德兰先生 …… 207
三　拉菲特银行中的存款 …… 211
四　马德兰先生穿丧服 …… 214
五　天边隐约的闪电 …… 217
六　割风伯伯 …… 223
七　割风在巴黎当园丁 …… 227
八　维克杜尼昂夫人为世道人心花了三十五法郎 …… 228
九　维克杜尼昂夫人大功告成 …… 231
十　大功告成的后果 …… 234
十一　基督救我们 …… 240
十二　巴马达波先生的无聊 …… 241
十三　市警署里一些问题的解决 …… 244

第六卷 沙威 …… 255
一　休息之始 …… 255
二　"冉"怎样能变成"商" …… 259

第七卷 商马第案件 …… 270
一　散普丽斯嬷嬷 …… 270
二　斯戈弗莱尔师父的精明 …… 273
三　脑海中的风暴 …… 279

3

四　痛苦在睡眠中的形状……………………299
　　五　车轮里的棍……………………………303
　　六　散普丽斯嬷嬷受考验…………………317
　　七　到了的旅人准备回程…………………325
　　八　优待入席………………………………330
　　九　一个拼凑罪状的地方…………………334
　　十　否认的方式……………………………341
　　十一　商马第更加莫名其妙了……………349
第八卷　波及……………………………………354
　　一　马德兰先生在什么样的镜子里看自己的
　　　　头发……………………………………354
　　二　芳汀幸福了……………………………357
　　三　沙威得意………………………………361
　　四　司法者再度行使法权…………………365
　　五　适合的坟………………………………370

第二部　珂赛特

第一卷　滑铁卢…………………………………379
　　一　从尼维尔来时所见……………………379
　　二　乌古蒙…………………………………381
　　三　一八一五年六月十八日………………388
　　四　"A"……………………………………391
　　五　战争的玄妙……………………………393
　　六　下午四点………………………………396
　　七　拿破仑心情愉快………………………399

4

八　皇上向向导拉科斯特提了一个问题 ………… 405
　　九　不测 ……………………………………… 408
　　十　圣约翰山高地 …………………………… 412
　　十一　拿破仑的向导坏,比洛的向导好 ……… 418
　　十二　羽林军 ………………………………… 419
　　十三　大祸 …………………………………… 421
　　十四　最后一个方阵 ………………………… 423
　　十五　康布罗纳 ……………………………… 425
　　十六　将领的比重 …………………………… 427
　　十七　我们应当承认滑铁卢好吗? ………… 433
　　十八　神权复炽 ……………………………… 435
　　十九　战场上的夜景 ………………………… 438

第二卷　战船"俄里翁号" ……………………… 446
　　一　二四六〇一号变成了九四三〇号 ……… 446
　　二　也许是两句鬼诗 ………………………… 449
　　三　一定是事先作了准备,才会一锤敲断脚镣 … 454

第三卷　完成他对死者的诺言 ………………… 464
　　一　孟费郿的用水问题 ……………………… 464
　　二　两幅完整的人像 ………………………… 468
　　三　人要喝酒,马要喝水 …………………… 474
　　四　娃娃上场 ………………………………… 477
　　五　孤苦伶仃的小女孩 ……………………… 478
　　六　这也许可以证明蒲辣秃柳儿的聪明 …… 484
　　七　珂赛特在黑暗中和那陌生人并排走 …… 489
　　八　接待一个也许是有钱的穷人的麻烦 …… 493
　　九　德纳第玩弄手法 ………………………… 513

5

十　弄巧成拙 ……………………………………… 522
　　十一　九四三〇号再次出现，珂赛特偶然赢
　　　　　得了它 …………………………………… 528

第四卷　戈尔博老屋 ………………………………… 531
　　一　戈尔博师爷 …………………………………… 531
　　二　枭和秀眼鸟的窠 ……………………………… 538
　　三　联苦成甘 ……………………………………… 540
　　四　二房东的发现 ………………………………… 544
　　五　一个五法郎银币丁零落地 …………………… 546

第五卷　无声的狗群黑夜搜索 ……………………… 551
　　一　曲线战略 ……………………………………… 551
　　二　幸而奥斯特里茨桥上正在行车 ……………… 555
　　三　看看一七二七年的巴黎市区图 ……………… 557
　　四　寻找出路 ……………………………………… 560
　　五　有了煤气灯便不可能有这回事 ……………… 563
　　六　哑谜的开始 …………………………………… 567
　　七　再谈哑谜 ……………………………………… 569
　　八　又来一个哑谜 ………………………………… 571
　　九　佩带铃铛的人 ………………………………… 574
　　十　沙威扑空的经过 ……………………………… 578

第六卷　小比克布斯 ………………………………… 589
　　一　比克布斯小街六十二号 ……………………… 589
　　二　玛尔丹·维尔加支系 ………………………… 593
　　三　严厉 …………………………………………… 601
　　四　愉快 …………………………………………… 603
　　五　谑浪 …………………………………………… 607

六　小院 …………………………………… 613
　　七　黑暗中的几个人影 …………………… 616
　　八　人心后面是石头 ……………………… 618
　　九　头兜下的一个世纪 …………………… 620
　　十　永敬会的起源 ………………………… 622
　　十一　小比克布斯的结局 ………………… 624

第七卷　题外的话 …………………………… 627
　　一　从抽象意义谈修院 …………………… 627
　　二　从史实谈修院 ………………………… 628
　　三　我们在什么情况下可以尊敬过去 …… 631
　　四　从本原的角度看修院 ………………… 634
　　五　祈祷 …………………………………… 635
　　六　祈祷是绝对的善行 …………………… 637
　　七　责人应有分寸 ………………………… 639
　　八　信仰，法则 …………………………… 640

第八卷　公墓接受人们给它的一切 ………… 644
　　一　进入修院的门路 ……………………… 644
　　二　割风面临困难 ………………………… 653
　　三　纯贞嬷嬷 ……………………………… 655
　　四　冉阿让竟好像读过奥斯丹·加斯迪莱约
　　　　的作品 ………………………………… 670
　　五　靠醉酒来保证不死是不够的 ………… 677
　　六　在四块木板中间 ……………………… 685
　　七　"不要把卡片遗失了"这句成语的出处 … 687
　　八　答问成功 ……………………………… 697
　　九　潜隐 …………………………………… 701

7

第三部 马 吕 斯

第一卷 从巴黎的原子看巴黎 ………………………… 713
  一　小不点儿 ……………………………………… 713
  二　他的一些特征 ………………………………… 714
  三　他有趣 ………………………………………… 715
  四　他可能有用 …………………………………… 717
  五　他的疆界 ……………………………………… 718
  六　一点历史 ……………………………………… 720
  七　在印度的等级划分中，野孩也许有
      他的地位 ……………………………………… 722
  八　最后一个国王的一句妙语 …………………… 725
  九　高卢的古风 …………………………………… 727
  十　瞧这巴黎，瞧这人 …………………………… 728
  十一　嬉笑，表率 ………………………………… 733
  十二　人民的未来世界 …………………………… 737
  十三　小伽弗洛什 ………………………………… 738

第二卷 大绅士 ………………………………………… 742
  一　九十岁和三十二颗牙 ………………………… 742
  二　有其主，必有其屋 …………………………… 744
  三　明慧 …………………………………………… 746
  四　望百老人 ……………………………………… 747
  五　巴斯克和妮珂莱特 …………………………… 748
  六　略谈马侬和她的两个孩子 …………………… 749
  七　家规：天不黑，不会客 ……………………… 752

八　两个不成一对 …………………………… 752
第三卷　外祖和外孙 ………………………………… 756
　　一　古老客厅 ………………………………… 756
　　二　当年的一个红鬼 ………………………… 761
　　三　愿尔等息怨解冤 ………………………… 768
　　四　匪徒的结局 ……………………………… 778
　　五　望弥撒具有使人成为革命派的功用 …… 782
　　六　遇见个理财神甫的后果 ………………… 785
　　七　短布裙 …………………………………… 792
　　八　云石碰花岗石 …………………………… 799
第四卷　ABC的朋友们 ……………………………… 806
　　一　一个几乎留名后世的组织 ……………… 806
　　二　悼勃隆多的诔词,博须埃作 …………… 823
　　三　马吕斯的惊奇 …………………………… 827
　　四　缪尚咖啡馆的后厅 ……………………… 830
　　五　视野的扩展 ……………………………… 839
　　六　窘境 ……………………………………… 844
第五卷　苦难的妙用 ………………………………… 848
　　一　马吕斯穷愁潦倒 ………………………… 848
　　二　马吕斯生活清苦 ………………………… 850
　　三　马吕斯成长了 …………………………… 854
　　四　马白夫先生 ……………………………… 859
　　五　穷是苦的好邻居 ………………………… 864
　　六　接替人 …………………………………… 866
第六卷　星星相映 …………………………………… 873
　　一　绰号:名字的形成方式 ………………… 873

9

二　光明是实	876
三　春天的效果	879
四　一场大病的开始	880
五　连续落在布贡妈头上的雷火	883
六　被俘	885
七　"U"字谜	888
八　残废军人也能自得其乐	890
九　失踪	892
第七卷　猫老板	**896**
一　地下层和地下活动者	896
二　底层	899
三　巴伯、海嘴、铁牙和巴纳斯山	901
四　黑帮的组成	904
第八卷　作恶的穷人	**908**
一　马吕斯找一个戴帽子的姑娘，却遇到一个戴鸭舌帽的男子	908
二　发现	910
三　四脸人	912
四　穷苦中的一朵玫瑰	918
五　天生的贼眼	926
六　兽人窟	929
七　战略和战术	934
八　穷窟中的一线光明	938
九　容德雷特几乎哭出来	941
十　公营马车定价：每小时两个法郎	946
十一　穷苦请为痛苦效劳	949

十二	白先生的五个法郎的用途	953
十三	独在远方,不想念诵"我们的天父"	959
十四	一个警官给了一个律师两拳头	962
十五	容德雷特采购用品	967
十六	用一首流行于一八三二年的英国曲调改编的歌	970
十七	马吕斯的五个法郎的用途	974
十八	马吕斯的两张椅子对面摆着	979
十九	提防暗处	981
二十	陷害	986
二十一	捉贼总应先捉受害人	1015
二十二	在第三册中叫喊的孩子	1019

第四部 卜吕梅街的儿女情和圣德尼街的英雄血

第一卷 几页历史 ································ 1025
一	有始	1025
二	无终	1031
三	路易-菲力浦	1036
四	基础下面的裂缝	1044
五	历史所自出而为历史所不知的事物	1052
六	安灼拉和他的副将们	1065

第二卷 爱潘妮 ································ 1072
一	百灵场	1072
二	监牢孵化中的罪恶胚胎	1078
三	马白夫公公的奇遇	1083

11

| 四　马吕斯的奇遇 | 1088 |

第三卷　卜吕梅街的一所房子 1095
一　秘密房子	1095
二　冉阿让参加了国民自卫军	1100
三　茂叶繁枝	1103
四　换了铁栏门	1106
五　玫瑰发现自己是战斗的武器	1112
六　战争开始	1117
七　愁,更愁	1121
八　长链	1127

第四卷　下面的援助也许就是上面的援助 1138
| 一　外伤,内愈 | 1138 |
| 二　普卢塔克妈妈信口开河 | 1141 |

第五卷　结尾不像开头 1151
一　荒园与兵营相结合	1151
二　珂赛特的恐惧	1153
三　杜桑说得更生动	1157
四　石头下面的一颗心	1161
五　珂赛特看信以后	1166
六　老人好在走得及时	1168

第六卷　小伽弗洛什 1173
一　风的恶作剧	1173
二　小伽弗洛什沾拿破仑大帝的光	1177
三　越狱的惊险	1205

第七卷　黑话 1221
| 一　源 | 1221 |

12

  二 根 ································· 1229
  三 哭的黑话和笑的黑话 ················· 1239
  四 双重责任：关怀和期望 ··············· 1245
第八卷 欢乐和失望 ······························ 1250
  一 春光好 ······························· 1250
  二 美满幸福的麻醉作用 ················· 1256
  三 阴影的初现 ··························· 1259
  四 "cab"在英语中滚，在黑话中叫 ······· 1263
  五 夜间的东西 ··························· 1272
  六 马吕斯现实到把他的住址告诉了珂赛特 ··· 1273
  七 年老的心和年轻的心开诚相见 ········· 1280
第九卷 他们去什么地方？ ······················ 1296
  一 冉阿让 ······························· 1296
  二 马吕斯 ······························· 1298
  三 马白夫先生 ··························· 1301
第十卷 一八三二年六月五日 ··················· 1306
  一 问题的表面 ··························· 1306
  二 问题的本质 ··························· 1310
  三 埋葬：再生之机 ······················· 1318
  四 当年的沸腾 ··························· 1324
  五 巴黎的特色 ··························· 1330
第十一卷 原子和风暴结为兄弟 ················ 1334
  一 关于伽弗洛什的诗的来源的几点说明。
    一位院士对这诗的影响 ··············· 1334
  二 伽弗洛什在行进中 ··················· 1337
  三 理发师的合理愤怒 ··················· 1341

四	孩子惊遇老人	1343
五	老人	1346
六	新战士	1348

第十二卷　科林斯 …………………………… 1351
一	科林斯开设以来的历史	1351
二	起初的快乐	1357
三	格朗泰尔开始觉得天黑了	1369
四	试图安慰于什鲁寡妇	1374
五	准备	1378
六	等待	1380
七	在皮埃特街加入队伍的那个人	1385
八	关于一个名为勒·卡布克而实际也许 并非勒·卡布克的人的几个问号	1389

第十三卷　马吕斯进入黑暗 …………………… 1395
一	从卜吕梅街到圣德尼区	1395
二	巴黎鸟瞰图	1398
三	边缘的极限	1401

第十四卷　失望的伟大 ………………………… 1409
一	旗——第一幕	1409
二	旗——第二幕	1412
三	伽弗洛什当初也许应当接受安灼拉的 卡宾枪	1415
四	火药桶	1417
五	让·勃鲁维尔的诗句顿成绝响	1419
六	求生的挣扎继以垂死的挣扎	1422
七	伽弗洛什很能计算路程	1428

第十五卷　武人街 …… 1433

一　吸墨纸，泄密纸 …… 1433
二　野孩敌视路灯 …… 1443
三　当珂赛特和杜桑都在睡乡的时候 …… 1448
四　伽弗洛什的过度兴奋 …… 1449

第五部　冉　阿　让

第一卷　四堵墙中间的战争 …… 1459

一　圣安东尼郊区的险礁和大庙郊区的漩涡 …… 1459
二　在深渊中如果不谈话，又干什么呢？ …… 1467
三　明朗化和忧郁感 …… 1472
四　少了五个，多了一个 …… 1474
五　在街垒顶上见到的形势 …… 1482
六　马吕斯惊恐不安，沙威言语简练 …… 1486
七　情况严重 …… 1488
八　炮兵们认真起来了 …… 1492
九　使用偷猎者的技巧和一种百发百中的
　　曾影响一七九六年判决的枪法 …… 1495
十　曙光 …… 1497
十一　枪无虚发，也没伤人 …… 1501
十二　混乱支持秩序 …… 1502
十三　掠过一线希望 …… 1506
十四　这儿看到了安灼拉情人的名字 …… 1508
十五　伽弗洛什外出 …… 1511
十六　长兄如何成了父亲 …… 1514

十七　"死去的父亲等待将死的孩子" …………… 1524
十八　秃鹫成为猎物 …………………………… 1526
十九　冉阿让报复 ……………………………… 1530
二十　死者有理,活人无过 …………………… 1534
二十一　英雄们 ………………………………… 1543
二十二　一步一步 ……………………………… 1548
二十三　俄瑞斯忒斯挨饿,皮拉得斯酗醉 …… 1552
二十四　俘虏 …………………………………… 1555

第二卷　利维坦的肚肠 ………………………… 1559
一　海洋使土壤贫瘠 …………………………… 1559
二　阴渠的古代史 ……………………………… 1564
三　勃吕纳梭 …………………………………… 1568
四　人所不知的细节 …………………………… 1571
五　当前的进步 ………………………………… 1575
六　未来的进步 ………………………………… 1576

第三卷　陷入泥泞,心却坚贞 ………………… 1581
一　阴渠和它那使人料想不到之处 …………… 1581
二　说明 ………………………………………… 1587
三　被跟踪的人 ………………………………… 1589
四　他也背着他的十字架 ……………………… 1594
五　流沙像女人,狡猾又奸诈 ………………… 1597
六　地陷 ………………………………………… 1602
七　在人以为能上岸时却失败了 ……………… 1604
八　撕下的一角衣襟 …………………………… 1607
九　内行人看来马吕斯似已死去 ……………… 1613
十　慷慨捐躯的孩子回来了 …………………… 1617

十一　绝对中之动摇 …………………………………… 1619
　十二　外祖父 ………………………………………… 1621
第四卷　沙威出了轨 ………………………………………… 1628
第五卷　祖孙俩 ……………………………………………… 1642
　一　在重新见到一棵钉有锌皮的树的地方 ………… 1642
　二　马吕斯走出内战，准备和家庭斗争 …………… 1646
　三　马吕斯进攻 ……………………………………… 1651
　四　吉诺曼小姐终于不再觉得割风先生进来
　　　时拿着东西有何不妥 …………………………… 1655
　五　宁愿把现款放在森林中也远胜交给这样
　　　的公证人 ………………………………………… 1661
　六　两个老人，各尽其能，为珂赛特的幸福
　　　创造一切条件 …………………………………… 1662
　七　幸福中依稀记得的梦的余波 …………………… 1672
　八　两个无法寻找的人 ……………………………… 1675
第六卷　不眠之夜 …………………………………………… 1680
　一　一八三三年二月十六日 ………………………… 1680
　二　冉阿让的手臂仍用绷带吊着 …………………… 1692
　三　难分难舍 ………………………………………… 1702
　四　"不死的肝脏" …………………………………… 1705
第七卷　最后一口苦酒 ……………………………………… 1711
　一　第七重环形天和第八层星宿天 ………………… 1711
　二　泄露的事里可能有的疑点 ……………………… 1731
第八卷　黄昏月亏时 ………………………………………… 1740
　一　地下室 …………………………………………… 1740
　二　又后退了几步 …………………………………… 1746

17

三　他们回忆起卜吕梅街的花园 …… 1748
　　四　吸力和熄灭 …………………… 1754
第九卷　最后的黑暗,崇高的黎明 ……… 1756
　　一　同情不幸者,宽宥幸福人 …… 1756
　　二　油干了的灯回光返照 ………… 1758
　　三　他能抬起割风的马车,但现在连一支钢
　　　　笔也嫌重 ……………………… 1760
　　四　墨水倒反而使人变得清白了 … 1763
　　五　黑夜后面有天明 ……………… 1784
　　六　荒草隐蔽,雨露冲洗 ………… 1796

译 本 序

　　流亡生活。根西岛上巉岩突兀。面对着辽阔的大西洋。"今天,一八六一年六月三十日,上午八时半,当一轮红日挂上我的窗扉时,我写完了《悲惨世界》"[①]。

　　这是一轴辉煌的画卷,这是一部动人的史诗,这是一种浩博的精神,这是一股充沛的激情,当我们今天要用简单的话来概括《悲惨世界》时,与其笼统地称它为"名著"、"杰作"、"瑰宝",似乎不如这样具体地称呼它较为确切。

　　作为画卷,它可以使我们联想起什么?它像《清明上河图》?《清明上河图》描绘的是一个特定时间的广阔空间,而它的规模却要大得多,它表现的是一个漫长时代的历史内容。

　　主人公冉阿让的故事是从一七九五年开始的,但画幅的卷首延伸得更远,卞福汝主教的经历与国民公会代表这一形象把我们带到阶级斗争严酷、个人命运难以预料的一七九三年大革命高潮的年代。接着,我们就随着卞福汝主教与冉阿让进入了一七八九年资产阶级革命所开辟的历史时期,即作

[①] 雨果一八六一年六月三十日给奥古斯特·瓦克里的信,见安德烈·莫洛亚:《雨果传》第九卷第二章。

者在序言中所谓的"本世纪",也就是我们通常所说的"资本主义时代"。在这新社会形态的初期阶段,我们就看到了社会下层的苦难,巴黎欢呼自己的资产阶级英雄拿破仑像初升的太阳在意大利升起之日,正是冉阿让仅仅因为偷了一块面包就被投入监狱之时,荣光鼎盛、轰轰烈烈的拿破仑时期,对于冉阿让是监狱中十九年的苦役生活。他出狱的时候,又正是拿破仑在滑铁卢遭到失败后的几个月,在经过了滑铁卢古战场之后,我们又进入了另一段历史,《在一八一七年内》,我们看到百合花再度开放时期形形色色的社会政治生活,看到芳汀的悲剧、珂赛特的苦难、马吕斯家庭的矛盾,当然,还有冉阿让的坎坷与困顿。而后,我们又随着人物经过了一八三〇年的革命,到了七月王朝时期,看到这一时期的社会矛盾如何导致一八三二年巴黎人民起义,看到以街垒斗争为中心的各个人物的命运有了什么变化与结局。

这是整整将近半个世纪历史的宏伟画幅,漫长历史过程中广阔的社会生活的画面,——在我们面前展现:外省偏僻的小城、滨海的新兴工业城镇、可怕的法庭、黑暗的监狱、巴黎悲惨的贫民窟、阴暗的修道院、恐怖的坟场、郊区寒碜的客店、保王派的沙龙、资产阶级的家庭、大学生聚集的拉丁区、惨厉绝伦的滑铁卢战场、战火纷飞的街垒、藏污纳垢的下水道……这一漫长浩大的画轴中每一个场景,无不栩栩如生,其细部也真切入微,你可以说它们都是以现实主义的手法描绘出来的,但是,每一个画幅的形象是那么鲜明突出、色彩是那么浓重瑰丽、气势是那么磅礴浩大、情绪是那么灼热炽烈,使人又感到有一种浪漫主义的格调……

这种对历史发展与现实生活的描绘,只是一种背景?或者只是一个搬演故事的框架？如果这样去理解，那将大大贬低雨果某种更为宽广的自觉意识，他以那样大的篇幅、用历史学家的手笔描绘了这个世纪两大历史事件滑铁卢战役与一八三二年的人民起义，显然远远超过了历史背景描绘的需要，他以那样详尽细致的笔法，在人物活动的环境与故事中，填进了那样多实在的社会历史内容，显然又远远超过叙述单个人物故事经历的需要。我们记得，他曾经这样说过："谁要是谈到诗人，他也就必然是谈到历史学家与哲学家"①，不难看出，他那种自觉的意识，就是以历史学家为己任的意识，这是他那个时代一切有出息的文学家所具有的标志。一八六一年，当他完成这部作品的时候，距离他在那位立志要成为法国历史的书记的巴尔扎克墓前发表著名的悼词，已有十二年了，他要书写出什么样的历史足以与巴尔扎克那部"其实就是题作历史也完全可以"的作品匹敌或相称呢？巴尔扎克是用近一百部作品描写贵族复辟时期的贵族社会怎样在满身铜臭的暴发户的进逼下逐渐灭亡或者被这一暴发户所腐化的历史，而他则是在一部作品里，写出"本世纪"历史的迂回曲折、起伏跌宕的巨变，在全部历史的景象与过程的中心，安置着一个共同的触目惊心的现实，即下层人民悲惨的命运。虽然，在他看来，这一过程中的不同阶段具有不同的意义和性质，如拿破仑帝国"是光荣的本身"，继之而来的复辟时期"实质上是昏天黑地"、是"长时期莫大空虚"，然而，在不同的阶段，下层人民的处境同样总是艰难的，并没有什么变化，他以冉阿让、芳汀与珂赛特的故事说明了这一点，指出了"本世纪"的每一个阶段

---

① 雨果：《莎士比亚论》第二部分第一卷《莎士比亚的天才》。

都一直存在着"三个问题"——"贫穷使男子潦倒,饥饿使妇女堕落,黑暗使儿童羸弱",因此,我们可以说,雨果要写的就是"本世纪"中穷人的悲惨史。

作为一部史诗,它不是民族的史诗,而是个人的史诗,但又不限于个人的意义。它使我们联想起什么?《奥德修纪》?《奥德修纪》的主人公奥德修在海上漂流了十年,历经各种险阻,终于回到了自己的家乡,它作为人的史诗意义,不仅在于它表现的是个人在人生的某一个阶段里经历了极为丰富、极不平凡、甚至可歌可泣的际遇,而且在于,他在这种经历的过程中,显示了人的力量与人的品格,人的精神与人的气势,从而作为一个最早的范例,提供了关于人的史诗的经典性的涵义。在这个意义上,《悲惨世界》与《奥德修纪》有某种相同之处,它是近代十九世纪的《奥德修纪》,它表现了主人公冉阿让在近代社会中的奥德修式的经历。

冉阿让的经历无疑具有明显的传奇色彩,他一生的道路是那么坎坷,他所遇到的厄运与磨难是那么严峻,他的生活中充满了那么多的惊险,所有这一切都不亚于奥德修在海上长期漂流所遇到的险阻。在《奥德修纪》里,主人公的史诗是在与自然力的代表大海、与象征着大海之摧毁力量的各种魔怪的斗争中展开的,而冉阿让的史诗则主要是以他向资产阶级社会强加在他头上的厄运、向不断迫害他的资产阶级法律作斗争为内容的,这是在文明社会里一场接一场、一次又一次的反复搏斗,足以使人惊心动魄。服刑期间三次越狱、商马第案件中被捕后又一次从监狱里逃脱、令人不可思议地在土伦港的海里失踪、在巴黎街巷里成功地摆脱沙威的追捕、假装死人、伪造身份,等等,这一个又一个的惊险事件,无不具有一种极不平凡的传奇的性质。正因为冉阿让要对付的是庞大的压在头上的社会机器和编织得密密麻麻的法律之网,雨果要使这个人物斗争的史诗能够进行下去,并导向预定的结局,就必须赋予他以惊人的刚毅、非凡的体力和罕见的勇敢机智。冉阿让得到了所有这一切。他能"折断窗口的铁条",他可以带着珂赛特爬上高墙,他是如何潜入海底不见踪迹的?他怎么能长时间被闷在棺材里而不至于窒息而死?这些近乎神奇的本领不是可以与奥德修战胜独眼巨人、女妖斯库拉以及卡律布狄斯的本领媲美吗?除了这种超自然的体力之外,雨果还赋予他的主人公以现代文明社会的活动能力,他让冉阿让从事工业,有所发明创造,并且一度成为一个治理有方、改变了滨海蒙特勒伊小城的整个面貌的行政长官,这就在这个人物身上补全了各种非凡的活力,使他成为十九世纪文学中一个强有力的人物形象,真正具有近代社会的传奇性,以上这些无疑都属于一种浪漫主义的性质。

这个人物的浪漫主义色彩,不仅表现在他非凡的活动能力上,而且,更重要的是表现在他的道德精神方面。如果说他的身世经历像史诗一样不平凡,那么,他的精神历程也像史诗一样可歌可泣。他为了使姐姐和她的孩子免于饥饿,偷了一块面包,因此被判了十九年徒刑,社会的残害、法律的惩罚、现实的冷酷使他这样一个本性善良的人,逐渐成为猛兽,带有一种向社会报复的情绪,以至作出了两件真正使他终生内疚的错事,偷了卞福汝主教的两个银烛台与抢了穷小孩一枚钱币,但这种内疚却导致一种更深的觉悟,成为他精神发展的起点,他在滨海蒙特勒伊为穷人谋福利、保护受害者以及乐于助人的种种义举,已经表现出他博爱的胸怀、仁慈的心肠和慷慨无私的精神,实为人间所难得,而在商马第案件中,他的诚实、勇敢、自我牺牲的行动,则更显示出他崇高的人格与光辉的品质。正像他在传奇般的经历中要克服现实生活中的种种险阻一样,他在精神历程中也要绕过、战胜种种为我的利己主义的暗礁,才能达到一种不平凡的精神高度,而且,这种暗礁有时比现实生活中的险阻似乎更难以越过。请看,他在决定自己投案以救助无辜的商马第之前,经过了多么激烈的艰苦的思想斗争,那一场发生在脑海里的斗争其惊心动魄的程度,似乎并不下于滑铁卢战役,作者把它表现得像惊涛骇浪一样具有非凡的气势,甚至他还用了"白发三千丈"式的神来之笔——冉阿让的头发一夜之间全都白了!后来,这个道德上的巨人,又不顾个人安危救出珂赛特,长期含辛茹苦把她抚养成人,此外,他还在巴黎进行救济穷人的活动,冒着生命危险在难以想象的艰苦条件下从可怕的下水道里救出马吕斯,等等,一次又一次验证了他崇高的人格,延伸了他崇高的精神历程,而历程的崇高性,正是史诗所经常具有的重要标志。

  我们这里谈的并不是抽象的人格与品德,因为,我们面前的冉阿让并不是一个抽象的人,也不像《巴黎的秘密》中那个鲁道夫那样,是一个普施仁爱于人间的"崇高的"贵族王公,虽然雨果有时也赋予冉阿让以普通人所不可能具有的条件,如拥有巨额钱财与巨大的企业,一度曾是一个地方长官等,但他基本上是一个劳动人民的形象,从出身来讲,他是贫苦的修树枝工人,从经历来讲,他一生的绝大部分时间,除了当工人或服苦役外,就是为资产阶级的国家机器所不容,被资产阶级法律所通缉,从品德上来讲,他始终保持着劳动人民淳朴、善良、富有同情心与自我牺牲精神的品德,从外形来讲,他的身上经常穿着褴褛的衣裳,带有粗犷的气质与汗水的气息,而且,他始终是与社会下层不幸、悲苦的人们联结成一体,休戚相关,同呼吸,共命运,因此,完全可以说,冉阿让是被压迫、被损害、被侮辱的劳苦人民的代表,他的全部经历与命运,他所包含的社会意义,都具有一种崇高的悲怆性,这种有社会代表意义的悲怆性,使得《悲惨世界》成为劳苦大众在资本主义黑暗社会里挣扎与奋斗的悲怆的史诗。

作为一种浩博的精神,它是资产阶级人道主义精神的充分体现。

雨果并不是出身于劳动人民,他甚至也没有什么重要的与劳动阶层的社会关系,他本人的经历、道路与社会下层也相距甚远,是什么力量推动他去写《悲惨世界》这样一部讲述下层人民苦难的巨著?是什么思想基础使他用小说全部的形象力量来提出劳苦人民的悲怆命运问题?

> 我同情贫苦的人和劳动者,
> 对他们讲友爱,从思想深处。
> …………
> 怎样减少人世间的痛苦?
> 饥饿、艰难的劳动、贫困和罪恶,
> 这种种问题紧紧抓住了我。

不能不承认,这种力量与思想基础,就是他的资产阶级人道主义思想。

一八〇一年,一个名叫彼埃尔·莫的贫苦农民,因为偷了一块面包被判处五年劳役,出狱后,他的黄色身份证使他在就业中屡遭拒绝。这件事引起了雨果的同情,由此他才产生了写《悲惨世界》的意图,他把这一事件作为小说主人公冉阿让的故事的蓝本,只不过,他又作了一些更动,特别是把五年苦役扩大为十九年苦役,并让冉阿让终生遭到法律的迫害,以此构成小说的主要线索与内容,此外,他又以芳汀、珂赛特、商马第等其他社会下层人物的不幸与苦难作为补充,从而表现了一整个悲惨世界,在其中倾注了他真诚的人道主义的同情,这种同情在整个小说里无处不在,无处不有,从主干到枝叶到末梢,它是那么渗透弥漫在整个悲惨世界里,似乎包容了一切,不能不使人产生一种浩博之感。

　　这种人道主义的同情还推动了雨果进行尖锐的社会批判,他把下层人民的苦难,明确地归之于"法律和习俗所造成的社会压迫",他的整部小说的目的,就在于揭露这种压迫如何"在文明鼎盛时期人为地把人间变成地狱,并使人类与生俱来的幸运遭受不可避免的灾祸",对于冉阿让的冤屈,他责问道:"愿意工作,但缺少工作,愿意劳动,而又缺少面包,首先这能不能不算是件严重的事呢?""犯了过失,并且招认了,处罚又是否苛刻过分了呢?""这种做法的结果,是否构成强者对弱者的谋害,是否构成社会侵犯个人的罪行,并使这种罪行日日都在重犯,一直延续到十九年之久呢?"同样,芳汀这个形象也包含着雨果对社会的强烈控诉,她原来是个天真纯洁的少女,但恶浊的社会玷污了她、损害了她;她一直有自食其力、过勤劳节俭生活的决心,但包工压低她的工资、债主对她进行盘剥,她把自己的头发和牙齿出卖以后,仍然走投无路,被迫为娼,最后,死得那样凄凉悲惨,"芳汀的故事说明什么呢?"雨果尖锐地提出了这个问题,他的回答很明确:"说明社会收买了一个奴隶……奴隶制度始终存在,不过只压迫妇女罢了,那便是娼妓制度。"不难看出,在《悲惨世界》里,与对劳动人民深切的同情同时并存、水乳交融的是,作者对黑暗的社会现实的强烈抗议,因此,在这里,雨果的资产阶级人道主义思想,就不仅是他同情劳动人民的出发点,也是他进行社会批判的一种尺度与武器。

资产阶级人道主义并非一种至善至美的思想体系,它有很大的阶级局限性,对它进行全面的历史评价与分析批判并不是本文的任务,我们在这里只想指出,在《悲惨世界》这部小说里,资产阶级人道主义思想所起的作用,主要还是积极的,它使得这部小说成为一部富有同情心的书,一部感情充沛的书,一部充满了社会正义感的书,不论是它的同情还是它的抗议,对于不同时代、不同国度的读者,都有强烈的感染。当然,资产阶级人道主义思想的阶级局限性,也必然给这部小说带来缺陷与弱点,如果说,在《悲惨世界》里,资产阶级人道主义思想作为一种对社会现实的批评标准与尺度还是强有力的话,那么,它被作者当做改造社会、谋求未来道路的思想原则时,就暴露了它的历史唯心主义的实质,这种情况特别表现在卞福汝主教这个人物形象上。

在《悲惨世界》的构思中,卞福汝主教居于一个重要的地位。这个形象是雨果以实际生活中迪涅城一个有德行的主教米奥里斯为蓝本塑造出来的,雨果以小说中整整一卷的篇幅,从各方面描写了这个人物,他大公无私,把自己的府第让出来供医院收容穷苦的病人,他清廉而又慷慨,把自己的生活压低到最低的水平,以便将薪俸的绝大部分津贴各种福利事业,他品德高洁,从不追逐名位,更不结帮营私,与贵族权势格格不入,与教会恶势力泾渭分明,对社会下层,他充满了仁爱,为了穷人,他可以长途跋涉,不畏险阻,深入山区僻壤,而对富人、政府与法律,他却不乏针砭与讥讽,他在宣道中,从不宣传宗教谬说与教会的偏见,不把上帝视为神,而只当做一种抽象的信仰,他也不谈地狱的恐怖与今世的赎罪,而只提倡有德行的人生,鼓吹人对人的善意、关切、尊重与互助。显而易见,雨果虽然让这个人物穿着主教的道袍,但却竭力避免在他这些崇高的品德上涂抹宗教的灵光,把它们描写成宗教圣徒或教会长老的圣德,而赋予它们一种人道主义的色彩,把它们完全归于一种人的道德的范畴,因此,就其思想实质与精神而言,卞福汝主教就是雨果心目中的一个理想的人道主义者的形象。对于这样一个理想化的道德形象,我们不能说他不真实,事实上,"真实的米奥里斯主教大人的为人,完全和书中的米里哀主教大人一样,甚至更善良。"①我们也不能否认这样一个形象人格的高尚与道德的光辉,从伦理原则与道德规范来说,这种资产阶级人道主义的理想形象,仍不失某种积极的意义。问题在于,雨果不仅赋予他的资产阶级人道主义理想形象以道德伦理的意义,而且赋予了他某种社会历史动力的意义。在《悲惨世界》中,他让卞福汝主教处于提纲挈领的关键性的地位,首先,他把这个人物作为体现着九三年原则的那位国民公会代表的对立面,实际上,也就是把这个人物所主张的博爱、人道、感化的原则,作为国民公会代表所代表的革命、战争、专政、暴力的原则的对立面,并把这种资产阶级人道主义的仁爱原则,视为对改造社会更为合理、也更为有效的途径,

---

① 安德烈·莫洛亚:《雨果传》第九卷第二章。

而后,从这种思想出发,他虚构了卞福汝如何以献身的精神感化了一个为害社会与民众的凶残的匪帮,描写了他的善行如何感化了冉阿让,并把冉阿让提升到一个新的精神高度,他还让卞福汝的精神延伸到冉阿让的身上,又让冉阿让以这种精神先在滨海蒙特勒伊创建了一个穷人的"福地",最后,又感化了实际上是作为政府机器与法律制度的化身的沙威,使他完全"精神崩溃"而最后"自我毁灭",于是,人道主义的仁爱在小说中就成为一种千灵万验、无坚不摧的神奇的力量。这种不符合社会历史真实的描写显然近乎童话,不能不说是出自作者本人历史唯心主义的幻想。

作为激情,《悲惨世界》是雨果高昂的资产阶级民主主义激情的体现。

虽然在社会历史的问题上,《悲惨世界》宣扬了仁爱万能与阶级调和,但是,这并不是它惟一的思想内容,也不是它压倒其他一切的基调,在这里,还有对一八三二年人民革命运动与起义斗争的出色描写和热情歌颂。这种情况可以使人想到巴尔扎克之描写同一次起义中的圣玛丽修道院的共和党的英雄们,所不同的是,巴尔扎克是在对这些英雄的现实主义的描写中流露了他的赞赏,而雨果则是明确地把这次起义中革命人民与英雄人物,当做描绘与讴歌的"神明",而且,巴尔扎克的赞赏是违反了自己保王派的政治态度,而雨果则是出于一种巨大的民主主义的政治热情。

起义与街垒战斗在《悲惨世界》里占有重要的地位和大量的篇幅,是长篇小说最后两部的主体,甚至它本身就具有一部长篇小说的规模。在这里,我们可以看到,七月王朝时期这一重大历史事件的整个发展过程与全貌,人民在起义前对君主政体的不满、对共和主义的向往、革命危机的临近、秘密革命团体的活动、群众在事变前的战斗准备、示威的游行、起义的爆发、硝烟弥漫的巴黎街头、街垒斗争中的英雄人物……所有这些,都是以壮丽的色彩、细致的笔法描述出来的,具有德拉克洛瓦的《自由女神引导着人民》那种辉煌的风格,你在十九世纪法国文学中,不,在整个西方文学中,见过还有什么作品像《悲惨世界》这样,对一次革命起义做过如此正面的、完整的、如此规模宏大、如此热情奔放的描述?作品的这一举足轻重的部分,无疑给《悲惨世界》定下了革命民主主义的基调。

在这种基调中,我们有时可以听到一种更为深沉的声音,就像在贝多芬第五交响乐紧张搏击、激烈冲突的基调中出现了第二乐章沉郁的旋律那样,那是马吕斯在街垒上对他眼前那场酷烈斗争的沉思:"内战?这意味着什么?难道还有一种外战吗?人与人之间的战争,不都是兄弟之间的战争吗?战争的性质只取决于它的目的。无所谓外战,也无所谓内战。战争只有非正义的与正义的之分。在人类还没有进入大同世界的日子里,战争,至少是急速前进的未来反对原地踏步的过去的那种战争,也许是必要的。对于这样的战争有什么可谴责的呢?仅仅是在用以扼杀人权、进步、理智、文明、真理时战争才是耻辱,剑也才是凶器。"这沉思无疑代表着雨果本人严肃的思考,在这里,固然还有抽象人道主义的意味,但革命民主主义的思想已经突破了人道主义的框架,对斗争必要性的认识已经超越了对仁爱的宣扬。在《悲惨世界》的基调中,我们有时还可以听到一节引吭的高歌,就像贝多芬第九交响乐中升越在雄伟基调之上的洪亮的欢乐颂,那是共和主义英雄人物安灼拉在街垒上发表的演说:"公民们,十九世纪是伟大的,但二十世纪将是幸福的,那时就没有与旧历史相似的东西了……人们不用再害怕灾荒、剥削,或因穷困而卖身,或因失业而遭难,不再有断头台、杀戮和战争,以及不计其数的事变中所遭到的意外情况。人们几乎可以说:'不会再有事变了。'人民将很幸福……朋友们,和你们谈话时所处的时刻是暗淡的,但这是为获得未来所付的惊人代价。革命是付一次通行税……弟兄们,谁在这儿死去就是死在未来的光明中。"这一段话,响彻在《悲惨世界》最后两部,表达了作者虽然还很朦胧但却非常热情的对理想未来的憧憬,以及实现这一理想必须通过革命的正确信念,同样也突破了雨果的资产阶级人道主义的局限,使《悲惨世界》的主题提升到一个新的高度。

　　雨果的革命民主主义激情,还鲜明地表现为对起义民众、革命人民的热情礼赞。在《悲惨世界》里,疲惫不堪、衣衫褴褛、遍体创伤、为正义事业而斗争的人们,是一个伟大的整体与象征,人民的象征。他们在事关祖国存亡的时候,会毫不犹豫地走上前线,当事关自由的时候,会筑起街垒。他们就是一七八九年、一八三〇年的革命风暴中的英雄,他们在墙壁上刻下的"人民万岁"的大字,直到一八四八年起义中还闪闪发光。他们在街垒上抗击着政府军的残酷镇压,弹尽援绝,忍受着饥饿,进行英勇的斗争,直到最后壮烈牺牲。雨果以富有革命诗情的描写表现了起义人民的巨大形象,而在这一伟大的整体中,他又突出了安灼拉、马白夫与伽弗洛什这三个英雄人物。"人民之友社"的核心人物安灼拉,是大革命期间民主激进派领袖罗伯斯庇尔的信徒,坚强的共和主义者,街垒起义的组织者与领导人,他有坚定的政治信念与充沛的革命热情,在街垒起义中果敢沉着、临危不惧,雨果以雅各宾专政时期的革命家圣鞠斯特为蓝本塑造了这个人物,使十九世纪的文学中出现了一个难得的革命领袖的正面形象。马白夫老爹是巴黎普通人民的形象,起义的积极参加者,当街垒的红旗被政府军的排枪击落时,他自告奋勇,在敌人的枪口下攀登到街垒的最高处,把红旗高高竖起,用自己的生命和鲜血保卫了革命的旗帜,这一悲壮感人的场面,雨果是以庄严的颂歌的笔调写出来的,并对此发出了热情的礼赞。伽弗洛什,这个巴黎流浪儿童的典型,是法国文学中最生动、最有魅力的艺术形象之一。他无家可归,但在贫贱生活中总是快快活活,自由自在地哼着幽默的小调,他身上凝聚着法国人民那种开朗乐天的性格。他看起来不那么正统,嘴里也讲粗话,但却保持了儿童的天真与纯洁,他有时也偷窃,那是为了救济比他更可怜的弱者,他在街头那些年幼无助的儿童面前,总是充满了同情与善良,以侠义的保护人自居,慷慨地把自己的住处与面包让给他们。他酷爱自由,是一八三〇年革命的"参加者",到一八三二年又成为街垒上的战士。他在起义斗争中勇敢机智,街垒上无处不听见他顽皮、快活的声音,直到最后壮烈牺牲,他还唱着幽默的歌曲。这三个人物是雨果心目中人民的象征,他塑造出他们的高大的身躯,又赋予他们普通人的特点,表现出他们属于人民这一伟大的整体,正是未来的理想社会借以实现的社会力量。

如果以上是《悲惨世界》的四种素质,四个方面,那么也可以指出,它们并不能全部概括这一长篇巨著的历史内容、生活内容与思想内容。以《悲惨世界》在内容上的丰富、深广与复杂而言,在雨果数量众多的文学作品中它无疑居于首位,即使是在十九世纪文学中,也只有巴尔扎克的巨著《人间喜剧》的整体可与之媲美,对于它厚实的容积,也许只有借助巨大的森林、辽阔的海洋这类比喻,才能提供一个总体的概念,而《悲惨世界》内容的丰富复杂,首先由于它是作者漫长的创作道路和思想发展过程的某种总结,继而又因它是深刻复杂的时代社会条件会聚的产物。

雨果在完成《悲惨世界》之前,不论在政治思想上与文学创作上,都走过了曲折的道路。他生于一八〇二年,少年时期恰逢拿破仑垮台、波旁王朝复辟,虽然他父亲是拿破仑麾下的一员将领,但由于受了拥护波旁王朝的母亲的影响,又由于事关自己家庭在复辟王朝治下切身的政治利害,少年雨果的政治态度是保王主义的。他很早就开始写作,以波旁王朝的"桂冠诗人"夏多布里昂为偶像,立下了这样的誓言:"成为夏多布里昂,否则别无他志。"他早期的诗歌创作倾向保守,文学主张也因袭守旧,属于伪古典主义的营垒。在二十年代波旁王朝更趋反动、资产阶级自由主义思潮日趋高涨的条件下,雨果的政治态度有了大幅度的转变,抛弃了保王主义,拥护一七八九年以来包括拿破仑在内的资产阶级革命的潮流,在文学上则成为资产阶级浪漫主义运动的领袖,向伪古典主义作了尖锐的斗争,这一个时期,直到一八三〇年七月革命以后,他重要的诗歌、戏剧、小说作品《玛丽蓉·黛罗美》(1829)、《东方集》(1829)、《艾那尼》(1830)、《巴黎圣母院》(1831)、《国王寻欢作乐》(1832)、《玛丽·都铎》(1833)、《吕伊·布拉斯》(1838),都充满了强烈的反封建、反教会的精神,七月王朝时期,雨果在政治上一直摇摆于君主立宪主义与共和主义之间,一八四八年,巴黎无产阶级在二月革命中提出推翻七月王朝、建立共和国的口号后,他才坚决站在共和主义的立场上,在巴黎无产阶级六月起义中,他对被镇压的起义者抱同情态度,并成为一八四九年至一八五一年间国民议会中社会民主派的领袖。一八五一年,路易·波拿巴发动反革命政变,雨果坚决反对,因此,同年被迫流亡国外,从此一直与拿破仑第三的反动统治进行不妥协的斗争,充满革命气势的诗集《惩罚集》,就是他在斗争中掷向统治者的投枪与利剑。一八七〇年,拿破仑第三垮台,他才结束长期流亡生活,回到了巴黎。

《悲惨世界》虽然完成于流亡期间的一八六一年,但早在一八二八年,雨果就有了以彼埃尔·莫的故事为题材写一本小说的计划。一八四五年,他开始写作,一八四八年,在原有题材的基础上大大扩充了小说的内容,深化了小说的主题思想,但不久辍笔中断,只在流亡到大西洋中的根西岛后,从一八六〇年四月二十六日,才集中时间与精力再次进行写作。从《悲惨世界》在作者的心里孕育了三十多年这一事实来看,不难想象这一长篇必然反映了雨果在法国十九世纪前半期复杂的社会历史现实中曲折的思想历程所包含的不同方面与不同成分。事实上,在小说中,对一七八九年以后革命高潮年代的回顾,多少还带有少年雨果保守政治思想的一点浅淡的痕迹;马吕斯摆脱保王派的思想影响,对拿破仑与对自己父亲的认识有了转变,其实就是雨果本人在二十年代政治思想转变的写照;《滑铁卢》一卷中对战争的形势与过程的描述,渗透着雨果在二十年代形成的资产阶级民主主义的历史诗情;卞福汝主教这个人物和作者所赋予他的精神,使人想起雨果在二十年代末期的中篇小说《死囚末日记》中抽象人道主义的声调;长篇中一系列人物的悲惨故事,无疑又一次表达了雨果在三十年代的小说《克洛德·格》中所发出的对统治阶级、对资产阶级国家机器与法律的强烈控诉与抗议;而雨果描写一八三二年起义斗争时所表现出的资产阶级激进民主主义,则显然是他作为反拿破仑第三的政治斗士所表现出来的政治热情与斗争精神在艺术中的升华。因此,我们几乎可以说,《悲惨世界》集雨果思想之大成,它同时体现了雨果的进步性与局限性、优点与缺陷,体现了一个资产阶级作家在思想上所能达到的高度与他不可避免的矛盾与局限。

《悲惨世界》既是雨果思想的总结,当然更是十九世纪的历史发展与社会现实生活的产物,这不仅因为它所描绘的图景和它们所包含的历史内容,都直接来自那个时代丰富的历史与现实,而且特别因为它所提出的主要社会问题——即劳动人民悲惨处境问题、它提出这个问题的方式以及它所设想的解决方案,无不打上了时代的烙印。

资产阶级革命后的现实,证实了十八世纪启蒙作家们所预言的理性王国的破产,大革命后整整一代人,包括在十九世纪进行写作的作家,面对着不合理的、丑恶的现实,身处于复杂尴尬的社会关系中,自然都感受到一种幻灭,他们以资产阶级人道主义、启蒙作家的理性原则作尺度,去衡量社会现实,就不难发现社会的种种弊端,并把这些弊端看得很严重、很尖锐,对它们从社会历史的高度进行了批判,以道德伦理的名义进行了谴责。社会下层的苦难,就是他们所见到的弊端之一。但是,由于资产阶级生活经验与社会视野的限制,在那些弊端中,劳动人民悲惨处境这一最触目惊心的弊端,反倒没有最先、最强烈地引起他们的严重关注,因此,在十九世纪早期进行写作的斯丹达尔与巴尔扎克的作品里,这个近代社会最严重的问题,并没有占重要的位置。只是因为贫富对立的现实日益严重,下层人民的不幸越加触目惊心,加上空想社会主义思潮的影响,从四十年代起,法国文学中才出现了一股关心下层人民、反映下层人民痛苦的潮流,从四十年代早期乔治·桑的《木工小史》、《康絮爱萝》、欧仁·苏的《巴黎的秘密》、大仲马的《基督山恩仇记》,一直到四十年代后期乔治·桑的田园小说,在这里,社会下层的苦难这一主题,完全是从资产阶级人道主义同情的角度提出来的,而其解决的方式则充满了阶级调和的幻想。《悲惨世界》就是这一股潮流的结果,是这种具有普遍社会意义的文学现象的一部分,它提出问题的角度以及它企图解决问题的方式,都没有超出这个潮流的范围与水平。但是,另一方面,《悲惨世界》却又肯定处于这一潮流之上,这不仅因为雨果在艺术创造的才力超过了其他几位作家,而且,因为他从自己漫长曲折的道路中,对十九世纪法国社会的历史内容有了更丰富、更深刻的认识与理解,因为他具有更高的思想境界、更充沛的社会正义感、更强烈、更真诚的人道主义精神,他早已抛弃了"成为夏多布里昂"的宿愿,而致力于对人类命运、社会历史问题的思索与探讨,并在现实生活里,成为了法兰西民族的自由而斗争的战士,尽管他在为悲惨的人们设想解脱出路时,不免陷于幻想,但他留下的这部作品毕竟是十九世纪文学中少有的一部代表作,一部关于劳动人民处境的最强有力、最深挚、最动人的真正的杰作。

"好几十年过去了。时间可以淹没小丘和山岗,但淹没不了高峰,人类遗忘的大海淹没了多少十九世纪的作品,而雨果的作品像群岛一样,傲然挺立在大海之上,露出它们那千姿百态的尖顶"①。

最著名的雨果传记的作者作如是说,距今又已经好几十年了,当雨果逝世一百周年将要来到的时候,我们深感这段话说得非常切实。在雨果的"群岛"中,《悲惨世界》显然要算是耸立得最高的一个,它不仅没有被淹没在遗忘的大海里,而且已经成为不同时代、不同国度的千千万万人民不断造访的一块胜地。

柳 鸣 九
一九八四年二月

---

① 安德烈·莫洛亚:《雨果传》第十卷第八章。

作 者 序

　　只要因法律和习俗所造成的社会压迫还存在一天,在文明鼎盛时期人为地把人间变成地狱并使人类与生俱来的幸运遭受不可避免的灾祸;只要本世纪的三个问题——贫穷使男子潦倒,饥饿使妇女堕落,黑暗使儿童羸弱——还得不到解决;只要在某些地区还可能发生社会的毒害,换句话说,同时也是从更广的意义来说,只要这世界上还有愚昧和困苦,那么,和本书同一性质的作品都不会是无益的。

　　　　　　　　　　　　一八六二年一月一日于奥特维尔别馆

第一部 芳 汀

第一卷　一个正直的人

一　米里哀先生

一八一五年,迪涅①的主教是查理·佛朗沙·卞福汝·米里哀先生。他是个七十五岁左右的老人;从一八〇六年起,他已就任迪涅区主教的职位。

虽然这些小事绝不触及我们将要叙述的故事的本题,但为了全面精确起见,在此地提一提在他就任之初,人们所传播的有关他的一些风闻与传说也并不是无用的。大众关于某些人的传说,无论是真是假,在他们的生活中,尤其是在他们的命运中所占的地位,往往和他们亲身所做的事是同等重要的。米里哀先生是艾克斯法院的一个参议的儿子,所谓的司法界的贵族。据说他的父亲因为要他继承②那职位,很早,十八岁或二十岁,就按照司法界贵族家庭间相当普遍的习惯,为他完了婚。米里哀先生虽已结婚,据说仍常常惹起别人的谈论。他品貌不凡,虽然身材颇小,但是生得俊秀,风度翩翩,谈吐隽

---

① 迪涅(Digne),在法国南部,是下阿尔卑斯省的省会。
② 当时法院的官职是可以买的,并可传给儿孙。

逸;他一生的最初阶段完全消磨在交际场所和与妇女们的厮混中。革命①爆发了,事变迭出,司法界贵族家庭因受到摧毁,驱逐,追捕而东奔西散了。米里哀先生,当革命刚开始时便出亡到意大利。他的妻,因早已害肺病,死了。他们一个孩子也没有。此后,他的一生有些什么遭遇呢?法国旧社会的崩溃,他自己家庭的破落,一般流亡者可能因远道传闻和恐怖的夸大而显得更加可怕的九三年②的种种悲剧,是否使他在思想上产生过消沉和孤独的意念呢?一个人在生活上或财产上遭了大难还可能不为所动,但有时有一种神秘可怕的打击,打在人的心上,却能使人一蹶不振;一向在欢乐和温情中度日的他,是否受过那种突如其来的打击呢?没有谁那样说,我们所知道的只是:他从意大利回来,就已经当了教士了。

一八〇四年,米里哀先生是白里尼奥尔的本堂神甫。他当时已经老了,过着深居简出的生活。

接近加冕③时,他为了本区的一件不知道什么小事,到巴黎去过一趟。他代表他教区的信众们向上级有所陈请,曾夹在一群显要人物中去见过费什红衣主教。一天,皇帝来看他的舅父④,这位尊贵的本堂神甫正在前厅候见,皇上也恰巧走过。拿破仑看见这位老人用双好奇的眼睛瞧着他,便转过身来,突然问道:

"瞧着我的那汉子是谁呀?"

---

① 革命,指一七八九年法国资产阶级革命。
② 一七九三年是革命达到高潮的一年。
③ 加冕,拿破仑于一八〇四年三月十八日称帝,十二月二日加冕。
④ 指费什。

"陛下,"米里哀先生说,"您瞧一个汉子,我瞧一个天子。彼此都还上算。"

皇帝在当天晚上向红衣主教问明了这位本堂神甫的姓名。不久以后,米里哀先生极其诧异地得到被任为迪涅主教的消息。

此外,人们对米里哀先生初期生活所传述的轶事,哪些是真实的?谁也不知道。很少人知道米里哀这家人在革命以前的情况。

任何人初到一个说话的嘴多而思考的头脑少的小城里总有够他受的,米里哀先生所受的也不例外。尽管他是主教,并且正因为他是主教,他就得受。总之,牵涉到他名字的那些谈话,也许只是一些闲谈而已,内容不过是听来的三言两语和捕风捉影的东西,有时甚至连捕风捉影也说不上,照南方人那种强烈的话来说,只是"胡诌"而已。

不管怎样,他住在迪涅担任教职九年以后,当初成为那些小城市和小人们谈话的题材的闲话,都完全被丢在脑后了。没有谁再敢提到,甚至没有谁再敢回想那些闲话了。

米里哀先生到迪涅时有个老姑娘伴着他,这老姑娘便是比他小十岁的妹子巴狄斯丁姑娘。

他们的佣人只是一个和巴狄斯丁姑娘同年的女仆,名叫马格洛大娘,现在,她在做了"司铎先生的女仆"后,取得了这样一个双重头衔:姑娘的女仆和主教的管家。

巴狄斯丁姑娘是个身材瘦长、面貌清癯、性情温厚的人儿,她体现了"可敬"两个字所表达的理想,因为一个妇人如果要达到"可敬"的地步,似乎总得先做母亲。她从不曾有过美丽的时期,她的一生只是一连串圣洁的工作,这就使她的身体呈现白色和光彩；将近老年时,她具有我们所谓的那种"慈祥之美"。她青年时期的消瘦到她半老时,转成了一种清虚疏朗的神韵,令人想见她是一个天使。她简直是个神人,处女当之也有逊色。她的身躯,好像是阴影构成的,几乎没有足以显示性别的实体,只是一小撮透着微光的物质,秀长的眼睛老低垂着,我们可以说她是寄存在人间的天女。

马格洛大娘是个矮老、白胖、臃肿、忙碌不定、终日气喘吁吁的妇人,一则因为她操作勤劳,再则因为她有气喘病。

米里哀先生到任以后,人们就照将主教列在仅次于元帅地位的律令所规定的仪节,把他安顿在主教院里。市长和议长向他作了初次的拜访,而他,在他那一面,也向将军和省长作了初次的拜访。

部署既毕,全城静候主教执行任务。

二　米里哀先生改称卞福汝主教

迪涅的主教院是和医院毗连的。

主教院是座广阔壮丽、石料建成的大厦,是巴黎大学神学博士,西摩尔修院院长,一七一二年的迪涅主教亨利·彼惹在前世纪初兴建的。那确是一座华贵的府第。其中一切都具有豪华的气派,主教的私邸,大小客厅,各种房间,相当宽敞的院子,具有佛罗伦萨古代风格的穹隆的回廊,树木苍翠的园子。楼下朝花园的一面,有间富丽堂皇的游廊式的长厅,一七一四年七月二十九日,主教亨利·彼惹曾在那餐厅里公宴过这些要人:

昂布伦亲王——大主教查理·勃吕拉·德·让利斯;

嘉布遣会修士——格拉斯主教安东尼·德·梅吉尼；

法兰西祈祷大师——雷兰群岛圣奥诺雷修院院长菲力浦·德·旺多姆；

梵斯男爵——主教佛朗沙·德·白东·德·格利翁；

格朗代夫贵人——主教凯撒·德·沙白朗·德·福高尔吉尔；

经堂神甫——御前普通宣道士——塞内士贵人——主教让·沙阿兰。

这七个德高望重的人物的画像一直点缀着那间长厅，"一七一四年七月二十九日"这个值得纪念的日子，也用金字刻在厅里的一张白大理石碑上。

那医院却是一所狭隘低陋的房子，只有一层楼，带个小小花园。

主教到任三天以后参观了医院。参观完毕，他恭请那位院长到他家里去。

"院长先生，"他说，"您现在有多少病人？"

"二十六个，我的主教。"

"正和我数过的一样。"主教说。

"那些病床，"院长又说，"彼此靠得太近了，一张挤着一张的。"

"那正是我注意到的。"

"那些病房都只是一些小间，里面的空气很难流通。"

"那正是我感觉到的。"

"并且，即使是在有一线阳光的时候，那园子对刚刚起床的病人们也是很小的。"

"那正是我所见到的。"

"传染病方面,今年我们有过伤寒,两年前,有过疹子,有时多到百来个病人,我们真不知道怎么办。"

"那正是我所想到的。"

"有什么办法呢,我的主教?"院长说,"我们总得将就些。"

那次谈话正是在楼下那间游廊式的餐厅里进行的。

主教沉默了一会,突然转向院长。

"先生,"他说,"您以为,就拿这个厅来说,可以容纳多少床位?"

"主教的餐厅!"惊惶失措的院长喊了起来。

主教把那间厅周围望了一遍,像是在用眼睛测算。

"此地足够容纳二十张病床!"他自言自语地说,随着又提高嗓子,"瞧,院长先生,我告诉您,这里显然有了错误。你们二十六个人住在五六间小屋子里,而我们这儿三个人,却有六十个人的地方。这里有了错误,我告诉您。您来住我的房子,我去住您的。您把我的房子还我。这儿是您的家。"

第二天,那二十六个穷人便安居在主教的府上,主教却住在医院里。

米里哀先生绝没有财产,因为他的家已在革命时期破落了。他的妹子每年领着五百法郎的养老金,正够她个人住在神甫家里的费用。米里哀先生以主教身份从政府领得一万五千法郎的薪俸。在他搬到医院的房子里去住的那天,米里哀先生就一次作出决定,把那笔款分作以下各项用途。我们把他亲手写的一张单子抄在下面。

我的家用分配单

教士培养所津贴	一千五百利弗①
传教会津贴	一百利弗
孟迪第圣辣匝禄会修士们津贴	一百利弗
巴黎外方传教会津贴	二百利弗
圣灵会津贴	一百五十利弗
圣地宗教团体津贴	一百利弗
各慈幼会津贴	三百利弗
阿尔勒慈幼会补助费	五十利弗
改善监狱用费	四百利弗
囚犯抚慰及救济事业费	五百利弗
赎免因债入狱的家长费	一千利弗
补助本教区学校贫寒教师津贴	二千利弗
捐助上阿尔卑斯省义仓	一百利弗
迪涅,玛诺斯克,锡斯特龙等地妇女联合会,	
贫寒女孩的义务教育费	一千五百利弗
穷人救济费	六千利弗
本人用费	一千利弗

共计　一万五千利弗

米里哀先生在他当迪涅主教的任期中,几乎没有改变过这个分配办法。我们知道,他把这称作"分配了他的家用"。

那种分配是被巴狄斯丁姑娘以绝对服从的态度接受了

---

① 利弗(livre),当时的一种币制,等于一法郎。

的。米里哀先生对那位圣女来说,是她的阿哥,同时也是她的主教,是人世间的朋友和宗教中的上司。她爱他,并且极其单纯地敬服他。当他说话时,她俯首恭听;当他行动时,她追随伺候。只有那位女仆马格洛大娘,稍微有些噜苏。我们已经知道,主教只为自己留下一千利弗,和巴狄斯丁姑娘的养老金合并起来,每年才一千五百法郎。两个老妇人和老头儿都在那一千五百法郎里过活。

当镇上有教士来到迪涅时,主教先生还有办法招待他们。那是由于马格洛大娘的极其节俭和巴狄斯丁姑娘的精打细算。

一天——到迪涅约三个月时,主教说:

"这样下去,我真有些维持不了!"

"当然啰!"马格洛大娘说,"主教大人连省里应给的那笔城区车马费和教区巡视费都没有要来。对从前的那几位主教,原是照例有的。"

"对!"主教说,"您说得对,马格洛大娘。"

他提出了申请。

过了些时候,省务委员会审查了那申请,通过每年给他一笔三千法郎的款子,名义是"主教先生的轿车、邮车和教务巡视津贴"。

这件事使当地的士绅们大嚷起来。有一个帝国元老院①的元老,他从前当过五百人院②的元老,曾经赞助雾月十八日

---

① 元老院,指拿破仑帝国的元老院,由二十四人组成,任期是终身的。
② 五百人院,一七九五年十月,代表新兴资产阶级的热月党,根据自己制定的新宪法,由有产者投票选举,成立了元老院(上院)和五百人院(下院)。

政变①,住在迪涅城附近一座富丽堂皇的元老宅第里,为这件事,他写了一封怨气冲天的密函给宗教大臣皮戈·德·普雷阿麦内先生。我们现在把它的原文节录下来:

"轿车津贴?在一个人口不到四千的城里,有什么用处?邮车和巡视津贴?首先要问这种巡视有什么好处,其次,在这样的山区,怎样走邮车?路都没有。只能骑着马走。从迪朗斯到阿尔努堡的那座桥也只能够走小牛车。所有的神甫全一样,又贪又吝。这一个在到任之初,还像个善良的宗徒。现在却和其他人一样了,他非坐轿车和邮车不行了,他非享受从前那些主教所享受的奢侈品不可了。咳!这些臭神甫!伯爵先生,如果皇上不替我们肃清这些吃教的坏蛋,一切事都好不了。打倒教皇!(当时正和罗马发生摩擦。②)至于我,我只拥护恺撒……"

在另一方面,这件事却使马格洛大娘大为高兴。

"好了!"她对巴狄斯丁姑娘说,"主教在开始时只顾别人,但结果也非顾自己不可了。他已把他的慈善捐分配停当,这三千法郎总算是我们的了。"

当天晚上,主教写了这样一张单子交给他的妹子。

车马费及巡视津贴

供给住院病人肉汤的津贴　　　　　一千五百利弗

---

① 雾月十八日政变,法兰西共和国八年雾月十八日(一七九九年十一月九日),拿破仑发动政变,开始了独裁统治。
② 教皇庇护七世于一八〇四年到巴黎为拿破仑加冕,后被拘禁在法国,直到拿破仑失败。

艾克斯慈幼会的津贴	二百五十利弗
德拉吉尼昂慈幼会的津贴	二百五十利弗
救济被遗弃的孩子	五百利弗
救济孤儿	五百利弗
共计	三千利弗

以上就是米里哀先生的预算表。

至于主教的额外开支,以及请求提早婚礼费、特许开斋费、婴孩死前洗礼费、宣教费、为教堂或私立小堂祝圣费、行结婚典礼费等等,这位主教都到有钱人身上去取来给穷人;取得紧也给得急。

没有多久,各方捐赠的钱财源源而来。富有的和贫乏的人都来敲米里哀先生的门,后者来请求前者所留下的捐赠。不到一年工夫,主教便成了一切慈善捐的保管人和苦难的援助者。大笔大笔的款项都经过他的手,但没有任何东西能稍稍改变他的生活方式,或使他在他所必需的用品以外增添一点多余的东西。

不但如此,由于社会上层的博爱总敌不过下层的穷苦,我们可以说,所有的钱都早已在收入以前付出了,正好像旱地上的水一样;他白白地收进一些钱,却永远没有余款;于是他从自己身上搜刮起来。

主教们照例把自己的教名全部写在他们的布告和公函头上。当地的穷人,由于一种本能的爱戴,在这位主教的几个名字中,挑选了对他们具有意义的一个,称他为卞福汝①主教。我们也将随时照样用那名字称呼他。并且这个称呼很中他

---

① "卞福汝"(Bienvenu),"欢迎"的意思。

的意。

"我喜欢这名称,"他说,"卞福汝赛过主教大人。"

我们并不认为在此地所刻画的形象是逼真的,我们只说它近似而已。

三　好主教碰到苦教区

主教先生并不因为他的马车变成了救济款而减少他的巡回视察工作。迪涅教区是个苦地方。平原少,山地多,我们刚才已经提到。三十二个司铎区,四十一个监牧区,二百八十五个分区。巡视那一切,确成问题,这位主教先生却能完成任务。如果是在附近,他就步行;在平原,坐小马车;在山里,就乘骡兜。那两个高年的妇人还陪伴着他。如果路程对她们太辛苦,他便一个人去。

一天,他骑着一头毛驴,走到塞内士,那是座古老的主教城。当时他正囊空如洗,不可能有别种坐骑。地方长官来到主教公馆门口迎接他,瞧见他从驴背上下来,觉得有失体统。另外几个士绅也围着他笑。

"长官先生和各位先生,"主教说,"我知道什么事使你们感到丢人,你们一定认为一个贫苦的牧师跨着耶稣基督的坐骑未免妄自尊大。我是不得已才这样做的,老实说,并非出自虚荣。"

在巡视工作中,他是谦虚和蔼的,闲谈的时间多,说教的时候少。他素来不把品德问题提到高不可攀的地步,也从不向远处去找他的论据和范例。对某一乡的居民,他常叙说邻乡的榜样。在那些对待穷人刻薄的镇上,他说:"你们瞧瞧布里昂松地方的人吧。他们给了穷人、寡妇和孤儿一种特权,使他们可以比旁人早三天割他们草场上的草料。如果他们的房屋要坍了,就会有人替他重盖,不要工资。这也可算得上是上帝庇佑的地方了。在整整一百年中,从没一个人犯过凶杀案。"

在那些斤斤计较利润和收获物的村子里,他说:"你们瞧瞧昂布伦地方的人吧。万一有个家长在收割时,因儿子都在服兵役,女孩也在城里工作,而自己又害病不能劳动,本堂神甫就把他的情形在宣道时提出来,等到礼拜日,公祷完毕,村里所有的人,男的,女的,孩子们都到那感到困难的人的田里去替他收割,并且替他把麦秸和麦粒搬进仓去。"对那些因银钱和遗产问题而分裂的家庭,他说:"你们瞧瞧德福宜山区的人吧。那是一片非常荒凉的地方,五十年也听不到一次黄莺的歌声。可是,当有一家的父亲死了,他的儿子便各自出外谋生,把家产留给姑娘们,好让她们找得到丈夫。"在那些争讼成风,农民每因告状而倾家荡产的镇上,他说:"你们看看格拉谷的那些善良的老乡吧。那里有三千人口。我的上帝!那真像一个小小的共和国。他们既不知道有审判官,也不知道有执法官。处理一切的是乡长。他分配捐税,凭良心向各人抽捐,义务地排解纠纷,替人分配遗产,不取酬金,判处案情,不收讼费;大家也都服他,因为他是那些简朴的人中一个正直的人。"在那些没有教师的村子里,他又谈到格拉谷的居民了:"你们知道他们怎么办?"他说,"一个只有十家到十五家人口的小地方,自然不能经常供养一个乡村教师,于是他们全谷公聘几个教师,在各村巡回教学,在这村停留八天,那村停留十天。那些教师常到市集上去,我常在那些地方遇见他们。

我们只须看插在帽带上的鹅毛笔，就可以认出他们来。那些只教人读书的带一管笔，教人读又教人算的带两管，教人读算和拉丁文的带三管。他们都是很有学问的人。做一个无知无识的人多么可羞！你们向格拉谷的居民学习吧。"

他那样谈着，严肃地，像父兄那样；在缺少实例的时候，他就创造一些言近而意远的话，用简括的词句和丰富的想象，直达他的目的；那正是耶稣基督的辩才，能自信，又能服人。

四　言行合一

他的谈话是随和而愉快的。他总要求自己适合那两个伴他过活的老妇人的知识水平。当他笑起来，那确是小学生的笑。

马格洛大娘诚心诚意地称他做"大人"。一天，他从他的围椅里站起来走向书橱，要去取一本书。那本书正在顶上的那一格。主教的身材矮小，达不到。

"马格洛大娘，"他说，"请您搬张椅子给我。本大人还'大'不到那块木板呢。"

他的一个远亲，德·洛伯爵夫人，一有机会，总爱在他跟前数她三个儿子的所谓"希望"。她有几个年纪很老行将就木的长辈，她那几个孩子自然是他们的继承人了。三个中最年幼的一个将从一个姑祖母那里获得一笔整整十万利弗的年金，第二个承继他叔父的公爵头衔，长子应承袭他祖先的世卿爵位。主教平日常听这位做母亲的那些天真可恕的夸耀，从不开口。但有一次，当德·洛夫人又唠唠叨叨提到所有那些承继和"希望"时,他仿佛显得比平日更出神一些。她不耐烦地改变自己的话题说:"我的上帝,我的表哥! 您到底在想什么?""我在想,"主教说,"一句怪话,大概出自圣奥古斯丁:'把你们的希望寄托在那个无可承继者的身上吧。'"

另一次,他接到本乡一个贵人的讣告,一大张纸上所铺排的,除了亡人的各种荣衔以外,还把他所有一切亲属的各种封建的和贵族的尊称全列了上去。他叫着说:"死人的脊骨多么结实! 别人把一副多么显赫的头衔担子叫他轻快地背着! 这些人也够聪明了,坟墓也被虚荣心所利用!"

他一有机会,总爱说一些温和的讥诮言词,但几乎每次都含着严正的意义。一次,在封斋节,有个年轻的助理主教来到迪涅,在天主堂里讲道。他颇有口才,讲题是"慈善"。他要求富人拯救穷人,以免堕入他尽力形容的那种阴森可怕的地狱,而进入据他所说非常美妙动人的天堂。在当时的听众中,有个叫惹波兰先生的歇了业的商人,这人平时爱放高利贷,在制造大布、哔叽、毛布和高呢帽时赚了五十万。惹波兰先生生平从没有救助过任何穷人。自从那次讲道以后,大家都看见他每逢星期日总拿一个苏①给天主堂大门口的那几个乞讨的老婆婆。她们六个人得去分那个苏。一天,主教撞见他在行那件善事,他笑嘻嘻向他的妹子说:"惹波兰先生又在那儿买他那一个苏的天堂了。"

谈到慈善事业时,他即使碰壁也不退缩,并还想得出一些耐人寻味的话。一次,他在城里某家客厅里为穷人募捐。在座的有一个商特西侯爵,年老,有钱,吝啬,他有方法同时做极

---

① 苏(Sou),法国辅币名,相当于二十分之一法郎,即五生丁。

端保王党和极端伏尔泰①派。那样的怪事是有过的。主教走到他跟前,推推他的手臂说:"侯爵先生,您得替我捐几文。"侯爵转过脸去,干脆回答说:"我的主教,我有我自己的穷人呢。""把他们交给我就是了。"主教说。

一天,在天主堂里,他这样布道:

"我极敬爱的兄弟们,我的好朋友们,在法国的农村中,有一百三十二万所房子都只有三个洞口;一百八十一万七千所有两个洞口,就是门和窗;还有三十四万六千个棚子都只有一个洞口,那就是门。这是因为那种所谓门窗税才搞到如此地步。请你们替我把一些穷人家、老太婆、小孩子塞在那些房子里吧,瞧有多少热症和疾病!咳!上帝把空气给人,法律却拿空气做买卖。我并不诋毁法律,但是我颂扬上帝。在伊泽尔省,瓦尔省,两个阿尔卑斯省,就是上下阿尔卑斯省,那些农民连小车也没有,他们用自己的背去背肥料;他们没有蜡烛,点的是松枝和蘸着松脂的小段绳子。在多菲内省,全部山区也是那样的。他们做一次面包要吃六个月,并且是用干牛粪烘出来的。到了冬天,他们用斧子把那种面包砍开,放在水里浸上二十四个钟头才能吃。我的弟兄们,发发善心吧!看看你们四周的人多么受罪!"

他出生在南部,所以很容易掌握南方的各种方言。他学下朗格多克省的方言:"Eh bé! moussu, sès sagé?"学下阿尔卑斯省的方言:"Onté anaras passa?"学上多菲内省的方言:"Puerte un bouen moutou embe un bouen froumage grase."这样

---

① 伏尔泰(Voltaire,1694—1778),一生强烈反对封建制度和贵族僧侣的统治权。

就博得了群众的欢心,大大帮助了他去接近各种各样的人。他在茅屋里或山中,正像在自己的家里,他知道用最俚俗的方言去说明最伟大的事物。他能说各种语言,也就能和一切心灵打成一片。

并且他对上层的人和人民大众都是一样的。

他在没有充分了解周围环境时从不粗率地判断一件事。他常说:"让我们先研究研究发生这错误的经过吧。"

他原是个回头的浪子,他也常笑嘻嘻地那样形容自己。他丝毫不唱严格主义的高调;他大力宣传一种教义,但绝不像那些粗暴的卫道者那样横眉怒目,他那教义大致可以这样概括:

"人有肉体,这肉体同时就是人的负担和诱惑。人拖着它并受它的支配。

"人应当监视它,约束它,抑制它,必须是到了最后才服从它。在那样的服从里,也还可以有过失;但那样犯下的过失是可蒙赦宥的。那是一种堕落,但只落在膝头上,在祈祷中还可以自赎。

"做一个圣人,那是特殊情形;做一个正直的人,那却是为人的正轨。你们尽管在歧路徘徊,失足,犯错误,但总应当做个正直的人。

"尽量少犯错误,这是人的准则;不犯错误,那是天使的梦想。尘世的一切都免不了犯错误。错误就像一种地心吸力。"

当他看见大家吵闹并且轻易动怒时,他常笑嘻嘻地说:"看来这就是我们大家都在犯的严重罪行呢。现在只因为假面具被揭穿急于申明和掩饰罢了。"

他对于人类社会所压迫的妇女和穷人总是宽厚的。他说:"凡是妇女、孩子、仆役、没有力量的、贫困的和没有知识的人的过失,都是丈夫、父亲、主人、豪强者、有钱的和有学问的人的过失。"

他又说:"对无知识的人,你们应当尽你们所能的多多地教给他们;社会的罪在于不办义务教育;它负有制造黑暗的责任。当一个人的心中充满黑暗,罪恶便在那里滋长起来。有罪的并不是犯罪的人,而是那制造黑暗的人。"

我们看得出,他有一种奇特和独有的批判事物的态度。我怀疑他是从《福音书》中得到这一切的。

一天,他在一个客厅里听到大家谈一桩正在研究调查、不久就要交付审判的案子。有个穷苦无告的人,为了他对一个女子和所生孩子的爱,在生路断绝时铸了私钱。铸私钱在那个时代是要受极刑的。那女子拿着他所造的第一个私钱去用,被捕了。他们把她抓了起来,但是只有她本人犯罪的证据。只有她一个人能告发她的情人,送他的命。她不肯招供。他们再三追问。她仍坚决不招供。这样,检察长心生一计。他编造她的情人变了心,极巧妙地伪造许多信札的断片,来说服那个苦恼的女人,使她相信她有一个情敌,那男子有负心的行为。在嫉恨悲愤之中,她终于举发她的情人,一切都招供了,一切都证实了。那男子是无法挽救了。不久他就得在艾克斯和他的同谋女犯一同受审。大家谈着那件事,每个人都称赞那官员的才干,说他能利用妒忌之心,因愤怒而真相大白,法律的威力也因报复的心理而得以伸张。主教静悄悄地听着这一切,等到大家说完了,他问道:

"那一对男女将在什么地方受审?"

"在地方厅。"

他又问:"那么,那位检察长将在什么地方受审呢?"

迪涅发生过一件惨事。有个人因谋害人命而被判处死刑。那个不幸的人并不是什么读书人,但也不是完全无知无识的人,他曾在市集上卖技,也摆过书信摊。城里的人对那案子非常关心。在行刑的前一日,驻狱神甫忽然害了病。必须有个神甫在那受刑的人临终时帮助他。有人去找本堂神甫。他好像有意拒绝,他说:"这不关我事。这种苦差事和那耍把戏的人和我都不相干,我也正害着病,况且那地方不属我的范围。"他这答复传到主教那儿去了。主教说:"本堂神甫说得对。那不属于他的范围,而是属于我的。"

他立刻跑到监狱去,下到那"耍把戏的人"的牢房里,他叫他的名字,搀着他的手,和他谈话。他在他的身旁整整过了一天一夜,饮食睡眠全忘了,他为那囚犯的灵魂向上帝祈祷,也祈求那囚犯拯救他自己的灵魂。他和他谈着最善的、亦即最简单的真理。他真像他的父亲、兄长、朋友;如果不是在祝福祈祷,他就一点也不像个主教。他在稳定他和安慰他的同时,把一切都教给他了。那个人原是要悲痛绝望而死的。在先,死对他好像是个万丈深渊,他站在那阴惨的边缘上,一面战栗,一面又心胆俱裂地向后退却。他并没有冥顽到对死活也绝不关心的地步。他受到的判决是一种剧烈的震撼,仿佛在他四周的某些地方,把隔在万物的神秘和我们所谓生命中间的那堵墙震倒了。他从那无法补救的缺口不停地望着这世界的外面,而所见的只是一片黑暗。主教却使他见到了一线光明。

第二天,他们来提这不幸的人了,主教仍在他身旁。他跟着他走。他披上紫披肩,颈上悬着主教的十字架,和那被缚在绳索中的临难人并肩站在大众的面前。

他和他一同上囚车,一同上断头台。那个受刑的人,昨天是那样愁惨,那样垂头丧气,现在却舒展兴奋起来了。他觉得他的灵魂得了救,他期待着上帝。主教拥抱了他,当刀子将要落下时,他说:"人所杀的人,上帝使他复活;弟兄们所驱逐的人得重见天父。祈祷,信仰,到生命里去。天父就在前面。"他从断头台上下来时,他的目光里有种东西使众人肃然退立。我们不知道究竟哪一样最使人肃然起敬,是他面色的惨白呢,还是他神宇的宁静。在回到他一贯戏称为"他的宫殿"的那所破屋子里时,他对他的妹子说:"我刚刚进行了一场隆重的大典。"

最卓越的东西也常是最难被人了解的东西,因此,城里有许多人在议论主教那一举动,说那是矫揉造作。不过那是上层阶级客厅里的一种说法。对圣事活动不怀恶意的人民却感动了,并且十分钦佩主教。

至于主教,对他来说,看断头台行刑确是一种震动;过了许久,他才镇定下来。

断头台,的确,当它被架起来屹立在那里时,是具有一种使人眩惑的力量的;在我们不曾亲眼见过断头台前,我们对死刑多少还能漠然视之,不表示自己的意见,不置可否;但是,如果我们见到了一座,那种惊骇真是强烈,我们非做出决定,非表示赞同或反对不可。有些人赞叹它,如德·梅斯特尔[①]。

---

① 德·梅斯特尔(de Maistre,1753—1821),法国神学家。

有些人痛恨它,如贝卡里亚①。断头台是法律的体现,它的别名是"镇压",它不是中立的,也不让人中立。看见它的人都产生最神秘的战栗。所有的社会问题都在那把板斧的四周举起了它们的问号。断头台是想象。断头台不是一个架子。断头台不是一种机器。断头台不是由木条、铁器和绳索所构成的无生气的机械。它好像是种生物,具有一种说不出的阴森森的主动能力。我们可以说那架子能看见,那座机器能听见,那种机械能了解,那些木条铁件和绳索都具有意识。当它的出现把我们的心灵抛入凶恶的梦想时,断头台就显得怪可怕,并和它所作所为的一切都结合在一起了。断头台是刽子手的同伙,它在吞噬东西,在吃肉,在饮血。断头台是法官和木工合造的怪物,是一种鬼怪,它以自己所制造的死亡为生命而进行活动。

那次的印象也确是可怕和深刻的,行刑的第二天和许多天以后,主教还表现出惶惶不可终日的样子。送死时那种强迫的镇静已经消逝了,社会威权下的鬼魂和他纠缠不清,他平时工作回来,素来心安理得,神采奕奕,这时他却老像是在责备自己。有时,他自言自语,吞吞吐吐,低声说着一些凄惨的话。下面是他妹子在一天晚上听了记下来的一段:"我从前还不知道是那么可怕。只专心注意上帝的法则而不关心人的法律,那是错误的。死只属于上帝,人有什么权力过问那件未被认识的事呢?"

那些印象随着时间渐渐减退或竟消失了,但是人们察觉

---

① 贝卡里亚(Beccaria,1738—1794),意大利启蒙运动的著名代表人物,法学家,主张宽刑。

到,从此以后,主教总避免经过那刑场。

人们可以在任何时候把主教叫到病人和临死的人的床边。他深深知道他最大的职责和最大的任务是在那些地方。寡妇和孤女的家,不用请,他自己就会去的。他知道在失去爱妻的男子和失去孩子的母亲身旁静静坐上几个钟头。他既懂得闭口的时刻,也就懂得开口的时刻。呵!可敬可佩的安慰人的人!他不以遗忘来消除苦痛,却希望去使苦痛显得伟大和光荣。他说:"要注意您对死者的想法。不要在那溃烂的东西上去想。定神去看,您就会在穹苍的极尽处看到您亲爱的死者的生命之光。"他知道信仰能护人心身。他总设法去慰藉失望的人,使他们能退一步着想,使俯视墓穴的悲痛转为仰望星光的悲痛。

五　卞福汝主教的道袍穿得太久了

米里哀先生的家庭生活,正如他的社会生活那样,是受同样的思想支配的。对那些有机会就近观察的人,迪涅主教所过的那种自甘淡泊的生活,确是严肃而动人。

和所有老年人及大部分思想家一样,他睡得少,但他的短暂的睡眠却是安稳的。早晨,他静修一个钟头,再念他的弥撒经,有时在天主堂里,有时在自己的经堂里。弥撒经念过以后,作为早餐,他吃一块黑麦面包,蘸着自家的牛的乳汁。随后,他开始工作。

主教总是相当忙的,他得每天接见主教区的秘书——通常是一个司祭神甫,并且几乎每天都得接见他的那些助理主教。他有许多会议要主持,整个宗教图书室要检查,还要诵弥撒经、教理问答、日课经等等;还有许多训示要写,许多讲稿要批示,还要和解教士与地方官之间的争执,还要办教务方面的信件、行政方面的信件,一方是政府,一方是宗教,总有做不完的事。

那些无穷尽的事务和他的日课以及祈祷所余下的时间,他首先用在贫病和痛苦的人身上;在痛苦和贫病的人之后留下的时间,他用在劳动上。他有时在园里铲土,有时阅读和写作。他对那两种工作只有一种叫法,他管这叫"种地",他说:"精神是一种园地。"

日中,他用午餐。午餐正和他的早餐一样。

将近两点时,如果天气好,他去乡间或城里散步,时常走进那些破烂的人家。人们看见他独自走着,低着眼睛,扶着一根长拐杖,穿着他那件相当温暖的紫棉袍,脚上穿着紫袜和粗笨的鞋子,头上戴着他的平顶帽,三束金流苏从帽顶的三只角里坠下来。

他经过的地方就像过节似的。我们可以说他一路走过,就一路在散布温暖和光明。孩子和老人都为主教而走到大门口来,有如迎接阳光。他祝福大家,大家也为他祝福。人们总把他的住所指给任何有所需求的人们看。

他随处停下来,和小男孩小女孩们谈话,也向着母亲们微笑。他只要有钱,总去找穷人;钱完了,便去找有钱人。

由于他的道袍穿得太久了,却又不愿被别人察觉,因此他进城就不得不套上那件紫棉袍。在夏季,那是会有点使他不好受的。

晚上八点半,他和他的妹子进晚餐,马格洛大娘立在他们的后面照应。再没有比那种晚餐更简单的了。但是如果主教留他的一位神甫晚餐，马格洛大娘就借此机会为主教做些鲜美的湖鱼或名贵的野味。所有的神甫都成了预备盛餐的借口，主教也让人摆布。此外，他日常的伙食总不外水煮蔬菜和素油汤。城里的人都说："主教不吃神甫菜的时候，就吃苦修会的修士菜。"

晚餐过后，他和巴狄斯丁姑娘与马格洛大娘闲谈半小时，再回到自己的房间从事写作，有时写在单页纸上，有时写在对开本书本的空白边上。他是个文人，知识颇为渊博，他留下了五种或六种相当奇特的手稿，其中一种是关于《创世记》中"上帝的灵运行在水面上"①那一节的研究。他拿三种经文来作比较：阿拉伯译文作"上帝的风吹着"；弗拉菲于斯·约瑟夫②作"上界的风骤临下土"；最后翁格洛斯的迦勒底③文的注释性翻译则作"来自上帝的一阵风吹在水面上"。在另外一篇论文里，他研究了雨果关于神学的著作——雨果是普托利迈伊斯的主教，本书作者的叔曾祖；他还证明在前世纪以笔名巴勒古尔发表的各种小册子都应是那位主教的。

有时，他正在阅读，不问在他手里的是什么书，他会忽然堕入深远的思考，想完以后，立即在原书中写上几行。那样的几行字时常是和他手中的书毫无关系的。目下我们有他在一本四开本书的边上所写的注，书名是《贵人日耳曼和克林东、柯恩华立斯两将军以及美洲海域海军上将们的往来信札》，凡尔赛盘索书店及巴黎奥古斯丁河沿毕索书店印行。

注是这样的：

---

① 这一句话原文见《创世记》第一章第二节。
② 弗拉菲于斯·约瑟夫（Flavius Josephe），一世纪末的犹太历史家。
③ 迦勒底（Chaldée），巴比伦一带地方的古称。

"呵！存在着的你！

"《传道书》称你为全能，马加比人称你为创造主，《以弗所书》称你为自由，巴录称你为广大，《诗篇》称你为智慧与真理，约翰称你为光明，《列王记》称你为天主，《出埃及记》呼汝为主宰，《利未记》呼汝为神圣，以斯拉呼汝为公正，《创世记》称你为上帝，人称你为天父，但是所罗门称你为慈悲，这才是你名称中最美的一个。"

近九点钟时，两位妇女退到楼上自己的房间去，让他独自留在楼下，直到天明。

六　他托谁看守他的房子

他住的房子，我们已经说过，是一所只有一层楼的楼房，楼下三间，楼上三间，顶上一间气楼，后面有一个四分之一亩大的园子。两位妇女住在楼上，主教住在楼下。临街的第一间是他的餐室，第二间是卧室，第三间是经堂。从经堂出来，必须经过卧室；从卧室出来，又必须经过餐室。经堂底里，有半间小暖房，仅容一张留备客人寄宿的床。主教常把那床让给那些因管辖区的事务或需要来到迪涅的乡村神甫们住宿。

原来医院的药房是间小房子，通正屋，盖在园子里，现在已改为厨房和贮藏食物的地方了。

此外，园里还有一个牲口棚，最初是救济院的厨房，现在主教在那里养着两头母牛。无论那两头牛供给多少奶，他每天早晨总分一半给医院里的病人。"这是我付的什一税。"他说。

他的房间相当大，在恶劣的季节里相当难于保暖。由于木柴在迪涅非常贵,他便设法在牛棚里用板壁隔出了一小间。严寒季节便成了他夜间生活的地方。他叫那做"冬斋"。

在冬斋里,和在餐室里一样,除了一张白木方桌和四张麦秸心椅子外,再也没有旁的家具。餐室里却还陈设着一个涂了淡红胶的旧碗橱。主教还把一张同样的碗橱,适当地罩上白布帷和假花边,作为祭坛,点缀着他的经堂。

迪涅的那些有钱的女忏悔者和虔诚的妇女,多次凑了些钱,要为主教的经堂修一座美观的新祭坛,他每次把钱收下,却都送给了穷人。

"最美丽的祭坛,"他说,"是一个因得到安慰而感谢上帝的受苦人的灵魂。"

他有两张麦秸心的祈祷椅在他的经堂里,卧室里还有一张有扶手的围椅,也是麦秸心的。万一他同时接见七八个人,省长、将军或是驻军的参谋,或是教士培养所的几个学生,他们就得到牛棚里去找冬斋的椅子,经堂里去找祈祷椅,卧室里去找围椅。这样,他们可以收集到十一张待客的坐具。每次有人来访,总得搬空一间屋子。

有时来了十二个人,主教为了遮掩那种窘境,如果是在冬天,他便自己立在壁炉边,如果是在夏天,他就建议到园里去兜个圈子。

在那小暖房里,的确还有一张椅子,但是椅上的麦秸已经脱了一半,并且只有三只脚,只是靠在墙上才能用。巴狄斯丁姑娘也还有一张很大的木靠椅,从前是漆过金的,并有锦缎的椅套,但是那靠椅由于楼梯太窄,已从窗口吊上楼了,因而它不能作为机动的家具。

巴狄斯丁姑娘的奢望是想买一套客厅里用的荷兰黄底团

27

花丝绒的天鹅颈式紫檀座架的家具,再配上长沙发。但是这至少得花五百法郎。她为那样一套东西省吃节用,五年当中,只省下四十二个法郎和十个苏,于是也就不再做此打算。而且谁又能实现自己的理想呢?

去想象一下主教的卧室,再简单也没有了。一扇窗门朝着园子,对面是床——一张医院用的病床,铁的,带着绿哗叽帷子。在床里的阴暗处,帷的后面,还摆着梳妆用具,残留着他旧时在繁华社会中做人的那些漂亮习气;两扇门,一扇靠近壁炉,通经堂,一扇靠近书橱,通餐室;那书橱是一个大玻璃橱,装满了书;壁炉的木框,描上了仿大理石的花纹,炉里通常是没有火的;壁炉里有一对铁炉篦,篦的两端装饰着两个瓶,瓶上绕着花串和槽形直条花纹,并贴过银箔,那是主教等级的一种奢侈品;上面,在通常挂镜子的地方,有一个银色已褪的铜十字架,钉在一块破旧的黑绒上,装在一个金色暗蔽的木框里。窗门旁边,有一张大桌子,摆了一个墨水瓶,桌上堆着零乱的纸张和大本的书籍。桌子前面,一张麦秸椅。床的前面,一张从经堂里搬来的祈祷椅。椭圆框里的两幅半身油画像挂在他床两旁的墙上。在画幅的素净的背景上有几个小金字写在像的旁边,标明一幅是圣克鲁的主教查里奥教士的像,一幅是夏尔特尔教区西多会大田修院院长阿格德的副主教杜尔多教士的像。主教在继医院病人之后住进那间房时,就已看见有这两幅画像,也就让它挂在原处。他们是神甫,也许是施主,这就是使他尊敬他们的两个理由。他所知道关于那两个人物的,只是他们在同一天,一七八五年四月二十七日,由王命,一个授以教区,一个授以采地。马格洛大娘曾把那两幅画取下来掸灰尘,主教才在大田修院院长的像的后面,看见在一张用四片胶纸粘着四角、年久发黄的小方纸上,用淡墨汁注出的这两位人物的出身。

窗门上,有一条古老的粗毛呢窗帷,已经破旧不堪,为了节省新买一条的费用,马格洛大娘只得在正中大大地缝补一番,缝补的纹恰成一个十字形。主教常常叫人看。

"这缝得多好!"他说。

那房子里所有的房间,无论楼下楼上,没有一间不是用灰浆刷的,营房和医院照例如此。

但是,后来的几年中,马格洛大娘在巴狄斯丁姑娘房间的裱墙纸下面(我们在下面还会谈到),发现了一些壁画。这所房子,在成为医院以前,曾是一些士绅们的聚会场所。所以会有那种装饰。每间屋子的地上都铺了红砖,每星期洗一次,床的前面都铺着麦秸席。总之,这住宅,经那两位妇女的照料,从上到下,都变得异常清洁。那是主教所许可的惟一的奢华。他说:

"这并不损害穷人的利益。"

但是我们得说清楚,在他从前有过的东西里,还留下六套银餐具和一只银的大汤勺,马格洛大娘每天都喜洋洋地望着那些银器在白粗布台毯上放射着灿烂夺目的光。我们既然要把迪涅的这位主教据实地写出来,就应当提到他曾几次这样说过:"叫我不用银器盛东西吃,我想是不容易做到的。"

在那些银器以外,还有两个粗重的银烛台,是从他一个姑祖母的遗产中得来的。那对烛台上插着两支烛,经常陈设在主教的壁炉上。每逢他留客进餐,马格洛大娘总点上那两支烛,连着蜡台放在餐桌上。

在主教的卧室里,床头边,有一张壁橱,每天晚上,马格洛大娘把那六套银器和大汤勺塞在橱里。橱门上的钥匙是从来不拿走的。

那个园子,在我们说过的那些相当丑陋的建筑物的陪衬下,也显得有些减色。园子里有四条小道,交叉成十字形,交叉处有一个水槽;另一条小道沿着白围墙绕园一周。小道与小道之间,形成四块方地,边沿上种了黄杨。马格洛大娘在三块方地上种着蔬菜,在第四块上,主教种了些花卉。几株果树散布在各处。

一次,马格洛大娘和蔼地打趣他说:"您处处都盘算,这儿却有一块方地没有用上。种上些生菜,不比花好吗?""马格洛大娘,"主教回答说,"您弄错了。美和适用是一样有用的。"停了一会,他又加上一句:"也许更有用些。"

那块方地又分作三四畦,主教在那地上所费的劳力和他在书本里所费的劳力是一样的。他乐意在这里花上一两个钟头,修枝,除草,这儿那儿,在土里搠一些窟窿,摆下种子。他并不像园艺工作者那样仇视昆虫。对植物学他没有任何幻想;他不知道分科,也不懂骨肉发病说;他绝不研究在杜纳福尔①和自然操作法之间应当有何取舍,既不替胞囊反对子叶,也不替舒习尔②反对林内③。他不研究植物,而赞赏花卉。他非常敬重科学家,更敬重无知识的人,在双方并重之下,每当夏季黄昏,他总提着一把绿漆白铁喷壶去浇他的花畦。

那所房子没有一扇门是锁得上的。餐室的门,我们已经说过,开出去便是天主堂前面的广场,从前是装了锁和铁闩

---

① 杜纳福尔(Tournefort),法国十世纪的植物学家。
② 舒习尔(Jussieu),法国十八世纪植物学家。
③ 林内(Linné),瑞典十八世纪生物学家,是植物和动物分类学的鼻祖。

的,正像一扇牢门。主教早已叫人把那些铁件取去了,因而那扇门,无论昼夜,都只用一个活梢扣着。任何过路的人,在任何时刻,都可以摇开。起初,那两位妇女为了那扇从来不关的门非常发愁,但是迪涅主教对她们说:"假如你们喜欢,不妨在你们的房门上装上铁闩。"到后来,她们看见他既然放心,也就放了心,或者说,至少她们装出放心的样子。马格洛大娘有时仍不免提心吊胆。主教的想法,已经在他在《圣经》边上所写的这三行字里说明了,至少是提出了:"这里只有最微小的一点区别:医生的门,永不应关,教士的门,应常开着。"

在一本叫做《医学的哲学》的书上,他写了这样一段话:"难道我们不和他们一样是医生吗?我一样有我的病人。首先我有他们称为病人的病人,其次我还有我称为不幸的人的病人。"

在另一处,他还写道:"对向你求宿的人,不可问名问姓,不便把自己姓名告人的人也往往是最需要找地方住的人。"

有一天,忽然来了个大名鼎鼎的教士,我已经记不清是古娄布鲁教士,还是彭弼力教士,想起要问主教先生(那也许是受了马格洛大娘的指使),让大门日夜开着,人人都可以进来,主教是否十分有把握不至于发生某种意外,是否不怕在那防范如此松懈的家里,发生什么不幸的事。主教严肃而温和地在他肩上点了一下,对他说:"除非上帝要保护这家人,否则看守也徒然。"①他接着就谈旁的事。

他常爱说:"教士有教士的勇敢,正如龙骑队长有龙骑

---

① 这两句话原文为拉丁文,即 " Nisi Dominus custodierit domum, in vanum vigilant qui custodiunt eam. "

长的勇敢。"不过,他又加上一句:"我们的勇敢应当是宁静的。"

七 克拉华特

此地自然有着一件我们不应忽略的事,因为这件事足以说明迪涅的这位主教先生是怎样一个人。

加斯帕尔·白匪帮曾一度横行在阿柳尔峡一带,在被击溃以后,有个叫克拉华特的部将却还躲在山林里。他领着他的徒众,加斯帕尔·白的残部,在尼斯伯爵领地里藏匿了一些时候,继又转到皮埃蒙特区①,忽而又在法国境内巴塞隆内特附近出现。最初,有人曾在若齐埃见过他,过后又在翟伊尔见过他。他躲在鹰轭山洞里,从那里出来,经过玉碑和小玉碑峡谷,走向村落和乡镇。他甚至敢于进逼昂布伦,黑夜侵入天主堂,卷走圣衣库中的东西。他的劫掠使那一乡的人惴惴不安。警察追击也无用。他屡次逃脱,有时还公然抵抗。他是个大胆的恶汉。正当人心惶惶时主教来了。他正在那一乡巡视。乡长赶到沙斯特拉来找他,并且劝他转回去。当时克拉华特已占据那座山,直达阿什一带,甚至还更远。即使由卫队护送,也有危险。那不过是把三四个警察白白拿去送死罢了。

"那么,"主教说,"我打算不带卫兵去。"

"您怎么可以那样打算,主教?"那乡长说。

"我就那样打算,我绝对拒绝卫兵,并且一个钟头以内我就要走。"

---

① 皮埃蒙特区(Piémont),在意大利北部。

"走?"

"走。"

"一个人去吗?"

"一个人。"

"主教,您不能那样做。"

"在那儿,"主教又说,"有个穷苦的小村子,才这么一点大,我三年没有见着他了。那里的人都是我的好朋友。一些和蔼诚实的牧人。他们牧羊,每三十头母羊里有一头是属于他们自己的。他们能做各种颜色的羊毛绳,非常好看。他们用六孔小笛吹各种山歌。他们需要有人不时和他们谈谈慈悲的上帝。主教如果也害怕,他们将说什么呢?假使我不到那里去一下,他们将说些什么呢?"

"可是,主教,您对那些强盗怎么办,万一您遇见了强盗!"

"对呀,"主教说,"我想起来了。您说得有理。我可以遇见他们。他们也需要有人和他们谈谈慈悲的上帝。"

"主教,那是一伙土匪呀,是一群狼呀!"

"乡长先生,也许耶稣正要我去当那一群狼的牧人呢。谁知道主宰的旨意?"

"主教,他们会把您抢光的。"

"我没有什么可抢的。"

"他们会杀害您的。"

"杀害一个念着消食经过路的老教士?啐!那有什么好处?"

"唉!我的上帝!万一您碰见他们!"

"我就请他们捐几文给我的穷人们。"

"主教,以上天之名,不要到那儿去吧!您冒着生命危险呢。"

"乡长先生,"主教说,"就只是这点小事吗?我活在世上不是为了自己的生命,而是来保护世人的心灵的。"

只好让他走。他走了,只有一个自愿当向导的小孩伴着他。他那种蛮劲使那一乡议论纷纷,甚至个个替他捏一把汗。

他不愿带他的妹子,也没有带马格洛大娘。他骑上骡子,穿过山路,一个人也没有碰见,平平安安到了他的"好朋友"——牧人的家里。他在那里住了两星期,传道,行圣礼,教育人,感化人。到了快离开时,他决计用主教的仪式做一场大弥撒。他和本堂神甫商量。但是怎么办呢?没有主教的服饰。他们只能把简陋的乡间圣衣库供他使用,那里只有几件破旧的、装着假金线的锦缎祭服。

"没有关系!"主教说,"神甫先生,我们不妨把要做大弥撒那件事在下次礼拜时,向大众宣告一下,会有办法的。"

在附近的几个天主堂里都寻遍了。那些穷教堂里所有的精华,凑拢来还不能适当装饰一个大天主堂里的唱诗童子。

正在大家为难时,有两个陌生人,骑着马,带了一只大箱子,送来给主教先生,箱子放在本堂神甫家里人立即走了。打开箱子一看,里面有件金线呢披氅,一顶装有金刚钻的主教法冠,一个大主教的十字架,一条华美的法杖,一个月以前,在昂布伦圣母堂的圣衣库里被抢的法衣,全部都在。箱子里有张纸,上面写着:"克拉华特呈奉下福汝主教。"

"我早说过会有办法的!"主教说,随后他含笑补充一句,"以神甫的白衣自足的人蒙上帝赐来大主教的披氅了。"

"我的主教,"神甫点头含笑低声说,"不是上帝便是魔鬼。"

主教用眼睛盯住神甫,一本正经地说:"是上帝!"

回沙斯特拉时一路上都有人来看他,引为奇谈。他在沙斯特拉的神甫家里,又和巴狄斯丁姑娘和马格洛大娘相见了,她们也正渴望他回来。他对他的妹子说:

"怎样,我的打算没有错吧?我这穷教士,两手空空,跑到山里那些穷百姓家里去过了,现在又满载而归。我当初出发时,只带着一片信仰上帝的诚心,回来时,却把一个天主堂的宝库带回了。"

晚上,他在睡前还说:

"永远不要害怕盗贼和杀人犯。那是身外的危险。我们应当害怕自己。偏见便是盗贼,恶习便是杀人犯。重大的危险都在我们自己的心里。危害我们脑袋和钱袋的人何足介意呢?我们只须想到危害灵魂的东西就得了。"

他又转过去对他妹子说:

"妹妹,教士永远不可提防他的邻人。邻人做的事,总是上帝允许的。我们在危险临头时,只应祷告上帝。祈求他,不是为了我们自己,而是为了不要让我们的兄弟因我们而犯罪。"

总之,他生平的特殊事故不多。我们就自己所知道的谈谈。不过他在他一生中,总是在同样的时刻做同样的事。他一年的一月,就像他一日的一时。

至于昂布伦天主堂的"财宝"下落如何,我们对这问题,却有些难于回答。那都是些美丽的、令人爱不忍释的、很值得偷去救济穷人的东西。况且那些东西是早已被人偷过了的。那种冒险行为已经完成了一半,余下的工作只须改变偷窃的目的,再向穷人那边走一小段路就可以了。关于这问题,我们什么也不肯定。不过,曾经有人在主教的纸堆里发现过一张词意不明的条子,也许正是指那件事的,上面写着:"问题在于明确这东西应当归天主堂还是归医院。"

八 酒后的哲学

我们曾经谈到过一个元老院元老,那是个精明果断的人,一生行事,直截了当,对于人生所能遇到的难题,如良心、信誓、公道、天职之类从不介怀;他一往直前地向着他的目标走去,在他个人发达和利益的道路上,他从不曾动摇过一次。他从前当过检察官,因处境顺利,为人也渐趋温和了,他绝不是个有坏心眼的人。他在生活中审慎地抓住那些好的地方、好的机会和好的财源之后,对儿子、女婿、亲戚甚至朋友,也尽力帮些小忙。其余的事,在他看来,好像全是傻事。他善诙谐,通文墨,因而自以为是伊壁鸠鲁①的信徒,实际上也许只是比戈·勒白朗②之流亚。对无边的宇宙和永恒的事业以及"主教老头儿的种种无稽之谈",他常喜欢用解颐的妙语来加以述说。有时,他会带着和蔼的高傲气派当面嘲笑米里哀先生,米里哀先生总由他嘲笑。

不知是在举行什么半官式典礼时,那位伯爵(就是那位元老)和米里哀先生都应在省长公馆里参加宴会。到了用甜品时,这位元老已经略带酒意,不过态度仍旧庄重,他大声说:

---

① 伊壁鸠鲁(Epicure,前341—前270),希腊唯物主义哲学家,主张享乐,他的所谓享乐是精神恬静愉快,不动心。
② 比戈·勒白朗(Pigault Lebrun),十八世纪法国色情小说家。

"主教先生,我们来扯扯。一个元老和一个主教见了面,就难免要彼此挤眉弄眼。一狼一狈,心照不宣。我要和您谈句知心话。我有我自己一套哲学。"

"您说得对,"主教回答,"人总是睡下来搞他的哲学的,何况您是睡在金屋玉堂中的,元老先生。"

元老兴致勃发,接着说:

"让我们做好孩子。"

"就做顽皮鬼也不打紧。"主教说。

"我告诉您,"元老说,"阿尔让斯侯爵、皮隆、霍布斯、内戎①先生这些人都不是等闲之辈。在我的图书室里的这些哲学家的书边上都是烫了金的。"

"和您自己一样,元老先生。"主教抢着说。

元老接着说:

"我恨狄德罗②,他是个空想家,大言不惭,还搞革命,实际上却信仰上帝,比伏尔泰更着迷。伏尔泰嘲笑过尼登,他不应当那么做,因为尼登的鳝鱼已经证明上帝的无用了。一匙面糊加一滴酸醋,便可以代替圣灵。假设那一滴再大一点,那一匙也再大一点,便是这世界了。人就是鳝鱼。又何必要永生之父呢?主教先生,关于耶和华的那种假设叫我头痛。它只对那些外弱中干的人有些用处。打倒那个惹人厌烦的万物之主!虚空万岁!虚空才能叫人安心。说句知心话,并且我

---

① 皮隆(Pyrrhon,前365—前275),希腊怀疑派哲学家。霍布斯(Hobbes,1588—1679),英国唯物主义哲学家。内戎(Naigeon,1738—1810),法国文人,唯物主义者。
② 狄德罗(Diderot,1713—1784),杰出的法国哲学家,机械唯物主义的代表人物,无神论者,法国资产阶级革命的思想家之一,启蒙运动者,百科全书派领袖,一七四九年因自己的著作而被监禁。

要说个痛快,好好向我的牧师交代一番,我告诉您,我观点明确。您那位东劝人谦让、西劝人牺牲的耶稣瞒不过我的眼睛。那种说法是吝啬鬼对穷鬼的劝告。谦让!为什么?牺牲!为什么?我从来没有见过一只狼为另一只狼的幸福而牺牲它自己。我们还是游戏人间的好。人为万物之灵。我们应当有高明的哲学。假使目光如鼠,又何必生为万物之灵?让我们嘻嘻哈哈过这一世吧。人生,就是一切。说人在旁的地方,天上、地下,某处,有另外一个来生,我绝不信那些鬼话。哼!有人要我谦让,要我牺牲,那么,一举一动,我都得谨慎小心,我得为善恶、曲直、从违等问题来伤脑筋。为什么?据说对自己的行为我将来得做个交代。什么时候?死后。多么好的梦!在我死了以后,有人捉得住我那才妙呢。您去叫一只鬼手抓把灰给我看看。我们都是过来人,都是揭过芙蓉仙子的亵衣的人,让我们说老实话吧,这世上只有生物,既无所谓善,也无所谓恶。我们应当追求实际,一直深入下去,穷其究竟,有什么大不了的!我们应当嗅出真理,根究到底,把真理掌握在自己的手里。那样它才会给你一种无上的快乐。那样你才会充满信心,仰天大笑。我一点不含糊,我。主教先生,永生之说只能哄哄小孩。哈!多么中听的诺言!您去信您的吧!骗鬼的空头支票。人是灵魂,人可以成为天使,人可以在肩胛骨上生出一对蓝翅膀。有福气的人可以从这一个星球游到那一个星球,这句话是不是德尔图良[①]说的,请您告诉我。就算是的。我们会变成星际间的蝗虫。还会看见上帝,等等,等等。什么天堂,妄谈而已。上帝是种荒谬透顶的胡说。我当然不

---

① 德尔图良(Tertullien,约150—222),基督教反动神学家。

会在政府公报里说这种话。朋友之间,却不妨悄悄地谈谈。酒后之言嘛。为了天堂牺牲人世,等于捕雀而捉影。为永生之说所愚弄!还不至于那么蠢。我是一无所有的。我叫做一无所有伯爵,元老院元老。在我生前,有我吗?没有。在我死后,有我吗?没有。我是什么呢?我不过是一粒和有机体组合起来的尘土。在这世界上,我有什么事要做?我可以选择,受苦或享乐。受苦,那会把我引到什么地方去呢?引到一无所有。而我得受一辈子的苦。享乐又会把我引到什么地方去呢?也是引到一无所有。而我可以享一辈子的乐。我已经选定了。不吃就得被吃。做牙齿总比做草料好些。那正是我聪明的地方。过后,听其自然,掘坟坑的人会来的,坟坑便是我们这种人的先贤祠,一切都落在那大洞里。完事大吉。一切皆空。全部清算完毕。那正是一切化为乌有的下场。连死的份儿也不会再有了,请相信我。说什么还有一个人在等着我去谈话,我想来就要发笑。奶妈的创作。奶妈发明了妖怪来吓唬小孩,也发明了耶和华来吓唬大人。不,我们的明天是一片黑。在坟墓的后面,一无所有,这对任何人来说也都一样。即使你做过萨尔达尼拔①,即使你做过味增爵②,结果都一样归于乌有。这是真话。因此,享乐高于一切。当你还有你的时候,就应当利用这个你。老实说,我告诉您,主教先生,我有我的一套哲学,也有我的同道。我不让那些无稽之谈牵着我的鼻子走。可是,对于那些下等人,那些赤脚鬼、穷光蛋、无赖

---

① 萨尔达尼拔(Sardanapale),又译亚述巴尼拔(Assurbanipal,前668—约前626),亚述国王。
② 味增爵(Vincent de Paul,1581—1660),法国天主教遣使会和仁爱会的创始人。

汉,却应当有一种东西。我们不妨享以种种传说、幻想、灵魂、永生、天堂、星宿。让他们大嚼特嚼,让他们拿去涂在他们的干面包上。两手空空的人总算也还捧着一位慈悲的上帝。那并不过分。我也一点不反对,但为我自己,我还是要留下我的内戎先生。慈悲的上帝对平民来说,还是必要的。"

主教鼓掌大声说:

"妙论,妙论!这个唯物主义,确是一种至美绝妙的东西。要找也找不到的。哈!一旦掌握了它,谁也就不上当了,谁也就不会再傻头傻脑,像卡托①那样任人放逐,像艾蒂安②那样任人用石头打死,像贞德③那样任人活活烧死了。获得了这种宝贵的唯物主义的人,也就可以有那种觉得自己不用负责的快感,并认为自己可以心安理得地霸占一切,地盘、恩俸、荣誉、正当得来或暧昧得来的权力,可以为金钱背弃信义,为功利出卖朋友,昧尽天良也还可以自鸣得意,等到酒肉消化完了,便往坟墓里一钻了事。那多么舒服。我这些话并不是为您说的,元老先生。可是我不能不庆贺您。你们那些贵人,正如您说的,有一套自己的、为你们自己服务的哲学,一套巧妙、高明、仅仅适用于有钱人、可以调和各种口味、增加人生乐趣、美不胜收的哲学。那种哲学是由特殊钻探家从地下深处发掘得来的。一般平民以信仰上帝作为他们的哲学,正如穷人以栗子烧鹅肉当作蘑菇煨火鸡,而您并不认为那是件坏事,

---

① 卡托(Caton,前234—前149),罗马政治家和作家,贵族特权的拥护者,为监察官时极为严格。
② 艾蒂安(Etienne),基督教的一个殉教者,死在耶路撒冷。
③ 贞德(Jeanne d'Arc),百年战争期间法国的民族女英雄,一四三一年被俘,焚死。

您确是一位忠厚长者。"

九　阿妹谈阿哥

为了说明迪涅主教先生的家庭概况,为了说明那两位圣女怎样用她们的行动、思想、甚至女性的那种易受惊恐的本能去屈从主教的习惯和意愿,使他连开口吩咐的麻烦都没有,我们最好是在此地把巴狄斯丁姑娘写给她幼年时的朋友,波瓦舍佛隆子爵夫人的一封信转录下来。那封信在我们的手里。

我仁慈的夫人,我们没有一天不谈到您。那固然是我们的习惯,也还有另外一个理由。您没有想到,马格洛大娘居然在洗刷天花板和墙壁时,发现了许多东西。现在我们这两间原来裱着旧纸、刷过灰浆的房间,和您那子爵府第相比,也不至于再有逊色。马格洛大娘撕去了全部的纸。那下面有些东西。我们用来晾衣服、没有家具的那间客厅,有十五尺高,十八尺见方,天花板和梁上都画了仿古金花,正和府上一样。从前当作医院时,它是用块布遮住了的。还有我们祖母时代的板壁。不过应当看看的是我的房间。马格洛大娘在那至少有十层的裱墙纸下发现了一些油画,虽然不好,却还过得去。画的是密涅瓦①封忒勒玛科斯②为骑士。另一幅园景里也有他。那花园的名字我一时想不起了。总之是罗马贵妇们在某一夜到过的地方。我还要说什么?那上面有罗马(这儿有

---

① 密涅瓦(Minerva),艺术和智慧之神。
② 忒勒玛科斯(Télémaque),智勇之神。

41

个字,字迹不明)男子和妇女以及他们的全部侍从。马格洛大娘把一切都擦拭干净,今年夏天,她还要修整几处小小的破损,全部重行油漆,我的屋子就会变成一间真正的油画陈列馆了。她还在顶楼角落里找出两只古式壁几。可是重上一次金漆就得花去两枚值六利弗的银币,还不如留给穷人们使用好些;并且式样也相当丑陋,我觉得如果能有一张紫檀木圆桌,我还更合意些。

我总是过得很快乐。我哥是那么仁厚,他把他所有的一切都施给穷人和病人。我们手边非常拮据。到了冬天这地方就很苦。帮助穷人总是应当的。我们还算有火有灯。您瞧,这样已经很温暖了。

我哥有他独特的习惯。他在聊天时,老说一个主教应当这样。您想想,我们家里的大门总是不关的。任何人都可以闯进来,并且开了门就是我哥的屋子。他什么都不怕,连黑夜也不怕。照他说来,那是他特有的果敢。

他不要我替他担忧,也不要马格洛大娘替他担忧。他冒着各种危险,还不许我们有感到危险的神情。我们应当知道怎样去领会他。

他常在下雨时出门,在水里行走,在严冬旅行。他不怕黑夜,不怕可疑的道路和遭遇。

去年,他独自一人走到匪窟里去了。他不肯带我们去。他去了两星期。一直到回来,他什么危险也没碰着。我们以为他死了,而他却健康得很。他还说你们看我被劫了没有。他打开一只大箱子,里面装满了昂布伦天主堂的珍宝,是那些土匪送给他的。

那一次,在他回来时,我和他的几位朋友,到两里路远的地方去迎接他。我实在不得不稍微责备他几句,但是我很小心,只在车轮响时才说话,免得旁人听见。

起初,我常对自己说:"没有什么危险能阻拦他,他真够叫人焦急的了。"到现在,我也习惯了。我常向马格洛大娘使眼色叫她不要惹他。他要冒险,让他去。我引着马格洛大娘回我的房间。我为他祷告。我睡我的觉。我安心,因为我知道,万一他遇到不幸,我也决不再活了。我要随着我的哥兼我的主教一同归天。马格洛大娘对她所谓的"他的粗心大意"却看不惯,但是到现在,习惯已成自然。我们俩一同害怕,一同祈祷,也就一同睡去了。魔鬼可以走进那些可以让它放肆的人家,但在我们家里,有什么可怕的呢?最强的那位时常是和我们同在一道的,魔鬼可以经过此地,但是慈悲的上帝常住在我们家里。

这样我已经满足了。我的哥,现在用不着再吩咐我什么,他不开口,我也能领会他的意思。我们把自己交给了天主。

这就是我们和一个胸襟开阔的人相处之道。

您问我关于傅家的历史,这事我已向我哥问明了。您知道,他知道得多么清楚,记得多么详细呵。因为他始终是一个非常忠实的保王党。那的确是卡昂税区一家很老的诺曼底世家。五百年来,有一个拉乌尔·德·傅,一个让·德·傅和一个托马·德·傅,都是贵人,其中一个是罗什福尔采地的领主。最末的一个是居伊·艾蒂安·亚历山大,他当过营长,在布列塔尼的轻骑队里也有相当的位置。他的女儿玛丽·路易丝嫁给了法兰西世卿,法兰西警卫军大佐和陆军中将路易·德·格勒蒙的儿子阿德利安·查理·德·格勒蒙。他们的姓,傅,有三种写法:"Faux"、"Fauq"、"Faoucq"。

仁慈的夫人,请您代求贵戚红衣主教先生为我们祷告。至于您亲爱的西尔华尼,她没有浪费她亲近您的短暂时间来和我写信,那是对的。她既然身体好,也能依照尊意工作,并且仍旧爱我,那已是我所希望的一切了。我从尊处得到她的问候,我感到幸福。我的身体并不太坏,可是一天比一天消瘦下去了。再谈,纸已写满了,我只得停笔。一切安好。

巴狄斯丁

一八……年,十二月十六日,于迪涅。

再者:令嫂仍和她令郎的家眷住在此地。您的侄孙真可爱。您知道,他快五岁了!昨天他看见一匹马走过,腿上裹了护膝,他说:"它膝头上是什么?"那孩子,他是那样惹人爱。他的小兄弟在屋子里拖着一把破扫帚当车子,嘴里还喊着:"走!"

从这封信里我们可以看出,那两位妇人知道用女性所特有的那种比男子更了解男子的天才,去曲承主教的生活方式。迪涅那位主教有着那种始终不渝、温和敦厚的神情风度,有时作出一些伟大、果敢、辉煌的行动,仿佛连他自己也不觉得。她们为那些事提心吊胆,但是让他去做。马格洛大娘有时试着在事先劝劝,但从不在事情进行时或事后多话。当行动已经开始,她们就从不阻拦他,连一点颜色也不表露。某些时候,她们只似懂非懂地觉得他是在尽主教的职责;他自己并不说出,甚至连他自己也不一定有那种感觉,因为他的那种赤子之心是那样淳朴,因此,她们在家里只是两个黑影。她们被动地服侍着他,如果为了服从,应当退避,她们便退避。由于一种可喜的、体贴入微的本能,她们知道,某种关切反而会使他为难。我不说她们能了解他的思想,但是她们了解他的性格,因而即使知道他是在危险中,也只好不过问。她们把他托付给了上帝。

而且巴狄斯丁还常说,正如我们刚才念过的,她哥的不幸也就是她自己的末日。马格洛大娘没有那样说,但是她心里有数。

十 主教走访不为人知的哲人

我们在前面几页提过一封信,在那信上所载日期过后不久的一个时期里,他又做了一件事,这一件事,在全城的人的心目中,是比上次他在那强人出没的山中旅行,更加来得冒失。

在迪涅附近的一个乡村里住着一个与世隔绝的人。那人曾经当过……让我们立即说出他那不中听的名称:国民公会①代表。他姓 G。

在迪涅那种小天地里,大家一谈到国民公会的那位 G 代表,便有谈虎色变之感。一个国民公会代表,那还了得!

---

① 国民公会,成立于一七九二年九月二十一日,是由人民大众选举产生的。会议宣布法兰西共和国的成立,判处国王路易十六和王后玛丽·安东尼特死刑。

那种东西是大家在以"你"和"公民"①相称的年代里存在过的。那个人就差不多是魔怪。他虽然没有投票判处国王死刑,但是已相去不远。那是个类似弑君的人。他是横暴骇人的。正统的王爷们回国②后,怎么会没有人把他告到特别法庭里去呢?不砍掉他的脑袋,也未尝不可,我们应当宽大,对的;但是好好地来他一个终身放逐,总是应当的吧?真是怪事!诸如此类的话。他并且和那些人一样,是个无神论者——这些全是鹅群诋毁雄鹰的妄谈。

G究竟是不是雄鹰呢?如果我们从他那孤独生活中所特有的蛮性上着眼,他确是。由于他没有投票赞成处决国王,所以屡次的放逐令上都没有他的名字,他也就能留在法国。

他的住处离城有三刻钟的路程,远离一切村落,远离一切道路,不知是在哪个荒山野谷、人迹不到的角落里。据说他在那里有一块地、一个土洞,一个窝巢。没有邻居,甚至没有过路的人。那条通到他那里去的小路,自从他住在那山谷里以后,也就消失在荒草中了。大家提起他那住处,就好像谈到刽子手的家。

可是主教不能忘怀,他不时朝着这位老代表的住处,有一丛树木标志着的山谷,远远望去,他还说:"那儿有个孤独的灵魂。"

在他思想深处,他还要说:"我迟早得去看他一遭。"

但是,老实说,那个念头在起初虽然显得自然,经过一番

---

① 革命期间,人民语言中称"你"不称"您",称"某某公民"而不称"某某先生"。
② 一八一四年,拿破仑帝国被颠覆,王室复辟,路易十六之弟路易十八回国称王。

思考之后,他却又好像觉得它奇怪,觉得这是做不到的,几乎是不能容忍的。因为实际上他也具有一般人的看法,那位国民公会代表使他莫名其妙地产生一种近似仇恨的恶感,也就是"格格不入"这四个字最能表达的那种恶感。

可是羔羊的癣疥应当使牧人却步吗?不应当。况且那又是怎样的一头羔羊!

那位慈祥的主教为之犹豫不决。有时,他朝那方向走去,随即又转回来。

一天,有个在那窑洞里伺候那位 G 代表的少年牧人来到城里找医生,说那老贼已经病到垂危,他得了瘫痪症,过不了夜。这话在城里传开了,许多人说:"谢天谢地。"

主教立即拿起他的拐杖,披上他的外衣(因为,正如我们说过的,他的道袍太旧了,也因为将有晚风),一径走了。

当他走到那无人齿及的地方,太阳正往西沉,几乎到了地平线。他的心怦怦跳动,他知道距那兽穴已经不远。他跨过一条沟,越过一道篱,打开栅门,走进一个荒芜的菜圃,相当大胆地赶上几步,到了那荒地的尽头,一大丛荆棘的后面,他发现了那窝巢。

那是一所极其低陋狭窄而整洁的木屋,前面墙上钉着一列葡萄架。

门前,一个白发老人坐在一张有小轮子的旧椅子(农民的围椅)里,对着太阳微笑。

在那坐着的老人身旁,立着个少年,就是那牧童。他正递一罐牛奶给那老人。

主教正张望,那老人提高嗓子说:

"谢谢,我不再需要什么了。"

同时,他把笑脸从太阳移向那孩子。

主教往前走。那坐着的老人,听见他的脚步声转过头来,如闻空谷足音,脸上露出极端惊讶的颜色。

"自从我住到这里以来,"他说,"这还是第一次有人上我的门。先生,您是谁?"

主教回答:

"我叫卞福汝·米里哀。"

"卞福汝·米里哀!我听人说过这名字。老乡们称为卞福汝主教的,难道就是您吗?"

"就是我。"

那老人面露微笑,接着说:

"那么,您是我的主教了?"

"有点儿像。"

"请进,先生。"

那位国民公会代表把手伸给主教,但是主教没有和他握手,只说道:

"我很高兴上了人家的当。看您的样子,您一点也没有病。"

"先生,"那老人回答,"我会好的。"

他停了一会,又说:

"我过不了三个钟头,就要死了。"

随后他又说:

"我稍稍懂一点医道,我知道临终的情形是怎样的。昨天我还只是脚冷;今天,冷到膝头了;现在我觉得冷齐了腰,等到冷到心头,我就停摆了。夕阳无限好,不是吗?我叫人把我推到外面来,为的是要对这一切景物,做最后一次展望。您可以和我谈话,一点也不会累我的。您赶来看一个快死的人,这是好的。这种时刻,能有一两个人在场,确是难得。妄想人人都有,我希望能拖到黎明。但是我知道,我只有不到三个钟头的时间了。到那时,天已经黑了。其实,有什么关系!死是一件简单的事。并不一定要在早晨。就这样吧。我将披星戴月而去。"

老人转向那牧童说:

"你,你去睡吧。你昨晚已经守了一夜。你累了。"

那孩子回到木屋里去了。

老人用眼睛送着他,仿佛对自己说:

"他入睡,我长眠。同是梦中人,正好相依相伴。"

主教似乎会受到感动,其实不然。他不认为这样死去的人可以悟到上帝。让我们彻底谈清楚,因为宽大的胸怀中所含的细微的矛盾也一样是应当指出来的。平时,遇到这种事,如果有人称他为"主教大人",他认为不值一笑,可是现在没有人称他为"我的主教",却又觉得有些唐突,并且几乎想反过来称这位老人为"公民"了。他在反感中突然起了一种想对人亲切的心情,那种心情在医生和神甫中是常见的,在他说来却是绝无仅有的。无论如何,这个人,这个国民公会代表,这位人民喉舌,总当过一时的人中怪杰,主教觉得自己的心情忽然严峻起来,这在他一生中也许还是第一次。

那位国民公会代表却用一种谦虚诚挚的态度觑着他,从这里我们可以看出其中含有那种行将物化的人的卑怯神情。

在主教方面,他平素虽然约束自己,不起窥测旁人隐情的心思,因为在他看来,蓄意窥测旁人隐情,即类似对人存心侵犯,可是对这位国民公会代表,却不能不细心研究;这种不是由同情心出发的动机,如果去对待另一个人,他也许会受到自己良心的责备。但是一个国民公会代表,在他的思想上多少有些法外人的意味,甚至连慈悲的法律也是不予保护的。

G,这位八十岁的魁梧老叟,态度镇定,躯干几乎挺直,声音洪亮,足以使生理学家惊叹折服。革命时期有过许多那样的人,都和那时代相称。从这个老人身上,我们可以想见那种经历过千锤百炼的人。离死已经那样近了,他还完全保有健康的状态。他那明炯的目光、坚定的语气、两肩强健的动作,都足以使死神望而生畏。伊斯兰教中的接引天使阿兹拉伊尔①也会望而却步,以为走错了门呢。G的样子好像即将死去,那只是因为他自己愿意那样的缘故罢了。他在临终时却仍能自主,只是两条腿僵了,他只是在那一部分被幽魂扼制住了。两只脚死了,也冷了,头脑却还活着,还保持着生命的全部活力,并且似乎还处在精神焕发的时期。G在这一严重的时刻,正和东方神话中的那个国王相似,上半是肉身,下半是石体。

他旁边有块石头。主教便在那上面坐下。他们突然开始对话。

"我祝贺您,"他用谴责的语气说,"您总算没有投票赞成判处国王死刑。"

国民公会代表好像没有注意到"总算"那两个字所含的尖刻意味。他开始回答,脸上的笑容全消灭了:

"不要祝贺得太甚了,先生。我曾投票表决过暴君的末日。"

那种刚强的语气是针对着严肃的口吻而发的。

"您这话怎讲?"

---

① 阿兹拉伊尔(Azraël),伊斯兰教四大天使之一,专司死亡事宜,人死时由其取命。

"我的意思是说,人类有一个暴君,那就是蒙昧。我表决了这个暴君的末日。王权就是从那暴君产生的,王权是一种伪造的权力,只有知识才是真正的权力。人类只应受知识的统治。"

"那么,良心呢?"主教接着说。

"那是同一回事。良心,是存在于我们心中与生俱有的那么一点知识。"

那种论调对卞福汝主教是非常新奇的,他听了,不免有些诧异。

国民公会代表继续说:

"关于路易十六的事,我没有赞同。我不认为我有处死一个人的权利;但是我觉得我有消灭那种恶势力的义务。我表决了那暴君的末日,这就是说,替妇女消除了卖身制度,替男子消除了奴役制度,替幼童消除了不幸生活。我在投票赞成共和制度时也就赞助了那一切。我赞助了博爱、协和、曙光!我出力打破了邪说和谬见。邪说和谬见的崩溃造成了光明。我们这些人推翻了旧世界,旧世界就好像一个苦难的瓶,一旦翻倒在人类的头上,就成了一把欢乐的壶。"

"光怪陆离的欢乐。"主教说。

"您不妨说多灾多难的欢乐,如今,自从那次倒霉的所谓一八一四年的倒退以后,也就可以说是昙花一现的欢乐了。可惜!那次的事业是不全面的,我承认;我们在实际事物中摧毁了旧的制度,在思想领域中却没能把它完全铲除掉。消灭恶习是不够的,还必须转移风气。风车已经不存在了,风却还存在。"

"您做了摧毁工作。摧毁可能是有好处的。可是对夹有怒气的摧毁行为,我就不敢恭维。"

"正义是有愤怒的,主教先生,并且正义的愤怒是一种进步的因素。没关系,无论世人怎样说,法兰西革命是自从基督出世以来人类向前走得最得力的一步。不全面,当然是的,但是多么卓绝。它揭穿了社会上的一切黑幕。它涤荡了人们的习气,它起了安定、镇静、开化的作用,它曾使文化的洪流广被世界。它是仁慈的。法兰西革命是人类无上的光荣。"

主教不禁嗫嚅:

"是吗?九三①!"

国民公会代表直从他的椅子上竖立起来,容貌严峻,几乎是悲壮的,尽他瞑目以前的周身气力,大声喊着说:

"呀!对!九三!这个字我等了许久了。满天乌云密布了一千五百年。过了十五个世纪之后,乌云散了,而您却要加罪于雷霆。"

那位主教,嘴里虽未必肯承认,却感到心里有什么东西被他击中了。不过他仍然不动声色。他回答:

"法官说话为法律,神甫说话为慈悲,慈悲也不过是一种比较高级的法律而已。雷霆的一击总不应搞错目标吧。"

他又聚精会神觑着那国民公会代表,加上一句:

"路易十七②呢?"

国民公会代表伸出手来,把住主教的胳膊:

"路易十七!哈。您在替谁流泪?替那无辜的孩子吗?那么,好吧。我愿和您同声一哭。替那年幼的王子吗?我却

---

① 一七九三年的简称。
② 路易十七,路易十六的儿子,十岁上(1795)死在狱中。

还得考虑考虑。在我看来,路易十五的孙子①是个无辜的孩子,他惟一的罪名是做了路易十五的孙子,以致殉难于大庙;卡图什②的兄弟也是一个无辜的孩子,他惟一的罪名是做了卡图什的兄弟,以致被人捆住胸脯,吊在格雷沃广场,直到气绝,那孩子难道就死得不惨?"

"先生,"主教说,"我不喜欢把这两个名字联在一起。"

"卡图什吗?路易十五吗?您究竟替这两个中的哪一个叫屈呢?"

一时相对无言。主教几乎后悔多此一行,但是他觉得自己隐隐地、异样地被他动摇了。

国民公会代表又说:

"咳!主教先生,您不爱真理的辛辣味儿。从前基督却不像您这样。他拿条拐杖,清除了圣殿。他那条电光四射的鞭子简直是真理的一个无所顾忌的代言人。当他喊道'让小孩子到我这里来!'③时,他对于那些孩子,并没有厚此薄彼的意思。他对巴拉巴④的长子和希律⑤的储君能同眼看待而无动于衷。先生,天真本身就是王冕。天真不必有所作为也一样是高尚的。它无论是穿着破衣烂衫或贵为公子王孙,总是同样尊贵的。"

"那是真话。"主教轻轻地说。

---

① 指路易十七。
② 卡图什(Cartouche,1693—1721),人民武装起义领袖,一七二一年被捕,被处死刑。
③ "让小孩子到我这里来",这是耶稣对那些不许孩子听道的门徒说的话。原文是拉丁文"Sinite parvulos."(见《圣经·马太福音》第十九章)
④ 巴拉巴(Barabbas),和耶稣同时判罪的罪犯。
⑤ 希律(Hérode),公元前犹太国王。

53

"我要坚持下去,"国民公会代表 G 继续说,"您对我提到过路易十七。让我们在这上面取得一致的看法。我们是不是为一切在上层和在下层的无辜受害者、殉难者、孩子们同声一哭呢?我会和您一道哭的。不过,我已对您说过,我们必须追溯到九三年以前。我们的眼泪应当从九三年以前流起。我一定和您同哭王室的孩子,如果您也和我同哭平民的幼童。"

"我为他们全体哭。"主教说。

"同等分量吗?"G 大声说,"这天平如果倾斜,也还应当偏向平民一面吧。平民受苦的年代比较长些。"

又是一阵沉寂。突破沉寂的仍是那国民公会代表。他抬起身子,倚在一只肘上,用他的拇指和曲着的食指捏着一点腮,正如我们在盘问和审讯时无意中作出的那种样子,他向主教提出质问,目光中充满了临终时的全部气力。那几乎是一阵爆炸。

"是呀,先生,平民受苦的日子够长了。不但如此,您走来找我,问这问那,和我谈到路易十七,目的何在?我并不认识您呀。自从我住在这地方,孤零零的我在这围墙里过活,两只脚从不出门,除了那个帮我的小厮以外谁也不见面。的确,我的耳朵也偶尔刮到过您的名字,我还应当说,您的名气并不太坏,但是那并不说明什么问题,聪明人自有层出不穷的办法来欺哄一个忠厚老实的平民。说也奇怪,我刚才没有听到您车子的声音,也许您把它留在岔路口那面的树丛后面了吧。我并不认识您,您听见了吧。您刚才说您是主教,但是这话一点也不能对我说明您的人格究竟怎样。我只得重复我的问题。您是谁?您是一个主教,那就是说一个教门里的王爷,那些装了金,穿着铠甲,吃利息,坐享大宗教款的人中的一个——迪涅的主教,一万五千法郎的正式年俸,一万法郎的特别费,合计二万五千法郎——,有厨子,有随从,有佳肴美酒,星期五吃火鸡,仆役在前,仆役在后,高视阔步,坐华贵的轿式马车,住的是高楼大厦,捧着跣足徒步的耶稣基督做幌子,高车驷马,招摇过市,主教便是这一类人中的一个。您是一位高级教主,年俸、宫室、骏马、侍从、筵席、人生的享乐,应有尽有,您和那些人一样,也有这些东西,您也和他们一样,享乐受用,很好,不过事情已够明显了,但也可能还不够明显;您来到此地,也许发了宏愿,想用圣教来开导我,但是您并没有教我认清您自身的真正品质。我究竟是在和什么人谈话?您是谁?"

主教低下头,回答:"我是一条蛆。"①

"好一条坐轿车的蛆!"国民公会代表咬着牙说。

这一下,轮到国民公会代表逞强,主教低声下气了。

主教和颜悦色,接着说:

"先生,就算是吧。但是请您替我解释解释:我那辆停在树丛后面不远的轿车,我的筵席和我在星期五吃的火鸡,我的二万五千法郎的年俸,我的宫室和我的侍从,那些东西究竟怎样才能证明慈悲不是一种美德,宽厚不是一种为人应尽之道,九三年不是伤天害理的呢?"

国民公会代表把一只手举上额头,好像要拨开一阵云雾。

"在回答您的话以前,"他说,"我要请您原谅。我刚才失礼了,先生。您是在我家里,您是我的客人。我应当以礼相待。您讨论到我的思想,我只应当批判您的论点就可以了。您

---

① 这一句原文为拉丁文"Vermis sum."

的富贵和您的享乐,在辩论当中,我固然可以用来作为反击您的利器,但究竟有伤忠厚,不如不用。我一定不再提那些事了。"

"我对您很感谢。"主教说。

G 接着说:

"让我们回到您刚才向我要求解释的方面去吧。我们刚才谈到什么地方了?您刚才说的是……您说九三年伤天害理吗?"

"伤天害理,是的,"主教说,"您对马拉①朝着断头台鼓掌有怎样一种看法?"

"您对博须埃②在残害新教徒时高唱圣诗,又是怎样想的呢?"

那种回答是坚劲的,直指目标,锐如利剑。主教为之一惊,他绝想不出一句回驳的话,但是那样提到博须埃,使他感到大不痛快。极高明的人也有他们的偶像,有时还会由于别人不尊重逻辑而隐痛在心。

国民公会代表开始喘气了,他本来已经气力不济,加以临终时呼吸阻塞,说话的声音便成了若断若续的了,可是他的眼睛表现出他的神志还是完全清醒的。

他继续说:

"让我们再胡乱谈几句,我很乐意。那次的革命,总的说来,是获得了人类的广泛赞扬的,只可惜九三年成了一种口实。您认为那是伤天害理的一年,但就整个专制政体来

---

① 马拉(Marat,1743—1793),法国政论家,雅各宾派领袖之一,罗伯斯庇尔的忠实战友,群众称他为"人民之友"。

② 博须埃(Bossuet,1627—1704),法国天主教的护卫者,是最有声望的主教之一。

说呢,先生? 卡里埃①是个匪徒;但是您又怎样称呼蒙特维尔②呢? 富基埃-泰维尔③是个无赖;但是您对拉莫瓦尼翁-巴维尔④有什么见解呢? 马亚尔⑤罪大恶极,但请问索尔-达瓦纳⑥呢,杜善伯伯⑦横蛮凶狠,但对勒泰利埃神甫⑧,您又加上怎样的评语呢? 茹尔丹屠夫⑨是个魔怪,但是还比不上卢夫瓦⑩侯爷。先生呀,先生,我为大公主和王后玛丽·安东尼特叫屈,但是我也为那个信仰新教的穷妇人叫屈,那穷妇人在一六八五年大路易当国的时候,先生呀,正在给她孩子喂奶,却被人家捆在一个木桩上,上身一丝不挂,孩子被放在一旁;她乳中充满乳汁,心中充满怆痛;那孩子,饥饿不堪,脸色惨白,瞧着母亲的乳,有气无力地哭个不停;刽子手却对那做母亲和乳娘的妇人说:'改邪归正!'要她在她孩子的死亡和她信心的死亡中任择一种。教一个做母亲的人受那种眼睁睁的生离

---

① 卡里埃(Carrier,1756—1794),国民公会代表,一七九四年上断头台。
② 蒙特维尔(Montrevel),十七世纪末法国朗多克地区新教徒的迫害者。
③ 富基埃-泰维尔(Fouguier-Tinville),法国十八世纪末革命法庭的起诉人,恐怖时期尤为有名,后被处死。
④ 拉莫瓦尼翁-巴维尔(Lamoignon-Baville,1648—1724),法国朗格多克地区总督,一六八五年无情镇压新教徒。
⑤ 马亚尔(Stanislas Maillard),以执行一七九二年九月的大屠杀而闻名于世。
⑥ 索尔-达瓦纳(Saulx-Tavannes),达瓦纳的贵族,一五七二年巴托罗缪屠杀案的唆使者之一。
⑦ 杜善伯伯(le père Duchêne),原是笑剧中一个普通人的形象,后来成了平民的通称。
⑧ 勒泰利埃神甫(le père Letellier,1643—1719),耶稣会教士,路易十四的忏悔神甫,曾使路易十四毁坏王家港。
⑨ 马蒂厄·儒弗(Mathieu Jouve,1749—1794),一七九一年法国阿维尼翁大屠杀的组织者,后获得屠夫茹尔丹的称号。
⑩ 卢夫瓦(Louvois,1641—1691),路易十四的军事大臣,曾劫掠巴拉丁那(今德国法尔茨)。

死别的苦痛,您觉得有什么可说的吗？先生,请记住这一点,法国革命自有它的理论根据。它的愤怒在未来的岁月中会被人谅解的。它的成果便是一个改进了的世界。从它的极猛烈的鞭挞中产生出一种对人类的爱抚。我得少说话,我不再开口了,我的理由太充足。况且我快断气了。"

随后这位国民公会代表的眼睛不再望着主教,他只用这样的几句话来结束他的思想：

"是呀,进步的暴力便叫做革命。暴力过去以后,人们就认识到这一点：人类受到了呵斥,但是前进了。"

国民公会代表未尝不知道他刚才已把主教心中的壁垒接二连三地夺过来了,可是还留下一处,那一处是卞福汝主教防卫力量的最后源泉,卞福汝主教说了这样一句话,几乎把舌战开始时的激烈态度又全流露出来了：

"进步应当信仰上帝。善不能由背弃宗教的人来体现,无神论者是人类的恶劣的带路人。"

那个年迈的人民代表没有回答。他发了一阵抖,望着天,眼睛里慢慢泌出一眶眼泪,眶满以后,那眼泪便沿着他青灰的面颊流了下来,他低微地对自己说,几乎语不成声,目光迷失在穹苍里：

"呵你！呵理想的境界！惟有你是存在的！"

主教受到一种无可言喻的感动。

一阵沉寂过后,那老人翘起一个指头,指着天说：

"无极是存在的。它就在那里。如果无极之中没有我,我就是它的止境；它也不成其为无极了；换句话说,它就是不存在的了。因此它必然有一个我。无极中的这个我,便是上帝。"

那垂死的人说了最后几句话,声音爽朗,还带着灵魂离开肉体时那种至乐的颤动,好像他望见了一个什么人似的。语声歇了过后,他的眼睛也合上了。一时的兴奋已使他精力涸竭。他剩下的几个钟头,显然已在顷刻之中耗尽了。他刚才说的那几句话已使他接近了那位生死的主宰。最紧要的时刻到了。

主教懂得,时间紧迫,他原是以神甫身份来到此地的,他从极端的冷淡一步步地进入了极端的冲动,他望着那双闭了的眼睛,他抓住那只枯皱冰冷的手,弯下腰去向那临终的人说:

"这个时刻是上帝的时刻了。如果我们只这样白白地聚首一场,您不觉得遗憾吗?"

国民公会代表重又张开眼睛。眉宇间呈现出一种严肃而阴郁的神情。

"主教先生,"他说,说得很慢,那不单是由于气力不济,还多半由于他心灵的高傲,"我在深思力学和观察当中度过了这一生。我六十岁的时候祖国号召我去管理国家事务。我服从了。当时有许多积弊,我进行了斗争;有暴政,我消除了暴政;有人权和法则,我都公布了,也进行了宣传。国土被侵犯,我保卫了国土;法兰西受到威胁,我献出我的热血。我从前并不阔气,现在也没有钱。我曾是政府领导人之一,当时在国库的地窖里堆满了现金,墙头受不住金银的压力,随时可以坍塌,以致非用支柱撑住不可,我却在枯树街吃二十二个苏一顿的饭。我帮助了受压迫的人,医治了人们的痛苦。我撕毁了祭坛上的布毯,那是真的,不过是为了裹祖国的创伤。我始终维护人类走向光明的步伐,有时也反抗过那种无情的进步。

有机会,我也保护过我自己的对手,就是说,你们这些人。在佛兰德的比特罕地方,正在墨洛温王朝①夏宫的旧址上,有一座乌尔班派的寺院,就是波里尔的圣克雷修道院,那是我在一七九三年救出来的。我尽过我力所能及的职责,我行过我所能行的善事。此后我却被人驱逐、搜捕、通缉、迫害、诬蔑、讥诮、侮辱、诅咒、剥夺了公民权。多年以来,我白发苍苍,只觉得有许多人自以为有权轻视我,那些愚昧可怜的群众认为我面目可憎。我并不恨人,却乐于避开别人的恨,现在,我八十六岁了,快死了。您还来问我什么呢?"

"我来为您祝福。"主教说。

他跪了下来。

等到主教抬起头来,那个国民公会代表已经神色森严,气绝了。

主教回到家中,深深沉浸在一种无可言喻的思绪里。他整整祈祷了一夜。第二天,几个胆大好奇的人,想方设法,要引他谈论那个 G 代表,他却只指指天。从此,他对小孩和有痛苦的人倍加仁慈亲切。

任何言词,只要影射到"G 老贼",他就必然会陷入一种异样不安的状态中。谁也不能说,那样一颗心在他自己的心前的昭示,那伟大的良心在他的意识上所起的反应,对他日趋完善的精神会毫无影响。

那次的"乡村访问"当然要替本地的那些小集团提供饶舌的机会:

---

① 墨洛温(Mérovée),法国第一个王朝,从五世纪中叶到八世纪中叶。

"那种死人的病榻前也能成为主教涉足的地方吗？明明没有什么感化可以指望。那些革命党人全是屡背圣教的。那，又何必到那里去呢？那里有什么可看的呢？真是好奇，魔鬼接收灵魂，他也要去看看。"

一天，有个阔寡妇，也就是那些自作聪明的冒失鬼中的一个，问了他这样一句俏皮话："我的主教，有人要打听，大人您在什么时候能得到一顶红帽子①。"

"呵！呵！多么高贵的颜色，"主教回答，"幸而鄙视红帽子的人也还崇拜红法冠呢。"

十一　心中的委屈

如果我们就凭以上所述作出结论，认为卞福汝主教是个"有哲学头脑的主教"或是个"爱国的神甫"，我们就很可能发生错误。他和那国民公会 G 代表的邂逅——几乎可以说是他们的结合，只不过给他留下了一种使他变得更加温良的惊叹的回忆。如是而已。

卞福汝主教虽然是个政治中人，我们或许也还应当在这里极简略地谈谈他对当代的国家大事所抱的态度，假定卞福汝主教也曾想过要采取一种态度的话。

我们不妨把几年前的一些事回顾一下。

米里哀先生升任主教不久，皇上便封了他为帝国的男爵，同时也封了好几个旁的主教。我们知道，教皇是在一八〇九年七月五日至六日的夜晚被拘禁的，为了这件事，米里哀先生

---

① 戴红帽子，即参加革命的意思。

被拿破仑召到巴黎去参加法兰西和意大利的主教会议。那次会议是在圣母院举行的,一八一一年六月十五日,在红衣主教斐许主持下,召开了第一次会议。九十五个主教参加了会议,米里哀先生是其中之一。但是他只参加过一次大会和三四次特别会。他是一个山区的主教,平时过着僻陋贫困的生活,和自然环境接近惯了,他觉得他替那些达官贵人带来了一种改变会场气氛的见解。他匆匆忙忙地回到迪涅去了。有人问他为什么回去得那样匆促,他回答:

"他们见了我不顺眼。外面的空气老跟着我钻到他们那里去。我在他们的眼里好像是一扇带不上的门。"

另外一次,他还说:

"有什么办法?那些先生们全是王子王孙。而我呢,只是一个干瘪瘪的乡下主教。"

他确是惹人嫌,不时作怪。有一晚,他在一个最有地位的同道家里,说出了这样的话,也许是脱口而出的:

"这许多漂亮的挂钟!这许多漂亮的地毯!这许多漂亮的服装!这些东西好不麻烦!我真不愿意听这些累赘的东西时常在我的耳边喊'许多人在挨饿呢!许多人在挨冻呢!穷人多着呢!穷人多着呢!'"

我们顺便谈谈,对华贵物品的仇恨也许是不聪明的,因为这种仇恨隐藏着对艺术的敌意。不过,就教会中人来说,除了表示身份和举行仪式而外,使用华贵物品是错误的。那些东西仿佛可以揭露那种并非真心真意解囊济困的作风。教士养尊处优,就是离经叛道。教士应当接近穷人。一个人既然日日夜夜和一切灾难、苦痛、贫困相接触,难道在他自己身上竟能不像在劳动中沾上一些尘土那样,一点也不带那种圣洁的清寒味吗？我们能想象一个人站在烈火旁而不感到热吗？我们能想象一个工人经常在熔炉旁工作，而能没有一根头发被烧掉，没有一个手指被熏黑，脸上没有一滴汗珠，也没有一点灰屑吗？教士，尤其是主教,他的仁慈的最起码的保证,便是清苦。

这一定就是迪涅主教先生的见解了。

我们还不应当认为他在某些棘手问题上肯迎合那种所谓的"时代的思潮"。他很少参加当时的神学争辩，对政教的纠纷问题，他也不表示意见；但是，如果有人向他紧紧追问，他就仿佛是偏向罗马派方面而并不属于法国派①。我们既然是在描写一个人，并且不愿有所隐讳，我们就必须补充说明他对那位气焰渐衰的拿破仑，可以说是冷若冰霜的。一八一三年②以后，他曾经参与，或鼓掌赞同过各种反抗活动。拿破仑从厄尔巴岛③回来时，他拒绝到路旁去欢迎他，在"百日帝政"④期间，也不曾替皇上布置公祭。

除了他的妹子巴狄斯丁姑娘以外，他还有两个亲兄弟，一

---

① 法国派（gallican）和罗马派（ultramontain），从一六八二年起，法国天主教以国内教士代表会议为处理宗教事务的最高权力机关，不完全接受罗马教皇的命令，是为法国派，主张完全依附教皇的称罗马派。直到一八七〇年，法国天主教始完全依附于罗马教皇。
② 一八一三年，拿破仑政权已濒于危殆，英、俄等七国联军节节进逼，国内工商业发生危机，由于缺乏劳动力，又因增加税收，大量征兵，资产阶级开始离贰，人民纷纷逃避兵役，老贵族也乘机阴谋恢复旧王朝。
③ 拿破仑在一八一四年四月六日被迫逊位后，即被送往厄尔巴岛。王朝复辟，执行反动政策，人民普遍不满。拿破仑乘机于一八一五年三月一日在南方港口茹安（在戛纳附近）登陆，重返巴黎。
④ "百日帝政"，拿破仑三月一日在茹安登陆，六月二十二日第二次逊位，那一时期叫"百日帝政"。

个当过将军,一个当过省长。他和他们通信,相当频繁。有个时期,他对第一个兄弟颇为冷淡,因为那个兄弟原来镇守普罗旺斯①。戛纳登陆时那位将军统率一千二百人去截击皇上,却又有意放他走过。另外那个兄弟,当过省长,为人忠厚自持,隐居在巴黎卡塞特街,他给这个兄弟的信就比较富于手足之情。

足见卞福汝主教也偶尔有过他的政见、他的苦闷、他的隐情。当年的爱憎的暗影也曾穿过他那颗温和宽厚、追求永恒事物的心。当然,像他那样的人最好是没有政治见解。请不要把我们的意思歪曲了,我们所说的"政治见解"并不是指那种对进步所抱的热望,也不是指我们今天构成各方面真诚团结的内在力量的那种卓越的爱国主义、民主主义和人道主义思想,彼此不可相混。我们不必深究那些只间接涉及本书内容的问题,我们只简单地说,假使卞福汝不是保王党,假使他的目光从来一刻也不曾离开过他那种宁静的景仰,并且能超然于人世的风云变幻之外,能在景仰中看清真理、公正、慈善等三道纯洁光辉的放射,那就更美满了。

我们尽管承认上帝之所以创造卞福汝主教,绝不是为了一种政治作用,也仍然可以了解和钦佩他为人权和自由所提出的抗议,也就是他对那位不可一世的拿破仑所抱的高傲的对立态度和公正而危险的抗拒行为。但是藐视一个失势的人究竟不如藐视一个得势的人那样足快人意。我们只爱具有危险的斗争,在任何情况下,只有最初参加斗争的战士才有最后

---

① 普罗旺斯(Provence),法国南部一省。

歼灭敌人的权利。谁没有在全盛时期提出过顽强的抗议,等到垮台时,谁就不该有发言权。只有控诉过胜利的人才有权裁判失败。至于我们,在上天不佑、降以大祸时,我们只能听其自然。一八一二年开始解除我们的武装。一八一三年,那个素来默不作声的立法机构,在国难临头时居然勇气百倍,大放厥词,这样只能令人齿冷,何足鼓掌称快?一八一四年,元帅们出卖祖国,上院从一个污池进入另一污池,始则尊为神人,继乃横加侮渎,从来崇拜偶像,忽又中途变节,反唾其面,这些事理应引起我们的反感;一八一五年,最后的灾难步步进逼了,法兰西因大祸临头而危险了,滑铁卢好像也展开在拿破仑跟前隐约可辨了;那时,军士和人民对那个祚运已尽的人的壮烈欢呼绝没有什么令人发叹的,并且,先不论那个专制魔王是个怎样的人,当此千钧一发之际,这伟大的民族和这伟大的人杰间的紧密团结总是庄严动人的,像迪涅主教那样一个人的心,似乎不应当熟视无睹。

除此以外,无论对什么事,他从来总是正直、诚实、公平、聪明、谦虚、持重的,好行善事,关心别人,这也是一种品德。他是一个神甫,一个贤达之士,也是一个大丈夫。他的政治见解,我们刚才已经批评过了,我们也几乎还可以严厉地指责他,可是应当指出,他尽管抱有那种见解,和我们这些现在在此地谈话的人比较起来,也许还更加厚道,更加平易近人一些。市政府的那个门房,当初是皇上安插在那里的。他原是旧羽林军里的一名下级军官,奥斯特里茨①战役勋章的获得

---

① 奥斯特里茨(Austerlitz),在捷克境内,一八〇五年,拿破仑在此战胜奥俄联军。

者,一个像鹰那样精悍的拿破仑信徒。那个倒霉鬼会时常于无意中吐出一些牢骚话,那是被当时法律认为"叛逆言论"的。自从勋章上的皇帝侧面像被取消以后,为了避免佩带他那十字勋章,他的衣着就从来不再"遵照规定"(照他的说法)。他亲自把皇上的御影从拿破仑给他的那个十字勋章上虔诚地摘下来,那样就留下了一个窟窿,他却绝不愿代以其他的饰物。他常说:"我宁死也不愿在我的胸前挂上三个癞蛤蟆!"他故意大声挖苦路易十八①。他又常说:"扎英国绑腿的烂脚鬼!快带着他的辫子到普鲁士去吧!"他以能那样把他最恨的两件东西,普鲁士和英格兰,连缀在一句骂人的话里而感到得意。他骂得太起劲了,以致丢了差事。他带着妻子儿女,无衣无食,流浪街头。主教却把他招来,轻轻责备了几句,派他去充当天主堂里的持戟士。

米里哀先生在他的教区里是一个名副其实的神甫,是大众的朋友。

九年以来,由于他行为圣洁,作风和蔼,卞福汝主教使迪涅城里充满一种柔顺的推崇。连他对拿破仑的态度也被人民接受,默宥了,人民原是一群善良柔弱的牛羊,他们崇拜他们的皇上,也爱戴他们的主教。

十二 卞福汝主教门庭冷落

在将军的周围,常有成群的青年军官,在主教的周围,几

---

① 路易十八,路易十六的兄弟,拿破仑失败后,他在英普联军护送下回到巴黎,恢复了波旁王室的统治。

乎也常有成批的小教士。这种人正是可爱的圣方济各·撒肋①在某处所说的那些"白口教士"。任何事业都有追求的人,追随着此中的成功者。世间没有一种无喽罗的势力,也没有一种无臣仆的尊荣。指望前程远大的人都围绕着目前的显贵奔走钻营。每个主教衙门都有它的幕僚。每个稍有势力的主教都有他那群天使般的小修士在主教院里巡逻,照顾,守卫,以图博取主教大人的欢心。获得主教的赏识,也就等于福星高照,有充当五品修上的希望了。求上进是人情之常,上帝的宗徒是不会亏待他的下属的。

在别处有高大的帽子,教堂里也同样有嵬峨的法冠。这种人也就是那些主教,他们有势,有钱,坐收年息,手腕灵活,受到上层社会宠信,善于求人,当然也善于使人,他们指使整个主教区的教民亲自登门拜谒,他们充当教会与外交界之间的桥梁,他们足为教士而不足为神甫,足为教廷执事而不足为主教。接近他们的人都皆大欢喜!那些地位优越的人,他们把肥的教区、在家修行人的赡养费、教区督察官职位、随军教士职位、天主堂里的差事,雨一般的撒在他们周围的那些殷勤献媚,博得他们欢心,长于讨好他们的青年们的头上,以待将来再加上主教的尊贵。他们自己高升,同时也带着卫星前进;那是在行进中的整个太阳系。他们的光辉把追随着他们的人都照得发紫。他们一人得志,众人都荫余福高升。老板的教区越广,宠幸的地盘也越大,并且还有罗马在。由主教而总主教而红衣主教的人可以提拔你为红衣主教的随员,你进入宗

---

① 方济各·撒肋(François de Sales,1567—1622),日内瓦主教,能文,重振天主教势力。

教裁判所,你会得到绣黑十字的白呢飘带,你就做起陪审官来了,再进而为内廷机要秘书,再进而为主教,并且只须再走一步就由主教升为红衣主教了,红衣主教与教皇之间也不过只有一番选举的虚文。凡是头戴教士小帽的人都可以梦想教皇的三重冕。神甫是今天惟一能按部就班升上王位的人,并且那是何等的王位!至高无上的王位。同时,教士培养所又是怎样一种培植野心的温床!多少腼腆的唱诗童子,多少年轻的教士都顶上了贝莱特①的奶罐!包藏野心的人自吹能虔诚奉教,自以为那是轻而易举的事,也许他确有那样一片诚心,谁知道?沉迷久了,自己也就有些莫名其妙。

卞福汝主教谦卑、清寒、淡泊,没有被人列入那些高贵的主教里面。那可以从在他左右完全没有青年教士这一点上看出来。我们已经知道,他在巴黎"毫无成就"。没有一个后生愿把自己的前程托付给那样一个孤独老人。没有一株有野心的嫩苗起过想在他的庇荫下发绿的傻念头。他的那些教士和助理主教全是一些安分守己的老头儿,和他一样的一些老百姓,和他一同株守在那个没有福气产生红衣主教的教区里,他们就像他们的那位主教,不同的地方只是:他们是完了事的,而他是成了事的。大家都觉得在卞福汝主教跟前没有发迹的可能,以致那些刚从教士培养所里出来的青年人,经他任为神甫以后,便都转向艾克斯总主教或欧什总主教那里去活动,赶忙离开了他。因为,我们再说一次,凡人都愿意有人提拔。一

---

① 贝莱特,拉封丹(La Fontaine)的寓言谈到一个送奶的姑娘,叫贝莱特,她头上顶一罐奶进城,一路梦想把奶卖了,可以买一百个鸡蛋,孵出小鸡养大,卖了买猪,猪卖了又买牛,牛生了小牛,她看见小牛在草地上跳,乐到自己也跳起来,把奶罐翻在地上,结果是一场空。

个过于克己的圣人便是一个可以误事的伙伴,他可以连累你陷入一条无可救药的绝路,害你关节僵硬,行动不得,总之,他会要你躬行实践你不愿接受的那种谦让之道。因此大家都逃避那种癞疥似的德行。这也就是卞福汝主教门庭冷落的原因。我们生活在阴暗的社会里,向上爬,正是一种由上而下的慢性腐蚀教育。

顺便谈一句,成功是一件相当丑恶的事。它貌似真才实学,而实际是以伪乱真。一般人常以为成功和优越性几乎是同一回事。成功是才能的假相,受它愚弄的是历史。只有尤维纳利斯①和塔西佗②在这方面表示过愤慨。在我们这时代有种几乎被人公认为哲学正宗的理论,它成了成功的仆从,它标榜成功,并不惜为成功操贱役。你设法成功吧,这就是原理。富贵就等于才能。中得头彩,你便是一个出色的人才。谁得势,谁就受人尊崇。只要你的八字好,一切都大有可为。只要你有好运气,其余的东西也就全在你的掌握中了。只要你能事事如意,大家便认为你伟大。除了五六个震动整个世纪的突出的例外以外,我们这时代的推崇全是近视的。金漆就是真金。阿猫阿狗,全无关系,关键只在成功。世间俗物,就像那顾影自怜的老水仙③一样,很能赞赏俗物。任何人在任何方面,只要达到目的,众人便齐声喝彩,夸为奇才异能,说他比得上摩西、埃斯库罗斯④、但丁、米开朗琪罗或拿破仑。

---

① 尤维纳利斯(Juvénal),一世纪罗马诗人。
② 塔西佗(Tacite),一世纪罗马历史学家。
③ 据神话,水仙在水边望见自己的影子,一往情深,投入水中,化为水仙花。
④ 埃斯库罗斯(Eschyle),古希腊悲剧家。

无论是一个书吏当了议员,一个假高乃依①写了一本《第利达特②》,一个太监乱了宫闱,一个披着军服的纸老虎侥幸地打了一次划时代的胜仗,一个药剂师发明了纸鞋底冒充皮革,供给桑布尔和默兹军区而获得四十万利弗的年息,一个百货贩子盘剥厚利,攒聚了七八百万不义之财,一个宣道士因说话带浓重鼻音而当上了主教,一个望族的管家在告退时成了巨富,因而被擢用为财政大臣,凡此种种,人们都称为天才,正如他们以穆司克东③的嘴脸为美,以克劳狄乌斯④的派头为仪表一样。他们把穹苍中的星光和鸭掌在烂泥里踏出的迹印混为一谈。

十三　他所信的

在宗教的真谛问题上,我们对迪涅的主教先生不能作任何窥测。面对着像他那样一颗心,我们只能有敬佩的心情。我们应当完全信服一个心地正直的人。并且,我们认为,在具备了某些品质的情况下,人的品德的各种美都是可以在和我们不同的信仰中得到发展的。

他对这样一种教义或那样一种神秘究竟作何理解呢?那些隐在心灵深处的秘密,只有那迎接赤裸裸的灵魂的坟

---

① 高乃依(Corneille),法国十七世纪古典悲剧作家。
② 第利达特(Tiridate),一世纪亚美尼亚国王。
③ 穆司克东(Mousqueton),大仲马小说《二十年后》中人物,是个贪吃懒动,红光满面的仆人。
④ 克劳狄乌斯(Claude),罗马政治活动家,恺撒的拥护者,前五八年为人民护民官。

墓才能知道。不过有一点我们可以肯定,那就是,在解决信仰方面的困难问题时,他从来不采取口是心非的虚伪态度。金刚石是决不至于腐烂的。他尽他力所能及,竭诚信仰。"信天父。"①他常说。此外,他还在行善中希求一定程度的、无愧于良心也无愧于上帝的满足。

我们认为应当指出的是,主教在他的信心之外(不妨这样说)和这信心之上,还存在着一种过分的仁爱。正是在那上面,"由于多爱"②,他才被那些"端庄"、"严肃"和"通达"的人认为是有缺点的;"端庄"、"严肃"、"通达"这些字眼也正是我们这个凄惨世界里那些全凭贬抑别人来夸耀自己的人所喜闻乐见的。他那种过分的仁爱是什么? 是一种冷静的对人关切的心,他关心众人,正如我们指出过的已经无微不至,有时还关心到其他的生物。他一生不曾有过奚落人的心。他对上帝的创造从不苛求。任何人,即使是最善良的人,对待动物,无意中总还保留一种暴戾之气。许多神甫都具有这种暴戾之气,而迪涅的这位主教却一点也没有。他虽然还没有达到婆罗门教的境界,但对圣书中"谁知道动物的灵魂归宿何处?"这一句话,似乎作过深长的思索。外形的丑陋和本性的怪异都不能惊动他,触犯他。他却反而会受到感动,几乎起爱怜的心。他聚精会神,仿佛要在生命的表象之外追究出其所以然的根源、理由或苦衷。有时他好像还恳求上帝加以改造。他用语言学家考证古人遗墨的眼光,平心静气地观察自然界中迄今还存在着的多种多样

---

① "信天父",原文为拉丁文"Credo in Patrem."
② "由于多爱",原文为拉丁文"quia multum amavit."

的混乱现象。那种遐想有时会使他说出一些怪话。一天早晨,他正在园里,他以为身边没有人,其实他的妹子在他后面跟着走,他没有瞧见,忽然,他停下来,望着地上的一件东西,一只黑色、毛茸茸、怪可怕的大蜘蛛。他妹子听见他说:

"可怜虫!这不是它的过错。"

那种出自菩萨心肠的孩儿话,为什么不可以说呢?当然那是一种稚气,但是这种绝妙的稚气也正是阿西西的圣方济各[1]和马可·奥里略[2]有过的。一天,他为了不肯踏死一只蚂蚁,竟扭伤了筋骨。

这个正直的人便是这样过活的。有时他睡在自己的园里,那真是一种最能令人向往的事。

据传说,卞福汝主教从前在青年时期,甚至在壮年时期,都曾是一个热情的人,也许还是一个粗暴的人。他后来的那种溥及一切的仁慈,与其说是天赋的本性,不如说是他在生活过程中一步步逐渐达到大彻大悟的结果,因为,人心和岩石一样,也可以有被水滴穿的孔。那些空隙是不会消失的,那些成绩是毁灭不了的。

在一八一五年,我们好像已经说过,他已到了七十五岁,但是看去好像还没有过六十。他的身材是矮矮胖胖的,为了避免肥满,他常喜欢作长距离的步行;他腿力仍健,背稍微伛一点,这些全是不重要的事,我们不打算在这上面作什么结

---

[1] 圣方济各(François d'Assise,1181—1226),一译"法兰西斯",方济各会创始人,生于意大利阿西西。一二〇九年成立"方济各托钵修会",修士自称"小兄弟",故又名"小兄弟会"。
[2] 马可·奥里略(Marc Aurèle,121—180),罗马皇帝,斯多葛派哲学家。

论。格列高利十六①到了八十岁还是身躯挺直、笑容满面的,但他仍是一个坏主教。卞福汝主教的相貌正像老乡们所说的那种"美男子",但他的和蔼性格已使人忘了他面貌的美。

他在谈话中不时嬉笑,有些孩子气,那也是他的风采之一。这我们已经说过了,我们和他接近就会感到身心怡畅,好像他的谈笑会带来满座春风。他的肤色红润,他保全了一嘴洁白的牙齿,笑时露出来,给他添上一种坦率和平易近人的神气,那种神气可以使一个壮年人被人称为"好孩子",也可以使一个老年人被人称为"好汉子"。我们记得,他当年给拿破仑的印象正是这样的。乍一看来,他在初次和他见面的人的心目中,确也只不过是一个好汉子。但是如果我们和他接触了几小时,只须稍稍望见他运用心思,那个好汉子便慢慢变了样,会令人莫名其妙地肃然生畏;他那广而庄重、原就在白发下显得尊严的前额,也因潜心思考而倍加尊严了;威神出自慈祥,而慈祥之气仍不停散布;我们受到的感动,正如看见一个笑容可掬的天使在缓缓展开他的翅膀,一面仍不停地露着笑容。一种敬意,一种无可言喻的敬意会油然而生,直入你的胸臆,于是我们感到在我们面前的确是一位坚定、饱经世故的仁厚长者,他的胸襟既那么开朗,那他的思想也就必然温柔敦厚的了。

我们已经见过,他一生中每一天的时刻都是被祈祷、上祭、布施、安慰伤心人、种一小块园地、实行仁爱、节食、招待过路客人、克己、信人、学习、劳动这些事充满了的。"充满"这

---

① 格列高利十六(Grégoire XVI,1765—1846),一八三一年至一八四六年为罗马教皇。

两个字是恰当的,并且主教过的这种日子又一定洋溢着善良的思想、善良的言语和善良的行为,直到完善的境界。但是,到了晚上,当那两个妇女已经退去休息时,如果天冷,或是下雨,使他不能到园里去待上一两个钟点再去就寝的话,他那一天也还是过得不满足的。面对着太虚中寥廓的夜景,缪然默念,以待瞌睡,在他,这好像已是一种仪轨了。有时,夜深人静以后,那两个老妇人如果还没有睡着,她们常听见他在那几条小道上缓步徘徊。他在那里,独自一人,虔诚,恬静,爱慕一切,拿自己心中的谧静去比拟太空的谧静,从黑暗中去感受星斗的有形的美和上帝的无形的美。那时,夜花正献出它们的香气,他也献出了他的心,他的心正像一盏明灯,点在繁星闪闪的中央,景仰赞叹,飘游在造物的无边无际的光辉里。他自己也许说不出萦绕在他心中的究竟是什么,他只感到有东西从他体中飞散出去,也有东西降落回来。心灵的幽奥和宇宙的幽奥的神秘的交往!

他想到上帝的伟大,也想到上帝和他同在;想到绵绵无尽的将来是一种深不可测的神秘,无可穷竟的往古,更是神秘渺茫;想到宇宙在他的眼底朝着各个方面无止境地扩展延伸;他不强求了解这种无法了解的现象,但是他凝神注视着一切。他不研究上帝,他为之心旷神怡。他涉想到原子的奇妙结合能使物质具有形象,能在组合时发生力量,在整体中创造出个体,在空间创造出广度和长度,在无极中创造出无量数,并能通过光线显示美。那样的结合,生生灭灭,了无尽期,因而有生死。

他坐在一条木凳上,靠着一个朽了的葡萄架,穿过那些果树的瘦弱蜷曲的暗影,仰望群星。在那四分之一亩的地方,树木既种得那样少,残棚破屋又那么挤,但是他留恋它,心里也知足。

这个老人一生的空闲时间既那么少,那一点空闲时间在白天又已被园艺占去,在晚上也已用在沉思冥想,他还有什么希求呢?那一小块园地,上有天空,不是已足供他用来反复景仰上帝的最美妙的工作和最卓绝的工作吗?的确,难道那样不已经十全十美,还有什么可奢求的呢?一院小小的园地供他盘桓,一片浩阔的天空供他神游。脚下有东西供他培植收获,头上有东西供他探讨思索,地下的是几朵花,天上的是万点星。

十四 他所想的

最后几句话。

由于这种详细的叙述,特别是在我们这时代,很可能赋予迪涅的这位主教一副泛神论者(暂用一个目下正流行的名词)的面貌,加以我们这世纪中的哲学流派多,那些纷纭的思想有时会在生活孤寂的人的精神上发芽成长,扩大影响,直到取宗教思想的地位而代之,我们的叙述,又还可以使人认为他也有他一套独特的人生观,无论这对他是指责还是赞扬,我们都应当着重指出,凡是认识卞福汝主教的人,没有一个敢有那样的想法。他之所以光明磊落,是由于他的心,他的智慧正是由那里发出的光构成的。

他不守成规,又勇于任事。探赜索隐,每每使他神志昏瞀;他是否窥探过玄学,毫无迹象可寻。使徒行事,可以大刀阔斧,主教却应当谨小慎微。他也许认为某些问题是应当留待大智大慧的人去探讨的,他自己如果推究太深,于心反而不安。玄学的门,神圣骇人,那些幽暗的洞口,一一向人大开,但是有一种声音向你这生命中的过客说"进去不得"。进去的人都将不幸！而那些天才，置身于教律之上（不妨这样说），从抽象观念和唯理学说的无尽深渊中，向上帝提出他们的意见。他们的祷告发出了大胆的争论。他们的颂赞带着疑难。这是一种想直接证悟的宗教，妄图攀援绝壁的人必将烦恼重重，自食其果。

人类的遐想是没有止境的。人常在遐想中不避艰险，分析研究并深入追求他自己所赞叹的妙境。我们几乎可以这样说，由于一种奇妙的反应作用，人类的遐想可以使宇宙惊奇，围绕着我们的这个神秘世界能吐其所纳，瞻望的人们也就很有被瞻望的可能。无论怎样，这世上确有一些人（如果他们仅仅是人），能在梦想的视野深处清清楚楚地望见绝对真理的高度和无极山峰的惊心触目的景象。卞福汝主教完全不是这种人，卞福汝主教不是天才。他也许害怕那种绝顶的聪明，有几个人，并且是才气磅礴的人，例如斯维登堡①和帕斯卡尔②，就是因为聪明绝顶而堕入精神失常的状态的。固然，那种强烈的梦想，对人的身心自有它的用处，并且通过那条险阻的道路，我们可以达到理想中的至善境界。可是他，他采择了一条捷径——《福音书》。

他绝不想使他的祭服具有以利亚③的法衣的皱褶，他对这黑暗世界中人事的兴衰起伏，不怀任何希冀；他不希望能使一事一物的微光集成烈火，他丝毫没有那些先知和方士们的臭味。他那颗质朴的心只知道爱，如是而已。

---

① 斯维登堡（Swedenborg，1688—1772），瑞典通灵论者。
② 帕斯卡尔（Pascal，1623—1662），法国数学家，物理学家，哲学家。
③ 以利亚（Elie），犹太先知。（《圣经·列王记》）

他的祈祷具有一种不同于一般人的憧憬,那是极可能的,但是必须先有极其殷切的爱,才能作出极其殷切的祈祷,如果祈祷的内容越出了经文的规范,便被认为异端,那么,圣泰莉莎和圣热罗姆岂不都成了异端了?

他常照顾那些呻吟床褥和奄奄垂毙的人。这世界在他看来好像是一种漫无边际的病苦,他觉得遍地都是寒热,他四处诊察疾苦,他不想猜破谜底,只试图包扎创伤。人间事物的惨状使他具有悲天悯人的心,他一心一意想找出可以安慰人心和解除痛苦的最妥善的办法,那是为他自己也是为了影响旁人。世间存在的一切事物,对这位不可多得的慈悲神甫,都是引起恻隐之心和济世宏愿的永恒的动力。

多少人在努力发掘黄金,他却只努力发掘慈悲心肠。普天下的愁苦便是他的矿。遍地的苦痛随时为他提供行善的机会。"你们应当彼此相爱",他说如果能这样,便一切具足了,不必再求其他,这便是他的全部教义。一天,那个自命为"哲学家"的元老院元老(我们已经提到过他的名字)对他说:"您瞧瞧这世上的情形吧,人自为战,谁胜利,谁就有理。您的'互爱'简直是胡说。"卞福汝主教并不和他争论,只回答:"好吧,即使是胡说,人的心总还应当隐藏在那里,如同珍珠隐在蚌壳里一样。"他自己便隐藏在那里,生活在那里,绝对心满意足,不理睬那些诱人而又骇人的重大问题,如抽象理论的无可揣摩的远景以及形而上学的深渊,所有那些针对同一问题的玄妙理论他都抛在一边,留给上帝的信徒和否定上帝的虚无论者去处理,这些玄论有命运、善恶、生物和生物间的斗争、动物的半睡眠半思想状态、死后的转化、坟墓中的生命总结、宿世的恩情对今生的"我"的那种不可理解的纠缠、元精、实质、色空、灵魂、本性、自由、必然,还有代表人类智慧的巨神们所探索的那些穷高极深的问题,还有卢克莱修①、摩奴②、圣保罗和但丁曾以炬火似的目光,凝神仰望那仿佛能使群星跃出的浩阔天空。

卞福汝主教是一个普普通通的人,他只从表面涉猎那些幽渺的问题,他不深究,也不推波助澜,免得自己的精神受到骚扰,但是在他的心灵中,对于幽冥,却怀着一种深厚的敬畏。

---

① 卢克莱修(Lucrèce,前98—前55),罗马诗人,唯物主义者,无神论者。
② 摩奴(Manou),印度神话中之人类始祖。

第二卷 沉 沦

一 步行终日近黄昏

一八一五年十月初,距日落前约一点钟,有一个步行的人走进了那小小的迪涅城。稀稀落落的居民在他们家门口或窗前,带着一种不安的心情瞧着这个行人。要碰见一个比他更褴褛的过路人是很不容易的了。他是一个中等身材的人,体格粗壮,正在盛年,可能有四十六或四十八岁。一顶皮檐便帽压齐眉心,把他那被太阳晒黑、淌着大汗的脸遮去了一部分。从他那领上扣一个小银锚的黄粗布衬衫里露出一部分毛茸茸的胸脯,他的领带扭得像根绳子,蓝棉布裤也磨损不堪,一个膝头成了白色,一个膝头有了窟窿;一件破旧褴褛的老灰布衫,左右两肘上都已用麻线缝上了一块绿呢布;他背上有只布袋,装得满满的也扣得紧紧的;手里拿根多节的粗棍,一双没有穿袜子的脚踩在两只钉鞋里,光头,长须。

汗、热、奔走和徒步旅行替那潦倒的人添上了一种说不出的狼狈神情。

他的头发原是剃光了的,但现在又茸茸满头了,因为又开始长出了一点,还好像多时没有修剪过似的。

谁也不认识他,他自然只是一个过路人。他是从什么地方来的呢?从南方来的。或是从海滨来的。因为他进迪涅城所走的路,正是七个月前拿破仑皇帝从戛纳去巴黎时所经过的路。这个人一定已走了一整天,他那神气显得异常疲乏。许多住在下城旧区里的妇人看见他在加桑第大路的树底下歇了一回脚,又在那广场尽头的水管里喝了些水。他一定渴极了,因为追着他的那些孩子还看见他在两百步外的那个小菜场的水管下停下来喝了水。

走到了巴许维街转角的地方,他向左转,朝市政厅走去。他进去,一刻钟过后又走了出来。有个警察坐在门旁的石凳上,那正是三月四日德鲁埃将军立上去向着惊骇万状的迪涅民众宣读茹安港①宣言的那条石凳。那汉子脱下他的便帽,向那警察恭恭敬敬行了一个礼。

警察没有答礼,只仔细打量了他一会,眼光送了他一程,就走到市政厅里去了。

当时,迪涅有一家华美的旅舍叫"柯耳巴十字架"。旅舍主人是雅甘·拉巴尔。城里的人都认为他是另外一个拉巴尔的亲族,另外那个拉巴尔在格勒诺布尔开着三太子旅舍,并且做过向导②。据当时传说,正月间贝特朗将军曾经乔装为车夫,在那一带地方往来过多次,把许多十字勋章分给一些士兵,把大量的拿破仑③分给一些士绅。实在的情形是这样的:皇帝进入格勒诺布尔城以后,不愿住在省长公署里,他谢了那位市长,他说:"我要到一个我认识的好汉家里去住。"他去的

---

① 茹安港(Juan),在戛纳附近,拿破仑在此登陆时曾发出宣言。
② 替拿破仑当向导。
③ 拿破仑,金币名,值二十法郎。

地方便是那三太子旅舍。三太子旅舍的那个拉巴尔所得的荣耀一直照射到二十五法里以外的这个柯耳巴十字架旅舍的拉巴尔。城里的人都说他是格勒诺布尔那位的堂兄弟。

那人正向着这旅舍走去,它是这地方最好的旅舍了。他走进了厨房,厨房的门临街,也和街道一般平。所有的灶都生了火,一炉大火在壁炉里熊熊地烧着。那旅舍主人,同时也就是厨师,从灶心管到锅盏,正忙着照顾,替许多车夫预备一顿丰盛的晚餐,他们可以听见车夫们在隔壁屋子里大声谈笑。凡是旅行过的人都知道再也没有什么人比那些车夫吃得更考究的了。穿在长叉上的一只肥田鼠夹在一串白竹鸡和一串雄山雉中间,在火前转动。炉子上还烹着两条乐愁湖的青鱼和一尾阿绿茨湖的鲈鱼。

那主人听见门开了,又来了一个新客人,两只眼睛仍望着炉子,也不抬头,他说:

"先生要什么?"

"吃和睡。"那人说。

"再容易也没有,"主人回答说。这时,他转过头,目光射在旅客身上,又接着说:"……要付钱的呀。"

那人从他布衫的袋里掏出一只大钱包,回答说:

"我有钱。"

"好,我就来伺候您。"主人说。

那人把钱包塞回衣袋里,取下行囊,放在门边的地上,手里仍拿着木棍,去坐在火旁边的一张矮凳上。迪涅在山区,十月的夜晚是寒冷的。

但是,旅舍主人去了又来,来了又去,总在打量这位旅客。

"马上有东西吃吗?"那人问。

"得稍微等一会儿。"旅舍主人说。

这时,新来的客人正转过背去烘火,那位像煞有介事的旅舍主人从衣袋里抽出一支铅笔,又从丢在窗台旁小桌子上的那张旧报纸上扯下一角。他在那白报纸边上写了一两行字,又把这张破纸折好,并不封,交给一个好像是他的厨役又同时是他的跑腿的小厮。旅舍主人还在那小伙计耳边说了一句话,小伙计便朝着市政厅的方向跑去了。

那旅客一点也没有看见这些经过。

他又问了一次:

"马上有东西吃吗?"

"还得等一会儿。"旅舍主人说。

那孩子回来了。他带回了那张纸。主人急忙把它打开,好像一个等候回音的人,他仿佛细心地读了一遍,随后又点头,想了想。他终于朝着那心神似乎不大安定的旅客走上一步。

"先生,"他说,"我不能接待您。"

那个人从他的坐位上半挺着身子。

"怎么!您恐怕我不付钱吗?您要不要我先会账?我有钱呢,我告诉您。"

"不是为那个。"

"那么是为什么?"

"您有钱……"

"有。"那人说。

"但是我,"主人说,"我没有房间。"

那人和颜悦色地说:"把我安顿在马房里就是了。"

"我不能。"

"为什么?"

"那些马把所有的地方都占了。"

"那么,"那人又说,"阁楼上面的一个角落也可以。一捆草就够了。我们吃了饭再看吧。"

"我不能开饭给您吃。"

那个外来人对这种有分寸而又坚硬的表示感到严重了,他站立起来。

"哈!笑话!我快饿死了,我。太阳出来,我就走起。走了十二法里①的路程。我并不是不付钱。我要吃。"

"我一点东西也没有。"旅舍主人说。

那汉子放声大笑,转身朝着那炉灶。

"没有东西!那是什么?"

"那些东西全是客人订了的。"

"谁订的?"

"那些车夫先生订了的。"

"他们多少人?"

"十二个人。"

"那里有二十个人吃的东西。"

"那都是预先订好并且付了钱的。"

那个人又坐下去,用同样的口吻说:

"我已经到了这客栈里,我饿了,我不走。"

那主人弯下身子,凑到他耳边,用一种使他吃惊的口吻说:

"快走。"

---

① 法里,一法里等于现在的四公里。

这时,那旅客弯下腰去了,用他棍子的铁梢拨着火里的红炭,他蓦地转过身来,正要开口辩驳,可是那旅舍主人的眼睛盯着他,照先头一样低声说:

"我说,废话已经说够了。您要我说出您的姓名吗?您叫冉阿让。现在您要我说出您是什么人吗?您进来时,我一见心里就有些疑惑,我已派人到市政厅去过了,这是那里的回信。您认识字吗?"

他一面那样说,一面把那张完全打开了的、从旅舍到市政厅、又从市政厅转回旅舍的纸递给那客人看。客人在纸上瞟了一眼。旅舍主人停了一会不响,接着又说:

"无论对什么人,我素来都是客客气气的,您还是走吧。"

那人低下了头,拾起他那只放在地上的布袋走了。

他沿着那条大街走去。好像一个受了侮辱、满腔委屈的人,他紧靠着墙壁,信步往前走。他的头一次也没有回转过。假使他回转头来,他就会看见那柯耳巴十字架的旅舍主人正立在他门口,旅舍里的旅客和路上的行人都围着他,在那里指手画脚,说长论短;并且从那一堆人的惊疑的目光里,他还可以猜想到他的出现不久就要搞得满城风雨。

那些经过,他完全没有瞧见。心情沮丧的人,总是不朝后面看的。他们只觉得厄运正追着他们。

他那样走了一些时候,不停地往前走,信步穿过了许多街道,都是他不认识的,忘了自身的疲乏,人在颓丧时是常有这种情况的。忽然,他感到饿得难熬。天也要黑了。他向四周望去,想发现一处可以过夜的地方。

那家华丽的旅馆既享以闭门羹,他便想找一家简陋的酒店,一所穷苦的破屋。

恰好在那条街的尽头,燃起了一盏灯,在半明半暗的暮色中,显出一根松枝,悬在一条曲铁上。他向那地方走去。

那确是一家酒店。就是沙佛街上的那家酒店。

那行人停了一会儿,从玻璃窗口望那酒家底层厅房的内部,看见桌上的灯正点着,壁炉里的火也正燃着。几个人在里面喝酒。老板也傍着火。一只挂在吊钩上的铁锅在火焰中烧得发响。

这家酒店,同时也是一种客栈,它有两扇门,一扇临街,另一扇通一个粪土混积的小天井。

那行人不敢由临街的门进去。他先溜进天井,待了一会,再轻轻地提起门闩,把门推开。

"来的是谁?"那老板问。

"一个想吃晚饭和过夜的人。"

"好的,这儿有饭吃,也有地方可以住。"

跟着,他进去了。那些正在喝酒的人全都转过头来。他这面有灯光照着,那面有火光照着。当他解下那口袋时,大家都打量了他好一会儿。那老板向他说:

"这儿有火,晚餐也正在锅里煮着。您来烤烤火吧,伙计。"

他走去坐在炉边,把那两只累伤了的脚伸到火前,一阵香味从锅里冲出。他的脸仍被那顶压到眉心的便帽半遮着,当时所能辨别出来的只是一种若隐若现的舒适神情,同时又掺杂着另外一种由于长期苦痛而起的愁容。

那是一副坚强有力而又忧郁的侧影。这相貌是稀有的,一眼看去像是谦卑,看到后来,却又严肃。眼睛在眉毛下炯炯发光,正像荆棘丛中的一堆火。

当时,在那些围着桌子坐下的人中有个鱼贩子。他在走进沙佛街这家酒店以前,到过拉巴尔的旅舍,把他的马寄放在马房里,当天早晨他又偶然碰见过这个面恶的外来人在阿塞湾和……(我已忘了那地名,我想是爱斯古布龙)之间走着。那外来人在遇见他时曾请求让他坐在马臀上,他当时已显得非常困顿了,那鱼贩子却一面支吾,一面加鞭走了。半点钟以前,那鱼贩子也是围着雅甘·拉巴尔那堆人中的一个,并且他亲自把当天早晨那次不愉快的遭遇告诉了柯耳巴十字架旅舍里的那些人。这时他从他座上向那酒店老板使了个眼色。酒店老板就走到他身边。彼此低声交谈了几句。那个赶路的客人却正在想他的心事。

酒店老板回到壁炉旁边,突然把手放在那人的肩上,向他说:

"你得离开此地。"

那个生客转过身来,低声下气地说:

"唉!您知道?"

"我知道。"

"他们把我从那个旅舍里撵了出来。"

"又要把你从这儿赶出去。"

"您要我到什么地方去呢?"

"到旁的地方去。"

那人提起他的棍和布袋,走了。

他走出店门,又遇到几个孩子,扔着石子打他,那起孩子是从柯耳巴十字架跟来,专在门口候他出来的。他狼狈地回转来,扬着棍子表示要打,孩子们也就像一群小鸟似的散了。

他走过监狱,监狱的大门上垂着一根拉钟的铁链。他便拉动那口钟。

墙上的一个小洞开了。

"看守先生,"他说,一面恭恭敬敬地脱下他的便帽,"您可愿意开开牢门让我住一宵?"

有个人的声音回答说:

"监牢又不是客栈。你得先叫人逮捕你。这门才会替你开。"

那小墙洞又闭上了。

他走到一条有许多花园的小街。其中的几处只用篱笆围着,那样可以使街道显得更生动。在那些花园和篱笆之间,他看见一所小平房的窗子里有灯光。他从那玻璃窗朝里看,正好像他先头望那酒店一样。那是一大间用灰浆刷白了的屋子,里面有一张床,床上铺着印花棉布的床单,屋角里有只摇篮,几张木椅,墙上挂着一支双管枪。屋子中间有桌子,桌上正摆着食物。一盏铜灯照着那块洁白宽大的台布,一把灿烂如银的盛满了酒的锡壶和一只热气腾腾的栗黄汤钵。桌子旁边坐着一个四十岁左右喜笑颜开的男子,他用膝头颠着一个小孩,逗他跳跃。一个年纪正轻的妇人在他旁边喂另外一个婴孩的奶。父亲笑着,孩子笑着,母亲也微微地笑着。

这个异乡人在那种温柔宁静的景物前出了一会神。他心里想着什么?只有他自己才能说出来。也许他正想着那样一个快乐的家庭应当是肯待客的吧,他在眼前的那片福地上也许找得着一点恻隐之心吧。

他在玻璃窗上极轻地敲了一下。

没有人听见。

他敲第二下。

他听见那妇人说：

"当家的，好像有人敲门。"

"没有。"她丈夫回答。

他敲第三下。

那丈夫立起来，拿着灯，走去把门开了。

他是一个身材高大，半农半工模样的人。身上围着一件宽大的皮围裙，一直围到他的左肩，围裙里有一个铁锤、一条红手巾、一只火药匣、各式各样的东西，都由一根腰带兜住，在他的肚子上鼓起来。他的头朝后仰着，一件翻领衬衫大大敞开，露出了白皙光滑的牛脖子。他有浓厚的眉毛，腮帮上留着一大片黑胡须，眼睛不凹，下颏突出，在那样的面貌上，有一种说不出的怡然自得的神气。

"先生，"那过路人说，"请原谅。假使我出钱，您能给我一盆汤，让我在园里那棚子里的角上睡一宵？请您说，您可以吗，假使我出钱的话？"

"您是谁？"那房子的主人问。

那人回答说：

"我是从壁马松来的。我走了一整天，我走了十二法里。您同意吗？假使我出钱？"

"我并不拒绝留宿一个肯付钱的正派人，"那农人说，"但是您为什么不去找客栈呢？"

"客栈里没有地方了。"

"笑话！没有的事。今天又不是演杂技的日子，又不是赶集的日子。您到拉巴尔家去过没有？"

"去过了。"

"怎样呢？"

那过路人感到为难,他回答说:

"我不知道,他不肯接待我。"

"您到沙佛街上那叫做什么的家里去过没有?"

那个外来人更感困难了,他吞吞吐吐地说:

"他也不肯接待我。"

那农民的脸上立刻起了戒惧的神情,他从头到脚打量那陌生人,并且忽然用一种战栗的声音喊着说:

"难道您就是那个人吗?……"

他又对那外来人看了一眼,向后退三步,把灯放在桌上,从墙上取下了他的枪。

那妇人听见那农民说"难道您就是那个人吗?……"以后,也立了起来,抱着她的两个孩子,赶忙躲在她丈夫背后,惊慌失措地瞧着那个陌生人,敞着胸口,睁大了眼睛,她低声说:

"佐马洛德。"①

这些动作比我们想象的还快些。屋主把那"人"当作毒蛇观察了一番之后,又回到门前,说道:

"滚!"

"求您做做好事,"那人又说,"给我一杯水吧!"

"给你一枪!"农民说。

随后他把门使劲关上,那人还听见他推动两条大门闩的声音。过一会儿,板窗也关上了,一阵上铁闩的声音直达外面。

天越来越黑了。阿尔卑斯山中已经起了冷风。那个无家

---

① 佐马洛德(tso-maraude),法国境内阿尔卑斯山区的方言,即野猫。——作者原注

可归的人从苍茫的暮色中看见街边的一个花园里有个茅棚，望去仿佛是草墩搭起来的。他下定决心，越过一道木栅栏，便到了那园里。他朝着那茅棚走去，它的门只是一个狭而很低的洞，正像那些筑路工人替自己在道旁盖起的那种风雨棚。他当然也认为那确实是一个筑路工人歇脚的地方，现在他感到又冷又饿，实在难熬。他虽然已不再希望得到食物，但至少那还是一个避寒的地方。那种棚子照例在晚上是没有人住的。他全身躺下，爬了进去。里面相当温暖，地上还铺了一层麦秸。他在那上面躺了一会儿，他实在太疲倦了，一点也不能动。随后，因为他背上还压着一个口袋，使他很不舒服，再说，这正是一个现成的枕头，他便动手解开那捆口袋的皮带。正在这时，他忽然听见一阵粗暴的声音。他抬起眼睛。黑暗中瞧见在那茅棚的洞口显出一只大狗头。

原来那是一个狗窝。

他自己本是胆大力壮，猛不可当的人，他拿起他的棍子，当作武器，拿着布袋当作藤牌，慢慢地从那狗窝里爬了出来，只是他那身褴褛的衣服已变得更加破烂了。

他又走出花园，逼得朝后退出去，运用棍术教师们所谓"盖蔷薇"的那种棍法去招架那条恶狗。

他费尽力气，越过木栅栏，回到了街心，孤零零，没有栖身之所，没有避风雨的地方，连那堆麦秸和那个不堪的狗窝也不容他涉足，他就让自己落（不是坐）在一块石头上，有个过路人仿佛听见他骂道："我连狗也不如了！"

不久，他又立起来，往前走。他出了城，希望能在田野中找到一棵树或是一个干草堆，可以靠一下。

他那样走了一段时间，老低着头。直到他感到自己已和那些人家离得远了,他才抬起眼睛,四面张望。他已到了田野中,在他前面,有一片矮丘,丘上覆着齐地割了的麦茬,那矮丘在收获之后就像推光了的头一样。

天边已全黑了,那不仅是夜间的黑暗,仿佛还有极低的云层,压在那一片矮丘上面,继又渐渐浮起,满布天空。但是,由于月亮正待上来,穹苍中也还留着一点暮色的余辉,浮云朵朵,在天空构成了一种乳白的圆顶,一线微光从那顶上反照下来。

因此地面反比天空显得稍亮一些,那是一种特别阴森的景色,那片矮丘的轮廓,荒凉枯瘦,被黑暗的天边衬托得模糊难辨,色如死灰。所有这一切都是丑恶、卑陋、黯淡、无意义的。在那片田野中和矮丘上,空无所有,只见一棵不成形的树,在和这个流浪人相距几步的地方,蜷曲着它的枝干,摇曳不定。

显然,这个人在智慧方面和精神方面都谈不上有那些细腻的习气,因而对事物的神秘现象也就无动于衷;可是当时,在那样的天空中,那样的矮丘上,那样的原野里,那样的树杪头,却有一种惊心动魄的凄凉意味,因此他在凝神伫立一阵以后,也就猛然折回头走了。有些人的本能常使他们感到自然界是含有恶意的。

他顺着原路回去。迪涅的城门都已关上了。迪涅城在宗教战争①中受过围攻,直到一八一五年,它周围还有那种加建了方形碉楼的旧城墙,日后才被拆毁。他便经过那样一个缺口回到城里。

---

① 宗教战争,指十六世纪中叶法国新旧两派宗教进行的战争。

当时应已是晚上八点钟了,因为他不认识街道,他只得信步走去。他这样走到了省长公署,过后又到了教士培养所。在经过天主堂广场时,他狠狠地对着天主堂扬起了拳头。

在那广场角上有个印刷局。从前拿破仑在厄尔巴岛上亲自口授,继又带回大陆的诏书及《羽林军告军人书》便是在这个印刷局里第一次排印的。

他已经困惫不堪,也不再希望什么,便走到那印刷局门前的石凳上躺下来。

恰巧有个老妇人从那天主堂里出来,她看见这个人躺在黑暗里,便说:

"您在这儿干什么,朋友?"

他气冲冲地、粗暴地回答说:

"您瞧见的,老太婆,我在睡觉。"

那老太婆,确也当得起这个称呼,她是 R 侯爵夫人。

"睡在这石凳上吗?"她又问。

"我已经睡了十九年的木板褥子,"那人说,"今天要来睡睡石板褥子了。"

"您当过兵吗?"

"是呀,老太婆。当过兵。"

"您为什么不到客栈里去?"

"因为我没有钱。"

"唉!"R 夫人说,"我荷包里也只有四个苏。"

"给我就是。"

那人拿了那四个苏。R 夫人继续说:

"这一点钱,不够您住客栈。不过您去试过没有?您总不能就这样过夜呀。您一定又饿又冷。也许会有人做好事,让您住一宵。"

"所有的门我都敲过了。"

"怎样呢?"

"没有一个地方不把我撵走。"

"老太婆"推着那人的胳膊,把广场对面主教院旁边的一所矮房子指给他看。

"所有的门,"她又说,"您都敲过了?"

"敲过了。"

"敲过那扇没有呢?"

"没有。"

"去敲那扇去。"

二　对智慧提出的谨慎

那天晚上,迪涅的主教先生从城里散步回来,便关上房门,在自己屋子里一径待到相当晚的时候。当时他正对"义务"问题进行一种巨大的著述工作,可惜没有完成。他起初要把从前那些神甫和博士们就这一严重问题发表过的言论细心清理出来。他的著作分两部分;第一部分是大众的义务,第二部分是各个阶层中个人的义务。大众的义务是重要义务。共分四种。根据圣马太的指示,分作对天主的义务(《马太福音》第六章),对自己的义务(《马太福音》第五章第二十九、三十节),对他人的义务(《马太福音》第七章第十二节),对众生的义务(《马太福音》第六章第二十、二十五节),关于其他各种义务,主教又在旁的地方搜集了一些关于其他各种义务的指示和规定,人主和臣民的义务,在《罗马人书》里;官吏、妻子、母亲、青年男子的义务,是圣保罗明定了的;丈夫、父亲、孩童、仆婢的义务,在《以弗所书》里;信徒的义务,在《希伯来书》里;闺女的义务,在《哥林多书》里。他正苦心孤诣地着手把所有这些条规编成一个协调的整体,供世人阅读。

八点钟他还在工作,当马格洛大娘按平日习惯到他床边壁柜里去取银器时,他正在一张小方纸上勉强写着字,因为他膝头上正摊着一本碍手碍脚的厚书。过了一会,主教觉得餐具已经摆好,他的妹子也许在等待,他才阖上书本,起身走进餐室。

那餐室是一间长方形的屋子,有个壁炉,门对着街(我们已经说过),窗子对着花园。

马格洛大娘刚刚把餐具摆好。

她尽管忙于工作,却仍和巴狄斯丁姑娘聊天。

桌子靠近壁炉,桌上放了一盏灯。炉里正燃着相当大的火。

我们不难想见那两个都已年逾六十的妇人:马格洛大娘矮小、肥胖、活跃,巴狄斯丁姑娘温和、瘦削、脆弱,比她哥稍高一点,穿件蚕色绸袍,那是一八○六年流行的颜色,是她那年在巴黎买的,一径保存到现在。如果我们用粗俗的字眼来说(有些思想往往写上一页还说不清楚,可是单用一个俗字便可表达出来),马格洛大娘的神气像个"村婆",巴狄斯丁姑娘却像"夫人"。马格洛大娘戴顶白楞边帽,颈上挂个小金十字,算是这家里独一无二的首饰了。她身穿玄青粗呢袍,袖子宽而短,领口里露出一条雪白的围脖,一根绿带子拦腰束住一条红绿方块花纹的棉布围裙,外加一块同样布料的胸巾,用别针扣住上面的两只角,脚上穿双马赛妇女穿的那种大鞋和黄袜。巴狄斯丁姑娘的袍子是照一八〇六年的式样裁剪的,上身短,腰围紧,双肩高耸,盘花扣绊。她用一顶幼童式的波状假发遮着自己的斑白头发。马格洛大娘的神气是伶俐、活泼、善良的,她的两只嘴角,一高一低,上唇厚,下唇薄,使她显得怫郁和躁急。只要主教不说话,她总用一种恭敬而又不拘形迹的态度和他谈个不休;主教一开口,她又和那位姑娘一样,服服帖帖惟命是从了,这是大家都见过的。巴狄斯丁姑娘连话也不说。她谨守在听命与承欢的范围以内。即使是少年时期她也并不漂亮,她的蓝眼睛鼓齐面部,鼻子长而曲;但是她的整个面庞和整个人都含有一种说不出的贤淑气度,那是我们在开始时谈过的。她生性仁厚,而信仰、慈悲、愿望,这三种使心灵温暖的美德又渐渐把那种仁厚升为圣德了。她天生就是一头驯羊,宗教却已使她成为天使。可怜的圣女!不可复得的甘美的回忆!

巴狄斯丁姑娘曾把当天晚上发生在主教院里的那些事对人传述过无数次,以致几个现在还活着的人都还记得极其详尽。

主教先生走进来时,马格洛大娘正在兴高采烈地说着话。她正和"姑娘"谈着一个她所熟悉而主教也听惯了的问题,那就是关于大门的门闩问题。

好像是马格洛大娘在买晚餐食料时,在好几处听见了许多话。大家说来了一个奇形怪状的宵小,一个形迹可疑的恶棍,他大约已到了城里的某个地方,今晚打算深夜回家的人也许会遭殃,而且警务又办得很坏,省长和市长又互不相容,彼此都想惹出一些事故,好嫁祸于人。所以聪明人只有自己负起警察的责任,好好地保护自己,并且应当小心,把各人的房子好好地关起,闩起,堵塞起来,尤其要好好地把各人的房门关上。

马格洛大娘把最后那句话说得格外响些,但是主教从他那间冷冰冰的屋子里走进来坐在壁炉面前烤着火,又想着旁的事了。他没有让马格洛大娘刚才说的话产生影响。她只得再说一遍,于是巴狄斯丁姑娘为了想救马格洛大娘的面子而又不触犯阿哥,便冒着险,轻轻说道:

"哥,您听见马格洛大娘说的话没有?"

"我多少听见了一点。"主教回答说。

随后,他把椅子转过一半,两手放在膝上,炉火也正从下面照着他那副笑容可掬的诚恳面孔,他抬起头对着那年老的女仆说:

"好好的。有什么事?有什么事?难道我们有什么大不了的危险?"

于是马格洛大娘又把整个故事从头说起,无意中也不免稍稍说得过火一些。据说有一个游民,一个赤脚大汉,一个恶叫花子这时已到了城里。他到过雅甘·拉巴尔家里去求宿,拉巴尔不肯收留他,有人看见他沿着加桑第大路走来,在街上迷雾里荡来荡去。他是一个有袋子、有绳子、面孔凶恶的人。

"真的吗?"主教说。

他既肯向她探问,马格洛大娘自然更起劲了,在她看来,这好像表明主教已有意戒备了,她洋洋得意地追着说:

"是呀,主教。是这样的。今天晚上城里一定要出乱子。大家都这样说。加以警务又办得那样坏(这是值得再提到的)。住在山区里,到了夜里,街上连路灯也没有!出了门就是一个黑洞。我说过,主教,那边的姑娘也这样说……"

"我,"妹子岔着说,"我没有意见。我哥做的事总是好的。"

马格洛大娘仍继续说下去,好像没有人反对过她似的:

"我们说这房子一点也不安全,如果主教准许,我就去找普兰·缪斯博瓦铜匠,要他来把从前那些铁门闩重新装上去,那些东西都在,不过是一分钟的事,我还要说,主教,就是为了今天这一夜也应当有铁门闩,因为,我说,一扇只有活闩的门,随便什么人都可以从外面开进来,再没有比这更可怕的事了,加以主教平素总是让人随意进出,况且,就是在夜半,呵,我的天主! 也不用先得许可……"

这时,有人在门上敲了一下,并且敲得相当凶。

"请进来。"主教说。

三　绝对服从的英勇气概

门开了。

门一下子便大大地开了,好像有人使了大劲和决心推它似的。

有个人进来了。

这人我们已经认识,便是我们刚才见过,往来求宿的那个过路人。

他走进来,向前踏上一步,停住,让门在他背后敞着。他的肩上有个布袋,手里有根木棍,眼睛里有种粗鲁、放肆、困惫和强暴的神情。壁炉里的火正照着他,他那样子真是凶恶可怕,简直是恶魔的化身。

马格洛大娘连叫喊的力气都没有了。她大吃一惊,变得目瞪口呆。

巴狄斯丁姑娘回头瞧见那人朝门里走,吓得站不直身子,过了一会儿才慢慢地转过头去,对着壁炉,望着她哥,她的面色又转成深沉恬静的了。

主教用镇静的目光瞧着那人。

他正要开口问那新来的人需要什么,那人双手靠在他的棍上,把老人和两个妇人来回地看着,不等主教开口,便大声说:

"请听我说。我叫冉阿让。我是个苦役犯。在监牢里过了十九年。出狱四天了,现在我要去蓬塔利埃,那是我的目的地。我从土伦走来,已经走了四天了,我今天一天就走了十二法里。天黑时才到这地方,我到过一家客店,只因为我在市政厅请验了黄护照,就被人赶了出来。那又是非请验不可的。我又走到另外一家客店。他们对我说:'滚!'这家不要我。那家也不要我。我又到了监狱,看门的人也不肯开门。我也到过狗窝。那狗咬了我,也把我撵了出来,好像它也是人似的,好像它也知道我是谁似的。我就跑到田里,打算露天过一宵。可是天上没有星。我想天要下雨了,又没有好天主阻挡下雨,我再回到城里,想找个门洞。那边,在那空地里,有一块石板,我正躺下去,一个婆婆把您这房子指给我瞧,对我说:'您去敲敲那扇门。'我已经敲过了。这是什么地方?是客店吗?我有钱。我有积蓄。一百〇九个法郎十五个苏,我在监牢里用十九年的工夫做工赚来的。可以付账。那有什么关系?我有钱。我困极了,走了十二法里,我饿得很。您肯让我歇下吗?"

"马格洛大娘,"主教说,"加一副刀叉。"

那人走了三步,靠近台上的那盏灯。"不是,"他说,仿佛他没有听懂似的,"不是这个意思。您听见了没有?我是一个苦役犯,一个罚做苦役的罪犯。我是刚从牢里出来的。"他从衣袋里抽出一张大黄纸,展开说:"这就是我的护照。黄的,您瞧。这东西害我处处受人撵。您要念吗?我能念,我,我在牢里念过书。那里有个学校,愿意读书的人都可以进去。您听吧,这就是写在纸上的话:'冉阿让,苦役犯,刑满释放,原籍……'您不一定要知道我是什么地方人,'处狱中凡十九年。计穿墙行窃,五年。四次企图越狱,十四年。为人异常险狠。'就这样!大家都把我撵出来,您肯收留我吗?您这是客店吗?您肯给我吃,给我睡吗?您有一间马房没有?"

"马格洛大娘,"主教说,"您在壁厢里的床上铺上一条白床单。"

我们已解释过那两个妇人的服从性是怎样的。

马格洛大娘即刻出去执行命令。

主教转过身来,朝着那人。

"先生,请坐,烤烤火。等一会儿,我们就吃晚饭,您吃着的时候,您的床也就会预备好的。"

到这时,那人才完全懂了。他的那副一向阴沉严肃的面孔显出惊讶、疑惑和欢乐,变得很奇特,他好像一个疯子,低声慢气地说:

"真的吗?怎么?您留我吗?您不撵我走!一个苦役犯!您叫我做'先生'!和我说话,您不用'你'字。'滚!狗东西!'人家总那样叫我。我还以为您一定会撵我走呢。并且我一上来就说明我是谁。呵!那个好婆婆,她把这地方告诉了我。我有晚饭吃了!有床睡了!一张有褥子、垫单的床!

99

和旁人一样！十九年我没有睡在床上了,您当真不要我走！您是有天良的人！并且我有钱。我自然要付账的。对不起,客店老板先生,您贵姓？随便您要多少,我都照付。您是个好人。您是客店老板,不是吗？"

"我是一个住在此地的神甫。"主教说。

"一个神甫！"那人说,"呵,好一个神甫！那么您不要我的钱吗？本堂神甫,是吗？那个大教堂里的本堂神甫。对呀！真是,我多么蠢,我刚才还没有注意看您的小帽子！"

他一面说,一面把布袋和棍子放在屋角里,随后又把护照插进衣袋,然后坐下去,巴狄斯丁姑娘和蔼地瞧着他。他继续说：

"您是有人道的,本堂神甫先生。您没有瞧不起人的心。一个好神甫真是好。那么您不要我付账吗？"

"不用付账,"主教说,"留着您的钱吧。您有多少？您没有说过一百○九个法郎吗？"

"还得加上十五个苏。"那人说。

"一百○九个法郎十五个苏。您花了多少时间赚来的？"

"十九年。"

"十九年！"

主教深深地叹了一口气。

那人接着说：

"我的钱,全都在。这四天里我只用了二十五个苏,那二十五个苏是我在格拉斯地方帮着卸车上的货物赚来的。您既是神甫,我就得和您说,从前在我们牢里有个布道神甫。一天,我又看见一个主教。大家都称他做'主教大人'。那是马赛马若尔教堂的主教。他是一些神甫头上的神甫。请您原谅,您知道,我不会说话;对我来说,实在说不好!您知道,像我们这种人!他在监狱里一个祭台上做过弥撒,头上有个尖的金玩意儿。在中午的阳光里,那玩意儿照得多么亮。我们一行行排着,三面围着。在我们的前面,有许多大炮,引火绳子也点着了。我们看不大清楚。他对我们讲话,但是他站得太靠里了,我们听不见。那样就是一个主教。"

他谈着,主教走去关上那扇敞着的门。

马格洛大娘又进来,拿着一套餐具,摆在桌子上。

"马格洛大娘,"主教说,"您把这套餐具摆在靠近火的地方。"他又转过去朝着他的客人:

"阿尔卑斯山里的夜风是够受的。先生,您大约很冷吧?"

每次他用他那种柔和严肃、诚意待客的声音说出"先生"那两个字时,那人总是喜形于色。"先生"对于罪犯,正像一杯水对于墨杜萨①的遭难者。蒙羞的人都渴望别人的尊重。

"这盏灯,"主教说,"太不亮了。"

马格洛大娘会意,走到主教的卧室里,从壁炉上拿了那两个银烛台,点好放在桌上。

"神甫先生,"那人说,"您真好。您并不瞧不起我。您让我住在您的家里,您为我点起蜡烛。我并没有瞒您我是从什么地方来的,也没有瞒您我是一个倒霉蛋。"

主教坐在他身旁,轻轻按着他的手。

"您不用向我说您是谁。这并不是我的房子,这是耶稣

---

① 墨杜萨(Méduse),船名,一八一六年七月二日在距非洲西岸四十海里地方遇险。一百四十九个旅客改乘木排,在海上漂了十二天,旅客多因饥渴死去。得救者十五人。

基督的房子。这扇门并不问走进来的人有没有名字,但是要问他是否有痛苦。您有痛苦,您又饿又渴,您安心待下吧。并且不应当谢我,不应当说我把您留在我的家里。除非是需要住处的人,谁也不是在自己家里。您是过路的人,我告诉您,与其说我是在我的家里,倒不如说您是在您的家里。这儿所有的东西都是您的。我为什么要知道您的名字呢?并且在您把您的名字告诉我以前,您已经有了一个名字,是我早知道了的。"

那个人睁圆了眼,有些莫名其妙。

"真的吗?您早已知道我的名字吗?"

"对,"主教回答说,"您的名字叫'我的兄弟'。"

"真怪,神甫先生,"那人叫着说,"我进来时肚子是真饿,但是您这么好,我已经不知道饿了,我已经不饿了。"

主教望着他,向他说:

"您很吃过一些苦吧?"

"穿红衣,脚上拖铁球,睡觉只有一块木板,受热,受冷,做苦工,编到苦囚队里,挨棍子!没有一点事也得拖上夹链条。说错一个字就关黑屋子。病在床上也得拖着链子,狗,狗还快乐些呢!十九年!我已经四十六岁了。现在还得带张黄护照,就这样。"

"是呀,"主教说,"您是从苦地方出来的。您听吧。一个流着泪忏悔的罪人在天上所得的快乐,比一百个穿白衣的善人还更能获得上天的喜爱呢。您从那个苦地方出来,如果还有愤怒憎恨别人的心,那您真是值得可怜的;如果您怀着善心、仁爱、和平的思想,那您就比我们中的任何人都还高贵些。"

马格洛大娘把晚餐开出来了。一盆用白开水、植物油、面包和盐做的汤，还有一点咸肉、一块羊肉、无花果、新鲜乳酪和一大块黑麦面包。她在主教先生的日常食物之外，主动加了一瓶陈年母福酒。

主教的脸上忽然起了好客的人所特有的那种愉快神情。"请坐。"他连忙说。如同平日留客晚餐一样，他请那人坐在他的右边，巴狄斯丁姑娘，完全宁静自如，坐在他的左边。

主教依照他的习惯，先做祷告，再亲手分汤。那人贪婪地吃起来。

主教忽然说："桌上好像少了一件东西。"

马格洛大娘的确没有摆上那三副绝不可少的餐具。照这一家人的习惯，主教留客晚餐时，总得在台布上陈设上那六份银器，这其实是一种可有可无的陈设。那种温雅的假奢华是这一家人的一种饶有情趣的稚气，把清寒的景象提高到富华的气派。

马格洛大娘领会到他的意思，一声不响，走了出去，不大一会，主教要的那三副食具，在三位进餐人的面前齐齐整整地摆出来了，在台布上面闪闪发光。

四　蓬塔利埃乳酪厂的详情

现在，为了把那餐桌上经过的事大致地说一说，最好是把巴狄斯丁姑娘写给波瓦舍佛隆夫人的信中的一段抄下来，那苦役犯和主教的谈话，在那上面都有了坦率而细致的叙述。

"……那人对谁也不注意。他饿鬼似的贪婪地吃着。吃完汤以后，他说：

"'慈悲上帝的神甫先生,这一切东西对我来说还确确实实是太好了,但是我得说,不肯和我一道吃饭的那些车夫比您还吃得好些呢。'

"说句私话,我觉得这种观察有些刺耳。我哥答道:

"'他们要比我疲劳些。'

"'不,'那人接着说,'他们的钱多些。您穷。我看得出来。您也许连本堂神甫也还不是吧。您只是一个普通神甫吧?岂有此理,如果慈悲上帝是公平的话,您理应当个神甫。'

"'公平两字远远不能全部表达慈悲上帝的好处。'我哥说。

"过了一会,他又说:

"'冉阿让先生,您是要到蓬塔利埃去吗?'

"'那是指定的路程。'

"我想他一定是那样说的。随后他接着说:

"'明天一早我就得动身。这段路是很难走的。晚上冷,白天却很热。'

"'您去的地方倒是个好地方,'我哥说,'在革命时期我家破了产,起初我躲在法兰什·康地,靠自己的两条胳膊作工度日。我的毅力好。在那里我找到许多工作,只要我们肯选择。有造纸厂、制革厂、蒸馏厂、榨油厂、大规模的钟表制造厂、炼钢厂、炼铜厂,铁工厂就至少有二十个,其中四个在洛兹、夏蒂荣、奥当库尔和白尔,这些厂都是很大的。'

"我想我没有搞错吧,我哥说的几个名字一定就是那几个了,随后他自己又把话打断,对我说:

"'亲爱的妹子,我们有些亲戚住在那里吗?'

"我回答说:

"'我们从前有过的,在那些亲戚里有德·吕司内先生,革命以前,他是蓬塔利埃的卫戍司令。'

"'对的,'我哥接着说,'但到了九三年大家都没有亲戚了,都只靠自己的两只手。我做过工。在蓬塔利埃,您,冉阿让先生,将要去的那地方,有一种历史悠久而极有趣的实业,我的妹妹,这就是他们叫做果品厂的那些乳酪厂。'

"于是我哥一面劝那人吃,一面把蓬塔利埃果品厂的内容非常详细地说给他听。厂分两种,'大仓'是富人的,里面有四十或五十头母牛,每个夏季可以产七千到八千个酪饼;还有合作果品厂是穷人的,半山里的乡下人把他们的牛合起来大伙公养,产品也由大伙分享。他们雇用一个制酪工人,管他叫格鲁阑;格鲁阑把各会友的牛乳收下来,每天三次,同时把分量记在双合板上。四月末,乳酪厂的工作开始;六月中,那些制酪工人就把他们的牛牵到山里去了。

"那人一面吃,一面精神也振作起来了。我哥拿那种好的母福酒给他喝,他自己却不喝,因为他说那种酒贵。我哥带着您所知道的那种怡然自得的愉快神情,把那些琐事讲给他听,谈时还不时露出殷勤的态度。他再三重复说那些格鲁阑的情况良好,好像他既迫切希望那人能懂得那是个安身的好地方,而又感到不便直截了当开导他似的。有件事给了我强烈的印象。那人的来历我已向您说过了,可是,我的哥,在晚餐期间直到就寝前,除了在他刚进门时说了几句关于耶稣的话以外,再也没有说过一个字可以使那个回忆起他自己是谁,也没有一个字可以使那人看出我的哥是谁。在那种场合,似乎很可以告诫他几句,并且可以把主教压在罪犯的头上,暂时给他留下一个印象。如果是别人碰上了这样一个可怜人,他也许会认为,在给以物质食粮的同时,还应当给以精神食粮,不妨在谴责当中附带教训开导一番,或是说些怜惜的话勉励他以后好好做人。我哥却连他的籍贯和历史都没有问。因为在他的历史里,有他的过失,我哥仿佛要避免一切可以使他回忆起那些事的话。他谈到蓬塔利埃的山民,只说他们接近青天,工作舒适。他还说他们快乐,因为他们没有罪过,正说到这儿,他突然停了下来,惟恐他无心说出的那两个字含有可以触犯那人的意思。我仔细想过以后,自信领会了我哥的心思。他心里想,那个叫做冉阿让的人,脑子里苦恼太多了,最好是装出完全没有事的样子,使他感到轻松自在,使他认为他是和旁人一样的一个人。那样,即使只是片刻,也是好的。那岂不是对慈善的最深切的了解吗?我慈祥的夫人,他那样撇开告诫、教训、暗示,岂不是体贴入微,确实高明无比吗?人有痛处,最好的爱护,难道不是绝不去碰它吗?我想这或者就是我哥心里的想法了。无论怎样,我可以说,即使他有过那些心思,却对我也不曾流露过,自始至终,他完全是平时那个人,他那晚和冉阿让进餐,正和他陪着瑞德翁·勒普莱服先生或是总司铎管辖区的司铎进晚餐一样。

"晚餐快完,大家吃着无花果时,有个人来敲门。那是瑞波妈妈,手里抱着她的小孩。我哥吻了吻那孩子的额头,向我借去身上的十五个苏,给了瑞波妈妈。那人到了这时,已经不大留心,注意力已不怎么集中了。他不再说话,显得非常疲倦。可怜的老瑞波走了以后,我哥念了谢食文,随后又转过身去,向那人说:'您大概很需要上床休息了。'马格洛大娘赶忙收拾桌子。我知道我们应当走开,让那旅客去休息,两个人便一同上了楼。过了一会,我又派马格洛大娘把我房里的那张黑森林麂子皮送到那人的床上。夜间冰冷,那东西可以御寒。可惜那张皮已经旧了,毛已落光。它是我哥从前住在德国多瑙河发源地附近的多德林根城时买的,我在餐桌上用的那把象牙柄的小刀也是在那地方同时买的。

"马格洛大娘几乎即刻就上楼来了,我们在晾洗衣服的屋子里祷告了上帝,随后,各自回到自己的房间,没有再谈什么。"

五　恬　静

卞福汝主教和他的妹子道过晚安以后,从桌上拿起一个银烛台,并把另外那一个交给他的客人,说:

"先生,我来引您到您的房间里去。"

那人跟着他走。

我们在上面已经谈到过那所房子的结构形式,到那间有壁厢的祈祷室里去,或是从里面出来,都得经过主教的卧室。

他们穿过那屋子时,马格洛大娘正把那些银杯盏塞进他床头的壁橱,那是她每晚就寝以前要做的最后一件事。

主教把他的客人安顿在壁厢里。那里安着一张洁白的床。那人把烛台放在一张小桌上。

"好了,"主教说,"好好睡一晚吧。明天早晨,您在动身以前,再喝一杯我们家里的热牛奶。"

"谢谢教士先生。"那人说。

那句极平静的话刚说出口,他忽然加上一个奇怪的动作,假使那两个圣女看见了,她们一定会吓得发呆的。直到现在,我们还难于肯定他当时是受了什么力量的主使。是要给个警告还是想进行恐吓呢？还是他受了一种连他自己也无法了解的本能的冲动呢？他蓦地转过身来对着那老人，叉起胳膊，用一种凶横的目光望着他的房主，并且粗声地喊道：

"呀哈！真的吗？您让我睡在离您这样近的地方吗？"

他又接上一阵狰狞的笑声，说道：

"您全想清楚了吗？谁向您说我不曾杀过人呢？"

主教抬起头，望着天花板，回答说：

"那只干上帝的事。"

随后，他严肃地动着嘴唇，好像一个做祷告或自言自语的人，伸出他右手的两个指头，为那人祝福，那人并没有低头，他不掉头也不朝后看，就回到自己的屋子里去了。

壁厢里有人住时，他总把一方大哔叽帷布拉开，遮住神座。主教走过帷布跟前，跪下去做了一回短短的祈祷。

过了一会，他到了他的园里，散步，潜思，默想，心灵和思想全寄托在上帝在晚间为所有尚未合眼的人显示的伟大神秘的事物上面。

至于那人，确是太困了，连那洁白的床单也没有享用，他用鼻孔（这是囚犯们的作法）吹灭了烛，和衣倒在床上，立即睡熟了。

主教从园中回到他住宅时，钟正敲着十二点。

几分钟过后，那所小房子里的一切全都睡去了。

六　冉阿让

半夜，冉阿让醒了。

冉阿让生在布里的一个贫农家里。他幼年不识字。成人以后,在法维洛勒做修树枝的工人,他的母亲叫让·马第,他的父亲叫冉阿让,或让来,让来大致是诨名,也是"阿让来了"的简音。

冉阿让生来就好用心思,但并不沉郁,那是富于情感的人的特性。但是他多少有些昏昏沉沉、无足轻重的味儿,至少表面如此。他在很小时就失去父母。他的母亲是因为害乳炎,诊治失当死的。他的父亲和他一样,也是个修树枝的工人,从树上摔下来死的。冉阿让只剩一个姐姐,姐姐孀居,有七个子女。把冉阿让抚养成人的就是这个姐姐。丈夫在世时,她一直负担着她小弟弟的膳宿。丈夫死了。七个孩子中最大的一个有八岁,最小的一岁。冉阿让刚到二十五岁,他代行父职,帮助姐姐,报答她当年抚养之恩。那是很自然的事,像一种天职似的,冉阿让甚至做得有些过火。他的青年时期便是那样在干着报酬微薄的辛苦工作中消磨过去的。他家乡的人从来没有听说他有过"女朋友"。他没有时间去想爱情问题。

他天黑回家,精疲力尽,一言不发,吃他的菜汤。他吃时,他姐姐让妈妈,时常从他的汤瓢里把他食物中最好的一些东西,一块瘦肉,一片肥肉,白菜的心,拿给她的一个孩子吃。他呢,俯在桌上,头几乎浸在汤里,头发垂在瓢边,遮着他的眼睛,只管吃,好像全没看见,让人家拿。

在法维洛勒的那条小街上,阿让茅屋斜对面的地方,住着一个农家妇女,叫玛丽-克洛德,阿让家的孩子们,挨饿是常事,他们有时冒他们母亲的名,到玛丽-克洛德那里去借一勺牛奶,躲在篱笆后面或路角上喝起来,大家拿那奶罐抢来抢去,使那些小女孩子紧张到泼得身上、颈子上都是奶。母亲如果知道了这种欺诈行为,一定会严厉惩罚这些小骗子的。冉阿让气冲冲,嘴里唠叨不绝,瞒着孩子们的母亲把牛奶钱照付给玛丽-克洛德,他们才没有挨揍。

在修树枝的季节里,他每天可以赚十八个苏,过后他就替人家当割麦零工、小工、牧牛人、苦工。他做他能做的事。他的姐也做工,但是拖着七个孩子怎么办呢?那是一群苦恼的人,穷苦把他们逐渐围困起来。有一年冬季,冉阿让找不到工作。家里没有面包。绝对没有一点面包,却有七个孩子。

住在法维洛勒的天主堂广场上的面包店老板穆伯·易查博,一个星期日的晚上正预备去睡时,忽听得有人在他铺子的那个装了铁丝网的玻璃橱窗上使劲打了一下。他赶来正好看见一只手从铁丝网和玻璃上被拳头打破的一个洞里伸进来,把一块面包抓走了。易查博赶忙追出来,那小偷也拼命逃,易查博跟在他后面追,捉住了他。他丢了面包,胳膊却还流着血。那正是冉阿让。

那是一七九五年的事。冉阿让被控为"黑夜破坏有人住着的房屋入内行窃",送到当时的法院。他原有一支枪,他比世上任何枪手都射得好,有时并且喜欢私自打猎,那对他是很不利的。大家对私自打猎的人早有一种合法的成见。私自打猎的人正如走私的人,都和土匪相去不远。但是,我们附带说一句,那种人和城市中那些卑鄙无耻的杀人犯比较起来总还有天壤之别。私自打猎的人住在森林里,走私的人住在山中或海上。城市会使人变得凶残,因为它使人腐化堕落。山、海和森林使人变得粗野。它们只发展这种野性,却不毁灭人性。

冉阿让被判罪。法律的条文是死板的。在我们的文明里,有许多令人寒心的时刻,那就是刑法令人陷入绝境的时刻。一个有思想的生物被迫远离社会,遭到了无可挽救的遗弃,那是何等悲惨的日子!冉阿让被宣判服五年苦役。

一七九六年四月二十二日,巴黎正欢呼意大利前线①总指挥(共和四年花月二日执政内阁致五百人院咨文中称做"Buonaparte"②的那位总指挥)在芒泰诺泰③所获的胜利。这同一天,在比塞特监狱中却扣上了一长条铁链。冉阿让便是那铁链上的一个。当时的一个禁子,现在已年近九十了,还记得非常清楚,那天,那个可怜人待在院子的北角上,被锁在第四条链子的末尾。他和其余的犯人一样,坐在地上。他除了知道他的地位可怕以外好像完全莫名其妙。或许在他那种全无知识的穷人的混沌观念里,他多少也还觉得在这件事里有些过火的地方。当别人在他脑后用大锤钉着他枷上的大头钉时,他不禁痛哭起来。眼泪使他气塞,呜咽不能成声。他只能断续地说:"我是法维洛勒修树枝的工人。"过后,他一面痛哭,一面伸起他的右手,缓缓地按下去,这样一共做了七次,好像他依次抚摩了七个高矮不齐的头顶。我们从他这动作上可以猜想到,他所做的任何事全是为了那七个孩子的衣食。

他出发到土伦去。他乘着小车,颈上悬着铁链,经过二十七天的路程到了那地方。在土伦,他穿上红色囚衣。他生命

---

① 意大利前线,当时欧洲联盟国的军队从意大利和莱茵河两方面进攻革命的法国,拿破仑从意大利出击,在意大利境内击溃奥地利军队以后,直趋维也纳,以一年时间,迫使奥地利求和。
② "Buonaparte",拿破仑出生于科西嘉岛,该岛原属意大利,一七六八年卖给法国,他的姓,"Bonaparte"(波拿巴)按原来意大利文写法是"Buonaparte"。此处所言咨文,将一字写成两字,盖当时其名未显,以致发生这一错误。
③ 芒泰诺泰(Montenotte),意大利北部距法国国境不远的一个村镇。

中的一切全消灭了,连他的名字也消灭了。他已不再是冉阿让,而是二四六〇一号。姐姐怎样了呢?七个孩子怎样了呢?谁照顾他们呢?一棵年轻的树被人齐根锯了,它的一撮嫩叶怎样了呢?

那是千篇一律的经过,那些可怜的活生生的人,上帝的创造物,从此无所凭借,无人指导,无处栖身,只得随着机缘东飘西荡,谁还能知道呵?或者是人各一方,渐渐陷入苦命人的那种丧身亡命的凄凉的迷雾里,一经进入人类的悲惨行列,他们便和那些不幸的黔首一样,一个接一个地消失了。他们背井离乡。他们乡村里的钟塔忘了他们,他们田地边的界石也忘了他们,冉阿让在监牢里住了几年之后,自己也忘了那些东西。在他的心上,从前有过一条伤口,后来只剩下一条伤痕,如是而已。关于他姐姐的消息,他在土伦从始至终只听见人家稍稍谈到过一次。那仿佛是在他坐监的第四年末。我已经想不起他是从什么地方得到了那消息。有个和他们相识的同乡人看见过他姐姐,说她到了巴黎。她住在常德尔街,即圣稣尔比斯教堂附近的一条穷街。她只带着一个孩子,她最小的那个男孩。其余的六个到什么地方去了呢?也许连她自己也不知道。每天早晨,她到木鞋街三号,一个印刷厂里去,她在那里做装订的女工。早晨六点她就得到厂,在冬季,那时离天亮还很早。在那印刷厂里有个小学校,她每天领着那七岁的孩子到学校里去读书。只不过她六点到厂,学校要到七点才开门,那孩子只好在院里等上一个钟头,等学校开门。到了冬天,那一个钟点是在黑暗中露天里等过的。他们不肯让那孩子进印刷厂的门,因为有人说他碍事。那些工人清早路过那里时,总看见那小把戏沉沉欲睡坐在石子路上,并且常是在一个黑暗的角落里,他蹲在地上,伏在他的篮子上便睡着了。下雨时,那个看门的老婆子看了过意不去,便把他引到她那破屋子里去,那屋子里只有一张破床、一架纺车和两张木椅,小孩便睡在屋角里,紧紧抱着一只猫,可以少受一点冻。到七点,学校开门了,他便跑进去。以上便是冉阿让听到的话。人家那天把这消息告诉他,那只是极短暂的一刹那,好像一扇窗子忽然开了,让他看了一眼他心爱的那些亲人的命运后随即一切又都隔绝了。从此以后,他再也没有听见人家说到过他们,永远没有得到过关于他们的其他消息,永远没有和他们再见面,也永远没有遇见过他们,并且就是在这一段悲惨故事的后半段,我们也不会再见到他们了。

到了第四年末,冉阿让有了越狱的机会。他的同伙帮助他逃走,这类事是同处困境中人常会发生的。他逃走了,在田野里自由地游荡了两天,如果自由这两个字的意义是这样的一些内容:受包围,时时朝后看,听见一点声音便吃惊,害怕一切,害怕冒烟的屋顶、过路的行人、狗叫、马跑、钟鸣、看得见东西的白昼、看不见东西的黑夜、大路、小路、树丛、睡眠。在第二天晚上,他又被逮住了。三十六个钟头以来他没有吃也没有睡。海港法庭对他这次过失,判决延长拘禁期三年,一共是八年。到第六年他又有了越狱的机会,他要利用那机会,但是他没能逃脱。点名时他不在。警炮响了,到了晚上,巡夜的人在一只正在建造的船骨里找到了他,他拒捕,但是被捕了。越狱并且拒捕,那种被特别法典预见的事受了加禁五年的处罚。五年当中,要受两年的夹链。一共是十三年。到第十年,他又有了越狱的机会,他又要趁机试一试,仍没有成功。那次的新企图又被判监禁三年。一共是十六年。到末了,我想是在第十三年内,他试了最后的一次,所得的成绩只是在四个钟头之后又被拘捕。那四个钟头换来了三年的监禁。一共是十九年。到一八一五年的十月里他被释放了。他是在一七九六年关进去的,为了打破一块玻璃,拿了一个面包。

此地不妨说一句题外的话。本书作者在他对刑法问题和法律裁判的研究里遇见的那种为了窃取一个面包而造成终身悲剧的案情,这是第二次。克洛德·格①偷了一个面包,冉阿让也偷了一个面包。英国的一个统计家说,在伦敦五件窃案里,四件是由饥饿直接引起的。

冉阿让走进牢狱时一面痛哭,一面战栗,出狱时却无动于衷;他进去时悲痛失望,出来时老气横秋。

这个人的心有过怎样的波动呢?

七　失望的内容

让我们试述一下。

社会必须正视这些事,因为这些事是它自己制造出来的。

我们已经说过,冉阿让只是个无知识的人,并不是个愚蠢的人,他心里生来就燃着性灵的光。愁苦(愁苦也有它的光)更增加了他心里的那一点微光。他终日受着棍棒、鞭笞、镣铐、禁闭、疲乏之苦,受着狱中烈日的折磨,睡在囚犯的木板床上他扪心自问,反躬自省。

他自己组织法庭。

---

① 克洛德·格(Claude Gueux),雨果一八三四年为穷苦人民呼吁的小说《克洛德·格》的主角。

他开始审问自己。

他承认自己不是一个无罪的人,受的处分也没有过分。他承认自己犯了一种应受指摘的鲁莽的行为;假使当初他肯向人乞讨那块面包,人家也许不会不给;无论给与不给,他总应当从别人的哀怜或自己的工作中去等待那块面包;有些人说肚子饿了也能等待么?这并不是一种无可非难的理由;真正饿死的事根本就很少见到;并且无论是幸或不幸,人类生来在肉体上和精神上总是能长期受苦、多方受苦而不至于送命的;所以应当忍耐;即使是为那些可怜的孩子们着想,那样做也比较妥当些;像他那样一个不幸的贱人也敢挺身和整个社会搏斗,还自以为依靠偷窃,就可以解除困难,那完全是一种疯狂举动;无论怎样,如果你通过一道门能脱离穷困,但同时又落入不名誉的境地,那样的门总还是一扇坏门;总之,他错了。

随后他又问自己:

在他这次走上绝路的过程中,他是否是惟一有过失的人?愿意工作,但缺少工作,愿意劳动,而又缺少面包,首先这能不能不算是件严重的事呢?后来,犯了过失,并且招认了,处罚又是否苛刻过分了呢?法律在处罚方面所犯的错误,是否比犯人在犯罪方面所犯的错误更严重呢?天平的两端,在处罚那端的砝码是否太重了一些呢?加重处罚绝不能消除过失;加重处罚的结果并不能扭转情势,并不能以惩罚者的过失代替犯罪者的过失,也并不能使犯罪的人转为受损害的人,使债务人转为债权人,使侵犯人权的人受到人权的保障,这种看法是否正确呢?企图越狱一次,便加重处罚一次,这种做法的结果,是否构成强者对弱者的谋害,是否构成社会侵犯个人的罪行,并使这种罪行日日都在重犯,一直延续到十九年之久呢?

他再问自己:人类社会是否有权使它的成员在某种情况下接受它那种无理的不关心态度,而在另一种情况下又同样接受它那种无情的不放心态度,并使一个穷苦的人永远陷入一种不是缺乏(工作的缺乏)就是过量(刑罚的过量)的苦海中呢?贫富的形成往往由于机会,在社会的成员中,分得财富最少的人也正是最需要照顾的人,而社会对他们恰又苛求最甚,这样是否合乎情理呢?

他提出这些问题,并作出结论以后,他便开始审判社会,并且判了它的罪。

他凭心中的愤怒判了它的罪。

他认为社会对他的遭遇是应当负责的,他下定决心,将来总有一天,他要和它算账。他宣称他自己对别人造成的损失和别人对他造成的损失,两相比较,太不平衡,他最后的结论是他所受的处罚实际上并不是不公允,而肯定是不平等的。

盛怒可能是疯狂和妄诞的,发怒有时也会发错的,但是,人,如果不是在某一方面确有理由,是不会愤慨的。冉阿让觉得自己在愤慨了。

再说,人类社会所加于他的只是残害。他所看到的社会,历来只是它摆在它的打击对象面前自称为正义的那副怒容。世人和他接触,无非是为了要达到迫害他的目的。他和他们接触,每次都受到打击。从他的幼年,从失去母亲、失去姐姐以来,他从来没有听到过一句友好的言语,也从没有见过一次和善的嘴脸。由痛苦到痛苦,他逐渐得出了一种结论:人生即战争,并且在这场战争里,他是一名败兵。他除了仇恨以外没有其他武器。于是他下定决心,要在监牢里磨练他这武器,并带着它出狱。

有些无知的教士在土伦办了一所囚犯学校,把一些必要的课程教给那些不幸人中的有毅力者。他就是那些有毅力者中的一个。他四十岁进学校,学习了读、写、算。他感到提高他的知识,也就是加强他的仇恨。在某种情况下,教育和智力都是可以起济恶的作用的。

有件事说来很可惜,他在审判了造成他的不幸的社会以后,他接着又审判创造社会的上帝。

他也定了上帝的罪。

在那十九年的苦刑和奴役中,这个人的心是一面上升,一面也堕落了。他一面醒悟,一面糊涂。

我们已经知道,冉阿让并不是一个生性恶劣的人。初进监牢时他还是个好人。他在监牢里判了社会的罪后觉得自己的心狠起来了,在判了上帝的罪后他觉得自己成了天不怕地不怕的人了。

我们在这里不能不仔细想想。

人的性情真能那样彻头彻尾完全改变吗?人由上帝创造,生而性善,能通过人力使他性恶吗?灵魂能不能由于恶劣命运的影响彻底转成恶劣的呢?人心难道也能像矮屋下的背脊一样,因痛苦压迫过甚而蜷曲萎缩变为畸形丑态,造成各种不可救药的残废吗?在每个人的心里,特别是在冉阿让的心里,难道没有一点原始的火星,一种来自上帝的素质,在人间不朽,在天上不灭,可以因善而发扬、鼓舞、光大、昌炽,发为奇观异彩,并且永远也不会完全被恶扑灭吗?

这是一些恶重而深奥的问题,任何一个生理学家,他如果在土伦看见过这个苦役犯叉着两条胳膊,坐在绞盘的铁杆上休息(休息也就是冉阿让思前想后的时刻),链头纳在衣袋里,以免拖曳,神情颓丧、严肃、沉默、若有所思;他如果看见过这个被法律抛弃的贱人经常以愤怒的眼光注视着所有的人,他如果看见过这个被文明排斥了的罪犯经常以严厉的颜色仰望天空,他也许会不假思索地对上面那些问题中最后的一个,回答说:"没有。"

当然,我们也并不想隐瞒,这位作为观察者的生理学家也许会在这种场合,看出一种无可挽救的惨局,他也许会替那个被法律伤害了的人叫屈,可是他却连医治的方法也没有想过,他也许会掉转头,不望那个人心上的伤口,他并且会像那个掉头不望地狱门的但丁,把上帝写在每个人前额上的"希望"二字从这个人的生命中拭去。

他的思想情况,我们已试着分析过了,冉阿让本人对自己的思想情况,是否和我们替本书读者试作的分析一样明白呢?构成冉阿让精神痛苦的那一切因素,在形成以后,冉阿让是否看得清楚呢?在它们一一形成的过程中,他又是否看清楚过呢?他的思想是层层发展的,他日甚一日地被困在许多愁惨的景象中颠来倒去,多年以来,他的精神,就始终被局限在那些景象的范围以内,粗鲁不文的他对这种思想的发展层次是否完全了解呢?他对自己思想的起伏波动是否十分明确呢?那是我们不敢肯定的,也是我们不敢相信的。冉阿让太没有知识了,他虽然受了那么多的痛苦,但对这些事,却仍是迷迷糊糊的,有时,他甚至还不知道他所感受的究竟是什么。冉阿让落在黑暗里,他便在黑暗里吃苦,他便在黑暗里愤恨,我们可以说,他无往而不恨。他经常生活在暗无天日的环境中,如同一个盲人或梦游者一样瞎摸瞎撞。不过,在某些时候,他也会,由于内因或外因,忽然感到一股怒气的突袭,一阵异乎寻常的苦痛,他会感到突然出现一道惨淡的、一闪即逝的光,照彻他的整个心灵,同时也使他命运中的种种险恶的深渊和悲惨的远景,在那片凶光的照射下一齐出现在他的前后左右。

闪光过后仍旧是黑夜沉沉,他在什么地方?他又莫名其妙了。

那种刑罚的最不人道,也就是说,最足以戕贼人的智慧的地方,就是它特别能使人经过一种慢性的毒害逐渐化为野兽,有时还化为猛兽。冉阿让屡次执拗不变地图谋越狱,已足够证明法律在人心上所起的那种特殊作用。冉阿让的那种计划完全是无济于事的,愚蠢的,但是只要能得到机会,他总要试一试,绝不想到它的后果,也不想到既得的经验。他像一头狼,看见笼门开了,总要慌忙出逃。本能向他说:"快逃!"理智却会向他说:"待下!"但是面对着那样强烈的引诱,他的理智终于消失了,他有的只是本能。在那里活动着的只是兽性。他在重新被捕以后受到的新处罚,又足以使他更加惊惶失措。

有一件我们不应当忽略的小事,就是他体质强壮,苦役牢里的那些人都比不上他。服劳役时,扭铁索,推绞盘,冉阿让抵得上四个人。他的手举得起、背也能够扛得动非常重大的东西。有时他可以代替一个千斤顶,千斤顶在从前叫做"骄子",巴黎菜市场附近的那条骄子山街,我们附带说一句,便是以此得名的。他的伙伴们替他起了个诨名,叫冉千斤。一次,土伦市政厅正修理阳台,阳台下面有许多彼惹雕的人形柱,美丽可喜,其中一根脱了榫,几乎倒下来。当时冉阿让正在那里,他居然用肩头撑住了那根柱子等着其余的工人来修理。

他身体的轻捷比他的力气更可观。有些囚徒终年梦想潜逃，于是他们把巧和力结合起来，形成一种真正的科学。那些无时不羡慕飞虫飞鸟的囚徒，每日都练习一种神奇的巧技。冉阿让的特长便是能直登陡壁，在不易发现的凸处找出着力的地方。他在墙角里把肘弯和脚跟靠紧石块上的不平处，便能利用背部和腿弯的伸张力，妖魔似的升到四楼。有时，他还用那种方法直上监狱的房顶。

　　他很少说话。他从不笑。必得有一种外来的刺激才能使他发出一种像是魔鬼笑声的回音的苦笑，那也是一年难得一两次的事。看他那神气，仿佛随时在留心瞧着一种骇人的东西。

　　他的确是一心一意在想什么事的样子。

　　他的禀赋既不完全，智力又受了摧残，通过他那种不健全的辨别能力，他隐约感到有一种怪物附在他身上。他在那种阴暗、惨白、半明不暗的地方过着非人的生活，他每次转过头颈，想往上看时，便又恐怖又愤怒地看见在自己头上，层层叠叠地有一堆大得可怕的东西，法律、偏见、人和事，堆积如山，直到望不见的高度，崇危峻险，令人心悸，它的形状不是他所能知道的，它的体积使他心胆俱裂，这并不是旁的东西，只是那座不可思议的金字塔，我们所谓的文明。这儿那儿，在那堆蠕蠕欲动、形状畸异、忽远忽近的东西上面和一些高不可攀的高原上面，他看见一群群的人，被强烈的光线照得须眉毕现，这儿是携带棍棒的狱卒，手持钢刀的警察，那边是戴着高冠的总主教，最高处，一片圆光的中央，却是戴着冠冕、耀人眼睛的帝王。远处的那些奇观异彩似乎不但不能惊醒他的沉梦，反而使他更加悲伤，更加惶惑。举凡法律、偏见、物体、人和事，都按上帝在文明方面所指定的神秘复杂的动态,在他的头上来来去去,用一种凶残却又平和、安详却又苛刻、无可言状的态度在践踏他,蹂躏他。所有沉在厄运底下、陷在无人怜恤的十八层地狱里面、被法律所摈弃的人们,觉得这个社会的全部重量都压在他们的头上,这种社会对处在它外面的人是多么可怕,对处在它下面的人是多么可怕。

冉阿让在这种情况下,东想西想,但是他的思想是怎样一种性质的呢?

假使磨盘底下的黍粒有思维的能力,它所想的也许就是冉阿让所想的了。

结果,那种充满了鬼影的现实和充满了现实的鬼蜮替他构成了一种几乎无可言喻的内心状况。

有时,他正在干着牢里的工作,会忽然停着不动,细想起来。他的那种比以前更加成熟、但也更加混乱的理性起来反抗了。他觉得他所遭受的一切都是不合理的。环绕他的一切都是不近人情的。他常对自己说这是一场梦,他望着那个站在他几步以外的狱卒,会觉得那是一个鬼,那个鬼突然给他吃了一棍。

对他来说,这个历历可见的自然界是若有若无的。我们几乎可以说,对冉阿让,无所谓太阳,无所谓春秋佳日,无所谓晴空,无所谓四月天的清凉晓色。我不知道是怎样一种黯淡的光经常照着他的心。

最后,如果我们要把我们以上所谈的一切,择其可以总括的总括起来,指出一个明确的结果的话,我们只能说,冉阿让,法维洛勒的一个安分守己的修树枝工人,土伦的一个强顽的囚犯,由于监狱潜移默化的作用,十九年来已有能力做出两种坏行为:第一种坏行为是急切的、不假思索的、轻躁的、完全出自本能的,是对他所受痛苦的反击;第二种坏行为是阴沉的、持重的、平心静气考虑过的、用他从痛苦中得来的那种错误观念深思熟虑过的。他的打算经常通过三个连续的层次:思考,决心,固执;只有某种性格的人才会走上这条路。起因是由于一贯愤慨,心灵的苦闷,由于受虐待而引起的深刻的恶感、对人的反抗,包括对善良、无辜、公正的人的反抗,假如世上真有这几种人的话。他一切思想的出发点和目的全是对人类法律的仇恨;那种仇恨,在它发展的过程中,如果得不到某种神智来加以制止,就可以在一定的时刻变成对社会的仇恨,再变成对人类的仇恨,再变成对造物的仇恨,最后变成一种无目标、无止境、凶狠残暴的为害欲,不问是谁,逢人便害。我们知道,那张护照称冉阿让"为人异常险狠",不是没有理由的。

年复一年,这个人的心慢慢地、但是无可挽救地越变越硬了。他的心一硬,他的眼泪也就干了。直到他出狱的那天,十九年中,他没有流过一滴泪。

八 波涛和亡魂

一个人落在海里了!

有什么要紧! 船是不会停的。风刮着,这条阴暗的船有它非走不可的路程。它过去了。

那个人灭了顶,随后又出现,忽沉忽浮,漂在水面,他叫喊,扬手,却没有人听见他的喊声。船呢,在飓风里飘荡不定,人们正忙于操作,海员和旅客,对那个落水的人,甚至连一眼也不再望了,他那个可怜的头只是沧海中的一粟而已。

他在深处发出了悲惨的呼号。那条驶去的帆船简直是个鬼影！他望着它，发狂似的望着它。它越去越远，船影渐淡，船身也渐小了。刚才他还在那船上，是船员中的一员，和其余的人一道在甲板上忽来忽往，他有他的一份空气和阳光，还是一个活生生的人。现在，出了什么事呢？他滑了一跤，掉了下去，这就完了。

他被困在惊涛骇浪中。他的脚只能踏着虚空，只能往下沉。迎风崩裂的波涛狠狠地包围着他，波峰波谷带着他辗转上下，一缕缕的白练飞腾在他的头上，一阵阵的狂澜向他喷唾，巨浪的口把他吞没殆半；他每次下沉，都隐约看见那黑暗的深渊，一些未曾见过的奇怪植物捉住他，缠着他的脚，把他拉向它们那里去；他觉得自己也成了旋涡，也成了泡沫的一部分，波涛把他往复抛掷；他喝着苦汁，无情的海水前仆后继，定要把他淹没，浩瀚的泽国拿他的垂死挣扎来取乐。好像这里的水对他全怀着仇恨。

但是他仍旧挣扎，尽力保卫自己，他振奋精神，努力泅泳。他微弱的力气立刻告竭了，仍旧和无边无际的波涛奋斗。

船到哪里去了？在前面。在水天相接、惨淡无光的地方，仿佛还隐约可辨。

狂风在吼，无穷的浪花在向他猛扑。他抬起眼睛，只见行云的灰暗色。他气息奄奄地目击浩海的疯狂，而这种疯狂已把他置于绝地了。他听见一片从未听过的怪声，仿佛是从世外、从不知何处恐怖的国度里飞来。

在云里有许多飞鸟，如同在人生祸患的上面有许多天使。但是它们和他有什么相干呢？它们飞、鸣、翱翔；至于他，他呼号待毙。

他觉得自己同时被两种广大无边的东西所掩埋：海和天，一种是墓穴，一种是殓衣。

黑夜来了，他已经泅泳了几个钟头，力气使尽了，那条船，那条载着一些人的远远的船，已经不见了。他孤零零陷在那可怕的，笼罩在暮色中的深渊里，他往下沉，他挣扎，他扭动身体。在他的底下他觉得有些目不能见的渺茫的怪物。他号着。

人全不在了。上帝在什么地方呢？

他喊着，救命呀！救命呀！他不停地喊着。

水边没有一点东西，天上也没有一点东西。

他向空际、波涛、海藻、礁石哀求；它们都充耳不闻。他向暴风央求；坚强的暴风只服从太空的号令。

在他四周的是夜色、暮霭、寂寥、奔腾放逐的骚乱、起伏不停的怒涛。他的身体中只有恐怖和疲惫。他的脚下只有一片虚空。没有立足的地方。他想到他的尸体漂浮在那无限凄凉的幽冥里。无底的寒泉使他僵直。他的手痉挛，握着的是虚空。风，云，漩流，狂飙，无用的群星！怎么办呵？那失望的人只得听从命运摆布了，穷于应付的人往往坐以待毙，他只得听其自然，任其飘荡不再抵抗了，看呵，他从此跌入灭亡的阴惨深渊里了。

呵，人类社会历久不变的行程！途中多少人和灵魂要丧失！人类社会是所有那些被法律抛弃了的人的海洋！那里最惨的是没有援助！呵，这是精神的死亡！

海，就是冷酷无情的法律抛掷它牺牲品的总渊薮。海，就是无边的苦难。

漂在那深渊里的心灵可以变成尸体，将来谁使它复活呢？

九　新的损失

当冉阿让出狱时,他听见有人在他耳边说了这样一句奇特的话"你自由了",那一片刻竟好像是不真实的,闻所未闻的;一道从不曾有过的强烈的光,一道人生的真实的光突然射到他的心里。但是这道光,一会儿就黯淡下去了。冉阿让起初想到自由,不禁欣然自喜,他以为得着新生命了。但他很快又想到,既然拿的是一张黄护照,所谓自由也就是那么一回事。

而且在这件事上也还有不少的苦情。他计算过,他的储蓄,按照他在狱中度过的岁月计算,本应有一百七十一个法郎。还应当指出,十九年中,礼拜日和节日的强迫休息大致要使他少赚二十四个法郎,他还忘了把那个数目加入他的账目。不管怎样,他的储蓄经过照例的七折八扣以后,已减到一百〇九个法郎十五个苏。那就是他在出狱时所领到的。

他虽然不了解这其中的道理,但他认为他总是吃了亏。让我们把话说明白,他是被人盗窃了。

出狱的第二天,他到了格拉斯,他在一家橙花香精提炼厂的门前,看见许多人在卸货。他请求加入工作。那时工作正吃紧,他们同意了。他便动起手来。他聪明、强壮、伶俐,他尽力搬运,主人好像也满意。正在他工作时,有个警察走过,注意到他,便向他要证件。他只好把那黄护照拿出来。警察看完以后,冉阿让又去工作。他先头问过一个工人,做那种工作每天可以赚多少钱。那工人回答他说:"三十个苏。"到了晚上,他走去找那香精厂的厂主,请把工资付给他,因为他第二天一早便得上路。厂主没说一句话,给了他十五个苏。他提出要求。那人回答他说:"这对你已是够好的了。"他仍旧要。那主人睁圆了两只眼睛对他说:"小心黑屋子。"

那一次,他又觉得自己被盗窃了。

社会、政府,在削减他的储蓄上大大地盗窃了他一次,现在是轮到那小子来偷窃他了。

被释放并不等于得到解放。他固然出了牢狱,但仍背着罪名。

那就是他在格拉斯遇到的事,至于后来他在迪涅受到的待遇,我们已经知道了。

十 那人醒了

天主堂的钟正敲着早晨两点,冉阿让醒了。

那张床太舒服,因此他醒了。他没有床睡,已经快十九年了,他虽然没有脱衣,但那种感受太新奇,不能不影响他的睡眠。

他睡了四个多钟头,疲乏已经过去。他早已习惯不在休息上多花时间。

他张开眼睛,向他四周的黑暗望了一阵,随后又闭上眼,想再睡一会儿。

假使白天的感触太复杂,脑子里的事太多,我们就只能睡,而不能重行入睡,睡容易,再睡难。这正是冉阿让的情形。他不能再睡,他便想。

他正陷入这种思想紊乱的时刻,在他的脑子里有一种看不见的、来来去去的东西。他的旧恨和新愁在他的心里翻来倒去，凌乱杂沓，漫无条理，既失去它们的形状，也无限扩大了它们的范围，随后又仿佛忽然消失在一股汹涌的浊流中。他想到许多事，但是其中有一件却反反复复一再出现，并且排除了其余的事。这一件，我们立即说出来，他注意了马格洛大娘先头放在桌上的那六副银器和那只大汤勺。

那六副银器使他烦懑。那些东西就在那里。只有几步路。刚才他经过隔壁那间屋子走到他房里来时，老大娘正把那些东西放在床头的小壁橱里。他特别注意了那壁橱。进餐室，朝右走。那些东西多重呵！并且是古银器，连那大勺至少可以卖二百法郎。是他在十九年里所赚的一倍。的确，假使"官府"没有"偷盗"他，他也许还多赚几文。

他心里反反复复，踌躇不决，斗争了整整一个钟头。三点敲过了。他重行睁开眼睛，忽然坐了起来，伸手去摸他先头丢在壁厢角里的那只布袋，随后他垂下两腿，又把脚踏在地上，几乎不知道怎样会坐在床边的。

他那样坐着，发了一阵呆，房子里的人全睡着了，惟有他独自一人醒着，假使有人看见他那样呆坐在黑暗角落里，一定会吃一惊的。他忽然弯下腰去，脱下鞋子，轻轻放在床前的席子上，又恢复他那发呆的样子，待着不动。

在那种可怕的思考中，我们刚指出的那种念头不停地在他的脑海里翻搅着，进去又出来，出来又进去，使他感受到一种压力；同时他不知道为什么，会带着梦想中那种机械的顽固性，想到他从前在监狱里认识的一个叫布莱卫的囚犯，那人的裤子只用一根棉织的背带吊住。那根背带的棋盘格花纹不停地在他脑子里显现出来。

他在那样的情形下呆着不动，并且也许会一直待到天明，如果那只挂钟没有敲那一下——报一刻或报半点的一下。那一下仿佛是对他说:"来吧!"

他站起来,又迟疑了一会,再侧耳细听,房子里一点声音也没有,于是他小步小步一直朝前走到隐约可辨的窗边。当时夜色并不很暗,风高月圆,白云掩映;云来月隐,云过月明,因此窗外时明时暗,室内也偶得微光。那种微光,足使室内的人行走,由于行云的作用,屋内也乍明乍暗,仿佛是人在地下室里,见风窗外面不时有人来往一样,因而室内黯淡的光也忽强忽弱。冉阿让走到窗边,把它仔细看了一遍,它没有铁闩,只有它的活梢扣着,这原是那地方的习惯。窗外便是那园子。他把窗子打开,于是一股冷空气突然钻进房来,他又立刻把它关上。他仔仔细细把那园子瞧了一遍,应当说,研究了一遍。园的四周绕着一道白围墙,相当低,容易越过。在园的尽头,围墙外面,他看见成列的树梢,彼此距离相等,说明墙外便是一条林荫道,或是一条栽有树木的小路。

瞧了那一眼之后,他做了一个表示决心的动作,向壁厢走去,拿起他的布袋,打开,从里面搜出一件东西,放在床上,又把他的鞋子塞进袋里,扣好布袋,驮在肩上,戴上他的便帽,帽檐齐眉,又伸手去摸他的棍子,把它放在窗角上,回到床边,毅然决然拿起先头放在床上的那件东西。好像是根短铁钎,一端磨到和标枪一般尖。

在黑暗里我们不易辨出那铁钎是为了做什么用才磨成那个样子的。这也许是根撬棍,也许是把铁杵。

如果是在白天,我们便认得出来,那只是一根矿工用的蜡烛钎。当时,常常派犯人到土伦周围的那些高丘上去采取岩石,他们便时常持有矿工的器械。矿工的蜡烛钎是用粗铁条做的,下面一端尖,为了好插在岩石里。

他用右手握住那根烛钎,屏住呼吸,放轻脚步,走向隔壁那间屋子,我们知道,那是主教的卧房。走到门边,他看见门是掩着的,留着一条缝。主教并没有把它关上。

十一　他干的事

冉阿让张耳细听。绝没有一点声响。

他推门。

他用指尖推着,轻轻地、缓缓地、正像一只胆怯心细、想要进门的猫。

门被推以后,静悄悄地移动了几乎不能察觉的那么一点点,缝也稍微宽了一丝。

他等待了一会,再推,这次使力比较大。

门悄然逐渐开大了。现在那条缝已能容他身体过去。但是门旁有一张小桌子,那角度堵住了路,妨碍他通过门缝。

冉阿让知道那种困难。无论如何,他非得把门推得更开一些不可。

他打定主意,再推,比先头两次更使劲一些。这一次,却有个门臼,由于润滑油干了,在黑暗里突然发出一种嘶哑延续的声音。

冉阿让大吃一惊。在他耳里门臼的响声就和末日审判的号角那样洪亮骇人。

在开始行动的那一刹那间,由于幻想的扩大,他几乎认为那个门臼活起来了,并且具有一种非常的活力,就像一头狂叫的狗要向全家告警,要叫醒那些睡着的人。

他停下来,浑身哆嗦,不知所措,他原是踮着脚尖走路,现在连脚跟也落地了。他听见他的动脉在两边太阳穴里像两个铁锤那样敲打着,胸中出来的气也好像来自山洞的风声。他认为那个发怒的门臼所发出的那种震耳欲聋的声响,如果不是天崩地裂似的把全家惊醒,那是不可能的。他推的那扇门已有所警惕,并且已经叫喊;那个老人就要起来了,两个老姑娘也要大叫了,还有旁人都会前来搭救;不到一刻钟,满城都会骚乱,警察也会出动。他一下子认为自己完了。

他立在原处发慌,好像一尊石人,一动也不敢动。

几分钟过去了。门大大地开着。他冒险把那房间瞧了一遍。丝毫没有动静,他伸出耳朵听,整所房子里没有一点声音。那个锈门臼的响声并不曾惊醒任何人。

这第一次的危险已经过了,但是他心里仍旧惊恐难受。不过他并不后退。即使是在他以为一切没有希望时,他也没有后退。他心里只想到要干就得赶快。他向前一步,便跨进了那房间。

那房间是完全寂静的。这儿那儿,他看见一些模糊紊乱的形体,如果在白天便看得出来,那只是桌上一些零乱的纸张、展开的表册、圆凳上堆着的书本、一把堆着衣服的安乐椅、一把祈祷椅,可是在这时,这些东西却一齐变为黑黝黝的空穴和迷蒙难辨的地域。冉阿让仍朝前走,谨慎小心,惟恐撞了家具。他听到主教熟睡在那房间的尽头,发出均匀安静的呼吸。

他忽然停下来。他已到了床边。他自己并没有料到会那样快就到了主教的床边。

上天有时会在适当时刻使万物的景象和人的行动发生巧妙的配合,从而产生出深刻的效果,仿佛有意要我们多多思考似的。大致在半个钟点以前,就已有一大片乌云遮着天空。正当冉阿让停在床前,那片乌云忽然散开了,好像是故意要那样做似的,一线月光也随即穿过长窗,正正照在主教的那张苍老的脸上。主教正安安稳稳地睡着。他几乎是和衣睡在床上的,因为下阿尔卑斯一带的夜晚很冷,一件棕色的羊毛衫盖住他的胳膊,直到腕边。他的头仰在枕头上,那正是恣意休息的姿态,一只手垂在床外,指上戴着主教的指环,多少功德都是由这只手圆满了的。他的面容隐隐显出满足、乐观和安详的神情。那不仅仅是微笑,还几乎是容光的焕发。他额上反映出灵光,那是我们看不见的。心地正直的人在睡眠中也在景仰那神秘的天空。

来自天空的一线彩光正射在主教的身上。

同时他本身也是光明剔透的,因为那片天就在他的心里。那片天就是他的信仰。

正当月光射来重叠(不妨这样说)在他心光上的时候,熟睡着的主教好像是包围在一圈灵光里。那种光却是柔和的,涵容在一种无可言喻的半明半暗的光里。天空的那片月光,地上的这种沉寂,这个了无声息的园子,这个静谧的人家,此时此刻,万籁俱寂,这一切,都使那慈祥老人酣畅的睡眠有着一种说不出的奇妙庄严的神态,并且还以一种端详肃静的圆光环绕着那些白发和那双合着的眼睛,那种充满了希望和赤忱的容颜,老人的面目和赤子的睡眠。

这个人不自觉的无比尊严几乎可以和神明媲美。

冉阿让,他,却待在黑影里,手中拿着他的铁烛钎,立着不动,望着这位全身光亮的老人,有些胆寒。他从来没见过那样的人。他那种待人的赤忱使他惊骇。一个心怀叵测、濒于犯罪的人在景仰一个睡乡中的至人,精神领域中没有比这更宏伟的场面了。

他孤零零独自一人,却酣然睡在那样一个陌生人的旁边,他那种卓绝的心怀冉阿让多少也感觉到了,不过他不为所动。

谁也说不出他的心情,连他自己也说不出。如果我们真要领会,就必须设想一种极端强暴的力和一种极端温和的力的并立。即使是从他的面色上,我们肯定不能分辨出什么来。那只是一副凶顽而又惊骇的面孔。他望着,如是而已。但是他的心境是怎样的呢?那是无从揣测的。不过,他受到了感动,受到了困扰,那是很显明的。但是那种感动究竟属于什么性质的呢?

他的眼睛没有离开老人。从他的姿势和面容上显露出来的,仅仅是一种奇特的犹豫神情。我们可以说,他正面对着两种关口而踟蹰不前,一种是自绝的关口,一种是自救的关口。他仿佛已准备要击碎那头颅或吻那只手。

过了一会,他缓缓地举起他的左手,直到额边,脱下他的小帽,随后他的手又同样缓缓地落下去。冉阿让重又堕入冥想中了,左手拿着小帽,右手拿着铁钎,头发乱竖在他那粗野的头上。

尽管他用怎样可怕的目光望着主教,但主教仍安然酣睡。

月光依稀照着壁炉上的那个耶稣受难像,他仿佛把两只手同时伸向他们两个人,为一个降福,为另一个赦宥。

忽然,冉阿让拿起他的小帽,戴在头上,不望那主教,连忙沿着床边,向他从床头可以隐隐望见的那个壁橱走去,他翘起那根铁烛钎,好像要撬锁似的,但是钥匙已在那上面,他打开橱,他最先见到的东西,便是那篮银器,他提着那篮银器,大踏步穿过那间屋子,也不管声响了,走到门边,进入祈祷室,推开窗子,拿起木棍,跨过窗台,把银器放进布袋,丢下篮子,穿过园子,老虎似的跳过墙头逃了。

十二 主教工作

次日破晓,卞福汝主教在他的园中散步。马格洛大娘慌慌张张地向他跑来。

"我的主教,我的主教,"她喊着说,"大人可知道那只银器篮子在什么地方吗?"

"知道的。"主教说。

"耶稣上帝有灵!"她说,"我刚才还说它到什么地方去了呢。"

主教刚在花坛脚下拾起了那篮子,把它交给马格洛大娘。

"篮子在这儿。"

"怎样?"她说,"里面一点东西也没有!那些银器呢?"

"呀,"主教回答说,"您原来是问银器吗?我不知道在什么地方。"

"大哉好上帝!给人偷去了!是昨天晚上那个人偷了的!"

一转瞬间,马格洛大娘已用急躁老太婆的全部敏捷劲儿跑进祈祷室,穿进壁厢,又回到主教那儿。

主教正弯下腰去,悼惜一株被那篮子压折的秋海棠,那是篮子从花坛落到地下把它压折了的。主教听到马格洛大娘的叫声,又立起来。

"我的主教,那个人已经走了!银器也偷去了。"

她一面嚷，眼睛却落在园子的一角上，那儿还看得出越墙的痕迹。墙上的垛子也弄掉了一个。

"您瞧！他是从那儿逃走的。他跳进了车网巷！呀！可耻的东西！他偷了我们的银器！"

主教沉默了一会，随后他张开那双严肃的眼睛，柔声向马格洛大娘说：

"首先，那些银器难道真是我们的吗？"

马格洛大娘不敢说下去了。又是一阵沉寂。随后，主教继续说：

"马格洛大娘，我占用那些银器已经很久了。那是属于穷人的。那个人是什么人呢？当然是个穷人了。"

"耶稣，"马格洛大娘又说，"不是为了我，也不是为了姑娘，我们是没有关系的。但是我是为了我的主教着想。我的主教现在用什么东西盛饭菜呢？"

主教显出一副惊奇的神气瞧着她。

"呀！这话怎讲！我们不是有锡器吗？"

马格洛大娘耸了耸肩。

"锡器有一股臭气。"

"那么，铁器也可以。"

马格洛大娘做出一副怪样子：

"铁器有一股怪味。"

"那么，"主教说，"用木器就是了。"

过了一会，他坐在昨晚冉阿让坐过的那张桌子边用早餐。卞福汝主教一面吃，一面欢欢喜喜地叫他那哑口无言的妹子和叽里咕噜的马格洛大娘注意，他把一块面包浸在牛奶里，连木匙和木叉也都不用。

"真想不到!"马格洛大娘一面走来走去,一面自言自语,"招待这样一个人,并且让他睡在自己的旁边!幸而他只偷了一点东西!我的上帝!想想都使人寒毛直竖。"

正在兄妹俩要离开桌子时,有人敲门。

"请进。"主教说。

门开了,一群狠巴巴的陌生人出现在门边。三个人拿着另一个人的衣领。那三个人是警察,另一个就是冉阿让。

一个警察队长,仿佛是率领那群人的,起先立在门边。他进来,行了个军礼,向主教走去。

"我的主教……"他说。

冉阿让先头好像是垂头丧气的,听了这称呼,忽然抬起头来,露出大吃一惊的神气。

"我的主教,"他低声说,"那么,他不是本堂神甫了……"

"不准开口!"一个警察说,"这是主教先生。"

但是卞福汝主教尽他的高年所允许的速度迎上去。

"呀!您来了!"他望着冉阿让大声说,"我真高兴看见您。怎么!那一对烛台,我也送给您了,那和其余的东西一样,都是银的,您可以变卖二百法郎。您为什么没有把那对烛台和餐具一同带去呢?"

冉阿让睁圆了眼睛,瞧着那位年高可敬的主教。他的面色,绝没有一种人类文字可以表达得出来。

"我的主教,"警察队长说,"难道这人说的话是真的吗?我们碰到了他。他走路的样子好像是个想逃跑的人。我们就把他拦下来看看。他拿着这些银器……"

"他还向你们说过,"主教笑容可掬地岔着说,"这些银器是一个神甫老头儿给他的,他还在他家里宿了一夜。我知道这是怎么回事。你们又把他带回到此地。对吗？你们误会了。"

"既是这样，"队长说，"我们可以把他放走吗？"

"当然。"主教回答说。

警察释放了冉阿让，他向后退了几步。

"你们真让我走吗？"他说，仿佛是在梦中，字音也几乎没有吐清楚。

"是的，我们让你走，你耳朵聋了吗？"一个警察说。

"我的朋友，"主教又说，"您在走之先，不妨把您的那对烛台拿去。"

他走到壁炉边，拿了那两个银烛台，送给冉阿让。那两个妇人没有说一个字、做一个手势或露一点神气去阻扰主教，她们瞧着他行动。

冉阿让全身发抖。他机械地接了那两个烛台，不知道怎样才好。

"现在，"主教说，"您可以放心走了。呀！还有一件事，我的朋友，您再来时，不必走园里。您随时都可以由街上的那扇门进出。白天和夜里，它都只上一个活闩。"

他转过去朝着那些警察：

"先生们，你们可以回去了。"

那些警察走了。

这时冉阿让像是个要昏倒的人。

主教走到他身边，低声向他说：

"不要忘记，永远不要忘记您允诺过我，您用这些银子是为了成为一个诚实的人。"

冉阿让绝对回忆不起他曾允诺过什么话，他呆着不能开

口。主教说那些话是一字一字叮嘱的,他又郑重地说:

"冉阿让,我的兄弟,您现在已不是恶一方面的人了,您是在善的一面了。我赎的是您的灵魂,我把它从黑暗的思想和自暴自弃的精神里救出来,交还给上帝。"

十三 小瑞尔威

冉阿让逃也似的出了城。他在田亩中仓皇乱窜,不问大路小路,遇着就走,也不觉得他老在原处兜圈子。他那样瞎跑了一早晨,没吃东西,也不知道饿。他被一大堆新的感触控制住了。他觉得自己怒不可遏,却又不知道怒为谁发。他说不出他是受了感动还是受了侮辱。有时他觉得心头有一种奇特的柔和滋味,他却和它抗拒,拿了他过去二十年中立志顽抗到底的心情来对抗。这种情形使他感到疲乏。过去使他受苦的那种不公平的处罚早已使他决心为恶,现在他觉得那种决心动摇了,反而感到不安。他问自己:以后将用什么志愿来代替那种决心?有时,他的确认为假使没有这些经过,他仍能和警察相处狱中,他也许还高兴些,他心中也就可以少起一些波动。当时虽然已近岁暮,可是在青树篱中,三三两两,偶然也还有几朵晚开的花,他闻到花香,触起了童年的许多往事。那些往事对他几乎是不堪回首的,他已有那么多年不去想它了。

因此,那一天,有许许多多莫名其妙的感触一齐涌上他的心头。

正当落日西沉、地面上最小的石子也拖着细长的影子时,冉阿让坐在一片绝对荒凉的红土平原中的一丛荆棘后面。远处,只望见阿尔卑斯山。连远村的钟楼也瞧不见一个。冉阿让离开迪涅城大致已有三法里了。在离开荆棘几步的地方,横着一条穿过平原的小路。

他正在胡思乱想,当时如果有人走来,见了他那种神情,必然会感到他那身褴褛衣服格外可怕。正在那时,他忽然听到一阵欢乐的声音。

他转过头,看见一个十岁左右的穷孩子顺着小路走来,嘴里唱着歌,腰间一只摇琴,背上一只田鼠笼子,这是一个那种嬉皮笑脸、四乡游荡、从裤腿窟窿里露出膝头的孩子中的一个。

那孩子一面唱,一面又不时停下来,拿着手中的几个钱,做"抓子儿"游戏,那几个钱,大致就是他的全部财产了。里面有一个值四十苏的钱。

孩子停留在那丛荆棘旁边,没有看见冉阿让,把他的一把钱抛起来,他相当灵巧,每次都个个接在手背上。

可是这一次他那个值四十苏的钱落了空,向那丛荆棘滚了去,滚到了冉阿让的脚边。

冉阿让一脚踏在上面。

可是那孩子的眼睛早随着那个钱,他看见冉阿让用脚踏着。

他一点也不惊慌,直向那人走去。

那是一处绝对没有人的地方。在视线所及的范围内,绝没有一个人在平原和小路上。他们只听见一群掠空而过的飞鸟从高空送来微弱的鸣声。那孩子背朝太阳,日光把他的头发照成缕缕金丝,用血红的光把冉阿让的凶悍的脸照成紫色。

"先生,"那穷孩子用蒙昧和天真合成的赤子之心说,"我的钱呢?"

"你叫什么?"冉阿让说。

"小瑞尔威,先生。"

"滚!"冉阿让说。

"先生,"那孩子又说,"请您把我的那个钱还我。"

冉阿让低下头,不答话。

那孩子再说:

"我的钱,先生!"

冉阿让的眼睛仍旧盯在地上。

"我的钱!"那孩子喊起来,"我的白角子!我的银钱!"

冉阿让好像全没听见。那孩子抓住他的布衫领,推他。同时使劲推开那只压在他宝贝上面的铁钉鞋。

"我要我的钱!我要我值四十个苏的钱!"

孩子哭起来了。冉阿让抬起头,仍旧坐着不动。他眼睛的神气是迷糊不清的。他望着那孩子有点感到惊奇,随后,他伸手到放棍子的地方,大声喊道:

"谁在那儿?"

"是我,先生,"那孩子回答,"小瑞尔威。我!我!请您把我的四十个苏还我!把您的脚拿开,先生,求求您!"

他年纪虽小,却动了火,几乎有要硬干的神气:

"哈!您究竟拿开不拿开您的脚?快拿开您的脚!听见了没有?"

"呀!又是你!"冉阿让说。

随后,他忽然站起来,脚仍旧踏在银币上,接着说:

"你究竟走不走!"

那孩子吓坏了,望着他,继而从头到脚哆嗦起来,发了一会呆,逃了,他拼命跑,不敢回头,也不敢叫。

但是他跑了一程过后,喘不过气了,只得停下来。冉阿让在紊乱的心情中听到了他的哭声。

过一会,那孩子不见了。

太阳也落下去了。

黑暗渐渐笼罩着冉阿让的四周。他整天没有吃东西,他也许正在发寒热。

他仍旧立着,自从那孩子逃走以后,他还没有改变他那姿势。他的呼吸,忽长忽促,胸膛随着起伏。他的眼睛盯在他前面一二十步的地方,仿佛在专心研究野草中的一块碎蓝瓷片的形状。

忽然,他哆嗦了一下,此刻他才感到夜寒。

他重新把他的鸭舌帽压紧在额头上,机械地动手去把他的布衫拉拢,扣上,走了一步,弯下腰去,从地上拾起他的棍子。

这时,他忽然看见了那个值四十个苏的钱,他的脚已把它半埋在土中了,它在石子上发出闪光。

这一下好像是触着电似的。"这是什么东西?"他咬紧牙齿说。他向后退了三步,停下来,无法把他的视线从刚才他脚踏着的那一点移开,在黑暗里闪光的那件东西,仿佛是一只盯着他的大眼睛。

几分钟过后,他慌忙向那银币猛扑过去,捏住它,立起身来,向平原的远处望去,把目光投向天边四处,站着发抖,好像一只受惊以后要找地方藏身的猛兽。

他什么也瞧不见。天黑了,平原一片苍凉。紫色的浓雾正在黄昏的微光中腾起。他说了声"呀",急忙向那孩子逃跑的方向走去。走了百来步以后,他停下来,向前望去,可是什么也看不见。

于是他使出全身力气,喊道:

"小瑞尔威!小瑞尔威!"

他住口细听。没有人回答。

那旷野是荒凉凄黯的。四周一望无际,全是荒地。除了那望不穿的黑影和叫不破的寂静以外,一无所有。

一阵冷峭的北风吹来,使他四周的东西都呈现出愁惨的景象。几棵矮树,摇着枯枝,带有一种不可思议的愤怒,仿佛要恐吓追扑什么人似的。

他再往前走,随后又跑起来,跑跑停停,在那寂寥的原野上,吼出他那无比凄惨惊人的声音:

"小瑞尔威!小瑞尔威!"

如果那孩子听见了,也一定会害怕,会好好地躲起来。不过那孩子,毫无疑问,已经走远了。

他遇见一个骑马的神甫。他走到他身边,向他说:

"神甫先生,您看见一个孩子走过去吗?"

"没有。"神甫说。

"一个叫小瑞尔威的?"

"我谁也没看见。"

他从他钱袋里取出两枚五法郎的钱,交给神甫。

"神甫先生,这是给您的穷人的。神甫先生,他是一个十岁左右的孩子,他有一只田鼠笼子,我想,还有一把摇琴。他是向那个方向走去的。他是一个通烟囱的穷孩子,您知道吗?"

"我确实没有看见。"

"小瑞尔威?他不是这村子里的吗?您能告诉我吗?"

"如果他是像您那么说的,我的朋友,那就是一个从别处来的孩子了。他们经过这里,却不会有人认识他们。"

冉阿让另又拿出两个五法郎的钱交给神甫。

"给您的穷人。"他说。

随后他又迷乱地说:

"教士先生,您去叫人来捉我吧。我是一个窃贼。"

神甫踢动双腿,催马前进,魂飞天外似的逃了。

冉阿让又朝着他先头预定的方向跑去。

他那样走了许多路,张望,叫喊,呼号,但是再也没有碰见一个人。他在那原野里,看见一点像是卧着或蹲着的东西,他就跑过去,那样前后有两三次,他见到的只是一些野草,或是露在地面上的石头,最后,他走到一个三岔路口,停下来。月亮出来了。他张望远处,作了最后一次的呼唤:"小瑞尔威!小瑞尔威!小瑞尔威!"他的呼声在暮霭中消失,连回响也没有了。他嘴里还念着:"小瑞尔威!"但是声音微弱,几乎不成字音。那是他最后的努力,他的膝弯忽然折下,仿佛他良心上的负担已成了一种无形的威力突然把他压倒了似的,他精疲力竭,倒在一块大石头上,两手握着头发,脸躲在膝头中间,他喊道:

"我是一个无赖!"

他的心碎了,他哭了出来,那是他第一次流泪。

冉阿让从主教家里出来时,我们看得出来,他已完全摆脱了从前的那种思想。不过他一时还不能分辨自己的心情。他对那个老人的仁言懿行还强自抗拒。"您允诺了我做诚实人。我赎买了您的灵魂,我把它从污秽当中救出来交给慈悲的上帝。"这些话不停地回到他的脑子里。他用自己的傲气来和那种至高无上的仁德对抗,傲气真是我们心里的罪恶堡垒。他仿佛觉得,神甫的原宥是使他回心转意的一种最大的迫击和最凶猛的攻势,如果他对那次恩德还要抵抗,那他就会死硬到底,永不回头;如果他屈服,他就应当放弃这许多年来别人种在他心里、也是他自鸣得意的那种仇恨。那一次是他的胜败关头,那种斗争,那种关系着全盘胜负的激烈斗争,已在他自身的凶恶和那人的慈善间展开了。

他怀着一种一知半解的心情,醉汉似的往前走。当他那样惝恍迷离往前走时,他对这次在迪涅的意外遭遇给他的后果是否有一种明确的认识呢?在人生的某些时刻,常有一种神秘的微音来惊觉或搅扰我们的心神,他是否也听到过这种微音呢?是否有种声音在他的耳边说他正在经历他生命中最严重的一刻呢?他已没有中立的余地,此后他如果不做最好的人,就会做最恶的人,现在他应当超过主教(不妨这样说),否则就会堕落到连苦役犯也不如,如果他情愿为善,就应当做天使,如果他甘心为恶,就一定做恶魔。

在此地,我们应当再提出我们曾在别处提出过的那些问题,这一切在他的思想上是否多少发生了一点影响呢?当然,我们曾经说过,艰苦的生活能教育人,能启发人,但是在冉阿让那种水平上,他是否能分析我们在此地指出的这一切,那却是一个疑问,如果他对那些思想能有所体会,那也只是一知半解,他一定看不清楚,并且那些思想也只能使他堕入一种烦恼,使他感到难堪,几乎感到痛苦。他从所谓牢狱的那种畸形而黑暗的东西里出来后,主教已伤了他的灵魂,正如一种太强烈的光会伤他那双刚从黑暗中出来的眼睛一样。将来的生活,摆在他眼前的那种永远纯洁、光彩、完全可能实现的生活,使他战栗惶惑。他确实不知道怎么办。正如一只骤见日出的枭鸟,这个罪犯也因见了美德而目眩,并且几乎失明。

有一点可以肯定,并且是他自己也相信的,那就是他已不是从前那个人了,他的心完全变了,他已没有能力再去做主教不曾和他谈到也不曾触及的那些事了。

在这样的思想状况下,他遇到了小瑞尔威,抢了他的四十个苏。那是为什么?他一定不能说明,难道这是他从监牢里带来的那种恶念的最后影响,好比临终的振作,冲动的余力,力学里所谓"惯性"的结果吗?是的。也许还不完全是。我们简单地说说,抢东西的并不是他,并不是他这个人,而是那只兽,当时他心里有那么多初次感到的苦恼,正当他作思想斗争时,那只兽,由于习惯和本能作用,便不自觉地把脚踏在那钱上了。等到心智清醒以后,看见了那种兽类的行为,冉阿让才感到痛心,向后退却,并且惊骇到大叫起来。

抢那孩子的钱,那已不是他下得了手的事,那次的非常现象只是在他当时的思想情况下才有发生的可能。

无论如何,这最后一次恶劣的行为对他起了一种决定性的效果。这次的恶劣行为突然穿过他的混乱思想并加以澄清,把黑暗的障碍置在一边,光明置在另一边,并且按照他当时的思想水平,影响他的心灵,正如某些化学反应体对一种混浊的混合物发生作用时的情况一样,它能使一种元素沉淀,另一种澄清。

最初,在自我检查和思考之先,他登时心情慌乱,正如一个逃命的人,狠命追赶,要找出那个孩子把钱还给他;后来等到他明白已经太迟,不可能追上时,他才大失所望,停了下来。当他喊着"我是一个无赖"时,他才看出自己是怎样一个人,在那时,他已离开他自己,仿佛觉得他自己只是一个鬼,并且看见那个有肉有骨、形象丑恶的苦役犯冉阿让就立在他面前,手里拿着棍,腰里围着布衫,背上的布袋里装满了偷来的东西,面目果决而忧郁,脑子里充满卑劣的阴谋。

我们已指出过,过分的痛苦使他成了一个多幻想的人,那正好像是一种幻境,他确实看见了冉阿让的那副凶恶面孔出现在他前面。他几乎要问他自己那个人是谁,并且对他起了强烈的反感。

人在幻想中,有时会显得沉静到可怕,继而又强烈地激动起来,惑于幻想的人,往往无视于实际,冉阿让当时的情况,正是那样。他看不见自己周围的东西,却仿佛看见心里的人物出现在自己的前面。

我们可以这样说,他正望着他自己,面面相觑,并且同时通过那种幻景,在一种神妙莫测的深远处看见一点光,起初他还以为是什么火炬,等到他再仔细去看那一点显现在他良心上的光时,他才看出那火炬似的光具有人形,并且就是那位主教。

他的良心再三再四地研究那样立在他面前的两个人,主教和冉阿让。要驯服第二个就非第一个不行。由于那种痴望所特具的奇异效力,他的幻想延续越久,主教的形象也越高大,越在他眼前显得光辉灿烂,冉阿让却越来越小,也越来越模糊。到某一时刻他已只是个影子。忽然一下,他完全消失了。只剩下那个主教。

他让灿烂光辉充实了那个可怜人的全部心灵。

冉阿让哭了许久,淌着热泪,痛不成声,哭得比妇女更柔弱,比孩子更慌乱。

正在他哭时，光明逐渐在他脑子里出现了，一种奇特的光，一种极其可爱同时又极其可怕的光。他已往的生活，最初的过失，长期的赎罪，外貌的粗俗，内心的顽强，准备在出狱后痛痛快快报复一番的种种打算，例如在主教家里干的事，他最后干的事，抢了那孩子的四十个苏的那一次罪行，并且这次罪行是犯在获得主教的宥免以后，那就更加无耻，更加丑恶；凡此种种都回到了他脑子里，清清楚楚地显现出来，那种光的明亮是他生平从未见过的。他回顾他的生活，丑恶已极，他的心灵，卑鄙不堪。但是在那种生活和心灵上面有一片和平的光。他好像是在天堂的光里看见了魔鬼。

他那样哭了多少时间呢？哭过以后，他做了些什么呢？他到什么地方去了呢？从来没有人知道。但有一件事似乎是可靠的，就是在那天晚上，有辆去格勒诺布尔的车子，在早晨三点左右到了迪涅，在经过主教院街时，车夫曾看见一个人双膝跪在卞福汝主教大门外的路旁，仿佛是在黑暗里祈祷。

第三卷 在一八一七年内

一 一八一七年

一八一七是路易十八用那种目空一切的君王气魄称为他登极第二十二年①的那一年。也是布吕吉尔·德·沙松先生扬名的那一年。所有假发店老板一心希望扑粉和御鸟再出现,都刷上了天蓝色灰浆并画上了百合花。② 这是蓝舒伯爵穿上法兰西世卿服装,佩着红绶带,挺着长鼻子,有着轰动一时的人物所具有的那种奇特侧影的威仪,以理事员身份每礼拜日坐在圣日耳曼·代·勃雷教堂的公凳上的承平时期。蓝舒伯爵的功绩是这样的:他在任波尔多③市长期内,一八一四

---

① 法国大革命在一七九三年推翻了君主专制,国王路易十六经国民公会判处死刑,王党奉路易十七(路易十六的儿子)为国王继承人,路易十七在一七九五年死在狱中,路易十六之弟路易十八被认为继承人,他是在一八一五年拿破仑逊位才回国登王位的,但是他不承认王室的统治是中断了的,认为他的王权应从一七九五年算起,所以一八一七年是他的统治的第二十二年。

② 百合花,法国波旁王朝的标志。贵族都戴假发,并以粉扑发为美。"御鸟",一种鬐的名称。

③ 波尔多(Bordeaux),法国西南部滨大西洋的商业城市。拿破仑和英国争霸,封锁了大陆,商业资产阶级深感痛苦,一八一四年三月,英国军队从西班牙侵入法国南部时,他们把城池献给了敌人。昂古莱姆公爵是路易十八的侄儿,随着英国军队进入波尔多。

147

年三月十二日那天,把城池献给了昂古莱姆公爵,凭这项轰轰烈烈的功勋,他就得了世卿的禄位。在一八一七年,四岁到六岁的男孩都戴一种极大的染色羊皮帽,成了风行一时的时装,帽子两旁有耳遮,颇像爱斯基摩人的高统帽。法国军队,仿奥地利式样,穿上了白军服,联队改称为驻防部队,不用番号,而冠以行省的名称。拿破仑还在圣赫勒拿岛,由于英国人不肯供应蓝呢布,他便翻穿旧衣服。在一八一七年,佩勒格利尼正歌唱,比戈第尼姑娘正跳舞,博基埃正红及一时,奥德利还没有出世。沙基夫人继福利奥佐①而起。在法国还有普鲁士人。② 德拉洛先生③成了著名的人物。正统江山在斩了普勒尼埃、加尔波诺和托勒龙的手、又斩了他们的头④以后地位才宣告稳固。大臣塔列朗⑤王爷和钦命财政总长路易教士,好像两个巫师一样,相顾而笑,⑥他们两个都参加过一七九〇年七月十四日在马尔斯广场举行的联邦弥撒,塔列朗以主教资格主祭,路易助祭。在一八一七年,就在那马尔斯广场旁边的小路上,发现了几根蓝漆大木柱倒在雨水和乱草里腐

---

① 佩勒格利尼(Pellegrini),那不勒斯歌手,当时在巴黎演出。比戈第尼姑娘(Bigottini),当时的舞蹈家。博基埃(Potier),当时的喜剧演员。奥德利(Odry),喜剧演员。沙基夫人(Mme Saqui)和福利奥佐(Forioso),第一帝国时期最著名的杂技演员,走绳索者。
② 占领军在一八一八年才撤离法国。
③ 德拉洛(Delalot,1772—1842),极端保王派,《辩论日报》的编辑。
④ 普勒尼埃、加尔波诺、托勒龙,秘密会社社员,因赞成处死路易十六被处死。斩手又斩首是法国对弑王者的刑罚。
⑤ 塔列朗(Talleyrand,1754—1838),公爵,原是拿破仑的外交大臣,一八〇七年免职后勾结国外势力。一八一四年三月俄普联军攻入巴黎,塔列朗组织临时内阁,迎接路易十八回国。
⑥ 巫师共同作弊,彼此心里明白,所以相顾而笑。

烂,柱上的金鹰和金蜂都褪了色,只剩下一点痕迹。那些柱子是两年前开五月会议①时搭建御用礼台用的。驻扎在大石头附近的奥地利军队的露营部队已把它们烧得遍体焦痕了。其中的两三根已被那些露营部队当做柴火烧掉了,并还烘过日耳曼皇军的巨掌。五月会议有这样一个特点,那就是五月会议是六月间在马尔斯广场上举行的。在一八一七年里,有两件事是人人知道的:伏尔泰-都格事件和鼻烟壶上刻的宪章问题。巴黎最新的骇人消息是杜丹的罪案,杜丹曾把他兄弟的脑袋丢在花市的水池里。海军部开始调查海船墨杜萨号事件,这使肖马勒蒙羞,热利果光采。塞尔夫上校赴埃及去做沙里蒙总督。竖琴街的浴宫做了一个修桶匠的店面。当时在克吕尼宅子的八角塔的平台上,还可以看见一间小木板房子,那是梅西埃的天文台,就是做过路易十六的海军天文官的梅西埃。杜拉公爵夫人在她那间陈设了天蓝缎交叉式家具的客厅里对着三四个朋友朗诵她作的那篇未经发表的《舞力卡》。卢浮宫里的"N"②正被刮去。奥斯特里茨桥退位了,改名为御花园桥,那种双关的隐语把奥斯特里茨桥和植物园③都同时隐没了。路易十八拿起《贺拉斯》④,用指甲尖划着读,特别注意那些做皇帝的英雄和做王子的木鞋匠,因为他有双重顾虑:拿破仑和马蒂兰·布吕诺⑤。法兰西学院的征文题目是《读书乐》。伯拉先生经官府承认确有辩才。在他的培养下,

---

① 五月会议,拿破仑于一八一五年召集的一种人民代表会议。
② "N",拿破仑的徽志。
③ 巴黎植物园,初建于十七世纪初,一七九三年起曾加扩建。
④ 《贺拉斯》(Horace),高乃依根据罗马历史故事所作的悲剧。
⑤ 马蒂兰·布吕诺(Mathurin Bruneau),当时名人之一,木鞋匠出身,所以路易十八对他心存戒心。

未来的检察长德勃洛艾已初露头角,立志学习保尔-路易·古利埃的尖刻。那年有个冒充里昂①的马尚吉,随后又有个冒充马尚吉的达兰谷。《克勒尔·达尔伯》和《马勒克-亚岱尔》被称为两部杰作。歌丹夫人被推为当时的第一作家。法兰西学院任人把院士拿破仑·波拿巴从它的名册上除名。国王命令在昂古莱姆②设立海军学校,因为昂古莱姆公爵是个伟大的海军大臣,昂古莱姆城就必然具有海港的一切优越条件,否则君主制就失了体统了。法兰柯尼③在他的布告上加上一些有关骑术的插图,吸引了街上的野孩子,内阁会议曾经热烈讨论应否容许他那样做。巴埃先生,《亚尼丝阿》的作者,颊上生了一颗肉痣的方脸好人,常在主教城街沙塞南侯爵夫人家里布置小型家庭音乐会。所有的年轻姑娘都唱爱德蒙·热罗作词的《圣阿卫尔的隐者》。《黄矮子报》改成了《镜报》。朗布兰咖啡馆抬出皇帝来对抗那家拥护波旁王室的瓦洛亚咖啡馆。人家刚把西西里的一个公主嫁给那位已被卢韦尔④暗中注意的贝里公爵。斯达尔夫人⑤去世已一年。近卫军老喝马尔斯⑥小姐的倒彩。各种大报都只一点点大,篇幅缩小,但是自由还是大的。《立宪主义者报》是拥护宪政的。《密涅瓦报》把"Chateaubriand"(夏多布里昂)写成"Chateaubriant"。

---

① 夏多布里昂(Chateaubriand,1768—1848),法国作家,消极浪漫主义文学的创始人。
② 昂古莱姆(Angoulême),城名,在内地,不在海滨。
③ 法兰柯尼,养马官。
④ 卢韦尔(Louvel),制造马鞍的工人,他刺杀了贝里公爵,贝里公爵是路易十八的侄儿,杀他,是想绝王族之后。
⑤ 斯达尔夫人(Madame de Staël),浪漫主义作家。
⑥ 马尔斯(Mars),喜剧演员。

资产阶级借了写错了的那个"t"字大大嘲笑这位大作家。在一些被收买了的报纸里,有些妓女式的新闻记者辱骂那些在一八一五年被清洗的人们,大卫①已经没有才艺了,亚尔诺②已经没有文思了,卡诺③已经没有羞耻了,苏尔特④从来没有打过胜仗,拿破仑确也没有天才。大家都知道,通过邮局寄给一个被放逐的人的信件是很少寄到的,警察把截留那些信件作为他们的神圣任务。那种事由来已久,被放逐的笛卡儿⑤便诉过苦。大卫为了收不到他的信件在比利时的一家报纸上发了几句牢骚,引起了保王党报章的兴趣,借此机会,把那位被放逐者讥讽了一番。说"弑君犯"或"投票人"⑥,说"敌人"或"盟友"⑦,说"拿破仑"或"布宛纳巴"⑧,一字之差,可以在两人中造成一道鸿沟。一切头脑清楚的人都认为这革命的世纪已被国王路易十八永远封闭了,他被称为"宪章的不朽的创作者"。在新桥的桥堍平地,准备建立亨利四世⑨铜像的石座上已经刻上"更生"两字。比艾先生在戴莱丝街四号筹备他的秘密会议,以图巩固君主制度。右派的领袖在严重关头,

---

① 大卫(David),油画家,曾任国民公会代表,继为拿破仑所器重。
② 亚尔诺(Arnault),诗人和寓言家。
③ 卡诺(Carnot),数学家,国民公会代表,公安委员会委员,共和国十四军的创编者,一七九四年参加热月九日反革命政变。
④ 苏尔特(Soult),拿破仑部下的元帅,奥斯特里茨一役居首功。
⑤ 笛卡儿(Descartes,1569—1650),法国二元论哲学家。
⑥ 指投票赞成斩决路易十六的代表。
⑦ 指帮助波旁王室复辟的奥、英、俄、普等同盟国。
⑧ 拿破仑是帝号。拿破仑姓"Bonaparte"(波拿巴),是由他原来的意大利姓"Buonaparte"(读如"布宛纳巴"),经过法国化后变成的。仇视他的人按照意大利语音叫他的姓,带有表示他不是法国土著的意思。
⑨ 亨利四世,波旁王朝第一代国王。

老是说:"我们应当写信给巴柯。"加奴埃、奥马阿尼、德·沙伯德兰诸人正策划日后所谓的"水滨阴谋",他们多少征得了御弟①的同意。"黑别针"在另一方面也有所策动。德拉卫德里和特洛果夫正进行谈判。多少具有一些自由思想的德卡兹②先生正掌握实权。夏多布里昂每天早晨立在圣多米尼克街二十七号的窗子前面,穿着长裤和拖鞋,一条马德拉斯绸巾裹着他的灰白头发,眼睛望着一面镜子,全套牙科手术工具箱开在面前,修着他的美丽的牙齿,一面向他的书记毕洛瑞先生口述《君主与宪章》的诠言。权威批评家称赞拉封而不称赞塔尔马③。德·菲勒茨④先生签名 A,霍夫曼⑤先生签 Z。查理·诺缔埃⑥正创作《泰莱斯·阿贝尔》。离婚被禁止了。中学校改称中学堂。衣领上装一朵金质百合花的中学生因罗马王⑦问题互相斗殴。宫廷侦探向夫人殿下⑧递报告,说奥尔良公爵⑨的像四处悬挂,并说他穿轻骑将军制服的相貌比穿龙骑将军制服的贝里公爵还好看是件非常不妥的事。巴黎自筹经费把残废军人院的屋顶重行装了金。正派人彼此猜问:

① 御弟,指路易十八之弟阿图瓦伯爵,即后来继承路易十八王位的查理十世。
② 德卡兹(Decazes),路易十八的警务大臣。当时的自由思想是维护资产阶级个人权利的学说。
③ 拉封(Lafon)和塔尔马(Talma),当时的悲剧演员,后来曾受拿破仑赞赏。
④ 菲勒茨(Féletz),拥护古典主义反对浪漫主义的批评家。
⑤ 霍夫曼(Hoffman),戏剧作家和批评家。
⑥ 查理·诺缔埃(Charles Nodier,1783—1844),法国作家。
⑦ 罗马王,拿破仑和玛丽亚·路易莎所生之子。
⑧ 夫人殿下,指路易十八的弟妇,阿图瓦伯爵夫人,贝里公爵的母亲。
⑨ 奥尔良公爵,指一八三〇年继查理十世(即阿图瓦伯爵)为王的路易-菲力浦。

德·特兰克拉格先生在某种和某种情形下会怎样处理?克洛塞尔·德·蒙达尔先生和克洛塞尔·德·古塞格先生在许多方面意见分歧,德·沙拉伯利先生不得意。喜剧家比加尔,戏剧学院(喜剧家莫里哀也不曾当选的那个戏剧学院)的院士,在奥德翁戏院公演《两个菲力浦》,在那戏院的大门头上,揭去了的字还显明地露着"皇后戏院"的字迹。有些人对古涅·德·蒙达洛的态度不一致。法布维埃是暴动分子,巴武是革命党人。贝里西埃书店印行了一部伏尔泰文集,题名为《法兰西学院院士伏尔泰文集》。那位天真的发行人说:"这样做可以招引买主。"一般舆论认为查理·罗丛先生是本世纪的天才,他已开始受人羡慕,那是光荣的预兆,并且有人为他写了一句这样的诗:

  鹅雏①纵能飞,无以匿其蹼。

红衣主教费什既不肯辞职,只得由亚马齐总主教德班先生管辖里昂教区。瑞士和法兰西两国关于达泊河流域的争执因杜福尔统领的一篇密呈而展开了,从此他升为将军。不闻名的圣西门②正计划他的好梦。科学院有过一个闻名于世的傅立叶,后世已把他忘了,我不知道从哪个角落里又钻出了另一个无名的傅立叶③,后世却将永志勿忘。贵人拜伦初露头角;米尔瓦把他介绍给法兰西,在一篇诗的注解中有这样的词句:"有某贵人拜伦者……"大卫·德·昂热④正试制大理石

---

① "鹅雏"(l'oison)和"罗丛"(loyson)同音,鹅雏是小笨蛋的意思。
② 圣西门(Saint-Simon),空想社会主义者。
③ 这一个傅立叶是随拿破仑出征埃及的几何学家,著有《出征埃及记》。另一傅立叶是空想社会主义者。
④ 大卫·德·昂热(David d'Angers,1788—1856),法国雕塑家。

粉。加龙教士在斐扬死巷向一小群青年教士称赞一个无名的神甫,这人叫费里西德·罗贝尔,他便是日后的拉梅耐①。一只煤烟腾漫、扑扑作声的东西,在杜伊勒里宫的窗子下面、王家桥和路易十五桥间的塞纳河上来回走动,声如泗水的狗,那是一件没有多大好处的机器,一种玩具,异想天开的发明家的一种幻梦,一种乌托邦——一只汽船。巴黎人对那废物漠然视之。德·沃布兰先生用强力改组了科学院,组织、人选,一手包办,轰轰烈烈地安插了好几个院士,自己却落了一场空。圣日耳曼郊区和马桑营都期望德纳福先生做警署署长,因为他虔信天主。杜彼唐②和雷加密③为了耶稣基督的神性问题在医科学校的圆讲堂里争论起来,弄到挥拳相对。居维叶④一只眼睛望着《创世记》,另一只眼睛望着自然界,为了取媚于迷信的反动势力,于是用化石证实经文,用猛犸颂扬摩西。佛朗沙·德·诺夫沙多先生,帕芒蒂埃⑤的一个可敬的继起者,千方百计要使"pomme de terre"(马铃薯)读成"帕芒蒂埃",但毫无结果。格列高利神甫,前主教,前国民公会代表,前元老院元老,在保王党的宣传手册里竟成了"无耻的格列高利"。我们刚才所用的这一词组"竟成了……"是被罗叶-柯拉尔认作新词的。在耶拿桥的第三桥洞下,人们还可以从颜色的洁白上认出那块用来填塞布吕歇尔⑥在两年前,为了炸桥而凿的火药眼的新石头。有一个人看见阿图瓦伯爵走进

---

① 拉梅耐(Lamennais,1782—1854),法国神甫,政论家。
② 杜彼唐(Dupuytren),法国外科医生。
③ 雷加密(Récamier),法国内科医生。
④ 居维叶(Cuvier),法国自然科学家。
⑤ 帕芒蒂埃(Parmentier,1737—1813),第一个在法国种植马铃薯的人。
⑥ 布吕歇尔(Blücher,1742—1819),参加滑铁卢战争的普鲁士军将领。

圣母院,那个人大声说:"见他妈的鬼!我真留恋我从前看见波拿巴和塔尔马手挽手同赴蛮舞会的那个时代。"法庭传讯了他,认为那是叛徒的口吻,六个月监禁。一些卖国贼明目张胆地露面了,有些在某次战争前夕投敌的人完全不隐藏他们所得的赃款,并在光天化日之下,不顾羞耻,卖弄他们的可耻的富贵。里尼和四臂村①的一些叛徒,毫不掩饰他们爱国的丑行,还表示他们为国王尽忠的热忱,竟忘了英国公共厕所内墙上所写的"Please adjust your dress before leaving."②

　　这些都是在一八一七年(现在已没有人记得的一年)发生过的一些事。拉拉杂杂,信手拈来。这些特点历史几乎全部忽略了,那也是无可奈何的事,因为实在记不胜记。可是这些小事(我们原不应当称之为小)都是有用的;人类没有小事,犹如植物没有小叶,世纪的面貌是岁月的动态集成的。

　　在一八一七那年里,四个巴黎青年开了一个"妙玩笑"。

二　双四重奏

　　上述的那些巴黎青年中,有一个是图卢兹人,一个是利摩日人,第三个是卡奥尔人,第四个是蒙托邦人,不过他们都是学生,凡是学生,都是巴黎人,在巴黎求学,便算生在巴黎。

　　他们都是一些无足称道的青年,谁都见过这一类的人,四种庸俗人的标本,既不善,也不恶,既无学问,又非无知,既非天才,亦非笨伯,年方二十,美如妩媚的阳春。这是四个毫不

---

① 一八一五年六月十六日,即滑铁卢战役的前两日,拿破仑在里尼击败普鲁士军队,又在四臂村击败英国军队。两地都在比利时境内。
② 英文:"出去以前,请先整理衣服。"

出奇的奥斯卡尔①,因为在那时代,阿瑟②还没有出世。当时的歌谣说:"为了他,点上龙涎香,奥斯卡尔走上前来,奥斯卡尔,我要去看他!"大家已放下了《欧辛集》③。姿态的俊美崇尚的是斯堪的纳维亚式和苏格兰式。纯粹英国式要到以后才风行,并且阿瑟派的头号人物威灵顿得逞于滑铁卢战役还没有多少时候。

那些奥斯卡尔中间有一个叫斐利克斯·多罗米埃,图卢兹人;一个叫李士多里,卡奥尔人;还有一个叫法梅依,利摩日人;最后一个是勃拉什维尔,蒙托邦人。自然每个人都有他的情妇。勃拉什维尔爱宠儿,她取了那样一个名字,是因为她到英国去过一趟;李士多里钟情于用花名作别名的大丽;法梅依奉瑟芬如天人,瑟芬是约瑟芬的简称;多罗米埃有芳汀,别号金发美人,因为她生得一头日光色的美发。

宠儿、大丽、瑟芬和芳汀是四个春风满面、香气袭人的美女,但仍带有一点女工的本色,因为她们并没有完全不理针线,虽然谈情说爱,她们脸上总还多少保存一点劳动人民的庄重气味,在她们的心里也还有一朵不因破瓜而消失的诚实之花。四个人里,有一个叫做小妹,因为她的年龄最轻,还有一个叫做大姐的。大姐有二十三岁。不瞒大家说,起头的三个人,都比金发美人芳汀有经验些,放得开些,在人生的尘嚣中阅历多些,芳汀却还正做她初次的情梦。

---

① 奥斯卡尔(Oscar),瑞典和挪威国王,一七九九年生于巴黎。
② 阿瑟(Arthur),美国第二十一届总统,生于一八三〇年。
③ 《欧辛集》(Ossian),一部古诗集的名称,苏格兰文人麦克弗森(Macpherson)的英译本发表于一七六〇年,一说该诗集系麦克弗森仿古的创作,曾传诵一时。

大丽,瑟芬,尤其是宠儿,都不大可能有那种痴情。她们的情史,虽然刚开始,却已有过多次的波折,第一章里的情人叫阿多尔夫,第二章里的却变了阿尔封斯,到第三章又是古士达夫了。贫寒和爱俏是两种逼死人的动力,一个埋怨,一个逢迎。平民中的一般美貌姑娘都兼而有之,每一个都附在一边耳朵上细语不停。防范不严的心灵便俯首听命了。自己落井的原因在此,别人下石的原因也在此。而人们却总要拿那一切莹洁无瑕、高不可攀的贞操来对她们求全责备。唉!假使少妇不胜饥寒之苦呢?

宠儿到英国去过一趟,因此瑟芬和大丽都羡慕她。她很早就有个家。她的父亲是个性情粗暴、爱吹牛的老数学教师,从没正式结过婚,虽然上了年纪,却还靠替人补课度日。这位教师在年轻时,有一天,看见女仆的一件衣裳挂在炉遮上,便为了那件偶然的事,动了春心。结果,有了宠儿。她有时碰见父亲,她父亲总向她行礼。有一天早晨,一个离奇古怪的老婆子走到她家里来,对她说:"小姐,您不认识我吗?""不认识。""我是你的妈。"那老婆子随即打开了菜橱,吃喝以后,又把她一床褥子搬来,住下了。那位叽里咕噜、笃信上帝的母亲从不和宠儿说话,几个钟头里能不说一个字,早餐、中餐、晚餐,她一个人吃的抵得上四个人,还要到门房里去串门子,说她女儿的坏话。

大丽委身于李士多里,也许还结识过旁人,她之所以游手好闲,是她那十只过分美丽的桃红指甲在作怪。怎能忍心让那样的指甲去做工呢?凡是愿意保全自己清白的人都不应怜惜自己的手。至于瑟芬,她之所以能征服法梅依,是因为她能用一种娇里带妖的神态对他说:"是呀,先生。"

那些青年是同学,那群姑娘是朋友。那种爱情总是有那种友谊陪衬着的。

自爱和自知是两回事。这儿有个证明,我们暂且把他们那种不正规的结合放下不谈,我们可以说宠儿、瑟芬和大丽是有自知之明的姑娘,芳汀却是自爱的姑娘。

我们可以说她自爱吗?那么,多罗米埃又怎么说呢?所罗门也许会回答说爱也是自爱之一道。我们只说芳汀的爱是初次的爱,专一的爱,真诚的爱。

她在那四人当中是惟一只许一个人对她称"你"的。

芳汀是那样一个从平民的底层(不妨这样说)孕育出来的孩子。她虽然是从黑暗社会的那种不可测的深渊中生出来的,她的风度却使人摸不着她的出处和身世。她生在滨海蒙特勒伊①。出自怎样的父母?谁知道?谁也没有见过她的父母。她叫芳汀。为什么叫芳汀呢?因为人家从来不知道她有旁的名字。她出世时,督政府②还存在。她没有姓,因为她没有家;她没有教名,因为当时教堂已不过问这些事了。她在极小时赤着脚在街上走,一个过路人这样叫了她,她就得了这个名字。她接受了这个名字,正如她在下雨时额头从天上接受了一点雨水一样。大家都叫她做小芳汀。除此以外,谁也不知道关于她的其他事。她便是这样来到人间的。十岁上,芳汀出城到附近的庄稼人家里去做工。十五岁上,她到巴黎来"碰运气"。芳汀生得美,她保持她的童贞直到最后一刻。她

---

① 滨海蒙特勒伊(Montreuil-sur-mer),法国北部加来海峡省的一县。
② 督政府(Directoire),一七九五年,革命的国民公会解散,让位于代表新兴富豪阶级的督政府,一七九九年督政府解散,政权转入以波拿巴为首的执政府。

是一个牙齿洁白、头发浅黄的漂亮姑娘。她有黄金和珍珠做奁资,不过她的黄金在她的头上,珍珠在她的口中。

她为生活而工作,到后来,她爱上了人,这也还是为了生活,因为心也有它的饥饿。

她爱上了多罗米埃。

对他来说,这不过是逢场作戏,而对她,却是一片真情。充塞着青年学生和青年姑娘的拉丁区曾目击那场情梦的滋长。在先贤祠的高坡一带,见过多少悲欢离合的那些长街曲巷里,芳汀逃避多罗米埃何止一次,但是躲避他却正是为了遇见他。世间有那么一种躲避,恰好像是追求。简单地说,情史开场了。

勃拉什维尔、李士多里和法梅依彼此形影不离,并以多罗米埃为首领。他有办法。

多罗米埃是往日那种老资格的学生,他有钱,他有四千法郎的年息,四千法郎的年息,在圣热纳微埃夫山①上,可以为所欲为了。多罗米埃已有三十岁了,一向寻欢作乐,不爱惜身体。他脸上已经起了皱纹,牙齿也不齐全,头也秃了顶;他自己毫不在乎,他常说:"三十岁的头顶秃,四十岁的膝头僵。"他的消化力平常,有一只眼睛常淌泪。但是他的青春去得越远,他的兴致却越高。他把谐谑代替他的牙,欢乐代替他的发,讥讽代替他的健康,那只泪汪汪的眼睛也总是笑眯眯的。他已经疲劳过度,却仍旧勇气百倍。尽管年事不高,青春先萎,他却能且战且退,整军以还,笑声脆劲,在别人看来,火力还是很足的。他写过一篇戏剧,被滑稽剧院退了回来。他随

---

① 指拉丁区,巴黎大学所在地区。

时随地写一些不相干的诗。并且,他自命不凡,怀疑一切事物,在胆怯的人的眼里他成了一条好汉。因此,尽管秃头,爱讽刺,他倒做了领袖。"Iron"是一个作"铁"解释的英国字。难道作"讽刺"解释的"ironie"是从这英文字来的吗?

有一天,多罗米埃把那三个人拉到一边,指手画脚地向他们说:

"芳汀,大丽,瑟芬和宠儿要求我们送她们一件古怪玩意儿已快一年了。我们也曾大模大样地答应了她们。她们直到现在还常常对我们谈到这件事,尤其是对着我。正好像那不勒斯的那些老太婆常对圣詹纳罗①喊着说'黄面皮,快显灵!'一样,我们的美人也经常向我们说:'多罗米埃,你那怪玩意儿几时拿出来?'同时我们的父母又常有信给我们。两面夹攻。我认为时间已经到了。我们来商量一下。"

说到此地,多罗米埃的声音放低了,并且鬼鬼祟祟地讲了些话,有趣到使那四张口同时发出一阵奔放、兴奋的笑声,勃拉什维尔还喊道:

"这真是妙不可言!"

他们走到一个烟雾腾腾的咖啡馆门前,钻了进去,他们会议的尾声便消失在黑暗中了。

这次密谈的结果带来了下星期日举行的那场别出心裁的郊游,四位青年邀请了那四位姑娘。

---

① 那不勒斯(Naples),意大利西岸港口。圣詹纳罗(Saint Janvier),又译圣雅努亚里,是它的保护神。

三 四对四

四十五年前的学生们和姑娘们到郊外游玩的情形,到今天①已是难以想象的了。巴黎的近郊已不是当年那模样,半个世纪以来,我们可以称为巴黎郊区生活的那种情况已完全改变了,从前有子规的地方,今天有了火车;从前有游艇的地方,今天有了汽船;从前的人谈圣克鲁②,正如今天的人谈费康③一样。一八六二年的巴黎已是一个以全法国作为近郊的城市了。

当时在乡间所能得到的狂欢,那四对情人都一一尽情享受了。他们开始度暑假,这是个和暖爽朗的夏日。宠儿是惟一知道写字的人,她在前一日用四个人的名义写了这样一句话给多罗米埃:"青早出门很块乐。"④因此他们早晨五点就起身了。随后,他们坐上公共马车,去圣克鲁,看了一回干瀑布,大家喊着说:"有水的时候,一定很好看!"在加斯丹还没有到过的那个黑头饭店里用了午餐,在大池边的五株林里玩了一局七连环⑤,登上了第欧根尼的灯笼⑥,到过塞夫勒桥,拿着杏仁饼去押了轮盘赌,在普托采了许多花,在讷伊买了些芦管

---

① 本书作于一八六二年,四十五年前即指一八一七年。
② 圣克鲁(St. Cloud),巴黎西郊的一个名胜区。
③ 费康(Fécamp),英法海峡边上的一个港口。
④ 这句话的原文里有两个错字,以示宠儿识字不多。
⑤ 七连环,恰似中国的九连环,但只有七个环。
⑥ 第欧根尼的灯笼(lanterne de Diogène),当地的一游览场所。关于第欧根尼的灯笼,请参阅《悲惨世界》第731页及第897页注。

笛,沿途吃着苹果饺,快乐无比。

这几个姑娘好像一群逃出笼子的秀眼鸟,喧噪谈笑,闹个不休。这是一种狂欢。她们不时和这些青年们撩撩打打。一生中少年时代的陶醉!可爱的岁月!蜻蜓的翅膀颤着!呀!无论你是谁,你总忘不了吧!你曾否穿越树丛,为跟在你后面走来的姣好的头分开枝叶呢?在雨后笑着从湿润的斜坡上滑下去,一个心爱的腻友牵着你的手,口里喊着:"呀!我崭新的鞋子!弄成什么样子了!"你曾否有过这样经历呢?

让我们立刻说出来那件有趣的意外,那阵骤雨,对那一群兴高采烈的伴侣,多少有些扫兴,虽然宠儿在出发时曾用长官和慈母式的口吻说过:"孩子们,蜗牛在小路上爬,这是下雨的兆头。"

这四位姑娘都是美到令人心花怒放的。有位名震一时的古典派老诗人,自己也据有个美人儿的男子,拉布依斯骑士先生,那天也正在圣克鲁的栗树林里徘徊,他看见她们在早晨十点左右打那儿经过,叫道"可惜多了一个",他心里想到了三位美惠女神①。勃拉什维尔的情人宠儿,二十三岁的那位大姐,在苍翠的虬枝下带头奔跑,跳恣泥沟,放恣地跨过荆棘,兴致勃发,俨如田野间的幼年女神。至于瑟芬和大丽,在这场合下她们便互相接近,互相衬托,以表示她们的得意,她们寸步不离,互相倚偎,仿效英国人的姿态;我们与其说那是出于友谊,倒不如说她俩是天生爱俏。最初的几本《妇女时装手册》当时才出版不久,妇女们渐尚工愁的神情,正如日后的男子们模仿拜伦一样,女性的头发已开始披散了,瑟芬和大丽的头发

---

① 三位美惠女神,希腊神话中的女神,优雅而美丽。

是转筒式的。李士多里和法梅依正谈论他们的教师,向芳汀述说戴尔文古先生和勃隆多先生的不同点。

勃拉什维尔仿佛生来是专门替宠儿在星期日挽她那件德尔诺式的绒线披肩的。

多罗米埃跟在后面走,做那一伙的殿后。他也是有说有笑的,不过大家总觉得他是家长。他的嬉笑总含有专制君王的意味,他的主要服装是一条象腿式的南京布裤子,用一条铜丝带把裤脚扎在脚底,手里拿一条值两百法郎的粗藤手杖,他一向为所欲为,嘴里也就衔了一支叫做雪茄的那种怪东西。他真是目空一切,竟敢吸烟。

"这个多罗米埃真是特别,"大家都肃然起敬地那样说,"他竟穿那样的裤子!他真有魄力!"

至于芳汀,她就是欢乐。她那一嘴光彩夺目的牙齿明明从上帝那里奉了一道使命,笑的使命。一顶垂着白色长飘带的精致小草帽,她拿在手里的时候多,戴在头上的时候少。一头蓬松的黄发,偏偏喜欢飘舞,容易披散,不时需要整理,仿佛是为使垂杨下的仙女遮羞而生的。她的樱唇,喋喋不休,令人听了心醉。她嘴的两角含情脉脉地向上翘着,正如爱里柯尼的古代塑像,带着一种鼓励人放肆的神气;但是她那双迟疑的睫毛蔼然低垂在冶艳的面容上,又仿佛是在说着"行不得也哥哥"一样。她周身的装饰具有一种说不出的和谐和夺目的光彩。她穿了件玫瑰紫的毛织薄呢袍,一双闪烁的玲珑古式鞋,鞋带交叉结在两旁挑花的细质白袜上,还穿一件轻罗短衫,那种短衫,是马赛人新创的式样,名叫"加纳佐"①,这个字

---

① "加纳佐",原文是"canezou",和法文"八月十五"(quinze août)发音相近。

是"八月十五"的变音,在加纳皮尔大街上是那样读的,它的含义是"晴暖的南国"。其余那三个,我们已说过,比较放纵,都干脆露着胸部,那种装束,一到夏天,在花枝招展的帽子下显得格外妖娆恼人,但是在那种大胆的装饰之外,还有金发美人芳汀的那件薄如蝉翼的"八月十五",若隐若现,亦盖亦彰,仿佛是一种独出心裁、惹人寻味的艳服。海绿眼睛的塞特子爵夫人所主持的那个有名的情宫,也许会把服装奖颁给这件追求娴静趣味的"八月十五"。最天真的人有时是最高明的。这是常有的事。

光艳的脸儿,秀丽的侧影,眼睛深蓝,眼皮如凝脂,脚秀而翘,腕、踝都肥瘦适度,美妙天成,白皙的皮肤四处露着蔚蓝的脉络,两颊鲜润得和童女一样,颈脖肥硕如埃伊纳岛①的朱诺②,后颈窝显得既健壮又柔和,两肩仿佛是库斯图③塑造的,中间有一个动人的圆涡从轻罗下透出来,多愁工媚,冷若冰霜,状如石刻,色态如婵娟,这样便是芳汀。在那朴素的衣服下面,我们可以想见一座塑像,塑像的心中有个灵魂。

芳汀很美,但她自己不大知道。偶然有些深思的人默默地用十全十美的标准来衡量一切事物,他们在这个小小女工的巴黎式的丰采中,也许会想见古代圣乐的和谐吧。这位出自幽谷的姑娘有根基,她在两个方面,风韵和容止方面都是美丽的。风韵是理想中的形象,容止是理想中的动静。

我们已经说过,芳汀就是欢乐,芳汀也就是贞操。

---

① 埃伊纳岛(Egine),希腊的一个岛。一八一一年掘出大批塑像。
② 朱诺(Junon),众神之后。
③ 库斯图(Coustou),法国十八世纪的著名雕塑家。

一个旁观者,如果仔细研究她,就会知道,她在那种年龄、那种季节、那种爱慕的陶醉中表露出来的,只是一种谦虚谨慎、毫不苟且的神情。芳汀自己也有一些感到惊奇。这种纯洁的惊奇,也就是普赛克和维纳斯①之间的最细微的不同处。芳汀的手指,长而白,宛如拿着金针拨圣火灰的贞女。虽然她对多罗米埃的一切要求都不拒绝(关于这一点,我们以后还可以看得更清楚),但她的面貌,在静止时却仍是端庄如处子的,有时,她会突然表现出一种冷峻到近乎严肃的凛然不可犯的神情;我们看到她的欢乐忽然消失了,不需要经过一个中间阶段而立即继以沉思,世间再没有比这更奇特动人的情景了。这种突如其来的庄重,有时甚至显得严厉,正像女神的鄙夷神情。她的额、鼻和下颏具有线条上的平衡(绝不是比例上的平衡),因而构成了她面部的匀称,在从鼻底到上唇的那一段非常特别的地方,她有一种隐约难辨的美妙窝痕,那正是贞静的神秘标志,从前红胡子②之所以爱上在搜寻圣像时发现的一幅狄安娜③,也正是为了这样一种贞静之美。

好吧,爱是一种过失。芳汀却是飘浮在过失上的天贞。

四　多罗米埃乐到唱起西班牙歌来

那天从早到晚都充满了一股朝气。整个自然界仿佛在过

---

① 普赛克(Psyché),希腊神话中的一个美女,爱神的情人。维纳斯(Vénus),美神。
② 红胡子(Barberousse),十六世纪有两个红胡子,兄弟俩,一个是海盗,一个是土耳其的舰队司令。
③ 狄安娜(Diane),希腊神话中的猎神。

节日,在嬉笑。圣克鲁的花坛吐着阵阵香气,塞纳河里的微风拂着翠叶,枝头迎风舞弄,蜂群侵占茉莉花,一群群流浪的蝴蝶在薔草、苜蓿和野麦中间翩翩狂舞,法兰西国王的森严园囿里有成堆的流氓小鸟。

四对喜洋洋的情侣,嬉游在日光、田野、花丛、树林中,显得光艳照人。

这群来自天上的神仙谈着,唱着,互相追逐,舞蹈,扑着蝴蝶,采着牵牛,在深草中渍湿他们的粉红挑花袜;她们是鲜艳的,疯狂的,对人毫无恶念,每个姑娘都随时随地接受各个男子的吻,惟有芳汀,固守在她那种多愁易怒、半迎半拒的抵抗里,她的心有所专爱。"你,"宠儿对她说,"你老是这样。"

这就是欢乐。这一对对情侣的活动是对人生和自然发出的一种强烈的呼声,使天地万物都放出了爱和光。从前有一个仙女特地为痴情男女创造了草地和树林。从此有情人便永远逃学野游,朝朝暮暮,了无尽期,只要一天有原野和学生,这样的事便一天不会停止。因此思想家无不怀念春光。王孙公子、磨刀匠、公卿、缙绅、朝廷中人和城市中人(从前有这种说法)都成了那仙女的顺民。大家欢笑,相互追求,空中也有着一种喜悦的光彩,爱真是普天同庆!月下老人便是上帝。娇喘的叫声,草丛中的追逐,顺手搂住的细腰,音乐般的俏骂,用一个音节表现出的热爱,从这张嘴里夺到那张嘴里的樱桃,凡此种种,都烈火似的燃烧着,火焰直薄云霄。美丽的姑娘们甘于牺牲色相,那大概是永无尽期的了。哲学家、诗人和画家望着那种痴情,都不知道如何是好,他们早已眼花缭乱了。华托①号召到爱乡去。平民画家朗克雷②凝视着他那些飞入天空的仕女,狄德罗赞颂爱情,杜尔菲③甚至说古代的祭司们也不免触景生情。

午餐过后,那四对情侣到了所谓王家方城,在那里看了那株新从印度运来的植物(我一时忘了它的名称,它曾经轰动一时,把巴黎的人全吸引到了圣克鲁),它是一株新奇、悦目、枝长的小树,无数的细如线缕的旁枝蓬松披散,没有叶子,开着盈千累万的小小白团花,像一丛插满花朵的头发。成群结队的人不断地去赞赏它。

看完了树,多罗米埃大声说:"我请你们骑毛驴!"和赶驴人讲好价钱以后,他们便从凡沃尔和伊西转回来。到了伊西,又有一件意外的收获,当时由军需官布尔甘占用的那个国有公园园门恰巧大开。他们穿过铁栏门,到岩洞里望了那个木头人似的隐修僧,在那著名的明镜厅里他们又尝试了那些神秘的小玩意,那是一种诲淫的陷阱,如果是一个成为巨富的登徒子或变作普利阿普斯④的杜卡莱⑤,这玩意倒十分相称。在伯尔尼神甫祭过的那两株栗树间,系着一个大秋千网,他们使劲荡了一回。那些美人一个个轮流荡着,裙边飞扬,皆大欢喜,戈洛治⑥如在场,大约又找到他的题材了;正在那时,那位图卢兹人多罗米埃(他和西班牙人的性格有些渊源,图卢兹和托洛萨是姊妹城)用一种情致缠绵的曲调,唱了一首旧时

---

① 华托(Watteau,1684—1721),法国画家。
② 朗克雷(Lancret,1690—1743),法国画家。
③ 杜尔菲(d'Urfé,1567—1625),法国小说家。
④ 普利阿普斯(Priape),园艺、畜牧、生育之神。
⑤ 杜卡莱(Turcaret),十八世纪初法国喜剧家勒萨日(Lesage)所作喜剧中的主人公,原是仆人,经过欺诈钻营,成了巨富。
⑥ 戈洛治(Greuze,1725—1805),法国画家。

的西班牙歌曲,大致是因为看见一个美丽的姑娘在树间的绳索上荡来荡去而有所感吧:

> 我来自巴达霍斯,
> 受了情魔的驱使,
> 我全部的灵魂
> 都在我的眼里。
> 为什么
> 要露出你的腿。

只有芳汀一个人不肯打秋千。

"我不喜欢有人装这种腔。"宠儿气愤愤地说。

丢了毛驴,又有了新的欢乐,他们坐上船,渡过塞纳河,从巴喜走到明星区便门。我们记得,他们是在早晨五点起身的,但是,没有关系!"星期日没有什么叫做疲倦,"宠儿说,"疲倦到星期日也去休息了。"三点左右,这四对乐不可支的朋友,跑上了俄罗斯山①,那是当时在波戏高地上的一种新奇建筑物,我们从爱丽舍广场的树梢上望过去,便可以望见它那蜿蜒曲折的线路。

宠儿不时喊道:

"还有那新鲜玩意儿呢?我要那新鲜玩意儿。"

"不用急。"多罗米埃回答。

五 蓬巴达酒家

俄罗斯山溜完以后,他们想到了晚餐,到底有些疲倦了,

---

① 俄罗斯山,一种供人游戏的蜿蜒起伏的架空铁道。

兴高采烈的八仙在蓬巴达酒家歇下来了,那酒家是有名的饭店老板蓬巴达在爱丽舍广场设下的分店,当时人们可以从里沃利街,德乐麦通道旁边看见它的招牌。

一间房间,宽敞而丑陋,里面有壁厢,厢底有床(由于星期日酒楼人满,只得忍受那样的地方);两扇窗子,凭窗可以眺望榆树外面的河水和河岸,一股八月的明媚阳光正射在窗口;两张桌子,一张上面有着堆积如山的鲜花以及男人和女人的帽子,另一张,则由这四对朋友占了,他们团团坐在一堆喜气洋洋的杯盘瓶碟的周围,啤酒罐和葡萄酒瓶杂陈,桌上不大有秩序,桌下更是有点乱。

"他们用脚在桌子下面搞得乒零乓郎一团糟。"莫里哀说过。

这就是从早晨五点开始的那次郊游到了下午四点半钟时的情形。太阳西沉了,意兴也阑珊了。

充满了日光和人群的爱丽舍广场只见阳光和灰尘,那是构成光辉的两种东西。马尔利雕刻的一群石马,在金粉似的烟尘中立在后蹄上,引颈长鸣。华丽的马车川流不息。一队堂皇富丽的近卫骑兵,随着喇叭,从讷伊林荫大道走下来,一面白旗①在斜阳返照中带着淡红颜色,在杜伊勒里宫的圆顶上飘荡。协和广场(当时已经恢复旧名,叫路易十五广场)上人山人海,个个喜气洋洋。许多人的衣纽上还佩着一朵吊在一条白闪缎带上的银百合花,那种东西,到一八一七年还没有完全绝迹。这儿那儿,成群的小女孩,在过路闲人围观鼓掌声中跳着团圆舞,迎风唱着一种波旁舞曲,那种舞曲,本是用来

---

① 白旗,波旁王朝的旗帜。

打倒百日帝政的,直到当时还流行,其中的叠句是:

送还我们根特①的伯伯,
送还我们的伯伯。

  一群群近郊居民,穿着节日的漂亮衣服,有些还模仿绅士,也佩上一朵百合花,四散在大方场和马里尼方场上,玩着七连环游戏或是骑着木马兜圆圈,其余一些人喝着酒;印刷厂里的几个学徒,戴着纸帽,又说又笑。处处都光辉灿烂。无可否认,那确是国泰民安,君权巩固的时代。警署署长昂格勒斯曾向国王递过一本私人密奏,谈到巴黎四郊的情形,他最后的几句话是这样的:"陛下,根据各方面的缜密观察,这些人民不足为畏。他们都和猫儿一样,懒惰驯良。外省的下民好骚动,巴黎的人民却不然。这全是些小民,陛下,要两个这样的小民叠起来,才抵得上一个近卫军士。在首都的民众方面,完全没有可虑的地方。五十年来,人民的身材又缩小了,这是值得注意的,巴黎四郊的人民,比革命前更矮小了。他们不足为害。总而言之,这都是些贱民,驯良的贱民。"

  警署署长们是绝不相信猫能变成狮子的,然而事实上却是可能的,而且那正是巴黎人民的奇迹。就拿猫来说吧,昂格勒斯那样瞧不起猫,猫却受到古代共和国的尊重,他们认为猫是自由的化身,在科林斯②城的公共广场上,就有一只极大的紫铜猫,仿佛是和比雷埃夫斯③的那尊无翅膀的密涅瓦塑像作对衬似的。复辟时代的警察太天真,把巴黎的人民看得太

---

  ① 根特(Gand),比利时城市,百日帝政期间,路易十八逃亡在那里。
  ② 科林斯(Corinthe),古希腊城市。
  ③ 比雷埃夫斯(Pirée),希腊港口。

"易与"了。恰恰相反,他们绝不是"驯良的贱民",巴黎人之于法兰西人,正如雅典人之于希腊人,他比任何人都睡得好些,他比任何人都着实要来得轻佻懒惰些,没有人比他更显得健忘,但是切不可以为他们是可靠的,他尽可以百般疏懒,但是一旦光荣在望,他便会奋不顾身,什么都干的。给他一支矛吧,他可以干出八月十日①的事,给他一支枪吧,他可以再有一次奥斯特里茨。他是拿破仑的支柱,丹东②的后盾。国家发生了问题?他捐躯行伍;自由发生了问题?他喋血街头;留神!他的怒发令人难忘;他的布衫可以和希腊的宽袍媲美,他会像在格尔内塔街那样,迫使强敌投降。当心!时机一到,这个郊区的居民就会长大起来的。这小子会站起来,怒目向人,他吐出的气将变成飓风,从他孱弱的胸中,会呼出足够的风,来改变阿尔卑斯山的丘壑。革命之所以能够战胜欧洲,全赖军队里巴黎郊区的居民。他歌唱,那是他的欢乐。你让他的歌适合他的性格,你看着吧!如果他唱来唱去只有《卡玛尼奥拉》③一首歌,他当然只能推倒路易十六;但你如果叫他唱《马赛曲》,他便能拯救全世界。

我们在昂格勒斯奏本的边上写了这段评语以后,再回头来说我们的那四对情人。我们说过,晚餐已经用完了。

---

① 一七九二年八月十日,巴黎人民攻入王宫,逮捕国王,推翻了君主政体。
② 丹东(Danton),雅各宾派的右翼领袖。
③ 《卡玛尼奥拉》(Carmagnolle),法国大革命时期歌曲之一,针对玛丽·安东尼特而作。

六　相爱篇

　　餐桌上的谈话和情侣们的谈话同样是不可捉摸的,情侣们的谈话是云霞,餐桌上的谈话是烟雾。

　　法梅依和大丽哼着歌儿,多罗米埃喝着酒,瑟芬笑着,芳汀微笑着。李士多里吹着在圣克鲁买来的木喇叭。宠儿脉脉含情地望着勃拉什维尔说道:

　　"勃拉什维尔。我爱你。"

　　这话引起了勃拉什维尔的一个问题。

　　"宠儿,假使我不爱你了,你将怎样呢?"

　　"我吗!"宠儿喊着说,"唉!不要说这种话,哪怕是开玩笑,也不要说这种话!假使你不爱我了,我就跳到你后面,抓你的皮,扯你的头发,把水淋到你的身上,叫你吃官司。"

　　勃拉什维尔自诩多情地微笑了一下,正如一个自尊心获得极端满足而感到舒服的人一样。宠儿又说:

　　"是呀!我会叫警察!哼!你以为我有什么事做不出的!坏种!"

　　勃拉什维尔,受宠若惊,仰在椅上,沾沾自喜地闭上了眼睛。

　　大丽吃个不停,从喧杂的语声中对宠儿说:

　　"看来,你对你的勃拉什维尔不是很痴心吗?"

　　"我,我厌恶他,"宠儿用了同样的语调回答,重又拿起她的叉子。"他舍不得花钱。我爱着在我对面住的那个小伙子。那小子长得漂亮得很,你认得他吗?他很有做戏子的派头。我喜欢戏子。他一回家,他娘就说:'呀!我的上帝!我又不得安静了。他要叫起来了。唉,我的朋友,你要叫破我的脑袋吗!'因为他一到家里,便到那些住耗子的阁楼上,那些黑洞里,越高越好,他在那里又唱又朗诵,谁知道他搞些什么!下面的人都听得见。他在一个律师家里写讼词,每天已能赚二十个苏了。他父亲是圣雅克教堂里的唱诗人。呀!他生得非常好。他已经爱我到这种地步,有一天,他看见我在调灰面做薄饼,他对我说:'小姐,您拿您的手套做些饼,我全会吃下去。'世界上只有艺术家才会说这样的话。呀!他生得非常好。我已要为那小白脸发疯了。这不打紧,我对勃拉什维尔还是说我爱他。我多么会撒谎!你说是吗?我多么会撒谎!"

宠儿喘了口气,又继续说:

"大丽,你知道吗?我心里烦得很。落了一夏季的雨,这风真叫我受不了,风又熄不了我心头的火,勃拉什维尔是个小气鬼,菜场里又不大有豌豆卖,他只知道吃,正好像英国人说的,我害'忧郁病'了,奶油又那么贵!并且,你瞧,真是笑话,我们竟会在有床铺的房间里吃饭,我还不如死了的好。"

七 多罗米埃的高见

这时,有几个人唱着歌,其余的人都谈着话,稀里哗啦,也不分个先后,到处只有一片乱糟糟的声音。多罗米埃开口了:

"我们不应当胡说八道,也不应当说得太快,"他大声说,"让我们想想,我们是不是想要卖弄自己的口才。过分地信口开河只能浪费精力,再傻也没有了。流着的啤酒堆不起泡沫。先生们,不可性急。我们吃喝,也得有吃喝的气派。让我们细心地吃,慢慢地喝。我们不必赶快。你们看春天吧,如果它来得太快,它就烧起来了,就是说,一切植物都不能发芽了。过分的热可以损害桃花和杏花。过分的热也可以消灭盛宴的雅兴和欢乐。先生们,心不可热!拉雷尼埃尔①和塔列朗的意见都是这样。"

一阵震耳欲聋的反抗声从那堆人里发出来。

"多罗米埃,不要闹!"勃拉什维尔说。

"打倒专制魔王!"法梅依说。

"蓬巴达②!蓬彭斯③!彭博什④!"

"星期日还没完呢。"法梅依又说。

"我们并没有乱来。"李士多里说。

"多罗米埃,"勃拉什维尔说,"请注意我的安静态度。"

"在这方面,你算得是侯爷。"

这句小小的隐语竟好像是一块丢在池塘里的石头。安静山⑤侯爵是当时一个大名鼎鼎的保王党。蛙群全没声息了。

"朋友们,"多罗米埃以一个重获首领地位的人的口吻大声说,"安静下来。见了这种天上落下来的玩笑也不必太慌张。凡是这样落下来的东西,不一定是值得兴奋和敬佩的。隐语是飞着的精灵所遗的粪。笑话四处都有,精灵在说笑一通之后,又飞上天去了。神鹰遗了一堆白色的秽物在岩石上,仍旧翱翔自如。我毫不亵渎隐语。我仅就它价

---

① 拉雷尼埃尔(Grimod de la Reynière),巴黎的烹调专家,著有食谱。
② 蓬巴达(Bombarda),酒家。
③ 蓬彭斯(Bombance),盛筵。
④ 彭博什(Bambocbhe,1592—1645),荷兰画家。
⑤ "安静山"(Montcalm)和上面勃拉什维尔所说的"我的安静"(mon calme)同音。

值的高下,寄以相当的敬意罢了。人类中,也许是人类以外,最尊严、最卓越和最可亲的人都说过隐语。耶稣基督说过一句有关圣彼得的隐语。摩西在谈到以撒、埃斯库罗斯、波吕尼刻斯时,克娄巴特拉在谈到屋大维时也都使用过隐语。还要请你们注意,克娄巴特拉的隐语是在亚克兴①战争以前说的,假使没有它,也就不会有人记得多临城,多临在希腊语中只是一个勺而已。这件事交代以后,我再回头来说我的劝告词。我的弟兄们,我再说一遍,即使是在说俏皮话、诙谐、笑谑和隐语时,也不可过于热心,不可嚣张,不可过分。诸位听我讲,我有安菲阿拉俄斯②的谨慎和恺撒的秃顶。即使是猜谜语,也应当有限度。这就是拉丁话所谓的'Est modus in rebus.'即使是饮食,也应当有节制。女士们,你们喜欢苹果饺,可不要吃得太多了。就是吃饺,也应当有限度和有艺术手法。贪多嚼不烂,好比蛇吞象。胃病总是由于贪吃。痞积病是上帝派来教育胃的。并且你们应当记住这一点:我们的每一种欲念,甚至包括爱情在内,也都有胃口,不可太饱。在任何事情上,都应当在适当的时候写上'终'字;在紧急的时候,我们应当自行约束,推上食量的门闩,囚禁自己的妄念,并且自请处罚。知道在适当的时候自动管制自己的人就是聪明人。对于我,你们不妨多少有点信心,因为我学过一点法律,我的考试成绩可以证明,因为我知道存案和悬案间的差别,因为我用拉丁文做过一篇论

---

① 亚克兴(Actium),公元前三一年罗马舰队在屋大维率领下,击败叛将安敦尼于此,埃及王后克娄巴特拉死之。
② 安菲阿拉俄斯(Amphiaraüs),攻打底比斯的七英雄之一,是著名的先知。

文,论《缪纳修斯·德门任弑君者的度支官时期的罗马刑法》,因为我快做博士了,照说,从此以后,我就一定不会是个蠢材了。我劝告你们,应当节欲。我说的是好话,真实可靠到和我叫斐利克斯·多罗米埃一样。时机一到,就下定决心,像西拉①或奥利金②那样,毅然引退,那样才真是快乐的人。"

宠儿聚精会神地听着。

"斐利克斯!"她说,"这是个多么漂亮的名字!我爱这个名字。这是拉丁文,作'兴盛'解释。"

多罗米埃接下去说:

"公民们,先生们,少爷们③,朋友们!你们要摒绝床笫之事,放弃儿女之情而毫不冲动吗?再简单也没有。这就是药方:柠檬水,过度的体操,强迫劳动,疲劳,拖重东西,不睡觉,守夜,多饮含硝质的饮料和白荷花汤,尝莺粟油和马鞭草油,厉行节食,饿肚子,继之以冷水浴,使用草索束身,佩带铅块,用醋酸铅擦身,用醋汤作热敷。"

"我宁愿请教女人。"李士多里说。

"女人!"多罗米埃说,"你们得小心。女人杨花水性,信赖她们,那真是自讨苦吃。女人是邪淫寡信的。她们恨蛇,那只是出于同业的妒忌心。蛇和女人是对门住的。"

"多罗米埃!"勃拉什维尔喊着说,"你喝醉了!"

"可不是!"多罗米埃说。

"那么,你乐一乐吧。"勃拉什维尔又说。

~~~~~~~~~~~~~~~~

① 西拉(Sylla),即苏拉(Sulla),公元前一世纪罗马的独裁者。
② 奥利金(Origène,约185—254),基督教神学家。
③ 这三种称呼,原文用的是拉丁文、英文和西班牙文:"guirites, gentlemen, caballeros."

"我同意。"多罗米埃回答。

于是,一面斟满酒,一面立起来:

"光荣属于美酒! 现在,酒神,请喝!① 对不起,诸位小姐,这是西班牙文。证据呢,女士们,就是这样。怎样的民族就有怎样的酒桶。卡斯蒂利亚②的亚洛伯,盛十六升,阿利坎特的康达罗十二升,加那利群岛的亚尔缪德二十五升,巴利阿里③群岛的苦亚丹二十六升,沙皇彼得的普特三十升。伟大的彼得万岁,他那更伟大的普特万万岁。诸位女士们,请让我以朋友资格奉劝一句话:你们应当随心所欲,广结良缘。爱情的本质就是乱撞。爱神不需要像一个膝盖上擦起疙瘩的英国女仆那样死死蹲在一个地方。那位温柔的爱神生来并不是这样的,它嘻嘻哈哈四处乱撞,别人说过,撞错总也还是人情;我说,撞错总也还是爱情。诸位女士,我崇拜你们中的每一位。呵瑟芬,呵,约瑟芬,俏皮娘儿,假使你不那样噘着嘴,你就更迷人了。你那神气好像是被谁在你脸上无意中坐了一下子似的。至于宠儿,呵,山林中的仙女和缪斯! 勃拉什维尔一天走过格雷-巴梭街的小溪边,看见一个美貌姑娘,露着腿,穿着一双白袜,拉得紧紧的。这个样子合了他的意,于是勃拉什维尔着迷了。他爱的那个人儿便是宠儿。呵,宠儿! 你有爱奥尼亚人的嘴唇。从前有个希腊画家叫欧风里翁,别人给了他个别号,叫嘴唇画家。只有那个希腊人才配画你的嘴唇。听我说! 在你以前,没有一个人是够得上他一画的。你和美神一

---

① "现在,酒神,请喝!",原文为西班牙文"Nunc te, Bacche, canam!"
② 卡斯蒂利亚(Castille),在西班牙中部,十一世纪时成立王国,十五世纪时和其他几个小王国合并成为西班牙王国。
③ 巴利阿里群岛(Baléares),在地中海西端,属西班牙。

样是为得苹果而生的,或者说,和夏娃一样,是为吃苹果而生的。美是由你开始的。我刚才提到了夏娃,夏娃是你创造出来的。你有资格获得'发明美女'的证书。呵,宠儿,我不再称您为你了。因为我要由诗歌转入散文了。刚才您谈到我的名字,您打动了我的心弦,但是无论我们是什么人,对于名字,总不宜轻信。名不一定副实。我叫做斐利克斯,但是我并不快乐。字是骗人的。我们不要盲目接受它的含义。写信到列日①去买软木塞,到波城②去买皮手套,那才荒唐呢。密斯③大丽,我如果是您的话,我就要叫做玫瑰,花应当有香味,女子应当有智慧。至于芳汀,我不打算说什么,她是一个多幻象、多梦想、多思虑、多感触的人,一个具有仙女的体态和信女的贞洁的小精灵;她失足在风流女郎的队伍里,又要在幻想中藏身,她唱歌,却又祈祷又望着天空,但又不大知道她所望的是什么,也不大知道她所作的究竟是什么,她望着天空,自以为生活在大花园里,以为到处是花和鸟,而实际上花和鸟并不多。呵,芳汀,您应当知道这一点:我,多罗米埃,我只是一种幻象,但是这位心思缥缈的黄发女郎,她并没有听见我说话!然而她有的全是光艳、趣味、青春、柔美的晨曦。呵,芳汀,您是一个值得称为白菊或明珠的姑娘,您是一个满身珠光宝气的妇女。诸位女士,还有第二个忠告:你们决不要嫁人,结婚犹如接木,效果好坏,不一定,你们不必自寻苦吃。但是,哎呀!我在这里胡说些什么?我失言了。姑娘们在配偶问题上是不可救药的。我们这些明眼人所能说的一切,绝不足以防

---

① 列日(Liège),比利时城名,和"软木"(liège)同音。
② 波城(Pau),法国城名,和"皮"(peau)同音。
③ 密斯(miss),英语,意为"小姐"。

止那些做背心、做鞋子的姑娘们去梦想那些金玉满堂的良人。不管它,就是这样吧,但是,美人们,请记牢这一点:你们的糖,吃得太多了。呵,妇女们,你们只有一个错误:就是好嚼糖。呵,啮齿类的女性,你的皓齿多爱糖呵。那么,好好地听我讲,糖是一种盐。一切盐都吸收水分。糖在各种盐里有着最富于吸收水分的能力。它通过血管,把血液里的水分提出来,于是血液凝结,由凝结而凝固,而得肺结核,而死亡。因此,糖尿病常和痨病并发。因此,你们不要嚼糖就长寿了!现在我转到男子方面来。先生们,多多霸占妇女。在你们彼此之间不妨毫无顾忌地互相霸占爱人。猎艳,滥交,情场中无所谓朋友。凡是有一个漂亮女子的地方,争夺总是公开的;无分区域,大家杀个你死我活!一个漂亮女子便是一场战争的原因,一个漂亮女子便是一场明目张胆的盗窃。历来一切的劫掠都是在亵衣上发动的。罗慕洛掳过萨宾妇人①,威廉掳过萨克森妇人,恺撒掳过罗马妇人。没有女子爱着的男子,总好像饿鹰那样,在别人的情妇头上翱翔。至于我,我向一切没有家室的可怜虫介绍波拿巴的《告意大利大军书》:'兵士们,你们什么也没有。敌人却有。'"

多罗米埃的话中断了。

"喘口气吧,多罗米埃。"勃拉什维尔说。

同时,勃拉什维尔开始唱一支悲伤的歌,李士多里和法梅依随声和着,那种歌是用从车间里信手拈来的歌词编的,音韵似乎很丰富,其实完全没有音韵;意义空虚,有如风声

---

① 罗慕洛(Romulus,约生于460年),西罗马帝国的最后一个皇帝(475—476)。萨宾,意大利古国名。

树影,是从烟斗的雾气中产生出来的,因此也就和雾气一同飘散消失。下面便是那群人答复多罗米埃的演说词的一节:

> 几个荒唐老头子,
> 拿些银子交给狗腿子,
> 要教克雷蒙-东纳①先生,
> 圣约翰节坐上教皇的位子,
> 克雷蒙-东纳先生不能当教皇,
> 原来他不是教士,
> 狗腿子气冲冲,
> 送还他们的银子。

那种歌并不能平息多罗米埃的随机应变的口才。他干了杯,再斟上一杯,又说起话来。

"打倒圣人!我说的话,你们全不必放在心上。我们不要清规戒律,不要束手束脚,不要谨小慎微。我要为欢乐浮一大白,让我们狂欢吧!让我们拿放荡和酒肉来补足我们的法律课。吃喝,消化。让查士丁尼②作雄的,让酒囊饭袋作雌的。喜气弥漫穹苍呵!造物主!祝你长生!地球是一颗大金刚钻!我快乐。雀鸟真够劲,遍地都是盛会!黄莺儿是一个任人欣赏的艾勒维奥③。夏日,我向你致敬。呵,卢森堡,呵,夫人街和天文台路的竹枝词!呵,神魂颠倒的丘八!

---

① 克雷蒙-东纳(Clemont-Tonnerre),法国多菲内地区一大家族,其中最著名者一是红衣主教,一是伯爵。
② 查士丁尼(Justinien,483—565),拜占庭皇帝,编有《法家言类纂》(digestc),书名与"消化"(digestion)近似。
③ 艾勒维奥(Elleviou),当时法国的一个著名歌唱家。

呵,那些看守孩子又拿孩子寻开心的漂亮女用人。如果我没有奥德翁①的长廊,我也许会喜欢美洲的草原吧。我的灵魂飞向森林中的处女地和广漠的平原。一切都是美的。青蝇在日光中营营飞舞。太阳打喷嚏打出了蜂雀。吻我吧,芳汀。"

他弄错了,吻了宠儿。

八　一匹马的死

"爱同饭店比蓬巴达酒家好。"瑟芬叫着说。

"我喜欢蓬巴达胜过爱同,"勃拉什维尔说,"这里来得阔绰些,有些亚洲味儿。你们看下面的那间大厅,四面墙上都有镜子。"

"我只注意盘子里的东西。"宠儿说。

勃拉什维尔一再坚持说:

"你们瞧这些刀子。在蓬巴达酒家里刀柄是银的,在爱同店里是骨头的。银子当然比骨头贵重些。"

"对那些装了银下巴的人来说,这话却不对。"多罗米埃说。

这时他从蓬巴达的窗口望着残废军人院的圆屋顶。

大家寂静下来。

"多罗米埃,"法梅依叫道,"刚才李士多里和我辩论了一番。"

"辩论固然好,相骂更加妙。"多罗米埃回答。

---

① 奥德翁(Odéon),指奥德翁戏院,一七九七年成立。

"我们辩论哲学问题。"

"哼。"

"你喜欢笛卡儿还是斯宾诺莎①?"

"我喜欢德佐吉埃②。"多罗米埃说。

下了那判词以后,他又喝酒,接着说:

"活在世上,我是同意的。世界上并不是一切都完蛋了的,既然我们还可以胡思乱想。因此我感谢永生的众神。我们说谎,但我们会发笑,我们一面肯定,但我们一面也怀疑。三段论里常出岔子。有趣。这世上究竟还有一些人能洋洋得意地从那些与众不同的见解中拿出一些特别玩意儿。诸位女士,你们安安静静喝着的那些东西是从马德拉③来的酒,你们应当知道,是古拉尔·达·弗莱拉斯地方的产品,那里超出海面三百十七个脱阿斯④!喝酒时你们应当注意这三百十七个脱阿斯!而那位漂亮的饭店老板蓬巴达凭着这三百十七个脱阿斯,却只卖你们四法郎五十生丁⑤!"

法梅依重行把话打断了:

"多罗米埃,你的意见等于法律。哪一个作家是你所最欣赏的?"

"贝尔……。"

"贝尔坎⑥!"

---

① 斯宾诺莎(Spinosa),十八世纪荷兰唯物主义哲学家。
② 德佐吉埃(Desaugiers),当时歌手。
③ 马德拉群岛(Madère),在大西洋,葡萄牙殖民地。
④ 脱阿斯(toise),约等于二米。
⑤ 生丁(centime),法国辅币名,等于百分之一法郎,又译"分"。
⑥ 贝尔坎(Berquin,1747—1791),法国文学家。

"不对,贝尔舒①。"

多罗米埃又接下去说:

"光荣属于蓬巴达!假使他能为我招来一个埃及舞女,他就可以和艾勒芳达的缪诺菲斯媲美;假使他能为我送来一个希腊名妓,他就可以和喀洛内的迪瑞琳媲美了!因为,呵,女士们,希腊和埃及,也有过蓬巴达呢。那是阿普列乌斯②告诉我们的。可惜世界永远是老一套,绝没有什么新东西。在造物主的创作里,再也没有什么未发表的东西,所罗门说过:'在太阳下面没有新奇的事物。'维吉尔③说过:'各人的爱全是一样的。'今天的男学生和女学生走上圣克鲁的篷船,正和从前亚斯巴昔和伯利克里④乘舰队去萨摩斯一样。最后一句话。诸位女士,你们知道亚斯巴昔是什么人吗?她虽然生在女子还没有灵魂的时代,她却是一个灵魂,是一个紫红色的比火更灿烂、比朝暾更鲜艳的灵魂。亚斯巴昔是个兼有女性两个极端性的人儿,她是一个神妓,是苏格拉底⑤和曼侬·列斯戈⑥的混合体。亚斯巴昔是为了普罗米修斯⑦需要一个尤物的缘故而生的。"

---

① 贝尔舒(Berchoux),十九世纪法国一个食谱作者。
② 阿普列乌斯(Apulée,约123—约180),罗马作家,哲学家,《变形记》和《金驴》的作者。
③ 维吉尔(Virgile,前70—前19),杰出的罗马诗人。
④ 伯利克里(Périclès,约前490—前429),雅典政治家,亚斯巴昔是他的妻子。萨摩斯是他征服的一个岛。
⑤ 苏格拉底(Socrate,约前469—前399),古希腊唯心主义哲学家,奴隶主贵族思想家。
⑥ 曼侬·列斯戈(Manon Lescaut),十八世纪法国作家普莱服所作小说《曼侬·列斯戈》中的女主角。
⑦ 普罗米修斯(Prométhée),希腊神话中窃火给人类的神。

假使当时没有一匹马倒在河沿上，高谈阔论的多罗米埃是难于住嘴的。由于那一冲击，那辆车子和这位高谈阔论者都一齐停下来了。一匹又老又瘦只配送给屠夫的博斯母马，拉着一辆很重的车子。那头精疲力竭的牲口走到蓬巴达的门前，不肯再走了。这件意外的事引来不少观众。一面咒骂、一面生气的车夫举起鞭子，对准目标，狠狠一鞭下去，同时嘴里骂着"贱畜牲"时，那匹老马已倒在地上永不再起了。在行人轰动声中多罗米埃的那些愉快的听众全掉转头去看了，多罗米埃趁这机会念了这样一节忧伤的诗来结束他的演讲：

　　　　在这世界上，
　　　　小车和大车，
　　　　命运都一样；
　　　　它是匹劣马，
　　　　活得像老狗，
　　　　所以和其他劣马一样。①

　　"怪可怜的马。"芳汀叹着说。

　　于是大丽叫起来了：

---

① 有这样一首悼念幼女夭亡的古诗：
　　　Mais elle était du monde où les plus belles choses
　　　　　Ont le pire destin,
　　　Et, rose elle a vécu ce que vivent les roses,
　　　　　L'espace d'un matin.
　　诗的大意是：在这世界上，最美丽的东西，命运也最坏，她是一朵玫瑰，所以和玫瑰一样，只活了一个早晨。多罗米埃把这首诗改动了几个字，用来悼念那匹死马，主要是以"驽马"(rosse)代"玫瑰"(rose)，"恶狗"(mâtin)代"早晨"(matin)，结果这诗的内容就变成现在这个样子。

"你们瞧芳汀,她为那些马也叫屈了!有这样蠢的人!"

这时宠儿交叉起两条胳膊,仰着头,定睛望着多罗米埃说:

"够了够了!还有那古怪玩意儿呢?"

"正是呵。时候已经到了,"多罗米埃回答说,"诸位先生,送各位女士一件古怪玩意儿的时候已经到了。诸位女士,请等一会儿。"

"先亲一个嘴。"勃拉什维尔说。

"亲额。"多罗米埃加上一句。

每个人在他情妇的额上郑重地吻了一下,四个男人鱼贯而出,都把一个手指放在嘴上。

宠儿鼓着掌,送他们出去。

"已经很有意思了。"她说。

"不要去得太久了,"芳汀低声说,"我们等着你们呢。"

九　一场欢乐的欢乐结局

那几位姑娘独自留下,两个两个地伏在窗子边上闲谈,伸着头,隔窗对语。

她们看见那些年轻人挽着手走出蓬巴达酒家。他们回转头来,笑嘻嘻对着她们挥了挥手,便消失在爱丽舍广场每周都有的那种星期日的尘嚣中去了。

"不要去得太久了!"芳汀喊着说。

"他们预备带什么玩意儿回来给我们呢?"瑟芬说。

"那一定是些好看的东西。"大丽说。

"我呢,"宠儿说,"我希望带回来的东西是金的。"

她们从那些大树的枝桠间望着水边的活动,觉得也很有趣,不久就忘记那回事了。那正是邮车和公共马车起程的时刻。当时到南部和西部去的客货,几乎全要走过爱丽舍广场,大部分顺着河沿,经过巴喜便门出去。每隔一分钟,就会有一辆刷了黄漆和黑漆的大车,载着沉重的东西,马蹄铁链响成一片,箱、篚、提包堆到不成样子,车子里人头攒动,一眨眼全都走了,碾踏着街心,疯狂地穿过人堆,路面上的石块尽成了燧石,尘灰滚滚,就好像是从炼铁炉里冒出的火星和浓烟。几位姑娘见了那种热闹大为兴奋,宠儿喊着说:

"多么热闹! 就像一堆堆铁链在飞着。"

一次,她们仿佛看见有辆车子(由于榆树的枝叶过于浓密,她们看不大清楚)停了一下,随即又飞跑去了。这事惊动了芳汀。

"这真奇怪!"她说,"我还以为公共客车从不停的呢。"

宠儿耸了耸肩。

"这个芳汀真特别,我刚才故意望着她。最简单的事她也要大惊小怪。假如我是个旅客,我关照公共客车说:'我要到前面去一下,您经过河沿时让我上车。客车来了看见我,停下来,让我上去。'这是每天都有的事。你脱离现实生活了,我亲爱的。"

那样过了一些时候,宠儿忽然一动,仿佛一个初醒的人。

"喂,"她说,"他们要送我们的古怪玩意儿呢?"

"是呀,正是这话,"大丽接着说,"那闹了半天的古怪玩意儿呢?"

"他们耽搁得太久了!"芳汀说。

芳汀正叹完这口气,伺候晚餐的那个堂倌走进来了,他手里捏着一件东西,好像是封信。

"这是什么?"宠儿问。

堂倌回答说:

"这是那几位先生留给太太们的一张条子。"

"为什么没有马上送来?"

"因为那些先生们吩咐过的,"堂倌接着说,"要过了一个钟头才交给这几位太太。"

宠儿从那堂倌手里把那张纸夺过来。那确是一封信。

"奇怪,"她说,"没有收信人的姓名,但有这几个字写在上面:

这就是古怪玩意儿。"

她急忙把信拆开,打开来念(她识字):

呵,我们的情妇!

你们应当知道,我们是有双亲的人。双亲,这是你们不大知道的。在幼稚而诚实的民法里,那叫做父亲和母亲。那些亲人,长者,慈祥的老公公,慈祥的老婆婆,他们老叫苦,老想看看我们,叫我们做浪子,盼望我们回去,并且要为我们宰牛宰羊。我们现在服从他们。因为我们是有品德的人。你们念这封信时,五匹怒马已把我们送还给我们的爸爸妈妈了。正如博须埃所说,我们拆台了。我们走了,我们已经走了。我们在拉菲特的怀中,在加亚尔①的翅膀上逃了。去图卢兹的公共客车已把我们从陷阱中拔了出来。陷阱,就是你们,呵,我们美丽的小姑娘!

---

① 拉菲特(Lafitte)和加亚尔(Caillard),均为当时负责客车事务的官员。

我们回到社会、天职、秩序中去了,马蹄嘚嘚,每小时要走三法里,祖国需要我们,和旁人一样,去做长官,做家长,做乡吏,做政府顾问。要尊敬我们。我们正在作一种牺牲。快快为我们哭一场。快快为我们找替身吧。假使这封信撕碎了你们的心,你们就照样向它报复,把它撕碎。永别了。

近两年来我们曾使你们幸福,千万不要埋怨我们。

勃拉什维尔　法梅依

李士多里　多罗米埃(签字)

附告:餐费已付。

那四位姑娘面面相觑。

宠儿第一个打破沉寂。

"好呀,"她喊着说,"这玩笑确是开得不坏。"

"很有趣。"瑟芬说。

"这一定是勃拉什维尔出的主意,"宠儿又说,"这倒使我爱他了。人不在,心头爱,人总是这样的。"

"不对,"大丽说,"这是多罗米埃的主意。一望便知。"

"既是这样,"宠儿又说,"勃拉什维尔该死,多罗米埃万岁!"

"多罗米埃万岁!"大丽和瑟芬都喊起来。

接着,她们放声大笑。

芳汀也随着大家笑。

一个钟头过后,她回到了自己的屋子里,她哭出来了。我们已经说过,这是她第一次的爱。她早已如同委身于自己的丈夫一样委身于多罗米埃了,并且这可怜的姑娘已生有一个孩子。

第四卷　寄托有时便是断送

一　一个母亲遇见另一个母亲

本世纪的最初二十五年中,在巴黎附近的孟费郿地方有一家大致像饭店那样的客店,现在已经不在了。这客店是名叫德纳第的夫妇俩开的。开在面包师巷。店门头上有块木板,平钉在墙上。板上画了些东西,仿佛是个人,那人背上背着另一个带有将军级的金色大肩章、章上还有几颗大银星的人;画上还有一些红斑纹,代表血;其余部分全是烟尘,大致是要描绘战场上的情景。木板的下端有这样几个字:滑铁卢中士客寓。

一个客店门前停辆榻车或小车原是件最平常的事。但在一八一八年春季的一天傍晚,在那滑铁卢中士客寓门前停着的那辆阻塞街道的大车(不如说一辆车子的残骸),却足以吸引过路画家的注意。

那是一辆在森林地区用来装运厚木板和树身的重型货车的前半部。它的组成部分是一条装在两个巨轮上的粗笨铁轴和一条嵌在轴上的粗笨辕木。整体是庞大、笨重、奇形怪状的,就像一架大炮的座子。车轮、轮边、轮心、轮轴和辕木上面都被沿路的泥坑涂上了一层黄污泥浆,颇像一般人喜欢用来修饰天主堂的那种灰浆。木质隐在泥浆里,铁质隐在铁锈里,车轴下面,横挂着一条适合苦役犯歌利亚①的粗链。那条链子不会使人想到它所捆载的巨材,却使人想到它所能驾驭的乳齿象和猛犸;它那模样,好像是从监狱(巨魔和超人的监狱)里出来的,也好像是从一个妖怪身上解下来的。荷马一定会用它来缚住波吕菲摩斯,莎士比亚用来缚住凯列班。

为什么那辆重型货车的前部会停在那街心呢?首先,为了阻塞道路;其次,为了让它锈完。在旧社会组织中,就有许许多多这类机构,也同样明目张胆地堵在路上,并没有其他存在的理由。

那觯下的链条,中段离地颇近,黄昏时有两个小女孩,一个大致两岁半,一个十八个月,并排坐在那链条的弯处,如同坐在秋千索上,小的那个躺在大的怀中,亲亲热热地相互拥抱着。一条手帕巧妙地系住她们,免得她们摔下。有个母亲最初看见那条丑链条时,她说:"嘿!这家伙可以做我孩子们的玩意儿。"

那两个欢欢喜喜的孩子,确也打扮得惹人爱,是有人细心照顾的,就像废铁中的两朵蔷薇;她们的眼睛,神气十足,鲜润的脸蛋儿笑嘻嘻的。一个的头发是栗色,另一个是棕色。她们天真的面庞露着又惊又喜的神气。附近有一丛野花对着行人频送香味,人家总以为那香味是从她们那里来的。十八个月的那个,天真烂漫,露出她那赤裸裸、怪可爱的小肚皮。在这两个幸福无边、娇艳夺目的小宝贝的顶上,立着那个高阔的

---

① 歌利亚(Goliath),《圣经》中所载为大卫王所杀之非利士巨人。

车架,黑锈满身,形象丑陋,满是纵横交错、张牙舞爪的曲线和棱角,好比野人洞口的门拱。几步以外,有一个面目并不可爱但此刻却很令人感动的大娘,那就是她们的母亲;她正蹲在那客店门口,用一根长绳拉荡着那两个孩子,眼睛紧紧盯着她们,惟恐发生意外。她那神气,既像猛兽又像天神,除了母亲,别人不会那样。那些怪难看的链环,每荡一次,都像发脾气似的发出一种锐利的叫声。那两个小女孩乐得出神,斜阳也正从旁助兴。天意的诡谲使一条巨魔的铁链成了小天使们的秋千,世间没有比这更有趣的事了。

母亲,一面荡着她的两个孩子,一面用一种不准确的音调哼着一首当时流行的情歌:

必须如此,一个战士……

她的歌声和她对那两个女儿的注意,使她听不见、也看不见街上发生的事。

正当她开始唱那首情歌的第一节,就已有人走近她身边,她忽然听见有人在她耳边说:

"大嫂,您的两个小宝宝真可爱。"

对美丽温柔的伊默琴说,

那母亲唱着情歌来表示回答,随又转过头来。

原来是个妇人站在她面前,隔开她只几步远。那妇人也有个孩子抱在怀里。

此外,她还挽着一个好像很重的随身大衣包。

那妇人的孩子是个小仙女似的孩子。是一个两三岁的女孩。她衣服装饰的艳丽很可以和那两个孩子赛一下。她戴一顶细绸小帽，帽上有瓦朗斯①花边，披一件有飘带的斗篷。掀起裙子就看见她那雪白、肥嫩、坚实的大腿。她面色红润，身体健康，着实可爱。两颊鲜艳得像苹果，教人见了恨不得咬它一口。她的眼睛一定是很大的，一定还有非常秀丽的睫毛，我们不能再说什么，因为她正睡着。

她睡得多甜呀！只有在她那种小小年纪才能那样绝无顾虑地睡着。慈母的胳膊是慈爱构成的，孩子们睡在里面怎能不甜？

至于那母亲却是种贫苦忧郁的模样，她的装束像个女工，却又露出一些想要重做农妇的迹象，她还年轻。她美吗？也许，但由于那种装束，她并不显得美。她头发里的一绺金发露了出来，显出她头发的丰厚，但是她用一条丑而窄的巫婆用的头巾紧紧结在颏下，把头发全遮住了。人可以在笑时露出美丽的牙齿，但是她一点也不笑。她的眼睛仿佛还没有干多久。她脸上没有血色，显得非常疲乏，像有病似的。她瞧着睡在她怀里的女儿的那种神情只有亲自哺乳的母亲才会有。一条对角折的粗蓝布大手巾，就是伤兵们用来擤鼻涕的那种大手巾，遮去了她的腰。她的手，枯而黑，生满了斑点，食指上的粗皮满是针痕，肩上披一件蓝色的粗羊毛氅，布裙袍，大鞋。她就是芳汀。

她就是芳汀。已经很难认了。但是仔细看去，她的美不减当年。一条含愁的皱痕横在她的右脸上，仿佛是冷笑的起始。至于装束，她从前那种镶缀丝带、散发丁香味儿、狂态十足的轻罗华服，好像是愉快、狂欢和音乐构成的装饰，早已像

---

① 瓦朗斯（Valence），法国城市，以产花边著名。

日光下和金刚钻一样耀眼的树上霜花那样消失殆尽了,霜花融化以后,留下的只是深黑的树枝。

那次的"妙玩笑"开过以后,已经过了十个月了。

在这十个月中发生了什么事呢?那是可以想见的。

遗弃之后,便是艰苦。芳汀完全见不着宠儿、瑟芬和大丽了;从男子方面断绝了的关系,在女子方面也拆散了;假使有人在十五天过后说她们从前是朋友,她们一定会感到奇怪,现在已没有再做朋友的理由了。芳汀只是孤零零的一个人。她孩子的父亲走了,真惨!这种绝交是无可挽回的,她孑然一身,无亲无故,加以劳动的习惯减少了,娱乐的嗜好加多了,自从和多罗米埃发生关系以后,她便轻视她从前学得的那些小手艺,她忽视了自己的出路,现在已是无路可通了。毫无救星。芳汀稍稍认识几个字,但不知道写,在她年幼时,人家只教过她签自己的名字。她曾请一个摆写字摊的先生写了一封信给多罗米埃,随后又写了第二封,随后又写了第三封。多罗米埃一封也没有答复。一天,芳汀听见一些贫嘴薄舌的女人望着她的孩子说:"谁会认这种孩子?对这种孩子,大家耸耸肩就完了!"于是她想到多罗米埃一定也对她的孩子耸肩,不会认这无辜的小人儿的,想到那男人,她的心灰了。但是作什么打算呢?她已不知道应当向谁求教。她犯了错误,但是我们记得,她的本质是贞洁贤淑的。她隐隐地感到,她不久就会堕入苦难,沉溺在更加不堪的境地里。她非得有毅力不行;她有毅力,于是她站稳脚跟。她忽然想到要回到她家乡滨海蒙特勒伊去,在那里也许会有人认识她,给她工作。这打算不错,不过得先隐瞒她的错误。于是她隐隐看出,可能又要面临生离的苦痛了,而这次的生离的苦痛是会比上一次更甚的。

她的心扭作一团,但是她下定决心。芳汀,我们将来可以知道,是敢于大胆正视人生的。

她已毅然决然摈弃了修饰,自己穿着布衣,把她所有的丝织品、碎料子、飘带、花边,都用在她女儿身上,这女儿是她仅有的虚荣。她变卖了所有的东西,得到二百法郎,还清各处的零星债务后她只有八十来个法郎了。在二十二岁的芳龄,一个晴朗的春天的早晨,她背着她的孩子,离开了巴黎。如果有人看见她们母女俩走过,谁也会心酸。那妇人在世上只有这个孩子,那孩子在世上也只有这个妇人。芳汀喂过她女儿的奶,她的胸脯亏累了,因而有点咳嗽。

我们以后不会再有机会谈到斐利克斯·多罗米埃先生了。我们只说,二十年后,在路易-菲力浦王朝时代①,他是外省一个满脸横肉、有钱有势的公家律师,一个乖巧的选民,一个很严厉的审判官,一个一贯寻芳猎艳的登徒子。

芳汀坐上当时称为巴黎郊区小车的那种车子,花上每法里三四个苏的车费,白天就到了孟费郿的面包师巷。

她从德纳第客店门前走过,看见那两个小女孩在那怪形秋千架上玩得怪起劲的,不禁心花怒放,只望着那幅欢乐的景象出神。

诱惑人的魑魅是有的。那两个女孩对这个做母亲的来说,便是这种魑魅。

她望着她们,大为感动。看见天使便如身历天堂,她仿佛看见在那客店上面有"上帝在此"的神秘字样。那两个女孩明明是那样快活!她望着她们,羡慕她们,异常感动,以至当

---

① 路易-菲力浦王朝时代,即一八三〇年至一八四八年。

那母亲在她两句歌词间换气时,她不能不对她说出我们刚才读到的那句话:

"大嫂,您的两个小宝宝真可爱。"

最凶猛的禽兽,见人家抚摸它的幼雏也会驯服起来的。母亲抬起头,道了谢,又请这位过路的女客坐在门边条凳上,她自己仍蹲在门槛上。两个妇人便攀谈起来了。

"我叫德纳第妈妈,"两个女孩的母亲说,"这客店是我们开的。"

随后,又回到她的情歌,合着牙哼起来:

必须这样,我是骑士,
我正要到巴勒斯坦去。

这位德纳第妈妈是个赤发、多肉、呼吸滞塞的妇人,是个典型的装妖作怪的母老虎。并且说也奇怪,她老像有满腔心事似的,那是由于她多读了几回香艳小说。她是那么一个扭扭捏捏、男不男女不女的家伙,那些已经破烂的旧小说,对一个客店老板娘的想象力来说,往往会产生这样的影响。她还年轻,不到三十岁。假使这个蹲着的妇人当时直立起来,她那魁梧奇伟、游艺场中活菩萨似的身材也许会立刻吓退那位女客,扰乱她的信心,而我们要叙述的事也就不会发生了。一个人的一起一坐竟会牵涉到许多人的命运。

远来的女客开始谈她的身世,不过谈得稍微与实际情况有些出入。

她说她是一个女工,丈夫死了,巴黎缺少工作,她要到别处去找工作,她要回到她的家乡去。当天早晨,她徒步离开了巴黎,因为她带着孩子,觉得疲倦了,恰巧遇着到蒙白耳城去的车子,她便坐了上去;从蒙白耳城到孟费郿,她是走来的;小的也走了一点路,但是不多,她太幼小,只得抱着她,她的宝贝睡着了。

说到此地,她热烈地吻了一下她的女儿,把她弄醒了。那个孩子睁开她的眼睛,大的蓝眼睛,和她母亲的一样,望着,望什么呢? 什么也不望,什么也在望,用孩子们那副一本正经并且有时严肃的神气望着,那种神气正是他们光明的天真面对我们日益衰败的道德的一种神秘的表示。仿佛他们觉得自己是天使,又知道我们是凡人。随后那个孩子笑起来了,母亲虽然抱住她,但她用小生命跃跃欲试的那种无可约束的毅力滑到地上去了,忽然她看见了秋千上面的那两个孩子,立刻停止不动,伸出舌头,表示羡慕。

德纳第妈妈把她两个女儿解下了,叫她们从秋千上下来,说道:

"你们三个人一道玩吧。"

在那种年纪,大家很快就玩熟了,一分钟过后,那两个小德纳第姑娘便和这个新来的伴侣一道在地上掘洞了,其乐无穷。

这个新来的伴侣是很活泼有趣的,母亲的好心肠已在这个娃娃的快乐里表现出来了,她拿了一小块木片做铲子,用力掘了一个能容一只苍蝇的洞。掘墓穴工人的工作出自一个孩子的手,便有趣了。

两个妇人继续谈话。

"您的宝宝叫什么?"

"珂赛特。"

珂赛特应当是欧福拉吉。那孩子本来叫欧福拉吉。但是她母亲把欧福拉吉改成了珂赛特,这是母亲和平民常有的一种娴雅的本能,比方说,约瑟华往往变成贝比达,佛朗索瓦斯往往变成西莱特。这种字的转借法,绝不是字源学家的学问所能解释的。我们认得一个人的祖母,她居然把泰奥多尔变成了格农。

"她几岁了?"

"快三岁了。"

"正和我的大孩子一样。"

那时,那三个女孩聚在一堆,神气显得极其快乐,但又显得非常焦急,因为那时发生了一件大事:一条肥大的蚯蚓刚从地里钻出来,她们正看得出神。

她们的喜气洋洋的额头一个挨着一个,仿佛三个头同在一圈圆光里一样。

"这些孩子们,"德纳第妈妈大声说,"一下子就混熟了!别人一定认为她们是三个亲姊妹呢!"

那句话大致就是这个母亲所等待的火星吧。她握住德纳第妈妈的手,眼睛盯着她,向她说:

"您肯替我照顾我的孩子吗?"

德纳第妈妈一惊,那是一种既不表示同意,也不表示拒绝的动作。

珂赛特的母亲紧接着说:

"您明白吗,我不能把我的孩子领到家乡去。工作不允许那样做。带着孩子不会有安身的地方。在那地方,他们本是那样古怪的。慈悲的上帝教我从您客店门前走过,当我看见您的孩子那样好看、那样干净、那样高兴时,我的心早被打动了。我说过:'这才真是个好母亲呵。'哟,她们真会成三个亲姊妹。并且,我不久就要回来的。您肯替我照顾我的孩子吗?"

"我得先想想。"德纳第妈妈说。

"我可以每月付六个法郎。"

说到这里,一个男子的声音从那客店的底里叫出来:

"非得七个法郎不成。并且要先付六个月。"

"六七四十二。"德纳第妈妈说。

"我照付就是。"那母亲说。

"并且另外要十五法郎,做刚接过手时的一切费用。"男子的声音又说。

"总共五十七法郎。"德纳第妈妈说。

提到这些数目时,她又很随便地哼起来:

　　必须这样,一个战士说。

"我照付就是,"那母亲说,"我有八十法郎。剩下的钱,尽够我盘缠,如果走去的话。到了那里,我就赚得到钱,等我有点钱的时候,我就回头来找我的心肝。"

男子的声音又说:

"那孩子有包袱吗?"

"那是我的丈夫。"德纳第妈妈说。

"当然她有一个包袱,这个可怜的宝贝。我早知道他是您的丈夫。并且还是一个装得满满的包袱!不过有点满得不近人情。里面的东西全是成打的,还有一些和贵妇人衣料一样的绸缎衣服。它就在我的随身衣包里。"

"您得把它交出来。"男子的声音又说。

"我当然要把它交出来!"母亲说,"我让我的女儿赤身露体,那才笑话呢!"

德纳第把主人的面孔摆出来了。

"很好。"他说。

这件买卖成交了。母亲在那客店里住了一夜,交出了她的钱,留下了她的孩子,重新结上她那只由于取出了孩子衣服而缩小、从此永远轻便的随身衣包,在第二天早晨走了,一心打算早早回来。人们对骨肉的离合总爱打如意算盘,但是往往落一场空。

德纳第夫妇的一个女邻居碰到了这位离去的母亲,她回来说:

"我刚才看见一个妇人在街上哭得好惨!"

珂赛特的母亲走了以后,那汉子对他婆娘说:

"这样我可以付我那张明天到期的一百一十法郎的期票了。先头我还缺五十法郎。你可知道?法院的执达吏快要把人家告发我的拒绝付款状给我送来了。这一下,你靠了你的两个孩子做了个财神娘娘。"

"我没有想到。"那婆娘说。

二 两副贼脸的初描

那只被逮住的老鼠是瘦的,但是猫儿,即使得了一只瘦老鼠,也要快乐一场。

那德纳第夫妇是什么东西呢?

我们现在简单地谈谈。将来再补充描绘他们的轮廓。

这些人属于那种爬上去了的粗鄙人和失败了的聪明人所组成的混杂阶级,这种混杂阶级处于所谓中等阶级和所谓下层阶级之间,下层阶级的某些弱点和中等阶级的绝大部分恶习它都兼而有之,既没有工人的那种大公无私的热情,也没有资产阶级的那种诚实的信条。

这些小人,一旦受到恶毒的煽动就很容易变成凶恶的力量。那妇人就具有做恶婆的本质,那男子也是个无赖的材料。他们俩都有那种向罪恶方面猛烈发展的极大可能性。世上有一种人就像虾似的不断退向黑暗,他们一生中只后退,不前进,并且利用经验,增加他们的丑恶,不停地日益败坏下去,心地也日益狠毒起来。这一对男女,便是那种东西。

尤其是那德纳第汉子,他可以使观察他的人感到局促不安。我们对某些人只须望一眼便起戒惧之心,我们觉得他们在两方面都是阴森森的,在人后,他们惶惶终日,在人前,他们声势凶狠。他们的心,从不告人。我们无从知道他们曾干过什么,也无从知道他们将干些什么。他们目光中的那种遮遮掩掩的神情才会把他们揭露出来。我们只须观察他们的一言一行便可想见他们过去生活中一些见不得人的隐事和未来生活中一些阴谋诡计。

这个德纳第,如果我们相信他自己说的话,是当过兵的;据他自己说,他当过中士;他大致参加过一八一五年的那次战役①,据说还表现得相当勇敢。将来我们就会知道他究竟是怎样的一个人。在他酒店的招牌上描绘了他在作战中的一次亲身经历。那是他自己画的,因为他什么都会干一点,但都干不好。

当时的古典主义旧小说,在《克雷荔》以后就只有《洛多

---

① 指滑铁卢战役。

伊斯卡》，那些书都还高尚，但越往后越庸俗，从斯居德黎小姐降至布隆-麻拉姆夫人，从拉法耶特夫人降至巴德勒米-哈陀夫人，那一类小说都把巴黎那些看门女人的情火点燃了，甚至连累郊区。德纳第妈妈恰有足够的聪明能读那一类书籍。她寝馈其中，把自己微弱的脑力沉浸在那里，因此，在她很年轻时，甚至在年龄稍大时，她在她丈夫身旁总显得心事重重似的。她丈夫是一个深沉的滑头，不务正业，略通文法，既粗鄙又精明，在言情小说方面他爱读比戈-勒白朗的作品，"在性的问题上"（这是他的口头禅），他却是个正经的鲁男子，从不乱来。他妻子的年龄比他小十二到十五岁。后来，当浪漫的堕马髻渐成白发，佳人转为丑妇，德纳第太太便成为一个肥胖、恶劣、尝过一些下流小说滋味的妇人了。读坏书的人总免不了坏影响。结果，她的大女儿叫做爱潘妮。至于小女儿，那可怜的孩子，几乎叫做菊纳尔，幸而狄克莱-狄弥尼尔的一部小说，倒莫名其妙的救了她，她只叫做阿兹玛。

  此外，我们还顺便提一下，我们现在谈到的那个怪时代，在替孩子们取小名方面固然混乱，但也不见得事事都浅薄可笑。在我们刚才指出的那种浪漫因素以外，也还有一种社会影响。目前，平民的孩子叫做阿瑟、亚福莱或阿尔封斯，子爵（假使还有子爵的话）叫做托马、皮埃尔或雅克，那都不是什么稀罕的事。"高雅"的名字移到平民身上，村野的名字移到贵人身上，那样的交流只能说是平等思想激荡的后果。新思潮深入一切，无可阻挡，孩子命名的情形，便是一例。在这种混乱现象的后面存在一种伟大深刻的东西，那就是法兰西革命。

三　百　灵　鸟

一味狠毒,不能发达。那客店的光景并不好。

幸而有那女客的五十七个法郎,德纳第得免于官厅的追究,他出的期票也保持了信用。下一个月他仍旧缺钱,那妇人便把珂赛特的衣服饰物带到巴黎,向当店押了六十法郎。那笔款子用完以后,德纳第夫妇便立刻认为他们带那孩子是在救济别人,因此那孩子在他家里经常受到被救济者的待遇。她的衣服被典光以后,他们便叫她穿德纳第家小姑娘的旧裙和旧衫,就是说,破裙和破衫。他们把大家吃剩的东西给她吃,她吃得比狗好一些,比猫又差一些,并且猫和狗还经常是她的同餐者;珂赛特用一只木盆,和猫狗的木盆一样,和猫狗一同在桌子底下吃。

她的母亲在滨海蒙特勒伊住下来了,我们以后还会谈到的,她每月写信,应当说,她每月请人写信探问她孩子的消息。德纳第夫妇千篇一律地回复说:"珂赛特安好异常。"

最初六个月满了以后,她母亲把第七个月的七个法郎寄去,并且月月都按期寄去,相当准时。一年还不到,德纳第汉子便说:"她给了我们多大的面子!她要我们拿她这七个法郎干什么?"于是他写信硬要十二法郎。他们向这位母亲说她的孩子快乐平安,母亲曲意迁就,照寄了十二法郎。

某些人不能只爱一面而不恨其他一面。德纳第婆子酷爱她自己的两个女儿,因而也厌恶那外来的孩子。一个慈母的爱会有它丑恶的一面,想来真使人失望。珂赛特在她家里尽管只占一点点地方,她仍觉得她夺了她家里人的享受,仿佛那孩子把她两个小女儿呼吸的空气也减少了一样。那妇人,和许多和她同一类型的妇人一样,每天都有一定数量的抚爱和一定数量的打骂要发泄。假使她没有珂赛特,她那两个女儿,尽管百般宠爱,一定也还是要受尽她的打骂的。但是那个外来的女孩做了她们的替身,代受了打骂。她自己的两个女儿却只消受她的爱抚。珂赛特的一举一动都会受到一阵冰雹似的殴打,凶横无理至极。一个柔和、幼弱、还一点也不了解人生和上帝是什么的孩子,却无时不受惩罚、辱骂、虐待、殴打,还得瞧着那两个和她一样的女孩儿享受她们孩提时期的幸福!

德纳第婆子既狠心,爱潘妮和阿兹玛便也狠心。孩子们,在那种小小年纪总是母亲的再版。版本的大小有所不同而已。

一年过了,又是一年。

那村子里的人说:

"德纳第一家子都是好人。他们并不宽裕,却还抚养人家丢在他们家里的一个穷孩子!"

大家都认为珂赛特已被她的母亲忘记了。

同时,那德纳第汉子不知从什么密报中探听到那孩子大致是私生的,母亲不便承认,于是他硬敲每月十五法郎,说那"畜生"长大了,"要东西吃",并且以送还孩子来要挟。"她敢不听我的话!"他吼道,"我也不管她瞒人不瞒人,把孩子送还给她就是。非加我的钱不行。"那母亲照寄十五法郎。

年复一年,孩子长大了,她的苦难也增加了。

珂赛特在极小时,一向是代那两个孩子受罪的替身;当她的身体刚长大一点,就是说连五岁还没有到的时候,她又成了这家人的仆人。

五岁,也许有人说,那不见得确有其事吧。唉!确有其事。人类社会的痛苦的起始是不限年齿的。最近我们不是见过杜美拉的案子,一个孤儿,当了土匪,据官厅的文件说,他从五岁起,便独自一人在世上"做工糊口,从事盗窃"吗?

他们叫珂赛特办杂事,打扫房间、院子、街道,洗杯盘碗盏,甚至搬运重东西。她的母亲一向住在滨海蒙特勒伊,德纳第夫妇见到她近来寄钱没有从前那样准时了,便更加觉得有理由那样对待孩子。有几个月没有寄钱来了。

假使那母亲在那第三年的年末来到孟费郿,她一定会不认识她的孩子了。珂赛特,当她到这一家的时候,是那样美丽,那样红润,现在是又黄又瘦。她的举动,也不知道为什么会那样缩手缩脚。德纳第夫妇老说她"鬼头鬼脑"!

待遇的不平使她性躁,生活的艰苦使她变丑。她只还保有那双秀丽的眼睛,使人见了格外难受,因为她的眼睛是那么大,看去就仿佛那里的愁苦也格外多。

冬天,看见这个还不到六岁的可怜的孩子衣衫褴褛,在寒气中战栗,天还没亮,便拿着一把大扫帚,用她的小红手紧紧握着它打扫街道,一滴泪珠挂在她那双大眼睛的边上,好不叫人痛心。

在那里,大家叫她百灵鸟。那小妞儿原不比小鸟大多少,并且老是哆哆嗦嗦,凡事都使她惊慌、战栗,每天早晨在那一家和那一村里老是第一个醒来,不到天亮,便已到了街上或田里,一般爱用比喻的人便替她取了这个名字。

不过这只百灵鸟从来不歌唱。

第五卷 下 坡 路

一 烧料细工厂①发展的历史

被孟费郿一带居民认为已把孩子抛弃的那位母亲,现在变成什么样了?她在什么地方?干什么事呢?

把她的小珂赛特交给德纳第夫妇以后,她继续赶路,到了滨海蒙特勒伊。

我们记得,那是一八一八年。

芳汀离开她的故乡已有十年光景。滨海蒙特勒伊的情形早已变了。正当芳汀从一次苦难陷入另一次苦难时,她的故乡却兴盛起来了。

两年以来,一种轻工业在那里发展起来了,那是小地方的大事情。

这些细节关系很大,我们认为值得把它叙述出来。我们几乎要说,把它当作重点叙述出来。

从一个不可考的时代起,滨海蒙特勒伊就有一种仿造英

---

① 烧料细工厂,一种以玻璃原料制造假玉、假钻石、假珍珠及其他女用饰品的工厂。

国黑玉和德国烧料的特别工业。那种工业素来不发达,因为原料贵,影响到工资。正当芳汀回到滨海蒙特勒伊时,那种"烧料细工品"的生产已经进行了一种空前的改革。一八一五年年底有一个人,一个大家不认识的人,来住在这城里,他想到在制造中用漆胶代替松胶,特别在手镯方面,他在做底圈时,采用只把两头靠拢的方法代替那种两头连接焊死的方法。这一点极小的改革就起了很大的作用。

那一点极小的改革确实大大降低了原料的成本,因此,首先工资可以增高,一乡都得到了实惠;第二,制造有了改进,消费者得了好处;第三,售价可以降低,利润加了三倍,厂主也得到利润。

因此,从一个办法得出三种结果。

不到三年工夫,发明这方法的人成了大富翁,那当然很好,更大的好处是他四周的人也发了财。他不是本省的人。关于他的籍贯,大众全不知道,他的往事,知道的人也不多。

据说他来到这城里时只有很少的钱,至多不过几百法郎。

他利用这一点微薄的资本来实现他精心研究出来的那种巧妙方法,他自己获得了实惠,全乡也获得了实惠。

他初到滨海蒙特勒伊时,他的服装、举动和谈吐都像一个工人。

好像在一个十二月的黄昏,他背上背个口袋,手里拿根带刺的棍,摸进这滨海蒙特勒伊小城时,正遇到区公所失火。他曾跳到火里,不顾生命危险,救出两个小孩,那两个小孩恰是警察队长的儿子,因此大家都没有想到验他的护照。从那一天起,大家都知道了他的名字,他叫马德兰伯伯。

二 马德兰先生

他是个五十左右的人,神色忧虑而性情和好。我们能说的只是这一点。

由于那种工业经过他的巧妙改造,获得了迅速的发展,滨海蒙特勒伊便成了一个重要的企业中心。销售大量烧料细工品的西班牙每年都到这里来定购大宗产品。滨海蒙特勒伊在这种贸易上几乎和伦敦、柏林处于竞争地位。马德兰伯伯获得了大宗利润,因而能在第二年建造一幢高大的厂房,厂里分两个大车间,一个男车间,一个女车间。任何一个无衣食的人都可以到那里去报名,准有工作和面包。马德兰伯伯要求男工应有毅力,女工应有好作风,无论男女都应当贞洁。他把男女工人分在两个车间,目的是要让姑娘们和妇女们都能安心工作。在这一点上他的态度是一点不动摇的。这是他惟一无可通融的地方。正因为滨海蒙特勒伊是一个驻扎军队的城市,腐化堕落的机会多,他有足够的理由提出这种要求。况且他的来到是件好事,他的出现也是种天意。在马德兰伯伯来到这里以前,地方上的各种事业都是萧条的,现在呢,大家都靠健康的劳动生活。欣欣向荣的气象广被一乡,渗透一切。失业和苦难都已消灭。在这一乡已没有一个空到一文钱也没有的衣袋,也没有一个苦到一点欢乐也没有的人家。

马德兰伯伯雇用所有的人,他只坚持一点:做诚实的男子!做诚实的姑娘!

我们已经说过,马德兰伯伯是这种活动的动力和中枢,他在这一活动中获得他的财富,但是,这仿佛不是他的主要目的,一个简单的商人能这样,是件相当奇特的事。仿佛他为别人想的地方多,为自己想的地方少。一八二〇年,大家知道他有一笔六十三万法郎的款子用他个人名义存放在拉菲特①银行里;但是在他为自己留下这六十三万法郎以前,他已为这座城市和穷人用去了一百多万。

医院的经费原是不充裕的,他在那里设了十个床位。滨海蒙特勒伊分上下两城,他住的下城只有一个小学校,校舍已经破败,他起造了两幢,一幢为男孩,一幢为女孩。他拿出自己的钱,津贴两个教员,这项津贴竟比他们微薄的薪金多出两倍;一天,他对一个对这件事表示惊讶的人说:"政府最重要的两种公务员,便是乳母和小学教师。"他又用自己的钱创设了一所贫儿院,这种措施当时在法国还几乎是创举,他又为年老和残废的工人创办了救济金。他的工厂成了一个中心,在厂址附近原有许多一贫如洗的人家,到后来,在那一带却出现了一个崭新的区域。他在那里开设了一所免费药房。

最初,他开始那样做时,有些头脑单纯的人都说:"这是个财迷。"过后,别人看见他在替自己找钱以前却先繁荣地方,那几个头脑单纯的人又说:"这是个野心家。"那种看法好像很对头,因为他信宗教,并且在一定程度上还遵守教规,这在当时是很受人尊敬的。每逢礼拜日,他必按时去参加一次普通弥撒。当地的那位议员,平日一向随时随地留意是否有人和他竞争,因而他立刻对那种宗教信仰起了戒心。那议员在帝国时代当过立法院的成员,他的宗教思想,

---

① 拉菲特(Laffitte,1767—1844),法国大银行家和政治活动家,奥尔良党人,金融资产阶级代表,政府首脑(1830—1831)。他所开设的银行叫拉菲特银行。

和一个叫富歇①的经堂神甫(奥特朗托公爵)的思想是一样的。他是那神甫提拔的人,也是他的朋友。他常在人后偷偷嘲笑上帝。但是当他看见这位有钱的工厂主马德兰去做七点钟的普通弥撒时,就仿佛见了一个可能做议员候选人的人,便下定决心要赛过他,于是他供奉一个耶稣会教士做他的忏悔教士,还去做大弥撒和晚祷。野心在当时完全是一种钟楼赛跑②。穷人和慈悲的上帝都受到他们那种恐慌的实惠,因为那位光荣的议员也设了两个床位,一共成了十二个。

但是在一八一九年的一天早晨,城里忽然有人说马德兰伯伯由于省长先生的保荐和他在地方上所起的积极作用,不久就会由国王任命为滨海蒙特勒伊市长了。从前说过这新来的人是"野心家"的那些人听到这个符合大家愿望的消息时,也抓住机会,得意洋洋地喊道:"是吧!我们曾说过什么的吧?"整个滨海蒙特勒伊都轰动了。这消息原来是真的。几天过后,委任令在《通报》上刊出来了。第二天,马德兰伯伯推辞不受。

还是在这一八一九年,用马德兰发明的方法制造出来的产品在工业展览会里陈列出来了,通过评奖委员的报告,国王以荣誉勋章授予这位发明家。在那小城里又有过一番新的轰动。"呵!他要的原来是十字勋章!"马德兰伯伯又推辞了十字勋章。

这人真是个谜。头脑单纯的人,无可奈何,只得说:"总

---

① 富歇(Fouché,1759—1820),国民公会代表,曾参与颠覆罗伯斯庇尔,继又帮助拿破仑政变,任帝国政府的警务大臣,受封为公爵。拿破仑失败后投降复辟王朝。
② 钟楼赛跑,一种以钟楼为目标的越野赛跑。

而言之,这是个想往上爬的家伙。"

我们把这人看清楚了,地方受到他许多好处,穷人更是完全依靠他;他是一个那样有用的人,结果大家非尊敬他不可;他又是一个那样和蔼可亲的人,结果大家非爱他不可;尤其是他的那些工人特别爱他,他却用一种郁郁寡欢的庄重态度接受那种敬爱。当他被证实是富翁时,一般"社会贤达"都向他致敬,在城里,大家还称他为马德兰先生,他的那些工人和一般孩子却仍叫他马德兰伯伯,那是一件使他最高兴的事。他的地位越来越高,请帖也就雨一般地落在他的头上了。"社会"要他。滨海蒙特勒伊的那些装腔作势的小客厅的门,当初在他还是个手艺工人时,当然是对他关着的,现在对这位百万富翁,却大开特开了。他们千方百计地笼络他。但他却不为所动。

但这样仍堵不住那些头脑单纯的人的嘴。"那是个无知识的人,一个没受过高尚教育的人。大家都还不知道他是从什么地方钻出来的呢。他不知道在交际场中应当怎么办。他究竟识字不识字,也还没有证明。"

当初别人看见他赚了钱,就说他是"商人";看见他施舍他的钱,又说他是"野心家";看见他推谢光荣,说他是个"投机的家伙";现在,他谢绝社交,大家说:"那是个莽汉。"

一八二〇年,是他到滨海蒙特勒伊的第五年,他在那地方所起的积极作用是那样显著,当地人民的期望是那样一致,以致国王又派他做那地方的市长。他仍旧推辞,但是省长不许他推辞,所有的重要人物也都来劝驾,人民群集街头向他请愿,敦促的情况太热烈了,他只好接受。有人注意到当时使他作出决定的最大力量,是人民中一个老妇人所说的一句气愤话。她当时立在他门口,几乎怒不可遏,对他喊道:"一个好市长,就是一个有用的人。在能办好事时难道可以退却吗?"

这是他上升的第三阶段。马德兰伯伯早已变成马德兰先生。马德兰先生现在又成为市长先生了。

三 拉菲特银行中的存款

可是,他的生活还是和当初一样朴素。他有灰白头发,严肃的目光,面色焦黑,像个工人,精神沉郁,像个哲学家。他经常戴一顶宽边帽,穿一身粗呢长礼服,一直扣到领下。他执行他的市长职务,下班以后便闭门深居。他经常只和少数几个人谈话,他逃避寒暄,遇见人,从侧面行个礼便连忙趋避;他用微笑来避免交谈,用布施来避免微笑。妇人们都说他是"一只多么乖的熊[①]!"他的消遣方法便是到田野里去散步。

他老是一个人吃饭,面前摊开一本书,从事阅读。他有一个精致的小书柜。他爱书籍,书籍是一种冷静可靠的朋友。他有了钱,闲空时间也随着增加了,他好像是利用这些时间来提高自己的修养。自从他来到滨海蒙特勒伊以后,大家觉得他的谈吐一年比一年来得更谦恭、更考究、更文雅了。

他散步时喜欢带一枝长枪,但不常用。偶开一枪,却从无虚发,使人惊叹。他从不打死一只无害的野兽,他从不射击一只小鸟。

他虽已上了年纪,不过据说体力仍是不可思议。他常在

---

① "熊",法国人用来指性情孤僻的人。

必要时予人一臂之助,扶起一匹马,推动一个陷在泥坑里的车轮,握着两只角去拦阻一头逃跑的牡牛。出门时,他的衣袋中总是装满了钱,到回来,又都空了。他从一个村庄经过时,那些衣服破烂的孩子们都欢天喜地跑到他身边,就像一群小飞虫似的围着他。

大家猜想他从前大约过过田野生活,因为他有各种有用的秘诀教给那些农民。他告诉他们用普通盐水喷洒仓屋并冲洗地板缝,就可以消灭蛀麦子的飞蛾,在墙上、屋顶上、合壁里、屋子里,处处挂上开着花的奥维奥草,就可以驱除米蛀虫。他有许多方法剔除所有一切寄生在田里伤害麦子的草,如野鸠豆草、黑穗草、鸠豆草、山涧草、狐尾草等。他在兔子窝里放一只巴巴利①小猪,它的臭味就可使耗子不敢来伤害兔子。

一天,他看见村里有许多人正忙着拔除荨麻。他望着一堆已经拔出并且枯萎了的荨麻说道:"死了。假使我们知道利用它,这却是一种好东西。荨麻在嫩时,叶子是一种非常好吃的蔬菜。老荨麻也有一种和亚麻或苎麻一样的纤维和经络。荨麻布并不比苎麻布差些。荨麻斩碎了可以喂鸡鸭。磨烂了也可以喂牛羊。荨麻子拌在刍秣里能使动物的毛光润,根拌在盐里可制成一种悦目的黄色颜料。不管怎样,这总是一种可以收割两次的草料。并且荨麻需要什么呢?一点点土,不需要照顾,不需要培养。不过它的籽,一面熟,一面落,不容易收获罢了。我们只须费一点点力,荨麻就成了有用的东西,我们不去管它,它就成了有害的东西了。于是我们铲除它。世上有多少人就和荨麻大同小异。"他沉默了一会,又接

---

① 巴巴利(Baibarie),非洲北部一带的统称。

下去说:"我的朋友们,记牢这一点,世界上没有坏草,也没有坏人,只有坏的庄稼人。"

孩子们爱他,也还因为他知道用麦秸和椰子壳做成各种有趣的小玩意儿。

他一看见天主堂门口布置成黑色,总走进去。他探访丧礼,正如别人探访洗礼。由于他的性格非常温和,别人丧偶和其他不幸的事都是他所关心的。他常和居丧的朋友、守制的家庭、在柩旁叹息的神甫们混在一处。他仿佛乐于把自己的思想沉浸在那种满含乐土景色的诔歌里。眼睛仰望天空,仿佛在对无极中那些神秘发出心愿,他静听在死亡的深渊边唱出的那种酸楚的歌声。

他秘密地做了许多善事,正如别人秘密地干着坏事一样。晚上,他常乘人不备,走到别人家里,偷偷摸摸地爬上楼梯。一个穷鬼回到他破屋子里,发现他的房门已被人趁他不在时开过了,有时甚至是撬开的。那穷人连声喊道:"有个小偷来过了!"他走进去,他发现的第一件东西,便是丢在家具上的一枚金币。来过的那个"小偷"正是马德兰伯伯。

他为人和蔼而忧郁。一般平民常说:"这才是一个有钱而不骄傲的人,这才是一个幸福而不自满的人。"

有些人还认为他是一个神秘的人,他们硬说别人从来没有进过他的房间,因为他那房间是一间真正的隐修士的密室,里面放着一个有翅膀的沙漏,还装饰着两根交叉放着的死人的股骨和几个骷髅头。这种话传得很广,因而有一天,滨海蒙特勒伊的几个调皮的时髦青年女子来到他家里,向他提出要求:"市长先生,请您把您的房间给我们看看。人家说它是个石洞。"他微微笑了一下,立刻引她们到"石洞"去。她们大失所望。那仅仅是一间陈设着相当难看的桃花心木家具的房间,那种家具总是难看的,墙上裱着值十二个苏一张的纸。除开壁炉上两个旧烛台外,其余的东西都是不值她们一看的,那两个烛台好像是银的,"因为上面有官厅的戳记。"这是种小城市风味十足的见识。

往后,大家仍旧照样传说从没有人到过他那屋子,说那是一个隐士居住的岩穴,一种梦游的地方,一个土洞,一座坟。

大家还叽叽喳喳地说他有"大宗"款子存在拉菲特银行,并且还有这样一个特点,就是他随时都可以立刻提取那些存款,他们还补充说,马德兰先生可能会在一个早晨跑到拉菲特银行,签上一张收据,十分钟之内提走他的两三百万法郎。而实际上,我们已经说过,那"两三百万"已经渐渐减到六十三四万了。

四　马德兰先生穿丧服

一八二一年初,各地报纸都刊出了迪涅主教,"别号卞福汝大人",米里哀先生逝世的消息。他是在八十二岁的高龄入圣的。

我们在此地补充各地报纸略去的一点。迪涅主教在去世以前几年双目已经失明,但是他以失明为乐,因为他有妹子在他身旁。

让我们顺便说一句,双目失明,并且为人所爱,在这一事事都不圆满的世界上,那可算是一种甘美得出奇的人生幸福。在你的身旁,经常有个和你相依为命的妇人、姑娘、姊妹、可爱的人儿,知道自己对她是决不可少的,而她对自己也是非有不可的,能经常在她和你相处时间的长短上去推测她的感情,并且能向自己说:"她既然把她的全部时间用在我身上,就足以说明我占有了她整个的心";不能看见她的面目,但能了解她的思想;在与世隔绝的生活中,体会到一个人儿的忠实;感到衣裙的摇曳,如同小鸟振翅的声音;听她来往、进出、说话、歌唱,并且想到自己是这种足音、这些话、这支歌的中心;不时表示自己的愉快,觉得自己越残缺,便越强大;在那种黑暗中,并正因为那种黑暗,自己成了这安琪儿归宿的星球;人生的乐事很少能与此相比。人生至高的幸福,便是感到自己有人爱;有人为你是这个样子而爱你,更进一步说,有人不问你是什么样子而仍旧一心爱你,那种感觉,盲人才有。在那种痛苦中,有人服侍,便是有人抚爱。他还缺少什么呢?不缺少什么。有了爱便说不上失明。并且这是何等的爱!完全是高尚品质构成的爱。有平安的地方便没有瞽瞢。一颗心摸索着在寻求另一颗心,并且得到了它。况且那颗得到了也证实了的心还是一个妇人的心。一只手扶着你,那是她的手;一张嘴拂着你的额头,那是她的嘴;在紧靠着你身旁的地方,你听到一种呼吸的声音,那声音也是她。得到她的一切,从她的信仰直到她的同情,从不和她分离,得到那种柔弱力量的援助,倚仗那根不屈不挠的芦草,亲手触到神明,并且可以把神明抱在怀里,有血有肉的上帝,那是何等的幸福!这颗心,这朵奥妙的仙花,那么神秘地开放了。即令以重见光明作代价,我们也不肯牺牲这朵花的影子。那天使的灵魂便在身旁,时时在身旁;假使她走开,也是为了再转来而走开的;她和梦一样地消失,又和实际一样地重行出现;我们觉得一阵暖气逼近身旁,这就是她来了。我们有说不尽的谧静、愉快和叹赏,我们自己便是黑暗中的光辉。还有万千种无微不至的照顾,许多小事在空虚中便具有重大意义。那种不可磨灭的女性的语声既可以催你入睡,又可以为你代替那失去了的宇宙。你受到了灵魂的爱抚。你什么也瞧不见,但是你感到了她的爱护。这是黑暗中的天堂。

卞福汝主教便是从这个天堂渡到那个天堂去的。

他的噩耗被滨海蒙特勒伊的地方报纸转载出来了。第二天,马德兰先生穿了一身全黑的衣服,帽子上戴了黑纱。

城里的人都注意到他的丧服,议论纷纷。这仿佛多少可以暗示出一点关于马德兰先生的来历。大家得出结论,认为他和这位年高德劭的主教有些瓜葛。那些客厅里的人都说"他为迪涅的主教穿孝",这就大大提高了马德兰先生的身份,他一举而立即获得滨海蒙特勒伊高贵社会的某种器重。那地方的一个小型的圣日耳曼郊区①想取消从前对马德兰先生的歧视,因为他很可能是那主教的亲戚。从此年老的妇人都对他行更多的屈膝大礼,年少的女子也对他露出更多的笑容,马德兰先生也看出了自己在这些方面的优越地位。一天晚上,那个小小的大交际社会中的一个老妇人,自以为资格老,就有管闲事的权利,不揣冒昧,向他问道:"市长先生一定是那位去世不久的迪涅主教的表亲吧?"

他说:"不是的,夫人。"

"但是您不是为他穿丧服吗?"那老寡妇又说。

他回答说:"那是因为我幼年时曾在他家里当过仆人。"

还有一件大家知道的事。每次有通烟囱的流浪少年打那

---

① 圣日耳曼郊区,位于巴黎附近,是贵族居住的地方。

城里经过时,市长先生总要派人叫他来,问他姓名,给他钱。这一情况在那些通烟囱的孩子们里一经传开以后,许多通烟囱的孩子便都要走过那地方。

五　天边隐约的闪电

渐渐地,各种敌意都和岁月一同消逝了。起初有一种势力和马德兰先生对抗,那种势力,凡是地位日益增高的人都会遇到的,那便是人心的险狠和谣言的中伤;过后,就只有一些恶意了;再过后,又不过是一些戏弄了;到后来,全都消灭;恭敬的心才转为完整、一致和真挚了;有一个时期,一八二一年前后,滨海蒙特勒伊人民口中的"市长先生"这几个字几乎和一八一五年迪涅人民口中的"主教先生"那几个字同一声调了。周围十法里以内的人都来向马德兰先生求教。他排解纠纷,阻止诉讼,和解敌对双方,每个人都认他为自己正当权利的仲裁人。仿佛他在灵魂方面有一部自然的法典。那好像是一种传染性的尊崇,经过六七年的时间,已经遍及全乡了。

在那个城和那个县里,只有一个人绝对不受传染,无论马德兰伯伯做什么,他总是桀骜不驯的,仿佛有一种无可软化、无可撼动的本能使他警惕,使他不安似的。在某些人心里,好像确有一种和其他本能同样纯洁坚贞的真正的兽性本能,具有这种本能的人会制造同情和恶感,会离间人与人的关系,使他们永难复合;他不迟疑,不慌乱,有言必发,永不认过;他卖弄糊涂的聪明,他坚定、果敢,他对智慧的一切箴言和理智的一切批判无不顽强抗拒,并且无论命运怎样安排,他的那种兽性本能发作时,总要向狗密告猫的来到,向狐狸密告狮子的来到。

常常,马德兰先生恬静和蔼地在街上走过,在受到大家赞叹时,就有一个身材高大,穿一件铁灰色礼服,拿条粗棍,戴顶平边帽的人迎面走来,到了他背后,又忽然转回头,用眼睛盯着他,直到望不见为止;这人还交叉着两条胳膊,缓缓地摇着头,用下嘴唇把上嘴唇直送到鼻端,做出一种别有用意的丑态,意思就是说:"这个人究竟是什么东西呢?……我一定在什么地方见过他。……总而言之,我还没有上他的当。"

这个神色严厉到几乎令人恐怖的人物,便是那一种使人一见心悸的人物。

他叫沙威,是个公安部门的人员。

他在滨海蒙特勒伊担任那些困难而有用的侦察职务。他不认识马德兰的开始阶段的情形。沙威取得这个职位是夏布耶先生保荐的,夏布耶先生是昂格勒斯伯爵任内阁大臣期间的秘书,当时任巴黎警署署长。沙威来到滨海蒙特勒伊是在那位大厂主发财之后,马德兰伯伯已经变成马德兰先生之后。

某些警官有一种与众不同的面目,一种由卑鄙的神情和权威的神情组合起来的面目,沙威便有那样一副面孔,但是没有那种卑鄙的神情。

在我们的信念里,假使认为灵魂是肉眼可以看见的东西,那么,我们便可以清晰地看见一种怪现象,那就是人类中的每个人,都和禽兽中的某一种相类似;我们还很容易发现那种不曾被思想家完全弄清楚的真理,那就是从牡蛎到鹰隼,从猪到虎,一切禽兽的性格也在人的性格里都具备,并且每个人都具有某种动物的性格。有时一个人还可以具有几种动物的性格。

禽兽并非旁的东西,只不过是我们的好品质和坏品质的形象化而已,它们在我们眼前游荡,有如我们灵魂所显出的鬼影。上帝把它们指出来给我们看,要我们自己反省。不过,既然禽兽只是一种暗示,上帝就没有要改造它们的意思;再说,改造禽兽又有什么用呢?我们的灵魂,恰恰相反,那是实际,并且每个灵魂都有它自己的目的,因此上帝才赋予智慧,这就是说,赋予可教育性。社会的良好教育可以从任何类型的灵魂中发展它固有的优点。

这当然只是从狭义的角度、只是就我们这尘世间的现象来谈的,不应当牵涉到那些前生和来生的灵性问题。那些深奥问题不属于人的范畴。有形的我绝不允许思想家否认无形的我。保留了这一点,我们再来谈旁的。

现在,假使大家都和我们一样,暂时承认在任何人身上都有一种禽或兽的本性,我们就易于说明那个保安人员沙威究竟是什么东西了。

阿斯图里亚斯①地方的农民都深信在每一胎小狼里必定有一只狗,可是那只狗一定被母狼害死,否则它长大以后会吃掉其余的小狼。

你把一副人脸加在那狼生的狗头上,那便是沙威。

沙威是在监狱里出世的,他的母亲是一个抽纸牌算命的人,他的父亲是个苦役犯。他成长以后,认为自己是社会以外的人,永远没有进入社会的希望。他看见社会毫不留情地把两种人摆在社会之外:攻击社会的人和保卫社会的人。他只能在这两种人中选择一种,同时他觉得自己有一种不可解的

---

① 阿斯图里亚斯(Asturias),西班牙古行省。

刚毅、规矩、严谨的本质,而对他自身所属的游民阶层,却杂有一种说不出的仇恨。他便当了警察。

他一帆风顺,四十岁上当上了侦察员。

在他青年时代,他在南方的监狱里服务过。

在谈下去之前,让我们先弄清楚刚才我们加在沙威身上的"人脸"这个词。

沙威的人脸上有一个塌鼻子、两个深鼻孔,两大片络腮胡子一直生到鼻孔边,初次看见那两片森林和那两个深窟的人都会感到不愉快。沙威不常笑,但笑时的形状是狰狞可怕的,两片薄嘴唇张开,不但露出他的牙,还露出他的牙床肉,在他鼻子四周也会起一种像猛兽的嘴一样的扁圆粗野的皱纹。郑重时的沙威是猎犬,笑时的沙威是老虎。此外他的头盖骨小,牙床大,头发遮着前额,垂到眉边,两眼间有一条固定的中央皱痕,好像一颗怒星,目光深沉,嘴唇紧合,令人生畏,总之,一副凶恶的凌人气概。

这个人是由两种感情构成的:尊敬官府,仇视反叛。这两种感情本来很简单,也可以说还相当的好,但是他执行过度便难免作恶。在他看来,偷盗、杀人,一切罪行都是反叛的不同形式。凡是在政府有一官半职的人,上自内阁大臣,下至乡村民警,对这些人他都有一种盲目的深厚信仰。对曾经一度触犯法律的人,他一概加以鄙视、嫉恨和厌恶。他是走极端的,不承认有例外,一方面他常说:"公务人员不会错,官员永远不会有过失。"另一方面他又说:"这些人都是不可救药的。他们决做不出什么好事来。"有些人思想过激,他们认为人的法律有权随意指定某人为罪犯,在必要时也有权坐实某人的罪状,并且不容社会下层的人申辩,沙威完全同意这种见解。

他是坚决、严肃、铁面无私的,他是沉郁的梦想者,他能屈能伸,有如盲从的信徒。他的目光是一把钢锥,寒光刺人心脾。他一生只在"警惕""侦察"方面下功夫。他用直线式的眼光去理解人世间最曲折的事物;他深信自己的作用,热爱自己的职务;他做暗探,如同别人做神甫一样。落在他手中的人必无幸免!自己的父亲越狱,他也会逮捕;自己的母亲潜逃,他也会告发。他那样做了,还会自鸣得意,如同行了善事一般。同时,他一生刻苦、独居、克己、制欲,从来不曾娱乐过。他对职务是绝对公而忘私的,他理解警察,正如斯巴达人理解斯巴达一样;他是一个无情的侦察者,一个凶顽的诚实人,一个铁石心肠的包探,一个具有布鲁图斯①性格的维多克②。

沙威的全部气质说明他是一个藏头露尾、贼眼觑人的人。当时以高深的宇宙演化论点缀各种所谓极端派报刊的梅斯特尔玄学派,一定会说沙威是一个象征性的人物。别人看不见他那埋在帽子下的额头,别人看不见他那压在眉毛下的眼睛,别人看不见他那沉在领带里的下颏,别人看不见他那缩在衣袖里的手,别人看不见他那藏在礼服里的拐杖。但在时机到了的时候,他那筋骨暴露的扁额,阴气扑人的眼睛,骇人的下巴,粗大的手,怪模怪样的短棍,都突然从黑影里像伏兵那样全部出现了。

他尽管厌恶书籍,但在偶然得到一点闲空时也常读书,因此他并不完全不通文墨,这是可以从他谈话中喜欢咬文嚼字这一点上看出来。

---

① 布鲁图斯(Brutus),公元前六世纪罗马帝国执政官,是个公而忘私的典型人物。
② 维多克(Vidocq),当时法国的一个著名侦探。

他一点也没有不良的嗜好,我们已经说过。得意的时候他只闻一点鼻烟。在这一点上,他还带点人性。

有一个阶级,在司法部的统计年表上是被称为"游民"的,我们不难理解为什么沙威是那个阶级的阎王。一提沙威的名字可使他们退避三舍,沙威一露面,可使他们惊愕失色。

以上就是这个恶魔的形象。

沙威好像是一只永远盯在马德兰先生身上的眼睛,一只充满疑惑和猜忌的眼睛。到后来,马德兰先生也看出来了,不过对他来说,这仿佛是件无足轻重的事。他一句话也没有问过沙威,他既不找他,也不避他,他泰然自若地承受那种恼人的、几乎是逼人的目光。他对待沙威,正如对待旁人一样轻松和蔼。

从沙威的口气,我们可以猜出他已暗中调查过马德兰伯伯从前可能在别处留下的一些踪迹。那种好奇心原是他那种族的特性,一半由于本能,一半由于志愿。他仿佛已经知道底蕴,有时他还遮遮掩掩地说,已有人在某地调查过某个消失了的人家的某些情况。一次,他在和自己说话时说过一句这样的话:"我相信,我已经抓着他的把柄了。"那次以后,他一连想了三天,不曾说一句话。好像他以为自己握着的那根线索又中断了。

并且,下面的这点修正也是必要的,因为某些词句的含义往往显得过于绝对,其实人类的想象,也不能真的一无差错,并且本能的特性也正在于它有时也会被外界所扰乱、困惑和击退。否则本能将比智慧优越,禽兽也比人类聪明了。

沙威明明有点被马德兰先生的那种恬静、安闲、行若无事的态度窘困了。

可是,有一天,他那种奇特的行为好像刺激了马德兰先生。这件事的经过是这样的。

六 割风伯伯

有一天早晨,马德兰先生经过滨海蒙特勒伊的一条没有铺石块的小街。他听见一阵嘈杂的声音,还远远望见一堆人。他赶到那里。一个叫割风伯伯的老年人刚摔在他的车子下面,因为那拉车的马滑了一跤。

这位割风伯伯是当时一贯歧视马德兰先生的那少数几个冤家之一。割风从前当过乡吏,是一个粗通文墨的农民,马德兰初到那里时,他的生意正开始走上逆运。割风眼见这个普通工人日益富裕,而他自己,一个大老板却渐渐衰败下来,他满腔嫉妒,一遇机会,便竭力暗算马德兰。后来他破了产,年纪老了,又只有一辆小车和一匹马,并无家室儿女,为了生活,只好驾车。

那匹马的两条后腿跌伤了,爬不起来,老头子陷在车轮中间。那一跤摔得很不巧,整个车子的重量都压在他的胸口上。车上的东西相当重。割风伯伯急得惨叫。别人试着拖他出来,但是没有用。如果乱来,帮助得不得法,一阵摇动还可以送他的命。除非把车子从下面撑起来,就别无他法能把他救出来。沙威在出事时赶来了,他派了人去找一个千斤顶。

马德兰先生也来了。大家都恭恭敬敬地让出一条路。

"救命呀!"割风老头喊着说,"谁是好孩子?救救老人吧。"

马德兰先生转身向着观众说:

"你们有千斤顶吗?"

"已经有人去找了。"一个农民回答说。

"要多少时候才找得来?"

"是到最近的地方去找的,到福拉肖,那里有个钉马蹄铁的工人,但是无论如何,总得整整一刻钟。"

"一刻钟!"马德兰大声说。

前一晚,下了雨,地浸湿了,那车子正在往地下陷,把那老车夫的胸口越压越紧了。不到五分钟他的肋骨一定会折断。

"等一刻钟,那不行!"马德兰向在场的那些农民说。

"只有等!"

"不过肯定来不及了! 你们没看见那车子正在往下陷吗?"

"圣母!"

"听我讲,"马德兰又说,"那车子下面还有地方,可以让一个人爬进去,用背把车子顶起来。只要半分钟就可以把这个可怜的人救出来。这儿有一个有腰劲和良心的人吗? 有五个金路易①好赚!"

在那堆人里谁都没有动。

"十个路易。"马德兰说。

在场的人都把眼睛低了下去,其中有一个低声说:

"那非得是有神力的人不行。并且弄得不好,连自己也会压死。"

"来吧!"马德兰又说,"二十路易!"

仍旧没有动静。

---

① 路易,金币名,每枚合二十法郎。

224

"他们并不是没有心肝。"一个人的声音说。

马德兰先生转过身,认出了沙威。他来时没有看见他。

沙威继续说:

"他们缺少的是力气。把这样一辆车扛在背上,非有一个特别厉害的人不行。"

随后,他眼睛盯住马德兰先生,一字一字着重地说下去:

"马德兰先生,我从来只认得一个人有能力照您的话去做。"

马德兰吃了一惊。

沙威用一副不在意的神气接着说下去,但是眼睛不离开马德兰。

"那个人从前是个苦役犯。"

"呀!"马德兰说。

"土伦监牢里的苦役犯。"

马德兰面无人色。

那时,那辆车慢慢地继续往下陷。割风伯伯喘着气,吼着说:

"我吐不出气!我的肋骨要断了!来个千斤顶!或者旁的东西!哎哟!"

马德兰往四面看。

"竟没有一个人要赚那二十路易,来救这可怜的老人一命吗?"

在场没有一个人动。沙威又说:

"我从来只认得一个能替代千斤顶的人,就是那个苦役犯。"

"呀!我被压死了!"那老人喊着说。

马德兰抬起头来,正遇到沙威那双鹰眼始终盯在他的脸上,马德兰望着那些不动的农民,苦笑了一下。随后,他一言不发,双膝跪下,观众还没来得及叫,他已到了车子下面了。

有过一阵惊心动魄的静候辰光。

大家看见马德兰几乎平伏在那一堆骇人的东西下面,两次想使肘弯接近膝头,都没有成功。大家向他喊着说:"马德兰伯伯快出来!"那年老的割风本人也对他说:"马德兰先生!请快走开!我命里该死呢,您瞧!让我去吧!您也会压死在这里!"马德兰不回答。

观众惊惶气塞。车轮又陷下去了一些,马德兰已经没有多大机会从车底出来了。

忽然,大家看见那一大堆东西动摇起来了,车子慢慢上升了,轮子已从泥坑里起来了一半。一种几乎气绝的声音叫道:"赶快!帮忙!"叫的正是马德兰,他刚使尽了他最后一点气力。

大家涌上去。一个人的努力带动了所有的人的力气和勇敢。那辆车子竟被二十条胳膊抬了起来。割风老头得免于难。

马德兰站起来,尽管满头大汗,脸色却是青的。他的衣服撕破了,满身污泥。大家都哭了。那个老头子吻着他的膝头,称他为慈悲的上帝。至于他,他脸上显出了一种说不出的至高至上、快乐无比的惨痛,他把恬静自如的目光注射在沙威的面上,沙威也始终望着他。

七　割风在巴黎当园丁

　　割风的膝盖骨跌脱了。马德兰伯伯叫人把他抬进疗养室,这疗养室是他为他的工人准备的,就在他的工厂的大楼里,有两个修女在里面服务。第二天早晨,那老头子在床头小桌上发现一张一千法郎的票据和马德兰伯伯亲笔写的一句话:"我买您的车和马。"车子早已碎了,马也早已死了。割风的伤医好以后,膝头却是僵直的。马德兰先生通过那些修女和本堂神甫的介绍,把那老头安插在巴黎圣安东尼区的一个女修道院里做园丁。

　　过些日子,马德兰先生被任命为市长。沙威第一次看见马德兰先生披上那条表示掌握全城大权的绶带时,不禁感到浑身哆嗦,正如一只狗在它主人衣服底下嗅到了狼味。从那天起,他尽量躲避他。如果公务迫切需要非和市长见面不可,他便恭恭敬敬地和他谈话。

　　马德兰伯伯在滨海蒙特勒伊所造成的那种繁荣,除了我们已指出的那些明摆着的事实以外,还有另外一种影响,那种影响,表面上虽然看不出,也还是同等重要的。这是一点也不会错的,当人民窘困、工作缺乏、商业凋敝时,纳税人由于手头拮据,一定会拖欠税款,超过限期,政府也一定得耗费许多催缴追收的费用的。在工作很多、地方富裕、人民欢乐时,税收也就会顺利,政府也就会节省开支了。我们可以说收税费用的大小,是衡量人民贫富的一种百无一失的气温表。七年来,滨海蒙特勒伊一县的收税费用已经减了四分之三,因而当时的财政总长维莱尔①先生曾多次提到那一县的情形来和其他县份比较。

芳汀回乡时,那地方的情形便是这样。家乡已没有人记得她了。幸而马德兰先生工厂的大门还像个朋友的面孔。她到那里去找工作,被安插在女车间,那种技术对芳汀来说完全是陌生的,她不可能做得很熟练,因此她从一天工作中得来的东西很有限,仅够她的生活费,但问题总算解决了。

八　维克杜尼昂夫人为世道人心花了三十五法郎

芳汀看到自己能够生活,也就有了暂时的快乐。能够老老实实地自食其力,那真是天幸!她确实又有了爱好劳动的心情。她买了一面镜子,欣赏自己的青春、美丽的头发和美丽的牙齿,忘了许多事情,只惦念她的珂赛特和可能有的前途,她几乎成了快乐的人了。她租了一间小屋子,又以将来的工资作担保,买了些家具,这是她那种轻浮习气的残余。

她不能对人说她结过婚,因此她避免谈到她的小女儿,这是我们已经约略提到过的。

起初,我们已经看见,她总按时付款给德纳第家。因为她只知道签名,就不得不找一个代写书信的人写信给他们。

她时常寄信。这就引起旁人的注意。在女车间里,大家开始叽叽喳喳谈论起来了,说芳汀"天天寄信",说她有一些"怪举动"。

---

① 维莱尔(Villèle,1773—1854),伯爵,法国复辟时期的正统主义者,极端保王派,曾任首相(1822—1828)。

天地间的怪事莫过于侦察别人的一些和自己绝不相干的事了。"为什么那位先生老去找那个棕发姑娘呢?""为什么某先生到了星期四总不把他的钥匙挂在钉子上呢?""他为什么总走小街呢?""为什么那位太太总在到家以前就下马车呢?""她的信笺匣盛满了信笺,为什么还要派人去买一扎呢?"诸如此类的话。世间有许多人为了揭开谜底,尽管和他们绝不相干,却肯花费比做十桩善事还要多的金钱、时光和心血。并且,做那种事,不取报酬,只图一时快意,为好奇而好奇。他们可以从早到晚,一连几天地尾随这个男人或那个女人,在街角上、胡同里的门洞下面,在黑夜里冒着寒气冒着雨,窥伺几个钟头,买通眼线,灌醉马车夫和仆役,收买女仆,串通看门人。究竟是为了什么目的?毫无目的,纯粹是一种要看见、要知道、要洞悉隐情的欲望,纯粹是由于要卖弄一下自己那颗消息灵通的心。一旦隐情识破,秘密公开,疑团揭穿,跟着就发生许多祸害、决斗、破产、倾家、生路断绝,而其实这些事对他们来说毫无利害关系,纯粹出自本能,他们只为"发觉了一切"而感到极大的快乐。这是多么痛心的事。

某些人仅仅为了饶舌的需要就不惜刻薄待人。他们的会话,客厅里的促膝谈心,候见室里的飞短流长都好像是那种费柴的壁炉,需要许多燃料,那燃料,便是他们四邻的人。

大家对芳汀注意起来了。

此外,许多妇女还嫉妒她的金发和玉牙。

确实有人看见她在车间里和大家一道时常常转过头去揩眼泪。那正是她惦念她孩子的时刻,也许又同时想起了她爱过的那个人。

摆脱旧恨的萦绕确是一种痛苦的过程。

确实有人发现她每月至少要写两封信,并且老是一个地址,写了还要贴邮票,有人把那地址找来了:"孟费郿客店主人德纳第先生。"那个替她写字的先生是一个不吐尽心中秘密便不能把红酒灌满肚子的老头儿,他们把他邀到酒店里来闲谈。简单地说,他们知道芳汀有个孩子。"她一定是那种女人了。"恰巧有个长舌妇到孟费郿去走了一趟,和德纳第夫妇谈了话,回来时她说:"花了我三十五法郎,我心里畅快了。我看见了那孩子。"

做这件事的长舌妇是个叫维克杜尼昂夫人的母夜叉,她是所有一切人的贞操的守卫和司阍。维克杜尼昂夫人有五十六岁,不但老,而且丑。嗓子颤抖,心思诡戾。那老婆子却有过青春,这真是怪事。在她的妙龄时期,正当九三年,她嫁给一个从隐修院里逃出来的修士,这修士戴上红帽子,从圣伯尔纳的信徒一变而为雅各宾派①。他给她受过不少折磨,她守寡以来,虽然想念亡夫,为人却是无情、粗野、泼辣、锋利、多刺而且几乎有毒。她是一棵受过僧衣挨蹭的荨麻。到复辟时代,她变得很虔诚,由于她信仰上帝的心非常热烈,神甫们也就不再追究她那修士而原谅了她。她有一份小小的财产,已经大吹大擂地捐给一个宗教团体了。她在阿拉斯主教教区里很受人尊敬。这位维克杜尼昂夫人到孟费郿去了一趟,回来时说:"我看见了那孩子。"

这一切经过很费了些时日。芳汀在那厂里已经一年多了。一天早晨,车间女管理员交给她五十法郎,说是市长先生

---

① 雅各宾(Jacobin),法国资产阶级革命时期最能团结革命群众、保卫劳动人民利益并和国王及大资本家进行坚决斗争的一派。

交来的,还向她说,她已不是那车间里的人了,并且奉市长先生之命,要她离开孟费郿。

恰巧这又是德纳第妈妈在要求她从六法郎加到十二法郎以后,又强迫她从十二法郎加到十五法郎的那个月。

芳汀窘极了。她不能离开那地方,她还欠了房租和家具费。五十法郎不够了清债务。她吞吞吐吐说了一些求情的话。那女管理员却叫她立刻离开车间。芳汀究竟还只是一个手艺平凡的工人。她受不了那种侮辱,失业还在其次,她只得离开车间,回到自己的住处。她的过失,到现在已是众所周知的了。

她觉得自己连说一个字的勇气都没有。有人劝她去见市长先生,她不敢。市长先生给了她五十法郎,是因为他为人厚道,撵她走是因为他正直。她在这项决定下屈服了。

九　维克杜尼昂夫人大功告成

看来那修士的未亡人是起了积极作用的。

可是马德兰先生完全不知道这件事的经过。这不过是充满人间的那种瞒上欺下的手法而已。按照马德兰先生的习惯,他几乎从来不去女车间。他委托一个老姑娘全面照顾车间,那老姑娘是由本堂神甫介绍给他的,他对那女管理员完全信任,她为人也确实可敬,稳重、公平、廉洁、满腔慈悲,但是她的慈悲只限于施舍方面,至于了解人和容忍人的慈悲就比较差了。马德兰先生把一切事都委托给她。世间最善良的人也常有不得不把自己的权力托付给别人的时候。那女管理员便用了那种全权委托和她自以为是的见解,提出了那件案子,加以判断,作出决定,定了芳汀的罪。

至于那五十法郎,她是从马德兰先生托她在救助工人时不必报销的一笔款子里挪用的。

芳汀便在那地方挨家挨户找人雇她当仆人。没有人要她。她也不能离开那座城。向她收家具(什么家具!)费的那个旧货贩子向她说:"假使您走,我就叫人把您当作贼逮捕。"向她要房租的房主人向她说:"您又年轻又好看。您总应当有法子付钱。"她把那五十法郎分给房主人和旧货贩子,把她家具的四分之三退还给那商人,只留下非要不可的一部分,无工作,无地位,除卧榻之外一无所有,还欠着一百法郎左右的债。

她去替兵营里的士兵们缝粗布衬衫,每天可以赚十二个苏。她在这十二个苏中,得替她女儿花十个。从那时起,她才没有按时如数付钱给德纳第夫妇。

这时,有个老妇人,那个平时在芳汀夜晚回家时替她点上蜡烛的老妇人,把过苦日子的艺术教给她,在贫苦的生活后面,还有一种一无所有的生活。那好像是两间屋子,第一间是暗的,第二间是黑的。

芳汀学会了怎样在冬天完全不烤火,怎样不理睬一只每两天来吃一文钱粟米的小鸟,怎样拿裙子做被,拿被做裙,怎样在从对面窗子射来的光线里吃饭,以图节省蜡烛。我们不能一一知道某些终身潦倒的弱者,一贫如洗而又诚实自爱,怎样从一个苏里想办法。久而久之,那种方法便成为一种技能。芳汀得了那种高妙的技能,胆子便也壮了一点。

当时,她对一个邻妇说:"怕什么!我常对自己说,只睡五个钟头,其余的时间我全拿来做缝纫,我总可以马马虎虎吃一口饭。而且人在发愁时吃得也少些。再说,有痛苦,有忧愁,一方面有点面包,一方面有些烦恼,这一切已足够养活我了。"

如果能在这样的苦况里得到她的小女儿,那自然是一种莫大的幸福。她想把她弄来。但是怎么办!害她同吃苦吗?况且她还欠了德纳第夫妇的钱!怎么还清呢?还有旅费!怎么付呢?

把这种可以称为安贫方法的课程教给她的那个老妇人是一个叫做玛格丽特的圣女,她矢志为善,贫而待贫人以善,甚至待富人也一样,在写字方面,她勉强能签"玛格丽特",并且信仰上帝,她的知识,也就只有信仰上帝。

世间有许多那样的善人,他们一时居人之下,有一天他们将居人之上。这种人是有前程的。

起初,芳汀惭愧到不敢出门。

当她走在街上时,她猜想得到,别人一定在她背后用手指指着她;大家都瞧着她,却没有一个人招呼她;路上那些人的那种冷酷的侮蔑态度,像一阵寒风似的,直刺入她的灵和肉。

在小城里,一个不幸的妇人,处在众人的嘲笑和好奇心下,就仿佛是赤裸裸无遮蔽似的。在巴黎,至少,没有人认识你,彼此不相识,倒好像有了件蔽体的衣服。唉!她多么想去巴黎!不可能了。

她已经受惯贫苦的滋味,她还得受惯遭人轻视的滋味。她渐渐打定了主意。两三个月过后,她克服了羞耻心理,若无其事地出门上街了。"这和我一点不相干。"她说。她昂着头,带点苦笑,在街上往来,她感到自己已变成不懂羞耻的人了。

维克杜尼昂夫人有时看见她从她窗子下面走过,看出了"那家伙"的苦难,又想到幸而有她,"那家伙"才回到"她应有的地位",她心里一阵高兴。黑心人自有黑幸福。

过度的操劳使芳汀疲乏了,她原有的那种干咳病开始恶化。她有时对她的邻居玛格丽特说:"您摸摸看,我的手多么热。"

但在早晨,每当她拿着一把断了的旧梳子去梳她那一头光泽照人,细软如丝的头发的那片刻,她还能得到一种顾影自怜的快感。

十　大功告成的后果

她是在冬季将完时被撵走的。夏季过了,冬季又来。日子短,工作也少些。冬季完全没有热,完全没有光,完全没有中午,紧接着早晨的是夜晚、迷雾、黄昏,窗棂冥黮,什物不辨。天好像是暗室中的透光眼,整日如坐地窖中。太阳也好像是个穷人。愁惨的季节!冬季把天上的水和人的心都变成了冰。她的债主们紧紧催逼她。

芳汀所赚的钱太少了。她的债越背越重。德纳第夫妇没有按时收着钱,便时常写信给她,信的内容使她悲哀,信的要求使她破产。有一天,他们写了一封信给她,说她的小珂赛特在那样冷的天气,还没有一点衣服,她需要一条羊毛裙,母亲应当寄去十个法郎,才能买到。她收到那封信,捏在手里搓了一整天。到了晚上,她走到街角上的一个理发店,取下她的梳子。她那一头令人叹赏的金丝发一直垂到她的腰际。

"好漂亮的头发!"那理发师喊着说。

"您肯出多少钱呢?"她说。

"十法郎。"

"剪吧。"

她买一条绒线编织的裙子,寄给了德纳第。

那条裙子把德纳第夫妇弄到怒气冲天。他们要的原是钱。他们便把裙子给爱潘妮穿。可怜的百灵鸟仍旧临风战栗。

芳汀想道:"我的孩子不会再冷了,我已拿我的头发做她的衣裳。"她自己戴一顶小扁帽,遮住她的光头,她仍旧是美丽的。

芳汀的心里起了一种黯淡的心思。当她看见自己已不能再梳头时,她开始怨恨她四周的一切。她素来是和旁人一样,尊敬马德兰伯伯的,但是,屡次想到撵她走的是他,使她受尽痛苦的也是他,她便连他也恨起来了。并且特别恨他。当工人们立在工厂门口她从那儿经过时,便故意嬉皮笑脸地唱起来。

有个年老的女工,一次,看见她那样边唱边笑,说道:"这姑娘不会有好结果的。"

她姘识了一个汉子,一个不相干、她不爱的人,那完全是出自心中的愤懑和存心要胡作非为。那人是一个穷汉,一个流浪音乐师,一个好吃懒做的无赖,他打她,春宵既度,便起了厌恶的心,把她丢了。

她一心钟爱她的孩子。

她越堕落,她四周的一切便越黑暗,那甜美的安琪儿在她心灵深处也就越显得可爱。她常说:"等我发了财,我就可以有我的珂赛特在我身边了。"接着又一阵笑。咳嗽病没有离开她,并且她还盗汗。

一天,她接到德纳第夫妇写来的一封信,信里说:"珂赛特害了一种地方病,叫做猩红热。非有价贵的药不行。这场病把我们的钱都花光了,我们再没有能力付药费了。假使您不在这八天内寄四十法郎来,孩子可完了。"

她放声大笑,向着她的老邻妇说:

"哈!他们真是好人!四十法郎!只要四十法郎!就是两个拿破仑!他们要我到什么地方去找呢?这些乡下人多么蠢!"

但当她走到楼梯上时又拿出那封信,凑近天窗,又念了一遍。

随后,她从楼梯上走下来,向大门外跑,一面跑,一面跳,笑个不停。

有个人碰见她,问她说:

"您有什么事快乐到这种样子?"

她回答说:

"两个乡下佬刚写了一封信给我,和我开玩笑,他们问我要四十法郎。这些乡下佬真行!"

她走过广场,看见许多人围着一辆怪车,车顶上立着一个穿红衣服的人,张牙舞爪,正对着观众们演说。那人是一个兜卖整套牙齿、牙膏、牙粉和药酒的走江湖的牙科医生。

芳汀钻到那堆人里去听演讲,也跟着其余的人笑,他说的话里有江湖话,是说给那些流氓听的,也有俗话,是说给正经人听的。那拔牙的走方郎中见了这个美丽的姑娘张着嘴笑,突然叫起来:

"喂,那位笑嘻嘻的姑娘,您的牙齿真漂亮呀!假使您肯把您的瓷牌卖给我,我每一个出价一个金拿破仑。"

"我的瓷牌?瓷牌是什么?"芳汀问。

"瓷牌,"那位牙科医生回答说,"就是门牙,上排的两个门牙。"

"好吓人!"芳汀大声说。

"两个拿破仑!"旁边的一个没有牙齿的老婆子瘪着嘴说:"这娘子多大的福气呀!"

芳汀逃走了,扪着自己的耳朵,免得听见那个人的哑嗓子,但是那人仍喊道:"您想想吧,美人!两个拿破仑大有用处呢。假使您愿意,今天晚上,您到银甲板客栈里来,您可以在那里找着我。"

芳汀回到家里,怒不可遏,把经过说给她那好邻居玛格丽特听:"您懂得这种道理吗?那不是个糟糕透顶的人吗?怎么可以让那种人四处走呢?拔掉我的两个门牙!我将变成什么怪样子!头发可以生出来,但是牙齿,呀,那个人妖!我宁肯从六层楼上倒栽葱跳下去!他告诉我说今天晚上,他在银甲板客栈。"

"他出什么价?"玛格丽特问。

"两个拿破仑。"

"就是四十法郎呵。"

"是呀,"芳汀说,"就是四十法郎。"

她出了一会神,跑去工作去了。一刻钟过后,她丢下她的工作,跑到楼梯上又去读德纳第夫妇的那封信。

她转来,向那在她身旁工作的玛格丽特说:

"猩红热是什么东西?您知道吗?"

"我知道,"那个老姑娘回答说,"那是一种病。"

"难道那种病需要很多药吗?"

"呵!需要许多古怪的药。"

"怎么会害那种病的?"

"就这样害的,那种病。"

"孩子也会害那种病吗?"

"孩子最容易害。"

"害了这种病会死吗?"

"很容易。"玛格丽特说。

芳汀走出去,又回到楼梯上,把那封信重念了一遍。

到晚上,她下楼,有人看见她朝着巴黎街走去,那正是有许多客栈的地方。

第二天早晨,天还没亮,玛格丽特走进芳汀的房间(她们每天都这样一同工作,两个人共点一支烛),她看见芳汀坐在床上,面色惨白,冻僵了似的。她还没有睡。她的小圆帽落在膝头上。那支烛点了一整夜,几乎点完了。

玛格丽特停在门边。她见了那种乱七八糟的样子,大惊失色,喊道:

"救主!这支烛点完了!一定出了大事情!"

随后她看见芳汀把她的光头转过来向着她。

芳汀一夜工夫老了十岁。

"耶稣!"玛格丽特说,"您出了什么事,芳汀?"

"没有什么,"芳汀回答说,"这样正好。我的孩子不会死了,那种病,吓坏我了,现在她有救了。我也放了心。"

她一面说,一面指着桌子,把那两个发亮的拿破仑指给那老姑娘看。

"呀,耶稣上帝!"玛格丽特说,"这是一笔横财呵!您从什么地方找到这些金路易的?"

"我弄到手了。"芳汀回答。

同时她微笑着。那支烛正照着她的面孔。那是一种血迹模糊的笑容。一条红口涎挂在她的嘴角上,嘴里一个黑窟窿。

那两颗牙被拔掉了。

她把那四十法郎寄到孟费郿去了。

那却是德纳第夫妇谋财的骗局,珂赛特并没有害病。

芳汀把她的镜子丢到窗子外面。她早已放弃了二楼上的那间小屋子,搬到房顶下的一间用木闩拴着的破楼里去了;有许多房顶下的屋子,顶和地板相交成斜角,并且时时会撞你的头,她的房间便是那样的一间。贫苦人要走到他屋子的尽头,正如他要走到生命的尽头,都非逐渐弯腰不可。她没有床了,只留下一块破布,那便是她的被,地上一条草荐,一把破麦秸椅。她从前养的那棵小玫瑰花,已在屋角里枯萎了,没有人再想到它。在另一屋角里,有个用来盛水的奶油钵,冬天水结了冰,层层冰圈标志着高低的水面,放在那里已经很久了。她早已不怕人耻笑,现在连修饰的心思也没有了。最后的表现,是她常戴着肮脏的小帽上街。也许是没有时间,也许是不经意,她不再缝补她的衣衫了。袜跟破了便拉到鞋子里去,越破便越拉。这可以从那些垂直的折皱上看出来。她用许多一触即裂的零碎竹布拼在她那件破旧的汗衫上。她的债主们和她吵闹不休,使她没有片刻的休息。她在街上时常碰见他们,在她的楼梯上又会时常碰见他们。她常常整夜哭,整夜地想,她的眼睛亮得出奇。并且觉得在左肩胛骨上方的肩膀时常作痛。她时时咳嗽。她恨透了马德兰伯伯,但是不出怨言。她每天缝十七个钟头,但是一个以贱值包揽女囚工作的包工,忽然压低了工资,于是工作不固定女工的每日工资也减到了九个苏。十七个钟头的工作每天九个苏!她的债主们的狠心更是变本加厉。那个几乎把全部家具拿走了的旧货商人不停地向她说:"几时付我钱,贱货?"人家究竟要她怎么样,慈悲的上帝?她觉得自己已无路可走,于是在她心里便起了一种困兽的心情。正当这时,德纳第又有信给她,说他等了许久,已是仁至义尽了,他立刻要一百法郎,否则他就把那小珂赛特撵出去,她大病以后,刚刚复原,他们管不了天有多冷,路有多远,也只好让她去,假使她愿意,死在路边就是了。"一百法郎!"芳汀想道,"但是哪里有每天赚五个法郎的机会呢?"

"管他妈的!"她说,"全卖了吧。"

那苦命人做了公娼。

十一 基督救我们

芳汀的故事说明什么呢?说明社会收买了一个奴隶。

向谁收买?向贫苦收买。

向饥寒、孤独、遗弃、贫困收买。令人痛心的买卖。一个人的灵魂交换一块面包。贫苦卖出,社会买进。

耶稣基督的神圣法则统治着我们的文明,但是没有渗透到文明里去。一般人认为在欧洲的文明里已没有奴隶制度。这是一种误解。奴隶制度始终存在,不过只压迫妇女罢了,那便是娼妓制度。

它压迫妇女,就是说压迫柔情,压迫弱质,压迫美貌,压迫母性。这在男子方面绝不是什么微不足道的耻辱。

当这惨剧发展到了现阶段,芳汀已完全不是从前那个人了。她在变成污泥的同时,变成了木石。接触到她的人都感觉得到一股冷气。她以身事人,任你摆布,不问你是什么人,她满脸屈辱和怨愤。生活和社会秩序对她已经下了结论。她已经受到她要受到的一切。她已经感受了一切,容忍了一切,体会了一切,放弃了一切,失去了一切,痛哭过一切。她忍让,她那种忍让之类似冷漠,正如死亡之类似睡眠。她不再逃避什么,也不再怕什么。即使满天的雨水都落在她头上,整个海洋都倾泻在她身上,对她也没有什么关系!她已是一块浸满了水的海绵。

至少她是那么想的,但是如果自以为已经受尽命中的折磨,自以为已经走到什么东西的尽头,那可就想错了。

唉!那种凌乱杂沓、横遭蹂躏的生灵算什么呢?他们的归宿在哪里?为什么会那样?

能够回答这些问题的,他就会看透人间的黑暗。

他是惟一的。他叫做上帝。

十二 巴马达波先生的无聊

在所有的小城里,尤其是在滨海蒙特勒伊,有一种青年人,在外省每年蚕食一千五百利弗的年金,正和他们的同类在巴黎每年鲸吞二十万法郎同一情形。他们全是那一大堆无用人群的组成部分;不事生产,食人之力,一无所长,有一点地产,一点戆气,一点小聪明,在客厅里是乡愚,到了茶楼酒馆又以贵人自居,他们的常用语是"我的草场,我的树林,我的佃户",在剧场里叫女演员们的倒彩,以图证明自己是有修养的人,和兵营中的官长争辩,以图显示自己深通韬略,打猎,吸烟,打呵欠,酗酒,闻鼻烟,打弹子,看旅客们下公共马车,坐咖啡馆,上饭店,有一只在桌子下面啃骨头的狗和一个在桌子上面张罗的情妇,一毛不拔,奇装异服,幸灾乐祸,侮蔑妇女,使自己的旧靴子更破,在巴黎模仿伦敦的时装,又在木松桥模仿巴黎的时装,顽冥到老,游手好闲,毫无用处,但也不碍大事。

斐利克斯·多罗米埃先生,如果他一直住在外省,不曾见过巴黎的话,便也是这样一个人。

假使他们更有钱一些,人家会说"这些都是佳公子";假使他们更穷一些,人家也会说"这些都是二流子"。这种人干脆就是些游民。在这些游民中,有恼人的,也有被人恼的,有神志昏沉的,也有丑态百出的。

在那个时代,一个佳公子的组成部分是一条高领、一个大领结、一只珠饰累累的表、一叠三件蓝红在里的颜色不同的背心、一件橄榄色的短燕尾服、两行密密相连一直排列到肩头的银钮扣、一条浅橄榄色裤子,在两旁的线缝上,装饰着或多或少的丝边,丝边数目不等,但总是奇数,从一条到十一条,十一是从来不曾超过的限度。此外还有一双后跟上装了小铁片的短统鞋,一顶高顶窄边帽、蓬松的头发、一根粗手杖,谈吐之中,杂以博基埃式的隐语。最出色的,是鞋跟上的刺马距和嘴皮上的髭须。在那个时代,髭须代表有产阶级,刺马距代表无车阶级。

外省佳公子的刺马距比较长,髭须也比较粗野。

那正是南美洲的一些共和国和西班牙国王斗争的时期,

也就是玻利瓦尔①和莫里耳奥②斗争的时期,窄边帽是保王党的标志,那种帽子就叫做莫里耳奥,自由党人戴的阔边帽子就叫做玻利瓦尔。

在上面几页谈过的那些事发生后又过了八个月或十个月,在一八二三年一月的上旬,一次雪后的晚上,一个那样的佳公子,一个那种游民,一个"很有思想的人",因为他戴了一顶莫里耳奥,此外还暖暖地加上一件当时用来补充时髦服装的大氅,正在调戏一个穿着跳舞服、敞着胸肩、头上戴着花、在军官咖啡馆的玻璃窗前来往徘徊着的人儿。那个佳公子还吸着烟,因为那肯定是时髦的风尚。

那妇人每次从他面前走过,他总吸上一口雪茄,把烟喷她,并向她说些自以为诙谐有趣的怪话,如"你多么丑!""还不躲起来!""你没有牙齿!"这类的话。那位先生叫做巴马达波先生。那个愁眉苦脸、打扮成妖精似的妇人,并不回嘴,连望也不望他一眼,她照旧一声不响,拖着那种均匀沉重的步伐,在雪地上踱来踱去,她每隔五分钟来受一次辱骂,正如一个受处分的士兵按时来受鞭子一样。她那种反应一定刺激了这位吃闲饭的人,他乘她转过背去时,蹑着足,跟在她后面,忍住笑,弯下腰,在地上捏了一把雪,一下塞到她的背里,两个赤裸裸的肩膀中间。那妓女狂叫一声,回转身来,豹子似的跳上去,一把揪住那个人,把指甲掐进他的面皮,骂了一些不堪入耳的话。那种恶骂从中了酒毒的哑嗓子里喊出来,确是很丑,

---

① 玻利瓦尔(Bolivar,1783—1830),领导南美洲人民摆脱西班牙王朝统治的军事政治家。
② 莫里耳奥(Morillo,1778—1837),西班牙将军,一八一五年至一八二〇年为镇压南美西班牙殖民地民族解放运动的西班牙总司令。

那张嘴确也缺少两颗门牙。她便是芳汀。

军官们听了那种声音，全从咖啡馆里涌出来了，过路的人也聚拢来，围成一个大圈子，有笑的，叫的，鼓掌的，那两个人在人圈子中扭打到团团转，旁人几乎看不清是一个男人和一个女人；男人竭力抵御，帽子落在地上，女人拳打脚踢，帽子也丢了，乱嚷着，她既无牙齿，又无头发，怒得面孔发青，好不吓人。

忽然，一个身材魁梧的人从人堆里冲出来，抓住妇人的泥污狼藉的缎衫，对她说："跟我来。"

妇人抬头一望，她那咆哮如雷的嗓子突然沉寂下去了。她目光颓丧，面色由青转成死灰，浑身吓得发抖。她认出那人是沙威。

佳公子乘机溜走了。

十三　市警署里一些问题的解决

沙威分开观众，突出人墙，拖着他后面的那个苦命人，大踏步走向广场那边的警署。她机械地任人处置。他和她都没说一句话。一大群观众，乐到发狂，嘴里胡言乱语，都跟着走。最大的不幸，是她听到了一大堆肮脏的话。

警署的办公室是一间矮厅，里面有一炉火，有个岗警在看守，还有一扇临街的铁栏玻璃门，沙威走到那里，开了门，和芳汀一道走进去，随后把门关上，使那些好奇的人们大失所望，他们仍旧拥在警署门口那块因保安警察挡着而看不清的玻璃前面，翘足引颈，想看个究竟。好奇是一种食欲。看，便是吞吃。

芳汀进门以后,走去坐在墙角里,不动也不说话,缩成一团,好像一条害怕的母狗。

那警署里的中士拿来一支燃着的烛放在桌上。沙威坐下,从衣袋里抽出一张公文纸,开始写起来。

这样的妇女已由我们的法律交给警察全权处理了。警察对于这类妇女可以任意处罚,为所欲为,并且可以随意褫夺她们所谓的职业和自由那两件不幸的东西。沙威是铁面无情的,他严厉的面容,绝不露一点慌张的颜色。他只是在深沉地运用心思。这正是他独当一面、执行他那种骇人的专断大权的时候,他总是用那种硬心肠的苛刻态度来处理一切。这时他觉得,他的那张警察专用的小凳就是公堂。他斟酌又斟酌,然后下判语。他尽其所能,围绕着他所办的那件大事,搜索他脑子里所有的全部思想。他越考虑那个妓女所做的事就越觉得自己怒不可遏。他刚才看见的明明是桩大罪。他刚才看见,那儿,在街上,一个有财产和选举权的公民所代表的社会,被一个什么也不容的畜生所侮辱、所冲犯了。一个娼妓竟敢冒犯一个绅士。他,沙威,他目击了那样一件事,他一声不响,只管写。

他写完时签上了名,把那张纸折起来,交给那中士,向他说:"带三个人,把这婊子押到牢里去。"随又转向芳汀说:"判你六个月的监禁。"

那苦恼的妇人大吃一惊。

"六个月!六个月的监牢!"她号着说,"六个月,每天赚七个苏!那,珂赛特将怎么办?我的娃娃!我的娃娃!并且我还欠德纳第家一百多法郎,侦察员先生,您知道这个吗?"

她跪在石板上,在众人的靴子所留下的泥浆中,合拢双手,用膝头大步往前拖。

"沙威先生!"她说,"我求您开恩。我担保,我确实没有错处。假使您一开头就看见这件事,您就明白了。我在慈悲的上帝面前发誓,我没有犯错误。是那位老板先生,我又不认识他,他把雪塞在我的背上。难道我们那样好好地走着,一点也没有惹人家,人家倒有把雪塞在我们背上的道理吗?我吓了一跳。我原有一点病,您知道吗?并且他向我啰嗦了好些时候。'你丑!''你没有牙齿!'我早知道我没有牙齿。我并没有做什么。我心里想:'这位先生寻开心。'我对他规规矩矩,我没有和他说话。他在那样一刹那间把雪塞在我的背上。沙威先生,我的好侦察员先生!难道这儿就没有一个人看见过当时的经过来向您说这是真话吗?我生了气,那也许不应当。您知道在开始做这种生意时是不容易控制自己的。我太冒失了。并且,一把那样冷的东西,乘你不备,塞在你的背上!我不应当弄坏那位先生的帽子。他为什么走了呢?他如果在这里,我会求他饶恕的。唉!我的上帝,求他饶恕,我毫不在乎。今天这一次请您开了恩吧,沙威先生。呵,您不知道这个,在监牢里,每天只能赚七个苏,那不是政府的错处,但是每天只有七个苏,并且请您想想,我有一百法郎要付,不付的话,人家就会把我的小女儿送回来。唉!我的上帝,我不能带她在身边,我做的事多么可耻呵!我的珂赛特,呵,我的慈悲圣母的小天使,她怎么办呢?可怜的小宝贝!我要和您说,德纳第那种开客店的,那种乡下人,是没有道理可讲的。他们非要钱不行。请不要把我关在牢里!请您想想,那是一个小娃娃,他们会在这种最冷的冬天把她丢在大路上,让她去;我的好沙威先生,您对这种事应当可怜可怜呀。假使她大一点,她也可以谋生,可是在她那种年纪,她做不到。老实说,我并不是个坏女人。并不是好吃懒做使我到了这种地步。我喝了酒,那是因为我心里难受。我并不贪喝,但是酒会把人弄糊涂的。从前当我比较快乐时,别人只消看看我的衣柜,一眼就会明白我并不是个污七八糟爱俏的女人。我从前有过换洗衣裳,许多换洗衣裳。可怜可怜我吧,沙威先生!"

她那样弯着身子述说苦情,泪眼昏花,敞着胸,绞着手,干促地咳嗽,低声下气,形同垂死的人。深沉的痛苦是转变穷苦人容貌的一种威猛的神光。当时芳汀忽然变美了。有那么一会儿,她停下来,轻轻地吻着那探子礼服的下摆。一颗石心也会被她说软的,但一颗木头的心是软化不了的。

"好!"沙威说,"你说的我已经听见了。你说完了没有?走吧,现在。你有你的六个月,永生的天父亲自到来也没有办法。"

听见了那种威严的句子"永生的天父亲自到来也没有办法"时,她知道这次的判决是无可挽回的了。她垂头丧气、声嘶喉哽地说:

"开恩呀!"

沙威把背对着她。

兵士们捉住了她的胳膊。

几分钟以前,已有一个人在众人不知不觉之间进来了,他关好门,靠在门上,听到了芳汀的哀求。

正当兵士们把手放在那不肯起立的倒霉妇人身上,他上前一步,从黑影里钻出来说:"请你们等一会!"

沙威抬起眼睛,看见了马德兰先生。他脱下帽子,带着一种不自在的怒容向他致敬:

"失礼了,市长先生……"

市长先生这几个字给了芳汀一种奇特的感觉。她好像从地里跳起的僵尸一样,猛地一下直立起来,张开两臂,把那些士兵推向两旁,他们还没来得及阻挡她,她已直向马德兰先生走去,疯人似的,盯住他喊道:

"哈!市长先生,原来就是你这小子!"

随着,她放声大笑,一口唾沫吐在他脸上。

马德兰先生揩揩脸,说道:

"侦察员沙威,释放这个妇人。"

沙威这时觉得自己要疯了。他在这一刹那间,接二连三,并且几乎是连成一气地感受到他生平从未有过的强烈冲动。看见一个公娼唾市长的面,这种事在他的想象中确是已经荒谬到了无法想象的地步,即使只偶起一念,认为那是可能发生的事,那已可算是犯了大不敬的罪。另一方面,在他思想深处,他已把那妇人的身份和那市长的人格联系起来,起了一种可怕的胡思乱想,因而那种怪诞的罪行的根源,在他看来,又是十分简单的,他想到此地,无比憎恨。同时他看见那位市长,那位长官,平心静气地揩着脸,还说"释放这个妇人",他简直吓得有点头昏眼花;他脑子不能再想,嘴也不能再动了,那种惊骇已超出他可能接受的限度,他一言不发地立着。

芳汀听了那句话也同样惊骇。她举起她赤裸的胳膊,握紧了那火炉的钮门,好像一个要昏倒的人。同时,她四面望望,又低声地好像自言自语地说起话来。

"释放!让我走!我不去坐六个月的牢!这是谁说出来的?说出这样的话是不可能的。我听错了。一定不会是那鬼市长说的!是您吧,我的好沙威先生,是您要把我放走吧?

呵！您瞧！让我告诉您,您就会让我走的。这个鬼市长,这个老流氓市长是一切的祸根。您想想吧,沙威先生,他听了那厂里一些胡说八道的娼妇的话,把我撵了出来。那还不算混蛋!把一个做工做得好好的穷女人撵出去！从那以后,我赚的钱就不够了,一切苦恼也都来了。警署里的先生们本有一件理应改良的事,就是应当禁止监牢里的那些包工来害穷人吃苦。我来向您把这件事说清楚,您听吧。您本来做衬衫,每天赚十二个苏,忽然减到了九个,再也没有办法活下去了。我们总得找出路,我,我有我的小珂赛特,我是被逼得太厉害了才当娼妓的。您现在懂得害人的就是那个害人的王八市长。我还要说,我在军官咖啡馆的前面踏坏了那位先生的帽子。不过他呢,他拿着雪把我一身衣服全弄坏了。我们这种人,只有一件绸子衣服,特为晚上穿的。您瞧,我从没有故意害过人,确是这样,沙威先生,并且我处处都看见许多女人,她们都比我坏,又都比我快乐。呵,沙威先生,是您说了把我放出去,不是吗？您去查吧,您去问我的房东吧,现在我已按期付房租了,他们自然会告诉您我是老实人。呀！我的上帝。请您原谅,我不留心碰了火炉的钮门,弄到冒烟了。"

马德兰先生全神贯注地听着她的话,正当她说时,他搜了一回背心,掏出他的钱袋,打开来看。它是空的,他又把它插进衣袋,向芳汀说：

"您说您欠人多少钱呀？"

芳汀原只望着沙威,她回转头向着他：

"我是在和你说话吗？"

随后,她又向那些警察说：

"喂,你们这些人看见我怎样把口水吐在他脸上吗？嘿！

老奸贼市长,你到此地来吓我,但是我不怕你。我只怕沙威先生。我只怕我的好沙威先生!"

这样说着,她又转过去朝着那位侦察员。

"既是这样,您瞧,侦察员先生,就应当公平,我知道您是公平的,侦察员先生。老实说,事情是极简单的,一个人闹着玩儿,把一点点雪放到一个女人的背上,这样可以逗那些军官们笑笑,人总应当寻点东西开开心,我们这些东西本来就是给人开心的,有什么稀奇!随后,您,您来了,您自然应当维持秩序,您把那个犯错误的妇人带走,但是,仔细想来,您多么好,您说释放我,那一定是为了那小女孩,因为六个月的监牢,我就不能养活我的孩子了。不过,不好再闹事了呀,贱婆!呵!我不会再闹事了,沙威先生!从今以后,人家可以随便作弄我,我总不会乱动了。只是今天,您知道,我叫了一声,因为那东西使我太受不了,我一点没有防备那位先生的雪,并且,我已向您说过,我的身体不大好,我咳嗽,我的胃里好像有块滚烫的东西,医生盼咐过'好好保养'。瞧,您摸摸,把您的手伸出来,不用害怕,就是这儿。"

她已不哭了,她的声音是娓娓动听的,她把沙威那只大而粗的手压在她那白嫩的胸脯上,笑眯眯地望着他。

忽然,她急忙整理她身上零乱的衣服,把弄皱了的地方扯平,因为那衣服,当她在地上跪着走时,几乎被拉到膝头上来了。她朝着大门走去,向那些士兵和颜悦色地点着头,柔声说道:

"孩子们,侦察员说过了,放我走,我走了。"

她把手放在门闩上。再走一步,她便到了街上。

沙威一直立着没有动,眼睛望着地,他在这一场合处于一种极不适合的地位,好像一座曾被人移动、正待安置的塑像。

门闩的声音惊醒了他。他抬起头,露出一副俨然不可侵犯的表情,那种表情越是出自职位卑下的人就越加显得可怕,在猛兽的脸上显得凶恶,在下流人的脸上就显得残暴。

"中士,"他吼道,"你没看见那骚货要走!谁吩咐了你让她走?"

"我。"马德兰说。

芳汀听了沙威的声音,抖起来了,连忙丢了门闩,好像一个被擒的小偷丢下赃物似的。听了马德兰的声音,她转过来,从这时起,她一字不吐,连呼吸也不敢放肆,目光轮流地从马德兰望到沙威,又从沙威望到马德兰,谁说话,她便望着谁。

当然,沙威必须是像我们常说的那样,到了"怒气冲天"才敢在市长有了释放芳汀的指示后还像刚才那样冲撞那中士。难道他竟忘了市长在场吗?难道他在思考之后认为一个"领导"不可能作出那样一种指示吗?难道他认为市长先生之所以支持那个女人,是一种言不由衷的表现吗?或者在这两个钟头里他亲自见到的这桩大事面前,他认为必须抱定最后决心,使小人物变成大人物,使士兵变成官长,使警察变成法官,并在这种非常急迫的场合里,所有秩序、法律、道德、政权、整个社会,都必须由他沙威一个人来体现吗?

总而言之,当马德兰先生说了刚才大家听到的那个"我"字以后,侦察员沙威便转身向着市长先生,面色发青,嘴唇发紫,形容冷峻,目光凶顽,浑身有着一种不可察觉的战栗,并且说也奇怪,他眼睛朝下,但是语气坚决:

"市长先生,那不行。"

"怎样?"马德兰先生说。

"这背时女人侮辱了一位绅士。"

"侦察员沙威,"马德兰先生用一种委婉平和的口音回答说,"听我说。您是个诚实人,不难向您解释清楚。实际情形是这样的。刚才您把这妇人带走时,我正走过那广场,当时也还有成群的人在场,我进行了调查,我全知道了,错的是那位绅士,应当拿他,才合警察公正的精神。"

沙威回答说:

"这贱人刚才侮辱了市长先生。"

"那是我的事,"马德兰先生说,"我想我受的侮辱应当是属于我的,我可以照自己的意见处理。"

"我请市长先生原谅。他受的侮辱并不是属于他的,而是属于法律的。"

"侦察员沙威,"马德兰先生回答说,"最高的法律是良心。我听了这妇人的谈话。我明白我做的事。"

"但是我,市长先生,我不明白我见到的事。"

"那么,您服从就是。"

"我服从我的职责。我的职责要求这个妇人坐六个月的监。"

马德兰先生和颜悦色地回答说:

"请听清楚这一点。她一天也不会坐。"

沙威听了那句坚决的话,竟敢定睛注视市长,并且和他辩,但是他说话的声音始终是极其恭敬的:

"我和市长先生拌嘴,衷心感到痛苦,这是我生平第一次,但是我请求他准许我提出这一点意见:我是在我的职守范围以内。市长先生既是愿意,我再来谈那位绅士的事。当时我在场,是这个婊子先跳上去打巴马达波先生的,巴马达波先生是选民,并且是公园角上那座石条砌的有阳台的三层漂亮公馆的主人。在这世界上,有些事终究是该注意的!总而言之,市长先生,这件事和我有关,牵涉到一个街道警察的职务问题,我决定要收押芳汀这个妇人。"

马德兰先生叉起两条胳膊,用一种严厉的、在这城里还没有人听见过的声音说道:

"您提的这个问题是个市政警察问题。根据刑法第九、第十一、第十五和第六十六条,我是这个问题的审判人。我命令释放这个妇人。"

沙威还要作最后的努力:

"但是,市长先生……"

"我请您注意一七九九年十二月十三日的法律,关于擅行拘捕问题的第八十一条。"

"市长先生,请允许我……"

"一个字也不必再说。"

"可是……"

"出去!"马德兰先生说。

沙威正面直立,好像一个俄罗斯士兵,接受了这个硬钉子。他向市长先生深深鞠躬,一直弯到地面,出去了。

芳汀赶忙让路,望着他从她面前走过,吓得魂不附体。

同时她也被一种奇怪的撩乱了的心情控制住了。她刚才见到她自己成了两种对立力量的争夺对象。她见到两个掌握她的自由、生命、灵魂、孩子的人在她眼前斗争,那两个人中的一个把她拖向黑暗,一个把她拖向光明,在这场斗争里,她从扩大了的恐怖中看去,仿佛觉得他们是两个巨人,一个说话,好像是她的恶魔,一个说话,好像是她的吉祥天使。天使战胜了恶魔。不过使她从头到脚战栗的也就是那个天使,那个救星,却又恰巧是她所深恶痛绝、素来认为是她一切痛苦的罪魁的那个市长,那个马德兰!正当她狠狠侮辱了他一番之后,他却援救了她!难道她弄错了?难道她该完全改变她的想法?……她莫名其妙,她发抖,她望着,听着,头昏目眩,马德兰先生每说一句话,她都觉得当初的那种仇恨的幢幢黑影在她心里融化、坍塌,代之以融融的不可言喻的欢乐、信心和爱。

沙威出去以后,马德兰先生转身朝着她,好像一个吞声忍泪的长者,向她慢慢说:

"我听到了您的话,您所说的我以前完全不知道。我相信那是真的,我也觉得那是真的。连您离开我车间的事我也不知道。您当初为什么不来找我呢?现在这样吧:我代您还债,我把您的孩子接来,或者您去找她。您以后住在此地,或是巴黎,都听您的便。您的孩子和您都归我负责。您可以不必再工作,假使您愿意。您需要多少钱,我都照给。将来您生活愉快,同时也做个诚实的人。并且,听清楚,我现在就向您说,假使您刚才说的话全是真的(我也并不怀疑),您的一生,在上帝面前,也始终是善良贞洁的。呵!可怜的妇人!"

这已不是那可怜的芳汀能消受得了的。得到珂赛特!脱离这种下贱的生活!自由自在地、富裕快乐诚实地和珂赛特一道过活!她在颠连困苦中忽然看到这种现实的天堂生活显现在她眼前,她将信将疑地望着那个和她谈话的人,她只能在痛哭中发出了两三次"呵!呵!呵!"的声音,她的膝头往下沉,跪在马德兰先生跟前,他还没有来得及提防,已经觉得她拿住了他的手,并且把嘴唇压上去了。

她随即晕过去了。

第六卷 沙 威

一 休息之始

马德兰先生雇了人把芳汀抬到他自己厂房里的疗养室。他把她交给嬷嬷们,嬷嬷们把她安顿在床上。她骤然发了高烧。她在昏迷中大声叫喊,胡言乱语,闹了大半夜,到后来却睡着了。

快到第二天中午,芳汀醒来了,她听见在她床边有人呼吸,她拉起床帷,看见马德兰先生立在那里,望着她头边的一件东西。他的目光充满着怜悯沉痛的神情,他正在一心祈祷。她循着他的视线望去,看见他正对着悬在墙上的一个耶稣受难像祈祷。

从此马德兰先生在芳汀的心目中是另外一个人了。她觉得他浑身周围有层光。他当时完全沉浸在祈祷里。她望了他许久,不敢惊动他。到后来,她才细声向他说:

"您在那儿做什么?"

马德兰先生立在那地方已一个钟头了。他等待芳汀醒来。他握着她的手,试了她的脉搏,说道:

"您感到怎样?"

"我好,我睡了好一阵,"她说,"我觉得我好一些了,不久就没事了。"

他回答她先头的问题,好像他还听见她在问似的:

"我为天上的那位殉难者祈祷。"

在他心里,他还加了一句:"也为地下的这位殉难者。"

马德兰先生调查了一夜又一个早晨。现在他完全明白了。他知道了芳汀身世中一切痛心的细情。

他接着说:

"您很受了些痛苦,可怜的慈母。呵!您不用叫苦,现在您已取得做永生极乐之神的资格。这便是人成天使的道路。这并不是人的错处,人不知道有旁的办法。您懂吗?您脱离的那个地狱正是天堂的第一种形式。应当从那地方走起。"

他深深地叹了一口气。至于她,她带着那种缺了两个牙的绝美的笑容向他微笑。

沙威在当天晚上写了一封信。第二天早晨,他亲自把那封信送到滨海蒙特勒伊邮局。那封信是寄到巴黎去的,上面写着这样的字:"呈警署署长先生的秘书夏布耶先生"。因为警署里的那件事已经传出去了,邮局的女局长和其他几个人在寄出以前看见了那封信,并从地址上认出了沙威的笔迹,都以为他寄出的是辞职书。

马德兰先生赶紧写了一封信给德纳第夫妇。芳汀欠他们一百二十法郎。他寄给他们三百法郎,嘱咐他们在那数目里扣还,并且立刻把那孩子送到滨海蒙特勒伊来,因为她的母亲在害病,要看她。

德纳第喜出望外。"撞到了鬼!"他向他的婆娘说,"我们别放走这孩子。这个小百灵鸟快要变成有奶的牛了。我猜到了。一定有一个冤桶爱上了她的妈。"

他寄回一张造得非常精密的五百零几个法郎的账单。账单里还附了两张毫无问题的收据,一共三百多法郎,一张是医生开的,一张是药剂师开的,他们诊治过爱潘妮和阿兹玛的两场长病。珂赛特,我们说了,没有病过。那不过是一件小小的冒名顶替的事罢了。德纳第在账单下面写道:"内收三百法郎。"

马德兰先生立刻又寄去三百法郎,并且写道:"快把珂赛特送来。"

"还了得!"德纳第说,"我们别放走这孩子。"

但是芳汀的病一点没有起色。她始终留在那间养病室里。

那些嬷嬷当初接收并照顾"这姑娘",心里都有些反感。凡是见过兰斯①地方那些浮雕的人,都记得那些贞女怎样鼓着下嘴唇去看那些疯处女的神情。贞女对荡妇的那种自古已然的蔑视,是妇德中一种最悠久的本能;那些嬷嬷们心中的蔑视,更因宗教的关系而倍加浓厚了。但是,不到几天,芳汀便把她们降服了。她有多种多样的谦恭和蔼的语言,她那慈母心肠更足以使人心软。一天,嬷嬷们听见她在发烧时说:"我做了个犯罪的人,但等我有了自己的孩子在身边,那就可以证明上帝已经赦免我的罪了,我生活在罪恶中时,我不愿珂赛特和我在一起,我会受不了她那双惊奇愁苦的眼睛。不过我是为了她才做坏事的,这一点让我得到上帝的赦免吧。珂赛特到了此地时,我就会感到上帝的保佑。那孩子是没有罪的,我

---

① 兰斯(Reims),法国东北部城市,有一个著名的大天主堂。

望着她,我就得到了安慰。她什么都不知道。她是一个安琪儿,你们看吧,我的嬷嬷们,在她那样小小的年纪,翅膀是不会掉的。"

马德兰先生每天去看她两次,每次她都要问他说:

"我不久就可以看见我的珂赛特了吧?"

他老回答她说:

"也许就在明天早晨。她随时都可以到,我正等着她呢。"

于是那母亲的惨白面容也开朗了。

"呵!"她说,"我可就快乐了。"

我们刚才说过,她的病没有起色,并且她的状况仿佛一星期比一星期更沉重了。那一把雪是贴肉塞在她两块肩胛骨中间的,那样突然的一阵冷,立刻停止了她发汗的机能,因而几年以来潜伏在她体中的病,终于急剧恶化了。当时大家正开始采用劳安内克①杰出的指示,对肺病进行研究和治疗。医生听过芳汀的肺部以后,摇了摇头。

马德兰先生问那医生:

"怎样?"

"她不是有个孩子想看看吗?"医生说。

"是的。"

"那么赶快接她来吧。"

马德兰先生吃了一惊。

芳汀问他说:

"医生说了什么话?"

---

① 劳安内克(Laënnec,1781—1826),法国医生,听诊方法的发明者。

马德兰先生勉强微笑着。

"他说快把您的孩子接来,您的身体就好了。"

"呵!"她回答说,"他说得对!但是那德纳第家有什么事要留住我的珂赛特呢?呵!她就会来的。现在我总算看见幸福的日子就在我眼前了。"

但是德纳第不肯"放走那孩子",并且找了各种不成理由的借口。珂赛特有点不舒服,冬季不宜上路,并且在那地方还有一些零用债务急待了清,他正在收取发票等等。

"我可以派个人去接珂赛特,"马德兰伯伯说,"在必要时,我还可以自己去。"

他照着芳汀的口述,写了这样一封信,又叫她签了名:

德纳第先生:

请将珂赛特交来人。

一切零星债款,我负责偿还。

此颂大安。

芳汀

正在这关头,发生了一件大事。我们枉费心机,想凿通人生旅途中的障碍,可是命中的厄运始终是要出现的。

二 "冉"怎样能变成"商"

一天早晨,马德兰先生正在他办公室里提前处理市府的几件紧急公事,以备随时去孟费郿。那时有人来传达,说侦察员沙威请见。马德兰先生听到那名字,不能不起一种不愉快的感觉,自从发生警署里那件事后,沙威对他更加躲避得厉害,马德兰也再没有和他会面。

"请他进来。"他说。

沙威进来了。

马德兰先生正靠近壁炉坐着,手里拿着一支笔,眼睛望着一个卷宗,那里是一叠有关公路警察方面几件违警事件的案卷,他一面翻阅,一面批。他完全不理睬沙威。他不能制止自己不去想那可怜的芳汀,因此觉得对他不妨冷淡。

沙威向那背着他的市长,恭恭敬敬地行了一个礼。市长先生不望他,仍旧批他的公事。

沙威在办公室里走了两三步,又停下来,不敢突破那时的寂静。

假使有个相面的人,熟悉沙威的性格,长期研究过这个为文明服务的野蛮人,这个由罗马人、斯巴达人、寺僧和小军官合成的怪物,这个言必有据的暗探,这个坚定不移的包打听,假使有个相面人,知道沙威对马德兰先生所怀的夙仇,知道他为了芳汀的事和市长发生过的争执,这时又来观察沙威,他心里一定要问:"发生了什么事?"凡是认识这个心地正直、爽朗、诚挚、耿介、严肃、凶猛的人的,都能一眼看出沙威刚从一场激烈的思想斗争里出来。沙威绝不能有点事藏在心里而不露在面上。他正像那种粗暴的人,可以突然改变主张。他的神情从来没有比当时那样更奇特的了。他走进门时,向马德兰先生鞠了个躬,目光里既没有夙仇,也没有怒容,也没有戒心,他在市长圈椅后面几步的地方停下来;现在他笔挺地立着,几乎是一种立正的姿势,态度粗野、单纯、冷淡,真是一个从不肯和颜悦色而始终能忍耐到底的人;他不说话也不动,在一种真诚的谦卑和安定的忍让里,静候市长先生乐意转过身来的时刻。他这时保持一种平和、庄重的样子,帽子拿在手里,眼睛望着地下,脸上的表情,有点像在长官面前的兵士,又有点像在法官面前的罪犯。别人以为他可能有的那一切情感和故态全不见了。在他那副坚硬简朴如花岗石的面孔上,只有一种沉郁的愁容。他整个的人所表现的是一种驯服、坚定、无可言喻的勇于受戮的神情。

到后来,市长先生把笔放下,身体转过了一半:

"说吧!有什么事,沙威?"

沙威没有立即回答,好像得先集中思想。随后他放开嗓子,用一种忧郁而仍不失为淳朴的声音说:

"就是,市长先生,有一桩犯罪的事。"

"怎样的经过?"

"一个下级警官,对于长官有了极严重的失敬行为。我特地来把这事向您说明,因为这是我的责任。"

"那警官是谁?"马德兰先生问。

"是我。"沙威说。

"您?"

"我。"

"谁又是那个要控告警官的长官呢?"

"您,市长先生。"

马德兰先生在他的圈椅上挺直了身体。沙威说下去,态度严肃,眼睛始终朝下:

"市长先生,我来请求您申请上级,免我的职。"

不胜惊讶的马德兰先生张开嘴。沙威连忙抢着说:

"您也许会说,我尽可以辞职,但是那样还是不够的。辞职是件有面子的事。我失职了,我应当受处罚。我应当被革职。"

停了一会,他又接着说:

"市长先生,那一天您对我是严厉的,但是不公道,今天,您应当公公道道地对我严厉一番。"

"呀!为什么呢?"马德兰先生大声说,"这个哑谜从何说起呢?这是什么意思?您在什么地方有过对我失敬的错误?您对我做了什么事?您对我有什么不对的地方?您来自首,您要辞职……"

"革职。"沙威说。

"革职,就算革职。很好。但是我不懂。"

"您马上就会懂的,市长先生。"

沙威从他胸底叹了一口气,又始终冷静而忧郁地说:

"市长先生,六个星期以前,那个姑娘的事发生之后,我很气愤,便揭发了您。"

"揭发!"

"向巴黎警署揭发的。"

马德兰先生素来不比沙威笑得多,这次却也笑起来了。

"揭发我以市长干涉警务吗?"

"揭发您是旧苦役犯。"

市长面色发青了。

沙威并没有抬起眼睛,他继续说:

"我当初是那样想的。我心里早已疑惑了。模样儿相像,您又派人到法维洛勒去打听过消息,您的那种腰劲,割风伯伯的那件事,您枪法的准确,您那只有点拖沓的腿,我也不知道还有些什么,真是傻!总而言之,我把您认作一个叫冉阿让的人了。"

"叫什么？您说的是个什么名字？"

"冉阿让。那是二十年前我在土伦做副监狱官时见过的一个苦役犯。那冉阿让从监狱里出来时，仿佛在一个主教家里偷过东西，随后又在一条公路上，手里拿着凶器，抢劫过一个通烟囱的孩子。八年以来，不知道是怎么回事，他影踪全无，可是政府仍在缉拿他。我，当初以为……我终于做了那件事！一时的气愤使我下了决心，我便在警署揭发了您。"

马德兰先生早已拿起了他的卷宗，他用一种毫不关心的口气说：

"那么，别人怎样回答您呢？"

"他们说我疯了。"

"那么，怎样呢？"

"那么，他们说对了。"

"幸而您肯承认。"

"我只得承认，因为真正的冉阿让已经被捕了。"

马德兰先生拿在手里的文件落了下来，他抬起头来，眼睛盯着沙威，用一种无可形容的口气说着"啊！"

沙威往下说：

"就是这么回事，市长先生。据说，靠近埃里高钟楼那边的一个地方，有个汉子，叫做商马第伯伯。是一个穷到极点的家伙。大家都没有注意。那种人究竟靠什么维持生活，谁也不知道。最近，就在今年秋天，那个商马第伯伯在一个人的家里，谁的家？我忘了，这没有关系！商马第伯伯在那人家偷了制酒的苹果，被捕了。那是一桩窃案，跳了墙，并且折断了树枝。他们把我说的这个商马第逮住了。他当时手里还拿着苹果枝。他们把这个坏蛋关起来。直到那时，那还只是件普通的刑事案件。以下的事才真是苍天有眼呢。那里的监牢,太不成,地方裁判官先生想得对,他把商马第押送到阿拉斯,因为阿拉斯有省级监狱。在阿拉斯的监狱里,有个叫布莱卫的老苦役犯,他为什么坐牢,我不知道,因为他的表现好,便派了他做那间狱室的看守。市长先生,商马第刚到狱里,布莱卫便叫道:'怪事!我认识这个人。他是根"干柴"①。喂!你望着我。你是冉阿让。''冉阿让!谁呀,谁叫冉阿让?'商马第假装奇怪。'不用装腔,'布莱卫说,'你是冉阿让,你在土伦监狱里待过。到现在已经二十年了。那时我们在一道的。'商马第不承认。天老爷!您懂吧。大家深入了解。一定要追究这件怪事。得到的资料是:商马第,大约在三十年前,在几个地方,特别是在法维洛勒,当过修树枝工人。从那以后,线索断了。经过了许多年,有人在奥弗涅遇见过他,嗣后,在巴黎又有人遇见过这人,据说他在巴黎做造车工人,并且有过一个洗衣姑娘,但是那些经过是没有被证实的;最后,到了本地。所以,在犯特种窃案入狱以前,冉阿让是做什么事的人呢?修树枝工人。什么地方?法维洛勒。另外一件事。这个阿让当初用他的洗礼名'让'做自己的名字,而他的母亲姓马第。出狱以后,他用母亲的姓做自己的姓,以图掩饰,并且自称为让马第,世上还有比这更自然的事吗?他到了奥弗涅。那地方,'让'读作'商'。大家叫他作商马第。我们的这个人听其自然,于是变成商马第了。您听得懂,是吗?有人到法维洛勒去调查过。冉阿让的家已不在那里了。没有人知道那人家在什么地方。您知道,在那种阶级里,常有这样全家灭绝的情况。

---

① 干柴,旧苦役犯。——原注

白费了一番调查,没有下落。那种人,如果不是烂泥,便是灰尘。并且这些经过是在三十年前发生的,在法维洛勒,从前认识冉阿让的人已经没有了。于是到土伦去调查。除布莱卫以外,还有两个看见过冉阿让的苦役犯。两个受终身监禁的囚犯,一个叫戈什巴依,一个叫舍尼杰。他们把那两个犯人从牢里提出,送到那里去。叫他们去和那个冒名商马第的人对证。他们毫不迟疑。他们和布莱卫一样,说他是冉阿让。年龄相同,他有五十六岁,身材相同,神气相同,就是那个人了,就是他。我正是在那时,把揭发您的公事寄到了巴黎的警署。他们回复我,说我神志不清,说冉阿让好好被关押在阿拉斯。您想得到这件事使我很惊奇,我还以为在此地拿住了冉阿让本人呢,我写了信给那位裁判官。他叫我去,他们把那商马第带给我看……"

"怎样呢?"马德兰先生打断他说。

沙威摆着他那副坚定而忧郁的面孔答道:

"市长先生,真理总是真理。我很失望。叫冉阿让的确是那人。我也认出了他。"

马德兰先生用一种很低的声音接着说:

"您以为可靠吗?"

沙威笑了出来,是人在深信不疑时流露出来的那种惨笑。

"呵,可靠之至!"

他停了一会,若有所思,机械地在桌子上的木杯里,捏着一小撮吸墨水的木屑,继又接下去说:

"现在我已看见了那个真冉阿让,不过我还是不了解:从前我怎么会那么想的。我请您原谅,市长先生。"

六个星期以前,马德兰先生在警署里当着众人侮辱过他,并且向他说过"出去!"而他现在居然能向他说出这样一句央求而沉重的话,沙威,这个倨傲的人,他自己不知道他确是一个十分淳朴、具有高贵品质的人。马德兰先生只用了这样一个突如其来的问题回答他的请求:

"那个人怎么说呢?"

"呀!圣母,市长先生,事情不妙呵。假使那真是冉阿让,那里就有累犯罪。爬过一道墙,折断一根树枝,摸走几个苹果,这对小孩只是种顽皮的行动,对一个成人只是种小过失;对一个苦役犯却是种罪了。私入人家和行窃的罪都有了,那已不是违警问题,而是高等法院的问题了。那不是几天的羁押问题,而是终身苦役的问题了。并且还有那通烟囱孩子的事,我希望将来也能提出来。见鬼!有得闹呢,不是吗?当然,假使不是冉阿让而是另外一个人。但是冉阿让是个鬼头鬼脑的东西。我也是从那一点看出他来的。假使是另外一个人,他一定会觉得这件事很棘手,一定会急躁,一定会大吵大闹,热锅上的蚂蚁哪得安顿,他决不会肯做冉阿让,必然要东拉西扯。可是他,好像什么也不懂,他说:'我是商马第,我坚持我是商马第!'他的神气好像很惊讶,他装傻,那样自然妥当些。呵!那坏蛋真灵巧。不过不相干,各种证据都在。他已被四个人证实了,那老滑头总得受处分。他已被押到阿拉斯高等法院。我要去作证。我已被指定了。"

马德兰先生早已回到他的办公桌上,重新拿着他的卷宗,斯斯文文地翻着,边念边写,好像一个忙人,他转身向着沙威:

"够了,沙威,我对这些琐事不大感兴趣。我们浪费了我们的时间,我们还有许多紧急公事。沙威,您立刻到圣索夫街去一趟,在那转角地方有一个卖草的好大娘,叫毕索比。您到她家去,告诉她要她来控告那个马车夫皮埃尔·什纳龙,那人是个蛮汉,他几乎轧死了那大娘和她的孩子。他理应受罚。您再到孟脱德尚比尼街,夏色雷先生家去一趟。他上诉说他邻家的檐沟把雨水灌到他家,冲坏了他家的墙脚。过后,您去吉布街多利士寡妇家和加洛-白朗街勒波塞夫人家,去把别人向我检举的一些违警事件了解一下,作好报告送来。不过我给您办的事太多了。您不是要离开此地吗?您不是向我说过在八天或十天之内,您将为那件事去阿拉斯一趟吗?……"

"还得早一点走,市长先生。"

"那么,哪天走?"

"我好像已向市长先生说过,那件案子明天开审,我今晚就得搭公共马车走。"

马德兰先生极其轻微地动了一下,旁人几乎不能察觉。

"这件案子得多少时间才能结束?"

"至多一天。判决书至迟在明天晚上便可以公布。但是我不打算等到公布判决书,那是毫无问题的。我完成了证人的任务,便立刻回到此地来。"

"那很好。"马德兰先生说。

他做了一个手势,叫沙威退去。

沙威不走。

"请原谅,市长先生。"他说。

"还有什么?"马德兰先生问。

"市长先生,还剩下一件事,得重行提醒您。"

"哪件事?"

"就是我应当革职。"

马德兰立起身来。

"沙威,您是一个值得尊敬的人,我钦佩您。您过分强调您的过失了。况且那种冒犯,也还是属于我个人的。沙威,您应当晋级,不应当降级。我的意见是您还得守住您的岗位。"

沙威望着马德兰先生,在他那对天真的眸子里,我们仿佛可以看见那种刚强、纯洁,却又不甚了了的神情。他用一种平静的声音说:

"市长先生,我不能同意。"

"我再向您说一遍,"马德兰先生反驳,"这是我的事。"

但是沙威只注意他个人意见,继续说道:

"至于说到过分强调,我一点也没有过分强调。我是这样理解的。我毫无根据地怀疑过您。这还不要紧。我们这些人原有权怀疑别人,虽然疑到上级是越权行为。但是不根据事实,起于一时的气愤,存心报复,我便把您一个可敬的人,一个市长,一个长官,当作苦役犯告发了!这是严重的。非常严重的。我,一个法权机构中的警务人员,侮辱了您就是侮辱了法权。假使我的下属做了我所做的这种事,我就会宣告他不称职,并且革他的职。不对吗?……哦,市长先生,还有一句话。我生平对人要求严格。对旁人要求严格,那是合理的。我做得对。现在,假使我对自己要求不严格,那么,我以前所做的合理的事全变为不合理的了。难道我应当例外吗?不应当,肯定不应当!我岂不成了只善于惩罚旁人,而不惩罚自己的人了!那样我未免太可怜了!那些说'沙威这流氓'的人就会振振有词了。市长先生,我不希望您以好心待我,当您把您的那种好心对待别人时,我已经够苦了。我不喜欢那一套。放纵一个冒犯士绅的公娼,放纵一个冒犯市长的警务人员、一个冒犯上级的低级人员的这种好心,在我眼里,只是恶劣的好心。社会腐败,正是那种好心造成的。我的上帝!做好人容易,做正直的人才难呢。哼!假使您是我从前猜想的那个人,我决不会以好心待您!会有您受的!市长先生,我应当以待人之道待我自己。当我镇压破坏分子,当我严惩匪徒,我常对自己说:'你,假使你出岔子,万一我逮住了你的错处,你就得小心!'现在我出了岔子,我逮住了自己的过错,活该!来吧,开除,斥退,革职!全好。我有两条胳膊,我可以种地,我无所谓。市长先生,为了整饬纪律,应当作个榜样。我要求干脆革了侦察员沙威的职。"

那些话全是用一种谦卑、颓丧、自负、自信的口吻说出来的,这给了那个诚实的怪人一种说不出的奇特、伟大的气概。

"我们将来再谈吧。"马德兰先生说。

他把手伸给他。

沙威退缩,并用一种粗野的声音说:

"请您原谅,市长先生,这使不得。一个市长不应当和奸细握手。"

他从齿缝中发出声来说:

"奸细,是呀,我滥用警权,我已只是个奸细了。"

于是他深深行了个礼,向着门走去。

走到门口,他又转过来,两眼始终朝下:

"市长先生,"他说,"在别人来接替我以前,我还是负责的。"

他出去了。马德兰先生心旌摇曳,听着他那种稳重坚定的步伐在长廊的石板上越去越远。

第七卷　商马第案件

一　散普丽斯嬷嬷

我们将要读到的那些事，在滨海蒙特勒伊并没有全部被人知道，但是已经流传开了的那一点，在那城里却留下了深刻的印象；假使我们不详详细细地记述下来，就会成为本书的一大漏洞。

在那些细微的情节里，读者将遇见两三处似乎不可能真有其事的经过，但是我们为了尊重事实，仍旧保存下来。

在沙威走访的那个下午，马德兰先生仍照常去看芳汀。

他在进入芳汀的病房以前，已找人去请散普丽斯嬷嬷了。

在疗养室服务的两个修女叫佩尔佩迪嬷嬷和散普丽斯嬷嬷，她们和所有其他做慈善事业的嬷嬷们一样，都是遣使会的修女。

佩尔佩迪嬷嬷是个极普通的农村姑娘，为慈善服务，颇形粗俗，皈依上帝，也不过等于就业。她做教徒，正如别人当厨娘一样。那种人绝不稀罕。各种教会的修道院都乐于收容那种粗笨的乡间土货，一举手而变成嘉布遣会修士或圣于尔絮勒会修女。那样的乡村气质可以替宗教做些粗重的工作。从一个牧童变成一个圣衣会修士,毫无不合适的地方;从这一个变成那一个,不会有多大困难,乡村和寺院同是蒙昧无知的,它们的共同基础是早已存在的,因此乡民一下就可以和寺僧平起平坐。罩衫放宽一点,便成了僧衣。那佩尔佩迪嬷嬷是个体粗力壮的修女,生在蓬图瓦兹附近的马灵城,一口土音,喜欢多话,呶呶不休,依照病人信神或假冒为善的程度来斟酌汤药中的白糖分量,时常唐突病人,和临终的人闹闲气,几乎把上帝摔在他们的脸上,气冲冲地对着垂死的人乱念祈祷文,鲁莽、诚实、朱砂脸。

散普丽斯嬷嬷却和白蜡一样白。她在佩尔佩迪嬷嬷身旁,就好像牛脂烛旁的细蜡烛。味增爵在下面这几句名言里已经神妙地把一些作慈善事业的嬷嬷的面目刻画出来了,并且把她们的自由和劳役融成了一片:"她们的修道院只是病院,静修室只是一间租来的屋子,圣殿只是她们那教区的礼拜堂,回廊只是城里的街道和医院里的病房,围墙只是服从,铁栅栏只是对上帝的畏惧,面幕只是和颜悦色。"散普丽斯嬷嬷完全体现了那种理想。谁也看不出散普丽斯嬷嬷的年纪,她从不曾有过青春,似乎也永远不会老。那是个安静、严肃、友好、冷淡,从来不曾说过谎的人,我们不敢说她是个妇人。她和蔼到近于脆弱,坚强到好比花岗石。她用她那纤细白皙的手指接触病人。在她的言语中,我们可以说,有寂静,她只说必要的话,并且她嗓子的声音可以建起一个忏悔座,又同时可以美化一个客厅。那种细腻和她的粗呢裙袍有相得益彰的妙用,它给人的粗野的感觉,倒使人时时想到天国和上帝。还有件小事应当着重指出。她从不曾说谎,从不曾为任何目的、或无目的地说过一句不实在的、不是真正实在的话,这一点便是散普丽斯嬷嬷突出的性格,也是她美德中的特点。她因那种无可动摇的诚信,在教会里几乎是有口皆碑的。西伽尔教士在给聋哑的马西欧的一封信里谈到过散普丽斯嬷嬷。无论我们是怎样诚挚、忠实、纯洁,在我们的良心上,大家总有一些小小的、不足为害的谎话的裂痕。而她呢,丝毫没有。小小的谎话,不足为害的谎话,那种事存在吗?说谎是绝对的恶。说一点点谎都是不行的;说一句谎话等于说全部谎话;说谎是魔鬼的真面目;撒旦有两个名字,他叫撒旦,又叫谎话。这就是她所想的。并且她怎样想,就怎样做。因此她有我们说过的那种白色,那白色的光辉把她的嘴唇和眼睛全笼罩起来了。她的笑容是白的,她的目光是白的。在那颗良心的水晶体上没有一点灰尘、一丝蜘蛛网。她在皈依味增爵时,便特地选了散普丽斯做名字。我们知道西西里的散普丽斯是个圣女,她是生在锡腊库扎的,假使她肯说谎,说她是生在塞吉斯特的,就可以救自己一命,但是她宁肯让人除去她的双乳,也不肯说谎。这位圣女正和散普丽斯嬷嬷的心灵完全一样。

散普丽斯嬷嬷在加入教会时,原有两个弱点,现在她已逐渐克服了;她从前爱吃甜食,喜欢别人寄信给她。她素来只读一本拉丁文的大字祈祷书。她不懂拉丁文,但是懂那本书。

那位虔诚的贞女和芳汀情意相投了,她也许感到了那种内心的美德,因此她几乎是竭诚照顾芳汀。

马德兰先生把散普丽斯嬷嬷引到一边,用一种奇特的声音嘱咐她照顾芳汀,那位嬷嬷直到后来才回忆起那种声音的奇特。

他离开了那位嬷嬷,又走到芳汀的身边。

芳汀每天等待马德兰先生的出现,好像等待一种温暖和

欢乐的光。她常向那些嬷嬷说:

"市长先生不来,我真活不成。"

那一天,她的体温很高。她刚看见马德兰先生,便问他:

"珂赛特呢?"

他带着笑容回答:

"快来了。"

马德兰先生对芳汀还是和平日一样。不过平日他只待半个钟头,这一天,却待了一个钟头,芳汀大为高兴。他再三嘱咐大家,不要让病人缺少任何东西。大家注意到他的神色在某一时刻显得非常沉郁。后来大家知道那医生曾附在他耳边说过"她的体力大减",也就明白他神色沉郁的原因了。

随后,他回到市政府,办公室的侍者看见他正细心研究挂在他办公室里的一张法国公路图。他还用铅笔在一张纸上写了几个数字。

二 斯戈弗莱尔师父的精明

从市政府出来,他走到城尽头一个佛兰德人的家里。那人叫斯戈弗拉爱,变成法文便是斯戈弗莱尔,他有马匹出租。车子也可以随意租用。

去那斯戈弗莱尔家,最近的路,是走一条行人稀少的街,马德兰先生住的那一区的本堂神甫的住宅便在那条街上。据说,那神甫为人正直可敬,善于决疑。正当马德兰先生走到那神甫住宅门前时,街上只有一个行人,那行人看见了这样一件事:市长先生走过那神甫的住宅以后,停住脚,立了一会,又转回头,直走到神甫住宅的那扇不大不小、有个铁锤的门口。他连忙提起铁锤,继又提着不动,突然停顿下来,仿佛在想什么,几秒钟过后,他又把那铁锤轻轻放下,不让它发出声音,再循原路走去,形状急促,那是他以前不曾有过的情形。

马德兰先生找着了斯戈弗莱尔师父,他正在家修补鞍具。

"斯戈弗莱尔师父,"他问道,"您有匹好马吗?"

"市长先生,"那个佛兰德人说,"我的马全是好的。您所谓好马是怎样的好马呢?"

"我的意思是说一匹每天能走二十法里的马。"

"见鬼!"那个佛兰德人说,"二十法里!"

"是的。"

"要套上车吗?"

"要的。"

"走过以后,它有多少时间休息?"

"它总应当能够第二天又走,如果必要的话。"

"走原来的那段路程吗?"

"是的。"

"见鬼!活见鬼!是二十法里吗?"

马德兰先生从衣袋里把他用铅笔涂了些数字的那张纸拿出来。他把它递给那佛兰德人看。那几个数字是:"5,6,$8\frac{1}{2}$"。

"您看,"他说,"总共是十九又二分之一,那就等于二十。"

"市长先生,"佛兰德人又说,"您的事,我可以办到。我的那匹小白马,有时您应当看见它走过的。那是一匹下布洛涅种的小牲口。火气正旺。起初,有人想把它当成一匹坐骑。

呀!它发烈性,它把所有的人都摔在地上。大家都把它当个坏种,不知道怎么办。我把它买了来。叫它拉车。先生,那才是它愿意干的呢,它简直和娘儿们一样温存,走得像风一样快。呀!真的,不应当骑在它的背上。它不愿意当坐骑。各有各的志愿。拉车,可以,骑,不行;我们应当相信它对自己曾说过那样的话。"

"它能跑这段路吗?"

"您那二十法里,一路小跑,不到八个钟头便到了。但是我有几个条件。"

"请说。"

"第一,您一定要让它在半路上吐一个钟头的气;它得吃东西,它吃东西时,还得有人在旁边看守,免得客栈里的用人偷它的荞麦;因为我留心过,客栈里那些用人吞没了的荞麦比马吃下去的还多。"

"一定有人看守。"

"第二……车子是给市长先生本人坐吗?"

"是的。"

"市长先生能驾车吗?"

"能。"

"那么,市长先生不可以带人同走,也不可以带行李,免得马受累。"

"同意。"

"但是市长先生既不带人,那就非自己看守荞麦不可啊。"

"说到做到。"

"我每天要三十法郎。停着不走的日子也一样算。少一文都不行,并且牲口的食料也归市长先生出。"

马德兰先生从他的钱包里拿出三个拿破仑放在桌子上。

"这儿先付两天。"

"第四,走这样的路程,篷车太重了,马吃不消。市长先生必须同意,用我的那辆小车上路。"

"我同意。"

"轻是轻的,但是敞篷的呢。"

"我不在乎。"

"市长先生考虑过没有?我们是在冬季里呀。"

马德兰先生不作声。那佛兰德人接着又说:

"市长先生想到过天气很冷吗?"

马德兰先生仍不开口。斯戈弗莱尔接着说:

"又想到过天可能下雨吗?"

马德兰先生抬起头来说:

"这小车和马在明天早晨四点半钟一定要在我的门口等。"

"听见了,市长先生,"斯戈弗莱尔回答,一面又用他大拇指的指甲刮着桌面上的一个迹印,一面用佛兰德人最善于混在他们狡猾里的那种漠不关心的神气说:"我现在才想到一件事。市长先生没有告诉我要到什么地方去。市长先生到什么地方去呢?"

从交谈一开始,他就没有想到过旁的事,但是他不知道他以前为什么不敢问。

"您的马的前腿得力吗?"马德兰先生说。

"得力,市长先生。在下坡时,您稍微勒住它一下。您去的地方有许多坡吗?"

"不要忘记明天早晨准四点半钟在我的门口等。"马德兰先生回答说。

于是他出去了。

那佛兰德人,正像他自己在过了些时候说的,"傻得和畜生似的"愣住了。

市长先生走后两三分钟,那扇门又开了,进来的仍是市长先生。

他仍旧有那种心情缭乱而力自镇静的神气。

"斯戈弗莱尔师父,"他说,"您租给我的那匹马和那辆车子,您估计值多少钱呢,车子带马的话?"

"马带车子,市长先生。"那佛兰德人呵呵大笑地说。

"好吧。值多少钱呢?"

"难道市长先生想买我的车和马吗?"

"不买。但是我要让您有种担保,以备万一有危险。我回来时,您把钱还我就是了。依您估价车和马值多少钱呢?"

"五百法郎,市长先生。"

"这就是。"

马德兰先生放了一张钞票在桌子上,走了,这次却没有再回头。

斯戈弗莱尔深悔没有说一千法郎。实际上,那匹马和那辆车子总共只值三百法郎。

佛兰德人把他的妻唤来,又把经过告诉了她。市长先生可能到什么鬼地方去呢?他们讨论起来。"他要去巴黎。"那妇人说。"我想不是的。"丈夫说。马德兰先生把写了数字的那张纸忘在壁炉上了。那佛兰德人把那张纸拿来研究。"五,六,八又二分之一?这应当是记各站的里程的。"他转身向着他的妻。"我找出来了。""怎样呢?""从此地到爱司丹五法里,从爱司丹到圣波尔六法里,从圣波尔到阿拉斯八法里半。他去阿拉斯。"

这时,马德兰先生已经到了家。

他从斯戈弗莱尔师父家回去时,走了一条最长的路,仿佛那神甫住宅的大门对他是一种诱惑,因而要避开它似的。他上楼到了自己屋子里,关上房门,那是件最简单不过的事,因为他平日素来乐于早睡。马德兰先生惟一的女仆便是这工厂的门房,当晚,她看见他的灯在八点半钟便熄了,出纳员回厂,她把这情形告诉他说:

"难道市长先生害了病吗?我觉得他的神色有点不正常。"

那出纳员恰恰住在马德兰先生下面的房间里。他丝毫没有注意那门房说的话,他睡他的,并且睡着了。

快到半夜时,他忽然醒过来;他在睡梦中听见在他头上有响声。他注意听。好像有人在他上面屋子里走路,是来回走动的步履声。他再仔细听,便听出了那是马德兰先生的脚步。他感到诧异,平日在起身以前,马德兰先生的房间里素来是没有声音的。过了一会,那出纳员又听见一种开橱关橱的声音。随后,有人搬动了一件家具,一阵寂静之后,那脚步声又开始了。出纳员坐了起来,完全醒了,张开眼睛望,他通过自己的玻璃窗看见对面墙上有从另一扇窗子里射出的红光。从那光线的方向,可以看出那只能是马德兰先生的卧室的窗子。墙上的反光还不时颤动,好像是一种火焰的反射,而不是光的反射。窗格的影子没有显出来,这说明那扇窗子是完全敞开的。当时天气正冷,窗子却开着,真是怪事。出纳员又睡去了。一两个钟头过后,他又醒过来。同样缓而匀的步履声始终在他的头上来来去去。

反光始终映在墙上,不过现在比较黯淡平稳,好像是一盏灯或一支烛的反射了。窗子却仍旧开着。

下面便是当晚在马德兰先生房间里发生的事。

三　脑海中的风暴

读者一定已经猜到马德兰先生便是冉阿让。

我们已向那颗良心的深处探望过,现在是再探望的时刻了。我们这样做,不能不受感动,也不能没有恐惧,因为这种探望比任何事情都更加触目惊心。精神的眼睛,除了在人的心里,再没有旁的地方可以见到更多的异彩、更多的黑暗;再没有比那更可怕、更复杂、更神秘、更变化无穷的东西。世间有一种比海洋更大的景象,那便是天空;还有一种比天空更大的景象,那便是内心活动。

赞美人心,纵使只涉及一个人,只涉及人群中最微贱的一个,也得熔冶一切歌颂英雄的诗文于一炉,赋成一首优越成熟的英雄颂。人心是妄念、贪欲和阴谋的污池,梦想的舞台,丑恶意念的渊薮,诡诈的都会,欲望的战场。在某些时候你不妨从一个运用心里的人的阴沉面容深入到他的皮里去,探索他的心情,穷究他的思绪。在那种外表的寂静下就有荷马史诗中那种巨灵的搏斗,密尔顿[①]诗中那种龙蛇的混战,但丁诗中那种幻象的萦绕。人心是广漠寥廓的天地,人在面对良心、省

---

① 密尔顿(Milton,1608—1674),英国著名诗人。

察胸中抱负和日常行动时往往黯然神伤!

但丁有一天曾经谈到过一扇险恶的门,他在那门前犹豫过。现在在我们的面前也有那么一扇门,我们也在它门口迟延不进。我们还是进去吧。

读者已经知道冉阿让从小瑞尔威那次事件发生后的情形,除此以外,我们要补述的事已经不多。从那时起,我们知道,他已是另外一个人了。那位主教所期望于他的,他都已躬行实践了。那不仅是种转变,而是再生。

他居然做到销声匿迹,他变卖了主教的银器,只留了那两个烛台作为纪念,从这城溜到那城,穿过法兰西,来到滨海蒙特勒伊,发明了我们说过的那种新方法,造就了我们谈过的那种事业,做到自己使人无可捉摸,无可接近,卜居在滨海蒙特勒伊,一面追念那些伤怀的往事,一面庆幸自己难得的余生,可以弥补前半生的缺憾;他生活安逸,有保障,有希望,他只有两种心愿:埋名,立德;远避人世,皈依上帝。

这两种心愿在他的精神上已紧密结合成为一种心愿了。两种心愿不相上下,全是他念念不忘、行之惟恐不力的;他一切行动,无论大小,都受这两种心愿的支配。平时,在指导他日常行动时,这两种心愿是并行不悖的;使他深藏不露,使他乐于为善,质朴无华;这两种心愿所起的作用完全一致。可是有时也不免发生矛盾。在不能两全时,我们记得,整个滨海蒙特勒伊称为马德兰先生的那个人,决不为后者牺牲前者,决不为自己的安全牺牲品德,他在取舍之间毫不犹豫。因此,他能不顾危险,毅然决然保存了主教的烛台,并且为他服丧,把所有过路的通烟囱孩子唤来询问,调查法维洛勒的家庭情况,并且甘心忍受沙威的那种难堪的隐语,救了割风老头的生命。

我们已注意到,他的思想,仿佛取法于一切圣贤忠恕之士,认为自己首要的天职并不在于为己。

可是,必须指出,类似的情形还从来没有发生。这个不幸的人的种种痛苦,我们虽然谈了一些,但是支配着他的那两种心愿,还从来不曾有过这样严重的矛盾。沙威走进他的办公室,刚说了最初那几句话,他已模糊然而深切地认识了这一事件的严重性。当他那深埋密隐的名字被人那样突然提到时,他大为惊骇,好像被他那离奇的厄运冲昏了似的;并且在惊骇的过程中,起了一阵大震动前的小颤抖;他埋头曲项,好像暴风雨中的一株栎树,冲锋以前的一个士兵。他感到他头上来了满天乌云,雷电即将交作。听着沙威说话,他最初的意念便是要去,要跑去,去自首,把那商马第从牢狱里救出来,而自受监禁;那样想是和锥心刺骨一样苦楚创痛的;随后,那种念头过去了,他对自己说:"想想吧!想想吧!"他抑制了最初的那种慷慨心情,在英雄主义面前退缩了。

他久已奉行那主教的圣言,经过了多年的忏悔和忍辱,他修身自赎,也有了值得乐观的开端,到现在,他在面临那咄咄逼人的逆境时,如果仍能立即下定决心,直赴天国所在的深渊,毫不反顾,那又是多么豪放的一件事;那样做,固然豪放,但他并没有那样做。我们必须认清楚他心中的种种活动,我们能说的也只是那里的实际情况。最初支配他的是自卫的本能;他连忙把自己的多种思想集中起来,抑制冲动,注意眼前的大祸害沙威,恐怖的心情使他决定暂时不作任何决定,胡乱地想着他应当采取的办法,力持镇定,好像一个武士拾起他的盾一样。

那一天余下的时间,他便是这种样子,内心思潮起伏,外表恬静自如；他只采取一种所谓的"自全方法"。一切还是混乱的，并且在他的脑子里互相冲突，心情的骚乱使他看不清任何思想的形态；对自己他什么也说不上来，只知道刚刚受到了猛烈的打击。他照常到芳汀的病榻旁边去，延长了晤谈的时间，那也只是出自为善的本性，觉得应当如此而已。他又把她好好托付给嬷嬷们，以防万一。他胡乱猜想，也许非到阿拉斯去走一趟不可了，其实他对那种远行，还完全没有决定，他心想他绝没有遭到别人怀疑的危险，倒不妨亲自去看看那件事的经过，因此他订下了斯戈弗莱尔的车子，以备不时之需。

他用了晚餐，胃口还很好。

他回到自己房里，开始考虑。

他研究当时的处境，觉得真是离奇，闻所未闻。离奇到使他在心思紊乱之中起了一种几乎不可言喻的急躁情绪，他从椅子上跳起来，去把房门闩上。他恐怕还会有什么东西进来。他严阵以待可能发生的事。

过了一会，他吹熄了烛。烛光使他烦懑。

他仿佛觉得有人看见他。

有人，谁呢？

咳！他想要摒诸门外的东西终于进来了，他要使它看不见，它却偏望着他。这就是他的良心。

他的良心，就是上帝。

可是，起初，他还欺骗自己；他自以为身边没有旁人，不会发生意外；既然已经闩上门，便不会有人能动他；熄了烛，便不会有人能看见他。那么他是属于自己的了；他把双肘放在桌子上，头靠在手里，在黑暗里思索起来。

"我怎么啦？""我不是在做梦吧？""他对我说了些什

么?""难道我真看见了那沙威,他真向我说了那样一番话吗?""那个商马第究竟是什么人呢?""他真像我吗?""那是可能的吗?""昨天我还那样安静,也绝没有想到有什么事要发生!""昨天这个时候我在干些什么?""这件事里有些什么问题?""将怎样解决呢?""怎么办?"

他的心因有着那样的烦恼而感到困惑。他的脑子也已失去了记忆的能力,他的思想,波涛似的,起伏翻腾。他双手捧着头,想使思潮停留下来。

那种纷乱使他的意志和理智都不得安宁,他想从中理出一种明确的见解和一定的办法,但是他获得的,除苦恼外一无所有。

他的头热极了。他走到窗前,把窗子整个推开。天上没有星。他又回来坐在桌子旁边。

第一个钟头便这样过去了。

渐渐地,这时一些模糊的线索在他的沉思中开始形成固定下来了,他还不能看清整个问题的全貌,但已能望见一些局部的情况,并且,如同观察实际事物似的,相当清晰了。

他开始认清了这样一点,尽管当时情况是那样离奇紧急,他自己还完全能居于主动地位。

他的惊恐越来越大了。

直到目前为止,他所作所为仅仅是在掘一个窟窿,以便掩藏他的名字,这和他行动所向往的严正虔诚的标准并不相干。当他扪心自问时,当他黑夜思量时,他发现他向来最怕的,便是有一天听见别人提到那个名字;他时常想到,那样就是他一切的终结;那个名字一旦重行出现,他的新生命就在他的四周毁灭,并且,谁知道? 也许他的新灵魂也在他的心里毁灭。每当他想到那样的事是完全可能发生时,他就会颤抖起来。假使当时有人向他说将来有一天,那个名字会在他耳边轰鸣,冉阿让那几个丑恶不堪的字会忽然从黑暗中跳出来,直立在他前面;那种揭穿他秘密的强烈的光会突然在他头上闪耀;不过那人同时又说,这个名字不会威胁他,那种光还可能使他的隐情更加深密,那条撕开了的面纱也可能增加此中的神秘,那种地震可能巩固他的屋宇,那种非常的变故得出的结果,假使他本人觉得那样不坏的话,便会使他的生存更加光明,同时也更难被人识破,并且这位仁厚高尚的士绅马德兰先生,由于那个伪冉阿让的出现,相形之下,反会比以前任何时候显得更加崇高,更加平静,也更加受人尊敬……假使当时有人向他说了这一类的话,他一定摇头,认为是无稽之谈。可是!这一切刚才恰巧发生了,这一大堆不可能的事竟成为事实了,上帝已允许把那些等于痴人说梦的事变成了真正的事!

他的梦想继续明朗起来。他对自己的地位越看越清楚了。

他仿佛觉得他刚从一场莫名其妙的梦里醒过来,又看见自己正在黑夜之中,从一个斜坡滑向一道绝壁的最边上;他站着发抖,处于一种进退两难的地位。他清清楚楚地看见一个不相识的人,一个陌生人的黑影,命运把那人当作他自己,要把他推下那深坑。为了填塞那深坑,就必须有一个人落下去,他自己也许就是那个人。

他只好听其自然。

事情已经完全明白了,他这样认识:他在监牢里的位子还是空着的,躲也无用,那位子始终在那里等着他,抢小瑞尔威的事又要把他送到那里去,那个空位子一直在等着他,拖他,直到他进去的那一天,这是无法避免、命中注定的。随后,他又向自己说,这时他已有了个替身,那个叫商马第的活该倒霉,至于他,从今以后,可以让那商马第的身体去坐监,自己则冒马德兰先生的名生存于社会,只要他不阻止别人把那个和墓石一样、一落永不再起的罪犯的烙印印在那商马第的头上,他再也没有什么可以害怕的事了。

这一切都是那样强烈,那样奇特,致使他心中忽然起了一种不可言喻的冲动,那种冲动,是没有一个人能在一生中感到两三次以上的,那是良心的一种激发,把心中的暧昧全部激发起来,其中含有讥刺、欢乐和失望,我们可以称之为内心的一种狂笑。

他又连忙点起了他的蜡烛。

"什么!"他向自己说道,"我怕什么?我何必那样去想呢?我已经得救了。一切都安排好了。我原来只剩下一扇半开的门,从那门里,我的过去随时可以混到我的生命里来,现在那扇门已经堵塞了!永远堵塞了!沙威那个生来可怕的东西,那头凶恶的猎狗,多少年来,时时使我心慌,他好像已识破了我,确实识破了我,天呵!并且无处不尾随着我,随时都窥伺着我,现在却被击退了,到别处忙去了,绝对走入歧途了!他从此心满意足,让我逍遥自在了,他逮住了他的冉阿让!谁知道,也许他还要离开这座城市呢!况且这一经过与我无关!我丝毫不曾过问!呀,不过这里有些什么不妥的呢!等会儿看见我的人,说老实话,还以为我碰到了什么倒霉事呢!总而言之,假使有人遭殃,那完全不是我的过错。主持一切的是上天。显然是天意如此!我有什么权利扰乱上天的安排呢?我现在还要求什么?我还要管什么闲事?那和我不相干。怎么！我不满意！我究竟需要什么？多年来我要达到的目的，我在黑夜里的梦想，我向上天祷祝的愿望——安全——我已经得到了。要这样办的是上帝。我绝不应当反抗上帝的意旨。并且上天为什么要这样呢？为了要使我能继续我已开始了的工作，使我能够行善，使我将来成为一个能起鼓舞作用的伟大模范，使我能说我那种茹苦含辛、改邪归正的美德到底得了一点善果！我实在不懂，我刚才为什么不敢到那个诚实的神甫家里去，认他做一个听忏悔的教士，把一切情形都告诉他，请求他的意见，他说的当然会是同样的一些话。决定了，听其自然！接受慈悲上帝的安排！"

他在他心灵深处那样自言自语，我们可以说他在俯视他自己的深渊。他从椅子上立起身来，在房间里走来走去。"不必再想了，"他说，"决计这么办！"但是他丝毫不感到快乐。

他反而感到不安。

人不能阻止自己回头再想自己的见解，正如不能阻止海水流回海岸。对海员说，那叫做潮流；对罪人说，那叫做悔恨。上帝使人心神不定，正如起伏的海洋。

过了一会，他白费了劲，又回到那种沉闷的对答里去自说自听，说他所不愿说，听他所不愿听的话，屈服在一种神秘的力量下面，这一神秘力量向他说"想！"正如两千年前向另一个就刑的人说"走！"一样。

我们暂时不必谈得太远，为了全面了解，我们得先进行一种必要的观察。

人向自己说话，那是确有其事，有思想活动的人都有过这种经验。并且我们可以说，语言在人的心里，从思想到良心，又从良心回到思想是一种灿烂无比的神秘。在这一章里,时常提到"他说,他喊道"这样的字眼,我们只应从上面所说的那种意义去理解它们。人向自己述说,向自己讲解,向自己叫喊,身外的寂静却依然如故。有一种大声的喧哗,除口以外一切都在我们的心里说话。心灵的存在并不因其完全无形无体而减少其真实性。

于是他问自己究竟是怎么回事。他从那"既定办法"上进行问答。他向自己供认,刚才他在心里作出的那种计划是荒谬的。"听其自然,接受慈悲上帝的安排",纯粹是丑恶可耻的。让那天定的和人为的乖误进行到底,而不加以阻止,噤口不言,毫无表示,那样正是积极参与了一切乖误的活动,那是最卑鄙、丧失人格的伪善行为!是卑污、怯懦、阴险、无耻、丑恶的罪行!

八年来,那个不幸的人初次尝到一种坏思想和坏行为的苦味。

他心中作恶,一口吐了出来。

他继续反躬自问。他严厉地责问自己,所谓"我的目的已经达到!"那究竟是什么意思。他承认自己生在人间,确有一种目的。但是什么目的呢?隐藏自己的名字吗?蒙蔽警察吗?难道他所做的一切事业,仅仅是为了那一点点小事吗?难道他没有另外一个远大的、真正的目的吗?救他的灵魂,而不是救他的躯体。重做诚实仁善的人。做一个有天良的人!难道那不是对他一生的抱负和主教对他的期望的惟一重要的事情吗?斩断已往的历史?但是他并不是在斩断,伟大的上帝,而是在做一件丑事并把它延续下去!他又在做贼了,并且是最丑恶的贼!他偷盗另一个人的生活、性命、安宁和在阳光下的位子！他正在做杀人的勾当！他杀人，从精神方面杀害一个可怜的人！他害他受那种残酷的活死刑，大家叫做苦牢的那种过露天生活的死刑。从反面着想，去自首，救出那个蒙不白之冤的人，恢复自己的真面目，尽自己的责任，重做苦役犯冉阿让，那才真正是洗心革面、永远关上自己所由出的那扇地狱之门！外表是重入地狱，实际上却是出地狱！他必须那样做！他如果不那样做，便是什么也没有做！他活着也是枉然，他的忏悔也全是白费，他以后只能说："活着有什么意义？"他觉得那主教和他在一道，主教死了，但却更在眼前，主教的眼睛盯着他不动，从今以后，那个德高望重的马德兰市长在他的眼里将成为一个面目可憎的人，而那个苦役犯冉阿让却成了纯洁可亲的人。人们只看见他的外表，主教却看见他的真面目。人们只看见他的生活，主教却看见他的良心，因此他必须去阿拉斯，救出那个假冉阿让，揭发这个真冉阿让！多么悲惨的命运！这是最伟大的牺牲，最惨痛的胜利，最后的难关；但是非这样不可。悲惨的身世！在世人眼中他只有重蒙羞辱，才能够达到上帝眼中的圣洁！

"那么，"他说，"走这条路吧，尽我的天职！救出那个人！"

他大声地说了那些话，自己并不觉得。

他拿起他的那些书，检查以后，又把它们摆整齐。他把一些告急的小商人写给他的债券，整扎的一齐丢在火里。他写了一封信，盖了章，假使当时有人在他房里，便可以看见信封上写的是"巴黎 阿图瓦街 银行经理拉菲特先生"。

他从一张书桌里取出一个皮夹，里面有几张钞票和他那年参加选举用的身份证。

看见他这样一面沉痛地思考一面完成那些杂事的人，一定可以想见他心里的打算。不过有时他的嘴唇频频启闭，另外一些时候他抬头望着墙上随便哪一点，好像恰巧在那一点上他有需要了解或询问的东西。

他写完了给拉菲特先生的那封信以后，便把信和那皮夹一同插在衣袋里，又开始走起来。

他的萦想一点没有转变方向。他清清楚楚地看见他应做的事已用几个有光的字写出来了，这些字在他眼前发出火焰，持久不灭，并且随着他的视线移动："去！说出你的姓名！自首！"

同时他又看见自己一向认为处世原则的那两种心愿"埋名""立德"，好像有了显著的形状，在他眼前飘动。他生平第一次感到那两种愿望是绝不相容的，同时他看出了划分它们的界线。他认识到那两种愿望中的一种是好的，另外一种却可以成为坏事；前者济世，后者谋己；一个说"为人"，一个说"为我"；一个来自光明，一个来自黑暗。

它们互相斗争，他看着它们斗争。他一面想，它们也一面在他智慧的眼前扩大起来；现在它们有了巨大的身材；他仿佛看见在他自己心里，在我们先前提到的那种广漠辽阔的天地里，在黑暗和微光中，有一个女神和一个女魔，正在酣战。

他异常恐惧，但是他觉得善的思想胜利了。

他觉得他接近了自己良心和命运的另一次具有决定性的时刻；主教标志他新生命的第一阶段，商马第标志它的第二阶段。严重的危机之后，又继以严重的考验。

到这时，他胸中平息了一会的烦懑又渐渐起来了。万千思绪穿过他的脑海，但是更加巩固了他的决心。

他一时曾对自己说过："他对这件事也许应付得太草率了,究其实,商马第也并不在乎他这样作的,总而言之,他曾偷过东西。"

他回答自己说："假使那个人果真偷过几个苹果,那也不过是一个月的监禁问题。这和苦役大不相同。并且谁知道他偷了没有?证实了没有?冉阿让这个名字压在他头上,好像就可以不需要证据了。钦命检察官岂不常常那样做吗?大家以为他是盗贼,只是因为知道他做过苦役犯。"

在另一刹那,他又想到,在他自首以后,人家也许会重视他在这一行动中表现的英勇,考虑到他七年来的诚实生活和他在地方上起过的作用因而赦免他。

但是那种假想很快就消失了,他一面苦笑,一面想到他既抢过小瑞尔威的四十个苏,人家就可以加他以累犯的罪名,那件案子一定会发作,并且依据法律明白规定的条文,可以使他服终身苦役。

他丢开一切幻想,逐渐放弃了他对这个世界的留恋,想到别处去找安慰和力量。他向自己说他应当尽他的天职;他在尽了天职以后,也许并不见得会比逃避天职更痛苦些;假使他"听其自然",假使他待在滨海蒙特勒伊不动,他的尊荣、他的好名誉、他的善政、他受到的敬重尊崇、他的慈善事业、他的财富、他的名望、他的德行都会被一种罪恶所污染;那一切圣洁的东西和那种丑恶的东西掺杂在一起,还有什么意义!反之,假使他完成自我牺牲,入狱,受木柱上的捶楚,背枷,戴绿帽,做没有休息的苦工,受无情的羞辱,倒还可以有高洁的意境!

最后,他向自己说,这样做是必要的,他的命运是这样注定了的,他没有权力变更上天的旨意,归根到底,他得选择,或者外君子而内小人,或是圣洁其中而羞辱其外。

那么多愁惨的想法在心里起伏,他的勇气并不减少,但是他的脑子疲乏了。他开始不自主地想到一些旁的事,一些毫无关系的事。

他鬓边的动脉强烈地搏动。他不停地走来走去。夜半的钟声,起初在礼拜堂、继又在市政厅都报过时了。他数着那两口钟的十二响,又比较它们的声音。这时,他想到前几天,在一个收买破铜烂铁的商人家里,看见有口古钟出卖,钟上有这样一个名字:罗曼维尔的安东尼·阿尔班。

他觉得冷。生了一点火。他没有想到关上窗子。

这时,他又堕入恐怖中了。他竟回忆不起自己在午夜以前思考过的事,他作了极大的努力,后来总算想起来了。

"呀!对了,"他向自己说,"我已经决定自首。"

过后,他忽然一下想到了芳汀。

"啊呀,"他说,"还有那个可怜的妇人!"

想到这里,一个新的难关出现了。

突然出现在他紫想中的芳汀,好像是一道意外的光。他仿佛觉得他四周的一切全变了样子,他喊道:

"哎哟,可了不得!直到现在,我还只是在替自己着想!我还只注意到我自己的利害问题。我可以一声不响也可以公然自首,可以隐藏我的名字或是挽救我的灵魂,做一个人格扫地而受人恭维的官吏,或是一个不名誉而可敬的囚徒,那是我的事,始终是我的事,仅仅是我的事!但是我的上帝,那完全是自私自利!那是自私自利的不同形式,但是总还是自私自利!假使我稍稍替旁人着想呢?最高的圣德便是为旁人着想。想想,研究研究。我被抛弃了,我被消灭了,我被遗忘了,

291

结果会发生什么事呢？假使我自首呢？他们捉住我,释放那商马第,把我再关在牢里,好的。往后呢？这里将成什么局面呢？呀！这里有地,有城,有工厂,有工业,有工人,有男人,有女人,有老公公,有小孩子,有穷人！我创造了这一切,我维持着这一切人的生活；凡是有一个冒烟的烟囱的地方,都是由我把柴送到火里,把肉送到锅里的；我使人们生活安乐,金融周转,我举办信用贷款；在我以前,一无所有；我扶植,振兴,鼓舞,丰富,推动,繁荣了整个地方；失去了我,便是失去了灵魂。我退避,一切都同归于尽。还有那妇人,那个饱尝痛苦、舍身成仁、由我失察而颠连无告的妇人！还有那孩子,我原打算把她带来,带到她母亲身边,并且我已有话在先！那妇人的苦难既然是我造成的,难道我就没有一点补偿的义务吗？假使我走了,将会发生什么事呢？母亲丧命,孩子流离失所。那将是我自首的结果。假使我不自首呢？想想,假使我不自首呢？"

在向自己提出那个问题之后,他愣住了。他仿佛经过了一阵迟疑和战栗,但是那一会儿并不长,他镇静地回答自己说：

"那么,那个人去坐苦役牢,那是真的,不过,真见鬼,他自己做了贼！我说他没有做贼,也是徒然,他做了贼！我呢？我留在这里,继续我的活动。十年以后,我可以赚一千万,我把这些钱散在地方上,自己一文不留,那有什么要紧？我做的事并不是为了自己！大家日益富裕,工业发展,兴旺,制造厂和机器厂越来越多,家庭,千百个家庭都快乐,地方人口增加,在只有几户农家的地方,出现乡镇,在没有人烟的地方,出现农村,穷困不存,随着穷困的消灭,所有荒淫、娼妓、盗窃、杀人,一切丑行,一切罪恶,全都绝迹！那个可怜的母亲也可以抚养她的孩子！整个地方的人都富裕,诚实！啊呀！我刚才疯了,发昏了,我说什么自首来着？真是,我应当小心,凡事不可躁进。也难怪！因为我也许喜欢做一个伟大慷慨的人,说来说去,还是一套欺世盗名的把戏,因为我也许只想到自己,只想到我个人,如是而已！为了救一个人,其实他罪有应得,我把他的苦处想得太过火了,谁也不知道那究竟是个什么人,一个贼,一个坏蛋,那是肯定的,为了救那么一个人而使整个地方受害！让那个可怜的妇人死在医院里！那个可怜的小女孩死在路旁！和狗一样！呀！那多么惨！那母亲和她的孩子连再见一面也不可能！那孩子连母亲也几乎还不认识！况且这一切全是为了一个自作自受、偷苹果的老畜生,他去服他的终身苦役,如果不是为了偷苹果,也一定还做了别的事！我多么虚心,多么高尚,为了救一个犯罪的人,竟不惜牺牲许多无罪的人。那老流氓即使要活,也活不了几年了,并且他坐牢并不见得会比住在他那破顶楼里更苦,为了救那样一个老流氓,竟不惜牺牲全体人民,母亲们、妻子们、孩子们！那可怜的小珂赛特,她在世上只有我这样一个依靠,现在她一定在那德纳第家的破洞里冻到发青了！那两个家伙也都不是好东西！我对那一切可怜的人将不能尽责了！我去自首！我去做那种糊涂透顶的傻事！让我从最坏的方面着想。对我来说,假设在这件事里的行为是坏的,总有一天我会受到自己良心的谴责,可是,为了别人的利益去接受那种只牵涉到我个人的谴责,我不顾自己灵魂的堕落,而仍去完成那种坏行动,那样才真是忠诚,那样才真是美德。"

他起立,又走起来。这一次他仿佛觉得还满意。

在泥土下黑暗的地方才能发现金刚钻,在深入缜密的思想中才能发现真理。他仿佛觉得在最黑暗的地方深入摸索了一阵以后,他终于获得了那么一颗金刚钻,那么一点真理;他握在手里望着,他望得眼睛都花了。

"是的,"他想,"就是这样。我找到了真理。我有了办法。我到底掌握了一点东西。我已经下了决心。由它去!不必再犹豫,不必再退缩。这是为了大众的利益,不是为我。我是马德兰,我仍旧做马德兰。让那个叫冉阿让的人去受苦!冉阿让已不是我了。我不认识那个人,我已不知道那是怎么一回事;假使在这时有个人做了冉阿让,让他自己去想办法!那和我不相干。那个名字是一个在黑夜里飘荡的鬼魂,假使它停下来,落在谁的头上,便该谁倒霉!"

他对着壁炉上的一面小镜子望了望自己,说道:

"真奇怪!有了办法,我心里立刻舒服了!我现在完全是两回事了。"

他又走了几步,随后又忽然站住:

"干吧!"他说,"不应当在既定办法的任何后果上面迟疑。现在我和冉阿让仍旧是藕断丝连的。应当斩断那些丝!这里,就在这房间里,有些东西可以暴露我的过去,一些不能说话而可以作证的东西,说定了,应当把它们完全消灭。"

他搜着自己的衣袋,从里面抽出他的钱包,打开来,拿出一把钥匙。

他把这把钥匙插在一个锁眼里,那锁眼隐藏在裱壁纸上花纹颜色最深的地方,几乎是看不见的。一层夹壁开开了,那是一种装在墙角和壁炉台间的假橱。在那夹壁里只有几件破衣,一件蓝粗布罩衫,一条旧罩裤,一只旧布袋,一根两端镶了铁的粗刺棍。看见过冉阿让在一八一五年十月间穿过迪涅城的那些人,都能一眼认出那种褴褛服装的全套行头。

他保存了那些东西,正如他保存那两个银烛台一样,为的是使自己永远不忘自己的出身。不过他把来自监狱的那些东西藏了起来,把来自主教的两个烛台陈设给人家看。

他向房门偷看了一眼,那扇门虽然上了闩,好像他仍旧害怕它会开开似的;随后他用一种敏捷急促的动作把所有的东西,破衣、棍子、口袋,一手抱起,全丢在火里,对自己那样小心谨慎、冒着危险、收藏了那么多年的东西,他连看也没有看一眼。

他又把那假橱关上,它既是空的,此后也用不着了,但为了加紧提防,他仍然推上一件大家具,堵住橱门。

几秒钟过后,那屋子里和对面墙上都映上了一片强烈的、颤巍巍的红光。一切都烧了。那根刺棍烧得劈啪作声,火星直爆到屋子中间。

那只布袋,在和它里面的那些褴褛不堪的破布一同焚化时,露出了一件东西,落在灰里,闪闪发光。假使有人弯着腰,就不难看出那是一枚银币。那一定是从那通烟囱的小瑞尔威抢来的那枚值四十个苏的钱了。

他呢,并不望火,只管来回走,步伐始终如一。

他的视线忽然落到壁炉上被火光映得隐隐发亮的那两个银烛台上。

"得!"他想道,"整个冉阿让都还在这里面。这玩意儿也得毁掉。"

他拿起那两个烛台。

火力还够大,很容易使它们失去原来的形状,烧成不能辨认的银块。

他在炉前弯下腰去,烘了一回火,他确实舒服了一阵。

"好火!"他说。

他拿着两个烛台中的一个去拨火。

一分钟后,两个全在火里了。

这时,他仿佛听见有个声音在他心里喊:

"冉阿让!冉阿让!"

他头发竖起来了,好像成了一个听到恐怖消息的人。

"对!没有错,干到底!"那声音说,"做完你现在做的事!毁了那两个烛台!消灭那种纪念品!忘掉那主教!忘掉一切!害死那商马第!干吧,这样好。称赞你自己!这样,说定了,下过决心了,一言为定,那边有个人,一个老头,他不知道人家打算怎样对付他,他也许什么事也没做过,是一个无罪的人,他的苦难全是由你那名字惹起的,他被你那名字压在头上,就好像有了罪,他将因你而被囚,受惩罚,他将在唾骂和悚惧当中结束他的生命。那好。你呢?做一个诚实的人。仍旧做市长先生,可尊可敬的,确也受到尊敬,你繁荣城市,接济穷人,教养孤儿,过快乐日子,俨然是个君子,受人敬佩,与此同时,当你留在这里,留在欢乐和光明中时,那边将有一个人穿上你的红褂子,顶着你的名字,受尽羞辱,还得在牢里拖着你的铁链!是呀,这种办法,是正当的!呀!无赖!"

汗从他额头上流出来。他望着那两个烛台,茫然不知所措。这时,在他心里说话的那声音还没有说完。它继续说:

"冉阿让!在你的前后左右将有许多欢腾、高呼、赞扬你的声音,只有一种声音,一种谁也听不见的声音,要在黑暗中诅咒你。那么!听吧,无耻的东西!那一片颂扬的声音在达到天上以前,全会落下,只有那种诅咒才能直达上帝!"

那说话的声音,起初很弱,并且是从他心中最幽暗的地方发出来的,一步一步,越来越洪亮越惊人,现在他听见已在他耳边了。他仿佛觉得它起先是从他身体里发出来的,现在却在他的外面说话了。最后的那几句话,他听得特别清楚,他毛骨悚然,向房里四处看了一遍。

"这里有人吗?"他惝恍迷离地高声问着。

随后他笑出来了,仿佛是痴子的那种笑声,他接着说:

"我多么糊涂!这里不可能有人。"

那里有人,但是在那里的不是肉眼可以看见的人。

他又把那两个烛台放在壁炉上。

于是他又用那种单调、沉郁的步伐走来走去,把睡在他下面的那个人从梦中惊到跳了起来。

那样走动,使他舒适了一些,同时也使他兴奋。有时,人在无可奈何的关头总喜欢走动,仿佛不断迁移地方,便会碰见什么东西,可以向它征询意见。过了一会儿,他又摸不着头脑了。

现在他对自己先后轮流作出决定的那两种办法,同样感到畏缩不前。涌上他心头的那两种意见,对他好像都是绝路。何等的厄运!拿了商马第当他,何等的遭遇!当初上帝仿佛要用来锻炼他的那种方法,现在正使他陷于绝境了!

对未来,他思考了一下。自首,伟大的上帝!自投罗网!他面对他所应当抛弃和应当再拿起的那一切东西,心情颓丧到无以复加。那么,他应当向那么好、那么干净、那么快乐的生活,向大众的尊崇、荣誉和自由告别了!他不能再到田野里去散步了,他也再听不到阳春时节的鸟叫了,再不能给小孩子们布施了!他不能再感受那种表示感激敬爱而向他注视的和蔼目光了！他将离开这所他亲手造的房子,这间屋子,这间小小的屋子！所有一切,这时对他都是妩媚可爱的。他不能再读这些书了,不能再在这小小的白木桌上写字了！他那惟一的女仆,那看门的老妇人,不会再在早晨把咖啡送上来给他了。伟大的上帝！代替这些的是苦役队,是枷,是红衣,是脚镣,是疲劳,是黑屋,是帆布床和大家熟悉的那一切骇人听闻的事。在他那种年纪,在做过他那样的人以后！假使他还年轻！但是,他老了,任何人都将以"你"称呼他,受禁子的搜查,挨狱警的棍子！赤着脚穿铁鞋！早晚把腿伸出去受检验链锁人的锤子！忍受外国人的好奇心,会有人向他们说："这一个便是做过滨海蒙特勒伊市长的那个著名的冉阿让！"到了晚上,流着汗,疲惫不堪,绿帽子遮在眼睛上,两个两个地在警察的鞭子下,由软梯爬上战船的牢房里去！呵！何等的痛苦！难道天意也能像聪明人一样残酷,也能变得和人心一样暴戾吗！

无论他怎样做,他总是回到他沉思中的那句痛心的、左右为难的话上:留在天堂做魔鬼,或是回到地狱做天使。

怎样办,伟大的上帝！怎样办？

他费了无穷的力才消释了的那种烦恼又重新涌上了心头。他的思想又开始紊乱起来。人到了绝望时思想便会麻痹,不受控制。罗曼维尔那个名字不时回到他的脑海中来,同时又联想到他从前听过的两句歌词上。他想起罗曼维尔是巴黎附近的一处小树林,每逢四月,青年情侣总到那里去采丁香。

他的心身都摇曳不定,他好像一个没人扶的小孩,跌跌撞撞地走着。

有时他勉强提起精神，克服疲倦。他竭力想作最后一次努力，想把那个使他疲惫欲倒的问题正式提出来，应当自首？还是应当缄默？结果他什么都分辨不出。他在梦想中凭自己的理智，就各种情况初步描摹出来的大致轮廓，都一一烟消云散了。不过他觉得，无论他怎样决定，他总得死去一半，那是必然的，无可幸免的；无论向右或向左，他总得进入坟墓；他已到了垂死的时候，他的幸福的死或是他的人格的死。

可怜！他又完全回到了游移不定的状态。他并不比开始时有什么进展。

这个不幸的人老是在苦恼下挣扎。在这苦命人之前一千八百年，那个汇集了人类一切圣德和一切痛苦于一身的神人，正当橄榄树在来自太空的疾风中颤动时，也曾把那杯在星光下显得阴森惨暗的苦酒推到一边，久久低回不决呢。

四　痛苦在睡眠中的形状

早晨三点刚刚敲过，他那样几乎不停地走来走去，已有五个钟头了。后来，他倒在椅子上。

他在那上面睡着了，还做了一个梦。

那梦，和大多数的梦一样，只是和一些惨痛莫名的情况有关连，但是他仍然受了感动。那场噩梦狠狠地打击了他，使他后来把它记了下来。这是他亲笔写好留下来的一张纸。我们认为应在此把这一内容依照原文录下。

无论那个梦是什么，假使我们略过不提，那一夜的经过便不完全。那是一个害着心病的人的一段辛酸的故事。

下面便是。在那信封上有这样一行字："我在那晚做的梦。"

我到了田野间。那是一片荒凉辽阔、寸草不生的田野。我既不觉得那是白天,也不觉得是黑夜。

我和我的哥,我童年时的哥,一同散步;这个哥,我应当说,是我从来没有想起,而且几乎忘了的。

我们在闲谈,又碰见许多人走过。我们谈到从前的一个女邻居,这个女邻居,自从她住在那条街上,便时常开着窗子工作。我们谈着谈着,竟因那扇开着的窗子而觉得冷起来了。

田野间没有树。

我们看见一个人在我们身边走过。那人赤身露体,浑身灰色,骑着一匹土色的马。那人没有头发;我们看见他的秃顶和顶上的血管。他手里拿着一条鞭子,像葡萄藤那样软,又像铁那么重。那骑士走了过去,一句话也没有和我们说。

我哥向我说:"我们从那条凹下去的路走吧。"

那里有一条凹下去的路,路上没有一根荆棘,也没有一丝青苔。一切全是土色的,连天也一样。走了几步以后,我说话,却没有人应我,我发现我的哥已不和我在一道了。

我望见一个村子,便走进去。我想那也许是罗曼维尔。(为什么是罗曼维尔呢?)①

我走进的第一条街,没有人,我又走进第二条街。在转角的地方,有个人靠墙立着。我向那人说:"这是什么

---

① 括弧是冉阿让加的。——原注

地方?我到了哪里?"那人不回答。我看见一扇开着的墙门,我便走进去。

第一间屋子是空的。我走进第二间。在那扇门的后面,有个人靠墙立着。我问那人:"这房子是谁的?我是在什么地方?"那人不回答。那房子里有一个园子。

我走出房子,走进园子。园子是荒凉的。在第一株树的后面,我看见一个人立着。我向那人说:"这是什么园子?我在什么地方?"那人不回答。

我信步在那村子里走着,我发现那是个城。所有的街道都是荒凉的,所有的门都是开着的。没有一个人在街上经过,也没有人在房里走或是在园里散步。但在每一个墙角上、每扇门后面、每株树的背后,都立着一个不开口的人。每次总只有一个,那些人都望着我走过去。

我出了城,在田里走。

过了一会,我回转头,看见一大群人跟在我后面走来。我认出了那些人,全是我在那城里看见过的。他们的相貌是奇形怪状的。他们好像并不急于赶路,但他们都比我走得快。他们走的时候,一点声音也没有。一下子,那群人追上了我,把我围了起来。那些人的面色都是土色的。

于是,我在进城时最初见到并向他问过话的那个人向我说:

"您往哪儿去?难道您不知道您早就死了吗?"

我张开嘴,正要答话,但是我看见四周绝没有一个人。

他醒过来,冻僵了。一阵和晨风一样冷的风把窗板吹得

在开着的窗门臼里直转。火已经灭了。蜡烛也快点完了。仍旧是黑夜。

他立起来,向着窗子走去,天上始终没有星。

从他的窗口,可以望见那所房子的天井和街道。地上忽然发出一种干脆而结实的响声,他便朝下望。

他看见在他下面有两颗红星,它们的光在黑影里忽展忽缩,形状奇怪。

由于他的思想仍半沉在梦境里,他在想:"奇怪!天上没有星,它们现在到地上来了。"

这时,他才从梦中渐渐清醒过来,一声和第一次相同的响声把他完全惊醒了,他注意看,这才看出那两颗星原来是一辆车子上的挂灯。从那两盏挂灯射出的光里,他可以看出那辆车子的形状。那是一辆小车,驾着一匹白马。他先头听见的便是马蹄踏地的响声。

"这是什么车子?"他向自己说,"谁这样一清早就来了?"

这时,有个人在他房门上轻轻敲了一下。

他从头到脚打了一个寒噤,怪声叫道:

"谁呀?"

有个人回答:

"是我,市长先生。"

他听出那老妇人——他的门房的嗓子。

"什么事?"他又问。

"市长先生,快早晨五点了。"

"这告诉我干什么?"

"市长先生,车子来了。"

"什么车子?"

"小车。"

"什么小车?"

"难道市长先生没有要过一辆小车吗?"

"没有。"他说。

"那车夫说他是来找市长先生的。"

"哪个车夫?"

"斯戈弗莱尔先生的车夫。"

"斯戈弗莱尔先生?"

那个名字使他大吃一惊,好像有道电光在他的面前闪过。

"呀!对了!"他回答说,"斯戈弗莱尔先生。"

当时那老妇人如果看见了他,她一定会被他吓坏的。

他一声不响,停了好一阵。他呆呆地望着那支蜡烛的火焰,又从烛心旁边取出一点火热的蜡,在指间抟着。那老妇人等了一阵,才壮起胆子,高声问道:

"市长先生,我应当怎样回复呢?"

"您说好的,我就下来。"

五　车轮里的棍

当时,从阿拉斯到滨海蒙特勒伊的邮政仍使用着帝国时代的那种小箱车。那箱车是种两轮小车,内壁装了橙黄色的革,车身悬在螺旋式的弹簧上,只有两个位子,一个是给邮差坐的,一个是备乘客坐的。车轮上面装有那种妨害人的长毂,使旁的车子和它必须保持一定的距离,今日在德国的道路上还可以看见那种车子。邮件箱是一只长方形的大匣子,装在车子的后部,和车身连成一体。箱子是黑漆的,车身则是黄漆。

那种车子有一种说不出的佝偻丑态,在今日已没有什么东西和它相似的了;我们远远望见那种车子走过,或见它在地平线上沿路匍匐前进,它们正像,我想是,大家称作白蚁的那种有白色细腰、拖着庞大臀部的昆虫。但是它们走得相当快。那种箱车在每天晚上一点,在来自巴黎的邮车到了以后,便从阿拉斯出发,快到早晨五点时,便到了滨海蒙特勒伊。

那天晚上,经爱司丹去滨海蒙特勒伊的箱车,在正进城时,在一条街的转角处,撞上了一辆从对面来的小车,那小车是由一匹白马拉的,里面只有一个围着斗篷的人。小车的车轮受了一下颇猛的撞击,邮差叫那人停下来,但是那驾车的人不听,照旧快步趱赶,继续他的行程。

"这真是个鬼一样性急的人!"那邮差说。

那个匆忙到那种程度的人,便是我们刚才看见在狠命挣扎、确实值得怜悯的那个人。

他去什么地方?他不能说。他为什么匆忙?他不知道。他毫无目的地向前走。什么方向呢?想必是阿拉斯,但是他也许还要到别处去。有时,他觉得他会那样作,他不禁战栗起来。他沉没在那种黑夜里,如同沉没在深渊中一样。有样东西在推他,有样东西在拖他。他心里的事,这时大概没有人能说出来,但将来大家全会了解的。在一生中谁一次也不曾进入那种渺茫的幽窟呢?

况且他完全没有拿定主意,完全没有下定决心,完全没有选定,一点没有准备。他内心的一切活动全不是确定的。他完完全全是起初的那个样子。

他为什么去阿拉斯?

他心里一再重复着他在向斯戈弗莱尔定车子时曾向自己说过的那些话:"不论结果是什么,也绝不妨亲眼去看一下,亲自去判断那些事";"为谨慎起见,也应当了解一下经过情形";"没有观察研究,就做不出任何决定";"离得远了,总不免遇事夸张,一旦看见了商马第这个无赖,自己的良心也许会大大地轻松下来,也就可以让他去代替自己受苦刑";"沙威当然会在那里,还有那些老苦役犯布莱卫、舍尼杰、戈什巴依,从前虽然认识他,但现在决不会认出他";"啐!胡想!""沙威还完全睡在鼓里呢";"一切猜想和一切怀疑,都集中在商马第身上,并且猜想和怀疑都是最顽固的东西";"因此绝没有危险"。

那当然还是不幸的时刻,但是他不会受牵累;总之,无论他的命运会怎样险恶,他总还把它捏住在自己的手中;他是他命运的主人。他坚持那种想法。

实际上,说句真话,他更喜欢能不去阿拉斯。

可是他去了。

他一面思前想后,一面鞭马,那马稳步踏实,向前趱进,每小时要走二法里半。

车子越前进,他的心却越后退。

破晓时,他已到了平坦的乡间,滨海蒙特勒伊城已经远远落在他的后面。他望着天边在发白;他望着,却不看见,冬季天明时分的各种寒冷景象,一一在他眼前掠过。早晨和黄昏一样,有它的各种幻影。他并没有看见它们,但是那些树木和山丘的黑影,像穿过他的身体似的,在他不知不觉之中,使他那紧张的心情更增添一种无可言喻的凄凉。

他每经过一所孤零零的有时靠近路旁的房子,便向自己说:"那里肯定还有人睡在床上!"

马蹄、铜铃、车轮,一路上合成了柔和单调的声音。那些东西,在快乐的人听来非常悦耳,但伤心人却感到无限苍凉。

他到爱司丹时天已经大亮了。他在一家客栈门前停下来,让马喘口气,又叫人给他拿来荞麦。

那匹马,斯戈弗莱尔已经说过,是布洛涅种的小马,头部和腹部都太大,颈太短,但是胸部开展,臀部宽阔,腿干而细,脚劲坚实,貌不扬而体格强健;那头出色的牲口,在两个钟头之内,走了五法里,并且臀上没有一滴汗珠。

他没有下车。那送荞麦来喂马的马夫忽然蹲下去,检查那左边的轮子。

"您打算这样走远路吗?"那人说。

他几乎还在萦梦中,回答说:

"怎么呢?"

"您是从远处来的吗?"那小伙计又问。

"离此地五法里。"

"哎呀!"

"您为什么说'哎呀'?"

那小伙计又弯下腰去,停了一会不响,仔细看那轮子,随后,立起来说道:

"就是因为这轮子刚才走了五法里路,也许没有错,但是现在它决走不了一法里的四分之一了。"

他从车上跳下来。

"您说什么,我的朋友?"

"我说您走了五法里路,而您却没有连人带马滚到大路边上的沟里去,那真是上帝显灵。您自己瞧吧。"

那轮子确实受了重伤。那辆邮政箱车撞断了两根轮辐,并且把那轮毂也撞破了一块,螺旋已经站不稳了。

"我的朋友,"他向那马房伙计说,"这里有车匠吗?"

"当然有的,先生。"

"请您帮我个忙,去找他来。"

"他就在那面,才两步路。喂!布加雅师父!"

车匠布加雅师父正在他门口,他走来检查了那车轮,装出一副丑脸,正像个研究一条断腿的外科医师。

"您能立刻把这轮子修好吗?"

"行,先生。"

"我在什么时候可以再上路呢?"

"明天。"

"明天!"

"这里有足足一整天的活呢。先生有急事吗?"

"非常急。我最晚也非在一个钟头以内上路不可。"

"不可能,先生。"

"您要多少钱,我都照给。"

"不可能。"

"那么,两个钟头以内。"

"今天是不行的了。我必须重新做两根轮辐和一个轮毂。先生在明天以前是走不成的了。"

"我的事不能等到明天。要是不修那轮子,您另换一个,可以吗?"

"怎么换?"

"您是车匠师父吗?"

"当然,先生。"

"难道您没有一个轮子卖给我吗?我立刻就可以走了。"

"一个备用的轮子吗?"

"是呀。"

"我没有替您这轮车准备好轮子。轮子总是一对对配好的。两个轮子不是偶然碰上就能成双成对的。"

"既是这样,卖一对轮子给我。"

"先生,轮子不是和任何车辆都能配合的。"

"不妨试试。"

"不中用,先生。我只有小牛车轮子出卖,我们这里是个小地方。"

"您有没有一辆坐车租给我呢?"

那位车匠师父一眼就看出他那辆小车是租来的。他耸了耸肩。

"人家把车子租给您,您可真照顾得好!我有也不租给您。"

"那么,卖给我呢?"

"我没有卖。"

"什么!一辆破车也没有吗?您看得出,我不是难说话的。"

"我们是个小地方。在那边车棚里,"那车匠接着说,"我有一辆旧的软兜车,是城里的一位绅士交给我保管的,他要到每个月的三十六号①才用一次。我完全可以把它租给您,那和我有什么相干?但是切不可让那位绅士看见它走过;而且,那是一辆软兜车,非有两匹马不行。"

~~~~~~~~~~~~~~~~~

① 每个月的三十六号,等于说"从来不用"。

"我可以用邮局的马。"

"先生去什么地方?"

"去阿拉斯。"

"而且先生今天就要到吗?"

"是呀。"

"用邮局的马?"

"为什么不呢?"

"假使先生在今天夜里的四点钟到,可以不可以呢?"

"决不可以。"

"就是,您知道,有件事要说,用邮局的马的话……先生有护照吗?"

"有。"

"那么,用邮局的马的话,先生也不能在明天以前到达阿拉斯。我们是在一条支路上。换马站的工作做得很坏,马都在田里。犁田的季节已经开始了。大家都需要壮马,邮局和旁的地方都一样在四处找马。先生在每个换马站都至少得等上三四个钟头。并且只能慢慢地走。有许多斜坡要爬。"

"唉,我骑着马去吧。请您把车子解下来。在这地方我总买得到一套鞍子吧。"

"当然买得到。但是这匹马肯受鞍子吗?"

"真的,您提醒了我。这马不肯受鞍子。"

"那么……"

"在这村子里,我总可以找得到一匹出租的马吧。"

"一匹一口气走到阿拉斯的马吗?"

"对了。"

"您非得有一匹在我们这地方找不着的那种马才行。首先,您得买,因为我们不认识您。但是既没有卖的,也没有租的,五百法郎,一千法郎,都不中用。您找不到一匹那样的马。"

"怎么办?"

"最好是这样,老实人说老实话,我来修您的轮子,您等到明天再走。"

"明天太迟了。"

"圣母!"

"此地没有去阿拉斯的邮车吗?它在什么时候走过?"

"今晚。那两辆箱车,一上一下,都走夜路。"

"怎么!您非得有一天工夫才能修好那轮子吗?"

"一天,并且是整整的一天!"

"用两个工人呢?"

"用十个也不成!"

"如果我们用绳子把那两条轮辐绑起来呢?"

"绑轮辐,可以,绑轮毂,不行。并且轮箍也坏了。"

"城里有出租车子的人吗?"

"没有。"

"另外还有车匠吗?"

那马夫和车匠师父同时摇着头答道:

"没有。"

他感到一种极大的快乐。

上天从中布置,那是显然的了。折断车轮,使他中途停顿,那正是天意。他对这初次的昭示,还不折服,他刚才已竭尽全力想找出继续前进的可能性,他已忠诚地、细心地想尽了一切方法,他在时令、劳顿、费用面前都没有退缩,他没有丝毫可谴责自己的地方。假使他不再走远,那已不关他的事。那已不是他的过失,不是他的良心问题,而是天意。

他吐了一口气。自从沙威访问以后,他第一次舒畅地、长长地吐了口气。他仿佛觉得,二十个钟头以来紧握着他心的那只铁手刚才已经松下来了。

他仿佛觉得现在上帝是祖护他的了,并且表明了旨意。

他向自己说他已尽了他的全力,现在只好心安理得地转身回去。

假使他和那车匠的谈话是在客栈中的一间屋子里进行而没有旁人在场,没有旁人听到他们的谈话,事情也许会就此停顿下来,我们将要读到的那些波折也就无从谈起了,但是那次谈话是在街上进行的。街上的交接总免不了要引来一些围着看热闹的观众,随时随地都有那种专门爱看热闹的人。当他在问那车匠时,有些来往过路的人便在他们周围停了下来。其中有个年轻孩子,当时也没人注意他,他听了几分钟以后离开那群人跑了。

这位赶路人在经过了我们刚才所说的那些思想活动以后,正打算原路跫回头,那孩子回来了。还有一个老妇人跟着他。

"先生,"老妇人说,"我的孩子告诉我,说您想租一辆车子。"

出自那孩子带来的老妇人口中的这句简单的话,立刻使他汗流浃背。他仿佛看见那只已经放了他的手又出现在他背后的黑影里,准备再抓住他。

他回答:

"是的,好妈妈,我要找一辆出租的车子。"

他又连忙加上一句：

"不过这地方没有车子。"

"有。"那妇人说。

"哪儿会有？"车匠问。

"在我家里。"老妇人回答。

他吃了一惊。那只讨命的手又抓住他了。

老妇人在一个车棚下确有一辆柳条车。车匠和那客栈里的用人，看见自己的买卖做不成，大不高兴，岔着说些诸如此类的话：

"那是辆吓坏人的破车"，"它是直接安在轴上的"，"那些坐板的确是用些皮带子挂在车子里面的"，"里面漏水"，"轮子都锈了，并且都因潮湿锈坏了"，"它不见得能比这辆小车走得更远"，"一辆真正的破车！"，"这位先生如果去坐那种车子，才上当呢"。

那些话全是事实，但是那辆破车，那辆朽车，那东西，无论如何，总能在它的两只轮子上面滚动，并且能滚到阿拉斯。

他付了她要的租金，把那辆小车留在车匠家里，让他去修，约定回头再来取，把那匹白马套在车上，上了车，又走上他已走了一早晨的那条路。

当那车子开始起动时，他心里承认，刚才他想到他不用再到他要去的那地方，那一刻工夫是多么的轻松愉快。他气愤愤地检查那种愉快心情，觉得有些荒谬。向后退转，为什么要愉快呢？无论如何，他走不走都有自由。谁也没有强迫他。

况且他决不会碰到他不想碰到的事。

他正走出爱司丹，有个人的声音在对他喊叫："停！停！"他用一种敏捷的动作停了车，在那动作里似乎又有一种急躁紧张、类似希望的意味。

是那老妇人的孩子。

"先生,"他说,"是我替您找来这辆车子的。"

"那又怎么样呢?"

"您什么也还没有给我。"

无处不施舍。并且那样乐于施舍的他,这时却觉得那种奢望是逾分的,并且是丑恶的。

"呀!是吗,小妖怪!"他说,"你什么也得不着!"

他鞭着马,一溜烟走了。

他在爱司丹耽误太久了,他想追上时间。那匹小马很得劲,拉起车来一匹可以当两匹,不过当时正是二月天气,下了雨,路也坏。并且,那已经不是那辆小车,这辆车实在难拉,而且又很重。还得上许多坡。

他几乎费了四个钟头,才从爱司丹走到圣波尔。四个钟头五法里。

进了圣波尔,他在最先见到的客栈里解下了马,叫人把它带到马房。在马吃粮时,他照他答应斯戈弗莱尔的去做,立在槽边。他想到一些伤心而漫无头绪的事。

那客栈的老板娘来到马房里。

"先生不吃午饭吗?"

"哈,真是,"他说,"我很想吃。"

他跟着那个面貌鲜润的快乐妇人走。她把他带进一间矮厅,厅里有些桌子,桌上铺着漆布台巾。

"请快一点,"他又说,"我还要赶路。我有急事。"

一个佛兰德胖侍女连忙摆上餐具。他望着那姑娘,有了点舒畅的感受。

"我原来为这件事不好受,"他想,"我没有吃早饭。"

吃的东西拿来了。他急忙拿起一块面包,咬了一大口,随后又慢慢地把它放在桌子上,不再动它了。

有个车夫在另外一张桌上吃东西。他向那个人说:

"他们这儿的面包为什么会这样苦巴巴的?"

那车夫是个德国人,没有听见。

他又回到马棚里,立在马的旁边。

一个钟头过后,他离开了圣波尔,向丹克进发,丹克离阿拉斯还有五法里。

在那一程路上,他做了些什么呢?想到些什么呢?像早晨一样,他望着树木、房屋的草顶、犁好的田——在他的眼前显现消逝,每转一个弯,原来的景物忽又渺无踪影。那种欣赏有时是能使心神快慰的,也几乎能使人忘怀一切。生平第一次,也是最后一次,他望着万千景色,再没有什么比这更黯然销魂的了!旅行就是随时生又随时死。也许他正处在他精神上最朦胧的状态中,他在拿那些变幻无常的景致来比拟人生。人生的万事万物都在我们眼前随时消失,黑暗光明,交错相替;光辉灿烂之后,忽又天地晦冥;人们望着,忙着,伸出手抓住那些掠过的东西;每件事都是道路的拐角;倏忽之间,人已衰老。我们蓦然觉得一切都黑了,我们看见一扇幽暗的门,当年供我们驰骋的那匹暗色的生命之马停下来了,我们看见一个面目模糊、素不相识的人在黑暗中卸下了它的辔头。

将近黄昏时,一些放学的孩子望见那位旅人进了丹克。真的,那正是一年中日短夜长的季节。他在丹克没有停留。当他驰出那乡镇,一个在路上铺石子的路工抬起头来说:

"这马真够累了。"

那可怜的牲口确也只能慢慢地走了。

"您去阿拉斯吗?"那个路工又说。

"是的。"

"像您这样子走去,恐怕您不会到得太早吧。"

他勒住马,问那路工:

"从此地到阿拉斯还有多少路?"

"差不多整整还有七法里。"

"哪里的话?邮政手册上只标了五法里又四分之一。"

"呀!"那路工接着说,"您不知道我们正在修路吗?您从此地起走一刻钟,就会看见路断了。没有法子再走过去。"

"真的吗?"

"您可以向左转,走那条到加兰西去的路,过河,等您到了康白朗,再向右转,便是从圣爱洛山到阿拉斯的那条路。"

"可是天快黑了,我会走错路。"

"您不是本地人吗?"

"不是。"

"您又不熟悉,又全是岔路。这样吧,先生,"那路工接着说,"您要我替您出个主意吗?您的马累了,您回到丹克去。那里有家好客栈。在那里过了夜,明天再去阿拉斯。"

"我必须今晚到达阿拉斯。"

"那是另一回事了。那么,您仍到那客栈走一趟,加上一匹边马。马夫还可以引您走小路。"

他接受了那路工的建议,退转回去,半个钟头以后,他再走过那地方,但是加了一匹壮马,快步跑过去了。一个马夫坐在车辕上领路。

可是他觉得时间已给耽误了。

天已经完全黑了。

他们走进岔路。路坏极了。车子从这条辙里落到那条辙里。他向那向导说：

"再照先头那样快步跑，酒资加倍。"

车子落在一个坑里，把车前拴挽带的那条横木震断了。

"先生，"那向导说，"横木断了。我不知怎样套我的马，这条路在晚上太难走了，假使您愿回到丹克去睡，明天清早我们可以到阿拉斯。"

他回答说：

"你有根绳子和一把刀吗？"

"有，先生。"

他砍了一根树枝，做了一根拴挽带的横杆。

那样又耽误了二十分钟，但是他们跑着出发了。

平原是惨暗的。低垂的浓雾，像烟一样在山岗上交绕匍匐。浮云中映出微白的余晖。阵阵的狂风从海上吹来，在地平线上的每个角落发出了一片仿佛有人在拖动家具的声音。凡是隐隐可见的一切都显出恐怖的景象。多少东西在那夜气的广被中惴惴战栗！

他受到了寒气的侵袭。从昨夜起，他还一直没有吃东西。他隐约回忆起从前在迪涅城外旷野上夜行的情景。那已是八年前的事了，想来却好像是在昨天。

他听到远处的钟声，问那年轻人说：

"什么时候了？"

"七点了，先生。八点钟我们可以到达阿拉斯。我们只有三法里了。"

这时，他才第一次这样想，他觉得很奇怪，为什么他以前不曾这样想:他费了这么大的劲,也许只是徒劳往返,他连开庭的时间也还不知道;至少他应当先打听一下,只这样往前走而不知道究竟有无好处,确实有些孟浪。随后他心里又这样计算:平时法庭开审,常在早晨九点;这件案子不会需要多长时间的;偷苹果的事,很快就可以结束的;余下的只是怎样证明他是谁的问题了;陈述过四五件证据后律师们也就没有多少话可说;等到他到场,已经全部结案了。

那向导鞭着马。他们过了河,圣爱洛山落在他们后面了。夜色越来越深了。

六　散普丽斯嬷嬷受考验

可是这时,芳汀却正在欢乐中。

她那一夜原来过得很不舒服。剧烈地咳嗽,体温更高,她做了一夜的梦。医生早晨来检查时,她还正说着胡话。医生的脸色有些紧张,吩咐大家说,等到马德兰先生回来了,便立刻去通知他。

在那整个早晨,她精神委靡,不多说话,两手只把那被单捏出一条条小褶纹,嘴里低声念着一些数字,仿佛是在计算里程。她的眼睛已经深陷而且不能转动了,眼神也几乎没有了。但有时又忽然充满光彩,耀如明星。仿佛在某种惨痛的时刻临近时,上天的光特来照临那些被尘世的光所离弃了的人们一样。

每当散普丽斯嬷嬷问她觉得怎样时,她总照例回答:"还好。我想看看马德兰先生。"

几个月前,在芳汀刚刚失去她最后的贞操、最后的羞耻、最后的欢乐时,她还算得上是自己的影子,现在她只是自己的幽灵了。生理上的疾病加深了精神上的创伤。这个二十五岁的人儿已皱纹满额,两颊浮肿,鼻孔萎削,牙齿松弛,面色铁青,颈骨毕露,肩胛高耸,四肢枯槁,肤色灰白,新生的金发丝也杂有白毛了。可怜!病苦催人老!

到中午,医生又来了,他开了药方,问马德兰先生来过疗养室没有,并连连摇头。

马德兰先生照例总在三点钟来看这病人的。因为守时是一种仁爱,他总是守时的。

将近两点半钟,芳汀焦急起来了。二十分钟之内,她向那信女连问了十次:

"我的嬷嬷,什么时候了?"

三点钟敲了。敲到第三下,平时几乎不能在床上转动的芳汀竟坐起来了。她焦灼万分,紧紧捏着自己的那双又瘦又黄的手。信女还听见她发了一声长叹,仿佛吐出了满腔的积郁。芳汀转过头去,望着门。

没有人进来,门外毫无动静。

她这样待了一刻钟,眼睛盯在门上,不动,好像也不呼吸。那嬷嬷不敢和她说话。礼拜堂报着三点一刻。芳汀又倒在枕头上了。

她没有说一句话,仍旧折她的被单。

半个钟头过去了,接着一个钟头又过去了。没有人来。每次钟响,芳汀便坐起来,望着门,继又倒下去。

我们明白她的心情,但是她绝不曾提起任何一个人的名字,不怨天,不尤人。不过她咳得惨不忍闻。我们可以说已有一种阴气在向她进袭。她面色灰黑,嘴唇发青。但她不时还在微笑。

五点敲过了,那嬷嬷听见她低声慢气说道:

"既然我明天要走了,他今天便不应该不来呵!"

连散普丽斯嬷嬷也因马德兰先生的迟到而感到惊奇。

这时,芳汀望着她的帐顶,她的神气像是在追忆一件往事。忽然,她唱了起来,歌声微弱,就像嘘气一样。信女在一旁静听。下面便是芳汀唱的歌:

　　我们顺着城郊去游戏,
　　要买好些最美丽的东西。
　　矢车菊,朵朵蓝,玫瑰花儿红又香,
　　矢车菊,朵朵蓝,我爱我的小心肝。

　　童贞圣母马利亚,
　　昨天穿着绣花衣,来到炉边向我提:
　　"从前有一天,你曾向我要个小弟弟,
　　小弟弟,如今就在我的面纱里。"
　　"快去城里买细布,
　　买了针线还要买针箍。"

　　我们顺着城郊去游戏,
　　要买好些最美丽的东西。

　　"童贞圣母你慈悲,
　　瞧这炉边的摇篮上,各色丝带全齐备;
　　即使上帝赐我星星最最美,
　　我也只爱你给我的小宝贝。"

"大嫂,要这细布做什么?"
"替我新生的宝宝做衣被。"

矢车菊,朵朵蓝,玫瑰花儿红又香,
矢车菊,朵朵蓝,我爱我的小心肝。

"请把这块细布洗干净。"
"哪里洗?""河里洗。
还有他的兜兜布,不要弄脏不要弄破,
我要做条漂亮裙,我要满满绣花朵。"
"孩子不在了,大嫂,怎么办?"
"替我自己做块裹尸布。"

我们顺着城郊去游戏,
要买好些最美丽的东西。
矢车菊,朵朵蓝,玫瑰花儿红又香,
矢车菊,朵朵蓝,我爱我的小心肝。

这歌是一首旧时的摇篮曲,从前她用来催她的小珂赛特入睡的,她五年不见那孩子了,便也没有再想。现在她用那样幽怨的声音,唱着那样柔和的歌曲,真令人心酸,连信女也几乎要哭出来。那个一贯严肃的嬷嬷也觉得要流泪了。

钟敲了六点。芳汀好像没有听见。对四周的事物她仿佛已不注意了。

散普丽斯嬷嬷派了一个侍女去找那看守厂门的妇人,问她马德兰先生回来了没有,会不会立即到疗养室来。几分钟过后,那侍女回来了。

芳汀始终不动,似乎在细想她的心事。

那侍女声音很低地向散普丽斯嬷嬷说,市长先生不顾那样冷的天气,竟在清早六点钟以前,乘着一辆白马拉的小车,独自一人走了,连车夫也没有,大家都不知道他是朝哪个方向走的,有些人看见他转向去阿拉斯的那条路,有些人又说在去巴黎的路上确实碰见他。他动身时,和平时一样,非常和蔼,只和那看门的妇人说过今晚不必等他。

正当那两个妇人背朝着芳汀的床、正在一问一猜互相耳语时,芳汀爬了起来,跪在床上,两只手握紧了拳头,撑在长枕上,把头伸在帐缝里听,她忽然产生了一种病态的急躁,兴奋起来,于是完全像个健康的人一样,一点也看不出她因重病而危在旦夕。她忽然叫道:

"你们在那儿谈马德兰先生!你们说话为什么那样低?他在干什么?他为什么不来?"

她的声音是那样突兀、那样粗暴,以致那两个妇人以为听见了什么男子说话的声音,她们转过身来,大为惊讶。

"回答嘛!"芳汀喊着说。

那侍女吞吞吐吐地说:

"那看门的大妈说他今天不能来。"

"我的孩子。"那嬷嬷说,"放安静些,睡下去吧。"

芳汀不改变姿势,用一种又急躁又惨痛的口气高声说:

"他不能来?为什么?你们知道原因。你们两人私下谈着。我也要知道。"

那侍女连忙在女信徒的耳边说道:"回答她说,他正在开市政会议。"

散普丽斯嬷嬷的面孔微微地红了一下,那侍女教她的是种谎话。另一方面,她又好像很明白,如果向病人说真话,一定会给她一种强烈的刺激,处在芳汀的那种状况下,那是受不了的。她脸红,立刻又平复了。那嬷嬷抬起她那双镇静而愁郁的眼睛,望着芳汀说:

"马德兰先生走了。"

芳汀竖起身子,坐在自己的脚跟上,眼睛炯炯发光。从她那愁容里放射出一阵从来不曾有过的喜色。

"走了!"她喊着说,"他去找珂赛特去了。"

于是她举起双手,指向天空,她的面容完全是无可形容的。她的嘴唇频频启合,她在低声祈祷。

当她祈祷完时:

"嬷嬷,"她说,"我很愿意睡下去,无论你们说什么,我全听从;刚才我太粗暴了,我求您原谅我那样大声说话,大声说话是非常不好的,我很明白;但是,我的嬷嬷,您看吧,我是非常开心的。慈悲的上帝是慈悲的,马德兰先生也是慈悲的,您想想吧,他到孟费郿去找我的珂赛特去了。"

她又躺了下去,帮着那嬷嬷整理枕头,吻着自己颈上散普丽斯嬷嬷给她的那只小银十字架。

"我的孩子,"嬷嬷说,"现在稍稍休息一下吧,别再说话了。"

芳汀把那嬷嬷的手握在自己潮润的手里,嬷嬷触到了汗液,深感不快。

"他今天早晨动身去巴黎了。其实他用不着经过巴黎。孟费郿稍许靠近到这儿来的路的左边。我昨天和他谈到珂赛特时,他向我说:'快来了,快来了。'您还记得他是怎样对我说的吗?他要乘我不备,让我惊喜一场呢。您知道吗?他写了一封信,为了到德纳第家去带她回来,又叫我签了字。他们没有什么话可说的了,不是吗?他们会把珂赛特交来。他们的账已经清了。清了账还扣留孩子,法律不允许吧。我的嬷嬷,别做手势禁止我说话。我是快乐到极点了,我非常舒服,我完全没有病了,我将再和珂赛特会面,我还觉得饿极了。快五年了,我没有看见她。您,您想不到,那些孩子们,多么使您惦念呵!而且她是多么可爱,您就会看见!您哪里知道,她的小指头是那样鲜红漂亮的!首先,她的手是非常美丽的。在一岁时她的手丑得可笑。情况就是这样!现在她应当长大了。她已经七岁了,已经是个小姐了。我叫她做珂赛特,其实她的名字是欧福拉吉。听吧,今天早晨,我望着壁炉上的灰尘,我就有了种想法,不久我就可以和珂赛特会面了。我的上帝!一年一年地不看见自己的孩子,这多不应该呵!人们应当好好想想,生命不是永久的!呀!市长先生走了,他的心肠多么好!真的,天气很冷吗?他总穿了斗篷吧?他明天就会到这里。不是吗?明天是喜庆日。明天早晨,我的嬷嬷,请您提醒我戴那顶有花边的小帽子。孟费郿,那是个大地方。从前我是从那条路一路走来的。对我来说真够远的。但是公共马车走得很快。他明天就会和珂赛特一同在这里了。从这里到孟费郿有多少里路?"

嬷嬷对于里程完全外行,她回答说:

"呵!我想他明天总能到这里吧。"

"明天!明天!"芳汀说,"我明天可以和珂赛特见面了!您看,慈悲上帝的慈悲嬷嬷,我已经没有病了。我发疯了。假使你们允许的话,我可以跳舞呢。"

在一刻钟以前看见过她的人一定会莫名其妙。她现在脸色红润,说话的声音伶俐自如,满面只是笑容了。有时,她一面笑,一面又低声自言自语。慈母的欢乐几乎是和孩子的欢乐一样的。

"那么,"那信女又说,"您现在快乐了,听我的话,不要再说话了。"

芳汀把头放在枕头上,轻轻对自己说:"是的,你睡吧,乖乖的,你就会得到你的孩子了。散普丽斯嬷嬷说得有理。这儿的人个个都有理。"

于是她不动弹,不摇头,只用她一双睁大了的眼睛向四处望,神情愉快,不再说话了。

那嬷嬷把她的床帷重新放下,希望她可以稍稍睡一会。

七点多钟,医生来了。屋子里寂静无声,他以为芳汀睡着了,他轻轻走进来,踮着脚尖走近床边。他把床帷掀开一点,在植物油灯的微光中,他看见芳汀一双宁静的大眼睛正望着他。

她向他说:"先生,不是吗?你们可以允许我,让她睡在我旁边的一张小床上。"

那医生以为她说胡话。她又说:

"您瞧,这里恰好有一个空地方。"

医生把散普丽斯嬷嬷引到一边,她才把那经过说清楚:马德兰先生在一两天之内不能来,病人以为市长先生去孟费郿了,大家既然还不明白真相,便认为不应当道破她的错觉,况且她也可能猜对了。那医生也以为然。

他再走近芳汀的床,她又说:

"就是,您知道,当那可怜的娃娃早晨醒来时,我可以向她说早安,夜里,我不睡,我可以听她睡。她那种温和柔弱的呼吸使我听了心里多舒服。"

"把您的手伸给我。"医生说。

她伸出她的胳膊,又大声笑着说:

"呀!对了!的确,真的,您还不知道!我的病已经好了。珂赛特明天就会来到。"

那医生大为惊讶。她确是好了一些。郁闷减轻了。脉也强了。一种突如其来的生命使这垂死的可怜人忽然兴奋起来。

"医生先生,"她又说,"这位嬷嬷告诉过您市长先生已去领小宝宝了吗?"

医生嘱咐要安静,并且要避免一切伤心的刺激。他开了药方,冲服纯奎宁,万一夜里体温增高,便服一种镇静剂。他临走时向嬷嬷说:"好一些了。假使托天之福,市长先生果真明天和那孩子一同到了,谁知道呢?病势的变化是那样不可测,我们见过多次极大的欢乐可以一下把病止住。我明明知道这是一种内脏的病,而且已很深了,但是这些事是那样不可解!也许我们可以把她救回来。"

七 到了的旅人准备回程

我们在前面曾经谈到一辆车子和乘车人在路上的情形。当这车子走进阿拉斯邮政旅馆时,已快到晚上八点钟了。乘车人从车上下来,他漫不经心地回答旅馆中人的殷勤招呼,打发走了那匹新补充的马,又亲自把那匹小白马牵到马棚里去;随后他推开楼下弹子房的门,坐在屋子里,两肘支在桌子上。这段路程,他原想在六小时以内完成的,竟费去了十四小时。

他扪心自问,这不是他的过错;然而究其实,他并没有因此而感到焦急。

旅馆的老板娘走进来。

"先生在这里过夜吗?先生用晚餐吗?"

他摇摇头。

"马夫来说先生的马很累了!"

这时他才开口说话。

"难道这匹马明天不能走吗?"

"呵!先生!它至少也得有两天的休息才能走。"

他又问道:

"这里不是邮局吗?"

"是的,先生。"

老板娘把他引到邮局去,他拿出他的身份证,问当天晚上可有方法乘邮箱车回滨海蒙特勒伊,邮差旁边的位子恰空着,他便定了这位子,并付了旅费。

"先生,"那局里的人说,"请准在早晨一点钟到这里来乘车出发。"

事情办妥以后,他便出了旅馆,向城里走去。

他从前没有到过阿拉斯,街上一片漆黑,他信步走去。同时他仿佛打定主意,不向过路人问路。他走过了那条克兰松小河,在一条小街的窄巷里迷失了方向。恰巧有个绅士提着大灯笼走过。他迟疑了一会,决计去问这绅士,在问之先,还向前后张望,好像怕人听见他将发出的问题。

"先生,"他说,"劳您驾,法院在什么地方?"

"您不是本地人吗,先生?"那个年纪相当老的绅士回答,"那么,跟我来吧。我正要到法院那边去,就是说,往省公署那边去。法院正在修理,因此暂时改在省公署里开审。"

"刑事案件也在那边开审吗?"他问。

"一定是的,先生。您知道今天的省公署便是革命以前的主教院。八二年的主教德·贡吉埃先生在那里面盖了一间大厅。就在那厅里开庭。"

绅士边走边向他说:

"假使先生您要看审案,时间少许迟了点。平常他们总是在六点钟退庭的。"

但是,当他们走到大广场,绅士把一幢黑黢黢的大厦指给他看时,正面的四扇长窗里却还有灯光。

"真的,先生。您正赶上,您运气好。您看见这四扇窗子吗?这便是刑庭。里面有灯光。这说明事情还没有办完。案子一定拖迟了,因此正开着晚庭。您关心这件案子吗?是一桩刑事案吗?您要出庭作证吗?"

他回答:

"我并不是为了什么案子来的,不过我有句话要和一个律师谈谈。"

"这当然有所不同。您看,先生,这边便是大门。有卫兵的那地方。您沿着大楼梯上去就是了。"

他按照绅士的指点做去,几分钟以后,便走进了一间大厅,厅里有许多人,有些人三五成群,围着穿长袍的律师们在低声谈话。

看见这些成群的黑衣人立在公堂门前低声耳语,那总是件令人寒心的事。从这些人的嘴里说出来的话,是很少有善意和恻隐之心的,他们口中吐出的多半是早已拟好的判决词。一堆堆的人,使这心神不定的观察者联想到许多蜂窠,窠里全是些嗡嗡作响的妖魔,正在共同营造着各式各样的黑暗的楼阁。

在这间广阔的厅堂里,只点着一盏灯,这厅,从前是主教院的外客厅,现在作为法庭的前厅。一扇双合门正关着,门里便是刑庭所在的大厅。

前厅异常阴暗,因此他放胆随便找了个律师,便问:

"先生,"他说,"案子进行到什么程度了?"

"已经审完了。"律师说。

"审完了!"

他这句话说得非常重,律师听了,转身过来。

"对不起,先生,您也许是家属吧?"

"不是的。我在这里没有熟人。判了罪吗?"

"当然。非这样不可。"

"判了强迫劳役吗?"

"终身强迫劳役。"

他又用一种旁人几乎听不见的微弱声音说:

"那么,已经证实了罪人的正身吗?"

"什么正身?并没有正身问题需要证实。这案子很简单,这妇人害死了自己的孩子,杀害婴孩罪被证明了,陪审团没有追查是否蓄意谋害,判了她无期徒刑。"

"那么是个妇人吗?"他说。

"当然是个妇人。莉莫赞姑娘。那么,您和我谈的是什么案子?"

"没有什么。但是既然完结了,大厅里怎么还是亮的呢?"

"这是为了另外一件案子,开审已经快两个钟头了。"

"另外一件什么案子?"

"呵!这一件也简单明了。一个无赖,一个累犯,一个苦役犯,又犯了盗窃案。我已记不大清楚他的名字了。他那面孔,真像土匪。仅仅那副面孔已够使我把他送进监狱了。"

"先生,"他问道,"有方法到大厅里去吗?"

"我想实在没有法子了。听众非常拥挤。现在正是休息,有些人出来了。等到继续开审时,您可以去试一试。"

"从什么地方进去?"

"从这扇大门。"

律师离开了他。他一时烦乱达于极点,万千思绪,几乎一齐涌上心头。这个不相干的人所说的话像冰针火舌似的轮番刺进他的心里。当他见到事情还没有结束就吐了一口气,但是他不明白,他感受到的是满足还是悲哀。

他走近几处人群,听他们谈话。由于这一时期案件非常多,庭长便在这一天里排了两件简短的案子。起初是那件杀害婴孩案,现在则正在审讯这个苦役犯,这个累犯,这"回头马"。这个人偷了些苹果,但是没有确实证据,被证实了的,只是他曾在土伦坐过牢。这便使他的案情严重了。此外,对他本人的讯问和证人们的陈述都已完毕,但律师还没有进行辩护,检察官也还没有提起公诉。这些事总得到后半夜才能完结。这个人很可能被判刑,检察官很行,他控告的人,从无"幸免",他还是个寻诗觅句的才子。

有个执达吏立在进入刑庭的门旁。他问那执达吏:

"先生,快开门了吗?"

"不会开门。"执达吏说。

"怎么!继续开审时不开门吗?现在不是休息吗?"

"现在已继续开审了一些时候了,"执达吏回答,"但是门不会开。"

"为什么?"

"因为已经坐满了。"

"怎么!一个位子也没有了吗?"

"一个也没有了。门已经关上。不再让人进去了。"

执达吏停了一会又说:

"在庭长先生的背后还有两三个位子,但是庭长先生只允许公家的官员进去坐。"

执达吏说了这句话,便转过背去了。

他低着头退回去,穿过前厅,慢慢走下楼梯,好像步步迟疑。也许他在独自思量吧。前一天夜里在他心里发动的那场激烈斗争还没有结束,还随时要起一些新变化。他走到楼梯转角,依着栏杆,叉起两臂。忽然,他解开衣襟,取出皮夹,抽出一支铅笔,撕了一张纸,在回光灯的微光下急忙写了这样一行字:"滨海蒙特勒伊市长马德兰先生"。他又迈着大步跨上楼梯,挤过人堆,直向那执达吏走去,把那张纸交给他,慎重地向他说:"请把这送给庭长先生。"

执达吏接了那张纸,瞟了一眼,便遵命照办了。

八 优待入席

滨海蒙特勒伊市长素有声望,那是他自己不曾想到的。七年来,他的名声早已传遍了下布洛涅,后来更超越了这小小地区,传到邻近的两三个省去。他除了在城内起了振兴烧料细工工业的重大作用外,在滨海蒙特勒伊县的一百八十一个镇中,没有一镇不曾受过他的照顾。在必要时,他还能帮助和发展其他县的工业。他以他的信用贷款和基金在情况需要时随时支援过布洛涅的珍珠罗厂、弗雷旺的铁机麻纱厂和匍白的水力织布厂。无论什么地方,提到马德兰先生这个名字,大家总是肃然起敬的。阿拉斯和杜埃都羡慕滨海蒙特勒伊有这样一位市长,说这是个幸运的小城。

这次在阿拉斯任刑庭主席的是杜埃的御前参赞,他和旁人一样,也知道这个无处不尊、无人不敬的名字。执达吏轻轻开了从会议室通到公堂的门,在庭长的围椅后面伛着腰,递上我们刚才念过的那张纸说"这位先生要求旁听",庭长肃然动容,拿起一支笔,在那张纸的下端写了几个字,交给执达吏,向他说:

"请进。"

我们讲着他的历史的这个伤心人立在大厅门旁,他立的地位和态度,一直和那执达吏先头离开他时一样。他在梦魂萦绕中听到一个人向他说:"先生肯赏光让我带路吗?"这正是刚才把背向着他的那个执达吏,现在向他鞠躬直达地面了。执达吏又同时把那张纸递给他。他把它展开,当时他恰立在灯旁,他读道:

"刑庭庭长谨向马德兰先生致敬。"

他揉着这张纸,仿佛这几个字给了他一种奇苦的余味。

他跟着执达吏走去。

几分钟后,他走进一间会议室,独自立在里面,四壁装饰辉煌,气象森严,一张绿呢台子上燃着两支烛。执达吏在最后离开他时所说的那些话还一直留在他的耳边:"先生,您现在是在会议室里,您只须转动这门上的铜钮,您就到了公堂里,庭长先生的围椅后面。"这些话和他刚才穿过的那些狭窄回廊以及黑暗扶梯所留下的回忆,在他的思想里都混在一起了。

执达吏把他独自留下。紧急关头到了。他想集中精神想想,但是做不到。尤其是在我们急于想把思想里的线索和痛心的现实生活联系起来时,它们偏会在我们的脑子里断裂。他恰巧到了这些审判官平时商议和下判决书的地方。他静静地呆望着这间寂静骇人的屋子,想到几多生命是在这里断送的,他自己的名字不久也将从这里哄传开去,他这会儿也要在这里过关,他望望墙壁,又望望自己,感到惊奇,居然会有这间屋子,又会有他这个人。

他不吃东西,已超过了二十四个钟头,车子的颠簸已使他疲惫不堪,不过他并不觉得,好像他什么事都已感觉不到。

他走近挂在墙上的一个黑镜框,镜框的玻璃后面有一封陈旧的信,是巴黎市长兼部长让·尼古拉·帕希亲笔写的,信上的日期是二年①六月九日,这日期一定是写错了的,在这封信里,帕希把他们拘禁的部长和议员的名单通告了这一镇。假使有人能在这时看见并注意马德兰,一定会认为这封信使马德兰特别感兴趣,因为他的眼睛没有离开它,并且念了两三遍。他自己没有注意到也没有觉得他是在念这封信。他当时想到的却是芳汀和珂赛特。

他一面沉思一面转过身子,他的视线触到了门上的铜钮,门那边便是刑庭了。他起先几乎忘记了这扇门。他的目光,起初平静地落到门上,随后便盯住那铜钮,他感到惊愕,静静地望着,渐渐起了恐怖。一滴滴汗珠从他头发里流出来,直流

---

① 共和二年,即一七九四年。

到鬓边。

有那么一会儿,他用一种严肃而又含有顽抗意味的神情作出一种无法形容的姿势,意思就是说(并且说得那样正确):"见鬼!谁逼着我不成?"他随即一下转过身去,看见他先前进来的那扇门正在他面前,他走去开了门,一步就跨出去了。他已不在屋子里了,他到了外面,在一道回廊里;这是一道长而狭的回廊,许多台阶,几个小窗口,弯弯曲曲,一路上点着几盏类似病房里通宵点着的回光灯,这正是他来时经过的那条回廊。他吐了一口气,又仔细听了一阵,他背后没有动静,他前面也没有动静,他开始溜走,像有人追他似的。

他溜过了长廊的几处弯角,又停下来听。在他四周,仍和刚才那样寂静,那样昏暗。他呼吸促迫,站立不稳,连忙靠在墙上。石块是冷的,他额上的汗也像冰似的,他把身子站直,一面却打着寒战。

他独自一人立在那里,立在黑暗中,感到冷不可耐,也许还因别的事而浑身战栗,他又寻思起来。

他已想了一整夜,他已想了一整天,他仅听见一个声音在他心里说:"唉!"

这样过了一刻钟。结果,他低下头,悲伤地叹着气,垂着两只手,又走回来。他慢慢地走着,不胜负荷似的。好像有人在他潜逃的时候追上了他,硬把他拖回来一样。

他又走进那间会议室。他看见的第一件东西便是门钮。门钮形状浑圆,铜质光滑,在他眼前闪闪发光,好像一颗骇人的星。他望着它,如同羔羊见了猛虎的眼睛。

他的眼睛无法离开它。

他一步一停,向着门走去。

假使他听,他会听见隔壁厅里的声音,像一种嘈杂的低语声。但是他没有听,也听不见。

忽然,连他自己也不知道他是怎样到了门边。他紧张万分地握住那门钮,门开了。

他已到了公堂里面。

九 一个拼凑罪状的地方

他走上一步,机械地反手把门拉上,立着估量他目前的情况。

这是一间圆厅,灯光惨暗,容积颇大,时而喧嚣四起,时而寂静无声,一整套处理刑事案件的机器,正带着庸俗、愁惨的隆重气派,在群众中间活动。

在厅的一端,他所在的这一端,一些神情疏懒、穿着破袍的陪审官正啃着手指甲或闭着眼皮;另一端,一些衣服褴褛的群众,一些姿态各异的律师,一些面容诚实而凶狠的士兵;污渍的旧板壁,肮脏的天花板,几张铺着哔叽的桌子,这哔叽,与其说是绿的,还不如说是黄的;几扇门上都有黑色的手渍。几张咖啡馆常用的那种光少烟多的植物油灯挂在壁板上的钉子上,桌上的铜烛台里插了几支蜡烛,这里是阴暗、丑陋、沉闷的;从这一切中产生了一种威仪严肃的印象,因为就在这里,大家感受到那种人间的威力和上苍的威力,也就是所谓的法律和正义。

在这群人里,谁也不曾注意他。所有的目光都集中在惟一的一点上,那就是在庭长左方、沿墙靠着一扇小门的那条木凳上。那条凳被几支烛照着,在两个法警间坐着一个人。

这人,便是那个人了。

马德兰并不曾寻找他,却又一下就看见了他。他的眼睛不期然而然地望到了那里,仿佛他事先早知道了那人所在的地方。

他以为看见了自己,不过较老一些,面貌当然不是绝对相似,但是神情和外表却完全一模一样,一头乱竖着的头发,一双横蛮惶惑的眸子,一件布衫,正像他进迪涅城那天的模样,满面恨容,好像要把他费了十九年时间在牢内铺路石上攒起来的怨毒全闷在心中一样。

他打了个寒噤,向自己说:

"我的上帝!难道我又要变成这个样子吗?"

这人看去至少有六十岁光景。他有一种说不出的粗鲁、执拗和惊惶的样子。

门一响,大家都靠紧,为他让出一条路,庭长把头转过去,望见刚进来的人物正是滨海蒙特勒伊的市长先生,便向他行了个礼。检察官从前因公到滨海蒙特勒伊去过多次,早已认识马德兰先生,也同样向他行了个礼。他呢,不大注意,他头昏目眩,只呆呆地望着。

几个审判官,一个记录员,一些法警,一群幸灾乐祸赶热闹的面孔,凡此种种,他在二十七年前都曾见过一次。这些魔鬼,现在他又遇见了,它们正在攒动,他们确实存在。这已不是他回忆中的景象,不是他思想上的幻影,而是一些真正的法警,真正的审判官,真正的听众,一些有血有肉的人。事情已经发展到这一地步,他见到往日的那些触目惊心的景象以及实际事物所能引起的一切恐怖,又在他的四周再次出现,再次活动。

这一切东西都在他面前张牙舞爪。

他心胆俱裂,闭上了眼睛,从他心灵的最深处喊道:"决不!"

造物弄人,演成悲剧,使他神魂震悚,烦乱欲狂,并且坐在那里的那个人,又恰是他自己的化身!那个受审判的人,大家都叫他做冉阿让!

他的影子在他眼前扮演他生命中最可怕的一页,这种情景,真是闻所未闻。

一切都在这里出现了,同样的布置,同样的灯光,审判官、法警和观众的面目也大致相同。不过在庭长的上方,有一个耶稣受难像,这是在他从前受判决的时代公堂上缺少的东西。足见他当年受审判时上帝并不在场。

他背后有一张椅子,他颓然落下,如坐针毡,惟恐别人看见他。坐下以后,他利用审判官公案上的一堆卷宗,遮着自己的脸,使全厅的人都看不见他。现在他可以看别人,而别人看不见他了。他渐渐安定下来,他已经完全回到现实的感受中来,心情的镇定已使他达到能听的程度。

巴马达波先生是陪审员之一。

他在找沙威,但是不见他。证人席被记录员的桌子遮着了。并且,我们刚才说过,厅里的灯光是暗淡的。

他进门时,被告的律师正说完他的辩词。全场空气已到了最紧张的程度,这件案子开审已有三个钟头了。在这三个钟头里,大家眼望着一个人,一个陌生人,一个穷极无聊、极其糊涂或极其狡猾的东西,在一种骇人听闻的真情实况的重压下一步步蛰伏下去。这个人,我们已经知道,是个流浪汉,被别人发现在田野中,拿着一根有熟苹果的树枝,这树枝是从附近一个叫别红园的围墙里的苹果树上折下来的。这个人究竟是谁？已经作了一番调查，证人们刚才也都发了言，众口一词，讨论中真相大白。控词里说："我们逮捕的不仅是个偷水果的小偷，不仅是个贼，我们手里抓获的是一个匪徒，一个违反原判、擅离指定住址的累犯，一个旧苦役犯，一个最危险的暴徒，一个久已通缉在案名叫冉阿让的奸贼，八年前，从土伦牢狱里出来时，又曾手持凶器，在大路上抢劫过一个叫小瑞尔威的通烟囱的孩子，罪关刑律第三百八十三条，一俟该犯经过正式证明，确系冉阿让，当即根据上述条文另行追究。他最近又重行犯罪。这是一次再犯。请先处罚他的新罪，容后提审旧案。"被告在这种控词前，在证人们的一致的意见前，瞠目结舌，不知所对。他摇头顿脚表示否认，或是两眼朝天。他口吃，答话困难，但是他整个人，从头到脚，都表示不服。在这一排排摆开阵式、向他搦战的聪明人面前，他简直是个傻子，简直是个陷入了重围的野人。可是目前正是威胁他未来生活的紧急关头，他的嫌疑越到后来越大，全体观众望着这种极尽诬陷、逐渐向他紧逼的判决词，比起他自己来还更担忧些。还有一层可虑的事，假使他被证实确是冉阿让，小瑞尔威的事将来也得判罪，那么，除监禁以外，还有处死的可能。这究竟是个什么人呢？他那副冥顽不灵的表情是什么性质的呢？是愚蠢还是狡狯？是懂得很清楚还是完全不懂？对这些问题听众各执一词，陪审团的意见仿佛也不一致。这件疑案，既惊人也捉弄人，不但暧昧不明，而且茫无头绪。

那个辩护士谈得相当好，他那种外省的语句，从前无论在巴黎也好，在罗莫朗坦或蒙勃里松也好，凡是律师都习惯采用，早已成为律师们的词藻，但今天这种语句已成古典的了，它那种持重的声调、庄严的气派,正适合公堂上的那些公家发言人,所以现在只有他们还偶然用用;譬如称丈夫为"良人",妻子为"内助",巴黎为"艺术和文化的中心",国王为"元首",主教先生为"元圣",检察官为"辩才无碍的锄奸大士",律师的辩词称"刚才洗耳恭听过的高论",路易十四的世纪为"大世纪",剧场为"墨尔波墨涅殿",在朝的王室为"我先王的圣血",音乐会为"雍和大典",统辖一省的将军为"驰名的壮士某",教士培养所里的小徒弟为"娇僧",责令某报该负责的错误为"在刊物篇幅中散布毒素的花言巧语"等等。这律师一开始,便从偷苹果这件事上表示意见,要说得文雅,那确是个难题;不过贝尼涅·博须埃在一篇祭文里,也曾谈到过一只母鸡,而他竟能说得洋洋洒洒,不为所困。这律师认定偷苹果的事没有具体的事实证明。他以辩护人的资格,坚称他的主顾为商马第,他说并没有人看见他亲自跳墙或攀折树枝。别人抓住他时,他手里拿着那根树枝(这律师比较喜欢称树枝为树丫),但是他说他看见它在地上,才拾起来的。反证在什么地方呢?这树枝显然被人偷折,那小偷爬到墙外后,又因为心虚便把它丢在地上。贼显然有一个。但是谁能证明这做贼的便是商马第呢?只有一件事,他从前当过苦役犯。律师并不否认这件看来很不幸已被证实的事,被告在法维洛勒住过,被告在那里做过修树枝工人,商马第这个名字源出让·马第是很可能的,这一切都是确实的,并且有四个证人,他们都一眼就认出了商马第便是苦役犯冉阿让。律师对这些线索、这些作证,只能拿他主顾的否认、一种有目的的否认来搪塞;但是即使认定他确是苦役犯冉阿让,这样就能证明他是偷苹果的贼吗?充其量这也只是种猜测而不是证据。被告确实用了"一种拙劣的自卫方法",他的辩护人"本着良心"也应当承认这一点。他坚决否认一切,否认行窃,也否认当过苦役犯。他如果肯承认第二点,毫无疑问,一定会妥当些,他也许还可以赢得各陪审官的宽恕;律师也曾向他提出过这种意见,但是被告坚拒不从,他以为概不承认便可挽救一切。这是一种错误,不过,难道我们不应当去考虑他智力薄弱的一点?这人显然是个痴子。狱中长期的苦楚,出狱后长期的穷困,已使他变成神经呆笨的人了,律师说着说着,说他不善于为自己辩护,这能成为判罪的理由吗?至于小瑞尔威的事,律师不用讨论,这毫不属于本案范围。最后,律师请求陪审团和法庭,假使他们确认这人是冉阿让,也只能按警章处罚他擅离指定住址,不能按镇压累犯的苦役犯的严刑加以处理。

检察官反驳了辩护律师。他和平时其他的检察官一样,说得慷慨激昂,才华横溢。

他对辩护律师的"忠诚"表示祝贺,并且巧妙地利用了他的忠诚。他从这律师让步的几点上向被告攻击。律师仿佛已经同意被告便是冉阿让。他把这句话记录下来。那么,这个人确是冉阿让了。在控词里,这已被肯定下来不容否认的了。做到这一点,检察长便用一种指桑骂槐的巧妙手法追寻这种罪恶的根源和缘由,怒气冲天地痛斥浪漫派的不道德,当时浪漫派正在新兴时期,《王旗报》和《每日新闻》的批评家们都称它为"撒旦派"!检察官把商马第(说冉阿让还更妥当些)的犯法行为归咎于这种邪佞文学的影响,说得也颇像煞有介事。发挥尽致以后,他转到冉阿让本人身上。冉阿让是什么东西呢?他刻画冉阿让是个狗彘不如的怪物,等等。这种描写的范例在德拉门①的语录里可以看到,对悲剧没有用处,但它每天使法庭上的舌战确实生色不少。听众和陪审团都"为之股栗"。检察官刻画完毕以后,为了获得明天《省府公报》的高度表扬,又指手画脚地说下去:"并且他是这样一种人,等等,等等,等等,流氓,光棍,没有生活能力,等等,等等,生平惯于为非作歹,坐了牢狱也不曾大改,抢劫小瑞尔威这件事便足以证明,等等,等等,他是这样一个人,行了窃,被人在公路上当场拿获,离开一堵爬过的墙只几步,手里还拿着赃物,人赃俱获,还要抵赖,行窃爬墙,一概抵赖,甚至连自己的姓名也抵赖,自己的身份来历也抵赖!我们有说不尽的证据,这也都不必再提了,除这以外,还有四个证人认识他,沙威,侦察员沙威和他从前的三个贼朋友,苦役犯布莱卫、舍尼杰和戈什巴依。他们一致出来作证,他用什么来对付这种雷霆万钧之力呢?抵赖。多么顽固!请诸位陪审员先生主持正义,等等,等等。"检察官发言时,被告张着口听,惊讶之中不无钦佩之意。他看见一个人竟这样能说会道,当然要大吃一惊。在控诉发挥得最"得劲"时,这人辩才横逸,不能自已,恶言詈语,层出不穷,如同把被告围困在疾风暴雨之中一样,这个犯人不时慢慢地摇着头,由右到左,又由左到右,这便是他在辩论进行中所表示的一种忍气吞声的抗议。离他最近的那几个旁听人听见他低声说了两三次"这都是因为没有问巴陆先生!"检察官请陪审团注意他的这种憨态,这明明是假装的,这并不表示他愚蠢,而是表示他巧黠、奸诈和蒙蔽法官的一贯作法,这就把这个人的"劣根性"揭露无遗了。最后他声明保留小瑞尔威

---

① 德拉门(Théramène),公元前五世纪雅典暴君。

的问题,要求严厉判处。

这就是说,我们记得,暂时处以终身苦役。

被告律师起来,首先祝贺了"检察官先生"的"高论",接着又尽力辩驳,但是他泄了气。他脚跟显然站不稳了。

十　否认的方式

宣告辩论终结的时候到了。庭长叫被告立起来,向他提出这照例有的问题:"您还有什么替自己辩护的话要补充吗?"

这个人,立着,拿着一顶破烂不堪的小帽子在手里转动,好像没有听见。

庭长把这问题重说了一遍。

这一次,这人听见了。他仿佛听懂了,如梦初醒似的动了一下,睁开眼睛向四面望,望着听众、法警、他的律师、陪审员、公堂,把他那个巨大的拳头放在他凳前的木栏杆上,再望了一望。忽然,他两眼紧盯着检察官,开始说话了,这仿佛是种爆裂。他那些拉杂、急迫、突兀、紊乱的话破口而出,好像每一句都忙着想同时一齐挤出来似的。他说:

"我有这些话要说。我在巴黎做过造车工人,并且是在巴陆先生家中。那是种辛苦的手艺。做车的人做起工来,总是在露天下,院子里,只有在好东家的家里才在棚子里;但是从不会在有门窗的车间里,因为地方要得多,你们懂吧。冬天,大家冷得捶自己的胳膊,为了使自己暖一点;但是东家总不许,他们说,那样会耽误时间。地上冻冰时,手里还拿着铁,够惨的了。好好的人也得垮。做那种手艺,小伙子也都成了小老头儿。到四十岁便完了。我呢,我那时已经五十三岁,受尽了罪。还有那老伙伴,一个个全是狠巴巴的!一个好好的人,年纪大了,他们便叫你做老冬瓜,老畜生!每天我已只能赚三十个苏了,那些东家却还在我的年纪上用心思,尽量减少我的工钱。此外,我从前还有一个女儿,她在河里洗衣服,在这方面她也赚点钱。我们两个人,日子还过得去。她也是够受罪的了。不管下雨下雪,风刮你的脸,她也得从早到晚,把半个身子浸在洗衣桶里;结冰时也一样,非洗不成;有些人没有多一点的换洗衣服,送来洗,便等着换;她不洗吧,就没有活计做了,洗衣板上又全是缝,四处漏水,溅你一身。她的裙子里里外外全是湿的。水朝里面浸。她在红娃娃洗衣厂里工作过,在那厂里,水是从龙头里流出来的。洗衣的人不用水桶,只对着面前的龙头洗,再送到背后的槽里去漂净。因为是在屋子里,身上也就不怎么冷了。可是那里面的水蒸气可吓坏人,它会把你的眼睛也弄瞎。她晚上七点钟回来。很快就去睡了,她困得厉害。她的丈夫老爱打她。现在她已死了。我们没有过过快活日子。那是一个好姑娘,不上跳舞会,性子也安静。我记得在一个狂欢节的晚上,她八点钟便去睡了。就这样。我说的全是真话。你们去问就是了。呀,是呀,问。我多么笨!巴黎是个无底洞。谁还认识商马第伯伯呢?可是我把巴陆先生告诉你们。你们到巴陆先生家去问吧。除此以外,我不知道你们还要我做什么。"

这个人不开口了,照旧立着。他大声疾呼地说完了那段话,声音粗野、强硬、嘶哑,态度急躁、鲁莽而天真。一次,他停了嘴,向听众中的一个人打招呼。他对着大众信口乱扯,说到态度认真起来时,他的声音就像打噎,而且还加上个樵夫劈柴的手势。他说完以后,听众哄堂大笑。他望着大家,看见人家笑,他莫名其妙,也大笑起来。

这是一种悲惨的场面。

庭长是个细心周到的人,他大声发言了。

他重新提醒"各位陪审员先生",说"被告说他从前在巴陆车匠师父家里工作过,这些话都用不着提了。巴陆君早已亏了本走了,下落不明"。随后他转向被告,要他注意听他说话,并补充说:

"您现在的处境非慎重考虑不可了,您有极其重大的嫌疑,可能引起极严重的后果。被告,为了您的利益,我最后一次关照您,请您爽爽快快说明两件事:第一,您是不是爬过别红园的墙,折过树枝,偷过苹果,就是说,犯过越墙行窃的罪?第二,您是不是那个释放了的苦役犯冉阿让?"

被告用一种自信的神气摇着头,好像一个懂得很透彻也知道怎样回答的人。他张开口,转过去对着庭长说:

"首先……"

随后他望着自己的帽子,又望着天花板,可是不开口。

"被告,"检察官用一种严厉的声音说,"您得注意,人家问您的话,您全不回答。您这样慌张,就等于不打自招。您明明不是商马第,首先您明明是利用母亲的名字作掩护,改叫让·马第的那个苦役犯冉阿让,您到过奥弗涅,您生在法维洛勒,您在那里做过修树枝工人。您明明爬过别红园的墙,偷过熟苹果。各位陪审员先生,请斟酌。"

被告本已坐下去了,检察官说完以后,他忽然立起来,大声喊道:

"您真黑心,您!这就是我刚才要说的话。先头我没有想出来。我一点东西都没有偷。我不是每天有饭吃的人。那天我从埃里走来,落了一阵大雨,我经过一个地方,那里被雨水冲刷,成了一片黄泥浆,洼地里的水四处乱流,路边的沙子里也只露出些小草片,我在地上寻得一根断了的树枝,上面有些苹果,我便拾起了那树枝,并没有想到会替我惹起麻烦。我在牢里已待了三个月,又被人家这儿那儿带来带去。除了这些,我没有什么好说的;你们和我过不去,你们对我说:'快回答!'这位兵士是个好人,他摇着我的胳膊,细声细气向我说:'回答吧。'我不知道怎样解释,我,我没有文化,我是个穷人。你们真不该不把事情弄清楚。我没有偷。我拾的东西是原来就在地上的。你们说什么冉阿让,让·马第!这些人我全不认识。他们是乡下人。我在医院路巴陆先生家里工作过。我叫商马第。你们说得出我是在什么地方生的,算你们有本领。我自己都不知道。世上并不是每个人从娘胎里出来就是有房子的。那样太方便了。我想我的父亲和我的母亲都是些四处找活做的人。并且我也不知道。当我还是个孩子时,人家叫我小把戏,现在,大家叫我老头儿。这些就是我的洗礼名。随便你们怎样叫吧。我到过奥弗涅,我到过法维洛勒,当然!怎么呢?难道一个人没有进过监牢就不能到奥弗涅,不能到法维洛勒去吗?我告诉你们,我没有偷过东西,我是商马第伯伯。我在巴陆先生家里工作过,并且在他家里住过。听了你们这些胡说,我真不耐烦!为什么世上的人全像怨鬼一样来逼我呢!"

检察官仍立着,他向庭长说:

"庭长先生,这被告想装痴狡赖,但是我们预先警告他,他逃不了,根据他这种闪烁狡猾已极的抵赖,我们请求庭长和法庭再次传讯犯人布莱卫、戈什巴依、舍尼杰和侦察员沙威,作最后一次的讯问,要他们证明这被告是否冉阿让。"

"我请检察官先生注意,"庭长说,"侦察员沙威因为在邻县的县城有公务,在作证以后便立刻离开了公堂,并且离开了本城。我们允许他走了。检察官先生和被告律师都表示同意的。"

"这是对的,庭长先生,"检察官接着说,"沙威君既不在这里,我想应把他刚才在此地所说的话,向各位陪审员先生重述一遍。沙威是一个大家尊敬的人,为人刚毅、谨严、廉洁,担任这种下层的重要任务非常称职,这便是他在作证时留下的话:'我用不着什么精神上的猜度或物质上的证据来揭破被告的伪供。我千真万确地认识他。这个人不叫商马第,他是从前一个非常狠毒、非常凶猛的名叫冉阿让的苦役犯。他服刑期满被释,我们认为是极端失当的。他因犯了大窃案受过十九年的苦刑。他企图越狱,达五六次之多。除小瑞尔威窃案和别红园窃案外,我还怀疑他在已故的迪涅主教大人家里犯过盗窃行为。当我在土伦当副监狱官时,我常看见他。我再说一遍,我千真万确地认识他。'"

这种精确无比的宣言,在听众和陪审团里,看来已产生一种深刻的印象。检察官念完以后,又坚请(沙威虽已不在)再次认真传讯布莱卫、舍尼杰和戈什巴依三个证人。

庭长把传票交给一个执达吏,过一会,证人室的门开了。在一个警卫的保护下,执达吏把犯人布莱卫带来了。听众半疑半信,心全跳着,好像大家仅共有一个灵魂。

老犯人布莱卫穿件中央监狱的灰黑色褂子。布莱卫是个六十左右的人,面目像个企业主,神气像流氓,有时是会有那种巧合的。他不断干坏事,以致身陷狱中,变成看守一类的东西,那些头目都说:"这人想找机会讨好。"到狱中布道的神甫们也证明他在宗教方面的一些好习惯。我们不该忘记这是复辟时代的事。

"布莱卫,"庭长说,"您受过一种不名誉的刑罚,您不应当宣誓……"

布莱卫把眼睛低下去。

"可是,"庭长接着说,"神恩允许的时候,即使是一个受过法律贬黜的人,他心里也还可以留下一点爱名誉、爱平等的情感。在这紧急的时刻,我所期望的也就是这种情感。假使您心里还有这样的情感,我想是有的,那么,在回答我以前,您先仔细想想,您的一句话,一方面可以断送这个人,一方面也可以使法律发出光辉。这个时刻是庄严的,假使您认为先前说错了,您还来得及收回您的话。被告,立起来。布莱卫,好好地望着这被告,回想您从前的事情,再凭您的灵魂和良心告诉我们,您是否确实认为这个人就是您从前监狱里的朋友冉阿让。"

布莱卫望了望被告,又转向法庭说:

"是的,庭长先生。我第一个说他是冉阿让,我现在还是这么说。这个人是冉阿让。一七九六年进土伦,一八一五年出来。我是后一年出来的。他现在的样子像傻子,那么,也许是年纪把他变傻了,在狱里时他早已是那么阴阳怪气的。我的的确确认识他。"

"您去坐下,"庭长说,"被告,站着不要动。"

舍尼杰也被带进来了,红衣绿帽,一望便知是个终身苦役犯。他原在土伦监狱里服刑。是为了这件案子才从狱中提出来的。他是个五十左右的人,矮小、敏捷、皱皮满面,黄瘦、厚颜、暴躁,在他的四肢和整个身躯里有种孱弱的病态,但目光里却有一种非常的力量。他狱里的伙伴给了他一个绰号叫"日尼杰"①。

庭长向他说的话和他刚才向布莱卫说过的那些话,大致相同。他说他做过不名誉的事,已经丧失了宣誓的资格,舍尼杰在这时却照旧抬起头来,怔怔地望着观众。庭长教他集中思想,像先头问布莱卫一样,问他是否还认识被告。

舍尼杰放声大笑。

"当然!我认识不认识他!我们吊在一根链子上有五年。你赌气吗,老朋友?"

"您去坐下。"庭长说。

执达吏领着戈什巴依来了。这个受着终身监禁的囚犯,和舍尼杰一样,也是从狱中提出来的,也穿一件红衣。他是卢尔德地方的乡下人,比利牛斯山里几乎近于野人的人。他在山里看守过牛羊,从牧人变成了强盗。和这被告相比,戈什巴依的蛮劲并不在他之下,而愚痴却在他之上。世间有些不幸的人,先由自然环境造成野兽,再由人类社会造成囚犯,直到老死,戈什巴依便是这里面的一个。

庭长先说了些庄严动人的话,想感动他,又用先头问那两个人的话问他,是不是能毫无疑问地、毫不含糊地坚决认为自己认识这个立在他面前的人。

"这是冉阿让,"戈什巴依说,"我们还叫他做千斤顶,因

---

① "日尼杰"(Je-nie-Dieu),和"舍尼杰"(Chenildieu)音相近,但却有"我否认上帝"的意思。

为他气力大。"

这三个人的肯定,明明是诚恳的,凭良心说的,在听众中引起了一阵阵乱哄哄的耳语声,每多一个人作出了肯定的回答,那种哄动的声音也就越强,越延长,这是一种不祥的预兆。至于被告,他听他们说着,面上露出惊讶的样子,照控诉词上说,这是他主要的自卫说法。第一个证人说完话时,他旁边的法警听见他咬紧牙齿低声抱怨道:"好呀!有了一个了。"第二个说完时他又说,声音稍微大了一点,几乎带着得意的神气:"好!"第三个说完时他喊了出来:"真出色!"

庭长问他:

"被告,您听见了。您还有什么可说的?"

他回答:

"我说'真出色!'"

听众中起了一片嘈杂的声音,陪审团也几乎受到影响。这人明明是断送了。

"执达吏,"庭长说,"教大家静下来,我立刻要宣告辩论终结。"

这时,庭长的左右有人动起来。大家听到一个人的声音喊道:

"布莱卫,舍尼杰,戈什巴依!看这边。"

听见这声音的人,寒毛全竖起来了,这声音太凄惨骇人了。大家的眼睛全转向那一方。一个坐在法官背后,优待席里的旁听者刚立起来,推开了法官席和律师席中间的那扇矮栏门,立到大厅的中间来了。庭长、检察官、巴马达波先生,其他二十个人,都认识他,齐声喊道:

"马德兰先生!"

十一　商马第更加莫名其妙了

的确就是他。记录员的灯光正照着他的脸。他手里拿着帽子,他的服装没有一点不整齐的地方,他的礼服是扣得规规矩矩的。他的脸,异常惨白,身体微微发抖。他的头发在刚到阿拉斯时还是斑白的,现在全白了。他在这儿过了一个钟头,头发全变白了。

大家的头全竖起来。那种紧张心情是无可形容的,听众一时全愣住了。这个人的声音那样凄戾,而他自己却又那样镇静,以致起初,大家都不知道是怎样一回事。大家心里都在问是谁喊了这么一声。大家都不能想象发出这种骇人的叫声的便是这个神色泰然自若的人。

这种惊疑只延续了几秒钟。庭长和检察官还不曾来得及说一句话,法警和执达吏也还不曾来得及做一个动作,这个人,大家在这时还称为马德兰先生的这个人,已走到证人布莱卫、戈什巴依和舍尼杰的面前了。

"你们不认识我吗?"他说。

他们三个人都不知所措,摇着头,表示一点也不认识他。马德兰先生转身向着那些陪审员和法庭人员,委婉地说:

"诸位陪审员先生,请释放被告。庭长先生,请拘禁我。你们要逮捕的人不是他,是我。我是冉阿让。"

大家都屏息无声。最初的惊动过后,继以坟墓般的寂静。当时在场的人都被一种带宗教意味的敬畏心情所慑服了,这种心情,每逢非常人作出非常举动时是会发生的。

这时,庭长的脸上显出了同情和愁苦的神气。他和检察

官丢了个眼色,又和那些陪审顾问低声说了几句话。他向着听众,用一种大家都了解的口吻问道:

"这里有医生吗?"

检察官发言:

"诸位陪审员先生,这种意外、突兀、惊扰大众的事,使我产生一种不必说明的感想,诸位想必也有同感。诸位全都认识这位可敬的滨海蒙特勒伊市长,马德兰先生,至少也听说过他的大名。假使听众中有位医生,我们同意庭长先生的建议,请他出来照顾马德兰先生,并且伴送他回去。"

马德兰先生丝毫不让检察官说完。他用一种十分温良而又十分刚强的口吻打断了他的话。下面便是他的发言,这是当日在场的一个旁听者在退堂后立刻记下来的,一字一句都不曾改动;听到这些话的人,至今快四十年了,现在还觉得余音在耳呢。

"我谢谢您,检察官先生,我神经并没有错乱。您会知道的。您几乎要犯极大的错误。快快释放这个人吧,我尽我的本分,我是这个不幸的罪人。我在这里是惟一了解真实情况的人,我说的也是真话。我现在做的事,这上面的上帝看得很清楚,这样也就够了。您可以逮捕我,我既然已经到了这里。我曾经努力为善,我隐藏在一个名字的后面,我发了财,我做到了市长;我原想回到善良的人的队伍里。看来是行不通了。总而言之,有许多事我现在还不能说,我并不想把我一生的事全告诉你们,有一天大家总会知道的。我偷过那位主教先生的东西,这是真的;我抢过小瑞尔威,这也是真的。别人告诉您说冉阿让是个非常凶的坏人,这话说得有理。过错也许不完全是他一个人的。请听我说,各位审判官先生,像我这样一个贱人,原不应当对上帝有所指责,也不应当对社会作何忠告。但是,请你们注意,我从前想洗雪的那种羞辱,确是一种有害的东西。牢狱制造囚犯。假使你们愿意,请你们在这上面多多思考。在入狱以前,我是乡下一个很不聪明的穷人,一个很笨的人,牢狱改变了我。我从前笨,后来凶;我从前是块木头,后来成了引火的干柴。再到后来,宽容和仁爱救了我,正如从前严酷断送了我一样。但是请原谅,你们是听不懂我说的这些话的。在我家里壁炉的灰里,你们可以找到一个值四十个苏的银币,那是七年前我抢了小瑞尔威的。我再没有什么旁的话要说。押起我来吧。我的上帝!检察官先生,您摇着头说:'马德兰先生疯了。'您不相信我!这真苦了我。无论如何,您总不至于判这个人的罪吧!什么!这些人全不认我!沙威可惜不在这里,他会认出我来的,他。"

没有什么话可以把他那种悲切仁厚的酸楚口吻表达出来。

他转过去对着那三个囚犯:

"好吧,我认识你们,我!布莱卫!您记得吗?……"

他停下来,迟疑了一会,又说道:

"你还记得你从前在狱里用的那条编织的方格子花背带吗?"

布莱卫骇然大吃一惊,把他从头一直打量到脚。他继续说:

"舍尼杰,你替你自己起了个浑名叫日尼杰。你的右肩上全是很深的火伤疤,因为有一天你把你的肩膀靠在一大盆红炭上,想消灭'TFP'三个字母,但是没有烧去。回答,是不是有过这回事?"

"有过。"舍尼杰说。

他又向戈什巴依说：

"戈什巴依，在你左肘弯的旁边有个日期，字是蓝的，是用烧粉刺成的。这日期便是皇上从戛纳登陆的日子，一八一五年三月一日。把你的袖子卷上去。"

戈什巴依卷起他的衣袖，他前后左右的人都伸长了颈子盯在他的光胳膊上。有一个法警拿了一盏灯来，那上面确有这个日期。

这不幸的人转过来朝着听众，又转过去朝着审判官，他那笑容叫当日在场目击的人至今回想起来还会觉得难受。那是胜利时刻的笑容，也是绝望时刻的笑容。

"你们现在明白了，"他说，"我就是冉阿让。"

在这圆厅里，已经无所谓审判官，无所谓原告，无所谓法警，只有发呆的眼睛和悲痛的心。大家都想不起自己要做的事，检察官已忘了他原在那里检举控诉，庭长也忘了自己原在那里主持审判，被告辩护人也忘了自己原在那里辩护。感人最深的是没有任何人提出任何问题，也没有任何人执行任务。最卓绝的景象能摄取所有的人的心灵，使全体证人变为观众。这时，也许没有一个人能确切了解自己的感受，当然也没有一个人想到他当时看到的是一种强烈的光辉的照耀，可是大家都感到自己的心腑已被照亮了。

立在众人眼前的是冉阿让，这已很显明了。这简直是光的辐射。这个人的出现已足使方才还那样迷离的案情大白。以后也用不着任何说明，这群人全都好像受到闪电般迅速的启示，并且立即懂得，也一眼看清楚了这个舍身昭雪冤情的人的简单壮丽的历史。他曾经历过的种种小事、种种迟疑、可能有过的小小抗拒心情,全在这种光明磊落的浩气中消逝了。

这种印象固然一下就过去了,但是在那一刹那间是锐不可当的。

"我不愿意再扰乱公堂,"冉阿让接着说,"你们既然不逮捕我,我就走了。我还有好几件事要办。检察官先生知道我是谁,他知道我要去什么地方,他随时都可以派人逮捕我。"

他向着出口走去。谁也没有开口,谁也没有伸出胳膊来阻拦他。大家都向两旁分立。他在当时有一种说不出的神威,使群众往后退,并且排着队让他过去,他缓缓地一步一步穿过人群。永远没有人知道谁推开了门,但是他走到门前,门确是开了。他到了门边,回转身来说:

"检察官先生,我静候您的处理。"

随后他又向听众说:

"你们在这里的每个人,你们觉得我可怜,不是吗?我的上帝!当我想到我刚才正是在做这件事时,我觉得自己是值得羡慕的。但是我更希望最好是这些事都不曾发生过。"

他出去了,门又自动关上,如同刚才它自动开开一样,作风正大的人总可以在群众中找到为他服务的人。

不到一个钟头,陪审团的决议撤消了对商马第的全部控告,立即被释放的商马第惊奇到莫名其妙地走了,以为在场的人全是疯子,他一点也不了解他所见到的是怎么一回事。

第八卷 波 及

一 马德兰先生在什么样的镜子里看自己的头发

曙光初露。芳汀发了一夜烧,并且失眠,可是这一夜却充满了种种快乐的幻象,到早晨,她睡着了。守夜的散普丽斯嬷嬷趁她睡着时,便又跑去预备了一份奎宁水。这位勤恳的嬷嬷待在疗养室的药房里已经好一会了,她弯着腰,仔细看她那些药品和药瓶,因为天还没有大亮,有层迷雾蒙着这些东西。她忽然转过身来,细声叫了一下。马德兰先生出现在她的面前。他刚静悄悄地走了进来。

"是您,市长先生!"她叫道。

他低声回答说:

"那可怜的妇人怎样了?"

"现在还好。我们很担了番心呢!"

她把经过情形告诉他,她说这一晚芳汀的状况很不好,现在已经好些,因为她以为市长先生到孟费郿去领她的孩子了。嬷嬷不敢问市长先生,但是她看神气,知道他不是从那里来的。

"这样很好,"他说,"您没有道破她的幻想,做得妥当。"

"是的,"嬷嬷接着说,"但是现在,市长先生,她就会看见您,却看不见她的孩子,我们将怎样向她说呢?"

他呆呆地想了一会。

"上帝会启发我们的。"他说。

"可是我们总不能说谎。"嬷嬷吞吞吐吐地细声说。

屋子里已大亮了。阳光正照着马德兰先生的脸。嬷嬷无意中抬起头来。

"我的上帝,先生啊!"她叫道,"您遇见了什么事?您的头发全白了!"

"白了!"他说。

散普丽斯嬷嬷从来没有镜子,她到一个药囊里去搜,取出一面小镜子,这镜子是病房里的医生用来检验病人是否已经气绝身亡的。

马德兰先生拿了这面镜子,照着他的头发,说了声"怪事!"

他随口说了这句话,仿佛他还在想着旁的事。

嬷嬷觉得离奇不可解,登时冷了半截。

他说:

"我可以看她吗?"

"市长先生不打算把她孩子领回来吗?"嬷嬷说,她连这样一句话也几乎不敢问。

"我当然会把她领回来,但是至少非得有两三天的工夫不可。"

"假使她在孩子来之前见不到市长先生,"嬷嬷战战兢兢地说,"她就不会知道市长先生已经回来了,我们便容易安她的心;等到孩子到了,她自然会认为市长先生是和孩子一同来的。我们便不用说谎了。"

马德兰先生好像思量了一会,随后他又带着他那种镇静沉重的态度说:

"不行,我的嬷嬷,我应当去看看她。我的时间也许不多了。"

"也许"两个字给了马德兰先生的话一种深奥奇特的意味,不过这女信徒好像没有注意到。她低着眼睛恭恭敬敬地回答:

"既是这样,市长先生进去就是,她正在休息。"

那扇门启闭不大灵,他怕有声音惊醒病人,他细心旋开,走进了芳汀的屋子,走到床前,把床帷稍微掀开一点。她正睡着。她胸中嘘出的呼吸声叫人听了心痛,那种声音是害着那种病的人所特有的,也是叫那些在夜间守护着无可挽救而仍然睡着的孩子的慈母们所不忍听的。但是在她脸上,有一种无可形容的安闲态度,使她在睡眠中显得另有一番神色,那种苦痛的呼吸并不怎么影响她。她的面容已由黄变白,两颊却绯红。她那两对纤长的金黄睫毛是从她童贞时期和青春时期留下的惟一的美色了,尽管是垂闭着的,却还频频颤动。她全身也都颤抖着,那种颤动别人是只能感到而看不见的、有如行将助她飞去的翅膀,欲展不展,待飞且住似的。看到她这种神态,我们永远不会相信躺在那里的竟是一个濒危的病人。与其说她像个命在旦夕的人,毋宁说她像个振翅待飞的鸟。

我们伸手采花时,花枝总半迎半拒地颤动着。鬼手摄人灵魂时,人的身体也有一种类似的战栗。

马德兰先生在床边呆呆地立了一会,望望病人,又望望那耶稣受难像,正如两个月前他初次到这屋子里来看她时的情景一样。那时他们俩,正和今日一样,一个熟睡,一个祈祷;不过现在,经过了两个月的光阴,她的头发已转成灰色,而他的头发则变成雪白的了。

嬷嬷没有和他一同进来。他立在床边,一个手指压在嘴上,仿佛他不这样做,屋子里就会有人要出声气似的。

她睁开眼睛,看见了他,带着微笑,安闲地说:

"珂赛特呢?"

二　芳汀幸福了

她既没有惊讶的动作,也没有欢乐的动作,她便是欢乐的本身。她提出"珂赛特呢?"这个简单问题时,她的信心是那样真诚、那样坚定、那样绝无一丝疑虑,致使他不知道怎样回答才好。

她继续说:

"我知道您到那里去过了。我睡着了,但是我看见了您。我早已看见了您。我的眼睛跟着您走了一整夜。一道神光围绕着您,在您的前后左右有各式各样的天仙。"

他抬起眼睛望着那个耶稣受难像。

"不过,"她又说,"请您告诉我珂赛特在哪里?为什么我醒来时,没有把她放在我的床上呢?"

他机械地回答了几句,过后他从来没有回忆起他当时说的是什么。

幸而有人通知了医生,他赶来了。他来帮助马德兰先生。

"我的孩子,"医生说,"好好安静下来,您的孩子在这里了。"

芳汀顿时两眼炯炯发光,喜溢眉宇。双手合十,这种神情具有祈祷所能包含的最强烈而同时又最柔和的一切情感。

"呵,"她喊道,"把她抱来给我吧!"

多么动人的慈母的幻想!珂赛特对她来说始终是个抱在怀里的孩子。

"还不行,"那医生接着说,"现在还不行。您的热还没有退净。您看见孩子,会兴奋,会影响您的身体。非先把您的病养好不成。"

她焦急地岔着说:

"可是我的病已经好了!他真是头驴子,这医生!呀!我要看我的孩子,我!"

"您瞧,"医生说,"您多么容易动气。如果您永远这样,我便永远不许您见您的孩子。单看见她并不解决问题,您还得为她活下去才是。等到您不胡闹了,我亲自把她带来给您。"

可怜的母亲低下了头。

"医生先生,我请您原谅,我诚心诚意请您特别原谅。从前我决说不出刚才的那种话。我受的痛苦太多了,以至于我有时会不知道自己说什么。我懂,您担心情绪激动,您愿意我等多久我就等多久,但是我向您发誓,看看我的女儿对我是不会有害处的。我随时都看见她,从昨天晚上起,我的眼睛便没有离开过她。你们知道吗?你们现在把她抱来给我,我就可以好好地和她谈心。除此以外,不会再有什么的。人家特地到孟费郿去把我的孩子领来,我要看看她,这不是很自然的吗?我没有发脾气。我完全明白,我的快乐就在眼前。整整一夜,我看见一些洁白的东西,还有些人向我微笑。在医生先生高兴时,就可以把我的珂赛特抱给我。我已不发烧了,我的病早已好了,我心里明白我完全好了,但是我要装出有病的样子,一动也不动,这样才可以让这儿的女士们高兴。别人看见我安静下来,就会说:'现在应当给她孩子了。'"

马德兰先生当时坐在床边的一张椅子上。她把脸转过去朝着他,她明明是要极力显出安静和"乖乖的"样子,正如她在这种类似稚气的病态里所说的,她的目的是要使人看到她平静了,便不再为难,把珂赛特送给她。但是她尽管强自镇静,但还是忍不住要向马德兰先生问东问西。

"您一路上都好吧,市长先生?呵!您多么慈悲,为了我去找她!您只告诉我她是什么样子就够了。她一路来,没有太辛苦吧?可怜!她一定不认识我了!这么多年,她已经忘记我了,可怜的心肝!孩子们总是没有记性的。就和小鸟一样。今天看见这,明天看见那,结果一样也想不起来。至少她的换洗衣服总是白的吧?那德纳第家的总注意到她的清洁了吧?他们给她吃什么东西?呵!我从前在受难时,想到这些事心里多么痛苦,假使你们知道!现在这些事都已过去了。我已放心了。呵!我多么想看她!市长先生,您觉得她漂亮吗?我的女儿生得美,不是吗?你们在车子里没有受凉吧!你们让她到这儿来待一会儿也不成吗?你们可以立刻又把她带出去。请您说!您是主人,假使您愿意的话!"

他握住她的手:

"珂赛特生得美,"他说,"珂赛特的身体也好,您不久就可以看见她,但是您应当安静一点。您说得太兴奋了,您又把手伸到床外边来了,您会咳嗽的。"

的确,芳汀几乎说一字就要剧烈地咳一次。

芳汀并不啰嗦,她恐怕说得太激烈,反而把事情搞坏,得不到别人的好感,因此她只谈一些不相干的话。

"孟费郿这地方还好,不是吗?到了夏天,有些人到那地方去游玩。德纳第家的生意好吗?在他们那地方来往的人并不多。那种客店也只能算是一种歇马店罢了。"

马德兰先生始终捏着她的手,望着她发愁,他当时去看她,显然是有事要和她谈,但是现在迟疑起来了。医生诊视了一回,也退出去了。只有散普丽斯嬷嬷在他们旁边。

当大家默默无声时,芳汀忽然叫起来:

"我听到了她的声音!我的上帝!我听到了她的声音!"

她伸出手臂,叫大家静下去,她屏着气,听得心往神驰。

这时,正有一个孩子在天井里玩,看门婆婆的孩子,或是随便一个女工的孩子。我们时常会遇到一些巧合的事,每逢人到山穷水尽时,这类事便会从冥冥之中出来凑上一脚,天井里的那个孩子便是这种巧遇之一。那孩子是个小姑娘,为了取暖,在那儿跑来跑去,高声笑着、唱着。唉!在什么东西里没有孩童的游戏!芳汀听见唱的便是这小姑娘。

"呵!"她又说,"这是我的珂赛特!我听得出她的嗓子!"

这孩子忽来忽去,走远了,她的声音也消失了。芳汀又听了一会,面容惨淡,马德兰先生听见她低声说:

"医生不许我见我的女儿,多么心狠!他真有一副坏样子!"

然而她心中欢乐的本源又出现了。她头在枕上,继续向自己说,"我们将来多么快乐呵!首先,我们有个小花园!这是马德兰先生许给我的。我的女儿在花园里玩!现在她应当认识字母了吧。我来教她拼字。她在草地上追蝴蝶。我看她玩。过后她就要去领第一次圣礼。呀！真的！她应当几时去领她的第一次圣礼呢？"

她翘起手指来数。

"……一，二，三，四，……她七岁了。再过五年。她披上一条白纱，穿上一双挑花袜，一副大姑娘的神气。呵！我的好嬷嬷，您不知道我多么蠢，我已想到我女儿领第一次圣礼的事了！"

她笑起来了。

他已丢了芳汀的手。他听着这些话，如同一个人听着风声，眼睛望着地，精神沉溺在无边的萦想里一样。忽然一下，她不说话了，他机械地抬起头来，芳汀神色大变。

她不再说话，也不再呼吸，她半卧半起，支在床上，瘦削的肩膀也从睡衣里露出来，刚才还喜气盈盈的面色，现在发青了，恐怖使她的眼睛睁得滴圆，好像注视着她前面、她屋子那一头的一件骇人的东西。

"我的上帝！"他喊道，"您怎么了，芳汀？"

她不回答，她的眼睛毫不离开她那仿佛看见的东西，她用一只手握住他的胳膊，用另一只手指着，叫他朝后看。

他转过头去，看见了沙威。

三 沙威得意

以下就是当时的经过。

马德兰先生从阿拉斯高等法院出来，已是夜间十二时半了。他回到旅馆，正好赶上乘邮车回来，我们记得他早订了一个座位。不到早晨六点，他便到了滨海蒙特勒伊，他第一桩事便是把寄给拉菲特先生的信送到邮局,再到疗养室去看芳汀。

他离开高等法院的公堂不久,检察官便抑制了一时的慌乱,开始发言,他叹惜这位可敬的滨海蒙特勒伊市长的妄诞行为,声言他绝不因这种奇特的意外事件而改变他原来的见解,这种意外事件究竟为何发生,日后一定可以弄个明白,他并且认为商马第是真的冉阿让,要求先判他的罪。检察官这样坚持原议,显然是和每个旁听人、法庭的各个成员和陪审团的看法相反的。被告的辩护人轻轻几句话便推翻了他这论点,同时还指出这件案子经过马德兰先生,就是说真冉阿让的揭示以后,已经根本改变了面目,因此留在陪审员眼前的只是一个无罪的人。律师把法律程序上的一些错误概括说了一番,不幸的是他这番话并不是什么新的发现,庭长在作结论时也表示他和被告辩护人的见解一致,陪审团在几分钟之内,便宣告对商马第不予起诉。

可是检察官非有一个冉阿让不行,逮不住商马第,便得逮马德兰。

释放了商马第以后,检察官便立即和庭长关在屋子里密谈。他们讨论了"逮捕滨海蒙特勒伊的市长先生的本人的必要性"。这句有许多"的"字的短语,是检察官先生的杰作,是他亲笔写在呈检察长的报告底稿上的。庭长在一度感到紧张之后,并没有怎么反对。法律总不能碰壁。并且老实说,庭长虽然是个有点小聪明的好人,可是他有相当强烈的保王思想,滨海蒙特勒伊市长谈到在戛纳登陆事件时说了"皇上",而没有说"波拿巴",他感到很不中听。

于是逮捕状签发出去了。检察官派了专人,星夜兼程送到滨海蒙特勒伊,责成侦察员沙威执行。

我们知道,沙威在作证以后,已经立即回到滨海蒙特勒伊。

沙威正起床,专差便已把逮捕状和传票交给了他。

这专差也是个精干的警吏,一两句话便把在阿拉斯发生的事向沙威交代明白了。逮捕状上有检察官的签字,内容是这样的:"侦察员沙威,速将滨海蒙特勒伊市长马德兰君拘捕归案,马德兰君在本日公审时,已被查明为已释苦役犯冉阿让。"

假使有个不曾见过沙威的人,当时看见他走进那疗养室的前房,这人一定猜想不到发生了什么事,并且还会认为他那神气是世上最平常的。他态度冷静、严肃,灰色头发平平整整地贴在两鬓,他刚才走上楼梯的步伐也是和平日一样从容不迫。但是假使有个深知其为人的人,并且仔细观察了他,便会感到毛骨悚然。他皮领的纽扣不在他颈后,而在他左耳上边。这说明当时他那种从未有过的惊慌。

沙威是个完人,他的工作态度和穿衣态度都没有一点可以指责的地方,他对暴徒绝不通融,对他衣服上的钮扣也从来一丝不苟。

他居然会把领扣扣歪,那一定是在他心里起了那种所谓"内心地震"的骚乱。

他在邻近的哨所里要了一个伍长和四个兵,便若无其事地来了。他把这些兵留在天井里,叫那看门婆婆把芳汀的屋子告诉他,看门婆婆毫无戒备,因为经常有一些武装的人来找市长先生,她是看惯了的。

沙威走到芳汀的门前,转动门钮,用着护士或暗探的那种柔和劲儿推开门,进来了。

严格地说,他并没有进来,他立在那半开的门口,帽子戴在头上,左手插在他那件一直扣到颈脖的礼服里。肘弯上露出他那根藏在身后的粗手杖的铅头。

他这样立着不动,几乎有一分钟,没有引起任何人的注意。忽然,芳汀抬起眼睛看见了他,又叫马德兰先生转过头去。

当马德兰先生的视线接触到沙威的视线时,沙威并没有动,也不惊,也不走近,只显出一种可怕的神色。在人类的情感方面,最可怕的是得意之色。

这是一副找到了冤家的魔鬼面孔。

他确信自己能够逮住冉阿让,因此他心中的一切全露在脸上了。底部搅浑后影响了水面。他想到自己曾嗅错了路,一时错认了商马第,好不懊恼,幸而他当初识破了他,并且多少年来,一直还是清醒的,想到这里,懊恼也就消散了。沙威的喜色因傲慢的态度而更明显,扁窄的额头因得胜而变得难看。那副沾沾自喜的面孔简直是无丑不备。

这时,沙威如在天庭,他自己虽不十分明了,但对自己的成功和地位的重要却有一种模糊的直觉,他,沙威,人格化了的法律、光明和真理,他是在代表它们执行上天授予的除恶任务。他有无边无际的权力、道理、正义、法治精神、舆论,满天的星斗环绕在他的后面和他的四周。他维护社会秩序,他使法律发出雷霆,他为社会除暴安良,他捍卫绝对真理,他屹立在神光的中央;他虽然已操胜券,却仍有挑衅和搏斗的余勇;他挺身直立,气派雄豪,威风凛凛,把个勇猛天神的超人淫威布满了天空。他正在执行的那件任务的骇人的暗影,使人可以从他那握紧了的拳头上看到一柄象征社会力量的宝剑的寒光。他愉快而愤恨地用脚跟踏着罪恶、丑行、叛逆、堕落、地狱,他发出万丈光芒,他杀人从不眨眼,他满脸堆着笑容,在这威猛天神的身上,确有一种无比伟大的气概。

沙威凶,但绝不下贱。

正直、真诚、老实、自信、忠于职务,这些品质在被曲解时是可以变成丑恶的,不过,即使丑恶,也还有它的伟大;它们的威严是人类的良知所特有的,所以在丑恶之中依然存在。这是一些有缺点的优良品质,这缺点便是它会发生错误。执迷于某一种信念的人,在纵恣暴戾时,有一种寡情而诚实的欢乐,这样的欢乐,莫名其妙竟会是一种阴森而又令人起敬的光芒。沙威在他这种骇人的快乐里,正和每一个得志的小人一样,值得怜悯。那副面孔所表现的,我们可以称之为善中的万恶,世界上没有任何东西比这更惨更可怕的了。

四　司法者再度行使法权

芳汀,自从市长先生把她从沙威手中救出来以后,还没有看见过沙威。她的病脑完全不能了解当时的事,她以为他是为了她来的,她受不了那副凶相。她觉得自己的气要断了。她两手掩住自己的脸,哀号着:

"马德兰先生,救我!"

冉阿让(我们以后不再用旁的名字称呼他了)立起来,用最柔和最平静的声音向芳汀说:

"您放心。他不是来找您的。"

随后他又向沙威说:

"我知道您来干什么。"

沙威回答说：

"快走！"

在他说那两个字的口气里有一种说不出的、横蛮和狂妄的意味。他说的不是"快走！"而是一种像"快走"两字那样的声音，因此没有文字可以表示这种声音，那已经不是人的言语，而是野兽的吼叫了。

他绝不照惯例行事，他绝不说明来意，也不拿出逮捕状。对他来说，冉阿让是一种神秘的、无从捉摸的对手，黑暗中的角力者，他掐住冉阿让已经五年了，却没有能够摔翻他。这次的逮捕不是起始，而是终局。因此他只说了句：

"快走！"

他这么说，身体却没有移动一步，他用那种铁钩似的目光钩着冉阿让，他平日对颠连无告的人们也正是用这种神气硬把他们钩到他身边去的。

两个月前，芳汀感到深入她骨髓的，也正是这种目光。

沙威一声吼，芳汀又睁开了眼睛。但是市长先生在这里。她有什么可怕的呢？

沙威走到屋子中间，叫道：

"你到底走不走？"

这个不幸的妇人四面张望。屋子里只有修女和市长先生。对谁会这样下贱地用"你"字来称呼呢？只可能是对她说的了。她浑身发抖。

同时她看见了一桩破天荒的怪事，怪到无以复加，即使是在她发热期间最可怕的噩梦里，这样的怪事也不曾有过。

她看见暗探沙威抓住了市长先生的衣领，她又看见市长先生低着头。她仿佛觉得天翻地覆了。

沙威确实抓住了冉阿让的衣领。

"市长先生!"芳汀喊着说。

沙威放声大笑,把他满口的牙齿全突了出来。

"这儿已没有市长先生了!"

冉阿让让那只手抓住他礼服的领,并不动,他说:

"沙威……"

沙威不待他说完,便吼道:

"叫我做侦察员先生。"

"先生,"冉阿让接着说,"我想和您个人谈句话。"

"大声说!你得大声说!"沙威回答,"人家对我谈话总是大声的!"

冉阿让低声下气地继续说:

"我求您一件事……"

"我叫你大声说。"

"但是这件事只有您一个人可以听……"

"这和我有什么相干?我不听!"

冉阿让转身朝着他,急急忙忙低声向他说:

"请您暂缓三天!三天,我可以去领这个可怜的女人的小孩!应当付多少钱我都付。假使您要跟着我走也可以。"

"笑话!"沙威叫着说,"哈!我以前还没有想到你竟是一个这么蠢的东西!你要我缓三天,你好逃!你说要去领这婊子的孩子!哈!哈!真妙!好极了!"

芳汀战抖了一下。

"我的孩子!"她喊道,"去领我的孩子!她原来不在这里!我的嬷嬷,回答我,珂赛特在什么地方?我要我的孩子!马德兰先生!市长先生!"

沙威提起脚来一顿。

"现在这一个也来纠缠不清了!你到底闭嘴不闭嘴,骚货!这个可耻的地方,囚犯做长官,公娼享着伯爵夫人的清福!不用忙!一切都会扭转过来的,正是时候了!"

他瞧着芳汀不动,再一把抓住冉阿让的领带、衬衫和衣领说道:

"我告诉你,这儿没有马德兰先生,也没有市长先生。只有一个贼,一个土匪,一个苦役犯,叫冉阿让!我现在抓的就是他!就是这么一回事!"

芳汀直跳起来,支在她那两只僵硬的胳膊和手上面,她望望冉阿让,望望沙威,望望修女,张开口,仿佛要说话,一口痰从她喉咙底里涌上来,她的牙齿格格发抖,她悲伤地伸出两条胳膊,张开两只痉挛的手,同时四面摸索,好像一个惨遭灭顶的人,随后她忽然一下倒在枕头上。她的头撞在床头,弹回来,落在胸上,口张着,眼睛睁着,但已黯然无光了。

她死了。

冉阿让把他的手放在沙威的那只抓住他的手上,好像掰婴孩的手,一下便掰开了它,随后他向沙威说:

"您把这妇人害死了。"

"不许多话,"怒气冲天的沙威吼叫起来,"我不是到这里来听你讲道理的。不要浪费时间。队伍在楼下。马上走,不然我就要用镣铐了!"

在屋子的一个壁角里,有一张坏了的旧铁床,是平日给守夜的嬷嬷们做临时床用的。冉阿让走到这张床的前面,一转眼便把这张业已破损的床头拆了下来,有他那样的力气,这原不是件难事,他紧紧握着这根大铁条,眼睛望着沙威。

沙威向门边退去。

冉阿让手里握着铁条,慢慢地向着芳汀的床走去,走到以后,他转过身,用一种旁人几乎听不见的声音向沙威说:

"我劝您不要在这时来打搅我。"

一桩十分确实的事,便是沙威吓得发抖。

他原想去叫警察,但又怕冉阿让乘机逃走。他只好守住不动,抓着他手杖的尖端,背靠着门框,眼睛不离冉阿让。

冉阿让的肘倚在床头的圆球上,手托着额头,望着那躺着不动的芳汀。他这样待着,凝神,静默,他所想的自然不是这人世间的事了。在他的面容和体态上仅仅有一种说不出的痛惜的颜色,这样默念了一会过后,他俯身到芳汀的耳边,细声向她说话。

他向她说些什么呢?这个待死的汉子,对这已死的妇人有什么可说的呢?这究竟是些什么话?世上没有人听到过他这些话。死者是否听到了呢?有些动人的幻想也许真是最神圣的现实。毫无疑问的是,当时惟一的证人散普丽斯嬷嬷时常谈到当日冉阿让在芳汀耳边说话时,她看得清清楚楚,死者的灰色嘴唇,曾微微一笑,她那双惊魂未定的眸子,也略有喜色。

冉阿让两手捧着芳汀的头,好像慈母对待自己的孩子那样,把它端正安放在枕头上,又把她衬衣的带子结好,把她的头发塞进帽子。做完了这些事,他又闭上了他的眼睛。

芳汀的面庞在这时仿佛亮得出奇。

死,便是跨进伟大光明境界的第一步。

芳汀的手还垂在床沿外。冉阿让跪在这只手的前面,轻轻地拿起来,吻了一下。

他立起来,转身向着沙威:

"现在,"他说,"我跟您走。"

五　适合的坟

沙威把冉阿让送进了市监狱。

马德兰先生被捕的消息在滨海蒙特勒伊引起了一种异样的感觉,应当说,引起了一种非常的震动。不幸我们无法掩饰这样一种情况:仅仅为了"他当过苦役犯"这句话,大家便几乎把他完全丢弃了。他从前做的一切好事,不到两个钟头,也全被遗忘了,他已只是个"苦役犯"。应当指出,当时大家还不知道在阿拉斯发生的详细的经过。一整天,城里四处都能听到这样的谈话:"您不知道吗? 他原是个被释放的苦役犯!""谁呀?""市长。""啐! 马德兰先生吗?""是呀。""真的吗?""他原来不叫马德兰,他的真名字真难听,白让,博让,布让。""呀,我的天!""他已经被捕了。""被捕了! 他暂时还在市监狱里,不久就会被押到别处去。""押到别处去!""他们要把他押到别处去! 他们想把他押到什么地方去呢?""因为他从前在一条大路上犯过一桩劫案,还得上高等法院呢。""原来如此! 我早已疑心了。这人平日太好,太完善,太信上帝了。他辞谢过十字勋章。他在路上碰见小流氓总给他们些钱。我老在想,他底里一定有些不能见人的历史。"

尤其是在那些"客厅"里,这类话谈得特别多。

有一个订阅《白旗报》的老太太还有这样一种几乎深不可测的体会。

"我并不以为可惜。这对布宛纳巴的党徒是一种教训!"

这个一度称为马德兰先生的幽灵便这样在滨海蒙特勒伊消逝了。全城中,只有三四个人还追念他。服侍过他的那个老看门婆便是其中之一。

当天日落时,这个忠实的老婆子还坐在她的门房里,无限凄惶。工厂停了一天工,正门闩起来了,街上行人稀少。那幢房子里只有两个修女,佩尔佩迪嬷嬷和散普丽斯嬷嬷还在守着芳汀的遗体。

快到马德兰先生平日回家的时候,这忠实的看门婆子机械地立了起来,从抽屉里取出马德兰先生的房门钥匙,又端起他每晚用来照着上楼的烛台,随后她把钥匙挂在他惯于寻取的那钉子上,烛台放在旁边,仿佛她在等候他似的,她又回转去,坐在她那椅子上面呆想。这可怜的好老婆子并不知道她自己做了这些事。

两个多钟头过后,她如梦初醒地喊道:

"真的!我的慈悲上帝耶稣!我还把钥匙挂在钉子上呢!"

正在这时,门房的玻璃窗自动开了,一只手从窗口伸进来,拿着钥匙和烛台,凑到另一支燃着的细烛上接了火。

守门妇人抬起眼睛,张开口,几乎要喊出来了。

她认识这只手,这条胳膊,这件礼服的袖子。

是马德兰先生。

过了几秒钟,她才说得出话来。"我真吓呆了。"她过后向人谈这件事的时候,老这么说。

"我的上帝,市长先生,"她终于喊出来了,"我还以为您……"

她停了口,因为这句话的后半段会抹煞前半段的敬意。

冉阿让对她始终是市长先生。

他替她把话说完:

"……进监牢了,"他说,"我到监里去过了,我折断了窗口的铁条,从屋顶上跳下来,又到了这里。我现在到我屋子里去。您去把散普丽斯嬷嬷找来。她一定是在那可怜的妇人旁边。"

老婆子连忙去找。

他一句话也没有嘱咐她,他十分明白,她保护他会比他自己保护自己更稳当。

别人永远没有知道他怎样能不开正门便到了天井里。他本来有一把开一扇小侧门的钥匙,是他随时带在身上的,不过他一定受过搜查,钥匙也一定被没收了。这一点从来没有人想通过。

他走上通到他屋子去的那道楼梯。到了上面,他把烛台放在楼梯的最高一级,轻轻地开了门,又一路摸黑,走去关上窗子和窗板,再回头拿了烛台,回到屋里。

这种戒备是有用的,我们记得,从街上可以看见他的窗子。

他四面望了一眼,桌子上,椅子上,和他那张三天没有动过的床上。前晚的忙乱并没有留下丝毫痕迹,因为看门婆婆早已把屋子整理过了。不过她已从灰里拾起那根棍子的两个铁头和那烧乌了的值四十个苏的钱,干干净净地把它们放在桌上了。

他拿起一张纸,写上"这便是我在法庭里说过的那两个铁棍头和从小瑞尔威抢来的那个值四十个苏的钱",他又把这枚银币和这两块铁摆在纸上,好让人家走进屋子一眼便可以看见。他从橱里取出了一件旧衬衫,撕成几块,用来包那两只银烛台。他既不匆忙,也不惊惶,一面包着主教的这两个烛台,一面咬着一块黑面包。这大概是在他逃走时带出来的一块囚犯吃的面包。

过后法院来检查,在地板上发现一些面包屑,证明他吃的确是狱里的面包。

有人在门上轻轻敲了两下。

"请进。"他说。

是散普丽斯嬷嬷。

她面色苍白,眼睛发红,手里拿着蜡烛,颤个不停。命运中的剧变往往有这样一种特点:无论我们平时多么超脱,无动于衷,一旦遭遇剧变,原有的人性总不免受到触动,从心灵的深处流露出来。这修女经过这一天的激动,又变成妇女了,她痛哭过一阵,现在还发抖。

冉阿让正在一张纸上写好了几行字,他把这张纸交给修女说:

"我的嬷嬷,请您交给本堂神甫先生。"

这张纸是展开的。她在那上面望了一眼。

"您可以看。"他说。

她念:"我请本堂神甫先生料理我在这里留下的一切,用以代付我的诉讼费和今日死去的这个妇人的丧葬费。余款捐给穷人。"

嬷嬷想说话,但是语不成声。她勉强说了一句:

"市长先生不想再看一次那可怜的苦命人吗?"

"不,"他说,"逮我的人在后面追来了,他们到她屋子里去逮我,她会不得安宁。"

他的话刚说完,楼梯下已闹得一片响,他听见许多人的脚步,走上楼来,又听见那看门老妇人用她那最高最锐的嗓子说:

"我的好先生,我在慈悲的上帝面前向您发誓,今天一整天,一整晚,都没有人到这里来过,我也没有离开过大门!"

有个人回答说:

"可是那屋子里有灯光。"

他们辨别出这是沙威的声音。

屋子的门开开,便遮着右边的墙角。冉阿让吹灭了烛,躲在这墙角里。

散普丽斯嬷嬷跪在桌子旁边。

门自己开了。沙威走进来。

过道里有许多人说话的声音和那看门妇人的争辩声。

修女低着眼睛正在祈祷。

一支细烛在壁炉台上发着微光。

沙威看见嬷嬷,停住了脚,不敢为难。

我们记得,沙威的本性,他的气质,他的一呼一吸都是对权力的尊崇。他是死板的,他不容许反对,也无可通融。在他看来,教会的权力更是高于一切。他是信徒,他在这方面,和在其他任何方面一样,浅薄而规矩。在他的眼里,神甫是种没有缺点的神明,修女是种纯洁无疵的生物。他们都是与人世隔绝了的灵魂,好像他们的灵魂与人世之间隔着一堵围墙,墙上只有一扇惟一的、不说真话便从来不开的门。

他见了嬷嬷,第一个动作便是向后退。

但是另外还有一种任务束缚他并极力推他前进。他的第二个动作便是停下来,至少他总得冒险问一句话。

这是生平从不说谎的散普丽斯嬷嬷。沙威知道,因此对她也特别尊敬。

"我的嬷嬷,"他说,"您是一个人在这屋子里吗?"

那可怜的看门妇人吓得魂不附体,以为事体搞糟了。

嬷嬷抬起眼睛,回答说:

"是的。"

"既是这样,"沙威又说,"请您原谅我多话,这是我分内应做的事,今天您没有看见一个人,一个男人。他逃走了,我们正在找他。那个叫冉阿让的家伙,您没有看见他吗?"

"没有。"

她说了假话。一连两次,一句接着一句,毫不踌躇,直截了当地说着假话,把她自己忘了似的。

"请原谅。"沙威说,他深深行了个礼,退出去了。

呵,圣女!您超出凡尘,已有多年,您早已在光明中靠拢了您的贞女姐妹和您的天使弟兄,愿您这次的谎话上达天堂。

这嬷嬷的话,在沙威听来,是那样可靠,以至刚吹灭的还在桌上冒烟的这支耐人寻味的蜡烛也没有引起他的注意。

一个钟头过后,有个人在树林和迷雾中大踏步离开了滨海蒙特勒伊向着巴黎走去。这人便是冉阿让。有两三个赶车的车夫曾遇到他,看见他背个包袱,穿件布罩衫。那件布罩衫,他是从什么地方得来的呢?从没有人知道。而在那工厂的疗养室里,前几天死了一个老工人,只留下一件布罩衫。也许就是这件。

关于芳汀的最后几句话。

我们全有一个慈母——大地。芳汀归到这慈母的怀里去了。

本堂神甫尽量把冉阿让留下的东西,留下给穷人,他自以为做得得当,也许真是得当的。况且,这件事牵涉到谁呢?牵涉到一个苦役犯和一个娼妇。因此他简化了芳汀的殡葬,极力削减费用,把她送进了义冢。

于是芳汀被葬在坟场中那块属于大家而不属于任何私人、并使穷人千古埋没的公土里。幸而上帝知道到什么地方去寻找她的灵魂。他们把芳汀隐在遍地遗骸的乱骨堆中,她被抛到公众的泥坑里去了。她的坟正像她的床一样。

第二部 珂赛特

第一卷 滑铁卢

一 从尼维尔来时所见

去年(一八六一),在五月间一个晴朗的早晨,有一个行人,本故事的叙述者,到了尼维尔①,并向拉羽泊走去。他步行。他沿着山冈上两行树木中间的一条铺了路面的大道前进。那大道随着连绵不断的山冈,一起一伏,犹如巨浪。他已经走过了里洛和伊萨克林。向西望去,他可以辨出布兰拉勒②的那座形如覆盆的青石钟楼。他刚刚走过一处高地上的树林,看见有一根蛀孔累累的木柱,立在一条横路的转角处,那柱子上面写着"第四栅栏旧址";旁边,有一家饮料店,店面墙上的招牌写着"艾侠波四风特等咖啡馆"。

从那咖啡馆再往前走八分之一法里,他便到了一个小山谷的底里,谷底有一条溪流,流过路下的涵洞。疏朗翠绿的树丛,散布在路旁山谷里,在路的另一面,树丛散乱有致地展向布兰拉勒。

~~~~~~~~~~~~~~~~~~~

① 尼维尔(Nivelles),比利时城市,在布鲁塞尔和滑铁卢的西南面,距布鲁塞尔三十多公里。
② 布兰拉勒(Braine-l'Alleud),地名,在滑铁卢和尼维尔之间。

路的右边,有一家小客店,门前摆着一辆四轮小车、一大捆蛇麻草和一个铁犁,青树篱边,有一堆干刍,在一个方坑里,石灰正冒着气,一张梯子卧倒在一个用麦秆作隔墙的破棚子的墙边。田里有个大姑娘在锄草,一大张黄色广告,也许是什么杂技团巡回演出的海报,在田边迎风飘动。在那客店的墙角外面,有一群鸭子在浅沼里游行,一条路面铺得很坏的小道沿着那浅沼伸入丛莽。那行人向丛莽中走去。

他走上百来步,到了一道十五世纪的墙脚边,墙上有用花砖砌的山字形尖顶,沿墙过去,便看见一扇拱形石库大门,一字门楣,配上两个圆形浮雕,具有路易十四时代的浑厚风格。大门的上方便是那房屋的正面,气象庄严,一道和房屋正面垂直的墙紧靠在大门旁边,构成一个生硬的直角。门前草地上,倒着三把钉耙,五月的野花在耙齿间随意开着。大门是关着的。双合门扇已经破烂,一个旧门锤也生了锈。

日光和煦宜人,树枝在作五月间那种轻柔的颤动,仿佛来自枝上的鸟巢,而不是由于风力。一只可爱的小鸟,也许是怀春吧,在一株大树上尽情啼唱。

过客弯下腰去细察门左石脚上的一个圆涡,圆涡颇大,好像是个圆球体的模子。正在这时,那双合门扇开了,走出来一个村姑。

她望着过路客人,看见了他正在细看的东西。

"这是一颗法国炮弹打的。"她向他说。

随后她又接着说:

"稍高一点,在这大门的上面,那颗钉子旁边,您看见的是一个大铳打的窟窿。铳子并没有把木板打穿。"

"这叫什么地方?"过客问道。

"乌古蒙。"村姑说。

过客抬起头来。他走了几步,从篱笆上面望去。他从树枝中望见天边有一个小丘,丘上有一个东西,远远望去,颇像一只狮子。①

二　乌　古　蒙

乌古蒙是一个伤心惨目的地方,是障碍的开始,是那名叫拿破仑的欧洲大樵夫在滑铁卢遇到的初次阻力,是巨斧痛劈声中最初碰到的盘根错节。

它原是一个古堡,现在只是一个农家的庄屋了。乌古蒙对好古者来说,应当是雨果蒙。那宅子是贵人索墨雷·雨果,供奉维莱修道院第六祭坛的那位雨果起造的。

过客推开了大门,从停在门洞里的一辆旧软兜车旁边走过,便到了庭院。

在庭院里,第一件使过客注目的东西,便是一扇十六世纪的圆顶门,门旁的一切已经全坍了。宏伟的气象仍从遗迹中显示出来。在离圆顶门不远的墙上,另辟了一道门,门上有亨利四世时代的拱心石,从门洞里可以望见果园中的树林。门旁有个肥料坑、几把十字镐和尖嘴锹,还有几辆小车,一口井口有石板铺地和铁辘轳的古井,一匹小马正在蹦跳,一只火鸡正在开屏,还有一座有小钟楼的礼拜堂,一株桃树,附在礼拜堂的墙上,正开着花。这便是拿破仑当年企图攻破的那个院

---

① 那是滑铁卢战场上的纪念墩,墩上有个铜狮子,是英普联军在击溃拿破仑后建立的。

子的情形。这一隅之地,假使他攻破了,全世界也许就是属于他的。一群母鸡正把地上的灰尘啄得四散。他听见一阵猞吠声,是一头张牙露齿、代替英国人的大恶狗。

当年英国人在这地方是值得钦佩的。库克的四连近卫军,在一军人马猛攻之下,坚持了七个钟头。

乌古蒙,包括房屋和园子在内,在地图上,作为一个几何图形去看,是一个缺了一只角的不规则长方形。南门便在那角上,有道围墙作它最近的屏障。乌古蒙有两道门:南门和北门,也就是古堡的门和庄屋的门。拿破仑派了他的兄弟热罗姆去攻乌古蒙;吉埃米诺、富瓦和巴许吕各师全向那里进扑,雷耶的部队几乎全部用在那方面,仍归失败,克勒曼的炮弹也都消耗在那堵英雄墙上。博丹旅部从北面增援乌古蒙并非多余,索亚旅部在南面只能打个缺口,而不能加以占领。

庄屋在院子的南面。北门被法军打破的一块门板至今还挂在墙上。那是钉在两条横木上面的四块木板,攻打的伤痕还看得出。

这道北门,当时曾被法军攻破过,后来换上了一块门板,用以替代现在挂在墙上的那块;那道门正在院底半掩着,它是开在墙上的一个方洞里的,堵在院子的北面,墙的下段是石块,上段是砖。那是一道在每个庄主人家都有的那种简单的小车门,两扇门板都是粗木板做成的,更远一点,便是草地。当时两军争夺这一关口非常猛烈。门框上满是殷红的血手印,历久不褪,博丹便在此地阵亡。

鏖战的风涛还存在这院里,当时的惨状历历在目,伏尸喋血的情形宛然如在眼前;生死存亡,有如昨日;墙垣呻吟,砖石纷飞,裂口呼叫,弹孔沥血,树枝倾斜战栗,好像力图逃遁。

这院子已不像一八一五年那样完整了,许多起伏曲折、犬牙交错的工事都已拆毁。

英军在这里设过防线,法军突破过,但是守不住。古堡的侧翼仍屹立在那小礼拜堂的旁边,但是已经坍塌,可以说是徒存四壁,空无所有了,这是乌古蒙宅子仅存的残迹。当时以古堡为碉楼,礼拜堂为营寨,两军便在那里互相歼灭。法军四处受到火枪的射击,从墙后面、顶阁上、地窖底里,从每个窗口、每个通风洞、每个石头缝里都受到射击,他们便搬一捆捆树枝去烧那一带的墙和人,射击得到了火攻的回答。

那一侧翼已经毁了,人们从窗口的铁栏缝里还可以看见那些墙砖塌了的房间,当时英军埋伏在那些房间里,一道旋梯,从底到顶全破裂了,好像是个破海螺的内脏。那楼梯分两层,英军当时在楼梯上受到攻击,便聚集在上层的梯级上,并且拆毁下层。大块大块的青石板在荨麻丛里堆得像座小山,却还有十来级附在墙上,在那第一级上搠了一个三齿叉的迹印。那些高不可攀的石级,正如牙床上的牙一样,仍旧牢固地嵌在墙壁里。其余部分就好像是一块掉了牙的颚骨。那里还有两株古树:一株已经死了,一株根上受了伤,年年四月仍发青。从一八一五以来,它的枝叶渐渐穿过了楼梯。

当年在那礼拜堂里也有过一番屠杀。现在却静得出奇。自从那次流血以后,不再有人来做弥撒了。但是祭台依然存在,那是一座靠着粗石壁的粗木祭台。四堵用灰浆刷过的墙,一道对着祭台的门,两扇圆顶小窗,门上有一个高大的木十字架,十字架上面有个被一束干草堵塞了的方形通风眼,在一个墙角的地上,有一个旧玻璃窗框的残骸,这便是那礼拜堂的现状。祭台旁边,钉了一个十五世纪的圣女安娜的木刻像;童年时代的耶稣的头,它不幸也和基督一样受难,竟被一颗铳子打掉了。法军在这礼拜堂里曾一度做过主人,继又被击退,便放了一把火。这破屋里当时满是烈焰,像只火炉,门着过火,地板也着过火,基督的木雕像却不曾着火。火舌灼过他的脚,随即熄灭了,留下两段乌焦的残肢。奇迹,当地的人这样说。儿时的耶稣丢了脑袋,足见他的运气不如基督。

墙上满是游人的字迹。在那基督的脚旁写着:安吉内。还有旁的题名:略玛约伯爵、哈巴纳阿尔马格罗侯爵及侯爵夫人。还有一些法国人的名字,带着惊叹号,那是愤怒的表示。那道墙在一八四九年曾经重加粉刷,因为各国的人在那上面互相辱骂。

一个手里捏着一把板斧的尸首便是在这礼拜堂的门口找到的,那是勒格罗上尉的遗骸。

从礼拜堂出来,朝左,我们可以看见一口井。这院子里原有两口井。我们问:"为什么那口井没有吊桶和滑车了呢?"因为已经没有人到那里取水了。为什么没有人到那里取水呢?因为井里填满枯骨。

到那井里取水的最后一个人叫威廉·范·吉耳逊。他是个农民,当时在乌古蒙当园丁。一八一五年六月十八日,他的家眷曾逃到树林里去躲藏。

那些不幸的流离失所的人在维莱修道院附近的树林里躲了好几昼夜。今天还留下当年的一些痕迹,例如一些烧焦了的古树干,便标志着那些惊慌战栗的难民在树林里露宿的地点。

威廉·范·吉耳逊留在乌古蒙"看守古堡",他蜷伏在一个地窖里。英国人发现了他。他们把这吓破了胆的人从他的藏身窟里拖出来,用刀背砍他,强迫他服侍那些战士。他们渴,威廉便供给他们喝。他的水便是从那井里取来的。许多人都在那里喝了他们最后的一口水。这口被许多死人喝过水的井也该同归于尽。

战后大家忙着掩埋尸体。死神有一种独特的扰乱胜利的方法,它在光荣之后继以瘟疫。伤寒症往往是武功的一种副产品。那口井相当深,成了万人冢。那里面丢进了三百具尸体。也许丢得太急。他们果真全是死了的人吗?据传说是未必尽然的。好像在抛尸的那天晚上,还有人听见微弱的叫喊声从井底传出来。

那口井孤零零地在院子中间。三堵半石半砖的墙,折得和屏风的隔扇一样,像个小方塔,三面围着它。第四面是空着的。那便是取水的地方。中间那堵墙有个怪形牛眼洞,也许是个炸弹窟窿。那小塔原有一层顶板,现在只剩木架了。右边护墙的铁件作十字形。我们低着头往下望去,只看见黑魆魆一道砖砌的圆洞,深不见底。井旁的墙脚都埋在荨麻丛里。

在比利时,每口井的周围地上都铺有大块的青石板,而那口井却没有。代替青石板的,只是一条横木,上面架着五六段奇形怪状、多节、僵硬、类似长条枯骨的木头。它已没有吊桶,也没有铁链和滑车了;但盛水的石槽却还存在。雨水聚在里面,常有一只小鸟从邻近的树林中飞来啄饮,继又飞去。

在那废墟里只有一所房子,那便是庄屋,还有人住着。庄屋的门开向院子。门上有一块精致的哥特式的锁面,旁边,斜伸着一个苜蓿形的铁门钮。当日汉诺威的维尔达中尉正握着那门钮,想躲进庄屋去,一个法国敢死队员一斧子便砍下了他的手。

住这房子的那一家人的祖父叫范·吉耳逊,他便是当年的那个园丁,早已死了。一个头发灰白的妇人向您说:"当时我也住在这里。我才三岁。我的姐姐比较大,吓得直哭。他们便把我们带到树林里去了。我躲在母亲怀里。大家都把耳朵贴在地上听,我呢,我学大炮的声音,喊着'嘣,嘣。'"

院子左边的那道门,我们已经说过,开向果园。

果园的情形惨极了。

它分三部分,我们几乎可以说三幕。第一部分是花园,第二部分是果园,第三部分是树林。这三个部分有一道总围墙,在门的这边有古堡和庄屋,左边有一道篱,右边有一道墙,后面也有一道墙。右边的墙是砖砌的,后面的墙是石砌的。我们先进花园。花园比房子低,种了些覆盆子,生满了野草,尽头处有一座高大的方石平台,栏杆的石柱全作葫芦形。那是一种贵人的花园,它那格局是最早的法国式,比勒诺特尔式还早,现在已经荒废,荆棘丛生。石柱顶端作浑圆体,类似石球。现在还有四十三根石栏杆立在它们的底座上,其余的都倒在草丛里了。几乎每根都有枪弹的伤痕。一条断了的石栏杆竖在平台的前端,如同一条断腿。

花园比果园低,第一轻装队的六个士兵曾经攻进这花园,陷在里面,好像熊落陷阱,出不去,他们受到两连汉诺威兵的攻击,其中一连还配备了火枪。汉诺威兵凭着石栏杆,向下射击。轻装队士兵从低处回射,六个人对付两百,奋不顾身,惟一的屏障只是草丛,他们坚持了一刻钟,六个人同归于尽。

我们踏上几步石级,便从花园进入真正的果园。在一块几平方脱阿斯大小的地方,一千五百人在不到一个钟头的时间里全倒下去了。那道墙现在似乎还有余勇可贾的神气。

英国兵打在墙上的那三十八个高低不一的枪孔现在还存在。在第十六个枪孔前面,有两座花岗石的英国坟。只有南面的墙上有枪孔,总攻击当时是从这面来的。一道高的青藤,篱遮掩着墙的外面,法国兵到了,以为那只是一道篱笆,越过后却发现了那道设了埋伏阻止他们前进的墙。英国近卫军躲在墙后,三十八个枪孔一齐开火,暴雨似的枪弹迎面扫来。索亚的一旅人在那里覆没了。滑铁卢战争便是这样开始的。

果园终于被夺过来了。法国兵没有梯子,便用指甲抓着往上爬。两军在树下肉搏。草上全染满了血。纳索的一营兵,七百人,在那里遭到了歼灭。克勒曼的两队炮兵排在墙外,那墙的外面满是开花弹的伤痕。

这果园,和其他的果园一样,易受五月风光的感染。它有它的金钮花和小白菊,野草畅茂,耕马在啃青,一些晒衣服的毛绳系在树间,游人得低下头去,我们走过那荒地,脚常陷在田鼠的洞里。乱草丛中,我们看见一株连根拔起的树干,倒在地上发绿。那便是参谋布莱克曼在临死时靠过的那棵树。德国的狄勃拉将军死在邻近的一株大树下面,他原属法国籍,在南特敕令①废止时才全家迁徙到德国去的。近处,斜生着一株得病的苹果树,上面缠着麦秸,涂上粘泥,几乎所有的苹果树全因年老而枯萎了。没有一株不曾受过枪弹和铳火。园里充满了死树的枯骸。群鸦在枝头乱飞,稍远一点,有一片开满紫罗兰的树林。

---

① 南特敕令,一五九八年,法王亨利四世颁布南特敕令,允许新教存在。一六八五年,经路易十四废止,迫使无数新教徒迁徙国外。

博丹死了,富瓦受了伤,烈火,伏尸,流血,英、德、法三国人的血奋激狂暴地汇成一条溪流,一口填满了尸首的井,纳索的部队和不伦瑞克的部队被歼灭了,狄勃拉被杀,布莱克曼被杀,英国近卫军受了重创,法国雷耶部下的四十营中有二十营被歼灭,在这所乌古蒙宅子里,三千人里有些被刀砍了,有些身首异处,有些被扼杀,有些被射死,有些被烧死;凡此种种,只为了今日的一个农民向游人说:"先生,给我三个法郎,要是您乐意,我把滑铁卢的那回事说给您听听。"

三 一八一五年六月十八日

追源溯流是讲故事人的一种权利,假设我们是在一八一五年,并且比本书第一部分所说的那些进攻还稍早一些的时候。

假使在一八一五年六月十七日到十八日的那一晚不曾下雨,欧洲的局面早已改变了。多了几滴雨或少了几滴雨,对拿破仑就成了胜败存亡的关键。上天只须借几滴雨水,便可使滑铁卢成为奥斯特里茨的末日,一片薄云违反了时令的风向穿过天空,便足使一个世界崩溃。

滑铁卢战争只有在十一点半开始,布吕歇尔才能从容赶到。为什么?因为地面湿了。炮队只有等到地面干一点,否则不能活动。

拿破仑是使炮的能手,他自己也这样觉得。他在向督政府报告阿布基尔战况的文件里说过:"我们的炮弹便这样打死了六个人。"这句话可以说明那位天才将领的特点。他的一切战争计划全建立在炮弹上。集中大炮火力于某一点,那便是他胜利的秘诀。他把敌军将领的战略,看成一个堡垒,加以迎头痛击。他用开花弹攻打敌人的弱点,挑战,解围,也全赖炮力。他的天才最善于使炮。攻陷方阵,粉碎联队,突破阵线,消灭和驱散密集队伍,那一切便是他的手法,打,打,不停地打,而他把那种打的工作交给炮弹。那种锐不可当的方法,加上他的天才,便使战场上的这位沉郁的挥拳好汉在十五年中所向披靡。

一八一五年六月十八日,正因为炮位占优势,他更寄希望于发挥炮的威力。威灵顿只有一百五十九尊火器,而拿破仑有二百四十尊。

假使地是干的,炮队易于行动,早晨六点便已开火了。战事在两点钟,比普鲁士军队的突然出现还早三个钟头就告结束,已经获得胜利了。

在那次战争的失败里拿破仑方面的错误占多少成分呢?中流失事便应归咎于舵工吗?

拿破仑体力上明显的变弱,那时难道已引起他精力的衰退?二十年的战争,难道像磨损剑鞘那样,也磨损了剑刃,像消耗体力那样,也消耗了精神吗?这位将领难道也已感到年龄的困累吗?简单地说,这位天才,确如许多优秀的史学家所公认的那样,已经衰弱了吗?他是不是为了要掩饰自己的衰弱,才轻举妄动呢?他是不是在一场风险的困惑中,开始把握不住了呢?难道他犯了为将者的大忌,变成了不了解危险的人吗?在那些可以称作大活动家的钢筋铁骨的人杰里,果真存在着天才退化的时期吗?对精神活动方面的天才,老年是不起影响的,像但丁和米开朗琪罗这类人物,年岁越高,才气越盛;对汉尼拔①和波拿巴这类人物,才气难道会随着岁月消逝吗？难道拿破仑对胜利已失去了他那种锐利的眼光吗？他竟到了认不清危险、猜不出陷阱、分辨不出坑谷边上的悬崖那种地步吗？对灾难他已失去嗅觉了吗？他从前素来洞悉一切走向成功的道路,手握雷电,发踪指使,难道现在竟昏愦到自投绝地,把手下的千军万马推入深渊吗？四十六岁,他便害了无可救药的狂病吗？那位掌握命运的怪杰难道已只是一条大莽汉了吗？

我们绝不那么想。

他的作战计划,众所周知是件杰作。直赴联军阵线中心,洞穿敌阵,把它截为两半,把不列颠的一半驱逐到阿尔,普鲁士的一半驱逐到潼格尔,使威灵顿和布吕歇尔不能首尾相应,夺取圣约翰山,占领布鲁塞尔,把德国人抛入莱茵河,英国人投入海中。那一切,在拿破仑看来,都是能在那次战争中实现的。至于以后的事,以后再看。

在此地我们当然没有写滑铁卢史的奢望,我们现在要谈的故事的伏线和那次战争有关,但是那段历史并不是我们的主题,况且那段历史是已经编好了的,洋洋洒洒地编好了的,一方面,有拿破仑的自述,另一方面,有史界七贤②的著作。至于我们,尽可以让那些史学家去聚讼,我们只是一个事后的见证人,原野中的一个过客,一个在那血肉狼藉的地方俯首搜索的人,也许是一个把表面现象看作实际情况的人;对一般错

---

① 汉尼拔(Hannibal,约前247—前183),杰出的迦太基统帅。
② 史界七贤,按此处法文原注只列举瓦尔特·斯高特(Walter Scott)、拉马丁(Lamartine)、沃拉贝尔(Vaulabelle)、夏拉(Charras)、基内(Quinet)、齐埃尔(Zhiers)等六人。

综复杂、神妙莫测的事物,从科学观点考虑问题,我们没有发言权,我们没有军事上的经验和战略上的才干,不能成为一家之言;在我们看来,在滑铁卢,那两个将领被一连串偶然事故所支配。至于命运,这神秘的被告,我们和人民(这天真率直的评判者)一样,对它作出我们的判决。

四 "A"

希望清楚地了解滑铁卢战争的人,只须在想象中把一个大写的"A"字写在地上。"A"字的左边一划是尼维尔公路,右边一划是热纳普公路,"A"字中间的横线是从奥安到布兰拉勒的一条凹路。"A"字的顶是圣约翰山,威灵顿所在的地方;左下端是乌古蒙,雷耶和热罗姆·波拿巴①所在的地方;右下端是佳盟,拿破仑所在的地方。比右腿和横线的交点稍低一点的地方是圣拉埃,横线的中心点正是战争完毕说出最后那个字②的地方。无意中把羽林军的至高英勇表现出来的那只狮子便竖立在这一点上。

从"A"字的尖顶到横线和左右两划中间的那个三角地带是圣约翰山高地。争夺那片高地是那次战争的全部过程。

两军的侧翼在热纳普路和尼维尔路上向左右两侧展开;戴尔隆和皮克顿对峙,雷耶和希尔对峙。

在"A"字的尖顶和圣约翰山高地后面的,是索瓦宁森林。

---

① 热罗姆·波拿巴,拿破仑的八弟。
② 指康布罗纳将军在拒绝投降时对英军说的那个"屎"字,详见下面第十四、十五节。法国人说"屎"字有如我们说"放屁"一样,有极端轻视对方的意思。

至于那平原本身,我们可以把它想象为一片辽阔、起伏如波浪的旷地;波浪越起越高,齐向圣约翰山荡去,直到那森林。

战场上两军交战,正如两人角力,彼此互相搂抱。彼此都要使对方摔倒。我们对任何一点东西都不肯放松;一丛小树可以作为据点,一个墙角可以成为支柱,背后缺少一点依靠,可以使整队人马立不住足;平原上的洼地,地形的变化,一条适当的捷径,一片树林,一条山沟,都可以撑住大军的脚跟,使它不后退。谁退出战场,谁就失败。因此,负责的主帅必须细致深入地察遍每一丛小树和每一处有轻微起伏的地形。

两军的将领都曾仔细研究过圣约翰山平原——今日已改称滑铁卢平原。一年以前,威灵顿便早有先见,已经考察过这地方,作了进行大战的准备。在那次决战中,六月十八日,威灵顿在那片地上占了优势,拿破仑处于劣势。英军居高,法军居下。

在此地描绘拿破仑于一八一五年六月十八日黎明,在罗松高地上骑着马,手里拿着望远镜的形象,那几乎是多事。在写出以前,大家早已全见过了。布里埃纳①军校的小帽下那种镇静的侧面像,那身绿色的军服,遮着勋章的白翻领,遮着肩章的灰色外衣,坎肩下的一角红丝带,皮短裤,骑匹白马,马背上覆着紫绒,紫绒角上有几个上冠皇冕的"N"和鹰,丝袜,长统马靴,银刺马距,马伦哥剑,在每个人的想象中都有着这副最后一个恺撒的尊容,有些人见了欢欣鼓舞,有些人见了侧目而视。

那副尊容久已处于一片光明之中,即使英雄人物也多半

---

① 布里埃纳(Brienne),地名,拿破仑在该地军校毕业。

要受到传说的歪曲,致使真相或久或暂受到蒙蔽,但到今天,历史和真相都已大白。

那种真相——历史——是冷酷无情的。历史有这样一种特点和妙用,尽管它是光明,并且正因为它是光明,便常在光辉所到之处涂上一层阴影;它把同一个人造成两个不同的鬼物,互相攻讦,互相排斥。暴君的黑暗和统帅的荣光进行斗争。于是人民有了比较正确的定论。巴比伦被蹂躏,亚历山大的声誉有损;罗马被奴役,恺撒因而无光;耶路撒冷被屠戮,梯特为之减色。暴政随暴君而起。一个人身后曳着和他本人相似的暗影,对他而言那是一种不幸。

五　战争的玄妙

大家知道那次战争最初阶段的局面对双方的军队都是紧张、混乱、棘手、危急的,但是英军比法军还更危殆。

落了一整夜的雨;暴雨之后,一片泥泞;原野上,处处是水坑,水在坑里,如在盆中;在某些地方,辎重车的轮子淹没了一半,马的肚带上滴着泥浆;假使没有那群蜂拥前进的车辆所压倒的大麦和稞麦把车辙填起来替车轮垫底,一切行动,尤其是在帕佩洛特一带的山谷里,都会是不可能的。

战争开始得迟,拿破仑,我们已经说过,惯于把全部炮队握在手里,如同握管手枪,时而指向战争的某一点,时而又指向另一点;所以他要等待,好让驾好了的炮队能驰骤自如;要做到这一步,非得太阳出来晒干地面不可。但是太阳迟迟不现,这回它却不像奥斯特里茨那次那样守约了。第一炮发出时,英国的科维尔将军看了一下表,当时正是十一点三十五分。

战事开始时法军左翼猛扑乌古蒙,那种猛烈程度,也许比皇上所预期的还更猛些。同时拿破仑进攻中部,命吉奥的旅部冲击圣拉埃,内伊①也命令法军的右翼向盘踞在帕佩洛特的英军左翼挺进。

乌古蒙方面的攻势有些诱敌作用。原想把威灵顿引到那里去,使他偏重左方,计划是那样定的。假使那四连英国近卫军和佩尔蓬谢部下的那一师忠勇的比利时兵不曾固守防地,那计划也许成了功,但是威灵顿并没有向乌古蒙集中,只加派了四连近卫军和不伦瑞克的营部赴援。

法军右翼向帕佩洛特的攻势已经完成,计划是要击溃英军左翼,截断通向布鲁塞尔的道路,切断那可能到达的普鲁士军队的来路,进逼圣约翰山,想把威灵顿先撑到乌古蒙,再撑到布兰拉勒,再撑到阿尔,那是显而易见的。假使没有发生意外,那一路进击,一定会成功。帕佩洛特夺过来了,圣拉埃也占住了。

附带说一句。在英军的步兵中,尤其是在兰伯特的旅部里,有不少新兵。那些青年战士,在我们勇猛的步兵前面是顽强的,他们缺乏经验,却能奋勇作战,他们尤其作了出色的散兵战斗,散兵只须稍稍振奋,便可成为自己的将军,那些新兵颇有法国军人的那种独立作战和奋不顾身的劲头。那些乳臭小兵都相当冲动,威灵顿为之不乐。

在夺取了圣拉埃以后,战事形成了相持不下的局面。

那天,从中午到四点,中间有一段混乱过程;战况差不多是不明的,成了一种混战状态。黄昏将近,千军万马在暮霭中

---

① 内伊(Ney),拿破仑部下的得力元帅。

往复飘荡,那是一种惊心动魄的奇观,当时的军容今日已经不可复见了,红缨帽,飘荡的佩剑,交叉的革带,榴弹包,轻骑兵的盘绦军服,千褶红靴,璎珞累累的羽毛冠,一色朱红,肩上有代替肩章的白色大圆环的英国步兵和几乎纯黑的不伦瑞克步兵交相辉映,还有头戴铜箍、红缨、椭圆形皮帽的汉诺威轻骑兵,露着膝头、披着方格衣服的苏格兰兵,我国羽林军的白色长绑腿,这是一幅幅图画,而不是一行行阵线,为萨尔瓦多·罗扎①所需,不为格里博瓦尔②所需。

每次战争总有风云的变幻。"天意莫测。"每个史学家都随心所欲把那些混乱情形描写几笔。为将者无论怎样筹划,一到交锋,总免不了千变万化,时进时退;在战事进行中,两军将领所定的计划必然互有出入,互相牵制。战场的某一点所吞没的战士会比另一点多些,仿佛那些地方的海绵吸水性强弱不同,因而吸收水量的快慢也不一样。为将者无可奈何,只得在某些地方多填一些士兵下去。那是一种意外的消耗。战线如长蛇,蜿蜒动荡,鲜血如溪水,狂妄地流着,两军的前锋汹涌如波涛,军队或进或退,交错如地角海湾,那一切礁石也都面面相对,浮动不停;炮队迎步兵,马队追炮队,队伍如烟云。那里明明有一点东西,细看却又不见了,稀疏的地方迁移不定,浓密的烟尘进退无常,有种阴风把那些血肉横飞的人堆推上前去,继又撺回来,扫集到一处,继又把他们驱散四方。混战是什么呢?是种周旋进退的动作。精密的计划是死东西,只适合于一分钟,对一整天不适合。描绘战争,非得有才气纵

---

① 萨尔瓦多·罗扎(Salvator Rosa,1615—1673),意大利画家,作画尚色彩富丽。
② 格里博瓦尔(Gribeauval),法国十八世纪革命前的一个将军。

横、笔势雄浑的画家不可;伦勃朗①就比范·德·米伦②高明些。范·德·米伦正确地画出了中午的情形,却不是三点钟的真相。几何学不足为凭,只有飓风是真实的。因此福拉尔③有驳斥波利比乌斯④的理由。我们应当补充一句,在某个时刻,战争常转成肉搏,人自为战,分散为无数的细枝末节。拿破仑说过:"那些情节属于各联队的生活史,而不属于大军的历史。"在那种情况下,史学家显然只能叙述一个梗概。他只能掌握战争的主要轮廓,无论怎样力求忠实,也决不能把战云的形态刻画出来。

这对任何一次大会战都是正确的,尤其是对滑铁卢。

可是,到了下午,在某个时刻,战争的局势渐渐分明了。

六 下午四点

将近四点,英军形势危急。奥伦治亲王将中军,希尔右翼,皮克顿左翼。骁勇而战酣了的奥伦治亲王向着荷比联军叫道:"纳索,不伦瑞克,永不后退!"希尔力不能支,来投靠威灵顿,皮克顿已经死了。正当英军把法国第一〇五联队军旗夺去时,法军却一粒子弹穿脑袋,毙了英国的皮克顿将军。威灵顿有两个据点:乌古蒙和圣拉埃,乌古蒙虽然顽抗,却着了火,圣拉埃早已失守。防守圣拉埃的德军只剩下四十二个人,

---

① 伦勃朗(Rembrandt),十七世纪荷兰画家。
② 范·德·米伦(Von Der Meulen),十七世纪佛兰德画家,曾在路易十四朝廷工作二十五年,故一般视作法国画家。
③ 福拉尔(Folard),十八世纪法国兵法家。
④ 波利比乌斯(Polybe),公元前二世纪希腊历史学家。

所有的军官都已战死或当了俘虏,幸免的只有五个人。三千战士在那麦仓里送了命。英国卫队中的一个中士,是英国首屈一指的拳术家,他的同道们称他为无懈可击的好汉,却被法国一个小小鼓卒宰了在那里。贝林已经丢了防地,阿尔顿已经死在刀下。

好几面军旗被夺,其中有阿尔顿师部的旗和握在双桥族一个亲王手里的吕内堡营部的旗。苏格兰灰衣部队已不存在,庞森比的彪形骑兵已被刀斧手砍绝。那批骁勇的马队已经屈服在布罗的长矛队和特拉维尔的铁甲军下面,一千二百匹马留下六百,三个大佐有两个倒在地上,汉密尔顿受了伤,马特尔送了命。庞森比落马,身上被搠了七个窟窿,戈登死了,马尔奇死了。第五和第六两师都被歼灭了。

乌古蒙被困,圣拉埃失守,只有中间的一个结了。那个结始终解不开,威灵顿不断增援。他把希尔从梅泊·布朗调来,又把夏塞从布兰拉勒调来。

英军的中军,阵式略凹,兵力非常密集,地势也占得好。它占着圣约翰山高地,背后有村庄,前面有斜坡,那斜坡在当时是相当陡的,那所坚固的石屋是当时尼维尔的公产,是道路交叉点的标志,一所十六世纪高大的建筑物,坚固到炮弹打上去也会弹回来,它不受任何损害,英国的中军便以那所石屋为依据。高地四周英兵随处设了藩篱,山楂林里设了炮兵阵地,树桠中伸出炮口,以树丛为掩护。他们的炮队全隐在荆棘丛中。兵不厌诈,那种鬼蜮伎俩当然是战争所允许的,它完成得非常巧妙,致使皇上在早晨九点派出去侦察敌军炮位的亚克索一点也没有发现,他向拿破仑汇报:"除了防守尼维尔路和热纳普路的两处工事以外,没有其他障碍。"当时正是麦子长得很高的季节,在那高地的边沿上,兰伯特旅部的第九十五营兵士都拿着火枪,伏在麦田里。

英荷联军的中部有了那些掩护和凭借,地位自然优越了。

那种地势的不利处在于索瓦宁森林,当时那森林连接战场,中间横亘着格昂达尔和博茨夫沼泽地带。军队万一退到那里,必然灭顶,军心也必然涣散。炮队会陷入泥沼。许多行家的意见都认为当日英荷联军在那地方可能一败涂地,不赞同这种意见的人当然也有。

威灵顿从右翼调来了夏塞的一旅,又从左翼调了温克的一旅,再加上克林东的师部,用来加强中部的兵力。他派了不伦瑞克的步兵、纳索的部下、基尔曼瑞奇的汉诺威军和昂普蒂达的德军去支援他的英国部队霍尔基特联队、米契尔旅部、梅特兰卫队。因此他手下有二十六营人。按夏拉所说:"右翼曾折回到中军的后面。"在今日所谓"滑铁卢陈列馆"的那地方,当日有过一大队炮兵隐蔽在沙袋后面。此外,威灵顿还有萨墨塞特的龙骑卫队,一千四百人马待在洼地里。那是那些名不虚传的英国骑兵的一半。庞森比部已被歼灭,却还剩下萨墨塞特。

那队炮兵的工事如果完成,就可能成为大害。炮位设在一道极矮的园墙后面,百忙中加上了一层沙袋和一道宽土堤。这工事只是还不曾完毕,还没来得及装置栅栏。

威灵顿骑在马上,心旌摇摇,而神色自若,他在圣约翰山一株榆树下立了一整天,始终没有改变他的姿势,那株榆树原在今日还存在的那座风车前面不远的地方,后来被一个热心摧残古迹的英国人花了两百法郎买去,锯断,运走了。威灵顿立在那里,冷峻而英勇。炮弹雨点似的落下来。副官戈登刚死在他身旁。贵人希尔指着一颗正在爆炸的炮弹向他说:"大人,万一您遭不测,您有什么指示给我们呢?""像我那样去做。"威灵顿回答。对着克林东,他简短地说:"守在此地,直到最后一个人。"那天形势明显变坏。威灵顿对塔拉韦腊、维多利亚、萨拉曼卡诸城①的那些老朋友喊道:"Boys(孩子们)!难道有人想开小差不成?替古老的英格兰想想吧!"

将近四点时英军的最后防线动摇了。在高地的防线里只见炮队和散兵,其余的一下子全都不见了。那些联队受到法军开花弹和炮弹的压逼,都折回到圣约翰山庄屋便道那一带去了,那便道今天还在。退却的形势出现了,英军前锋向后倒,威灵顿退了。"退却开始!"拿破仑大声说。

七 拿破仑心情愉快

皇上骑在马上,他虽然有病,虽因一点局部的毛病而感到不便,却从不曾有过那天那样愉快的心情。从早晨起,他那深沉莫测的神色中便含有笑意。一八一五年六月十八日,他那隐在冷脸下面的深邃的灵魂,盲目地发射着光辉。在奥斯特里茨心情沉闷的那个人,在滑铁卢却是愉快的。大凡受祜于天的异人常有那种无可理解的表现。我们的欢乐常蕴藏着忧患。最后一笑是属于上帝的。

"恺撒笑,庞培②哭。"福尔弥纳特利克斯的部下说过。这一次,庞培该不至于哭,而恺撒却确实笑了。

---

① 塔拉韦腊(Talavera)、维多利亚(Vittoria)、萨拉曼卡(Salamanque),均为西班牙城市。
② 庞培,公元前一世纪罗马大帝恺撒的政敌,后卒为恺撒所败。

自从前一夜的一点钟起,他就骑着马,在狂风疾雨中和贝特朗一道巡视着罗松附近一带的山地,望见英军的火光从弗里谢蒙一直延展到布兰拉勒,照映在地平线上,他心中感到满意,好像觉得他所指定应在某日来到滑铁卢战场的幸运果然应时到了;他勒住了他的马,望着闪电,听着雷声,呆呆地停留了一会,有人听见那宿命论者在黑夜中说了这样一句神秘的话:"我们是同心协力的。"他搞错了,他们已不同心协力了。

他一分钟也不曾睡,那一整夜,每时每刻对他都是欢乐。他走遍了前哨阵地,随时随地停下来和那些斥候骑兵谈话。两点半钟,他在乌古蒙树林附近听见一个纵队行进的声音,他心里一动,以为是威灵顿退阵,他向贝特朗说:"这是英国后防军准备退却的行动。我要把刚到奥斯坦德的那六千英国兵俘虏过来。"他语气豪放,回想起三月一日在茹安海湾登陆时看见的一个惊喜若狂的农民,他把那农民指给大元帅①看,喊道:"看,贝特朗,生力军已经来了!"现在他又有了那种豪迈气概。六月十七到十八的那一晚上,他不时取笑威灵顿,"这英国小鬼得受点教训。"拿破仑说。雨更加大了,在皇上说话时雷声大作。

到早晨三点半钟,他那幻想已经消失,派去侦察敌情的军官们回来报告他,说敌军毫无行动。一切安定,营火全没有熄。英国军队正睡着,地上绝无动静,声音全在天上。四点钟,有几个巡逻兵带来了一个农民,那农民当过向导,曾替一旅预备到极左方奥安村去驻防的英国骑兵引路,那也许是维维安旅。五点钟,两个比利时叛兵向他报告,说他们刚离开队

---

① 大元帅,指贝特朗。

伍,并且说英军在等待战斗。

"好极了!"拿破仑喊着说,"我不但要打退他们,而且要打翻他们。"

到了早晨,他在普朗尚努瓦路转角的高堤上下了马,立在烂泥中,叫人从罗松庄屋搬来一张厨房用的桌子和一张农民用的椅子,他坐下来,用一捆麦秸做地毯,把那战场的地图摊在桌上,向苏尔特说:"多好看的棋盘!"

由于夜里下了雨,粮秣运输队都阻滞在路上的泥坑里,不能一早到达;兵士们不曾睡,身上湿了,并且没有东西吃;但是拿破仑仍兴高采烈地向内伊叫着说:"我们有百分之九十的机会。"八点,皇上的早餐来了。他邀了几个将军同餐。一面吃着,有人谈到前天晚上威灵顿在布鲁塞尔里士满公爵夫人家里参加舞会的事,苏尔特是个面如大主教的鲁莽战士,他说:"舞会,今天才有舞会。"内伊也说:"威灵顿不至于简单到候陛下的圣驾吧。"皇上也取笑了一番。他性情原是那样的。弗勒里·德·夏布隆①说他"乐于嘲讪"。古尔戈②说他"本性好诙谐,善戏谑"。班加曼·贡斯当③说他"能开多种多样的玩笑,不过突梯的时候多,巧妙的时候少"。那种怪杰的妙语是值得我们大书特书的。称他的羽林军士为"啰嗦鬼"的也就是他,他常拧他们的耳朵,扯他们的髭须。"皇上专爱捉弄我们。"这是他们中某个人说的。二月二十七日,在从厄尔

---

① 夏布隆(Chaboulon),拿破仑手下官员,百日帝政时期为拿破仑奔走效劳。
② 古尔戈(Gourgaud),将军,曾写日记记下拿破仑在赫勒拿岛的生活。
③ 贡斯当(Constant,1767—1830),法国自由资产阶级活动家、政论家和作家,曾从事国家法问题的研究。

巴岛回法国的那次神秘归程中,法国帆船"和风号"在海上遇见了偷载拿破仑的"无常号",便向"无常号"探听拿破仑的消息,皇上当时戴的帽子上,还有他在厄尔巴岛采用的那种带几只蜜蜂的红白两色圆帽花,他一面笑,一面拿起传声筒,亲自回答说:"皇上平安。"见怪不怪的人才能开这类玩笑。拿破仑在滑铁卢早餐时,这种玩笑便开了好几次。早餐后,他静默了一刻钟,随后两个将军坐在那捆麦秸上,手里一支笔,膝上一张纸,记录皇上口授的攻击令。

九点钟,法国军队排起队伍,分作五行出动,展开阵式,各师分列两行,炮队在旅部中间,音乐居首,吹奏进军曲,鼓声滚动,号角齐鸣,雄壮,广阔,欢乐,海一般的头盔,马刀和枪刺,浩浩荡荡,直抵天边,这时皇上大为感动,连喊了两声:

"壮丽!壮丽!"

从九点到十点半,全部军队,真是难于置信,都已进入阵地,列成六行,照皇上的说法,便是排成了"六个V形"。阵式列好后几分钟,在混战以前,正如在风雨将至的那种肃静中,皇上看见他从戴尔隆、雷耶和罗博各军中抽调出来的那三队十二利弗炮①在列队前进,那是准备在开始攻击时用来攻打尼维尔和热纳普路交叉处的圣约翰山的。皇上拍着亚克索的肩膀向他说:"将军,快看那二十四个美女。"

第一军的先锋连奉了他的命令,在攻下圣约翰山时去防守那村子,当那先锋连在他面前走过时,他满怀信心,向他们微笑,鼓舞他们。在那肃静的气氛中,他只说了一句自负而又悲悯的话,他看见在他左边,就是今日有一巨冢的地方,那些

---

① 十二利弗炮,发射重十二利弗(重一市斤)的炮弹的炮。

衣服华丽、骑着高头骏马的苏格兰灰衣队伍正走向那里集合,他说了声"可惜"。

随后他跨上马,从罗松向前跑,选了从热纳普到布鲁塞尔那条路右边的一个长着青草的土埂做观战台,这是他在那次战争中第二次停留的地点。他第三次,在傍晚七点钟停留的地点,是在佳盟和圣拉埃之间,那是个危险地带;那个颇高的土丘今日还在,当时羽林军士全集在丘后平地上的一个斜坡下面。在那土丘的四周,炮弹纷纷射在石块路面上,直向拿破仑身旁飞来。如同在布里埃纳一样,炮弹和枪弹在他头上嘶嘶飞过。后来有人在他马蹄立过的那一带,拾得一些朽烂的炮弹、残破的指挥刀和变了形的枪弹,全是锈了的。"粪土朽木。"几年前,还有人在那地方掘出一枚六十斤重的炸弹,炸药还在,信管断在弹壳外面。

就在这最后停留的地点皇上向他的向导拉科斯特说话,这是个有敌对情绪的农民,很惊慌,被拴在一个骑兵的马鞍上,每次炮弹爆炸都要转过身去,还想躲在他的后面。皇上对他说:"蠢材!不要脸,人家会从你背后宰了你的。"写这几行字的人也亲自在那土丘的松土里,在挖进泥沙时,找到一个被四十六年的铁锈侵蚀的炸弹头和一些藿香梗似的一捏便碎的烂铁。

拿破仑和威灵顿交锋的那片起伏如波浪、倾斜程度不一致的平原,人人知道,现在已不是一八一五年六月十八日的情形了。在建滑铁卢纪念墩时,那悲惨的战场上的高土已被人削平了,历史失了依据,现在已无从认识它的真面目。为了要它光彩,反而毁了它原来的面貌。战后两年,威灵顿重见滑铁卢时曾喊道:"你们把我的战场改变了。"在今日顶着一只狮子的大方尖塔的地方,当时有条山脊,并且,它缓缓地向尼维尔路方面倾斜下来,这一带还不怎么难走,可是在向热纳普路那一面,却几乎是一种峭壁。那峭壁的高度在今日还可凭借那两个并立在由热纳普到布鲁塞尔那条路两旁的大土坟的高度估量出来,路左是英军的坟场,路右是德军的坟场。法军没有坟场。对法国来说,那整个平原全是墓地。圣约翰山高地由于取走了千万车泥土去筑那高一百五十尺①、方圆半英里的土墩,现在它那斜坡已经比较和缓易行了,打仗的那天,尤其在圣拉埃一带,地势非常陡峭。坡度峻急到使英军的炮口不能瞄准在他们下面山谷中那所作为战争中心的庄屋。一八一五年六月十八日,雨水更在那陡坡上冲出无数沟坑,行潦遍地,上坡更加困难,他们不但难于攀登,简直是在泥中匍匐。高地上,沿着那山脊,原有一条深沟。那是立在远处的人意想不到的。

那条深沟是什么?我们得说明一下。布兰拉勒和奥安都是比利时的村子。两个村子都隐在低洼的地方,两村之间有一条长约一法里半的路,路通过那高低不平的旷地,常常陷入丘底,像一条壕堑,因此那条路在某些地方简直是一条坑道。那条路在一八一五年,和现在一样,延伸在热纳普路和尼维尔路之间,横截着圣约翰山高地的那条山脊,不过现在它是和地面一样平了,当时却是一条凹路,两旁斜壁被人取去筑纪念墩了。那条路的绝大部分从前就是,现在也还是一种壕沟,沟有时深达十二尺,并且两壁太陡,四处崩塌,尤其是在冬季大雨滂沱的时候,曾发生过一些祸害。那条路在进入布兰拉勒处

---

① 法尺,约折 325 毫米。

特别狭窄,以致有一个过路人被碾死在一辆车子下面,坟场旁边有个石十字架可以证明,那十字架上有死者的姓名,"贝尔纳·德·勃里先生,布鲁塞尔的商人",肇事的日期是一六三七年二月,碑文如下:

上帝鉴临,布鲁塞尔商人贝尔纳·德·勃里先生,不幸在此死于车下。

一六三七年二月×(碑文不明)日

在圣约翰山高地的那一段,那条凹路深到把一个叫马第·尼开兹的农民压死在路旁的崩土下面,那是在一七八三年,另外一个石十字架足资证明。那十字架在圣拉埃和圣约翰山庄屋之间的路左,它的上段已没在田中,但是那翻倒了的石座,今天仍露在草坡外面,可以看到。

在战争的那天,那条沿着圣约翰山高地山脊的不露形迹的凹路,那条陡坡顶上的坑道,隐在土里的壕堑,是望不见的,也就是说,凶险的。

八 皇上向向导拉科斯特提了一个问题

这足见拿破仑在滑铁卢的那个早晨是高兴的。

他有理由高兴,他擘画出来的那个作战计划,我们已经肯定,真令人叹服。

交锋以后,战争的非常复杂惊险的变化,乌古蒙的阻力,圣拉埃的顽抗,博丹的阵亡,富瓦战斗能力的丧失,使索亚旅部受到创伤的那道意外的墙,无弹无药的吉埃米诺的那种见死不退的顽强,炮队的陷入泥淖,被阿克斯布里吉击溃在一条凹路里的那十五尊无人护卫的炮,炸弹落入英军防线效果不大,土被雨水浸透了,炸弹陷入,只能喷出一些泥土,以致开花弹全变成了烂泥泡,比雷在布兰拉勒出击无功,十五营骑兵几乎全部覆没,英军右翼应战的镇静,左翼防守的周密,内伊不把第一军的四师人散开,反把他们聚拢的那种奇怪的误会,每排二百人,前后连接二十七排,许多那样的队形齐头并进去和开花弹对抗,炮弹对那些密集队伍的骇人的射击,失去联络的先锋队,从侧面进攻的炮队突然受到拦腰的袭击,布尔热瓦、东泽洛和迪吕特被围困,吉奥被击退,来自综合工科学校的大力士维安中尉,冒着英军防守热纳普到布鲁塞尔那条路转角处的炮火,在抡起板斧去砍圣拉埃大门时受了伤,马科涅师被困在步兵和骑兵的夹击中,在麦田里受到了贝司特和派克的劈面射击和庞森比的砍斫,他炮队的七尊炮的火眼全被钉塞,戴尔隆伯爵夺不下萨克森-魏玛亲王防守的弗里谢蒙和斯莫安,第一○五联队的军旗被夺,第四十五联队的军旗被夺,那个普鲁士黑轻骑军士被三百名在瓦弗和普朗尚努瓦一带策应的狙击队所获,那俘虏所说的种种悚听的危言,格鲁希的迟迟不来,一下便倒在圣拉埃周围的那一千八百人,比在乌古蒙果园中不到一个钟头便被杀尽的那一千五百人死得更快,凡此种种迅雷疾风似的意外,有如阵阵战云,在拿破仑的眼前掠过,几乎不曾扰乱他的视线,他那副极度自信的龙颜,绝不因这些变幻而稍露忧色。他习惯于正视战争,他从不斤斤计较那些痛心的细数,他从来不大注意那些数字,他要算的是总账:最后的胜利。开始危殆,他毫不在意,他知道自己是最后的主人和占有者,他知道等待,认为自己不会有问题,他认为命运和他势均力敌。他仿佛在向命运说:"你不见得敢吧。"

半属光明,半属黑暗,拿破仑常常觉得自己受着幸运的庇护和厄运的优容。他曾经受过,或者自以为受过多次事变的默许,甚至几乎可以说,受过多次事变的包庇,使他成为一个类似古代那种金刚不坏之身的人物。

可是经历过别列津纳①、莱比锡②和枫丹白露③的人,对滑铁卢似乎也应稍存戒心。空中早已显露过横眉蹙额的神气了。

威灵顿后退,拿破仑见了大吃一惊。他望见圣约翰山高地突然空虚,英军的前锋不见了。英军前锋正在整理队伍,然而却在逃走。皇上半立在他的踏镫上。眼睛里闪起了胜利的电光。

把威灵顿压缩到索瓦宁森林,再加以歼灭,英格兰便永远被法兰西压倒了,克雷西④、普瓦蒂埃⑤、马尔普拉凯⑥和拉米伊⑦的仇也都报了。马伦哥⑧的英雄正准备雪阿赞库尔⑨之耻。

---

① 别列津纳(Bérésina),河名,在俄国,一八一二年拿破仑受创于此。
② 莱比锡(Leipsick),城名,在德国,一八一三年拿破仑与俄普联军战于此,失利。
③ 枫丹白露(Fontainebleau),宫名,在巴黎附近枫丹白露镇,一八一四年拿破仑宣告逊位于此。
④ 克雷西(Crécy),一三四六年,法军被英军击溃于此。
⑤ 普瓦蒂埃(Poitiers),一三五六年,法军被英军击溃于此。
⑥ 马尔普拉凯(Malplaquet),一七〇九年,法军被英军击溃于此。
⑦ 拉米伊(Ramillies),一七〇六年,法军被英军击溃于此。
⑧ 马伦哥(Marengo),一八〇〇年,拿破仑败奥军于此。
⑨ 阿赞库尔(Azincourt),一四一五年,法军被英军击溃于此。

皇上当时一面思量那骇人的变局,一面拿起望远镜,向战场的每一点作最后一次的眺望。围在他后面的卫队,武器立在地上,带着一种敬畏神明的态度从下面仰望着他。他正在想,正在视察山坡,打量斜地、树丛、稞麦田、小道,他仿佛正在计算每丛小树。他凝神注视着英军在那两条大路上两大排树干后面所设的两处防御工事,一处在圣拉埃方面,热纳普大路上,附有两尊炮,那便是英军瞄着战场尽头的惟一炮队;另一处在尼维尔大路上,闪着荷兰军队夏塞旅部的枪刺。他还注意了在那一带防御工事附近,去布兰拉勒那条岔路拐角处的那座粉白的圣尼古拉老教堂。他弯下腰去,向那向导拉科斯特低声说了一句话。向导摇了摇头,也许那就是他的奸计。

皇上又挺起身子,聚精会神,想了一会。

威灵顿已经退却。只须再加以压迫,他便整个溃灭了。

拿破仑陡然转过身来,派了一名马弁去巴黎报捷。

拿破仑是一种霹雳似的天才。

他刚找到了大显神威的机会。

他命令米约的铁甲骑兵去占领圣约翰山高地。

九 不 测

他们是三千五百人。前锋排列到四分之一法里宽。那是些骑着高头大马的巨人。他们分为二十六队,此外还有勒费弗尔-德努埃特师,一百六十名优秀宪兵,羽林军的狙击队,一千一百九十七人,还有羽林军的长矛队,八百八十支长矛,全都跟在后面,随时应援。他们头戴无缨铁盔,身穿铁甲,枪囊里带着短枪和长剑。早晨全军的人已经望着他们羡慕过一番了。那时是九点钟,军号响了,全军的乐队都奏出了"我们要卫护帝国",他们排成密密层层的行列走来,一队炮兵在他们旁边,一队炮兵在他们中间,分作两行散布在从热纳普到弗里谢蒙的那条路上,他们的阵地是兵力雄厚的第二道防线,是由拿破仑英明擘画出来的,极左一端有克勒曼的铁甲骑兵,极右一端有米约的铁甲骑兵,我们可以说,他们是第二道防线的左右两铁翼。

副官贝尔纳传达了命令。内伊拔出了他的剑,一马当先。大队出动了。

当时的声势真足丧人心胆。

那整队骑兵,长刀高举,旌旗和喇叭声迎风飘荡,每个师成一纵队,行动一致,有如一人,准确得像那种无坚不摧的铜羊头①,从佳盟坡上直冲下去,深入尸骸枕藉的险地,消失在烟雾中,继又越过烟雾,出现在山谷的彼端,始终密集,相互靠拢,前后紧接,穿过那乌云一般向他们扑来的开花弹,冲向圣约翰山高地边沿上峻急泥泞的斜坡。他们由下上驰,严整,勇猛,沉着,在枪炮声偶尔间断的一刹那间,我们可以听到那支大军的踏地声。他们既是两个师,便列了两个纵队,瓦蒂埃师居右,德洛尔师居左。远远望去,好像两条钢筋铁骨的巨蟒爬向那高地的山脊。有如神兽穿越战云。

自从夺取莫斯科河炮台以来,还不曾有过这种以大队骑兵冲杀的战争,这次缪拉不在,但是内伊仍然参与了。那一大队人马仿佛变成了一个怪物,并且只有一条心。每个分队都蜿蜒伸缩,有如腔肠动物的环节。我们可以随时从浓烟的缝

---

① 铜羊头,古代攻坚的长木柱,柱端冠以铜羊头,用以冲击城门等。

隙中发现他们。无数的铁盔、吼声、白刃,还有马尻在炮声和鼓乐声中的奔腾,声势猛烈而秩序井然,显露在上层的便是龙鳞般的胸甲。

这种叙述好像是属于另一时代的。类此的景物确在古代的志异诗篇中见过,那种马人,半马半人的人面马身金刚,驰骋在奥林匹斯山头,丑恶凶猛,坚强无敌,雄伟绝伦,是神也是兽。

数字上的巧合也是稀有的,二十六营步兵迎战二十六分队骑士。在那高地的顶点背后,英国步兵在隐伏着的炮队的掩护下,分成十三个方阵,每两个营组成一个方阵,分列两排,前七后六,枪托抵在肩上,瞄着迎面冲来的敌人,沉着,不言不动,一心静候,他们看不见铁甲骑兵,铁甲骑兵也看不见他们。他们只听见这边的人浪潮似的涌来了。他们听见那三千匹马的声音越来越大,听见马蹄奔走时发出的那种交替而整齐的踏地声、铁甲的摩擦声、刀剑的撞击声和一片粗野强烈的喘息声。一阵骇人的寂静过后,忽然一长列举起钢刀的胳膊在那顶点上出现了,只见铁盔、喇叭和旗帜,三千颗有灰色髭须的人头齐声喊道:"皇帝万岁!"全部骑兵已经冲上了高地,并且出现了有如天崩地裂的局面。

突然,惨不忍睹,在英军的左端,我军的右端,铁骑纵队前锋的战马,在震撼山岳的呐喊声中全都直立起来了。一气狂奔到那山脊最高处,正要冲去歼灭那些炮队和方阵的铁骑军时,到此突然发现在他们和英军之间有一条沟,一条深沟,那便是奥安的凹路。

那一刹那是惊天动地的。那条裂谷在猝不及防时出现,张着大口,直悬在马蹄下面,两壁之间深达四公尺,第二排冲着第一排,第三排冲着第二排,那些马全都立了起来,向后倒,坐在臀上,四脚朝天往下滑,骑士们全被挤了下来,垒成人堆,绝对无法后退,整个纵队就像一颗炮弹,用以摧毁英国人的那种冲力却用在法国人身上了,那条无可飞渡的沟谷不到填满不甘休,骑兵和马匹纵横颠倒,一个压着一个,全滚了下去,成了那深渊中的一整团血肉,等到那条沟被活人填满以后,余下的人马才从他们身上踏过去。杜布瓦旅几乎丧失了三分之一在那条天堑里。

从此战争开始失利了。

当地有一种传说,当然言过其实,说在奥安的那条凹路里坑了两千匹马和一千五百人。如果把在战争次日抛下去的尸体总计在内,这数字也许和事实相去不远。

顺便补充一句,在一个钟头以前,孤军深入,夺取吕内堡营军旗的,正是这惨遭不测的杜布瓦旅。

拿破仑在命令米约铁骑军冲击之先,曾经估量过地形,不过没有看出那条在高地上连一点痕迹也不露的凹路。可是那所白色小礼拜堂显示出那条凹路和尼维尔路的差度,提醒过他,使他有了警惕,因此他向向导拉科斯特提了个问题,也许是问前面有无障碍。向导回答没有。我们几乎可以这样说,拿破仑的崩溃是由那个农民摇头造成的。

此外也还有其他非败不可的原因。

拿破仑这次要获胜,可能吗?我们说不可能。为什么?由于威灵顿的缘故吗?由于布吕歇尔的缘故吗?都不是。天意使然。

如果拿破仑在滑铁卢胜利,那就违反了十九世纪的规律。一系列的事变早已在酝酿中,迫使拿破仑不能再有立足之地。

形势不利,由来已久。

那巨人败亡的时候早已到了。

那个人的过分的重量搅乱了人类命运的平衡。他单独一人较之全人类还更为重大。全人类的充沛精力要是都集中在一个人的头颅里,全世界要是都萃集于一个人的脑子里,那种状况,如果延续下去,就会是文明的末日。实现至高无上、至当不移的公理的时刻已经来到了。决定精神方面和物质方面必然趋势的各种原则和因素都已感到不平。热气腾腾的血、公墓中人满之患、痛哭流涕的慈母,这些都是有力的控诉。人世间既已苦于不胜负荷,冥冥之中,便会有一种神秘的呻吟上达天听。

拿破仑已在天庭受到控告,他的倾覆是注定了的。

他使上帝不快。

滑铁卢绝不是一场战斗,而是宇宙面貌的更新。

十　圣约翰山高地

深沟的惨祸未了,埋伏着的炮队已经露面了。

六十尊大炮和十三个方阵同时向着铁骑军劈面射来。无畏将军德洛尔立即向英国炮队还礼。

英国的轻炮队全数急驰回到方阵中间。铁骑军一下也没有停。那条凹路的灾害损伤了他们的元气,却不会伤及他们的勇气。那些人都是因为力寡势孤反而勇气百倍的。

只有瓦蒂埃纵队遭了那凹路的殃,德洛尔纵队,却全部到达目的地,因为内伊指示过,教他从左面斜进,他仿佛预先嗅到了陷阱似的。

铁骑军蹂踏着英军的方阵。

腹朝黄土,放开缰勒,牙咬着刀,手捏着枪,那就是当日冲杀的情形。

有时,在战争中,心情会使人变得僵硬,以致士兵成了塑像,肉身变成青石。英国的各营士兵都被那种攻势吓慌了,呆着不能动。

当时的情形确是触目惊心。

英军方阵的每一面都同时受到冲击。铁骑军狂暴地旋转着,把他们包在中间。那些步兵沉着应战,毫不动摇。第一行,一只脚跪在地上,用枪刺迎接铁骑;第二行开枪射击;第二行后面,炮兵上着炮弹,方阵的前方让开,让开花弹放过,又随即合拢。铁骑军报以蹂踏。他们的壮马立在两只后蹄上,跨过行列,从枪刺尖上跳过去,巍然落在那四堵人墙中间。炮弹在铁骑队伍中打出了一些空洞,铁骑也在方阵中冲开了一些缺口。一行行被马蹄踏烂了的人,倒在地上不见了。枪刺也插进了那些神骑的胸腹。人们在旁的地方,也许不曾见过那种光怪陆离的伤亡情况。方阵被那种狂暴的骑兵侵蚀以后,便缩小范围,继续应战。他们把射不尽的开花弹在敌人的队伍中爆炸开来。那种战争的形象确是残暴极了。那些方阵已不是队伍,而是一些火山口。铁骑军也不是马队,而是一阵阵的暴风。每一个方阵都是一座受着乌云侵袭的火山,熔岩在和雷霆交战。

极右的那个方阵,暴露在外面,是最没有掩护的一个,几乎一经接触便全部被消灭了。它是苏格兰第七十五联队组成的。那个吹风笛的士兵坐在方阵中央的一面军鼓上,气囊挟在腋下,无忧无虑地垂着他那双满映着树影湖光的愁郁的眼睛,正当别人在他前后左右厮杀时,他还吹奏着山地民歌。那些苏格兰士兵,在临死时还想念着班乐乡,正如希腊人回忆阿戈斯①一样。一个铁甲骑兵把那气囊和抱着它的那条胳膊同时一刀砍下,歌曲也就随着歌手停止了。

铁骑军的人数比较少,那凹路上的灾难把他们削弱了,而在那里和他们对抗的,几乎是英国的全部军队,但是他们以一当十,人数就大增。那时,几营汉诺威军队向后折回了。威灵顿见了,想到了他的骑兵。假使拿破仑那时也想到了他的步兵,他也许就打了个胜仗,那一点忽略是他一种无可弥补的大错。

那些攻人的铁骑军突然觉得自己被攻了。英国的骑兵已在他们的背后。他们前有方阵,后有萨默塞特,萨默塞特便是那一千四百名龙骑卫队。萨默塞特右有德恩贝格的德国轻骑兵,左有特利伯的比利时火枪队;铁骑军的头部和腰部,前方和后方,都受着骑兵和步兵的袭击,他们得四面应战。这对他们有什么关系?他们是旋风。那种勇气是无法形容的。

此外,炮兵始终在他们的背后轰击。不那样,就不能伤他们的背。他们的一副铁甲,在左肩胛骨上有一个枪弹孔,现在还陈列在所谓滑铁卢陈列馆里。

有了那样的法国人,也就必须有那样的英国人。

那已不是混战,而是一阵黑旋风,一种狂怒,是灵魂和勇气的一种触目惊心的奋厉,是一阵剑光与闪电交驰的风暴。一刹那间,那一千四百名龙骑卫队只剩下八百了,他们的大佐弗来也落马而死。内伊领着勒费弗尔-戴努埃特的长矛兵和

---

① 阿戈斯(Argos),希腊城名。

狙击队赶来。圣约翰山高地被占领,再被占领,又被占领了。铁骑军丢开骑兵,回头再去攻步兵,或者,说得正确一些,那一群乱人乱马,已经扭作一团,谁也不肯放手。那些方阵始终不动。先后冲击过十二次。内伊的坐骑连死四匹。铁骑军的半数死在高地上。那种搏斗延续了两个钟头。

英军深受震动。大家都知道,假使铁骑军最初不曾遭受那凹路的损伤,他们早已突破了英军的中部,而胜利在握了。见过塔拉韦腊①和巴达霍斯②战役的克林东望见这种稀有的骑兵也不免瞠目结舌,呆如石人。十有七成败定了的威灵顿也不失英雄本色,加以赞叹。他低声说着:"出色!"③

铁骑军歼灭了十三个方阵中的七个,夺取或钉塞了六十尊大炮,并且获得英军联队的六面军旗,由羽林军的三个铁骑兵和三个狙击兵送到佳盟庄上,献给了皇帝。

威灵顿的地位更加不利了。那种奇怪的战争就像两个负伤恶斗的人的肉搏,双方的血都已流尽,但是彼此都不放手,仍继续搏斗。看两个人中究竟谁先倒下?

高地的争夺战继续进行。

那些铁骑军究竟到达过什么地方?谁也不知道。但有一点是确实的,就是在战争的翌日,在尼维尔、热纳普、拉羽泊和布鲁塞尔四条大路的交叉处,有人发现了一个铁骑兵,连人带马,一同死在一个称那些进入圣约翰山的车子的天秤架子里。那个骑士穿过了英军的防线。抬过他尸体的那些人中,现在还有一个住在圣约翰山,他的名字叫德阿茨。当时他十八岁。

---

① 塔拉韦腊(Talavera),一八○九年威灵顿战胜法军于此。
② 巴达霍斯(Badajoz),西班牙城名,一八一一年被法军攻占。
③ 原字是英文"splendid"。——原注

威灵顿觉得自己渐渐支持不住了。这是生死关头。

铁骑军丝毫没有成功,因为他们并没有突破中部防线。双方都占住了那高地,也就等于双方都没有占住,并且大部分还在英军手里。威灵顿有那村子和那片最高的平地,内伊只得了山脊和山坡。双方都好像在那片伤心惨目的土地上扎下了根。

但是英军的困惫看来是无可救药的。他们流血的程度真是可怕。左翼的兰伯特请援。威灵顿回答:"无援可增,牺牲吧!"几乎同时——这种不约而同的怪事正可说明两军都已精疲力尽——内伊也向拿破仑请求步兵,拿破仑喊着说:"步兵!他要我到哪里去找步兵?他要我临时变出来吗?"

但是英军是病得最厉害的。那些钢胸铁甲的大队人马的猛突已把他们的步兵踏成了肉醢。寥寥几个人围着一面旗,就标志着一个联队的防地,某些营的官长只剩了一个上尉或是一个中尉;已经在圣拉埃大受损伤的阿尔顿师几乎死绝,范·克吕茨的一旅比利时勇士已经伏尸在尼维尔路一带的稞麦田中;在一八一一年混在我们队伍中到西班牙去攻打威灵顿,又在一八一五年联合英军来攻打拿破仑的那些荷兰近卫军,几乎没剩下什么人。军官的伤亡也是突出的。翌日亲自埋腿的那位贵人阿克斯布里吉当时已经炸裂膝盖。从法国方面说,在那次铁骑军战斗的过程中,德洛尔、雷力杰、柯尔培尔、德诺普、特拉维尔和布朗卡都已负伤退阵,在英国方面,阿尔顿受了伤,巴恩受了伤,德朗塞阵亡,范·梅朗阵亡,昂普特达阵亡,威灵顿的作战指挥部全完了,在那种两败俱伤的局面中,英国的损失更为严重。护卫步兵第二联队丢了五个中校、四个上尉和三个守旗官,步兵第三十联队第一营丢了二十四个官长和一百一十二个士兵,第七十九山地联队有二十四个官长受伤,十八个官长丧命,四百五十个士兵阵亡。坎伯兰部下的汉诺威骑兵有个联队,在哈克上校率领下,竟在酣战中掉转辔头,全部逃进了索瓦宁森林,以致布鲁塞尔的人心也动摇起来,过后他受到审判,免去军职。他们看见法军节节前进,逼近森林,便连忙把辎重、车辆、行李、满载伤兵的篷车运进森林。被法国骑兵杀惨了的荷兰兵都叫"倒霉"。据当日亲眼见过今天还活着的人说,当日从绿斑鸠到格昂达尔的那条通到布鲁塞尔几乎长达两法里的大路上,满是逃兵。当时恐怖万状,以致在马林①的孔代亲王和在根特的路易十八都提心吊胆。除了驻在圣约翰山庄屋战地医院后面的那一小撮后备骑兵和掩护左翼的维维安和范德勒尔两旅的一小部分骑兵外,威灵顿已没有骑兵了。许多大炮的残骸倒在地上。这些事实都是西博恩报导的,普林格尔甚至说英荷联军只剩下三万四千人。那位铁公爵②貌似镇静,但嘴唇却发白了。在英军作战指挥部里的奥地利代表万塞纳和西班牙代表阿拉瓦都认为那位公爵玩完了。五点钟时威灵顿取出他的表,说了这样一句忧心如焚的话:"布吕歇尔不来就完了!"

正在那前后,在弗里谢蒙方面的高丘上,远远地出现了一线明晃晃的枪刺。

从此这场恶战起了剧变。

---

① 马林(Malines),比利时产精致花边的城市。
② 铁公爵,威灵顿的外号。

十一　拿破仑的向导坏,比洛的向导好

大家知道拿破仑极其失望的心情,他一心指望格鲁希回来,却眼见比洛突然出现,救星不来,反逢厉鬼。

命运竟有如此的变幻。他正待坐上世界的宝座,却望见了圣赫勒拿①岛显现在眼前。

假使替布吕歇尔的副司令比洛当向导的那个牧童教他从弗里谢蒙的上面走出森林,而不从普朗尚努瓦的下面,十九世纪的面貌也许就会不同些。滑铁卢战争的胜利也许属于拿破仑了。除了普朗尚努瓦下面的那条路,普鲁士军队都会遇到不容炮队通过的裂谷,比洛也就到达不了。

所以,再迟到一个钟头,据普鲁士将军米夫林说,布吕歇尔就不会看见威灵顿站着;"战事已经失败了。"足见比洛到的正是时候。况且他已耽误了不少时间。他在狄翁山露宿了一夜,天一亮又开动。但是那些道路都难走,他的部队全泥淖满身。轮辙深达炮轮的轴。此外,他还得由那条狭窄的瓦弗桥渡过迪尔河,通桥的那条街道已被法军放火烧起来了,两旁房屋的火势正炽,炮队的弹药车和辎重车不能冒火穿过,非得等火熄灭不能走。到了中午,比洛的前锋还没有到圣朗贝堂。

假使战事早两个钟头开始,到四点便可以完毕,布吕歇尔赶来,也会是在拿破仑得胜之后。那种渺茫的机缘不是人力所能测度的。

在中午皇上首先就从望远镜中望见极远处有点什么东

---

① 圣赫勒拿(Sainte-Hélène),岛名。拿破仑在滑铁卢战败后,被囚于该岛。

西,这使他放心不下。他说:"我看见那边有堆黑影,像是军队。"接着,他问达尔马提亚公爵说:"苏尔特,您看圣朗贝堂那边是什么东西?"那位大元帅对准他的望远镜答道:"四五千人,陛下。自然是格鲁希了。"但是他们停在雾中不动。作战指挥部的人员全拿起了望远镜来研究皇上发现的那堆"黑影"。有几个说:"是些中途休息的队伍。"大部分人说:"那是些树。"可靠的是那堆黑影停着不动。皇上派了多芒的轻骑兵师去探察那黑点。

比洛的确不曾移动,他的前锋太弱了,无能为力。他得等候大军,并且他还得到命令,在集中兵力之前,不得擅入战线。但是到了五点钟,布吕歇尔看见威灵顿形势危急,便命令比洛进攻,并且说了这样一句漂亮话:

"得给点空气给英国军队了。"

不到一刻工夫,罗襄、希勒尔、哈克和李赛尔各部在罗博的前面展开了阵式,普鲁士威廉亲王的骑兵也从巴黎森林中冲出来,普朗尚努瓦着了火,普鲁士的炮弹雨一般地射来,直达留守在拿破仑背后羽林军的行阵中。

十二 羽 林 军

此后的情形是大家知道的:第三支军队的突现,战局发生变化,八十尊大炮陡然齐发,皮尔希一世领着比洛忽然出现,布吕歇尔亲自率领的齐坦骑兵,法军被逐,马科涅被迫放弃奥安,迪吕特被迫撤离帕佩洛特,东泽洛和吉奥且战且退,罗博受着侧面的攻击,一种新攻势在暮色中向我们失了屏障的队伍逼来,英军全线反攻,向前猛扑,法军大受创伤,英普两军的炮火相互呼应,歼灭,前锋的困厄,侧翼的困厄,羽林军在那种骇人的总崩溃形势中加入了战斗。

羽林军士知道自己去死已不远,大声喊着:"皇帝万岁!"历史上从没有比那种忍痛的欢呼更动人的了。

那天的天气一直是阴的,那时,傍晚八点钟,天边的云忽然开朗,落日的红光阴惨惨的,从尼维尔路旁的榆树枝叶中透过来。而在奥斯特里茨的那一次,太阳却在上升。

挺身赴难的羽林军的每个营都由一个将军率领。弗里昂、米歇尔、罗格、阿尔莱、马莱、波雷·德·莫尔旺当时都在。羽林军士戴着大鹰徽高帽,行列整齐,神色镇定,个个仪表非凡,当他们在战云迷漫中出现时,敌军对法兰西也肃然起敬,他们以为看见了二十个胜利之神展开双翼,飞入战场,那些占优势的人也觉得气馁,于是向后退却,可是威灵顿喊道:"近卫军,起立,瞄准!"躺在篱后的英国红衣近卫军立了起来;一阵开花弹把我们的雄鹰四周的那些飘动着的三色旗打得满是窟窿,大家一齐冲杀,最后的血战开始了。羽林军在黑暗中觉得四周的军队已开始败退,崩溃的局势已经广泛形成,他们听见逃命的声音替代了"皇帝万岁"的呼声,但是他们后面的军队尽管退,他们自己却仍旧往前进,越走越近危险,越走越近死亡。绝没有一个人迟疑,绝没有一个人胆怯。那支军队中的士兵都和将军一样英勇。没有一个不甘愿赴死。

内伊战酣了,决心殉难,勇气长到和死神一般高,在殊死战中东奔西突,奋不顾身。他的第五匹坐骑死了。他汗流满面,眼中冒火,满唇白沫,军服没扣上,一个肩章被一个骑兵砍掉了一半,他的大鹰章也被一颗枪弹打了一个窝,浑身是血,浑身是泥,雄伟绝伦,他手举一把断剑,吼道:"你们来看看法兰西的大元帅是怎样尽忠报国的!"但是没有用,他求死不得。于是他勃然大怒,使人惊恐。他向戴尔隆发出这样的问题:"难道你不打算牺牲吗?"他在那以多凌寡的炮队中大声喊道:"我就没有一点份!哈!我愿让所有这些英国人的炮弹全钻进我的肚子!"苦命人,你是留下来吃法国人的枪弹的!①

十三 大 祸

羽林军后面的溃退情形真够惨。军队突然从各方面,从乌古蒙、圣拉埃、帕佩洛特、普朗尚努瓦同时一齐折回。在一片"叛徒!"的呼声后接着又起了"赶快逃命!"的声音。军队溃败有如江河解冻,一切都摧折,分裂,崩决,漂荡,奔腾,倒塌,相互冲撞,相互拥挤,忙乱慌张。这是一种空前的溃乱。内伊借了一匹马,跳上去,没有帽子,没有领带,也没有刀,堵在通往布鲁塞尔的那条大路上,同时制止英军和法军。他要阻止军队溃散,他叫他们,骂他们,把住他们的退路。他怒不可遏。那些士兵见了他都逃避,嘴里喊着:"内伊大元帅万岁!"迪吕特的两个联队,跑去又跑来,惊慌失措,好像是被枪骑兵的刀和兰伯特、贝司特、派克、里兰特各旅的排枪捆扎住了。混战中最可怕的是溃败,朋友也互相屠杀,争夺去路,骑兵和步兵也互相残杀,各自逃生,真是战争中惊涛骇浪的场面。罗博和雷耶各在一端,也都卷进了狂澜。拿破仑用他余下的卫士四面堵截,毫无效果,他把随身的卫队调去作最后的挣扎,也是枉然。吉奥在维维安面前退却,克勒曼在范德勒尔

---

① 内伊在战后被王朝处死。

面前退却,罗博在比洛面前退却,莫朗在皮尔希面前退却,多芒和絮贝维在普鲁士威廉亲王面前退却。吉奥领了皇上的骑兵队去冲锋,落在英国骑兵的马蹄下。拿破仑奔驰在那些逃兵的面前,鼓励他们,督促他们,威吓他们,央求他们。早晨还欢呼皇帝万岁的那些嘴,现在都哑口无言,他们几乎全都不认识皇上了。新到的普鲁士骑兵飞也似的冲来,只管砍,削,剁,杀,宰割;拖炮的马乱蹦乱踢,带着炮逃走了;辎重兵也解下车箱,骑着马逃命去了;无数车厢,四轮朝天,拦在路上,造成了屠杀的机会。大家互相践踏,互相推挤,踩着死人和活人往前走。那些胳膊已经失去了理性。大路、小路、桥梁、平原、山岗、山谷、树林都被那四万溃军塞满了。呼号,悲怆,丢在稞麦田里的背囊和枪支,被堵住的逢人便砍的去路,无所谓同胞,无所谓官长,无所谓将军,只有一种说不出的恐怖。齐坦把法兰西杀了个痛快淋漓。雄狮都变成了松鼠。那次的溃败情形便是如此。

在热纳普,有人还企图回转去建立防线,去遏止,堵截。罗博聚合了三百人。在进村子处设了防御工事,但是普鲁士的弹片一飞,大家全又逃散了,于是罗博就缚。我们今日还可以在路右,离热纳普几分钟路程的一所破砖墙房子的山尖上看见那弹片的痕迹。普鲁士军队冲进热纳普,自然是因为杀人太少才那样怒气冲天的。追击的情形真凶狠。布吕歇尔命令悉数歼灭。在这以前,罗格已开过那种恶例,他不许法国羽林军士俘虏普鲁士士兵,违者处死。布吕歇尔的狠劲又超过了罗格。青年羽林军的将军迪埃斯梅退到热纳普的客舍门口,他把佩剑交给一个杀人不眨眼的骑兵,那骑兵接了剑,却杀了那俘虏。胜利是由屠杀战败者来完成的。我们既在叙述历史,那就可以贬责：衰老的布吕歇尔玷污了自己。那种淫威实在是绝灭人性的。溃军仓皇失措，穿过热纳普，穿过四臂村，穿过松布雷夫，穿过弗拉斯内，穿过沙勒罗瓦，穿过特万，直到边境才停止。真是伤心惨目！那样逃窜的是谁？是大军。

那种在历史上空前未有的大无畏精神竟会这样惊扰，恐怖，崩溃，这能说是没来由的吗？不能。极大的右的黑影投射在滑铁卢了。那一天是命中注定的。一种超人的权力使那天出现了。因此万众俯首战栗，因此心灵伟大的人也全交剑投降。当年征服欧洲的那些人今日一败涂地，他们没有什么要说的，也没有什么要做的了，只觉得冥冥中有恐怖存在。"非战之罪，天亡我也。"人类的前途在那天起了变化。滑铁卢是十九世纪的关键。那位大人物退出舞台对这个大世纪的兴盛是不可缺少的。有个至高的主宰作了那样的决定。所以英雄们的惶恐也是可以理解的了。在滑铁卢战争中，不但有乌云，也还有天灾。上帝到过了。

傍晚时，在热纳普附近的田野里，贝尔纳和贝特朗拉住一个人的衣襟，不让他走，那人神色阴森，若有所思，他是被溃退的浪潮推到那里去的，他刚下了马，挽着缰绳，惝怳迷离，独自一人转身向着滑铁卢走去。那人便是拿破仑，梦游中的巨人，他还想往前走，去追寻那崩塌了的幻境。

十四　最后一个方阵

羽林军的几个方阵，有如水中的岩石，屹立在溃军的乱流中，一直坚持到夜晚。夜来了，死神也同时来了，他们等候那双重黑影，不屈不挠，任凭敌人包围。每个联队，各个孤立，和各方面被击溃的大军已完全失去联系,他们从容就义,各自负责。有的守着罗松一带的高地,有的守在圣约翰山的原野里,准备作最后的一搏。那些无援无望,勇气百倍,视死如归的方阵在那一带轰轰烈烈地呻吟待毙。乌尔姆、瓦格拉姆、耶拿、弗里德兰①的声名也正随着他们死去。

夜色朦胧,九点左右,在圣约翰山高地的坡下还剩一个方阵。在那阴惨的山谷中,在铁骑军曾经向上奔驰,现在流遍英军的血、盖满英军尸体的山坡下,在胜利的敌军炮队集中轰击下,那一个方阵仍在战斗。他们的长官是一个叫康布罗纳的无名军官。每受一次轰击,那方阵便缩小一次,但仍在还击。他们用步枪对抗大炮,四面的人墙不断缩短。有些逃兵在上气不接下气时停下来,在黑暗中远远听着那惨淡的枪声在渐渐减少。

那队壮士只剩下寥寥几个人,他们的军旗成了一块破布,他们的子弹已经射完,步枪成了光杆,在尸堆比活人队伍还大时,战胜者面对那些坚贞卓绝、光荣就义的人们,也不免如见神明,感到一种神圣的恐怖,英军炮队一时寂静无声,停止了射击。那是一种暂息。战士们觉得在他们四周有无数幢幢鬼魂、骑士的形象、炮身的黑影以及从车轮和炮架中窥见的天色,英雄们在战场远处的烟尘中隐隐望见死神的髑髅,奇大无比,向他们逼近并注视着他们。他们在苍茫暮色中可以听到敌人上炮弹的声音,那些燃着的引火绳好像是黑暗中猛虎的眼睛,在他们头上绕成一个圈,英国炮队的火杆一齐靠近了炮身,这时,有一个英国将军,有人说是科维耳,也有人说是梅特

---

① 这些都是拿破仑打胜仗的地方。

兰,他当时心有所感,抓住悬在他们头上的那最后一秒钟,向他们喊道:"勇敢的法国人,投降吧!"康布罗纳答道:"屎!"

十五 康布罗纳

那个最美妙的字,虽然是法国人经常说的,可是把它说给愿受人尊敬的法国读者听,也许是不应该的,历史不容妙语。

我们甘冒不韪,破此禁例。

因此,在那些巨人中有个怪杰,叫康布罗纳①。

说了那个字,然后从容就义,还有什么比这更伟大的!他为求死而出此一举,要是他能在枪林弹雨中幸存,那不是他的过失。

滑铁卢战争的胜利者不是在溃败中的拿破仑,也不是曾在四点钟退却,五点钟绝望的威灵顿,也不是不费吹灰之力的布吕歇尔,滑铁卢战争的胜利者是康布罗纳。

霹雳一声,用那样一个字去回击向你劈来的雷霆,那才是胜利。以此回答惨祸,回答命运,为未来的狮子②奠基,以此反抗那一夜的大雨,乌古蒙的贼墙,奥安的凹路,格鲁希的迟到,布吕歇尔的应援,作墓中的戏谑,留死后的余威,把欧洲联盟淹没在那个字的音节里,把恺撒们领教过的秽物献给各国君主,把最鄙俗的字和法兰西的光辉糅合起来,造了一个最堂皇的字,以嬉笑怒骂收拾滑铁卢,以拉伯雷③补莱翁尼达斯④

---
① 康布罗纳(Cambronne),法国将军。
② 狮子,指滑铁卢纪念墩上的那只铁狮子,见本卷第一节注。
③ 拉伯雷(Rabelais),十六世纪法国文学家,善讽刺。
④ 莱翁尼达斯(Léonidas),公元前五世纪斯巴达王,与波斯作战时战死。

的不足,用句不能出口的隽语总结那次胜利,丧失疆土而保全历史,流血之后还能使人四处听见笑声,这是多么宏伟。

这是对雷霆的辱骂。埃斯库罗斯的伟大也不过如是。

康布罗纳的这个字有一种崩裂的声音,是满腔轻蔑心情突破胸膛时的崩裂,是痛心太甚所引起的爆炸。谁是胜利者?是威灵顿吗?不是。如果没有布吕歇尔,他早已败了。是布吕歇尔吗?不是。如果没有威灵顿打头阵,布吕歇尔也收拾不了残局。康布罗纳,那最后一刻的过客,一个默默无闻的小将,大战中的一个无限渺小的角色,他深深感到那次溃败确是荒谬,使他倍加痛心,正当他满腹怨恨不得发泄时,别人却来开他玩笑,要他逃生!他又怎能不顿足大骂呢?

他们全在那里,欧洲的君王们,洋洋得意的将军们,暴跳如雷的天罡地煞,他们有十万得胜军,十万之后,再有百万,他们的炮,燃着火绳,张着大口,他们的脚踏着羽林将士和大军,他们刚才已经压倒了拿破仑,剩下的只是康布罗纳了,只剩下这么一条蚯蚓在反抗。他当然要反抗。于是他要找一个字,如同找一柄剑。他正满嘴唾沫,那唾沫便是那个字了。在那种非凡而又平凡的胜利面前,在那种没有胜利者的胜利面前,那个悲愤绝望的人攘臂挺身而起,他感到那种胜利的重大,却又了解它的空虚,因此他认为唾以口沫还不足,在数字、力量、物质各方面他既然都被压倒了,于是就找出一个字,秽物。我们又把那个字记了下来。那样说,那样做,找到那样一个字,那才真是风流人物。

那些伟大岁月的精神,在那出生入死的刹那间启发了这位无名小卒的心灵。康布罗纳找到的滑铁卢的那个字,正如鲁日·德·李勒①构思的《马赛曲》,都是出自上天的启示。有阵神风来自上天,感动了这两个人,他们都矍然憬悟,因而一个唱出了那样卓越的歌曲,一个发出了那种骇人的怒吼。康布罗纳不仅代表帝国把那巨魔式的咒语唾向欧洲,那样似嫌不足;他还代表革命唾向那以往的日子。我们听到他的声音,并且在康布罗纳的声音里感到各先烈的遗风。那仿佛是丹东的谈吐,又仿佛是克莱贝尔②的狮吼。

英国人听了康布罗纳的那个字,报以"放!"各炮火光大作,山冈震撼,从所有那些炮口中喷出了最后一批开花弹,声如奔雷,浓烟遍野,被初生的月光隐隐映成白色,萦绕空中,等到烟散以后,什么全没有了。那点锐不可当的残余也被歼灭了,羽林军覆没了。那座活炮垒的四堵墙全倒在地上,在尸体堆中,这儿那儿,还偶然有些抽搐的动作;比罗马大军更伟大的法兰西大军便那样死在圣约翰山的那片浸满了雨水和血液的土壤上,阴惨的麦田里,也就是现在驾着尼维尔邮车的约瑟夫③自得其乐地鞭着马,吹着口哨而过的那一带地方。

十六　将领的比重

滑铁卢战争是个谜。它对胜者和败者都一样是不明不

---

① 鲁日·德·李勒(Rouget de l'Isle),法国十八世纪资产阶级革命时期的革命军官,所作《马赛曲》,现为法国国歌。
② 克莱贝尔(Kléber),革命时期的将军,一八〇〇年被刺死。
③ 约瑟夫,犹如说张三李四。

白的。对拿破仑,它是恐怖,①布吕歇尔只看见炮火,威灵顿完全莫名其妙。看那些报告吧。公报是漫无头绪的,评论是不得要领的。这部分人讷讷,那部分人期期。若米尼把滑铁卢战事分成四个阶段;米夫林又把它截成三个转变,惟有夏拉,虽然在某几个论点上我们的见解和他不一致,但他却独具慧眼,是抓住那位人杰和天意接触时产生的惨局中各个特殊环节的人。其他的历史家都有些目眩神迷,也就不免在眩惑中摸索。那确是一个风驰电掣的日子,好战的专制政体的崩溃震动了所有的王国,各国君王都为之大惊失色,强权覆灭,黩武主义败退。

在那不测之事中,显然有上天干预的痕迹,人力是微不足道的。

我们假设把滑铁卢从威灵顿和布吕歇尔的手中夺回,英国和德国会丧失什么吗?不会的。名声大振的英国和庄严肃穆的德国都和滑铁卢问题无关。感谢上天,民族的荣誉并不在残酷的武功。德国、英国、法国都不是区区剑匣所能代表的。当滑铁卢剑声铮钛的时代,在布吕歇尔之上,德国有歌德,在威灵顿之上,英国有拜伦。思想的广泛昌明是我们这一世纪的特征,在那曙光里,英国和德国都有它们辉煌的成就。它们的思想已使它们成为大家的表率。它们有提高文化水平的独特功绩。那种成就是自发的,不是偶然触发的。它们在十九世纪的壮大决不起源于滑铁卢。只有

---

① "一场战斗的结束,一日工作的完成,措置失宜的挽救,来日必获的更大胜利,这一切全为了一时的恐怖而失去了。"(拿破仑在圣赫勒拿岛日记。)——原注

野蛮民族才会凭一战之功突然强盛。那是一种顷忽即灭的虚荣,有如狂风掀起的白浪。文明的民族,尤其是在我们这个时代,不因一个将领的幸与不幸而有所增损。他们在人类中的比重不取决于一场战事的结果。他们的荣誉,谢谢上帝,他们的尊严,他们的光明,他们的天才都不是那些赌鬼似的英雄和征服者在战争赌局中所能下的赌注。常常是战争失败,反而有了进步。少点光荣,便多点自由。鼙鼓无声,理性争鸣。那是一种以败为胜的玩意儿。既是这样,就让我们平心静气,从两方面来谈谈滑铁卢吧。我们把属于机缘的还给机缘,属于上帝的归诸上帝。滑铁卢是什么?是一种丰功伟绩吗?不,是一场赌博。

是一场欧洲赢了法国输了的赌博。

在那地方立只狮子似乎是不值得的,况且滑铁卢是有史以来一次最奇特的遭遇。拿破仑和威灵顿,他们不是敌人,而是两个背道而驰的人。喜用对偶法的上帝从来不曾造出一种比这更惊人的对比和更特别的会合。一方面是准确,预见,循规蹈矩,谨慎,先谋退步,预留余力,头脑顽强冷静,步骤坚定,战略上因地制宜,战术上部署平衡,进退有序,攻守以时,绝不怀侥幸心理,有老将的传统毅力,绝对缜密周全;而另一方面是直觉,凭灵感,用奇兵,有超人的本能,料事目光如炬,一种说不出的如同鹰视雷击般的能力,才气纵横,敏捷,自负,心曲深沉,鬼神莫测,狎玩命运,川泽、原野、山林似乎都想去操纵,迫使服从,那位专制魔王甚至对战场也要放肆,他把军事科学和星相学混为一谈,加强了信心,同时也搅乱了信心。威灵顿是战争中的巴雷姆①,拿破仑是战争中

---

① 巴雷姆(Barrême),十七世纪法国数学家。

的米开朗琪罗,这一次,天才被老谋深算击溃了。

两方面都在等待援兵。计算精确的人成功了。拿破仑等待格鲁希,他没有来。威灵顿等待布吕歇尔,他来了。

威灵顿,便是进行报复的古典战争,波拿巴初露头角时,曾在意大利碰过他,并把他打得落花流水。那老枭曾败在雏鹰手里。古老的战术不仅一败涂地,而且臭名远扬。那个当时才二十六岁的科西嘉人是什么,那个风流倜傥的无知少年,势孤敌众,两手空空,没有粮秣,没有军火,没有炮,没有鞋,几乎没有军队,以一小撮人反抗强敌,奋击沆瀣一气的欧洲,他在无可奈何之中竟不近情理地多次获得胜利,那究竟是怎么回事?从什么地方钻出了那样一个霹雳似的暴客,能够一口气,用一贯的手法,先后粉碎德皇的五个军,把博利厄摔在阿尔文齐身上,维尔姆泽摔在博利厄身上,梅拉斯摔在维尔姆泽身上,麦克又摔在梅拉斯身上。那目空一切的新生尤物是什么人?学院派的军事学家在逃遁时都把他看作异端。因此在旧恺撒主义与新恺撒主义之间,在规行矩步的刀法与雷奔电掣的剑法之间,庸才与天才之间,有了无可调和的仇恨。仇恨终于在一八一五年六月十八日写出了那最后的字,在洛迪、芒泰贝洛、芒泰诺泰、曼图亚、马伦哥、阿尔科拉①之后,添上了滑铁卢。庸人们的胜利,多数人的慰藉。上天竟同意了这种讽刺。拿破仑在日薄西山时又遇见了小维尔姆泽②。

的确,要打败维尔姆泽,只需使威灵顿的头发变白就是了。

滑铁卢是一场头等战争,却被一个次等的将领胜了去。

---

① 这些都是拿破仑打胜仗的地方。
② 维尔姆泽(Wumser,1724—1797),奥军将领,一七九六年为拿破仑所败,此时已去世。

在滑铁卢战争中,我们应当钦佩的是英格兰,是英国式的刚毅,英国式的果敢,英国式的热血;英格兰的优越,它不致见怪吧,在于它本身。不是它的将领,而是它的士兵。

忘恩负义到出奇的威灵顿在给贵人巴塞司特的一封信里提到他的军队,那在一八一五年六月十八日作战的军队,是一支"可恶的军队"。那些七零八落埋在滑铁卢耕地下的可怜枯骨对他的话又作何感想?

英格兰在威灵顿面前过于妄自菲薄了。把威灵顿捧得那样高便是小看了英格兰。威灵顿只是个平凡的英雄。那些灰色的苏格兰军、近卫骑兵、梅特兰和米契尔的联队、派克和兰伯特的步兵、庞森比和萨默塞特的骑兵、在火线上吹唢呐的山地人、里兰特的部队、那些连火枪都还不大知道使用但却敢于对抗埃斯林、里沃利①的老练士卒的新兵,他们才是伟大的。威灵顿顽强,那是他的优点,我们不和他讨价还价,但是他的步兵和骑兵的最小的部分都和他一样坚强。铁军比得上铁公爵。在我们这方面,我们全部的敬意属于英国的士兵、英国的军队和英国的人民。假使有功绩,那功绩也应属于英格兰。滑铁卢的华表如果不是顶着一个人像,而是把一个民族的塑像高插入云,那样会比较公允些。

但是大英格兰听了我们在此地所说的话一定会恼怒。它经历了它的一六八八年和我们的一七八九年后却仍保留封建的幻想。它信仰世袭制度和等级制度。世界上那个最强盛、最光荣的民族尊重自己的国家而不尊重自己的民族。做人民的,自甘居人之下,并把一个贵人顶在头上。工人任人蔑视,

---

① 两处皆拿破仑打胜仗的地方。

士兵任人鞭笞。我们记得,在因克尔曼①战役中,据说有个中士救了大军的险,但是贵人腊格伦没有为他论功行赏,因为英国的军级制度不容许在战报中提到官长等级以下的任何英雄。

在滑铁卢那种性质的会战中,我们最佩服的,是造化布置下的那种怪诞的巧合。夜雨,乌古蒙的墙,奥安的凹路,格路希充耳不闻炮声,拿破仑的向导欺心卖主,比洛的向导点拨得宜;那一连串天灾人祸都演得极尽巧妙。

概括起来说,在滑铁卢确是战争少,屠杀多。

滑铁卢在所有的阵地战中是战线最短而队伍最密集的一次。拿破仑,一法里的四分之三,威灵顿,半法里,每边七万二千战士。屠杀便由那样的密度造成的。

有人作过这样的计算,并且列出了这样的比例数字:阵亡人数在奥斯特里茨,法军百分之十四,俄军百分之三十,奥军百分之四十四;在瓦格拉姆,法军百分之十三,奥军百分之十四;在莫斯科河,法军百分之三十七,俄军,四十四;在包岑,法军百分之十三,俄军和奥军,十四;在滑铁卢,法军百分之五十六,联军,三十一。滑铁卢总计,百分之四十一。战士十四万四千,阵亡六万。

到今日,滑铁卢战场恢复了大地——世人的不偏不倚的安慰者——的谧静,和其他的原野一样了。

可是一到晚上,就有一种鬼魂似的薄雾散布开来,假使有个旅人经过那里,假使他望,假使他听,假使他像维吉尔在腓

---

① 因克尔曼(Inkermann),阿尔及利亚城市,即今之穆斯塔加奈姆(Mostaganem)。

力比①战场上那样梦想,当年溃乱的幻景就会使他意夺神骇。六月十八的惨状会重行出现,那伪造的纪念堆隐灭了,俗不可耐的狮子消失了,战场也恢复了它的原来面目;一行行的步兵像波浪起伏那样在原野上前进,奔腾的怒马驰骋天边;惊魂不定的沉思者会看见刀光直晃,枪刺闪烁,炸弹爆发,雷霆交击,血肉横飞,他会听到一片鬼魂交战的呐喊声,隐隐约约,有如在墓底呻吟,那些黑影,便是羽林军士;那些荧光,便是铁骑;那枯骸,便是拿破仑,另一枯骸,是威灵顿;那一切早已不存在了,可是仍旧鏖战不休;山谷殷红,林木战栗,杀气直薄云霄;圣约翰山、乌古蒙、弗里谢蒙、帕佩洛特、普朗尚努瓦,所有那些莽旷的高地,都隐隐显出无数鬼影,在朦胧中回旋厮杀。

十七 我们应当承认滑铁卢好吗?

有个很可敬的自由派丝毫不恨滑铁卢。我们不属于那一派。我们认为滑铁卢只是自由骇然惊异的日子。那样的鹰会出自那样的卵,确实出人意料。

假使我们从最高处观察问题,就可以看出滑铁卢是一次有计划的反革命的胜利。是欧洲反抗法国,彼得堡、柏林和维也纳反抗巴黎,是现状反抗创举,是通过一八一五年三月二十日②向一七八九年七月十四日③进行的打击,是王国集团对法兰西不可驯服的运动的颠覆。总之,他们的梦想就是要扑

---

① 腓力比(Philippes),城名,在马其顿,公元前四十二年,安敦尼和屋大维在此战胜布鲁图斯。
② 一八一五年三月二十日,拿破仑从厄尔巴回来,进入巴黎的日子。
③ 一七八九年七月十四日,巴黎人民攻破巴士底狱的日子。

灭这个爆发了二十六年的强大民族。是不伦瑞克、纳索、罗曼诺夫①、霍亨索伦②、哈布斯堡③和波旁④的联盟。滑铁卢是神权的伥鬼。的确,帝国既然专制,由于事物的自然反应,王国就必然是自由的了,因而有种不称心的立宪制度从滑铁卢产生出来了,使战胜者大为懊丧。那是因为革命力量不可能受到真正的挫败,天理如此,绝无幸免,革命力量迟早总要抬头,在滑铁卢之前,拿破仑推翻了各国的衰朽王朝,在滑铁卢之后,又出了个宣布服从宪章的路易十八。⑤波拿巴在那不勒斯王位上安插了一个御者,又在瑞典王位上安插了一个中士,在不平等中体现了平等;路易十八在圣旺副署了人权宣言。你要了解革命是什么吗?称它为进步就是;你要了解进步是什么吗?管它叫明天就是。明天一往直前地做它的工作,并且从今天起它已开始了。而且很奇怪,它从来不会不达到目的。富瓦⑥原是个军人,它却借了威灵顿的手使他成为一个雄辩家。富瓦在乌古蒙摔了跤,却又在讲坛上抬了头。进步便是那样进行工作的。任何工具,到了那个工人的手里,总没有不好使的。它不感到为难,把横跨阿尔卑斯山的那个人和宫墙中的那个龙锺老病夫⑦都抓在手中,替它做那神圣的工作。它利用那个害足痛风的人,也同样利用那个

---

① 罗曼诺夫,俄国王室。
② 霍亨索伦,德国王室。
③ 哈布斯堡,奥国王室。
④ 波旁,法国王室。
⑤ 路易十八迫于国内资产阶级自由主义思想的力量,不得不宣布服从宪章,以图缓和矛盾。
⑥ 富瓦(Foy),拿破仑部下的将军,在滑铁卢战役受伤,继在王朝复辟期间当议员。
⑦ 指拿破仑和路易十八。

征服者,利用征服者以对外,足痛风病者以对内。滑铁卢在断然制止武力毁灭王座的同时,却又从另一方面去继续它的革命工作,除此以外,它毫无作用。刀斧手的工作告终,思想家的工作开始。滑铁卢想阻挡时代前进,时代却从它头上跨越过去,继续它的路程。那种丑恶的胜利已被自由征服了。

总之,无可否认,曾在滑铁卢获胜的,曾在威灵顿背后微笑的,曾把整个欧洲的大元帅权杖,据说法国大元帅的权杖也包括在内,送到他手里的,曾欢欣鼓舞地推着那些满是枯骨的土车去堆筑狮子墩的,曾趾高气扬在那基石上刻上一八一五年六月十八日那个日期的,曾鼓舞布吕歇尔去趁火打劫的,曾如同鹰犬从圣约翰山向下追击法兰西的,这些都是反革命。都是些阴谋进行无耻分散活动的反革命。他们到了巴黎以后就近观察了火山口,觉得余灰烫脚,便改变主意,回转头来支支吾吾地谈宪章。滑铁卢有什么我们就只能看见什么。自觉的自由,一点也没有。无意中反革命成了自由主义者,而拿破仑却成了革命者,真是无独有偶。一八一五年六月十八日,罗伯斯庇尔从马背上摔下来了。

十八 神权复炽

独裁制度告终。欧洲一整套体系垮了。

帝国隐没在黑影中,有如垂死的罗马世界。黑暗再次出现,如同在蛮族时代。不过一八一五年的蛮族是反革命,我们应当把它这小名叫出来,那些反革命的气力小,一下子就精疲力尽,陡然停止了。我们应当承认,帝国受到人们的悼念，并且是慷慨激昂的悼念。假使武力建国是光荣的，那么帝国便是光荣的本身。凡是专制所能给予的光明，帝国都在世上普及了，那是一种暗淡的光。让我们说得更甚一点，是一种昏暗的光。和白昼相比，那简直是黑夜。黑夜消失，却逢日蚀。

路易十八回到巴黎。七月八日的团圆舞冲淡了三月二十日的热狂。那科西嘉人和那贝亚恩人①，荣枯迥异。杜伊勒里宫圆顶上的旗子是白的。亡命之君重登王位。在路易十四的百合花宝座前，横着哈特韦尔的杉木桌。大家谈着布维纳②和丰特努瓦③，好像还是昨天的事，因为奥斯特里茨已经过时了。神座和王位交相辉映，亲如手足。十九世纪的一种最完整的社会保安制度在法国和大陆上建立起来了。欧洲采用了白色帽徽。特雷斯达荣④的声名大噪。"自强不息"那句箴言又在奥尔塞河沿营房大门墙上的太阳形拱石中出现了。凡是从前驻过羽林军的地方都有一所红房子。崇武门上堆满了胜利女神，它顶着那些新玩意儿，起了作客他乡之感，也许在回忆起马伦哥和阿尔科拉时有些惭愧，便安上了一个昂古莱姆公爵的塑像敷衍了事。马德兰公墓，九三年的义冢，原来凄凉满目，这时却铺满了大理石和碧云石，因为路易十六和玛丽-安东尼特的骸骨都在那土里。万塞纳坟场里也立了一块墓碑，使人回想起昂吉安公爵死在拿破仑加冕的那一个月。

---

① 贝亚恩人，指路易十八。贝亚恩，为波旁王朝之领地，一六二〇年并入法国。贝亚恩人，专指亨利四世。因亨利四世是波旁王朝第一代国王，此处借指路易十八。
② 布维纳（Bouvines），十三世纪，法国王室军队战胜德军于此。
③ 丰特努瓦（Fontenoy），十八世纪，法国王室军队战胜英军于此。
④ 特雷斯达荣（Trestaillon），制造白色恐怖的保王党人。

教皇庇护七世在昂吉安公爵死后不久祝福过加冕大典,现在他又安详地祝贺拿破仑的倾覆,正如当初祝贺他的昌盛一样。在申布龙有个四岁的小眼中钉,谁称他做罗马王便逃不了叛逆罪。这些事当时是这样处理的,而且各国君王都登上了宝座,而且欧洲的霸主被关进了囚笼,而且旧制度又成了新制度,而且整个地球上的光明和黑暗互换了位置,因为在夏季的一个下午,有个牧人①在树林里曾对一个普鲁士人说:"请走这边,不要走那边!"

一八一五是种阴沉的阳春天气。各种有害有毒的旧东西都蒙上了一层新的外衣。一七八九受到了诬蔑,神权戴上了宪章的假面具,小说也不离宪章,各种成见,各种迷信,各种言外之意,都念念不忘那第十四条,自诩为自由主义。这是蛇的蜕皮而已。

人已被拿破仑变得伟大,同时也被他变得渺小了。理想在那物质昌明的时代得了一个奇怪的名称:空论。伟大人物的严重疏忽,便是对未来的嘲笑。人民,这如此热爱炮手的炮灰,却还睁着眼睛在寻找他。他在什么地方?他在干什么?"拿破仑已经死了。"有个过路人对一个曾参加马伦哥战役和滑铁卢战役的伤兵说。"他还会死!"那士兵喊道,"你应当也认识他吧!"想象已把那个被打垮了的人神化了。滑铁卢过后,欧洲实质上是昏天黑地。拿破仑的消失替欧洲带来了长时期的莫大空虚。

各国的君主填补了那种空虚。旧欧洲抓住机会把自己重新组织起来。出现了神圣同盟。佳盟早已在鬼使神差的滑铁

---

① 牧人,指滑铁卢大战中比洛的向导。

卢战场上出现过了。

对着那个古老的、重新组织起来的欧洲，一个新法兰西的轮廓出现了。皇上嘲笑过的未来已经崭露头角。在它额上，有颗自由的星。年轻一代的热烈目光都注视着它。真是不可理解，他们既热爱未来的自由，却又热爱过去的拿破仑。失败反把失败者变得更崇高了。倒了的波拿巴仿佛比立着的拿破仑还高大些。得胜的人害怕起来了。英国派了赫德森·洛去监视他，法国也派了蒙什尼去窥伺他。他那双叉在胸前的胳膊成了各国君王的隐忧。亚历山大称他为"我的梦魇"。那种恐怖是由他心中具有的那种革命力量引起的。波拿巴的信徒的自由主义可以从这里得到说明和谅解。他的阴灵震撼着旧世界。各国的君主，身居统治地位而内心惴惴不安，因为圣赫勒拿岛的岩石出现在天边。

拿破仑在龙坞呻吟待毙，倒在滑铁卢战场上的那六万人也安然腐朽了，他们的那种静谧散布在人间。维也纳会议赖以订立了一八一五年的条约，欧洲叫它做王朝复辟。

这就是滑铁卢。

但那对悠悠宇宙又有什么关系？那一切风云，那样的战斗，又继以那种和平，那一切阴影，都丝毫不曾惊扰那只遍瞩一切的慧眼，在它看来，一只小蚜虫从这片叶子跳到那片叶子和一只鹰从圣母院的这个钟楼飞到那个钟楼之间，是并没有什么区别的。

十九　战场上的夜景

我们再来谈谈那不幸的战场，这对本书是必要的。

一八一五年六月十八日正是月圆之夜。月色给布吕歇尔的猛烈追击以许多方便,替他指出逃兵的动向,把那浩劫中的人流交付给贪婪的普鲁士骑兵,促成了那次屠杀。天灾人祸中,夜色有时是会那样助人杀兴的。

在放过那最后一炮后,圣约翰山的原野上剩下的只是一片凄凉景象。

英军占了法军的营幕,那是证明胜利的一贯做法,在失败者的榻上高枕而卧。他们越过罗松,安营露宿。普鲁士军奋力穷追,向前推进。威灵顿回到滑铁卢村里写军书,向贵人巴塞司特报捷。

假使"有名无实"这个词能用得恰当,那就一定可以用在滑铁卢村,滑铁卢什么也没有做,它离开作战地点有半法里远。圣约翰山被炮轰击过,乌古蒙烧了,帕佩洛特烧了,普朗尚努瓦烧了,圣拉埃受过攻打,佳盟见过两个胜利者的拥抱;那些地方几乎无人知晓,而滑铁卢在这次战争中毫不出力,却享尽了荣誉。

我们都不是那种赞扬战争的人,所以一有机会,便把战争的实情说出。战争有它那骇人的美,我们一点也不隐讳;但也应当承认,它有它的丑,其中最骇人听闻的一种,便是在胜利过后立即搜刮死人的财物。战争翌日,晨曦往往照着赤身露体的尸首。

是谁干那种事,谁那样污辱胜利?偷偷伸在胜利的衣袋里的那只凶手是谁的?隐在光荣后面实行罪恶勾当的那些无赖是些什么人?有些哲学家,例如伏尔泰诸人,都肯定说干那种事的人恰巧是胜利者。据说他们全是一样的,没有区别,立着的人抢掠倒下的人。白昼的英雄便是夜间的吸血鬼。况且既杀其人，再稍稍沾一点光也是分内应享的权利。至于我们，却不敢轻信。赢得桂冠而又偷窃一个死人的鞋子，在我们看来，似乎不是同一只手干得出来的。

有一点却是确实的，就是常有小偷跟在胜利者后面。但是我们应当撇开士兵不谈，尤其是现代的士兵。

每个军队都有个尾巴，那才是该控诉的地方。一些蝙蝠式的东西，半土匪半仆役，从战争的悲惨日子里产生的各种飞鼠，穿军装而不上阵，装假病，足跛心黑骑着马，有时带着女人，坐上小车，贩卖私货，卖出而又随手偷进的火头兵，向军官们请求作向导的乞丐、勤务兵、扒手之类，从前军队出发——我们不谈现代——每每拖着那样一批家伙，因而专业用语里称之为"押队"。任何军队或任何国家都不对那些人负责。他们说意大利语却跟着德国人，说法语却跟着英国人。切里索尔①战役胜利的那天晚上，费瓦克侯爷遇见一个说法语的西班牙押队，听了他的北方土话，便把他当作一家人，当晚被那无赖谋害在战场上，东西也被他偷走了。有偷就有贼。有句可鄙的口语"靠敌人吃饭"说明了这种麻风病的由来，只有严厉的军纪才能医治。有些人是徒有其名的，我们不能一一知道为什么某某将军，甚至某某大将军的名气会那样大。蒂雷纳②受到他的士兵的爱戴，正因为他纵容劫掠，纵恶竟成了仁爱的一个组成部分，蒂雷纳仁爱到听凭部下焚毁屠杀巴拉蒂纳③。军队后面窃贼的

---

① 切里索尔（Cérisolles），村名，在意大利，一五四四年，法军败西班牙军于此。
② 蒂雷纳（Turenne），十七世纪法国元帅。
③ 巴拉蒂纳（Palatinat），即今德国的法尔茨（Pfalz）。

多寡,全以将领的严弛为准则。奥什①和马尔索②绝对没有押队,威灵顿有而不多——我们乐于为他说句公道话。

可是六月十八到十九的那天晚上有人盗尸。威灵顿是严明的,军中有当场拿获格杀勿论的命令,但是盗犯猖獗如故。正当战场这边枪决盗犯时,战场那边却照样进行盗窃。

惨淡的月光照着那片原野。

夜半前后,有个人在奥安凹路一带徘徊,更确切地说,在那一带匍匐。从他的外貌看去,他正是我们刚才描写过的那种人,既不是法国人,也不是英国人,既不是农民,也不是士兵,三分像人,七分像鬼,他闻尸味而垂涎,以偷盗为胜利,现在前来搜刮滑铁卢。他穿一件蒙头斗篷式布衫,鬼鬼祟祟,却一身都是胆,他往前走,又向后看。那是个什么人?他的来历,黑夜也许要比白昼知道得更清楚些。他没有提囊,但在布衫下面显然有些大口袋。他不时停下来,四面张望,怕有人注意他,他突然弯下腰,翻动地上一些不出声气,动也不动的东西,随即又站起来,偷偷地走了。他那种滑动,那种神气,那种敏捷而神秘的动作,就像黄昏时在荒丘间出没的那种野鬼,也就是诺曼底古代传奇中所说的那种赶路鬼。

夜行陂泽间的某些涉禽是会有那种形象的。

假使有人留意,望穿那片迷雾,便会看到在他眼前不远,在尼维尔路转向从圣约翰山去布兰拉勒的那条路旁的一栋破屋后面,正停着,可以这样说,正躲着一辆小杂货车,车篷是柳条编的,涂了柏油,驾着一匹驽马,它饿到戴着勒口吃荨麻,车

---

① 奥什(Hoche),法国革命时期的将军。
② 马尔索(Marceau),同上。

子里有个女人坐在一些箱匣包袱上面。也许那辆车和那忽来忽往的人有些关系。

夜色明静。天空无片云。血染沙场并不影响月色的皎洁,正所谓昊天不吊。原隰间,有些树枝已被炮弹折断,却不曾落地,仍旧连皮挂在树上,在晚风中微微动荡。一阵弱如鼻息的气流拂着野草。野草瑟缩,有如灵魂归去。

英军营幕前,夜巡军士来往逡巡的声音从远处传来,隐约可辨。

乌古蒙和圣拉埃,一在西,一在东,都还在燃烧,在那两蓬烈火之间,远处的高坡上,英军营帐中的灯火连成一个大半圆形,好像一串解下了的红宝石项圈,两端各缀一块彩色水晶。

我们已经谈过奥安凹路的惨祸。那么多忠勇的人竟会死得那么惨,想来真令人心惊。

假使世间有桩可骇的事,比做梦还更现实的事,那一定是:活着,看见太阳,身强力壮,健康而温暖,能够开怀狂笑,向自己前面的光荣奔去,辉煌灿烂的光荣,觉得自己胸中有呼吸着的肺,跳动的心,明辨是非的意志,能够谈论,思想,希望,恋爱,有母亲,有爱妻,有儿女,有光明,可是陡然一下,在一声号叫里落在坑里,跌着,滚着,压着,被压着,看见麦穗、花、叶和枝,却抓不住,觉得自己的刀已经失去作用,下面是人,上面是马,徒劳挣扎,眼前一片黑,觉得自己是在马蹄的蹴踏之下,骨头折断了,眼珠突出了,疯狂地咬着马蹄铁,气塞了,号着,奋力辗转,被压在那下面,心里在想:"刚才我还是一个活人!"

在那场伤心惨目的灾难爆发的地方,现在连一点声息也没有了。那条凹路的两壁间已填满了马和骑士,层层叠叠,颠倒纵横,错杂骇人心魄。两旁已没有斜壁了。死人死马把那条路填得和旷野一样高,和路边一般平,正像一升量得满满的粟米。上层是一堆尸体,底下是一条血河,那条路在一八一五年六月十八日夜间的情形便是如此。血一直流到尼维尔路,并在砍来拦阻道路的那堆树木前面积成一个大血泊,直到现在,那地方还受人凭吊。我们记得,铁骑军遇险的地方是在对面,近热纳普路那一带。尸层的厚薄和凹路的深浅成正比。靠中间那段路平坑浅的地方,也就是德洛尔部越过的地方,尸层渐薄了。

我们刚才向读者约略谈到的那个夜间行窃的人,正是向那地段走去。他嗅着那条广阔的墓地。他东张西望。他检阅的是一种说不清的令人多么厌恶的死人的队伍。他踏着血泊往前走。

他突然停下。

在他前面相隔几步的地方,在那凹路里尸山的尽头,有一只手在月光下的那堆人马中伸出来。

那只手的指头上有一个明晃晃的东西,是个金戒指。

那人弯下腰去,蹲了一会儿,到他重新立起时,那只手上已没有戒指了。

他并没有真正立起来,他那形态好像一只惊弓的野兽,背朝着死人堆,眼睛望着远处,跪着,上身全部支在两只着地的食指上,头伸出凹路边,向外望。豺狗的四个爪子对某种行动是适合的。

随后,打定了主意,他才立起来。

正在那时,他大吃一惊,他觉得有人从后面拖住他。

他转过去看,正是那只原来张开的手,现已合拢,抓住了他的衣边。

诚实的人一定受惊不小,这一个却笑了起来。

"啐,"他说,"幸好是个死人!我宁肯碰见鬼也不愿碰见宪兵。"

他正说着,那只手气力已尽便丢开了他。死人的气力是有限的。

"怪事!"那贼又说,"这死人是活的吗?让我来看看。"

他重新弯下腰去,搜着那人堆,把碍手脚的东西掀开,抓着那只手,把住他的胳膊,搬出头,拖出身子,过一会儿,他把一个断了气的人,至少也是一个失了知觉的人,拖到凹路的黑影里去了。那是铁骑军的一个军官,并且是一个等级颇高的军官,一条很宽的金肩章从铁甲里露出来,那军官已经丢了铁盔。他脸上血迹模糊,有一长条刀砍的伤口,此外,他不像有什么折断了的肢体,并且侥幸得很,假使此地也可能有侥幸的话,有些尸体在他上面交叉构成一个空隙,因而他没有受压。他眼睛闭上了。

在他的铁甲上,有个银质的功勋十字章。

那个贼拔下了十字章,塞在他那蒙头斗篷下面的那些无底洞里。

过后,他摸摸那军官的裤腰口袋,摸到一只表,一并拿了去。随后他搜背心,搜出一个钱包,也一并塞在自己的衣袋里。

正当他把那垂死的人救到现阶段时,那军官的眼睛睁开了。

"谢谢。"他气息奄奄地说。

那人翻动他的那种急促动作,晚风的凉爽,呼吸到的流畅的空气,使他从昏迷中醒过来了。

那贼没有答话。他抬起头来。他听见旷野里有脚步声,也许是什么巡逻队来了。

那军官低声说,因为他刚刚转过气来,去死还不远:

"谁胜了?"

"英国人。"那贼回答。

"您搜我的衣袋。我有一个钱包和一只表。您可以拿去。"

他早已拿去了。

那贼照他的话假装寻了一遍,说道:

"什么也没有。"

"已经有人偷去了,"那军官接着说,"岂有此理,不然就是您的了。"

巡逻队的脚步声越来越清楚了。

"有人来了。"那贼说,做出要走的样子。

那军官使尽力气,伸起手来,抓住他:

"您救了我的命。您是谁?"

那贼连忙低声回答说:

"我和您一样,也是法国军队里的。我得走开。假使有人捉住我,他们就会枪毙我。我已经救了您的命。现在您自己去逃生吧。"

"您是那一级的?"

"中士。"

"您叫什么名字?"

"德纳第。"

"我不会忘记这个名字,"那军官说,"您也记住我的名字,我叫彭眉胥。"

445

第二卷　战船"俄里翁号"①

一　二四六〇一号变成了九四三〇号

冉阿让又被捕了。

那些惨痛的经过,我们不打算一一细谈,大家想能见谅。我们只把当时滨海蒙特勒伊那一惊人事件发生几个月后报纸所刊载的两则小新闻转录下来。

那两节记载相当简略。我们记得,当时还没有地方法院公报。

第一节是从一八二三年七月二十五日的《白旗报》上录下来的:

> 加来海峡省②某县发生了一件稀有的事。有个来自他省名叫马德兰先生的人,在最近几年内,曾采用一种新方法,振兴了当地的一种旧工业,即烧料细工业。他成了当地的巨富,并且,应当说明,该县也因以致富。

---

① 俄里翁(Orion),希腊神话中之猎人,也指猎户星座。西方战舰常以星座命名。
② 加来海峡省(Pas de Calais),滨海蒙特勒伊所在之省,在法国北部。

为了报答他的劳绩,大家举荐他当市长。不意警厅发现该马德兰先生者,原名冉阿让,系一苦役犯,一七九六年因盗案入狱,服刑期满,竟又违禁私迁。冉阿让现已重新入狱。据说他在被捕之先,曾从拉菲特银行提取存款五十万,那笔款子,一般人认为是他在商业中获得的非常合法的利润。冉阿让既已回到土伦监狱,那笔款子藏在什么地方,也就无人知晓了。

第二节,比较详细,是从同一天的《巴黎日报》摘录下来的:

> 有个刑满释放的苦役犯名冉阿让者,最近在瓦尔省①高等法院受审,案情颇堪注意。该暴徒曾蒙蔽警察,改名换姓,并窃居我国北部某小城市长之职。他在该城经营一种商业,规模相当可观。由于公安人员的高度服务热忱,终于揭发真相,逮捕归案。他的姘妇是个公娼,已在他被捕时惊恐丧命。该犯膂力过人,曾越狱潜逃,越狱后三四日,又被警方捕获,并且是在巴黎,当时他正待走上一辆行驶在首都和孟费郿村(塞纳·瓦兹省)之间的小车。据说他曾利用那三四天的自由,从某大银行提取了大宗存款。据估计,该款达六七十万法郎。公诉状指出他已将该款藏在某处,除他之外无人知晓,因而没有被发现。总之该冉阿让已在瓦尔省高等法院受审,他被控曾手持凶器,约八年前在大路上抢劫过一个正如费尔内元老在他那流芳千古的诗句中所提及的那种诚实

---

① 瓦尔省(Var),土伦所在之省,在法国南部。

孩子：

....

岁岁都从萨瓦①来，

妙手轻轻频拂拭，

善为长突去煤炱。

那匪徒放弃了申诉机会。经司法诸公一番崇论雄辩之后，他那盗案已被定为累犯罪，并经指出冉阿让系南方某一匪帮的成员。因而罪证一经宣布，该冉阿让即被判处死刑。该犯拒绝上诉。国王无边宽大，恩准减为终身苦役。冉阿让立即被押赴土伦监狱。

我们没有忘记，冉阿让当初在滨海蒙特勒伊一贯遵守教规。因而有几种报纸，例如《立宪主义者报》便认为那次减刑应当归功于宗教界。

冉阿让在苦役牢里换了号码。他叫九四三〇号。

此外，我们一次说清，以后不再提了，滨海蒙特勒伊的繁荣已随马德兰先生消失了，凡是他在那次忧心如焚、迟疑不决的夜晚所预见到的一切都成了事实，丢了他，确也就是丢了灵魂。自从他垮台以后，滨海蒙特勒伊便出现了自私自利、四分五裂的局面，那种局面原是在大事业主持人失败后所常见的，人存事业兴隆，人亡分崩离析，那种悲惨的结局，在人类社会中是每天都在暗中进行着的，历史上却只在亚历山大死后出现过一次。② 部将们自封为王，工头们自称业主。竞争猜忌出现了。马德兰先生的大工厂关了门，房屋坍塌，工人四散。

---

① 萨瓦（Savoie），省名，靠意大利，该地的孩子多以通烟囱为业。
② 亚历山大死后，他所征服的领土上出现分裂割据的局面。

448

有的离开了本乡，有的改了行。从那以后，一切都改用小规模进行，没有大规模的了；全为利己，不以利人。失了中心，处处都是竞争，顽强的竞争。马德兰先生曾主持一切，从中指挥。他倒了，于是每个人都为自身着想；倾轧的精神代替了组合的精神，粗暴代替了赤诚，相互的仇视代替了创办人对大众的关切；马德兰先生所结的丝全乱了，断了；大家偷工减料，降低了质量，失去了信用；销路阻滞，订货减少；工资降低，工场停工，结果破产。从此穷人空无所有。一切如云烟般消散。

连政府也感到在某处折了一根栋梁。自从那高等法院的判决书为了牢狱的利益，证明马德兰先生和冉阿让确是同一个人以后，不到四年，滨海蒙特勒伊一县的收税费用就增加了一倍，维莱尔先生也曾在一八二七年二月把这种情形在议会里提出过。

二　也许是两句鬼诗

在说下去之先，我们不妨比较详细地谈一件怪事，这桩怪事几乎是同时在孟费郿发生的，并且和公安人员的推测不无暗合之处。

孟费郿地方有一种由来已久的迷信，在巴黎附近，居然还有一种迷信，能够传遍一方，这事的奇离可贵，也正如在西伯利亚出现了沉香。我们是那种重视稀有植物状况的人。那么，我们来谈谈孟费郿的迷信。人们都相信，魔鬼远在无可稽考的年代，便已选定当地的森林作为他藏宝的地方。婆婆妈妈们还肯定说，天快黑时，在树林里那些空旷地方，时常会出现一个黑人，面貌像个车夫或樵夫，脚上穿双木鞋，身上穿套粗布褂裤,他的特点便是他不但不戴帽子,头上还有两只奇大无比的角。这一特点确实可以说明他是什么。① 这人经常在地上挖洞。遇见了这种事的人,有三种应付办法。第一种,是走去找他谈话。你就会看见他只不过是个普普通通的乡下人,他黑,是因为天黑,他并不挖什么洞,而是在割喂牛的草料,他有角,那也不过是因为他背上背着一把粪叉,从暮色中远远望去,那粪叉的齿就好像是从他头上长出来的。你回到家里,一个星期之内就得死。第二种办法,就是看住他,等他挖好洞掩上土走开以后,你再赶快跑去找他挖的坑,再把它掘开来,取出那黑人必然埋在那里的"宝"。那样做,一个月以内也得死。还有第三种办法,就是绝不和那黑人谈话,也绝不望他,而是连忙逃避。一年以内也得死。

那三种办法都有不妥当的地方,第二种比较有利,至少可以得宝,哪怕只活一个月也值得。因此那是被采用得最广的办法。有些胆大的汉子,要钱不要命,据说他们曾不止一次,并且有凭有据,确实重新挖开那黑人所挖的洞,发了些魔鬼财。收获据说并没有什么了不起的。至少,也该相信那种由来已久的传说,而且尤其应当相信一个叫做特里丰的诺曼底僧人针对这一问题用蛮族拉丁文写的两句费解的歪诗。这僧人懂些巫术,为人凶恶,死后葬在鲁昂附近波什维尔地方的圣乔治修道院,他坟上竟生了些癞蛤蟆。

那些坑,经常是挖得很深的,大家费了无穷的力气,流着汗,去搜索,整夜工作,因为那种事总是晚上做的,衬衣汗湿,蜡烛点光,锄头挖缺,等到挖到坑底,"宝物"在握时,会发现

----

① 法国俗传魔鬼头上有角。

什么呢？那魔鬼的宝藏是什么呢？是一个苏,有时是一个金币、一块石头、一具枯骸、一具血淋淋的尸体,有时是个死人,一折四,就像公文包里的一张信纸,有时什么也没有。特里丰那两句歪诗所表达的和那些喜欢惹是生非的人的情形颇有些近似:

  他在土坑里埋藏他的宝物,
  古钱、银币、石块、尸首、塑像,空无所有。

到今天,据说有人还会找到一个火药瓶连带几粒子弹,有时也会找出一副满是油污颜色黄红的旧纸牌,那显然是魔鬼们玩过的。特里丰一点没有提到后来发现的那两种东西,因为他生在十二世纪,魔鬼们还不够聪明,不能在罗歇·培根①以前发明火药,也不能在查理六世②以前发明纸牌。

并且,如果有人拿了那种牌去赌博,他一定输到精光;至于那瓶里的火药,它的性能是把你的枪管炸在你脸上。

再说,公安人员怀疑过,那被释放了的苦役犯冉阿让,在他潜逃的那几天里,曾在孟费郿一带躲躲藏藏;过后不久,又有人注意到在同一个村子里,有个叫蒲辣秃柳儿的修路老工人,在那树林里也有些"行动"。那地方的人都说蒲辣秃柳儿坐过苦役牢,他在某些方面还受着警察的监视,由于他四处找不到工作,政府便贱价雇了他在加尼和拉尼间的那条便路上当路工。

那蒲辣秃柳儿是被当地人另眼相看的,他为人过于周到,过于谦卑,见了任何人都连忙脱帽,见了警察更一面哆嗦,一

---

① 罗歇·培根(Roger Bacon),十三世纪英国僧人。
② 查理六世(Charles VI),十四世纪法王。

面送笑脸,有些人说他很可能和某些匪徒有联系,怀疑他一到傍晚便在一些树丛角落里打埋伏。他惟一的嗜好是醉酒。

一般人的传说是这样的:

近来蒲辣秃柳儿的铺石修路工作收工很早,他带着他的十字镐到树林里去了。有人在黄昏时遇见他在那些最荒凉的空地里,最深密的树丛里,好像在寻找什么似的,有时也在地上挖洞。那些过路的婆婆妈妈们撞见了他,还以为是撞见了巴力西卜①,过后才认出是蒲辣秃柳儿,却仍旧放心不下。蒲辣秃柳儿好像也很不喜欢遇见那些过路人。他有意躲避,他显然有不可告人的隐衷。

村子里有些人说:"很明显,魔鬼又出现过了。蒲辣秃柳儿看见了他,他在找。老实说,他要是能捉到个鬼王就算是了不起了。"一些没有定见的人还补充说:"不知道结果是蒲辣秃柳儿捉鬼,还是鬼捉蒲辣秃柳儿。"那些老太婆画了许多十字。

过些时候,蒲辣秃柳儿在那树林里的勾当停下来了,照旧规规矩矩做他的路工工作。大家也就谈旁的事情了。

有些人却仍在思前想后,认为那里面完全不是什么古代传说中的那种虚无缥缈的宝藏,而是一笔比鬼国银行钞票实在些、地道些的横财,那里面的秘密,一定还只被那路工发现一半。"心里最痒"的人是那小学老师和客店老板德纳第,那小学老师和任何人都有交情,对于蒲辣秃柳儿也不惜结为朋友。

"他坐过苦役牢吗?"德纳第常说,"哼!我的天主!谁也

---

① 巴力西卜(Belzébuth),又译"别西卜",《圣经·马太福音》中之鬼王。

不知道今天有谁在坐牢,也没有人知道明天谁会去坐牢。"

有一天晚上,那小学老师肯定说要是在从前,官家早去调查过蒲辣秃柳儿在树林里做的那些事了,一定也向他了解过,必要时也许还要动刑,蒲辣秃柳儿大致也就供了,他决受不了,比方说,那种水刑。

"我们给他来一次酒刑。"德纳第说。

他们四个人一道,请那路工喝酒。蒲辣秃柳儿大喝了一阵,说话却不多。他以高超的艺术和老练的手法和他们周旋,既能像醉鬼那样开怀畅饮,也能像法官那样沉默寡言。可是德纳第和那小学老师一再提问,把他无意中透露出来的几句费解的话前后连贯起来,紧紧向他追逼,他们认为已了解到这样一些情况:

有一天早晨,蒲辣秃柳儿在拂晓时去上工,看见在树林的一角,一丛荆棘下面,有一把锹和一把镐,好像是别人藏在那里的。同时他想到很可能是那挑水工人西弗尔爷爷的锹和镐,也就不再细想了。可是在当天傍晚,他看见一个人从大路向那树林最密的地方走去,而他自己却不会被人家看见,因为有棵大树遮住了他,他发现"那完全不是个本乡人,并且还是他,蒲辣秃柳儿非常熟识的一个老相知"。据德纳第推测,"是个同坐苦役牢的伙伴了"。蒲辣秃柳儿坚决不肯说出那个人的姓名。那人当时掮着一包东西,方方的,像个大匣子,或是个小箱子。蒲辣秃柳儿颇为诧异。七八分钟过后,他才忽然想起要跟着那"老相知"去看看。但是已经太迟了,那老相知已走进枝叶茂密的地方,天也黑了,蒲辣秃柳儿没能跟上他。于是他决计守在树林外边窥察。"月亮上山了。"两三个钟头过后,蒲辣秃柳儿看见他那老相知又从树丛里出来,可是他现在掮的不是那只小箱,而是一把镐和一把锹。蒲辣秃柳儿让那老相知走了过去,并没有想到要去和他打交道,因为他心想那人的力气比他大三倍,还拿着镐,如果认出了他,并且发现自己已被人识破,就很可能揍死他。旧雨重逢竟如此倾心相待,真使人感叹。蒲辣秃柳儿又猛然想起早晨隐在那荆棘丛中的锹和镐,他跑去瞧,可是锹不在,镐也不在了。他从而作出结论,认为他那老相知在走进树林以后,便用他那把镐挖了一个坑,把他那箱子埋了下去,又用锹填上土,掩了那坑。况且那箱子太小,装不了一个死人,那么它装的一定是钱了。因此,他要找。蒲辣秃柳儿已把整个树林都研究过,猜测过,搜索过,凡是有新近动土迹象的地方他都翻看过。毫无所得。

他什么也没有"逮住"。在孟费郿也就没有人再去想它了。不过还有几个诚实的老婆子在说:"可以肯定,加尼的那个路工决不会无缘无故地费那么大劲,魔鬼是一定又来过了。"

三 一定是事先作了准备,才会一锤敲断脚镣

同在那一年,一八二三年,十月将完时,土伦的居民都看见战船"俄里翁号"回港;那条战船日后是停在布雷斯特充练习舰用的,不过在当时隶属于地中海舰队,因为受了大风灾的损害,才回港修理。

那条艨艟巨舰在海里遇了风灾,损伤严重,在驶进船坞时很费了些劲。我已记不起它当时挂的是什么旗,它照例应当接受那十一响礼炮,它也一炮还一炮,总共是二十二炮。礼炮,是王室和陆海军的礼节,是互致敬意的轰鸣,军容的标志,

船坞和炮垒的例规,日出日落,开城关城,诸如此类的事,都得由所有的炮垒和所有的战船鸣炮致敬;有人计算过,文明世界在整个地球上鸣放礼炮,每二十四小时要放十五万发,毫无一点用处。按每发六法郎计算,每天就是九十万法郎,每年三千万,全化成了一缕青烟。这不过是件小事。与此同时,穷人却死于饥饿。

一八二三年是复辟王朝所谓的"西班牙战争①时期"。

那次战争在一件事里包含了许多事,并且还有许多奇特之处。那是波旁族的一件重大的家事,法兰西的一支援助和保护了马德里的一支,就是说,维持嫡系承继权的举动,我国民族传统的一次表面的规复;自由主义派报刊称为"安杜哈尔②英雄"的昂古莱姆公爵先生,以一种和他平日镇静态度不大相称的得意之色,抑制了和自由主义派的空想恐怖政策敌对的宗教裁判所的实在的老牌恐怖政策;以赤膊鬼③称号再次出现的无套裤汉④使那些享用亡夫赡养费的寡妇们惊骇万状;还有称进步为无政府状态而横加阻扰的专制主义;在颠覆活动中突然中断过的一七八九年的各种理论;全欧洲对风行

---

① 西班牙战争,一八二〇年西班牙政权转入自由主义者手中,削弱了专制制度和天主教的统治,俄奥普法四国王室决定进行武装干涉,恢复专制统治。一八二三年,十万法军在当时法国国王路易十八之侄昂古莱姆公爵指挥下入侵西班牙;因政府军中许多将军在被收买后倒戈迎敌,法军遂轻易镇压了西班牙资产阶级革命。
② 安杜哈尔(Andujar),城名,在西班牙南部,昂古莱姆公爵在此发布文告,企图调和保王党与自由主义派,无效。
③ 赤膊鬼(descamisados),原指一八二〇年发动西班牙革命的自由主义派。
④ 无套裤汉(Sans-culottes),指法国十八世纪资产阶级革命时期的平民,当时短裤和长统袜是贵族的服饰。

全世界的法兰西思想进行的恫吓;带上羽林军士的红呢肩章、以志愿军人的姿态参加镇压各族人民的君王十字军并和法兰西的儿子、大军统帅并肩作战、化名为查理-阿尔贝的加里昂亲王;休息了八年、已经衰老、又带上白色帽徽①垂头丧气地走上征途的帝国士兵;由少数英勇的法国人在国境外高高举起的三色旗令人想起三十年前在科布伦茨②出现的白旗;混在我们队伍里的僧侣;被枪刺镇压下去的争取自由和革新的精神;被炮弹挟制住的主义;以武力摧毁自己在思想方面的成就的法兰西;还有,被收买的敌军将领,进退失据的士兵,被亿万金钱围攻着的城市;没有战斗危险却有爆炸可能,正如突然闯进一个炸药坑里那样;流血不多,荣誉不多,几乎个个都有愧色,但无人感到光荣;以上这些,便是西班牙战争,是由路易十四后代中的一些王爷所发动、由当年拿破仑部下的一些将军所导演的。它有这样一种愁惨的特性:既不足比拟前人任何伟大的军事行动,也不能比拟前人任何伟大的政治策略。

有几次战役是严肃的,例如特罗卡德洛③的占领,便是一次比较壮丽的军事行动;但是,从总的说来,我们再重复一次,那次战争中的号角既然吹得不响亮,整个动机既暧昧不明,历史也就证实了法兰西确是难于接受那种貌似而实非的光荣。西班牙的某些奉命守土的军官,显然是退让得太轻易了,令人想见贿赂在那种胜利当中所起的腐蚀作用;好像我们赢得的不是战争,而是一些将军,以致胜利回国的士兵羞惭满面。那

---

① 白色帽徽,代表波旁王室。
② 科布伦茨(Coblentz),德国城名,一七九二年,法国逃亡贵族曾在那里组织反革命军队。
③ 特罗卡德洛(Trocadero),西班牙保卫战中加的斯港的堡垒名。

确是一次丢人的战争,旌旗掩映中透露出"法兰西银行"的字样。

在一八〇八年轰轰烈烈攻破萨拉戈萨①的士兵们,到了一八二三年,看见那些要塞都轻易开门迎敌,他们都皱起了眉头,叹惜自己没有遇到帕拉福克斯②。法兰西的性格欢迎罗斯托普金③更胜于巴列斯帖罗斯④。

还有一点更为严重,值得强调的,便是那次战争在法国,既伤害了尚武精神,也激怒了民主思想。那是一种奴役人民的事业。法国的士兵是民主思想的儿子,可是在那次战役里,它的任务却是要把枷锁强加在别人的颈上。可耻的不合情理。法兰西的使命是唤醒各族人民的心灵,并不是加以压制。自从一七九二年以来,整个欧洲的革命都是和法国革命分不开的,自由之光从法兰西辐射出去,有如日光的照耀。有眼无珠的人才会瞧不见!这话是波拿巴说的。

一八二三年的战争是对善良的西班牙民族的暴行,同时也是对法兰西革命的暴行。而那种侵犯别人的丑恶暴行,却是法兰西犯下的,并且是强暴的侵犯,因为一切军事行动,除了解放战争以外,全是强暴的侵犯。"被动的服从"这个词就足以表达。军队是一种奇怪的杰作,是由无数薄弱意志综合而成的力量。这样可以说明战争,战争是人类在不由自主的情况下对人类进行侵犯的行为。

---

① 萨拉戈萨(Saragosse),西班牙城名,一八〇八年拿破仑军队攻了七个月,方始攻克。
② 帕拉福克斯(Palafox),守萨拉戈萨城的英勇将领。
③ 罗斯托普金(Rostopchine),一八一二年拿破仑侵俄时的莫斯科总督。
④ 巴列斯帖罗斯(Ballesteros),一八二三年西班牙抗战将领。

对波旁族来说,一八二三年战争正是他的致命伤。他们以为那次战争是一种胜利。他们完全没有看出用强制方法扼杀一种思想的危险。他们在那种天真的想法上,竟会错误到想用犯罪的方法来加强自己统治的力量,而不知道罪行只能大大削弱自己。宵小的伎俩已经渗透了他们的政治。一八三〇①已经在一八二三里发芽。西班牙战役在他们的内阁会议上成了武力成功或神权优胜的论争点。法国既然能在西班牙恢复"至尊"的地位,在自己国内自然也就可以恢复专制的君主。他们把军人的服从误认为国民的同意,那是一种可怕的错误。那种信任便是王位倾覆的由来。在毒树的阴影下和军队的阴影下,都不是酣睡的地方。

我们回转来谈那战船"俄里翁号"。

当亲王统帅②率领的军队正在作战时,有一队战船也正穿渡地中海。我们刚才已经说过,"俄里翁号"正是属于那一舰队的,由于海上的风暴,已经驶返土伦港。

一条战船在港内出现,就有一种说不出的吸引群众的力量。那是因为那东西确是伟大,群众所喜爱的也正是伟大的东西。

战船可以显示出人力和天工的极宏伟的汇合。

战船同时是由最重和最轻的物质构成的,因为它和固体、液体、气体三种状态的物质都发生关系,又得和那三种中的每一种进行斗争。它有十一个铁爪,用以抓住海底的岩石,它比蝴蝶还有更多的翅膀和触须,借以伸入云端,招引风力。它从

---

① 一八三〇年七月革命推翻了波旁王朝。
② 亲王统帅,指昂古莱姆公爵。

那一百二十门大炮吐气,好像是奇大的号筒,用以回答雷霆,也无逊色。海洋想使它在那千里一色的惊涛骇浪中迷失方向,但是船有它的灵魂,有它那只始终指向北方,替它担任向导的罗盘。在黑夜里,它有代替星光的探照灯。这样,它有帆、索以御风,有木以防水,有铁、铜、铅以防礁,有灯光以防黑暗,有舵以防茫茫的大海。

如果有人要见识见识战船的庞大究竟达何程度,他只须走进布雷斯特或土伦的那种有顶的六层船坞。建造中的战船,不妨说,好像是罩在玻璃罩里似的。那条巨梁是一根挂帆的横杠,那根倒在地上长到望不见末梢的柱子,是一根大桅杆。从它那深入坞底的根算起,直达那伸在云中的尖端,它有六十脱阿斯长,底的直径也有三尺。英国的大桅杆,从水面算起,就有二百十七英尺高。我们前一辈的海船用铁缆,我们今天的海船用铁链。从一艘有一百门炮的战船来说,单是它的链子堆起来就有四尺高,二十尺长,八尺宽。并且造那样一条船,需要多少木料呢?三千立方公尺。那是整个森林在水上浮动。

此外,我们还得注意,我们在此地谈的只是四十年前的战船,简单的帆船。蒸汽在当时还处在幼稚时期,后来才出现那种巧夺天工的新式军舰。到今天,比方说,一条机帆两备、具有螺旋推进器的船,那真是一种骇人的机器,它的帆的面积达三千平方公尺,汽锅有二千五百匹马力。

不谈这些新的奇迹,克里斯托夫·哥伦布①和吕泰尔②

---

① 克里斯托夫·哥伦布(Christophe Colomb),十五世纪末发现美洲的航海家。
② 吕泰尔(Ruyter),十七世纪荷兰海军元帅。

所乘的古代船舶就已是人类的伟大杰作了。它有用不完的动力,犹如太空中有无限的气流,它把风兜在帆里,它在茫茫大海中从不迷失方向,它乘风破浪,来往自如。

可是有时也会忽然起一阵狂风,把那六十尺长的帆杠当作麦秸似的一折两段,把那四百尺高的桅杆吹得像根芦苇,反复摇晃;体重万斤的锚,也会在狂澜中飘荡翻腾,如同渔人的钓钩,落在鲸鲵的口里;魔怪似的大炮,发出了悲哀的吼声,可是黑夜沉沉,海天寥廓,炮声随风消失,四顾渺冥;那一切威力,那一切雄姿,都沉没在另一种更高更大的威力和雄姿下面了。

人们见一种盛极一时的力量忽然走上末路,总不免黯然深思。因而海港边常有无数闲人,围着那些奇巧的战舰和航船,伫立观望,连他们自己也无法很好说明这究竟是为了什么。

所以每天从早到晚,在土伦的那些码头、堤岸、防波堤上,都站满了成群的无所事事的人和吊儿郎当的人,照巴黎人的说法,他们的正经事便是看"俄里翁号"。

"俄里翁号"是一条早已有了毛病的船。在它已往的历次航行中,船底上已结聚了层层的介壳,以致它航行的速度降低了一半,去年又曾把它拖出水面,剔除介壳,随后又下海了。但是那次的剔除工作损伤了船底的螺栓。它走到巴利阿里群岛时,船身不得劲,开了裂,由于当时的舱底还没有用铁皮铺底,那条船便进了些水。一阵暴风吹来,使船头的左侧和一扇舷窗破裂,并且损坏了前桅绳索的栓柱。由于那些损害,"俄里翁号"又驶回了土伦港。

它停在兵工厂附近,一面调整设备,一面修理船身。在右舷一面,船壳没有受伤,但是为了使船身内部的空气流通,依照习惯,揭开了几处舷板。

有一天早晨,观众们目击了一件意外的事。

当时海员们正忙着上帆。负责管理大方帆右上角的那个海员忽然失了平衡。他身体摇晃不定,挤在兵工厂码头上的观众们齐声叫喊,只见他头重脚轻,绕着那横杠打转,两手临空;他在倒下去时,一手抓住了一根踏脚的绳环,另一只手也立即一同抓住,便那样悬在空中。他下面是海,深极了,使他头晕目眩。他身体落下时的冲力撞着那绳子在空中强烈摆动。那人吊在绳的末端,荡来荡去,就像投石带①上的一块石子。

去救他吧,就得冒生命的危险,好不骇人。船上的海员们全是些新近募来当差的渔民,没有一个敢挺身救险。那时,那不幸的帆工气力渐渐不济,人们看不见他脸上的痛苦,却都看得出他四肢的疲乏。他两臂直直地吊在空中,竭力抽搐。他想向上攀援,但是每用一次力,都只能增加那绳子的动荡。他一声也不喊,恐怕耗费气力。大家都眼望着他不久就要松手放弃绳子,所有的人都不时把头转过去,免得看见他下落时的惨象。人的生命常常会系在一小段绳子、一根木杆、一根树枝上,眼见一个活生生的人,好像一个熟了的果子似的,离开树枝往下落,那真是惨不忍睹。

大家忽然看见一个人,矫捷如猫虎,在帆索中间攀登直上。那人身穿红衣,这是苦役犯,他戴一顶绿帽,这是终身苦

---

① 投石带,古代武器,一手握带的两端,带的中间置一石子或铁弹,抛掷出去,可以打人。

役犯了。攀到桅棚上面时,一股风吹落了他的帽子,露出了一头白发,他原来不年轻。

那确是一个苦役犯,代替狱中苦役他被调来船上工作,他在刚刚出事时便已跑去找那值班军官,正在全船人员上上下下都惊慌失措束手无策时,他已向军官提出,让他献出生命救那帆工。军官只点了一下头,他就一锤敲断了脚上的铁链,取了一根绳子,飞上了索梯。当时谁也没有注意他那条铁链怎么会那样容易一下便断了。只是在事后大家才回忆起来。

一眨眼,他已到了那横杠上面。他停了几秒钟,仿佛是在估计那距离。他望着那挂在绳子末端的帆工在风中飘荡,那几秒钟,对立在下面观望的人来说,竟好像是几个世纪似的。后来,那苦役犯两眼望着天空,向前走上一步。观众们这才喘了口气。大家望见他顺着那横杠一气向前跑去。跑到杠端以后,他把带去的那根绳子一头结在杠上,一头让它往下垂,接着两手握住绳子,顺势滑下,当时人人心中都有一种说不出的焦急,现在临空悬着的不是一个,而是两个人了。

好像一个蜘蛛刚捉住一只飞虫,不过那是只救命的蜘蛛,而不是来害命的。万众的目光全都盯着那一对生物。谁也没有喊一声,谁也没有说句话,大家全皱着眉头一齐战栗。谁也不肯吐一口气,仿佛吐气会增加风力,会使那两个不幸的人更加飘荡不定似的。

那时,苦役犯已滑到海员的身边。这正是时候,如果再迟一分钟,那人力尽绝望,就会落进深渊;苦役犯一手抓住绳子,一手用那绳子把他紧紧系住。随后,大家望着他重上横杠,把那海员提上去;他又扶着他在那上面立了一会,让他好恢复气力,随后,他双手抱住他,踏着横杠,把他送回桅棚,交给他的伙伴们。

这时,观众齐声喝彩,有些年老的禁子还淌下眼泪,码头上的妇女都互相拥抱,所有的人都带着激发出来的愤怒声一齐喊道:"应当赦免那个人。"

而他呢,那时是遵守规则的,立即下来,赶快归队去干他的苦活。为了早些归队,他顺着帆索滑下,又踏着下面的一根帆杠向前跑。所有的人的眼睛都跟着他。一时,大家全慌了,也许他疲倦了,也许他眼花,大家看见他仿佛有点迟疑,有点摇晃。观众突然一齐大声叫了出来:那苦役犯落到海里去了。

那样摔下去是很危险的。轻巡洋舰"阿尔赫西拉斯号"①当时停泊在"俄里翁号"旁边,那可怜的苦役犯正掉在那两条船的中间。可虑的是他会被冲到这一条或那一条船的下面去。四个人连忙跳上一条舢板。观众也一齐鼓励他们,所有的人的心又焦急起来了。那个人再没有浮上水面。他落到海里,水面上没起一丝波纹,这就好像是落进油桶似的。大家从水上打捞,也泅到海底寻找。毫无下落。大家一直找到傍晚,尸体也同样找不到。

第二天,土伦的报纸上,登了这样几句话:

> 一八二三年十一月十七日。昨天,有个在"俄里翁号"船上干活的苦役犯,在救了一个海员回队时,落在海里淹死。没能找到他的尸体。据推测,他也许陷在兵工厂堤岸尽头的那些尖木桩下面。那人在狱里的号码是九四三〇,名叫冉阿让。

---

① 阿尔赫西拉斯(Algésiras),西班牙港口,位于直布罗陀海峡一侧。这条船以城市命名。

第三卷 完成他对死者的诺言

一 孟费郿的用水问题

孟费郿位于利弗里和谢尔之间,在乌尔克河与马恩河间那片高原的南麓。今天,这已是个相当大的市镇了,全年都一样,粉墙别墅,星期日更有兴高采烈的士绅们。一八二三年的孟费郿却没有这样多的粉墙房屋,也没有这样多的得意士绅。那还只是个林木中的乡村。当时零零落落只有几所悦目的房屋,气势轩敞,有盘花铁栏杆环绕着的阳台,长窗上的小块玻璃在紧闭着的白漆的百叶窗上映出深浅不同的绿色,可以看出,那些房屋是前一世纪留下来的。可是孟费郿还仍旧只是个村子。倦游的商贾和爱好山林的雅士们还没有发现它。那是一片平静宜人、不在任何交通线上的处所,那里的人都过着物价低廉、生计容易、丰衣足食的乡村生活。美中不足的是地势较高,水源缺乏。

人们取水,就得走一段相当远的路。村里靠近加尼那头的居民要到林里一处幽胜的池塘边才能取到水;住在礼拜堂附近靠谢尔那边的人,必须到离谢尔大路不远、到孟费郿约莫一刻钟路程的半山腰里,才能从一处小泉里取得饮水。

因此水的供应对每一家来说都是件相当辛苦的工作。那些大户人家,贵族阶级,也就是德纳第客店所属的那个阶级,通常花一文钱向一个以挑水为业的老汉换一桶水,那老汉在孟费郿卖水,每天大致可以赚八个苏;可是他在夏季只工作到傍晚七点,冬季只工作到五点;天黑以后,当楼下的窗子都关上时,谁没有水喝就得自己去取,或者就不喝。

那正是小珂赛特最害怕的事,那个可怜的小妞儿,读者也许还没有忘记吧。我们记得,珂赛特在德纳第夫妇的眼里是有双重用处的:他们既可从孩子的母亲方面得到钱,又可从孩子方面得到劳力。因此,当她母亲完全停止寄钱以后——我们在前几章里已经知道她停止寄款的原因——德纳第夫妇却仍扣留珂赛特。她替他们省下了一个女工。她的地位既是那样,每逢需要水时,她便得去取。那孩子每次想到要在黑夜里摸到泉边取水,便胆战心惊,所以她非常留意,从不让东家缺水。

在孟费郿,一八二三年的圣诞节过得特别热闹。初冬天气温和,没有冰冻,也还没有下雪。从巴黎来了几个耍把戏的人,他们得了乡长先生的许可,在村里的大街上搭起了板棚,同时还有一帮走江湖的商贩,也得到同样的通融,在那礼拜堂前面的空坪上搭了一些临时铺面,并且一直延伸到面包师巷里,我们也许还记得,德纳第的客店正是在那条巷子里。所有的客店和酒店都挤满了人,给这清静的小地方带来了一片热闹欢腾的气象。还有一件事,我们应当提到,这才不失为忠实的话古者。陈列在空坪上的那些光怪陆离的东西中,有个动物陈列馆,那里有几个小丑,真不知道那些人是从什么地方来的,衣服破烂,相貌奇丑,他们在一八二三年便已拿着一头巴西产的那种吓人的秃鹫给孟费郿的乡民看,那种秃鹫的眼睛恰像一个三色帽徽①,王家博物馆直到一八四五年才弄到那样一只。自然科学家称那种鸟为,我想是,卡拉卡拉·波利波鲁斯,属于猛禽类,鹰族。村里有几个善良的退伍老军人,波拿巴的旧部,走去看了那只鸟,恋主之情油然而起。要把戏的人宣称那三色帽徽式的眼睛是一种独一无二的现象,是慈悲的天主特为他们那动物陈列馆创造出来的。

就在圣诞节那天晚上,有好些人,几个赶车的和货郎,正在德纳第客店的那间矮厅里围着桌上的四五支蜡烛,坐着喝酒。那间厅,和所有酒食店的厅堂一样,有桌子、锡酒罐、玻璃瓶、喝酒的人、吸烟的人,烛光暗淡,语声喧杂。可是一八二三那一年,在有产阶级的桌子上,总少不了两件时髦东西:一个万花筒和一盏闪光白铁灯。德纳第大娘正在一只火光熊熊的烤炉前准备晚餐,德纳第老板陪着他的客人喝酒,谈政治。

那些谈话的主要内容是关于西班牙战争和昂古莱姆公爵先生的,从那一片喧杂的人声中也会传出一两段富有地方色彩的谈论,例如:

"靠楠泰尔和叙雷讷②一带,酒的产量相当高。原来估计只有十成的,却产了十二成。榨里流出的汁水非常多。""可是葡萄不见得熟吧?""那些地方的葡萄不到熟就得收。要是收熟的,一到春天,酒就要起垢。""那么,那些酒都是淡酒了?""比此地的酒还淡。葡萄还绿的时候就得摘……"

或是一个磨坊工人喊着说:

---

① 三色帽徽,法国革命军的徽志。
② 叙雷讷(Surêne,即 Suresnes),巴黎圣德尼区地名。

"口袋里的东西我们负得了责吗？那里全是小颗小颗的杂种，没法去壳，我们没法开那种玩笑，只好把它们一同送进磨子里去，里面有稗籽、茴香籽、瞿麦籽、鸠豆、麻籽、嘉福萝籽、狐尾草籽，还有一大堆其他的玩意儿，还不算有些麦子里的小石子，尤其是在布列塔尼地方的麦子里，特别多。我真不爱磨布列塔尼麦子，好像锯木板的工人不爱锯有钉子的方料一样。您想想那样磨出来的灰渣子吧。可是人家还老埋怨说面粉不好。他们不了解情况。那种面粉不是我们的错误。"

在两个窗口间，有一个割草工人和一个场主坐在桌旁，正在商量来春草场的工作问题，那割草工人说：

"草湿了，一点坏处也没有，反而好割。露水是种好东西，先生。没有关系，那草，您的草，还嫩着呢，不好办。还是那样软绵绵的，碰着刀口就低头……"

珂赛特待在她的老地方，她坐在壁炉旁一张切菜桌子下面的横杆上。她穿的是破衣，赤着脚，套一双木鞋，凑近炉火的微光，在替德纳第家的小姑娘织绒线袜。有一只小小猫儿在椅子下游戏。可以听到隔壁屋子里有两个孩子的清脆的谈笑声，这是爱潘妮和阿兹玛。

壁炉角上，挂着一根皮鞭。

有个很小的孩子的哭声不时从那房里的某处传到餐厅，在那片嘈杂声中显得高而细。那是德纳第大娘前两年冬天生的一个小男孩，她常说："不知为什么，这是天冷的影响。"那小男孩已经三岁刚过一点，母亲喂他奶，但是不爱他。当那小把戏的急叫使人太恼火时，德纳第便说："你的儿子又在鬼哭神号了，去看看他要什么。"妈妈回答说："管他！讨厌的东西。"那没人管的孩子继续在黑暗中叫喊。

467

二　两幅完整的人像

在这部书里我们还只见过一下德纳第夫妇的侧影,现在应当在那两位伉俪的前后左右,从各方面去看个清楚。

德纳第刚过五十岁,德纳第大娘将近四十,那也就是妇女的五十,因此他们夫妻俩,从年龄上说是平衡的。

读者和德纳第大娘有过初次的会见,现在应当还有一些印象,记得她是个高大身材、淡黄头发、红皮肤、肥胖、多肉、阔肩巨腰、魁梧奇伟、行动矫健的妇人,我们曾经说过,市集上常有那种巨无霸似的蛮婆,头发上挂着几块铺路的石块,在人前仰身摆弄,德纳第大娘便是属于那一类型的。她在家里照顾一切,整理床榻,打扫房屋,洗衣,煮饭,作威作福,横冲直撞。她惟一的仆人就是珂赛特,一只伺候大象的小鼠。只要她开口,窗玻璃、家具、人,一切都会震动。她的那张宽脸生满了雀斑,看去就像个漏勺。她有胡子。简直是理想中的那种扮成姑娘的彪形大汉。她骂人的本领特别高强,她夸口自己能一拳打碎一个核桃。假使她没有读过那些小说,假使那母夜叉不曾从那些奇书里学到一些娇声媚态,谁也不会想到她是个妇人。德纳第大娘是那种多情女子和泼辣婆的混合体。人们听到她说话,就会说"这是个丘八";看到她喝酒,就会说"这是个赶骡的车夫";见到她摆布珂赛特,就会说"这是个刽子手"。她在休息时,嘴角还露出一颗獠牙。

德纳第却是个矮小、瘦弱、青脸、见骨露棱、貌似多病而完全健康的人,他那种表里不一的性格从这里已开始表露。他为了防备他人而脸上经常带笑,几乎对所有的人,即使对一个向他讨一文钱而不得的乞丐,也都客客气气。他目光柔滑如黄鼠,面貌温雅如文人。正像德利尔①神甫的那副神气。他的殷勤,表现在喜欢陪着车夫们喝酒。谁也不曾灌醉过他。他经常抽根大烟斗。穿件粗布罩衫,罩衫下是一身旧黑衣裤。他自以为爱好文学和唯物主义。有些人的名字是他时常挂在嘴边、作为他东拉西扯时的引证的,伏尔泰、雷纳尔②、帕尔尼③,而且,说也奇怪,还有圣奥古斯丁④。他自称有"一套"理论,其实完全是骗人的东西,只能说他是个贼学家。哲和贼的微妙区别那是可以理解的。我们记得他妄称自己有过汗马功劳,他常说得天花乱坠,告诉别人说他在滑铁卢战争时是某个第六或第九轻骑队的中士,他单独抵抗一中队杀人不眨眼的骑兵,用自己的身体遮护过一位"受了重伤的将军",并且把他从枪林弹雨中救了出来。因此,在他的门墙上才会有那么一块炮火连天的招牌,地方上的人这才称他那客店为"滑铁卢中士客寓"。他是自由主义者、古典主义者、波拿巴的崇拜者。他曾经申请参加美洲殖民组织⑤。村里的人说他受过传教的教育。

我们认为他只在荷兰受过当客店老板的教育。这一情况

---

① 德利尔(Jacques Delille,1738—1813),法国诗人,法兰西学院院士,维吉尔、密尔顿诗歌的法译者。
② 雷纳尔(Raynal,1713—1796),法国历史学家和哲学家。
③ 帕尔尼(Parny,1753—1814),法国诗人。
④ 圣奥古斯丁(Saint Augustin,354—430),基督教神学家、哲学家、拉丁教父的主要代表,生于北非,395年任北非希波主教。
⑤ 美洲殖民组织,拿破仑失败后,拉勒芒将军(Lallemand)曾企图把一些为波旁王室所不容的人组织起来到美洲去殖民,但未能成功。

复杂的败类,恬不知耻地经常跨在国境上,随时窥测形势,在佛兰德以自称为来自里尔的佛兰德人,在巴黎便自称为法国人,在布鲁塞尔便自称为比利时人。他在滑铁卢的英勇是我们熟悉的。我们知道,他多少夸大了些。风波的一起一伏,人事的曲折变化都成了他谋生的机会,由于心中暧昧,因而身世飘零,这是很可能的,在一八一五年六月十八那个风狂雨疾的日子里,德纳第正是我们先头说过的那种以随军小贩为名、偷盗为实的货色,一路窥伺敌人,和这些人做点买卖,从那些人偷点东西,夫妻孩子一家人全坐上破车,跟着上前线的队伍沿途滚进,凭着自己的本能,始终尾随着打胜仗的军队。那次战役后,用他自己的话说,他有些"油水",便来到孟费郿开客店。

那种油水,无非是些钱包和表、金戒指和银十字架,是他在秋收季节从布满尸体的田地里获得的,数字不大,对这位以随军小贩身份发家的客店老板来说并没有多大帮助。

在德纳第的动作中有种说不出的直线条味道,他咒骂时的语调更会使人想起兵营,画十字时的神气也会使人想起教士培养所来。他能说会道。他乐于让人尊他为博学之士。可是一个小学教师也会发现他常"露马脚"。他在给顾客开账单时也要舞文弄墨,可是有知识的人有时会在那上面发现别字。德纳第为人阴险,贪口福,游手好闲,长于应付。对家里女用人他不难说话,因而他的太太干脆不雇女用人。那泼辣婆娘醋劲大。她觉得她那枯黄干瘪的矮男人可以成为一切女人艳羡的对象。

德纳第的特点是精细阴险,四平八稳,确是个稳扎稳打的恶棍。那种人最恶劣,因为他貌善而心诈。

不要以为德纳第不会像他女人那样发脾气,不过那是很少见的事,可是万一他发作,他是狠到极点的,因为他仇视全人类,因为他心里燃烧着满满一炉怨恨的火,因为他和某些人一样,对人永远采取报复行动,把自己所遭遇的一切,例如合法的要求,生活中的一切失意、破产、受苦受窘的事,都归咎到自己所接触的人身上,并且无时无刻不准备从任何一个落到他手中的人身上取得赔偿,因为那股怨气一直在他的心里膨胀,在他的嘴里眼里焚烧。谁撞在他的怒火头上就得遭殃。

德纳第也有他的长处,例如很谨慎,眼力犀利,根据情况多说或不说话,并且总是保持高度警惕。他有海员对着望远镜眨眼的那种味道。德纳第是个政客。

初次走进客店的人见到德纳第大娘总说:"这一定是这家人的主人了。"没有那回事。她连主妇也不是。主人和主妇,全是她丈夫。她执行,他命令。他有一种连续不断的无形的磁石力量在操纵指使。他说一个字就已发生威力,有时甚至只需丢个眼色,那头大象便惟命是从了。德纳第在他婆娘心中是个独特的主宰,她自己也不甚了然究竟原因何在。她自有一套做人的道德标准,她从来不为一件小事而和"德纳第先生"发生争执,甚至连那样的假设也不会有的,无论发生什么事,她从不当着众人使她丈夫丢面子。她从不犯妇女常犯的那种"出家丑"的错误,也就是用议会的用语来说,所谓揭王冠的那种错误。虽然他们和睦相处的后果只不过是为非作歹,可是德纳第大娘对她丈夫的恭顺却带有虔诚景仰的味儿。那座哼哈咆哮的肉山竟会在一个羸弱专制魔王的小手指下移动,就从那卑微粗鄙的方面看,那也是天地间的一种壮观:是物质对精神的崇拜,因为某些丑恶现象在永恒之美的深

471

度中也还有存在的理由。德纳第有些使人看不透的地方,因而在他们夫妇间产生了那种绝对的主奴关系。某些时候,她把他看作一盏明灯,某些时候,她又觉得他是一只魔掌。

这个妇人是丑恶的创造物,她只爱她的孩子,也只怕她的丈夫。她做了母亲,因为她是哺乳动物。况且她的母爱还只局限在她的两个女儿身上,从不涉及男孩,我们以后还会谈到这种情形。至于他,那汉子,只有一种愿望:发财。

他在这方面毫无成就。蛟龙不得云雨。德纳第在孟费郿已到囊空如洗的地步,假使囊空确能如洗的话,要是那光棍到了瑞士或比利牛斯,他也许早已成为百万富翁。但是命运既已把那个客店老板安顿在那里,他就得在那里啃草根。

这里所说的"客店老板",当然是就狭义而言,并不遍指那整个阶层。

就在一八二三那一年,德纳第负了一千五百法郎左右的紧急债务,使他日夜不安。

无论命运对德纳第是怎样一贯不公平,他本人却极为清醒,能以最透辟的眼光和最现代化的观点去理解那个在野蛮人中称为美德而在文明人中成为交易的问题:待客问题。此外,他还是一个出色的违禁猎人,他的枪法也受到了人们的称羡。他有时会露出一种泰然自若的冷笑,那是特别危险的。

他那些做客店老板的理论,有时会像闪电似的从他头脑里迸射出来。他常把职业方面的一些秘诀灌输到他女人的脑子里。有一天,他咬牙切齿地向她低声说:"一个客店老板的任务便是把肉渣、光、火、脏被单、女用人、跳蚤、笑脸卖给任何一个客人;拉客,挤空小钱包,斯斯文文地压缩大钱包,恭恭敬敬地伺候出门的一家人,剥男人的皮,拔女人的毛,挖孩子的肉;所有开着的窗、关着的窗、壁炉角落、围椅、靠椅、圆凳、矮凳、鸭绒被、棉絮褥子、草荐都得定出价钱;应当知道镜子没有灯光照着就容易坏,也得收取费用,应当想出五十万个鬼主意,要来往的客人付尽一切,连他们的狗吃掉的苍蝇也得付钱!"

这两个男女是一对一唱一随的尖刁鬼和女瘟神,是一对丑毛驴和劣马。

丈夫在挖空心思想方设法时,德纳第大娘,她,却不去想那些还没有登门的债主,她对已往和未来都无忧无虑,只知道放开胸怀过着目前的日子。

那两口子的情形便是如此。珂赛特活在他俩中间,受着两方面的压力,就像一头小动物同时受到磨盘的挤压和铁钳的撕裂。那汉子和那婆子各有一套不同的作风,珂赛特遍体鳞伤,那是从婆子那里得来的,她赤脚过冬,那是从汉子那里得来的。

珂赛特上楼,下楼,洗,刷,擦,扫,跑,忙,喘,搬重东西,一个骨瘦如柴的孩子得做各种笨重的工作。绝对得不到一点怜惜心,却有个蛮不讲理的老板娘,有个毒如蛇蝎的老板。德纳第家的客店就好像是个蜘蛛网,珂赛特被缚在那上面发抖。高度的迫害在那缺德的人家实现了。她仿佛是一只为蜘蛛服务的苍蝇。

那可怜的孩子,反应迟钝,一声也不响。

那些刚离开上帝的灵魂趁着晨曦来到人间,当它们看见自己是那么幼弱,那么赤身露体时,它们会想些什么呢?

三　人要喝酒，马要喝水

新来了四个旅客。

珂赛特很发愁，因为，虽然她还只有八岁，但已受过那么多的苦，所以当她发愁时那副苦相已像个老太婆了。

她有个黑眼眶，那是德纳第大娘一拳打出来的伤痕，德纳第大娘还时常指着说：

"这丫头真难看，老瞎着一只眼。"

珂赛特当时想的是天已经黑了，已经漆黑了，却又突然来了四个客人，她得立即去把那些客人房间里的水罐和水瓶灌上水，但水槽里已没有水了。

幸而德纳第家的人不大喝水，她的心又稍稍安稳了些。口渴的人当然不少，但是那种渴，在他们看来，水解不如酒解。大家都喝着酒，要是有个人要喝水，所有那些人都会觉得他是个蛮子。可是那孩子还是发了一阵抖：炉上一口锅里的水开了，德纳第大娘揭开了锅盖，又拿起一只玻璃杯，急急忙忙走向那水槽。她旋开水龙头，那孩子早已抬起了头，注视着她的一举一动。一线细水从那龙头里流出来，注满了那杯子的一半。"哼，"她说，"水没了！"接着，她没有立即开口说什么。那孩子也屏住了气。

"就这样吧！"德纳第大娘一面望着那半满的杯子，一面说，"这样大概也够了。"

珂赛特照旧干她的活，可是在那一刻钟里，她觉得她的心就像一个皮球，在胸腔里直跳。

她一分一秒地数着时间的流逝，恨不得一下子便到了第二天的早晨。

不时有一个酒客望着街上大声说:"简直黑得像个洞!"或是说:"只有猫儿才能在这种时刻不带灯笼上街!"珂赛特听了好不心惊肉颤。

忽然有一个要在那客店里过夜的货郎走进来,厉声说:

"你们没有给我的马喝水。"

"给过了,早给过了。"德纳第大娘说。

"我说您没有给过,大娘。"那小贩说。

珂赛特从桌子底下钻出来。

"呵,先生,确是给过了,"她说,"那匹马喝过了,在桶里喝的,喝了一满桶,是我送去给它喝的,我还和它说了许多话。"

那不是真话,珂赛特在说谎。

"这小妞还只有一个拳头大却已会撒弥天大谎了,"那小贩说,"小妖精!我告诉你,它没有喝。它没有喝,吐气的样子就不一样,我一眼就看得出来。"

珂赛特继续强辩,她急了,嗓子僵了,语不成声,别人几乎听不清她在说什么:

"而且它喝得很足!"

"够了,"那小贩动了气,"没有的事,快拿水给我的马喝,不要啰嗦!"

珂赛特又回到桌子下面去了。

"的确,这话有理,"德纳第大娘说,"要是那牲口没有喝水,当然就得喝。"

接着,她四面找。

"怎么,那一个又不见了?"

她弯下腰去,发现珂赛特蜷做一团,缩到桌子的那一头去了,几乎到了酒客们的脚底下。

"你出来不出来?"德纳第大娘吼着说。

珂赛特从她那藏身洞里爬出来。德纳第大娘接着说:

"你这没有姓名的狗小姐,快拿水去喂马。"

"可是,太太,"珂赛特细声说,"水已经没有了。"

德纳第大娘敞开大门说:

"没有水?去取来!"

珂赛特低下了头,走到壁炉角上取了一只空桶。

那桶比她人还大,那孩子如果坐在里面,决不会嫌小。

德纳第大娘回到她的火炉边,拿起一只木勺,尝那锅里的汤,一面叽里咕噜说道:

"泉边就有水。这又不是什么了不起的事。我想不放葱还好些。"

随后她翻着一只放零钱、胡椒、葱蒜的抽屉。

"来,癞蛤蟆小姐,"她又说,"你回来的时候,到面包店去带一个大面包来。钱在这儿,一枚值十五个苏的钱。"

珂赛特的围裙侧面有个小口袋,她一声不响,接了钱,塞在口袋里。

她提着桶,对着那扇敞开着的大门,立着不动。她好像是在指望有谁来搭救她。

"还不走!"德纳第大娘一声吼。

珂赛特走了。大门也关上了。

四 娃娃上场

那一排敞篷商店,我们记得,是从礼拜堂一直延展到德纳第客店门前的。由于有钱的人不久就要路过那一带去参加夜半弥撒,所以那些商店都已燃起蜡烛,烛的外面也都加上漏斗形的纸罩,当时有个孟费郿小学的老师正在德纳第店里喝酒,他说那种烛光颇有"魅力",同时,天上却不见一颗星。

最后的一个摊子恰恰对着德纳第的大门,那是个玩具铺,摆满了晶莹耀眼的金银首饰、玻璃器皿、白铁玩具。那商人在第一排的最前面,在一块洁白的大手巾前陈列着一个大娃娃,二尺来高,穿件粉红绉纱袍,头上围着金穗子,有着真头发、珐琅眼睛。这宝物在那里陈列了一整天,十岁以下的过路人见了没有不爱的,但是在孟费郿就没有一个母亲有那么多钱,或是说有那种挥霍的习惯,肯买来送给孩子。爱潘妮和阿兹玛在那里瞻仰了好几个钟头,至于珂赛特,的确,只敢偷偷地望一两眼。

珂赛特拿着水桶出门时,尽管她是那样忧郁,那样颓丧,却仍不能不抬起眼睛去望那非凡的娃娃,望那"娘娘",照她的说法。那可怜的孩子立在那儿呆住了。她还不曾走到近处去看过那娃娃。对她来说那整个商店就像是座宫殿,那娃娃也不是玩偶,而是一种幻象。那可怜的小妞,一直深深地沉陷在那种悲惨冷酷的贫寒生活里,现在她见到的,在她的幻想中,自然一齐成为欢乐、光辉、荣华、幸福出现了。珂赛特用她那天真悲愁的智慧去估计那道横亘在她和那玩偶间的深渊。她向她自己说,只有王后,至少也得是个公主,才能得到这样一样"东西"。她细细端详那件美丽的粉红袍,光滑的头发,她心里在想:"这娃娃,她该多么幸福呵!"她的眼睛离不了那家五光十色的店铺。她越看越眼花。她以为看见了天堂。在那大娃娃后面,还有许多小娃娃,她想那一定是一些仙女仙童了。她觉得在那摊子底里走来走去的那个商人有点像永生之父。

在那种仰慕当中,她忘了一切,连别人叫她做的事也忘了。猛然一下,德纳第大娘的粗暴声音把她拉回到现实中来:

"怎么,蠢货,你还没有走!等着吧!等我来同你算账!我要问一声,她在那里干什么!小怪物,走!"

德纳第大娘向街上望了一眼,就望见珂赛特正在出神。

珂赛特连忙提着水桶,放开脚步溜走了。

五　孤苦伶仃的小女孩

德纳第客店在那村里的地点既在礼拜堂附近,珂赛特就得向谢尔方面那片树林中的泉边取水。

她不再看任何商贩陈列的物品了。只要她还走在面包师巷和礼拜堂左近一带地方,总还有店铺里的烛光替她照路,可是最后一个摊子的最后一点微光也终于消逝了。那可怜的孩子便到了黑暗中。她还得走向黑暗的更深处。她向着黑暗更深处走去。只是,因为她的心情已经有些紧张,所以她一面走,一面竭力摇着那水桶的提梁。那样她就有一种声音和她做伴。

她越往前走,四周也越黑。街上行人已经绝迹。可是她还遇到一个妇人,那妇人停下来,转身望着她走过去,嘴里含含糊糊地说:"这孩子究竟有什么地方可去呢?难道她是个小狼精吗?"随后,那妇人认出了是珂赛特,又说:"嘿,原来是百灵鸟!"

珂赛特便那样穿过了孟费郿村靠谢尔一面的那些弯曲、荒凉、迷宫似的街道。只要她还看见有人家,只要她走的路两旁还有墙,她走起来总还相当大胆。有时,她从一家人家的窗板缝里望见一线烛光,那也就是光明,也就是生命,说明那里还有人,她的心也就安了。可是她越往前走,她的脚步好像会自然而然地慢下来。珂赛特,当她过了最后那所房子的墙角,就忽然站住不动了。越过最后那家店铺已经不容易,要越过最后那所房子再往前去,那是不可能的了。她把水桶放在地上,把只手伸进头发,慢慢地搔着头,那是孩子在惊慌到失去主张时特有的姿态。那已不是孟费郿,而是田野了。在她面前是黑暗荒凉的旷地。她心惊胆战地望着那漆黑一片、没有人、有野兽、也许还有鬼怪的地方。她仔细看,她听到了在草丛里行走的野兽,也清清楚楚看见了在树林里移动的鬼影。于是她又提起水桶,恐怖给了她勇气:"管他的!"她说,"我回她说没有水就完了!"她坚决转身回孟费郿。

她刚走上百来步,又停下来,搔着自己的头。现在出现在她眼前的是德纳第大娘,那样青面獠牙、眼里怒火直冒的德纳第大娘。孩子眼泪汪汪地望望前面,又望望后面。怎么办?会有什么下场?往哪里走?在她前面有德纳第大娘的魔影,在她后面有黑夜里在林中出没的鬼怪。结果她在德纳第大娘的面前退缩了。她再走上往泉边去的那条路,并且跑起来。她跑出村子,跑进了林子,什么也不再望,什么也不再听,直到气喘不过来时才不跑,但也不停步。她只顾往前走,什么全不知道了。

她一面赶路,一面想哭出来。

在夜间,森林的簌簌声把她整个包围起来了。她不再想,也不再看。无边的黑夜竟敌视那小小的生命,一方面是整个黑暗的天地,一方面是一粒原子。

从林边走到泉边,只需七八分钟。珂赛特认识那条路,因为这是她在白天常走的。说也奇怪,她当时并没有迷路。多少有些残存的本能在引导她。她的眼睛既不向右望,也不向左望,惟恐看到树枝和草丛里有什么东西。她便那样到达了泉边。

那是从粘土里流出后汇聚而成的一个狭窄的天然水潭,二尺来深,周围生着青苔和一种有焦黄斑痕、名为"亨利四世的细布皱领"的草本植物,还铺了几块大石头。水从潭口潺潺流出,形成一条溪流。

珂赛特不想歇下来喘气。当时四周漆黑,但是她有来这泉边的习惯。她伸出左手,在黑暗中摸索一株斜在水面上的小榭树,那是她平日用作扶手的,她摸到了一根树枝,攀在上面,弯下腰,把水桶伸入水中。她心情异常紧张,以致力气登时增加三倍。当她那样俯身取水时,她没有注意围裙袋里的东西落在潭里了。那枚值十五个苏的钱落下去了。珂赛特既没有看见也没有听见它落下去。她提起那水桶,放在草地上,几乎是满满一桶水。

在这以后,她才觉得浑身疲乏,一点力气也没有了。她很想立刻回去,但是她灌那桶水时力气已经用尽了,她一步也走不动了。她不得不坐下来。她让自己落在草地上,蹲在那儿动不了。

她闭上眼睛,继又睁开,她自己也不知道是为了什么,却又非那样做不可。

桶里的水,在她旁边荡出一圈圈的波纹,好像是些白火舌。

天空中乌云滚滚,有如煤烟,罩在她头上。黑夜那副悲惨面孔好像对着那孩子在眈眈垂视。

木星正卧在天边深处。

那孩子不认识那颗巨星,她神色仓皇地注视着它,感到害怕。那颗行星当时离地平线确是很近,透过一层浓雾,映出一种骇目的红光。浓雾呈惨黯的紫色,扩大了那个星的形象,好像是个发光的伤口。

原野上吹来一阵冷风。树林里一片漆黑,绝无树叶触擦的声音,也绝无夏夜那种半明半昧的清光。高大的杈桠狰狞张舞。枯萎丛杂的矮树在林边隙地上簌簌作声。长高的野草在寒风中像鳗鲡似的蠕蠕游动。榛莽屈曲招展,有如伸出长臂张爪攫人。一团团的干草在风中急走,好像大祸将至,仓皇逃窜似的。四面八方全是凄凉寥廓的旷地。

黑暗使人见了心悸。人非有光不可。任何人进入无光处都会感到心焦。眼睛见到黑暗时心灵也就失去安宁。当月蚀时,夜里在乌黑的地方,即使是最顽强的人也会感到不安。黑暗和树林是两种深不可测的东西。我们的幻想常以为在阴暗的深处有现实的东西。有种无可捉摸的事物会在你眼前几步之外显得清晰逼真。我们时常见到一种若隐若现、可望而不可即、缥缈如卧花之梦的景象在空间或我们自己的脑海中浮动。天边常会有一些触目惊心的形象。我们常会嗅到黑暗中太空的气息。我们会感到恐惧并想朝自己的后面看。黑夜的空旷,凶恶的物形,悄立无声走近去看时却又化为乌有的侧影,错杂散乱的黑影,摇曳的树丛,色如死灰的污池,鬼蜮似的阴惨,坟墓般的寂静,可能有的幽灵,神秘的树枝的垂拂,古怪骇人的光秃树身,临风瑟缩的丛丛野草,对那一切人们是无法抗拒的。胆壮的人也会战栗,也会有祸在眉睫之感。人们会惴惴不安,仿佛觉得自己的灵魂已和那黑暗凝固在一起。对一个孩子来说,黑暗的那种侵袭会使他感到一种无可言喻的可怕。

森林就是鬼宫,在它那幽寂阴森的穹隆下,一只小鸟的振翅声也会令人毛骨悚然。

珂赛特并不了解她所感受的是什么,她只觉得自己被宇宙的那种无边的黑暗所控制。她当时感受的不只是恐怖,而是一种比恐怖更可怕的东西。她打着寒噤。寒噤使她一直冷到心头,没有言语能表达那种奇怪的滋味。她愕然睁着一双眼睛。她仿佛觉得明天晚上的此时此刻她还必须再来此地。

于是,由于一种本能,为了摆脱那种她所不了解而又使她害怕的处境,她高声数着一、二、三、四,一直到十,数完以后,重又开始。她那样做,可使自己对四周的事物有个真实的感觉。她开始感到手冷,那是先头在取水时弄湿的。她站起来。她又恐惧起来了,那是一种自然的、无法克制的恐惧。她只有一个念头:逃走,拔腿飞奔,穿过林子,穿过田野,逃到有人家、有窗子、有烛光的地方。她低头看到了水桶。她不敢不带那桶水逃,德纳第大娘的威风太可怕了。她双手把住桶上的提梁,她用尽力气才提起那桶水。

她那样大致走了十多步,但是那桶水太满,太重,她只得把它重又放下来。她喘了口气,再提起水桶往前走,这回比较走得久一些。可是她又非再停下不可。休息了几秒钟后,她再走。她走时,俯着身子,低着头,像个老太婆,水桶的重量把她那两条瘦胳膊拉得又直又僵,桶上的铁提梁也把她那双湿手冻木了。她不得不走走停停,而每次停下来时,桶里的水总有些泼在她的光腿上。那些事是在树林深处,夜间,冬季,人的眼睛见不到的地方发生的,并且发生在一个八岁的孩子的身上。当时只有上帝见到那种悲惨的经过。

也许她的母亲也看见了,咳!

因为有些事是会使墓中的死者睁开眼来的。

她带着痛苦的喘气声呻吟,一阵阵哭泣使她喉头哽塞,但她不敢哭,她太怕那德纳第大娘了,即使她离得很远。她常想象德纳第大娘就在她的附近,那已成了她的习惯。

可是她那样并走不了多远,并且走得很慢。她妄想缩短停留的时间,并尽量延长行走的时间。她估计那样走法,非一个钟头到不了孟费郿,一定会挨德纳第大娘的一顿打,她心中焦灼万分。焦灼又和独自一人深夜陷在林中的恐怖心情绞成一团。她已困惫不堪,但还没有走出那林子。她走到一株熟悉的老槲树旁,作最后一次较长的停顿,以便好好休息一下,随后她又集中全部力气,提起水桶,鼓足勇气往前走。可是那可怜的伤心绝望的孩子不禁喊了出来:

"呵!我的天主!我的天主!"

就在那时,她忽然觉得她那水桶一点也不重了。有一只手,在她看来粗壮无比,抓住了那提梁,轻轻地就把那水桶提起来了。她抬头望。有个高大直立的黑影,在黑暗中陪着她一同往前走。那是一个从她后面走来而她没有发现的汉子。那汉子,一声不响,抓住了她手里的水桶的提梁。

人有本能适应各种不同的遭遇。那孩子并不怕。

六 这也许可以证明蒲辣秃柳儿的聪明

也就是在一八二三年圣诞节那天下午,有一个人在巴黎医院路最僻静的一带徘徊了好一阵。那个人好像是在寻一个住处,并且喜欢在圣马尔索郊区贫苦的边缘地带的那些最朴素的房屋面前停下来观望。

我们以后会知道,那人确在那荒僻地区租到了一间屋子。

那人,从他的服装和神气看去,是极其穷苦而又极其整洁的,可以说是体现了人们称为高等乞丐的那一种。那种稀有的混合形态能使有见识的人从心中产生一种双重的敬意,既敬其人之赤贫,又敬其人之端重。他戴一顶刷得极干净的旧圆帽,穿一身已经磨到经纬毕现的赭黄粗呢大衣(那种颜色在当时是一点也不奇怪的),一件带口袋的古式长背心,一条膝头上已变成灰色的黑裤,一双黑毛线袜和一双带铜扣襻的厚鞋。他很像一个侨居国外归国在大户人家当私塾老师的人。他满头白发,额上有皱纹,嘴唇灰白,饱尝愁苦劳顿的脸色,看去好像已是六十多的人了。可是从他那慢而稳健的步伐,从他动作中表现出来的那种饱满精神看去,我们又会觉得他还只是个五十不到的人。他额上的皱纹恰到好处,能使注意观察的人对他发生好感。他的嘴唇嘬起,有种奇特的线条,既严肃又谦卑。他的眼睛里显出一种忧郁恬静的神情。他左手提着一个手结的毛巾小包袱,右手拿着一根木棍,好像是从什么树丛里砍来的。那根棍是仔细加工过的,样子并不太难看;棍上的节都巧加利用,上端装了个珊瑚色的蜜蜡圆头,那是根棍棒,也像根手杖。

那条路上的行人一向少,尤其是在冬季。那个人好像是要避开那些行人,而不是想接近他们,但也没有露出故意回避的样子。

那时,国王路易十八几乎每天都要去舒瓦齐勒罗瓦。那是他爱去游息的地方。几乎每天将近两点时,国王的车子和仪仗队就会在医院路飞驰而过。

对那一带的穷婆来说,那便是她们的钟表了,她们常说:"两点了,他已经回宫了。"

有跑来看热闹的人,有挤在路边的人,因为国王经过,总是一件惊扰大家的事。国王在巴黎的街道上忽来忽往,总不免引起人心一度紧张。他那队伍,转瞬即逝,却也威风。肢体残废的国王偏有奔腾驰骤的嗜好,他走还走不动,却一定要跑,人瘫也想学雷电的奔驰。当时他正经过该地,神气平静庄严,雪亮的马刀簇拥着他。他那辆高大的轿式马车,全身金漆,镶板上都画着大枝百合花,在路上滚得忒楞楞直响。人们想看一眼也几乎来不及。在右边角落里一个白缎子的软垫上面,有张坚定绯红的宽脸,额头上顶着一个刚刚扑过粉的御鸟式假发罩,一双骄横锐利的眼睛,一脸文雅的笑容,一身绅士装,外加两块金穗累累的阔肩章,还有金羊毛骑士勋章、圣路易十字勋章、光荣骑士十字勋章、圣灵银牌、一个大肚子和一条宽的蓝佩带,那便是国王了。一出巴黎城,他便把他那顶白羽帽放在裹着英国绑腿的膝头上,进城时,他又把他那顶帽子戴在头上,不大理睬人。他冷眼望着人民,人民也报以冷眼。他初次在圣马尔索出现时,他所得到的惟一胜利,便是那郊区的一个居民对他伙伴说的这样一句话:"这胖子便是老总了。"

国王准时走过,对医院路而言这是件天天发生的大事。

那个穿黄大衣的步行者显然不是那一区的人,也很可能不是巴黎人,因为他不知道这一情况。当国王的车子在一中队穿银绦制服的侍卫骑兵的护卫下,从妇女救济院转进医院路时,他见了有些诧异,并且几乎吃了一惊。当时那巷子里只有他一人,他连忙避开,立在一堵围墙的墙角后面,但已被哈福雷公爵先生看见了。哈福雷公爵先生是那天值勤的卫队长,他和国王面对面坐在车子里。他向国王说:"那个人的嘴脸相当难看。"在国王走过的路线上沿途巡逻的一些警察也注意到他,有个警察奉命去跟踪他。但是那人已隐到僻静的小街曲巷里去了,后来天色渐黑,警察便没能跟上他。这一经过曾经列在国务大臣兼警署署长昂格勒斯伯爵当天的报告里。

那个穿黄大衣的人逃脱了警察的追踪以后便加快脚步,但仍随时往后望,看看是否还有人跟踪他。四点一刻,就是说天已黑了的时候,他走过圣马尔丹门的剧院门口,那天正好上演《两个苦役犯》。贴在剧院门口回光灯下的那张海报引起了他的注意,因为,他当时虽走得很快,但仍停下来看了一遍。一会儿过后,他便到了小板巷,走进锡盘公寓里的拉尼车行办事处。车子四点半开出。马全套好了,旅客们听到车夫的叫唤,都连忙爬上那辆阳雀车①的铁梯。

那个人问道:

"还有位子没有?"

----

① 阳雀车,两轮公共马车。

"只有一个了,在我旁边,车头上。"那车夫说。

"我要。"

"请上来。"

可是,起程之先,车夫对旅客望了一眼,看见他的衣服那样寒素,包袱又那么小,便要他付钱。

"您一直去拉尼吗?"车夫问。

"是的。"那人说。

旅客付了直到拉尼的车费。

车子走动了。走出便门以后,车夫想和他攀谈,但是旅客老只回答一两个字。于是车夫决计一心吹口哨,要不就骂他的牲口。

车夫裹上他的斗篷。天冷起来了。那人却好像没有感觉到。大家便那样走过了古尔内和马恩河畔讷伊。

将近六点时,车子到了谢尔。走到设在王家修道院老屋里那家客马店门前时车夫便停了车,让马休息。

"我在此地下去。"那人说。

他拿起他的包袱和棍子,跳下车。

过一会儿,他不见了。

他没有走进那客马店。

几分钟过后,车子继续向拉尼前进,又在谢尔的大街上遇见了他。

车夫转回头向那些坐在里面的客人说:

"那个人不是本地的,因为我不认识他。看他那样子,不见得有钱,可是花起钱来,却又不在乎,他付车费,付到拉尼,但只坐到谢尔。天都黑了,所有的人家都关了门,他却不进那客店,一下子人也不见了。难道他钻到土里去了?"

487

那个人没有钻到土里去,他还在谢尔的大街上,三步当两步摸黑往前走。接着还没有走到礼拜堂,他便向左转进了去孟费郿的那条乡村公路,就像一个曾到过而且也熟悉这地方的人一样。

他沿着那条路快步往前走。从加尼去拉尼的那条栽了树的老路是和他走的那条路交叉的,他走到岔路口,听见前面有人来了。他连忙躲在沟里,等那些人走过。那种小心其实是不必要的,因为,我们已经说过,当时是在十二月的夜晚,天非常黑。天上只隐隐露出两三点星光。

山坡正是在那地点开始的。那人并不回到去孟费郿的那条路上,他向右转,穿过田野,大步走向那树林。

走进树林后他放慢了脚步,开始仔细察看每一棵树,一步一步往前走,好像是在边走边找一条只有他知道的秘密路。有那么一会儿,他仿佛迷失了方向,停了下来,踌躇不决。继又摸一段,走一段,最后,他走到了一处树木稀疏、有一大堆灰白大石头的地方。他兴奋地走向那些石头,在黑夜的迷雾中,一一仔细察看,好像进行检阅似的。有株生满了树瘤的大树长在和那堆石头相距几步的地方。他走到那棵树下面,用手摸那树干的皮,好像他要认出并数清那些树瘤的数目。

他摸的那棵树是榉树,在那榉树对面,有棵害脱皮病的栗树,那上面钉了一块保护树皮的锌皮。他又踮起脚尖去摸那块锌皮。

之后,他在那棵大树和那堆石头之间的地上踏了一阵,仿佛要知道那地方新近是否有人来动过土。

踏过以后,他再辨明方向,重新穿越树林。

刚才遇见珂赛特的便是那个人。

他正从一片矮树林中向孟费郿走来时,望见一个小黑影在一面走一面呻吟,把一件重东西卸在地上,继又拿起再走。他赶上去看,原来是一个提着大水桶的小孩。于是他走到那孩子身边,一声不响,抓起了那水桶的提梁。

七 珂赛特在黑暗中和那陌生人并排走

我们说过,珂赛特没有害怕。

那个人和她谈话。他说话的声音是庄重的,几乎是低沉的。

"我的孩子,你提的这东西对你来说是太重了。"

珂赛特抬起头,回答说:

"是呀,先生。"

"给我,"那人接着说,"我来替你拿。"

珂赛特丢了那水桶。那人便陪着她一道走。

"确是很重。"他咬紧了牙说。

随后,他又说:

"孩子,你几岁了?"

"八岁,先生。"

"你是从远地方这样走来的吗?"

"从树林里泉水边来的。"

"你要去的地方还远吗?"

"从此地去,总得足足一刻钟。"

那人停了一会不曾开口,继又突然问道:

"难道你没有妈妈吗?"

"我不知道。"那孩子回答。

那人还没有来得及开口,她又补充一句:

"我想我没有妈。别人都有。我呢,我没有。"

静了一阵,她又说:

"我想我从来不曾有过妈。"

那人停下来,放下水桶,弯着腰,把他的两只手放在那孩子的肩上,想在黑暗中看清她的脸。

来自天空的一点暗淡的微光隐隐照出了珂赛特的瘦削的面貌。

"你叫什么名字?"那人说。

"珂赛特。"

那人好像触了电似的。他又仔细看了一阵,之后,他从珂赛特的肩上缩回了他的手,提起水桶,又走起来。

过了一阵,他问道:

"孩子,你住在什么地方?"

"我住在孟费郿,您知道那地方吗?"

"我们现在是去那地方吗?"

"是的,先生。"

他又沉默了一下,继又问道:

"是谁要你这时到树林里来提水的?"

"是德纳第太太。"

那人想让自己说话的声音显得镇静,可是他的声音抖得出奇,他说:

"她是干什么的,你那德纳第太太?"

"她是我的东家,"那孩子说,"她是开客店的。"

"客店吗?"那人说,"好的,我今晚就在那里过夜。你领我去。"

"我们正是去那里。"孩子说。

那人走得相当快。珂赛特也不难跟上他。她已不再感到累了。她不时抬起眼睛望着那个人,显出一种无可言喻的宁静和信赖的神情。从来不曾有人教她敬仰上帝和祈祷。可是她感到她心里有样东西,好像是飞向天空的希望和欢乐。

这样过了几分钟,那人又说:

"难道德纳第太太家里没有女用人吗?"

"没有,先生。"

"就你一个吗?"

"是的,先生。"

谈话又停顿了。珂赛特提高了嗓子说:

"应当说,还有两个小姑娘。"

"什么小姑娘?"

"潘妮和兹玛。"

孩子在回答中就那样简化了德纳第大娘心爱的那两个浪漫的名字。

"潘妮和兹玛是什么?"

"是德纳第太太的小姐,就是说,她的女儿。"

"她们两个又干些什么事呢?"

"噢!"那孩子说,"她们有挺漂亮的娃娃,有各色各样装了金的东西,花样多极了。她们做游戏,她们玩。"

"整天玩吗?"

"是的,先生。"

"你呢?"

"我,我工作。"

"整天工作吗?"

那孩子抬起一双大眼睛,一滴眼泪几乎掉下来,不过在黑暗中没有人看见,她细声回答:

"是的,先生。"

她静了一阵,又接着说:

"有时候,我做完了事,人家准许的话我也玩。"

"你怎样玩呢?"

"有什么玩什么。只要别人不来管我。但是我没有什么好玩的东西。潘妮和兹玛都不许我玩她们的娃娃。我只有一把小铅刀,这么长。"

那孩子伸出她的小指头来比。

"那种刀切不动吧?"

"切得动,先生,"孩子说,"切得动生菜和苍蝇脑袋。"

他们已到了村子里,珂赛特领着那陌生人在街上走。他们走过面包铺,可是珂赛特没有想到她应当买个面包带回去。那人没有再问她什么话,只是面带愁容,一声也不响。他们走过了礼拜堂,那人见了那些露天的铺面,便问珂赛特说:

"今天这儿赶集吗?"

"不是的,先生,是过圣诞节。"

他们快到那客店的时候,珂赛特轻轻地推着他的胳膊。

"先生?"

"什么事,我的孩子?"

"我们马上到家了。"

"到家又怎么样呢?"

"您现在让我来提水桶吧。"

"为什么?"

"因为,要是太太看见别人替我提水,她会打我的。"

那人把水桶交还给她。不大一会,他们已到了那客店的大门口。

八　接待一个也许是有钱的穷人的麻烦

那个大娃娃还一直摆在玩具店里,珂赛特经过那地方,不能不斜着眼睛再瞅它一下,瞅过后她才敲门。门开了。德纳第大娘端着一支蜡烛走出来。

"啊!是你这个小花子!谢谢天主,你去了多少时间!你玩够了吧,小贱货!"

"太太,"珂赛特浑身发抖地说,"有位先生来过夜。"

德纳第大娘的怒容立即变成了笑脸,这是客店老板们特有的机变,她连忙睁眼去找那新来的客人。

"是这位先生吗?"她说。

"是,太太。"那人一面举手到帽边,一面回答。

有钱的客人不会这么客气。德纳第大娘一眼望见他那手势和他的服装行李,又立即收起了那副笑容,重新摆出她生气的面孔。她冷冰冰地说:

"进来吧,汉子。"

"汉子"进来了。德纳第大娘又重新望了他一眼,特别注意到他那件很旧的大衣和他那顶有点破的帽子,她对她那位一直陪着车夫们喝酒的丈夫点头,皱鼻,眨眼,征求他的意见。她丈夫微微地摇了摇食指,努了努嘴唇,这意思就是说:完全是个穷光蛋。于是,德纳第大娘提高了嗓子说:

"喂!老头儿,对不起,我这儿已经没有地方了。"

"请您随便把我安置在什么地方,"那人说,"顶楼上,马棚里,都可以。我仍按一间屋子付账。"

"四十个苏。"

"四十个苏,可以。"

"好吧。"

"四十个苏!"一个赶车的对德纳第大娘细声说,"不是二十就够了吗?"

"对他是四十个苏,"德纳第大娘用原来的口吻回答说,"穷人来住,更不能少给呀!"

"这是真话,"她丈夫斯斯文文地补上一句,"在家接待这种人,算是够倒霉的了。"

这时,那人已把他的包袱和棍子放在板凳上,继又靠近一张桌子坐下来,珂赛特也赶忙摆上了一瓶葡萄酒和一只玻璃杯。那个先头要水的商人亲自提了水桶去喂马。珂赛特也回到她那切菜桌子下面,坐下去打毛活。

那人替自己斟上了一杯酒,刚刚送到嘴边,他已带着一种奇特的神情,留心观察那孩子。

珂赛特的相貌丑。假使她快乐,也许会漂亮些。我们已经约略描绘过这个沉郁的小人儿的形象。珂赛特体瘦面黄,她已快满八岁,但看上去还以为是个六岁的孩子。两只大眼睛深深隐在一层阴影里,已经失去光彩,这是由于经常哭的缘故。她嘴角的弧线显示出长时期内心的痛苦,使人想起那些待决的囚犯和自知无救的病人。她的手,正如她母亲猜想过的那样,已经"断送在冻疮里了"。当时炉里的火正照着她,使她身上的骨头显得格外突出,显得她瘦到令人心酸。由于她经常冷得发抖,她已有了紧紧靠拢两个膝头的习惯。她所有的衣服只是一身破布,夏季见到会使人感到可怜,冬季使人感到难受。她身上只有一件满是窟窿的布衣,绝无一寸毛织物。到处都露出她的肉,全身都能看到德纳第婆娘打出来的青块和黑块。两条光腿,又红又细。锁骨的窝使人见了心痛。那孩子,从头到脚,她的态度,她的神情,说话的声音,说话的迟钝,看人的神气,见了人不说话,一举一动,都只表现和透露了一种心情:恐惧。

恐惧笼罩着她,我们可以说,她被恐惧围困了,恐惧使她的两肘紧缩在腰旁,使她的脚跟紧缩在裙下,使她尽量少占地方,尽量少吸不必要的空气,那种恐惧可以说已经变成她的常态,除了有增无减以外,没有其他别的变化。在她眸子的一角有着惊惶不定的神色,那便是恐怖藏身的地方。

珂赛特的恐惧心情竟达到了这样一种程度:她回到家里,浑身透湿,却不敢到火旁去烤干衣服,而只是一声不响地走去干她的活。

这个八岁孩子的眼神常是那么愁闷,有时还那么凄楚,以致某些时刻,她看起来好像正在变成一个白痴或是一个妖怪。

我们已经说过,她从来不知道祈祷是怎么回事,她也从不曾踏进礼拜堂的大门。"我还有那种闲空吗?"德纳第大娘常这么说。

那个穿黄大衣的人一直望着珂赛特,眼睛不曾离开过她。

德纳第大娘忽然喊道:

"我想起了!面包呢?"

珂赛特每次听到德纳第大娘提高了嗓子,总赶忙从那桌子下面钻出来,现在她也照例赶忙钻了出来。

她早已把那面包忘得一干二净了。她只得采用那些经常在惊骇中度日的孩子的应付办法:撒谎。

"太太,面包店已经关了门。"

"你应当敲门呀。"

"我敲过了,太太。"

"敲后怎么样呢?"

"他不开。"

"是真是假,我明天会知道的,"德纳第大娘说,"要是你说谎,看我不抽得你乱蹦乱跳。等着,先把那十五个苏还来。"

珂赛特把她的手插到围裙袋里,脸色变得铁青。那个值十五个苏的钱已经不在了。

"怎么回事!"德纳第大娘说,"你听到我的话没有?"

珂赛特把那口袋翻过来看,什么也没有。那钱到什么地方去了呢?可怜的孩子一句话也说不出来。她吓呆了。

"那十五个苏你丢了吗?"德纳第大娘暴跳如雷,"还是你想骗我的钱?"

同时她伸手去取挂在壁炉边的那条皮鞭。

这一骇人的姿势使珂赛特叫喊得很响:

"饶了我!太太!太太!我不敢了。"

德纳第大娘已经取下了那条皮鞭。

这时,那个穿黄大衣的人在他背心的口袋里掏了一下,别人都没有看见他这一动作,其他的客人都正在喝酒或是玩纸牌,什么也没有注意到。

珂赛特,心惊肉跳,蜷缩在壁炉角落里,只想把她那露在短袖短裙外的肢体藏起来。德纳第大娘举起了胳膊。

"对不起,大嫂,"那人说,"刚才我看见有个东西从小姑娘的围裙袋里掉出来,在地上滚。也许就是那钱了。"

同时他弯下腰,好像在地上找了一阵。

"没错,在这儿了。"他立起来说。

他把一枚银币递给德纳第大娘。

"对,就是它。"她说。

不是它,因为那是一枚值二十个苏的钱,不过德纳第大娘却因此占了便宜。她把那钱塞进衣袋,横着眼对孩子说:"下次可不准你再这样,绝对不可以!"

珂赛特又回到她的老地方,也就是德纳第大娘叫做"她的窠"的那地方。她的一双大眼睛老望着那个陌生的客人,开始表现出一种从来不曾有过的神情,那还只是一种天真的惊异之色,但已有一种恓惶不定的依慕心情在里面了。

"喂,您吃不吃晚饭?"德纳第大娘问那客人。

他不回答。他仿佛正在细心思考问题。

"这究竟是个什么人?"她咬紧牙说,"一定是个穷光蛋。这种货色哪会有钱吃晚饭? 我的房钱也许他还付不出呢。地上的那个银币他没有想到塞进腰包,已算是了不起的了。"

这时,有扇门开了,爱潘妮和阿兹玛走了进来。

那确是两个漂亮的小姑娘,落落大方,很少村气,极惹人爱,一个挽起了又光又滑的栗褐色麻花髻,一个背上拖着两条乌黑的长辫子,两个都活泼、整洁、丰腴、红润、强健、悦目。她们都穿得暖,由于她们的母亲手艺精巧,衣料虽厚,却绝不影响她们服装的秀气,既御冬寒,又含春意。两个小姑娘都喜气洋洋。除此以外,她们颇有一些主人家的气派。她们的装饰、嬉笑、吵闹都表现出一种自以为高人一等的味道。她们进来时,德纳第大娘用一种极慈爱的谴责口吻说:"哈! 你们跑来做什么,你们这两个家伙!"

接着,她把她们一个个拉到膝间,替她们理好头发,结好丝带,才放她们走,在放走以前,她用慈母所独有的那种轻柔的手法,把她们摇了一阵,口里喊道:"去你们的,丑八怪!"

她们走去坐在火旁边。她们有个娃娃,她们把它放在膝上,转过来又转过去,嘴里叽叽喳喳,有说有笑。珂赛特的眼睛不时离开毛活,凄惨惨地望着她们玩。

爱潘妮和阿兹玛都不望珂赛特。在她们看来,那好像只是一条狗。这三个小姑娘的年龄合起来都还不到二十四岁,可是她们已经代表整个人类社会了,一方面是羡慕,一方面是鄙视。

德纳第姊妹俩的那个娃娃已经很破很旧,颜色也褪尽了,可是在珂赛特的眼里,却并不因此而显得不可爱,珂赛特出世以来从来不曾有过一个娃娃,照每个孩子都懂得的说法,那就是她从来都不曾有过"一个真的娃娃"。

德纳第大娘原在那厅堂里走来走去,她忽然发现珂赛特的思想开了小差,她没有专心工作,却在留意那两个正在玩耍的小姑娘。

"哈!这下子,你逃不了了吧!"她大声吼着说,"你是这样工作的!我去拿鞭子来教你工作,让我来。"

那个外来人,仍旧坐在椅子上,转过身来望着德纳第大娘。

"大嫂,"他带着笑容,不大敢开口似的说,"算了!您让她玩吧!"

这种愿望,要是出自一个在晚餐时吃过一盘羊腿、喝过两瓶葡萄酒、而没有"穷光蛋"模样的客人的口,也许还有商量余地,但是一个戴着那样一种帽子的人竟敢表示一种希

望,穿那样一件大衣的人而竟敢表示一种意愿,这在德纳第大娘看来是不能容忍的。她气冲冲地说:

"她既要吃饭,就得干活。我不能白白养着她。"

"她到底是在干什么活?"那外来人接着说,说话声调的柔和,恰和他那乞丐式的服装和脚夫式的肩膀形成一种异常奇特的对比。

德纳第大娘特别赏脸,回答他说:

"她在打毛袜,这没错吧。我两个小女儿的毛袜,她们没有袜子,等于没有,马上就要赤着脚走路了。"

那个人望着珂赛特的两只红得可怜的脚,接着说:

"她还要多少时间才能打完这双袜子?"

"她至少还得花上整整三四天,这个懒丫头。"

"这双袜子打完了,可以值多少钱呢?"

德纳第大娘对他轻蔑地瞟了一眼。

"至少三十个苏。"

"为这双袜子我给您五个法郎①行吗?"那人接着说。

"老天!"一个留心听着的车夫呵呵大笑说,"五个法郎!真是好价钱!五块钱!"

德纳第认为应当发言了。

"好的,先生,假使您高兴,这双袜子我们就折成五个法郎让给您。我们对客人总是尽量奉承的。"

"得立刻付钱。"德纳第大娘直截了当地说。

"我买这双袜子,"那人说,他从口袋里掏出一个五法郎的钱,放在桌子上说,"我付现钱。"

---

① 法郎,合二十个苏。

接着,他转向珂赛特说:

"现在你的工作归我了。玩吧,我的孩子。"

那车夫见了那枚值五法郎的钱大受感动,他丢下酒杯走来看。

"这钱倒是真的呢!"他一面细看一面喊,"一个真正的后轮①!一点不假!"

德纳第大娘走过来,一声不响,把那钱揣进了衣袋。

德纳第大娘无话可说,她咬着自己的嘴唇,满脸恨容。

珂赛特仍旧在发抖。她冒险问道:

"太太,是真的吗?我可以玩吗?"

"玩你的!"德纳第大娘猛吼一声。

"谢谢,太太。"珂赛特说。

她嘴在谢德纳第大娘的同时,整个小心灵却在谢那陌生人。

德纳第重新开始喝酒。他婆娘在他耳边说:

"那个黄人究竟是个什么东西?"

"我见过许多百万富翁,"德纳第无限庄严地说,"是穿着这种大衣的。"

珂赛特已经放下了她的毛线活,但是没有从她那地方钻出来。珂赛特已经养成尽量少动的习惯。她从她背后的一只盒子里取出几块破布和她那把小铅刀。

爱潘妮和阿兹玛一点没有注意到当时发生的事。她们刚完成了一件重要工作,她们捉住了那只猫。她们把娃娃丢在地上,爱潘妮,大姐,拿了许许多多红蓝破布去包缠那只猫,不

～～～～～～～～～～

① 后轮,五法郎钱币的俗称。

管它叫也不管它辗转挣扎。她一面干着那种严肃艰苦的工作,一面用孩子们那种娇柔可爱的妙语——就像彩蝶双翼上的光彩,想留也留不住——对她的小妹说:

"你瞧,妹妹,这个娃娃比那个好玩多了。它会动,它会叫,它是热的。你瞧,妹妹,我们拿它来玩。它做我的小宝宝。我做一个阔太太。我来看你,而你就看着它。慢慢地你看见它的胡子,这会吓你一跳。接着你看见了它的耳朵、它的尾巴,这又吓你一跳。你就对我说:'唉!我的天主!'我就对你说:'是呀,太太,我的小姑娘是这个样的。现在的小姑娘都是这个样的。'"

阿兹玛听着爱潘妮说,感到津津有味。

这时,那些喝酒的人唱起了一首淫歌,边唱边笑,天花板也被震动了。德纳第从旁助兴,陪着他们一同唱。

雀鸟营巢,不择泥草,孩子们做玩偶,也可以用任何东西。和爱潘妮、阿兹玛包扎那小猫的同时,珂赛特也包扎了她的刀。包好以后,她把它平放在手臂上,轻轻歌唱,催它入睡。

娃娃是女孩童年时代一种最迫切的需要,同时也是一种最动人的本能。照顾,穿衣,打扮,穿了又脱,脱了又穿,教导,轻轻责骂,摇它,抱它,哄它入睡,把一件东西想象成一个人,女性的未来全在这儿了。在一味幻想,一味闲谈,一味缝小衣裳和小襁褓、小裙袍和小短衫的岁月中,女孩长大成小姑娘,小姑娘长大成大姑娘,大姑娘又成了妇女。第一个孩子接替着最末一个娃娃。

一个没有娃娃的女孩和一个没有孩子的妇女几乎是同样痛苦的,而且也完全是不可能的。

因此珂赛特把她那把刀当成自己的娃娃。

至于德纳第大娘,她朝着那"黄人"走来,她心里想:"我的丈夫说得对,这也许就是拉菲特先生。阔佬们常爱开玩笑。"

她走近前来,用肘支在他的桌子上。

"先生……"她说。

那人听到"先生"两字,便转过身来。德纳第大娘在这以前对他还只称"汉子"或"老头儿"。

"您想想吧,先生,"她装出一副比她原先那种凶横模样更使人受不了的巴结样子往下说,"我很愿意让那孩子玩,我并不反对,而且偶然玩一次也没有什么不好,因为您为人慷慨。您想,她什么也没有。她就得干活。"

"她难道不是您的吗,那孩子?"那人问。

"呵,我的天主,不是我的,先生!那是个穷苦人家的娃娃,我们为了做好事随便收来的。是个蠢孩子。她的脑袋里一定有水。她的脑袋那么大,您看得出来。我们尽我们的力量帮助她,我们并不是有钱的人。我们写过信,寄到她家乡去,没有用,六个月过去了,再也没有回信来。我想她妈一定死了。"

"啊!"那人说,他又回到他的梦境中去了。

"她妈也是个没出息的东西,"德纳第大娘又补上一句,"她抛弃了自己的孩子。"

在他们谈话的整个过程中,珂赛特,好像受到一种本能的暗示,知道别人正在谈论她的事,她的眼睛便没有离开过德纳第大娘。她似懂非懂地听着,她偶然也听到了几个字。

那时,所有的酒客都已有了七八分醉意,都反复唱着猥亵的歌曲,兴致越来越高。他们唱的是一首趣味高级、有圣母圣子耶稣名字在内的风流曲调。德纳第大娘也混到他们中间狂笑去了。珂赛特待在桌子下面,呆呆地望着火,眼珠反映着火光,她又把她先头做好的那个小包抱在怀里,左右摇摆,并且一面摇,一面低声唱道:"我的母亲死了!我的母亲死了!我的母亲死了!"

通过女主人的再三劝说,那个黄人,"那个百万富翁",终于同意吃一顿晚饭。

"先生想吃点什么?"

"面包和干酪。"那人说。

"肯定是个穷鬼。"德纳第大娘心里想。

那些醉汉一直在唱他们的歌,珂赛特,在那桌子底下,也唱着她的。

珂赛特忽然不唱了。她刚才回转头,一下发现了小德纳第的那个娃娃,先头她们在玩猫时,把它抛弃在那切菜桌子旁边了。

于是她放下那把布包的小刀,她对那把小刀原来就不大满意,接着她慢慢移动眼珠,把那厅堂四周望了一遍。德纳第大娘正在和她的丈夫谈话,数着零钱,潘妮和兹玛在玩猫,客人们也都在吃,喝,歌唱,谁也没有注意她。她的机会难得。她用膝头和手从桌子底下爬出来,再张望一遍,知道没有人监视她,便连忙溜到那娃娃旁边,一手抓了过来。一会儿过后,她又回到她原来的位置,坐着不动,只不过转了方向,好让她怀里的那个娃娃隐在黑影中。抚弄娃娃的幸福对她来说,确是绝无仅有的,所以一时竟感到极强烈的陶醉。

除了那个慢慢吃着素饭的客人以外,谁也没有看见她。

那种欢乐延续了将近一刻钟。

但是,尽管珂赛特十分注意,她却没有发现那娃娃有只脚"现了形",壁炉里的火光早已把它照得雪亮了。那只突出在黑影外面显得耀眼的粉红脚,突然引起了阿兹玛的注意,她向爱潘妮说:"你瞧!姐!"

那两个小姑娘呆住了,为之骇然。珂赛特竟敢动那娃娃!

爱潘妮立起来,仍旧抱着猫,走到她母亲身旁去扯她的裙子。

"不要吵!"她母亲说,"你又来找我干什么?"

"妈,"那孩子说,"你瞧嘛!"

同时她用手指着珂赛特。

珂赛特完全浸沉在那种占有所引起的心醉神迷的状态中,什么也看不见,什么也听不见了。

从德纳第大娘脸上表现出来的是那种明知无事却又大惊小怪、使妇女立即转为恶魔的特别表情。

这一次,她那受过创伤的自尊心使她更加无法抑制自己的愤怒了。珂赛特行为失检,珂赛特亵渎了"小姐们"的娃娃。

俄罗斯女皇看见农奴偷试皇太子的大蓝佩带,也不见得会有另外一副面孔。

她猛吼一声,声音完全被愤怒梗塞住了:

"珂赛特!"

珂赛特吓了一跳,以为地塌下去了。她转回头。

"珂赛特!"德纳第大娘又叫了一声。

珂赛特把那娃娃轻轻放在地上,神情虔敬而沮丧。她的眼睛仍旧望着它,她叉起双手,并且,对那样年纪的孩子来说也真使人寒心,她还叉着双手的手指拗来拗去,这之后,她哭起来了,她在那一整天里受到的折磨,如树林里跑进跑出,水桶的重压,丢了的钱,打到身边的皮鞭,甚至从德纳第大娘口中听到的那些伤心话,这些都不曾使她哭出来,现在她却伤心地痛哭起来了。

这时,那陌生客人立起来了。

"什么事?"他问德纳第大娘。

"您瞧不见吗?"德纳第大娘指着那躺在珂赛特脚旁的罪证说。

"那又怎么样呢?"那人又问。

"这贱丫头,"德纳第大娘回答说,"好大胆,她动了孩子们的娃娃!"

"为了这一点事就要大叫大嚷!"那个人说,"她玩了那娃娃又怎么样呢?"

"她用她那脏手臭手碰了它!"德纳第大娘紧接着说。

这时,珂赛特哭得更悲伤了。

"不许哭!"德纳第大娘大吼一声。

那人直冲到临街的大门边,开了门,出去了。

他刚出去,德纳第大娘趁他不在,对准桌子底下狠狠地给了珂赛特一脚尖,踢得那孩子连声惨叫。

大门又开了,那人也回来了,双手捧着我们先头谈过的、全村小把戏都瞻仰了一整天的那个仙女似的娃娃,把它立在珂赛特的面前,说:

"你的,这给你。"

那人来到店里已一个多钟头了,当他独坐深思时,他也许从那餐厅的玻璃窗里早已约略望见窗外的那家灯烛辉煌的玩具店。

珂赛特抬起眼睛,看见那人带来的那个娃娃,就好像看见他捧着太阳向她走来似的,她听见了那从来不曾听见过的话:"这给你。"她望望他,又望望那娃娃,她随即慢慢往后退,紧紧缩到桌子底下墙角里躲起来。

她不再哭,也不再叫,仿佛也不敢再呼吸。

德纳第大娘、爱潘妮、阿兹玛都像木头人似的呆住了。那些喝酒的人也都停了下来。整个店寂静无声。

德纳第大娘一点也不动,一声也不响,心里又开始猜想起来:"这老头儿究竟是个什么人?是个穷人还是个百万富翁?也许两样都是,就是说,是个贼。"

她丈夫德纳第的脸上起了一种富有表现力的皱纹,那种皱纹,每当主宰一个人的那种本能凭它全部的粗暴表现出来时,就会显示在那个人的面孔上。那客店老板反反复复地仔细端详那玩偶和那客人,他仿佛是在嗅那人,嗅到了一袋银子似的。那不过是一刹那间的事。他走近他女人的身边,低声对她说:

"那玩意儿至少值三十法郎。傻事干不得。快低声下气好好伺候他。"

鄙俗的性格和天真的性格有一共同点,两者都没有过渡阶段。

"怎么哪,珂赛特!你怎么还不来拿你的娃娃?"德纳第大娘说,她极力想让说话的声音显得柔和,其实那声音里充满了泼辣妇人的又酸又甜的滋味。

珂赛特,半信半疑,从她那洞里钻了出来。

"我的小珂赛特,"德纳第老板也带着一种不胜怜爱的神气跟着说,"这位先生给你一个娃娃。快来拿。它是你的。"

珂赛特怀着恐惧的心情望着那美妙的玩偶。她脸上还满是眼泪,但是她的眼睛,犹如拂晓的天空,已开始显出欢乐奇异的曙光。她当时的感受仿佛是突然听见有人告诉她:"小宝贝,你是法兰西的王后。"

她仿佛觉得,万一她碰一下那娃娃,那就会打雷。

那种想法在一定程度上是正确的,因为她认为德纳第大娘会骂她,并且会打她。

可是诱惑力占了上风。她终于走了过来,侧转头,战战兢兢地向着德纳第大娘细声说:

"我可以拿吗,太太?"

任何语言都无法形容那种又伤心、又害怕、又快乐的神情。

"当然可以,"德纳第大娘说,"那是你的。这位先生已经把它送给你了。"

"真的吗,先生?"珂赛特又问,"是真的吗?是给我的吗,这娘娘?"

那个外来的客人好像忍着满眶的眼泪,他仿佛已被感动到一张嘴便不能不哭的程度。他对珂赛特点了点头,拿着那"娘娘"的手送到她的小手里。

珂赛特连忙把手缩回去,好像那"娘娘"的手烫了她似的,她望着地上不动。我们得补充一句,那时她还把舌头伸得老长。她突然扭转身子,心花怒放地抱着那娃娃。

"我叫它做卡特琳。"她说。

珂赛特的破布衣和那玩偶的丝带以及鲜艳的粉红罗衫互相接触,互相偎傍,那确是一种奇观。

"太太,"她又说,"我可以把它放在椅子上吗?"

"可以,我的孩子。"德纳第大娘回答。

现在轮到爱潘妮和阿兹玛望着珂赛特眼红了。

珂赛特把卡特琳放在一张椅子上,自己对着它坐在地上,一点也不动,也不说话,只一心赞叹瞻仰。

"你玩嘛,珂赛特。"那陌生人说。

"呵!我是在玩呀。"那孩子回答。

这个素不相识、好像是上苍派来看珂赛特的外来人,这时已是德纳第大娘在世上最恨的人了。可是总得抑制住自己。尽管她已养成习惯来模仿她丈夫的一举一动,来隐藏自己的真实情感,不过当时的那种激动却不是她所能忍受得了的。她赶忙叫她的两个女儿去睡,随即又请那黄人"允许"她把珂赛特也送去睡。"她今天已经很累了。"她还慈母似的加上那么一句。珂赛特双手抱着卡特琳走去睡了。

德纳第大娘不时走到厅的那一端她丈夫待的地方,让"她的灵魂减轻负担",她这样说。她和她丈夫交谈了几句,由于谈话的内容非常刻毒,因而她不敢大声说出。

"这老畜生!他肚里究竟怀着什么鬼胎?跑到这儿来打搅我们!要那小怪物玩!给她娃娃!把一个四十法郎的娃娃送给一个我情愿卖四十个苏的小母狗!再过一会儿,他就会像对待贝里公爵夫人那样称她'陛下'了!这合情理吗?难道他疯了,那老妖精?"

"为什么吗?很简单,"德纳第回答说,"只要他高兴!你呢,你高兴要那孩子干活,他呢,他高兴要她玩。他有那种权利。一个客人,只要他付钱,什么事都可以做。假使那老头儿是个慈善家,那和你有什么相干?假使他是个傻瓜,那也不关你事。他有钱,你何必多管闲事?"

家主公的吩咐,客店老板的推论,两者都不容反驳。

那人一手托腮,弯着胳膊,靠在桌上,恢复了那种想心事的姿态。所有看他的客人,商贩们和车夫们,都彼此分散开,也不再歌唱了。大家都怀着敬畏的心情从远处望着他。这个怪人,衣服穿得这么破旧,从衣袋里摸出"后轮"来却又这么随便,拿着又高又大的娃娃随意送给一个穿木鞋的邋遢小姑娘,这一定是个值得钦佩、不能乱惹的人了。

好几个钟点过去了。夜半弥撒已经结束,夜宴也已散了,酒客们都走了,店门也关了,厅里冷清清的,火也熄了,那外来人却一直坐在原处,姿势也没有改,只有时替换一下那只托腮的手。如是而已。自从珂赛特走后,他一句话也没有说。

惟有德纳第夫妇俩,由于礼貌和好奇,还都留在厅里。"他打算就这样过夜吗?"德纳第大娘咬着牙说。夜里两点钟敲过了,她支持不住,便对丈夫说:"我要去睡了。随你拿他怎么办。"她丈夫坐在厅角上的一张桌子边,燃起一支烛,开始读《法兰西邮报》。

这样又足足过了一个钟头。客店大老板把那份《法兰西邮报》至少念了三遍,从那一期的年月日直到印刷厂的名称全念到了。那位陌生客人还是坐着不动。

德纳第扭动身体,咳嗽,吐痰,把椅子弄得嘎嘎响。那个人仍丝毫不动。"他睡着了吗?"德纳第心里想。他并没有睡,可是什么也不能惊醒他。

最后,德纳第脱下他的软帽,轻轻走过去,壮起胆量说:

"先生不想去安息吗?"

他觉得,如果说"不去睡觉"会有些唐突,也过于亲密。"安息"要来得文雅些,并且带有敬意。那两个字还有一种微妙可喜的效果,可以使他在第二天早晨扩大账单上的数字。一间"睡觉"的屋子值二十个苏,一间"安息"的屋子却值二十法郎。

"对!"那陌生客人说,"您说得有理。您的马棚在哪儿?"

"先生,"德纳第笑了笑说,"我领先生去。"

他端了那支烛,那个人也拿起了他的包袱和棍子,德纳第把他领到第一层楼上的一间屋子里,这屋子华丽到出奇,一色桃花心木家具,一张高架床,红布帷。

"这怎么说?"那客人问。

"这是我们自己结婚时的新房,"客店老板说,"我们现在住另外一间屋子,我的内人和我。一年里,我们在这屋子里住不上三四回。"

"我倒觉得马棚也一样。"那人直率地说。

德纳第只装做没有听见这句不大客气的话。

他把陈设在壁炉上的一对全新白蜡烛点起来。炉膛里也燃起了一炉好火。

壁炉上有个玻璃罩,罩里有一顶女人的银丝橙花帽。

"这又是什么?"那陌生人问。

"先生,"德纳第说,"这是我内人做新娘时戴的帽子。"

客人望着那东西,神气仿佛是要说:"真想不到这怪物也当过处女!"

德纳第说的其实是假话。他当初把那所破房子租来开客店时,这间屋子便是这样布置好了的,他买了这些家具,也保存了这簇橙花,认为这东西可以替"他的内人"增添光彩,可以替他的家庭,正如英国人所说"光耀门楣"。

客人回转头,主人已不在了。德纳第悄悄地溜走了,不敢和他道晚安,他不愿以一种不恭敬的亲切态度去对待他早已准备要在明天早晨放肆敲诈一番的人。

客店老板回到了他的卧室。他的女人已睡在床上,但是还醒着。她听见丈夫的脚步声,转过身来对他说:

"你知道我明天一定要把珂赛特撵出大门。"

德纳第冷冰冰地回答:

"你忙什么!"

他们没有再谈其他的话,几分钟过后,他们的烛也灭了。

至于那客人,他已把他的棍子和包袱放在屋角里。主人出去以后,他便坐在一张围椅里,又想了一回心事。随后,他脱掉鞋子,端起一支烛,吹灭另一支,推开门,走出屋子,四面张望,好像要找什么。他穿过一条过道,走到楼梯口。在那地方,他听见一阵极其微弱而又甜蜜的声音,好像是一个孩子的鼾声。他顺着那声音走去,看见在楼梯下有一间三角形的小屋子,其实就是楼梯本身构成的。不是旁的,只是楼梯底下的空处。那里满是旧筐篮、破瓶罐、灰尘和蜘蛛网,还有一张床,所谓床,只不过是一条露出了草的草褥和一条露出草褥的破被。绝没有垫单。并且是铺在方砖地上的。珂赛特正睡在那床上。

这人走近前去,望着她。

珂赛特睡得正酣。她是和衣睡的。冬天她不脱衣,可以少冷一点。

她抱着那个在黑暗中睁圆着两只亮眼睛的娃娃。她不时深深叹口气,好像要醒似的,再把那娃娃紧紧地抱在怀里。在她床边,只有一只木鞋。

在珂赛特的那个黑洞附近,有一扇门,门里是一间黑魆魆的大屋子。这外来人跨了进去。在屋子尽头,一扇玻璃门后露出一对白洁的小床。那是爱潘妮和阿兹玛的床。小床后面有个没有挂帐子的柳条摇篮,只露出一半,睡在摇篮里的便是那个哭了一整夜的小男孩了。

外来人猜想这间屋子一定和德纳第夫妇的卧室相通,他正预备退出,忽然瞧见一个壁炉,那是客店中那种多少总有一点点火、看去却又使人感到特别冷的大壁炉。在这一个里却一点火也没有,连灰也没有,可是放在那里面的东西却引起了外来人的注意。那是两只孩子们穿的小鞋,式样大小却不一样,那客人这才想起孩子们的那种起源邈不可考,但饶有风趣的习惯,每到圣诞节,他们就一定要把自己的一只鞋子放在壁炉里,好让他们的好仙女暗地里送些金碧辉煌的礼物给他们。爱潘妮和阿兹玛都注意到了这件事,因而每个人都把自己的一只鞋放在这壁炉里了。

客人弯下腰去。

仙女,就是说,她们的妈,已经来光顾过了,他看见在每只鞋里都放了一个美丽的、全新的、明亮晃眼值十个苏的钱。

客人立起来,正预备走,另外又看见一件东西,远远地在炉膛的那只最黑暗的角落里。他留意看去,才认出是一只木鞋,一只最最粗陋不堪、已经开裂满是尘土和干污泥的木鞋。这正是珂赛特的木鞋。珂赛特,尽管年年失望,却从不灰心,她仍充满那种令人感动的自信心,把她的这只木鞋也照样放在壁炉里。

一个从来就处处碰壁的孩子,居然还抱有希望,这种事确是卓绝感人的。

在那木鞋里,什么也没有。

那客人在自己的背心口袋里摸了摸,弯下身去,在珂赛特的木鞋里放了一个金路易。

他溜回了自己的屋子。

九　德纳第玩弄手法

第二天早晨,离天亮至少还有两个钟头,德纳第老板已经到了酒店的矮厅里,点起了一支烛,捏着一管笔,在桌子上替那穿黄大衣的客人编造账单。

那妇人,立着,半弯着腰,望着他写。他们彼此都不吭声,一方面是深思熟虑,另一方面是一种虔敬心情,那是从人类的智慧中诞生光大的。在那所房子里,只听见一种声音,就是百灵鸟扫楼梯的声音。

经过了足足一刻钟和几次涂改之后,德纳第编出了这样一张杰作:

一号房间贵客账单

晚餐	3法郎
房间	10法郎
蜡烛	5法郎
火炉	4法郎
饭采	1法郎
	共计23法郎

饭菜写成了"饭采"。

"二十三法郎!"那妇人喊了出来,在她那兴奋的口吻中夹杂着怀疑的语气。

德纳第,和所有的大艺术家一样,并不感到满意。他说了一声:

"呸!"

那正是凯塞尔来①在维也纳会议上开列法国赔款清单时的口气。

"你开得对,德纳第先生,他的确应当出这么多,"那妇人叽叽咕咕地说,心里正想着昨晚当着她两个女儿的面送给珂赛特的那个娃娃,"这是公道的,但是数目太大了。他不见得肯付。"

德纳第冷笑了一下,说道:

"他会付的。"

那种冷笑正说明自信心和家长派头的最高表现,说出的话就得做到。那妇人一点不坚持自己的意见。她开始动手整理桌子,丈夫在厅里纵横来往地走动。过了一会儿,他又补上一句:

"我还足足欠人家一千五百法郎呢,我!"

他走到壁炉角上,坐下来细细打算,两只脚踏在热灰上。

"当真是!"那妇人跟着又说,"我今天要把珂赛特撵出大门,你忘了吗?这妖精!她那娃娃,她使我伤心透了!我宁愿她嫁给路易十八也不愿她多留一天在家里!"

德纳第点着他的烟斗,在连吸两口烟的空隙间回答说:

"你把这账单交给那个人。"

他跟着就走出去了。

---

① 凯塞尔来(Costlereagh),英国政治家,反拿破仑联盟的中心人物。

他刚走出厅堂门,那客人就进来了。

德纳第立即转身跟在他的后面走来,走到那半开着的门口时,停了下来,立着不动,只让他女人看得见他。

那个穿黄大衣的人,手里捏着他的棍子和包袱。

"这么早就起来了!"德纳第大娘说,"难道先生就要离开我们这里吗?"

她一面这样说,一面带着为难的样子,把那张账单拿在手里翻来覆去,并用指甲掐着它,折了又折。她那张横蛮的脸上隐隐带有一种平日很少见的神情,胆怯和狐疑的神情。

拿这样一张账单去送给一个显然是个地道的"穷鬼"的客人,在她看来,这是件为难的事。

客人好像心里正想着旁的事,没有注意她似的。他回答说:

"是呀,大嫂,我就要走。"

"那么,"她说,"先生到孟费郿来就没有要办的事?"

"是的。我路过此地,没有旁的事。"

"大嫂,"他又说,"我欠多少钱?"

德纳第大娘,一声不响,把那账单递给他。

客人把那张纸打开,望着它,但是他的注意力显然是在别的地方。

"大嫂,"他接着说,"你们在孟费郿这地方生意还好吧?"

"就这样,先生。"德纳第大娘回答,她看见那客人并不发作,感到十分诧异。

她用一种缠绵悱恻的声调接着往下说:

"呵!先生,日子是过得够紧的了!在我们这种地方,很少有阔气人家!全是些小家小户,您知道。要是我们不间或遇到一些像先生您这样又慷慨又有钱的过路客人的话!我们的开销又这么多。比方说,这小姑娘,她把我们的血都吸尽了。"

"哪个小姑娘?"

"还不就是那个小姑娘嘛,您知道!珂赛特!这里大家叫做百灵鸟的!"

"啊!"那人说。

她接下去说:

"多么傻,这些乡下人,替别人取这种小名!叫她做蝙蝠还差不多,她哪里像只百灵鸟。请您说说,先生,我们并不求人家布施,可是也不能老布施给旁人。营业执照,消费税,门窗税,附加税!先生知道政府要起钱来是吓坏人的。再说,我还有两个女儿,我。我用不着再养别人的孩子。"

那人接着说:

"要是有人肯替您带开呢?"他说这句话时,极力想使声音显得平常,但那声音仍然有些发抖。

"带开谁?珂赛特吗?"

"是啊。"

店婆子的那张横蛮的红脸立刻显得眉飞色舞,丑恶不堪。

"啊,先生!我的好先生!把她领去吧,你留下她吧,带她走吧,抱她走吧,去加上白糖,配上蘑菇,喝她的血,吃她的肉吧,愿您得到慈悲的童贞圣母和天国所有一切圣人的保佑!"

"就这么办。"

"当真?您带她走?"

"我带她走。"

"马上走?"

"马上走。您去把那孩子叫来。"

"珂赛特!"德纳第大娘大声喊。

"这会儿,"那人紧接着说,"我来付清我的账。是多少?"

他对那账单望了一眼,不禁一惊。

"二十三个法郎!"

他望着那店婆又说了一遍:

"二十三个法郎?"

从重复这两句话的声调里,可以辨出惊叹号和疑问号的区别。

德纳第大娘对这一质问早已作好思想准备。她安安稳稳地回答说:

"圣母,是啊,先生,是二十三个法郎。"

那外来客人把五枚值五法郎的钱放在桌上。

"请把那小姑娘找来。"

正在这时,德纳第走到厅堂的中央说:

"先生付二十六个苏就得。"

"二十六个苏!"那妇人喊道。

"房间二十个苏,"德纳第冷冰冰地接着说,"晚餐六个苏。至于小姑娘的问题,我得和这位先生谈几句。你走开一下,我的娘子。"

德纳第大娘的心里忽然一亮,仿佛见到智慧之光一闪。她感到名角登台了,她一声不响,立即走了出去。

到只剩下他们两人时,德纳第端了一张椅子送给客人。客人坐下,德纳第立着,他脸上显出一种怪驯良淳朴的神情。

"先生,"他说,"是这样,我来向您说明。那孩子,我可疼她呢,我。"

那陌生人用眼睛盯着他说:

"哪个孩子?"

德纳第接着说:

"说来也真奇怪!真是舍不得。这是什么钱?这几枚值一百个苏的钱,您请收回吧。我爱的是个女孩儿。"

"谁?"那陌生人问。

"哎,我们的这个小珂赛特嘛!您不是要把她带走吗?可是,说句老实话,我不能同意,这话一点不假,就像您是一位正人君子一样。这孩子,如果走了,我要挂念的。我亲眼看着她从小长大的。她害我们花钱,那是实在的;她有许多缺点,那也是实在的;我们不是有钱人,那也是实在的;她一次病就让我付出了四百法郎的药钱,那也是实在的!但是人总得替慈悲的上帝做点事。这种东西既没有爹,也没有妈,我把她养大了。我赚了面包给她和我吃。的的确确,我舍不得,这孩子。您懂吗,彼此有了感情,我是一个烂好人,我;道理我说不清,我爱她,这孩子;我女人性子躁,可是她也爱她。您明白,她就好像是我们自己的孩子一样。我需要她待在我家里叽叽喳喳地有说有笑。"

那陌生人一直用眼睛盯着他。他接着说:

"对不起,请原谅,先生,不见得有人肯把自己的孩子随便送给一个过路人吧,我这话,能说不对吗?并且,您有钱,也很像是个诚实人,我不说这对她是不是有好处,但总得搞清楚。您懂吗?假定我让她走,我割爱牺牲,我也希望能知道她去什么地方,我不愿丢了以后就永远摸不着她的门儿。我希望能知道她是在谁的家里,好时常去看看她,好让她知道她的好义父确是在那里照顾她。总而言之,有些事是行不通的。我连您贵姓也还不知道。您带着她走了,我说:'好,百灵鸟呢?她到什么地方去了呢?'至少也总得先看看一张什么马马虎虎的证件,一张小小的护照吧,什么都行!"

那陌生人一直用那种,不妨这样说,直看到心底的眼光注视着他,又用一种沉重坚定的口吻对他说:

"德纳第先生,从巴黎来,才五法里,不会有人带护照的。假使我要带走珂赛特,我就一定要带她走,干脆就是这样。您不会知道我的姓名,您不会知道我的住址,您也不会知道她将来住在什么地方,我的主意是她今生今世不再和您见面。我要把拴在她脚上的这根绳子一刀两断,让她离开此地。这样合您的意吗?行或是不行,您说。"

正好像魔鬼和妖怪已从某些迹象上看出有个法力更大的神要出现一样,德纳第也了解到他遇到了一个非常坚强的对手。这好像是种直觉,他凭他那种清晰和敏锐的机警,已经了解到这一点。从昨夜起,他尽管一面陪着那些车夫们一道喝酒,抽烟,唱下流歌曲,却没有一刻不在窥伺这陌生客人,没有一刻不像猫儿那样在注视着他,没有一刻不像数学家那样在算计他。他那样侦察,是为了想看出一个究竟,同时也是由于自己的兴趣和本能,而且好像是被人买通了来做这侦察工作似的。那个穿黄大氅的人的每一种姿势和每一个动作全都没有逃过他的眼睛。即使是在那个来历不明的人还没有对珂赛特那样明显表示关切的时候,德纳第就已识破了这一点。他早已察觉到这老年人的深沉的目光随时都回到那孩子身上。为什么这样关切?这究竟是个什么人?为什么,荷包里有那么多的钱,而衣服又穿得这样寒酸?他向自己提出了这些问题,却得不出解答,所以感到愤懑。他在这些问题上揣测了一整夜。这不可能是珂赛特的父亲。难道是祖父辈吗?那么,又为什么不立即说明自己的来历呢?当我们有一种权利,我们总要表现出来。这人对珂赛特显然是没有什么权利的。那么,这又是怎么回事呢?德纳第迷失在种种假设中了。他感到了一切,但是什么也看不清楚。不管怎样,他在和那人进行谈话时,他深信在这一切里有种秘密,也深信这个人不能不深自隐讳,因而他感到自己气壮;可是当他听了这陌生人的那种干脆坚定的回答,看见这神秘的人物竟会神秘到如此单纯的时候,却又感到气馁。他在一瞬间就权衡了这一切。德纳第原是那样一个能一眼认清形势的人。他估计这已是单刀直入的时候了,他正像那些独具慧眼当机立断的伟大将领一样,在这关系成败的重要时刻,突然揭开了他的底牌。

"先生,"他说,"我非有一千五百法郎不可。"

那外来人从他衣服侧面的一只口袋里取出了一个黑色的旧皮夹,打开来,抽出三张银行钞票,放在桌上。接着他把大拇指压在钞票上,对那店主人说:

"把珂赛特找来。"

在发生这些事时,珂赛特在干什么呢?

珂赛特在醒来时,便跑去找她的木鞋。她在那里面找到了那个金币。那不是一个拿破仑,而是王朝复辟时期的那种全新的、值二十金法郎的硬币,在这种新币的面上,原来的桂冠已被一条普鲁士的小尾巴所替代了。珂赛特把眼睛也看花了。她乐不可支,感到自己转运了。她不知道金币是什么,她从来不曾见过,她赶忙把它藏在衣袋里,好像是偷来的一样。她同时觉得这确是属于她的,也猜得到这礼物是从什么地方来的,然而她感受的是一种充满了恐怖的欢乐。她感到满意,尤其感到惊惶。富丽到如此程度,漂亮到如此程度的东西,在她看来,好像都不是真实的。那娃娃使她害怕,这金币也使她害怕。她面对着这些富丽的东西胆战心惊,惟有那个陌生人,她不怕,正相反,她想到了他,心就安了。从昨晚起,在她那惊喜交集的心情中,在她睡眠中,她那幼弱的小脑袋一直在想这个人好像又老又穷,而且那样忧伤,但又那么有钱,那么好。自从她在树林里遇见了这位老人后,好像她周围的一切全变了。珂赛特,她连空中小燕子能享受的快乐也不曾享受过,从来不知道什么叫做躲在母亲的影子里和翅膀下。五年以来,就是说,从她记忆能够追忆的最远的岁月起,她是经常在哆嗦和战栗中过日子的。她经常赤身露体忍受着苦难中的刺骨的寒风,可是现在她仿佛觉得已经穿上了衣服。在过去,她的心感到冷,现在感到温暖了。她对德纳第大娘已不那么害怕。她不再是孤零零的一个,还有另外一个和她在一道了。

她赶快去做她每天早晨的工作。她身上的那枚路易是放在围裙袋里的,也就是昨晚遗失那枚值十五个苏的口袋,这东西使她心慌意乱。她不敢去摸它,但是她不时去看它,每次都得看上五分钟,而且还该说,在看时,她还老伸出舌头。她扫扫楼梯,又停下来,立着不动,把她的扫帚和整个宇宙全忘了,一心只看着那颗在她衣袋底里发光的星星。

德纳第大娘找着她时,她正在再一次享受她的这种眼福。

她奉了丈夫之命走去找她。说也奇怪,她没有请她吃巴掌,也没有对她咒骂。

"珂赛特,"她几乎是轻轻地说,"快来。"

过一会儿,珂赛特进了那矮厅。

这外来人拿起他带来的那个包袱,解开了结子。包里有一件小毛料衣、一条围裙、一件毛布衫、一条短裙、一条披肩、长统毛袜、皮鞋,一套八岁小姑娘的全身服装,全是黑色的。

"我的孩子,"那人说,"把这拿去赶快穿起来。"

天渐渐亮了,孟费郿的居民,有些已经开始开大门了,他们在巴黎街上看见一个穿着破旧衣服的汉子,牵着一个全身孝服,怀里抱着一个粉红大娃娃的小姑娘,他们正朝着利弗里那面走。

那正是我们所谈的这个人和珂赛特。

谁也不认识这个人,珂赛特已经脱去了破衣烂衫,很多人也没有认出她来。

珂赛特走了。跟着谁走?她莫名其妙。去什么地方?她也不知道。她所能认识到的一切,就是她已把德纳第客店丢在她后面了。谁也不曾想到向她告别,她也不曾想到要向谁告别。她离开了那个她痛恨的、同时也痛恨她的那一家。

可怜的小人儿,她的心,直到现在,从来就是被压抑着的!

珂赛特一本正经地往前走,她睁开一双大眼睛望着天空。她已把她的那枚路易放在她新围裙的口袋里了。她不时低着头去看它一眼,接着又看看这个老人。她有一种想法,仿佛觉得自己是在慈悲上帝的身旁。

十　弄巧成拙

德纳第大娘,和往常一样,让她丈夫做主。她一心等待大事发生。那人和珂赛特走了以后,又足足过了一刻钟德纳第才把她引到一边,拿出那一千五百法郎给她看。

"就这!"她说。

自从他们开始组织家庭以来,敢向家长采取批评行动她这还是第一次。

这一挑唆起了作用。

"的确,你说得对,"他说,"我是个笨蛋。去把我的帽子拿来。"

他把那三张银行钞票折好,插在衣袋底里,匆匆忙忙出了大门,但是他搞错了方向,出门后转向右边。他向几个邻居打听以后,才摸清路线,有人看见百灵鸟和那人朝着利弗里方面走去。他接受了这些人的指点,一面迈着大步向前走,一面在自言自语。

"这人虽然穿件黄衣,却显然是个百万富翁,而我,竟是个畜生。他起先给了二十个苏,接着又给了五法郎,接着又是五十法郎,接着又是一千五百法郎,全不在乎。他也许还会给一万五千法郎。我一定要追上他。"

还有那事先替小姑娘准备好的衣包,这一切都很奇怪,这里一定有许多秘密。我们抓住秘密就不该放松。有钱人的隐情是浸满金汁的海绵,应当知道怎样来挤它。所有这些想法都在他的脑子里回旋。"我是个畜生。"他说。

出了孟费郿,到了向利弗里去的那条公路的岔路口,人们便能见到那条公路在高原上一直延伸到很远的地方。他到了岔路口,估计一定可以望见那人和小姑娘。他纵目望去,直到他眼力所及之处,可是什么也没看见。他再向旁人打听。这就耽误了时间。有些过路人告诉他,说他所找的那个人和孩子已经走向加尼方面的树林里去了。他便朝那方向赶上去。

他们原走在他的前面,但是孩子走得慢,而他呢,走得快。

并且这地方又是他很熟悉的。

他忽然停下来,拍着自己的额头,好像一个忘了什么极重要的东西想转身折回去取的人那样。

"我原该带着我的长枪来的!"他向自己说。

德纳第原是那样一个具有双重性格的人,那种人有时会在我们中蒙混过去,混过去以后也不至于被发现。有许多人便是那样半明半暗度过他们的一生。德纳第在安定平凡的环境中完全可以当一个——我们不说"是"一个——够得上称一声诚实的商人、好士绅那样的人。同时,在某种情况下,当某种动力触动他的隐藏的本性时,他也完全可以成为一个暴徒。这是一个具有魔性的小商人。撒旦偶然也会蹲在德纳第过活的那所破屋的某个角落里并对这个丑恶的代表人物做着好梦的。

在踌躇了一会儿之后,他想:

"唔!他们也许已有足够的时间逃跑了!"

他继续赶他的路,快速向前奔,几乎是极有把握的样子,像一只凭嗅觉猎取鹧鸪的狐狸一样敏捷。

果然,当他已走过池塘,从斜刺里穿过美景大道右方的那一大片旷地,走到那条生着浅草、几乎环绕那个土丘而又延展到谢尔修院的古渠的涵洞上的小径时,他忽然望见有顶帽子从丛莽中露出来,对这顶帽子他早已提过多少疑问,那确是那人的帽子。那丛莽并不高。德纳第认为那人和珂赛特都坐在那里。他望不见那孩子,因为她小,可是他望见了那玩偶的头。

德纳第没有搞错。那人确坐在那里,好让珂赛特休息一下。客店老板绕过那堆丛莽,突然出现在他寻找的那两个人的眼前。

"对不起,请原谅,先生,"他一面喘着气,一面说,"这是您的一千五百法郎。"

他这样说着,同时把那三张钞票伸向那陌生人。

那个人抬起眼睛。

"这是什么意思?"

德纳第恭恭敬敬地回答:

"先生,这意思就是说我要把珂赛特带回去。"

珂赛特浑身战栗,紧靠在老人怀里。

他呢,他的眼光直射到德纳第的眼睛底里,一字一顿地回答:

"你——要——把——珂赛特——带——回——去?"

"是的,先生,我要把她带回去。我来告诉您。我考虑过了。事实上,我没有把她送给您的权利。我是一个诚实人,您知道。这小姑娘不是我的,是她妈的。她妈把她托付给我,我只能把她交还给她的妈。您会对我说:'可是她妈死了。'好。在这种情况下,我就只能把这孩子交给这样一个人,一个带着一封经她母亲签了字的信,信里还得说明要我把孩子交给他的人。这是显而易见的。"

这人,不回答,把手伸到衣袋里,德纳第又瞧见那个装钞票的皮夹出现在他眼前。

客店老板乐得浑身酥软。

"好了!"他心里想,"站稳脚。他要来腐蚀我了!"

那陌生人在打开皮夹以前,先向四周望了一望。那地方是绝对荒凉的。树林里和山谷里都不见一个人影。那人打开皮夹,可是他从那里抽出来的,不是德纳第所期望的那一叠钞

525

票,而是一张简单的小纸,他把那张纸整个儿打开来,送给客店老板看,并且说:

"您说得有理。念吧。"

德纳第拿了那张纸,念道:

德纳第先生:

　　请将珂赛特交来人。一切零星债款,我负责偿还。此颂大安。

　　　　　　芳　汀

　　滨海蒙特勒伊,一八二三年三月二十五日

"您认得这签字吧?"那人又说。

那确是芳汀的签字。德纳第也认清了。

没有什么可以反驳的了。他感到两种强烈的恚恨,恨自己必须放弃原先期望的腐蚀,又恨自己被击败。那人又说:

"您可以把这张纸留下,好卸责任。"

德纳第向后退却,章法却不乱。

"这签字摹仿得相当好,"他咬紧牙咕哝着,"不过,让它去吧!"

接着,他试图作一次无望的挣扎。

"先生,"他说,"这很好。您既然就是来人。但是那'一切零星债款'得照付给我。这笔债不少呢。"

那个人立起来了,他一面用中指弹去他那已磨损的衣袖上的灰尘,一面说:

"德纳第先生,她母亲在一月份计算过欠您一百二十法郎,您在二月中寄给她一张五百法郎的账单,您在二月底收到了三百法郎,三月初又收到三百法郎。此后又讲定数目,十五法郎一月,这样又过了九个月,共计一百三十五法郎。您从前多收了一百法郎,我们只欠您三十五法郎的尾数,刚才我给了您一千五百法郎。"①

德纳第感受到的,正和豺狼感到自己已被捕兽机的钢牙咬住钳住时的感受一样。

"这人究竟是个什么鬼东西?"他心里想。

他和豺狼一样行动起来。他把身体一抖。他曾用蛮干的办法得到过一次成功。

这次,他把恭敬的样子丢在一边了,斩钉截铁地说:"无——名——无——姓的先生,我一定要领回珂赛特,除非您再给我一千埃居②。"

这陌生人心平气和地说:

"来,珂赛特。"

他用左手牵着珂赛特,用右手从地上拾起他的那根棍棒。

德纳第望着那根粗壮无比的棍棒和那一片荒凉的地方。

那人带着珂赛特深入到林中去了,把那呆若木鸡的客店老板丢在一边。

正当他们越走越远时,德纳第一直望着他那两只稍微有点伛偻的宽肩膀和他的两个大拳头。

随后,他的眼睛折回到自己身上,望着自己的两条干胳膊和瘦手。"我的确太蠢了,"他想道,"我既然出来打猎,却又没把我的那支长枪带来!"

可是这客店老板还不肯罢休。

---

① 此处数字和前面叙述芳汀遭难时欠款数字不完全相符,原文如此,照译。
② 埃居(écu),法国古钱币名,因种类较多,故折合的价值不一。

"我要知道他去什么地方。"他说。于是他远远地跟着他们。他手里只捏着两件东西,一件是讽刺,芳汀签了字的那张破纸,另一件是安慰,那一千五百法郎。

那人领着珂赛特,朝着利弗里和邦迪的方向走去。他低着头,慢慢走,这姿态显示出他是在运用心思,并且感到悲伤。入冬以后,草木都已凋零,显得疏朗,因此德纳第虽然和他们相隔颇远,但不至于望不见他们。那个人不时回转头来,看看是否有人跟他。忽然,他瞧见了德纳第。他连忙领着珂赛特转进矮树丛里,一下子两人全不见了。"见鬼!"德纳第说。他加紧脚步往前追。

树丛的密度迫使他不得不走近他们。那人走到枝桠最密的地方,把身子转了过来。德纳第想藏到树枝里去也枉然,他没有办法不让他看见。那人带着一种戒备的神情望了他一眼,摇了摇头,再往前走。客店老板仍旧跟着他。突然一下,那人又回转身来。他又瞧见了客店老板。他这一次看人的神气这样阴沉,以致德纳第认为"不便"再跟上去了。德纳第这才转身回家。

十一 九四三〇号再次出现,珂赛特偶然赢得了它

冉阿让没有死。

他掉在海里时,应当说,他跳到海里去时,他已脱去了脚镣,这是我们已经知道的。他在水里迂回曲折地潜到了一艘泊在港里的海船下面,海船旁又停着一只驳船。他设法在那驳船里躲了起来,一直躲到傍晚。天黑以后,他又跳下水,泅向海岸,在离勃朗岬不远的地方上了岸。他又在那里搞到一

身衣服,因为他身边并不缺钱。当时在巴拉基耶附近,有一家小酒店,经常替逃犯们供给服装,这是一种一本万利的特殊行当。这之后冉阿让和所有那些企图逃避法网和社会追击的穷途末路的人一样,走上了一条隐蔽迂回的道路。他在博塞附近的普拉多地方找到了第一个藏身之所。随后,他朝着上阿尔卑斯省布里昂松附近的大维拉尔走去。这是一种摸索前进提心吊胆的逃窜,像田鼠的地道似的,究竟有哪些岔路,谁也不知道。日后才有人发现,他的足迹曾到过安省的西弗利厄地方,也到过比利牛斯省的阿贡斯,在沙瓦依村附近的都美克山峡一带,又到过佩利格附近勃鲁尼的葛纳盖教堂镇。他到了巴黎。我们刚才已看见他在孟费郿。

他到了巴黎。想要做的第一件事,便是替一个七八岁的小姑娘买一身丧服,再替自己找个住处。办妥了这两件事以后他便到了孟费郿。

我们记得,他在第一次逃脱以后曾在那地方,或在那地方附近,有过一次秘密的行动,警务机关在这方面也多少觉察到一些蛛丝马迹。

可是大家都认为他死了,因此更不容易看破他的秘密。他在巴黎偶然得到一张登载此事的报纸。也就放了心,而且几乎安定下来了,好像自己确是死了似的。

冉阿让把珂赛特从德纳第夫妇的魔爪中救出来以后,当天傍晚便回到巴黎。他带着孩子,打蒙梭便门进了城,当时天色刚黑。他在那里坐上一辆小马车到了天文台广场。他下了车,付了车钱,便牵着珂赛特的手,两人在黑夜里一同穿过乌尔辛和冰窖附近的一些荒凉街道,朝着医院路走去。

这一天,对珂赛特来说,是一个奇怪而充满惊恐欢乐的日子，他们在人家的篱笆后面，吃了从荒僻地方的客店里买来的面包和干酪，他们换过好几次车子，他们徒步走了不少路，她并不叫苦，可是疲倦了，冉阿让也感觉到她越走到后来便越拉住他的手。他把她驮在背上，珂赛特，怀里一直抱着卡特琳，头靠在冉阿让的肩上，睡着了。

第四卷　戈尔博老屋

一　戈尔博师爷

四十年前,有个行人在妇女救济院附近的荒僻地段独自徘徊,继又穿过林荫大道,走上意大利便门,到达了……我们可以说,巴黎开始消失的地方。那地方并不绝对荒凉,也还有些行人来往,也还不是田野,多少还有几栋房屋和几条街道;既不是城市,因为在这些街道上,正和在大路上一样,也有车轮的辙迹;也不是乡村,因为房屋过于高大。那是个什么地方呢?那是一个没有人住的住宅区,无人而又间或有人的僻静处,是这个大都市的一条大路,巴黎的一条街,它在黑夜比森林还苍凉,在白天比坟场更凄惨。

那是马市所在的古老地区。

那行人,假使他闯过马市那四堵老墙,假使他再穿过小银行家街,走过他右边高墙里的一所庄屋,便会看见一片草场,场上竖着一堆堆栎树皮,好像一些庞大的水獭窠;走过以后,又会看见一道围墙,墙里是一片空地,地上堆满了木料、树根、木屑、刨花,有只狗立在一个堆上狂吠;再往前走,便有一道又长又矮的墙,已经残破不全了,墙上长满了苔藓,春季还开花,并且有一扇黑门,好像穿上了丧服似的;更远一点,便会在最荒凉的地方,看见一所破烂房屋,墙上写了几个大字:禁止招贴;那位漫无目标的行人于是就走到了圣马塞尔葡萄园街的转角上,那是个不大有人知道的地方。当时在那地方,在一家工厂附近和两道围墙间有所破屋,乍看起来好像小茅屋,而实际上却有天主堂那么大。它侧面的山尖对着公路,因而显得狭小。几乎整个房屋全被遮住了。只有那扇大门和一扇窗子露在外面。

那所破屋只有一层楼。

我们仔细看去,最先引人注目的便是那扇只配装在破窑上的大门,至于那窗子,假使它不是装在碎石墙上而是装在条石墙上,看起来就会像阔人家的窗子了。

大门是用几块到处有虫蛀的木板和几根不曾好好加工的木条胡乱拼凑起来的。紧靠在大门里面的是一道直挺挺的楼梯,梯级高,满是污泥、石膏、尘土,和大门一样宽,我们可以从街上看见它,像梯子一样直立在两堵墙的中间,上端消失在黑影里。在那不成形的门框上端,有一块狭窄的薄木板,板的中间,锯了一个三角洞,那便是在门关了之后的透光洞和通风洞。在门的背面,有一个用毛笔蘸上墨水胡乱涂写的数字:52,横条上面,同一支毛笔却又涂上了另一数字:50,因而使人没法肯定。这究竟是几号?门的上头说五十号,门的背面却反驳说不对,是五十二号。三角通风洞的上面挂着几块说不上是什么的灰溜溜的破布,当作帘子。

窗子很宽,也相当高,装有百叶窗和大玻璃窗框,不过那些大块玻璃都有各种不同的破损,被许多纸条巧妙地遮掩着,同时也显得更加触目,至于那两扇脱了榫和离了框的百叶窗,与其说它能保护窗内的主人,还不如说它只能引起窗外行人的戒惧。遮光的横板条已经散落,有人随意钉上几块垂直的木板,使原来的百叶窗成了板窗。

大门的形象是非常恶劣的,窗子虽破损但还朴实,它们一同出现在同一所房屋的上面,看去就好像是两个萍水相逢的乞丐,共同乞讨,相依为命,都穿着同样的破衣烂衫,却各有不同的面貌,一个生来就穷苦,一个出身于望族。

走上楼梯,便可以看出那原是一栋极大的房屋,仿佛是由一个仓库改建的。楼上中间,有一条长过道,作为房子里的交通要道;过道的左右两旁有着或大或小的房间,必要时也未尝不可作为住屋,但与其说这是些小屋子,还不如说是些鸽子笼。那些房间从周围的旷野取光,每一间都是昏暗凄凉,令人感到怅惘忧郁,阴森得如同坟墓一样;房门和屋顶处处有裂缝,因缝隙所在处不同而受到寒光或冷风的透入。这种住屋还有一种饶有情趣的特点,那便是蜘蛛体格的庞大。

在那临街的大门外的左边,有个被堵塞了的小四方窗口,离地面约有一人高,里面积满了过路的孩子所丢的石块。

这房子最近已被拆去一部分。保留到今天的这一部分还可使人想见当年的全貌。整栋房子的年龄不过才一百挂零儿。一百岁,对礼拜堂来说这是青年时期,对一般房屋来说却是衰朽时期了。人住的房屋好像会因人而短寿,上帝住的房屋也会因上帝而永存似的。

邮差们管这所房子叫五〇一五二号,但是在那附近一带的人都称它为戈尔博老屋。

谈谈这个名称是怎么来的。

一般爱搜集珍闻轶事把一些易忘的日期用别针别在大脑

上的人们,都知道在前一个世纪,在一七七〇年前后,沙特雷法院有两个检察官,一个叫柯尔博,一个叫勒纳。这两个名字都是拉封丹①预见了的。这一巧合太妙了,为使刑名师爷们不要去耍贫嘴。不久,法院的长廊里便传开了这样一首歪诗:

> 柯尔博老爷高踞案卷上,
> 嘴里衔着一张缉捕状,
> 勒纳老爷逐臭来,
> 大致向他这样讲:
> 喂,你好!……②

那两位自重的行家受不了这种戏谑,他们经常听到在他们背后爆发出来的狂笑声,头也听大了,于是他们决定要改姓,并向国王提出申请。申请送到路易十五手里时,正是教皇的使臣和拉洛许-艾蒙红衣主教双双跪在地上等待杜巴丽夫人赤着脚从床上下来,以便当着国王的面,每人捧着一只拖鞋替她套在脚上的那一天。国王原就在说笑,他仍在谈笑,把话题从那两位主教转到这两位检察官,并要为这两位法官老爷赐姓,或者就算是赐姓。国王恩准柯尔博老爷在原姓的第一字母上加一条尾巴③,改称戈尔博;勒纳的运气比较差,他所得到的只是在他原姓的第一字母"R"前

---

① 柯尔博,原文是"Corbeau"(乌鸦),勒纳,原文是"Renard"(狐狸),都是拉封丹(1621—1695)寓言中的人物。
② 这是把拉封丹的寓言诗《乌鸦和狐狸》改动几字而成的。
③ "Corbeau"(柯尔博)的第一字母"C"改为"G",而成"Gorbeau"(戈尔博)。

面加上"P",改称卜勒纳①,因为这个新改的姓并不见得比他原来的姓和他本人有什么不像的地方②。

根据当地历来的传说,这位戈尔博老爷曾是医院路五〇一五二号房屋的产业主。他并且还是那扇雄伟的窗子的创造者。

这便是戈尔博老屋这一名称的由来。

在路旁的树木间,有棵死了四分之三的大榆树正对着这五〇一五二号,哥白兰便门街的街口也几乎正在对面,当时在这条街上还没有房屋,街心也还没有铺石块,街旁栽着一些怪不顺眼的树,有时发绿,有时沾满了污泥,随着季节而不同,那条街一直通到巴黎的城墙边。阵阵硫酸化合物的气味从附近一家工厂的房顶上冒出来。

便门便在那附近。一八二三年时城墙还存在。

这道便门会使我们想起一些阴惨的情景。那是通往比塞特③的道路。帝国时期和王朝复辟时期的死囚在就刑的那天回到巴黎城里来时,都得经过这个地方。一八二九年的那次神秘的凶杀案,所谓"枫丹白露便门凶杀案",也就是在这地方发生的,司法机关至今还没有找出凶犯,这仍是一件真相不明的惨案,一个未经揭破的骇人的哑谜。你再向前走几步,便到了那条不祥的落须街,在那街上,于尔巴克,曾像演剧似的,趁着雷声,一刀子刺杀了伊夫里的一个牧羊女。再走几步,你就到了圣雅克便门的那几棵丑恶不堪、断了头的榆树跟前,那

---

① "Renard"(勒纳)改为"Prenard"(卜勒纳)。"Prenard"含有小偷的意思。
② 指他为人不正派,说他像狐狸或小偷。
③ 比塞特(Bicêtre),巴黎附近的村子,有个救济院收容年老的男疯子。

几棵树是些慈悲心肠的人用来遮掩断头台的东西,那地方是店铺老板和士绅集团所建的一个卑贱可耻的格雷沃广场①,他们在死刑面前退缩,既没有废止它的气量,也没有保持它的魄力。

三十七年前,如果我们把那个素来阴惨、必然阴惨的圣雅克广场置于一边不谈,那么,五〇一五二号这所破屋所在的地方,就整个这条死气沉沉的大路来说,也许是最死气沉沉的地段了,这一带直到今天也还是缺少吸引力的。

有钱人家的房屋直到二十五年前才开始在这里出现。这地方在当时是满目凄凉的。妇女救济院的圆屋顶隐约可辨,通往比塞特的便门也近在咫尺,当你在这里感到悲伤压抑的时候,你会感到自己处在妇女救济院和比塞特之间,就是说,处在妇女的疯病和男子的疯病之间。② 我们极目四望,看见的只是些屠宰场、城墙和少数几个类似兵营或修院的工厂的门墙,四处都是破屋颓垣、黑到和尸布一样的旧壁、白到和殓巾一样的新墙,四处都是平行排列着的树木、连成直线的房屋、平凡的建筑物、单调的长线条以及那种令人感到无限凄凉的直角。地势毫无起伏,建筑毫无匠心,毫无丘壑。这是一个冷酷、死板、丑不可耐的整体。再没有比对称的格局更令人感到难受的了,因为对称的形象能使人愁闷,愁闷是悲伤的根源,失望的人爱打呵欠。人们如果能在苦难的地狱以外还找得到更可怕的东西,那一定是使人愁闷的地狱了。假使这种地狱确实存在的话,医院路的这一小段地方可以当作通往这

---

① 格雷沃广场(Place de Grève),巴黎的刑场,一八〇六年改称市政厅广场。

② 妇女救济院同时也收容神经错乱和神经衰弱的妇女。

种地狱的门。

当夜色下沉残辉消逝时,尤其是在冬天,当初起的晚风从成行的榆树上吹落了那最后几片黄叶时,在地黑天昏不见星斗或在风吹云破月影乍明时,这条大路便会陡然显得阴森骇人。那些直线条全会融入消失在黑影中,犹如茫茫宇宙间的寸寸丝缕。路上的行人不能不想到历年来发生在这一带的数不尽的命案,这种流过那么多次血的荒僻地方确会使人不寒而栗。人们认为已感到黑暗中有无数陷阱,各种无可名状的黑影好像也都是可疑的,树与树间的那些望不透的方洞好像是一个个墓穴。这地方,在白天是丑陋的,傍晚是悲凉的,夜间是阴惨的。

夏季,将近黄昏时,这里那里,有些老婆子,带着被雨水浸到发霉的凳子,坐在榆树下向人乞讨。

此外,这个区域的外貌,与其说是古老,不如说是过时,在当时就已有改变面貌的趋势了。从那时起,要看看它的人非赶快不可。这整体每天都在失去它的一小部分。二十年来,直到今天,奥尔良铁路的起点站便建在这老郊区的旁边,对它产生影响。一条铁路的起点站,无论我们把它设在一个都城边缘的任何一处,都等于是一个郊区的死亡和一个城市的兴起。好像在各族人民熙来攘往的这些大中心的四周,在那些强大机车的奔驰中,在吞炭吐火的文明怪马的喘息中,这个活力充沛的大地会震动,吞没人们的旧居并让新的产生出来。旧屋倒下,新屋上升。

自从奥尔良铁路车站侵入到妇女救济院的地段以后,圣维克多沟和植物园附近一带的古老的小街都动摇了,络绎不绝的长途公共马车、出租马车、市区公共马车,每天要在这些

537

小街上猛烈奔驰三四次,并且到了一定时期就把房屋挤向左右两旁。有些奇特而又极其正确的现象是值得一提的,我们常说,大城市里的太阳使房屋的门朝南,这话是实在的,同样,车辆交驰的频繁也一定会扩展街道。新生命的征兆是明显的,在这村气十足的旧城区里,在这些最荒野的角落里,石块路面出现了,即使是在还没有人走的地方,人行道也开始蜿蜒伸展了。在一个早晨,一个值得纪念的早晨,一八四五年七月,人们在这里忽然看到烧沥青的黑锅冒烟;这一天,可以说是文明已来到了鲁尔辛街,巴黎和圣马尔索郊区衔接起来了。

二 枭和秀眼鸟的窠

冉阿让便是在那戈尔博老屋门前停下来的。和野鸟一样,他选择了这个最荒僻的地方来做窠。

他从坎肩口袋里摸出一把路路通钥匙,开门进去以后,又仔细把门关好,走上楼梯,一直背着珂赛特。

到了楼梯顶上,他又从衣袋里取出另外一把钥匙,用来开另一扇门。他一进门便又把门关上。那是一间相当宽敞的破屋子,地上铺着一条褥子,还有一张桌子和几把椅子。屋角里有个火炉,烧得正旺。路旁的一盏回光灯微微照着这里的贫苦相。底里,有一小间,摆着一张帆布床。冉阿让把孩子抱去放在床上,仍让她睡着。

他擦火石,点燃了一支烛,这一切都是已准备好了摆在桌上的。正和昨晚一样,他呆呆地望着珂赛特,眼里充满了感叹的神态,一片仁慈怜爱的表情几乎达到了不可思议的程度。至于小姑娘那种无忧无虑的信心,是只有最强的人和极弱的人才会有的,她并不知道自己是和谁在一道,却已安然睡去,现在也不用知道自己到了什么地方,仍旧睡着。

冉阿让弯下腰去,吻了吻孩子的手。

他在九个月前吻过她母亲的手,当时她母亲也正刚刚入睡。

同样一种苦痛、虔敬、辛酸的情感充满了他的心。

他跪在珂赛特的床旁边。

天已经大亮了,孩子却还睡着。

岁末的一线惨白的阳光从窗口射到这破屋子的天花板上,拖着一长条一长条的光线和阴影。一辆满载着石块的重车忽然走过街心,像迅雷暴雨似的把房子震到上下摇晃。

"是啦,太太!"珂赛特惊醒时连声喊道,"来了!来了!"

她连忙跳下床,眼睛在睡眠的重压下还半闭着,便伸着手摸向墙角。

"啊!我的天主!我的扫帚!"她说。

她完全睁开眼以后才看见冉阿让满面笑容。

"啊!对,是真的!"孩子说,"早安,先生。"

孩子们接受欢乐和幸福最为迅速,也最亲切,因为他们生来便是幸福和欢乐。

珂赛特看见卡特琳躺在床脚边,连忙抱住它,她一面玩,一面对着冉阿让唠唠叨叨问个没完。"她是在什么地方?巴黎是不是个大地方?德纳第太太是不是离得很远?她会不会再来?……"她忽然大声喊道:"这地方多漂亮!"

这是个丑陋不堪的破窑,但她感到自己自由了。

"我不用扫地吗?"她终于问出来。

"你玩吧。"冉阿让说。

这一天便是那样度过的。珂赛特,没有想到去了解什么,只在这娃娃和老人间,感到说不出的愉快。

三 联苦成甘

第二天破晓,冉阿让还立在珂赛特的床边。他呆呆地望着她,等她醒来。

他心里有一种新的感受。

冉阿让从不曾爱过什么。二十五年来在这世上,他一向孑然一身。父亲,情人,丈夫,朋友,这些他全没有当过。在苦役牢里时,他是凶恶、阴沉、寡欲、无知、粗野的。这个老苦役犯的心里充满了处子的纯真。他姐姐和姐姐的孩子们只给他留下一种遥远模糊的印象,到后来也几乎完全消逝了。他曾竭力寻找他们,没有找着,也就把他们忘了。人的天性原是那样的。青年时期那些儿女情,如果他也有过的话,也都在岁月的深渊中泯灭了。

当他看见了珂赛特,当他得到了她,领到了她,救了她的时候,他感到满腔血液全沸腾起来了。他胸中的全部热情和慈爱都苏醒过来,灌注在这孩子的身上。他走到她睡着的床边,乐得浑身发抖,他好像做了母亲似的,因而感到十分慌乱,但又不知道这是怎么回事,因为心在开始爱的时候,它那种极伟大奇特的骚动是颇难理解而又相当甘美的。

可怜一颗全新的老人心!

可是,他已经五十五岁,而珂赛特才八岁,他毕生的爱已经全部化为一点无可言喻的星光。

这是他第二次见到光明的启示。主教曾在他心中唤醒了为善的意义,珂赛特又在他心中唤醒了爱的意义。

最初的一些日子便是在这种陶然自得的心境中度过的。

至于珂赛特,在她这方面,她也变成了另外一个人,那是她没有意识到的,可怜的小人儿!当她母亲离开她时,她还那么小,她已经不记得了。孩子好像都是葡萄藤的幼苗,遇到什么,便攀附什么,她和所有的孩子一样,也曾想爱她左右的人。但是她没能做到。所有的人,德纳第夫妇、他们的孩子、其他的孩子,都把她推在一边。她曾爱过一条狗,可是那条狗死了。在这以后便不曾有过什么东西或什么人要过她。说起来这是多么惨,我们也曾指出过,她八岁上便冷了心。这不是她的过错,她并不缺乏爱的天性,她缺少的只是爱的可能。因此,从第一天起,她整个的心,即使是在梦寐中,便已开始爱这老人了。她有一种从来不曾有过的感觉,心花怒放的感觉。

这老人,在她的心目中,好像已成了一个既不老也不穷的人。她觉得冉阿让美,正如她觉得这间破屋子漂亮一样。

这是朝气、童年、青春、欢乐的效果。大地上和生活中的新鲜事在这方面也都产生影响。住室虽陋,如果能有幸福的彩光的照耀,那也就是无比美好的环境了。在过去的经验中我们每个人都有过海市蜃楼。

年龄相差五十岁,这在冉阿让和珂赛特之间是一道天生的鸿沟,可是命运把这鸿沟填起来了。命运以它那无可抗拒的力量使这两个无家可归年龄迥异而苦难相同的人骤然捏合在一起了。他们彼此确也能相辅相成。珂赛特出自本能正在寻找一个父亲,冉阿让也出自本能正在寻找一个孩子。萍水相逢,却是如鱼得水。他们的两只手在这神秘的刹那间一经接触,便紧紧握在一起了。两人相互了解后,彼此都意识到相互的需求,于是紧密地团结在一起。

从某些词的最明显和最绝对的意义来解释,我们可以说冉阿让是个鳏夫,正如同珂赛特是个孤女一样,因为他们都是被坟墓的墙在世上隔离的人。在这种情况下,冉阿让天生就是珂赛特的父亲了。

而且,从前在谢尔的树林深处,冉阿让曾牵着珂赛特的手从黑暗中走出来,珂赛特当时得到的那种神秘印象并不是幻觉,而是现实。这个人在这孩子的命运中出现,确也就是上帝的降临。

此外,冉阿让选了一个合适的住处,他在这地方,似乎十分安全。

他和珂赛特所住的这间带一个小间的屋子,便是窗口对着大路的那间。整所房子只有这一扇窗子是临街的,因此无论从侧面或是从对面,都不必担心邻居的窥视。

五〇一五二号房屋的楼下,是间破旧的敞棚,是蔬菜工人停放车辆的地方,和楼上是完全隔绝的。楼上楼下相隔一层木板,仿佛是这房子的横隔膜,既没有暗梯,也没有明梯。至于楼上,我们已经说过,有几间住房和几间储藏室,其中只有一间是由一个替冉阿让料理家务的老奶奶住着。其余的屋子全没有人住。

老奶奶的头衔是"二房东",而实际任务是照管门户,在圣诞节那天,便是这老奶奶把这间住房租给他的。他曾向她作了自我介绍,说自己原先是个靠收利息过日子的人,西班牙军事公债把他的家产弄光了,他要带着孙女儿来住在这里。他预付了六个月的租金,并且委托老奶奶把大小两间屋子里的家具布置好,布置情形是我们见到过的。在他们搬进来的那天晚上烧好炉子准备一切的也就是这老奶奶。

好几个星期过去了。一老一小在这简陋不堪的破屋子里过着幸福的日子。

一到天亮,珂赛特便又说又笑,唱个不停。孩子们都有他们在早晨唱的曲调,正和小鸟一样。

有时,冉阿让捏着她的一只冻得发红发裂的小手,送到嘴边亲一亲。那可怜的孩子,挨惯了揍,全不懂得这是什么意思,觉得怪难为情地溜走了。

有时,她又一本正经地细看自己身上的黑衣服。珂赛特现在所穿的已不是破衣,而是孝服。她已脱离了苦难,走进了人生。

冉阿让开始教她识字。有时,他一面教这孩子练习拼写,心里却想着他当初在苦役牢里学文化原是为了要作恶。最初的动机转变了,现在他要一心教孩子读书。这时,老苦役犯的脸上显出了一种不胜感慨的笑容,宛如天使的庄严妙相。

他感到这里有着上苍的安排,一种凌驾人力之上的天意,他接着又浸沉在遐想中了。善的思想和恶的思想一样,也是深不可测的。

教珂赛特读书,让她玩耍,这几乎是冉阿让的全部生活。除此以外,他还和她谈到她的母亲,要她祈祷。

她称他做"爹",不知道用旁的称呼。

他经常一连几个钟头看她替她那娃娃穿衣脱衣,听着她叽叽喳喳地说东说西。他仿佛觉得,从今以后,人生是充满意义的,世上的人也是善良公正的,他思想里不需要再责备什么人,现在这孩子既然爱他,他便找不出任何理由不要求活到极老。他感到珂赛特像盏明灯似的,已把他未来的日子照亮了。

最善良的人也免不了会有替自己打算的想法。他有时带着愉快的心情想到她将来的相貌一定丑。

这只是一点个人的看法,但是为了说明我们的全部思想,我们必须说,冉阿让在开始爱珂赛特的情况下,并没有什么可以证明他不需要这股新的力量来支持他继续站在为善的一面。不久以前,他又在不同的情况下看到人的残酷和社会的卑鄙(这固然是局部的情形,只能表现真相的一面),也看到以芳汀为代表的这类妇女的下场以及沙威所体现的法权,他那次因做了好事而又回到苦役牢里,他又饱尝了新的苦味,他又受到厌恶和颓丧心情的控制,甚至那主教的形象也难免有暗淡的时候,虽然过后仍是光明灿烂欢欣鼓舞的,可是后来他那形象终于越来越模糊了。谁能说冉阿让不再有失望和堕落的危险呢?他有所爱,他才能再度坚强起来。唉!他并不见得比珂赛特站得稳些。他保护她,她使他坚强起来。有了他,她才能进入人生,有了她,他才能继续为善。他是这孩子的支柱,孩子又是他的动力。两人的命运必须互相凭倚,才得平衡,这种妙用,天意使然,高深莫测!

四　二房东的发现

冉阿让很谨慎,他白天从不出门。每天下午,到了黄昏时候,他才出去溜达一两个钟头,有时是独自一人,也常带着珂赛特一道,总是找大路旁那些最僻静的小胡同走,或是在天快黑时跨进礼拜堂。他经常去圣美达教堂,那是离家最近的礼拜堂。当他不带珂赛特出门时,珂赛特便待在老奶奶身边,但是这孩子最喜欢陪着老人出去玩。她感到即使是和卡特琳做伴也还不如和他待上个把钟头来得有趣。他牵着她的手,一面走一面和她谈些开心的事。

珂赛特有时玩得兴高采烈。

老奶奶料理家务,做饭菜,买东西。

他们过着节俭的生活,炉子里经常有一点火,但是总活得像个手头拮据的人家。第一天用的那些家具冉阿让从来不曾调换过,不过珂赛特住的那个小间的玻璃门却换上了一扇木板门。

他的穿戴一直是那件黄大衣、黑短裤和旧帽子。街坊也都把他当作一个穷汉。有时,他会遇见一些软心肠的妇人转过身来给他一个苏。冉阿让收下这个苏,总深深地一鞠躬。有时,他也会遇见一些讨钱的花子,这时,他便回头望望是否有人看他,再偷偷地走向那穷人,拿个钱放在他手里,并且常常是个银币,又连忙走开。这种举动有它不妥的地方。附近一带的人开始称他为"给钱的花子"。

那年老的"二房东"是个心眼狭窄的人,逢人便想占些小便宜,对冉阿让她非常注意,而冉阿让却没有提防。她耳朵有点聋,因而爱多话。她一辈子只留下两颗牙,一颗在上,一颗在下,她老爱让这两个牙捉对儿相叩。她向珂赛特问过多好话,珂赛特什么也不知道,什么也答不上,她只说了她是从孟费郿来的。有一天早晨,这个蓄意窥探的老婆子看见冉阿让走进这座破屋的一间没有人住的房里去了,觉得他的神气有些特别。她便像只老猫似的,踮着脚,跟上去,向虚掩着的门缝里张望,她能望见他却不会被他看见。冉阿让,一定也留了意,把背朝着门。老奶奶望见他从衣袋里摸出一只小针盒、一把剪子和一绺棉线,接着他把自己身上那件大衣一角的里子

545

拆开一个小口,从里面抽出一张发黄的纸币,打开来看。老奶奶大吃一惊,是张一千法郎的钞票。这是她有生以来看见的第二张或是第三张。她吓得瞠目结舌,赶紧逃了。

一会儿过后,冉阿让走来找她,请她去替他换开那一千法郎的钞票,并说这是他昨天取来的这一季度的利息。"从哪儿取来的?"老奶奶心里想,"他是下午六点出去的,那时,国家银行不见得还开着门。"老奶奶走去换钞票,同时也在说长论短。这张一千法郎的钞票经过大家议论夸大以后,在圣马塞尔葡萄园街一带的三姑六婆中就引起一大堆骇人听闻的怪话。

几天过后,冉阿让偶然穿着短褂在过道里锯木头。老奶奶正在打扫他的屋子。她独自一人在里面,珂赛特看着锯着的木头正看得出神,老奶奶一眼看见大衣挂在钉子上,便走去偷看,大衣里子是重新缝好了的。老婆子细心捏了一阵,觉得在大衣的角上和腋下部分,里面都铺了一层层的纸。那一定全是一千法郎一张的钞票了!

此外,她还注意到衣袋里也装着各式各种的东西,不仅有针、线、剪子,这些东西都是她已见过的,并且还有一个大皮夹、一把很长的刀,还有一种可疑的东西:几顶颜色不同的假发套。大衣的每个口袋都装着一套应付各种不同意外事件的物品。

住在这栋破屋里的居民就这样到了冬末。

五　一个五法郎银币丁零落地

在圣美达礼拜堂附近,有一个穷人时常蹲在一口填塞了的公井的井栏上,冉阿让老爱给他钱。他从那人面前走过,总免不了要给他几个苏。他有时还和他谈话。忌妒那乞丐的人都说他是警察的眼线。那是一个七十五岁在礼拜堂里当过杂务的老头儿,他嘴里的祈祷文是从来不断的。

有一天傍晚,冉阿让打那地方走过,他这回没有带珂赛特,路旁的回光灯刚点上,他望见那乞丐蹲在灯光下面,在他的老地方。那人,和平时一样,好像是在祈祷,腰弯得很低。冉阿让走到他面前,把布施照常送到他手里。乞丐突然抬起了眼睛,狠狠地盯了冉阿让一眼,随即又低下了头。这一动作快到和闪光一样,冉阿让为之一惊。他仿佛觉得刚才在路灯的微光下见到的不是那老杂务的平静愚戆的脸,而是一副见过的吓人的面孔。给他的印象好像是在黑暗中撞见了猛虎。他吓得倒退一步,不敢呼吸,不敢说话,不敢停留,也不敢逃走,呆呆地望着那个低着头、头上盖块破布、仿佛早已忘了他还站在面前的乞丐。在这种奇特的时刻,有一种本能,也许就是神秘的自卫的本能使冉阿让说不出话来。那乞丐的身材,那身破烂衣服,他的外貌,都和平时一样。"活见鬼!……"冉阿让说,"我疯了!我做梦!不可能!"他心里乱作一团,回到家里去了。

他几乎不敢对自己说他以为看见的那张面孔是沙威的。

晚上他独自捉摸时,后悔不该不问那人一句话,迫使他再抬起头来。

第二天夜晚时,他又去到那里。那乞丐又在原处。"您好,老头儿。"冉阿让大着胆说,同时给了他一个苏。乞丐抬起头来,带着悲伤的声音说:"谢谢,我的好先生。"这确是那个老杂务。

冉阿让感到自己的心完全安定下来了。他笑了出来。"活见鬼!我几时看见了沙威?"他心里想。"真笑话,难道我现在已老糊涂了?"他不再去想那件事了。

几天过后,大致是在晚上八点钟,他正在自己的屋子里高声教珂赛特拼字时,忽然听见有人推开破屋的大门,继又关上。他觉得奇怪。和他同屋住的那个孤独的老奶奶,为了不耗费蜡烛,素来是天黑便上床的。冉阿让立即向珂赛特示意,要她不要作声。他听见有人上楼梯。充其量,也许只是老奶奶害着病,到药房里去一趟回来了。冉阿让仔细听。脚步很沉,听起来像是一个男人的脚步声,不过老奶奶一向穿的是大鞋,再没有比老妇人的脚步更像男人脚步的了。可是冉阿让吹灭了烛。

他打发珂赛特去睡,低声向她说"轻轻地去睡吧",正当他吻着她额头时,脚步声停下了。冉阿让不吭声,也不动,背朝着门,仍旧照原样坐在他的椅子上,在黑暗中控制住呼吸。过了一段相当长的时间,他听到没声了,才悄悄地转过身子,朝着房门望去,看见锁眼里有光。那一点光,出现在黑暗的墙壁和房门上,正像一颗灾星。显然有人拿着烛在外面偷听。

几分钟过后,烛光远去,不过他没有再听见脚步声,这也许可以说明来到房门口窃听的人已脱去了鞋子。

冉阿让和衣倒在床上,整夜合不上眼。

天快亮时,他正因疲惫而矇眬睡去,忽然又被叫门的声音惊醒过来,这声音是从过道底里的一间破屋子里传来的,接着他又听见有人走路的声音,正和昨夜上楼的那人的脚步声一样。脚步声越走越近。他连忙跳下床,把眼睛凑在锁眼上,锁眼相当大,他希望能趁那人走过时,看看昨夜上楼来到他门口偷听的人究竟是谁。从冉阿让房门口走过的确是个男人,他一径走过没有停。当时过道里的光线还太暗,看不清他的脸,但当这人走近楼梯口时,从外面射进来的一道阳光把他的身体,像个剪影似的突现出来了,冉阿让看见了他的整个背影。这人身材高大,穿一件长大衣,胳膊底下夹着一条短棍。那正是沙威的那副吓坏人的形象。

冉阿让原可设法到临街的窗口去再看他一眼。不过非先开窗不可,他不敢。

很明显,那人是带着一把钥匙进来的,正像回到自己家里一样。不过,钥匙是谁给他的呢?这究竟是怎么回事?

早晨七点,老奶奶进来打扫屋子,冉阿让睁着一双刺人的眼睛望着她,但是没有问她话。老奶奶的神气还是和平日一样。

她一面扫地,一面对他说:

"昨天晚上先生也许听见有人进来吧?"

在那种年头,在那条路上,晚上八点,已是夜深人静的时候了。

"对,听到的,"他用最自然的声音回答说,"是谁?"

"是个新来的房客,"老奶奶说,"我们这里又多一个人了。"

"叫什么名字?"

"我闹不大清楚。都孟或是多孟先生,像是这样一个名字。"

"干什么事的,这位都孟先生?"

老奶奶睁着一双鼠眼,盯着他,回答说:

"吃息钱的,和您一样。"

她也许并没有言外之意,冉阿让听了却不免多心。

老奶奶走开以后,他把放在壁橱里的百来个法郎卷成一卷,收在衣袋里。他做这事时非常小心,恐怕人家听见银钱响,但是,他尽管小心,仍旧有一枚值五法郎的银币脱了手,在方砖地上滚得一片响。

太阳落山时,他跑下楼,到大路上向四周仔细看了一遍。没有人。路上好像是绝对的清静。也很可能有人躲在树后面。

他又回到楼上。

"来。"他向珂赛特说。

他牵着她的手,两个人一道出门走了。